WITHDRAWN

Yo amo a mi mami

COLECCIÓN

Jaime Bayly

Yo amo a mi mami

ALFAGUARA

YO AMO A MI MAMI

© 1998, Jaime Bayly
© De esta edición:
   2010, Santillana USA Publishing Company
   2023 NW 84th Avenue
   Doral, FL 33122

ISBN: 978-1-61605-089-4

Cubierta: Juan José Kanashiro

Primera edición: marzo 2010

Published in the United States of America
Printed in Colombia by D'vinni S.A.

12 11 10   1 2 3 4 5 6 7 8 9

Yo amo a mi mami

El niño que soñé

Yo quería escribir una novela sobre los años en que fui un niño en una casa muy grande, tan grande que no alcanzaba a ver dónde terminaban los jardines que caían en desniveles como andenes, ni dónde comenzaba el sendero polvoriento por el que entraban los autos, y cuando me senté a escribirla pensé que sería capaz de contar, con una mínima fidelidad a la verdad (o a lo que yo creía recordar que había sido verdad), cómo habían transcurrido aquellos años en que fui un niño en una casa en el cerro de Los Cóndores, a una hora en auto del caos de Lima.

Quería escribir esta novela por tres razones que tal vez entonces no percibía con claridad pero que ahora me parecen más nítidas: porque muy a menudo soñaba con la casa de jardines infinitos de Los Cóndores (y en esos sueños yo era siempre un niño, y un niño feliz, y aquellos sueños felices me parecían una señal persistente a la que debía prestar atención); porque después de publicar tres novelas salpicadas de sexo y drogas (*No se lo digas a nadie*, *Fue ayer y no me acuerdo*, *La noche es virgen*, mi trilogía gay) me provocaba escribir una novela inocente, casta, pudorosa, una novela de la que la rabia estuviese del todo exiliada y en la que prevaleciera la mirada tierna de un niño; y porque de pronto, por circunstancias que no sería conveniente men-

9

cionar (o siquiera recordar), me encontraba viviendo solo en una casa grande (aunque minúscula en comparación con la casa de Los Cóndores), en la isla de Key Biscayne, pues mi esposa había decidido volver a vivir en Lima con nuestras hijas, y los cuartos de las niñas ahora estaban vacíos, despoblados, a no ser por sus muñecos de peluche y sus muñecas cantarinas, pero todavía olían vagamente a ellas, y me parece que la ausencia de mis hijas en esa casa, y las horas que pasaba en sus cuartos pensando en ellas y lamentando su partida y culpándome por la ruptura familiar, me dejaron sentimentalmente herido o predispuesto a la ternura.

También quería escribir esta novela por una razón no menos importante que las anteriores: me hacía ilusión que mi madre pudiese leer un libro mío sin ruborizarse ni escandalizarse, que pudiese leerme disfrutándolo y sin detenerse a llorar o rezar por la salvación de mi alma.

No sabría explicar por qué fui incapaz de escribir cómo fueron los años de mi niñez y terminé inventándome una niñez ficticia, mentirosa, fraudulenta (o tal vez no tanto: lo que uno cree recordar que vivió se confunde y entrevera con lo que uno escribió). Esta novela no narra en modo alguno la niñez que viví: lo que cuenta, en rigor, es la niñez que soñé o fabulé o creí haber vivido mientras buscaba a las niñas en mi casa y ya no estaban. Podría parecer que las peripecias sentimentales que afligen a Jimmy en esta novela son las mismas que me asaltaron a mí cuando era niño, pero la verdad es que Jimmy no es el niño que yo fui sino el que soñé que había sido (que tal vez es el niño que me hubiera gustado ser, que no pude ser, que no me atreví a ser) o el que tuve necesidad de inventarme en un momento de tristeza y soledad para sentirme acompañado por el eco de las voces que provenían de ciertos personajes entrañables de la infancia que yo había vivido

10

o que estaba soñando que había vivido (que en cualquier caso estaban allí, hablándome, susurrándome, acompañándome, reviviendo los años perdidos de la inocencia en esa casa de jardines infinitos).

No solo fracasé en el empeño de contar los años de mi niñez, pues terminé inventándome una que me pareció más propicia o divertida (lo que, gracias a la magia de soñar otra vida, otras vidas, me permitió ser un niño dos vcccs, y la segunda vez cuando ya tenía más de treinta años); también fracasé en el ingenuo propósito de que esta novela le gustase a mi madre y que ella fuese capaz de leerla sin angustias ni sobresaltos: no le gustó nada y dejó de leerla porque, según me contó, estaba llena de mentiras y falsedades.

No exagero si digo que escribí esta novela tratando desesperadamente de reencontrarme con algunos personajes de mi niñez y llorando como un tonto porque sabía que nunca más volvería a verlos (tal vez porque habían muerto o porque nunca habían existido del todo). Yo no sé cuál es la peor de mis novelas o la menos mala o impresentable, solo sé que nunca he llorado tanto escribiendo como cuando escribí esta novela sobre el niño Jimmy que no fui pero que soñé que había sido.

Releyéndola estos días, solo me he permitido abreviar el segundo capítulo, en el que Jimmy se enamora de su amiguita Annie y trata de contarle las pecas, pues me pareció demasiado largo y cursilón. Todo lo demás ha quedado tan largo y cursilón como estaba en la versión original.

Han pasado más de diez años desde que escribí esta novela abatido y descorazonado porque mis hijas se habían alejado de mí y porque ya no podía volver a ser un niño jugando con ellas y entonces tuve que inventarme esta otra niñez literaria para extrañarlas menos, y podría decir que la realidad, a diferencia de esta novela, tiene un final feliz, porque ahora, cuando entro a los cuartos de mis hijas, suelo encontrarlas hipnotizadas por la pantalla de la computadora, y a veces, si tengo suerte, ellas vienen a mi cuarto y me preguntan si he dormido bien.

Bogotá, enero de 2010

A mi madre.

I
Te quiero del tamaño del mar

Cuando era un niño, el mundo me sonreía, y esa sonrisa tenía un nombre, el de mi mama Eva, la mujer encargada de cuidarme. No era bonita, tenía cara de caballo, pero yo la adoraba. La quijada prominente, el pelo negro larguísimo, los ojos saltones y los dientes de conejo: así era, cuando me sonreía, es decir siempre, mi mama Eva. Yo, que nunca le decía Eva pues solo le decía *mama*, la quería a mares, creo que a veces incluso más que a mi mami. Mi mama Eva era como mi mami suplente, mi mami de mentira. Era una mamá tierna, complaciente, que no me exigía nada y me perdonaba todo.

Siempre estaba impecable mi mama, toda ella de blanco, pues blanco inmaculado era su uniforme de trabajo, así lo había dispuesto mi mami: vestido blanco hasta casi los tobillos, *nada de ir mostrando las piernas, Eva*, chompa blanca de algodón, pantys blancas, zapatos blancos charolados y el pelo negro, lacio, recogido en una cola de caballo, escondido tras una gorrita blanca como de enfermera.

Mi mama Eva ya trabajaba para mis papás cuando yo nací, los ayudaba a cuidar a mi hermana Soledad, cuatro años mayor que yo. No era una mujer joven, tampoco era mayor, supongo que estaría en sus treintas. Era delgada,

15

muy flaca, como anoréxica, tenía unos brazos huesudos y velludos, apenas si insinuaba unos senos diminutos y un bozo negruzco asomaba impertinente sobre sus labios. Tenía un aire animal, hombruno.

Le encantaba tomarse fotos conmigo: mi álbum está lleno de fotos en las que solo aparecemos ella y yo, nadie más. De mis primeros años, creo que tengo más fotos con mi mama Eva que con mis papás. Es curioso, pero me parece que le gustaba que nos fotografiasen con caballos. Tengo muchas fotos con ella, los dos montados a caballo, yo con cara de pánico, ella sonriendo feliz.

Mi mama era un amor conmigo, me quería más que a nadie en nuestra casa, yo era su engreído y ella no lo disimulaba. Salía una vez por semana, generalmente los domingos, y volvía por la noche con algún regalito para mí: un chocolate Sublime, una Doña Pepa, chupetines de diversos colores, galletitas de vainilla. Ganaba una miseria, pero se las ingeniaba para comprarme un dulcecito todas las semanas en el parque de Chosica, donde, según me contaba, pasaba el domingo entero mirando a la gente.

Pobre mi mama, no tenía a quién visitar: no tenía familia, era huérfana. Había nacido en la sierra de Huaraz; sus papás murieron en un ómnibus interprovincial que se desbarrancó al mar por la carretera de Pasamayo; ella, todavía niña, quedó al cuidado de una tía vieja y regañona; cuando la tía murió, algún pariente lejano la entregó a una casa de niños abandonados. Allí creció y se hizo mujer. Unas monjas crueles hicieron de su vida un tormento: le pegaban, la insultaban, la maltrataban, la sometían a trabajos brutales, como a las demás niñas huérfanas. Cuando cumplió quince años se escapó a Lima y no volvió más. Fue a una agencia de empleos en Miraflores y se ofreció como empleada doméstica. Pasó de casa en casa hasta que la contrató mi mami.

16

Mi mama Eva tenía unas cuantas cosas bien claras: no quería volver a Huaraz, detestaba a las monjas, a quienes llamaba *las pingüinas amargadas*, tenía pánico a los ómnibus interprovinciales y no quería tener hijos porque, y esto me lo decía muy a menudo, *en esta vida se sufre mucho*.

Yo le rogaba que me enseñase fotos de sus papás, pero ella me juraba que no tenía ni una sola foto, que ni siquiera se acordaba de ellos. Era como si nunca hubiese tenido papás, solo esas monjas malvadas que la torturaron de chica.

A mí me daba mucha pena mi mama Eva. Se veía en sus ojillos inquietos que había sufrido mucho: tenía una mirada lánguida, resignada, acostumbrada al castigo. No era, sin embargo, y hubiera podido serlo, una mujer amargada, era más bien reilona. Cuando se reía con ganas, toda ella convulsionaba, casi como epiléptica, y a veces, lo juro, por una fracción de segundo sus ojos, extáticos, quedaban en blanco. Me daba miedo cuando reía así, parecía un animalito, un animalito bueno pero salvaje.

No se llevaba bien con mi mami. Creo que mi mami le tenía un poquito de celos, celos porque yo adoraba a mi mama Eva. Mi mami siempre estaba tratando de separarnos, pero yo no le hacía caso pues me encantaba meterme al cuarto de mi mama Eva, un cuarto pequeñito y oloroso, en cuyas paredes, saltaba a la vista, se exhibían dos fotos recortadas de los periódicos y pegadas con cinta adhesiva, una de Raphael, vestido todo de negro, y la otra de Camilo Sesto, todo de rojo. Mi mama Eva se sabía de memoria las canciones más tristes de Raphael y Camilo Sesto, siempre andaba tarareándolas, soñaba con ir a verlos cantar algún día y a lo mejor hasta darles un besito, un apachurrón. Me gustaba echarme en su cama, oler sus olores fuertes de mujer sola, escuchar aquellas canciones desesperadas que hablaban de hombres infieles y mujeres sufridas que sin embargo seguían queriéndolos, esperándolos. Era una gran cantante mi mama, recia la voz, el corazón desgarrado. Sufría cantando. Cantaba de pie, como en trance, ignorándome, mirándose en un espejo rajado, ella todita convertida en Raphael o Camilo Sesto.

Mi mami se molestaba cuando me encontraba en el cuarto de mi mama Eva, le gritaba a ella, no a mí, como si yo no tuviese la culpa de nada, como si ella me hubiese raptado. *Déjate de atontar al chico con tus canciones huachafitas*, le decía furiosa, *ya te he dicho que no me gusta que metas al niño a tu cuarto, la próxima vez haces tus maletas y te me vas. Perdone, señora, es que el niño me insiste que le cante todito lo de Raphael*, se defendía con razón mi pobre mama, pero mi mami, levantando la voz, zanjaba la discusión, *no me alegues, caracho, tú eres mi sirvienta.*

Yo gozaba cuando mi mama Eva se metía calladita a mi cuarto. Ciertas noches en que me iba a la cama llorando porque mi papi había sido malo conmigo o porque mi mami me había castigado por una tontería, aquellas noches tristes, mi mama Eva sentía, no sé cómo, que yo la necesitaba, que necesitaba desesperadamente sus caricias, y de pronto aparecía en mi cuarto, venía caminando despacito, sin hacer ruido abría la puerta, que yo estaba prohibido de cerrar con llave, me miraba blanquísima desde la penumbra, se tapaba la boca con un dedo que olía a cebolla, *ssshhh*, susurraba, y venía a mi cama, se arrodillaba a mi lado y me decía las cosas más lindas que nadie, ni siquiera mi mami, me había dicho jamás: *tú eres mi príncipe azul, tú eres mi rey de porcelana, tú eres mi superman, mi hombre de acero, te quiero del tamaño del mar, mi Raphaelito.* Yo no entendía bien todo lo que me decía, pero sentir sus susurros amorosos en mi oído, sentir resbalando por mi pelo su mano ajada por la lejía y el jabón en barra, sentir su aliento cálido sobre mi cuello, sentirla allí, blanca, de rodillas y queriéndome como si yo fuese su hijo, consolaba mis penas, secaba mis lágrimas y me hacía sentir que ya todo estaba mejor.

Aquella es, sin duda, la imagen de mi mama Eva que más fuertemente ha perdurado en mi memoria, arrodillada y mimándome.

Yo le decía *mis papás son malos, no me quieren* y ella, buenísima, incapaz de un rencor, *no son malos, es que paran peleando todo el día y por eso andan amargados, pero en el fondo sí te quieren, mi reycito de porcelana* y yo *un día cuando sea grande me voy a escapar, nos vamos a ir juntos tú y yo, mama* y ella *sí, juntos tú y yo, y nos vamos a casar de blanco en el altar y tú vas a ser mi Raphael* y yo *sí, mama, yo de grande me voy a casar contigo*, y ella me besaba la frente, las mejillas, el cuello, y yo sentía los vellos de su cara rozándome, haciéndome cosquillas, y a veces pensaba *yo de grande me quiero casar contigo, mama, pero no quiero que tengas bigote*, aunque, claro, nunca se lo dije porque tenía miedo de hacerla llorar, como la hacían llorar el chofer Leo o el Chino Félix, el jardinero, cuando la fastidiaban por su cara de caballo, pues los malos le decían Santorín, el nombre de un caballo famoso que había ganado una carrera internacional, y mi mama Eva a veces se ponía a llorar calladita, y si yo le preguntaba *¿por qué lloras, mama?*, ella siempre le echaba la culpa a la cebolla: *es la cebolla que he estado picando para el cebiche de tu papi*, me decía, y yo sabía que me mentía.

Nunca nos escapamos mi mama Eva y yo, y no porque me faltasen ganas, de hecho se lo propuse alguna vez, sino porque ella no tenía a dónde ir, no tenía plata, parientes, amigas, nada, solo los pocos soles que escondía en sus zapatos domingueros y su radio chiquita, a pilas, para escuchar a sus ídolos de la canción.

Novios, pretendientes o siquiera un amigo, todos los años que vivió con nosotros, no le conocí, quizás porque

19

era muy reservada, no le gustaba hablar de su pasado, de su infancia en Huaraz, de las monjas, o más probablemente porque no los tuvo, pues su vida era cuidarme y mimarme, además de lavar, barrer, coser, planchar y hasta cocinar, porque cuando Manuela, la cocinera, estaba enferma o no se daba abasto, mi mama Eva ayudaba también en la cocina, blanquísima, sudorosa, espantando las moscas y comiéndose una que otra cosita sin que los patrones se diesen cuenta, pícara ella. No tuvo novios o no los conocí, aunque un domingo por la noche regresó especialmente contenta y yo le pregunté *¿por qué te ríes tanto?* y ella me contó que un serranito, así dijo, *un serranito*, la había invitado a la matiné del cine Perú, frente al parque de Chosica, y ella, tras hacerse rogar, había aceptado, y él, *bien caballerito el serranito*, había pagado las entradas y habían visto una película bien linda, *Terremoto, todos se mueren*, así dijo mi mama, *todo se cae y todos se mueren, tienes que verla cuando seas grande, mi reycito de porcelana*, y el serranito le había dicho a la salida para encontrarse el siguiente domingo en el parque, y mi mama estaba feliz, ilusionada, cantarina, coqueta, y al día siguiente, lunes que no fui al colegio porque estaba de vacaciones, ella, cuando mi mami se fue a misa, puso un disco de Perú Negro que a mi papi le gustaba escuchar cuando tomaba sus tragos, se quitó los zapatos blancos charolados, se subió un poco el vestido y se arrancó a bailar moviendo las caderas y agitándose entera como una loca en celo, y yo, que la veía muerto de risa porque nunca la había visto tan contenta, terminé bailando el alcatraz con ella mientras las demás empleadas aplaudían, se reían a gritos y a cada ratito se acercaban a la ventana, no fuese a llegar la patrona y ahí sí que las despedía a toditas por ociosas y fiesteras. No volví a bailar el alcatraz con ella, pero ese bailecito alcanzó para toda la vida. Pobre mi mama Eva, cuando volvió a la casa el siguiente domingo por la noche y le vi la cara larga, más larga que nunca, como si de la pura pena le hubiese crecido aun más la quijada, ya supe que su amigo el serranito le había fallado, y así me lo dijo ella, herida pero fuerte porque estaba hecha para el castigo, *así son todos los serranos: borrachos y mentirosos*, así tal cual me lo dijo mi mama Eva, y era curioso porque ella también había nacido en la sierra pero no les tenía ningún cariño a los serranos en general. Nunca más me contó sus salidas domingueras, no sé si alguna vez se echó un noviecito, lo cierto es que yo sí recuerdo con cariño al serranito que la invitó a ver *Terremoto* en el cine Perú porque gracias a él bailé el alcatraz con mi mama Eva sin zapatos y con mi mami rezando en misa.

Una noche, mi mami entró a mi cuarto y nos encontró a mi mama Eva y a mí engriéndonos, consolándonos, jurándonos amor eterno, cantándonos puro Raphael trágico en la orejita. No estábamos haciendo nada malo: yo era apenas un niño y mi mama, un animalito salvaje, ella solo estaba acariciándome el pelo, besándome el cuello, sobándome parejo la barriguita para darme calor, nada malo me hacía, lo juro, todo en ella era muy cálido y maternal, pero mi mami entró al cuarto, prendió la luz, vio a mi mama arrodillada en el piso, acariciándome, su mano mansa sobre mi ombligo, y entonces *Eva, retírate inmediatamente, espérame en tu cuarto* y mi pobre mama, de pie, la mirada hundida en el suelo, la mandíbula apretada al pecho, *el niño no podía dormir y le estaba cantando baladas para arrullarlo, señora* y mi mami *retírate y no me alegues*, y mi mama desapareció y mi mami apagó la luz, se sentó en mi cama y me preguntó si ya había rezado, yo le dije que sí y ella *por si acaso reza cinco padrenuestros más y sueña con los angelitos*, y apenas si me dio un beso seco en la frente, y era como si mi mami tuviese muy poquitos besos, contaditos, y como si le costase trabajo darme uno más porque entonces ya le quedarían menos y cualquier día podía quedarse sin besos para siempre o al menos así lo sentía yo cuando ella me daba molesta esos besitos tan esforzados y fugaces.

Mi mama Eva no volvió a entrar a mi cuarto ni yo al suyo. Poco después de ese incidente, desapareció de mi vida, se fue de la casa sin despedirse de mí, se fue cuando yo estaba en el colegio y no me dio un abrazo ni me dejó una notita de despedida, nada, se fue nomás mi mama Eva y yo, furioso, llorando a mares, le pedía a mi mami todos los días al volver del colegio que me dijera por qué mi mama Eva se había ido, y ella me decía muy tranquila, se veía que estaba contenta y eso me enfurecía más, *tu mama se fue porque ya estaba cansada acá y le salió un mejor trabajo*, pero yo no le creía, yo sabía que me mentía, mi mama Eva no era capaz de abandonarme así, solo porque otros patrones le hubiesen ofrecido más plata, yo era su príncipe azul, su hombre de acero, su Raphaelito, yo sabía que mi mami la había despedido solo porque yo quería igual o más a mi mama Eva que a ella, yo sabía que mi mama se había ido llorando y por eso no había querido despedirse de mí, para no darme más pena.

Los días fueron pasando y yo la fui olvidando, pero nunca del todo y siempre con la pena de sentirme culpable, pensando que la echaron porque estaba haciéndome cariñito en mi cuarto y cantándome al oído una más de Raphael, algo que yo disfrutaba a morir, porque ella, mi adorada mama Eva, me hacía sentir querido, queridísimo, el hijo que no quiso tener porque *en esta vida se sufre mucho*.

Nunca más la vi, me quedé con nuestras fotos, el recuerdo en blanco y negro de nuestro amor. A veces la extraño y me siento a ver esas fotos: ella y yo montando el caballo de mi mami; ella acompañándome siempre en los santos de mis amiguitos; ella cargándome, apachurrándome y mirándome con todo su mucho amor de mamá que no pudo ser; ella sonriendo asustada y Papá Noel aburrido a su lado y yo aterrado de que me secuestre ese gordo barbudo que decía ser Papá Noel; ella alzándome para que yo pudiese darle a la piñata; ella soplando conmigo mis ocho velitas de cumpleaños; ella nunca besándome porque a mi mami le daba ataque de celos. De todas esas fotos que ahora atesoro, hay una por la que sin duda siento un cariño especial: en ella está sola mi mama Eva, y sonríe con una sonrisa enorme, mostrando, qué importaba, sus dientes grandotes y disparejos, pues estaba demasiado feliz como para pensar en esos dientes que tanto le disgustaban, y es que yo acababa de regalarle un casete de Raphael. Yo le tomé la foto, ella me mira y yo siento que me está diciendo *te quiero del tamaño del mar, mi Raphaelito*.

II
¿Peco cuando le toco las pecas?

Era rubia y pecosa, pecosísima, los ojos celestes y la nariz respingada, y aunque era apenas una niña de mi edad, parecía, por su manera de mirarme, saber más cosas que yo. Venía a la casa con sus papás, Allan y Sarah Elliot, amigos queridísimos de mis papás; yo les decía tío Allan, tía Sarah y a ella, cuando me atrevía, porque su sola presencia me dejaba mudo y tembloroso, Annie. Se llamaba Ann Marie, todos le decíamos Annie. Era la hija de mis tíos Allan y Sarah, que en realidad no eran mis tíos, pero yo por cariño los llamaba así. Allan era bajito, rubicundo y fortachón, amigo de mi papi desde el colegio, el Santa María, y sabía ser optimista y juguetón; a mí me saludaba con chorros de afecto, me cargaba, me decía *¿cómo está el gran campeón?*, me hacía volar hacia arriba y me cogía luego con sus brazos robustos de ex boxeador amateur. Sarah, su esposa, bajita también, una colección de pecas y lunares que su hija Annie había reproducido, el pelo rojizo y abultado, tipo afro, los ojos verdiazules, la ropa con florcitas y pantalones acampanados, medio de *hippie*, eran esos años, Sarah, amorosa como ella sola, muy querida por mi mami aunque no fuese siempre a misa, Sarah también me saludaba con cariño de verdad, me apachurraba fuerte y me

25

comía con sus besitos de pajarita pecosa y luego se moría de risa viendo cómo yo me cortaba todito cuando su hija Annie se paraba frente a mí y me miraba tan intensamente, y es que la tía Sarah y mi mami se divertían a mares jugando a que Annie y yo éramos medio enamorados.

Pero para mí no era ningún juego: yo sentía algo muy fuerte por Annie, el corazón me latía fuertísimo cuando ella venía a la casa, tan fuerte golpeaba que yo lo tapaba con una mano para que ella no lo escuchase, me daba vergüenza que Annie se enterase de que el corazón me saltaba así por ella. Solía venir los fines de semana, que era cuando también venía mi hermana Soledad del internado. A Annie le gustaba jugar conmigo, aunque quizá hubiese preferido jugar con Soledad, pero mi hermana, cuatro años mayor que nosotros, nos miraba con aires de superioridad, con una cierta condescendencia, y nos trataba como a niñitos, ella ya se sentía adulta. Soledad se encerraba en su casita del árbol, yo no podía subir y Annie tampoco. Soledad nos ignoraba olímpicamente y entonces Annie tenía que escoger entre quedarse con sus papás, que se sentaban en la terraza a conversar con mis papás, o venir a jugar conmigo, que, con el corazón alborotado, la esperaba en mi cuarto.

Annie venía solita a mi cuarto, mi tía Sarah a veces la traía de la mano, pero yo sin duda gozaba más cuando ella venía caminando solita, con pasos bien chiquitos, como dudando cada pasito, sufriendo tanto como yo, pero sabiendo que nuestro encuentro estaba escrito en el libro del destino, que yo la esperaba rendido y también escondido, porque la timidez me podía matar. Venía solita o con su mamá, y la tía Sarah nos decía *bueno, chicos, los dejo para que jueguen bonito* y a mí *¿quieres jugar con Annie, Jimmy?* y yo, tratando de que mi voz sonase bien de hombre grande, *claro, tía, yo feliz,* pero por lo general me salía un vocecita de canario asustado y la tía me guiñaba el ojo, cómplice y traviesa, y nos dejaba solitos a los dos en mi cuarto lleno de pósters de fútbol. Me gustaba más que Annie viniese sola porque ella, muy tímida también, se quedaba afuerita de mi cuarto, no le gustaba entrar y yo la esperaba sentado en mi escritorio, de espaldas a la puerta, que estaba bien abierta, pero sintiendo sus pasitos, sabiendo que venía, fingía yo que leía aunque en realidad estaba ansioso esperándola, y entonces Annie, cuando llegaba a unos pocos pasitos de mi puerta, se quedaba paradita un rato y cuando por fin se armaba de valor, decía, también con una vocecita de canario asustado, *¿vamos al jardín a jugar volantines?* y yo volteaba, la miraba, sonreía y le decía *buena idea*, y los dos corríamos felices hasta el jardín grande, así le decía yo porque en la casa de mis papás había muchos jardines pero el jardín grande era el más grande de todos y el más lindo también, allí jugaba penales con el Chino Félix, el jardinero, y volantines con Annie, mi amor secreto.

Annie era una experta dándose volantines: rodaba y rodaba por el césped, su pelo rubio agitándose, cubriéndole el rostro pecoso, su cabeza apoyada contra el pasto, el cuerpecillo grácil y blanquísimo girando y cayendo, formando un círculo tras otro. Yo la miraba y la admiraba y me sentía muy torpe a su lado: a Annie le salían unos volantines perfectos, redondísimos, los míos en cambio eran chuecos y torpes. Yo prefería contemplarla, siempre detrás de ella, y no solo porque me parecía linda y sus volantines, perfectos, también porque a veces, cuando ella estaba con vestido, al girar su cuerpo, las piernitas hacia el cielo, podía verle fugazmente el calzón. Ese espectáculo, Annie dándose volantines, me dejaba, a la vez, extasiado y avergonzado: yo sentía que ella era la niña más linda del mundo, pero también que mirarle el calzón era sin duda pecado mortal. Yo no sabía si Annie se daba cuenta de que alcanzaba a

echarle una miradita al calzón, pero ella me miraba y sonreía feliz y me decía *mis volantines son más lindos que los tuyos*
y yo, que siempre estaba de acuerdo con ella, sobre todo
si me dejaba ver sus calzones rosaditos, hacía un volantín
exageradamente recio, como para impresionarla, dejando
caer mis piernas fuertemente, y le decía *todo lo que tú haces es
lindo, Annie*, y sentía que la cara se me había puesto caliente
y rojísima, y ella hacía un volantín más y abría bastante las
piernitas con sus medias de blondas, y yo, arrodillado en el
pasto, le veía clarito el calzón rosadito, y todo yo enterito
me ponía caliente y rojísimo.

Una de esas tardes juguetonas, Annie y yo haciendo
volantines y mi corazón también, arriba en la casa mis
papás hablando con los tíos Allan y Sarah de que a lo mejor nos íbamos a vivir a México porque la situación en el
Perú estaba poniéndose demasiado peligrosa, yo me entusiasmaba de solo imaginarme en México, me encantaba la
idea de llegar un día al colegio y anunciarles a mis pocos
amigos que me iba a vivir al extranjero porque *dice mi papá
que aquí ya no se puede vivir*, una tarde en el jardín grande,
decía, sudorosos y disforzados Annie y yo, ella con pasto
en el vestido de flores, ocurrió un fugaz pero inolvidable
incidente, al menos inolvidable para mí, que comenzó distraídamente cuando ella, Annie, la niña de mis sueños,
muñequita rubia y pecosa que adoraba hacer piruetas conmigo, me dijo *el otro día conté cuántas pecas tengo en la cara*
y yo, echado boca abajo en el césped, mi cara apoyada en
mis bracitos renuentes a las clases de educación física del
colegio, *¿y cuántas pecas tienes, Annie?*, porque no eran pocas sus pecas, Annie era mil pecas y una sonrisa, pregunta
que ella, con astucia gatuna, echada también boca abajo
en el jardín, evadió diciéndome coquetamente *adivina* y yo
no sé, imposible y Annie *si adivinas, te doy un premio* y yo, ca-
lenturiento, nervioso, *¿qué premio?* y Annie sonríe con esa

inquietante mezcla de candor y malicia, la misma sonrisa de los volantines enseñándome el calzón, y me dice *el premio es sorpresa* y yo, obvio, pienso *me va a enseñar el calzón rosadito, ese es el premio*, y le digo enseguida *bueno, ya* y Annie se sienta con las piernas cruzadas, sonríe, me espera, y yo no sé qué hacer y entonces me quedo callado mirándola intensamente, *bueno, ¿me vas a contar las pecas?*, pregunta ella con su carita angelical, *ya*, digo yo acercándome como un perrito dócil, las manos apoyadas en el pasto, *pero primero adivina, pues*, me recuerda ella, que sin duda sabe lo nervioso que me he puesto y goza sabiéndolo, y yo cierro los ojos, pienso, me concentro, pero en mi cabeza veo no la carita pecosísima de Annie, sino el calzoncito que ella me oculta, así que abro los ojos, azorado, y digo *sesenta pecas* y Annie se ríe, las manos en las mejillas, como avergonzada, y dice *¿sesenta solo en la cara?* y yo *ajá, sesenta en la cara* y ella *a ver, cuéntalas*, y el momento de la verdad ha llegado: yo, de rodillas frente a ella, me acerco un poquito y otro poquito y un poquitín más y estoy realmente cerca de Annie y mi corazón da tantos volantines que estoy seguro de que ella lo escucha y se muere de risa por dentro, *tócalas una por una, no tengas miedo*, dice ella, y yo toco su mejilla rosada y chaposa y comienzo a contar *una, dos, tres*, porque ya dije que las pecas son muchas, muchísimas, y pienso *¿peco cuando le toco las pecas?*, y sigo posando mi dedito trémulo en su inocente cara de niña y cuando voy en ocho, nueve, diez, le digo *es imposible que sean justito sesenta, no voy a adivinar*, y entonces ella, que había cerrado los ojos, los abre y me mira solo de costadito, como haciéndome el favor, y dice *bueno, si son menos, tú ganas y te doy el premio, y si son más, yo gano y no te doy el premio, ¿ya?* y yo feliz porque sospecho que son menos de sesenta de todas maneras, *ya*, y sigo contándole las pecas y siento un calor abajo en el pantalón, un cosquilleo, y mientras le acaricio

29

el rostro con el pretexto de seguir tocando sus pecas pienso avergonzado *qué rico es tocarle las pecas a Annie, ojalá no se dé cuenta de que tengo un bultito en el pantalón*, pero no hay problema porque tiene los ojos cerrados, como meditando, y respira parejamente, fingiendo un airecillo ausente, sin dar señales de compartir mi emoción, y cuando la toco arriba de la boca y cuento sus pecas, ella abre suave y ligeramente sus labios y me deja ver su lengua adormecida y yo, casi tocándole los labios con mi dedo, siento que allá abajo el levantamiento se convierte en motín, en revuelta, en subversión, y cuando termino de contarle las pecas, le digo *veintiocho*, y ella abre los ojos, sonríe, me mira feliz y dice *ganaste*, y yo, siempre cerquita a ella, casi respirando su respiración, *¿y mi premio?* y ella, coqueta, *cierra los ojos*, y yo, asustado, cierro los ojos y siento algo suave y calientito que apenas roza mis labios y abro de pronto los ojos y es Annie dándome un besito, y ella se aleja, se pone roja como un tomate y me dice *te dije que cierres los ojos*.

Dejé de ver a Annie un tiempo porque sus papás la llevaron a Disney. Annie regresó de Disney y vino un sábado con sus papás a la casa, y por supuesto estaba vestida con ropa de Disney, con su polito de Mickey y sus zapatillas blancas del Pato Donald, y el tío Allan, como siempre, se fue a tomar sus *drinks* con mi papi y a jugar ajedrez, les encantaba jugar ajedrez, se pasaban horas frente al tablero, mientras la tía Sarah le enseñaba a mi mami las fotos del lindo viaje familiar y la animaba, yo al lado de mi mami viendo las fotos que ella después de mirar me pasaba a mí, la animaba a que nosotros, mis papás, mi hermana y yo, hiciéramos también un viaje a Disney, *ese lugar es mágico, gracias a Disney hemos vuelto a ser la familia feliz que éramos*, y mi mami suspiraba de emoción y acercaba las fotos a sus ojos para no perderse ningún detalle y decía, una y otra vez, *uf, esto es lo máximo* y yo *mami, ¿cuándo vamos a Dis-*

ney? y ella *cuando el Señor lo disponga* y yo *¿cuando mi papi lo disponga?* y ella, muy seria, *no, cuando el otro Señor lo disponga, el Señor que está en los cielos, Dios propone y el hombre dispone* y la tía Sarah, riéndose, *es al revés, hija, es el hombre propone y Dios dispone* y mi mami, sonriendo, *ay, hija, no sabes cómo me está fallando la memoria últimamente.* Yo, después de ver las fotos, fui corriendo adonde Annie, que estaba leyendo los libros de historietas de Tintín que a mi hermana Soledad le fascinaban, y sin el aplomo ni virilidad, más bien tímido y temeroso de que ella, ahora que ya conocía Disney y yo no, me ignorase, me despreciase, me castigase con su indiferencia, le dije, paradito con la mirada en el piso, *¿quieres ir a jugar al jardín grande?* y ella para mi alivio dejó de leer *Tintín*, me miró con su nueva madurez post-Disney mientras yo solo me atrevía a mirar al Mickey de su polito nuevecito y me dijo *ahorita voy, espérame en el jardín*, así que yo feliz fui corriendo al jardín grande y al pasar al lado de la salita donde mi papi y el tío Allan estaban sumidos en un cerebral juego de ajedrez, mi papi me vio corriendo, moviendo los brazos, flotando en la nube perfecta de mi felicidad, y me gritó *¡no eres una mariposa, oye, corre como hombre!*, con lo cual deshizo de golpe la nube perfecta de mi felicidad y me avergoncé todito de mi suave manera de correr. Llegué al jardín grande, me subí a los columpios y estuve columpiándome un rato largo a la espera de que Annie bajase, lástima que no había venido con vestido: solo por la gracia del polito de Mickey y las zapatillas del Pato Donald, ese sábado se había puesto unos shorts que, sin embargo, me permitían ver sus piernas blanquísimas y, curiosamente, sin pecas. No podría verle el calzón aquella tarde, pero al menos nos besaríamos y yo estaba dispuesto a que con lengua y todo. Annie se demoraba en bajar y yo me columpiaba y ensayaba cómo iba a pedirle un beso: *Annie, te he extrañado mucho, quiero* *darte un regalito, por favor cierra los ojos y no los abras hasta que yo te diga*, y ella, sabiendo que yo, víctima de una pasión abrasadora, había soñado con besarla muchos días con sus noches enteras, ella esperaría entregada mis labios y dejaría que mi lengüita jugase con la suya. *¡Me demoré porque quería terminar Tintín!*, gritó Annie corriendo por el jardín y yo salté del columpio, corrí hacia ella y tuve ganas de abrazarla como veía que se abrazaba la gente en las telenovelas mexicanas que las empleadas veían a escondidas cuando mi mami no estaba en la casa, pero no la abracé y ella me dijo *mira, te apuesto que no puedes hacer esto*, y de pronto, en vez de darse una secuencia perfecta de volantines, hizo con su cuerpo unas aspas de molino que me dejaron alucinado viendo su maravilloso ombligo cada vez que ella giraba y giraba, las manos apoyadas en el pasto, y cuando terminó se sentó fatigada y orgullosa y me dijo *a ver tú* y yo traté pero no me salió, y ella se rió y me dijo *monguito*, y yo adoré que me dijera *monguito* y fui, me senté a su lado y le dije *te vi el ombligo cuando hacías aspas de molino*, ella se levantó un poquito el polo de Mickey, se miró el ombliguito, sonrió y me dijo *a ver el tuyo* y yo *¿mi ombligo?* y ella *¿qué?, ¿no tienes ombligo?* y yo, avergonzado porque mi ombligo no era tan lindo como el suyo, *claro, mira*, y me subí el polo y le enseñé mi ombligo con hueco, a diferencia del de ella, que era ombligo salido, y entonces ella me sorprendió, siempre me sorprendía, pues era sin duda más rápida y audaz que yo, ella tocó mi ombligo como si fuera un timbre, dijo *rin, rin, ¿hay alguien en casa?* y luego se rió, yo me reí también y adoré su dedo tocando mi ombliguito y sentí un calorcillo bienhechor al sur de mi ombligo. Decidí entonces que había llegado el tan anhelado momento de besarla, *Annie, tengo una sorpresa para ti*, le dije, ella y yo sentados frente a frente, *¿me has comprado un regalito?*, preguntó ella ilusionada, y yo *no te lo he* comprado, pero es un regalito y ella ¿a ver? y yo *cierra los ojos y no los abras hasta que yo te diga* y ella, que no era ninguna tonta, sabiendo seguramente que la besaría, pues se lo delataba con mi mirada dulce y entregada, ella, los ojillos pícaros, las pecas bailoteándole en la cara paliducha, *primero yo tengo un regalito para ti* y yo, ella siempre ganaba, así debía de ser el amor, concederle siempre esas pequeñas victorias, *bueno, ya* y ella *cierra los ojos* y yo, temblando de emoción, esperando el beso soñado, cierro los ojos, y ella *abre la boca*, y yo obedezco sumiso, ella *saca la lengua*, yo extasiado pienso que por fin ha llegado el momento del besito con lengua y todo, pienso también que cuando sienta su lengua entrelazada con la mía abriré los ojos para guardar en mi memoria la imagen de ese beso que ha afiebrado mis noches, pienso de paso que de ninguna manera le voy a confesar al padre Juvenal que besé con lengua y todo a Annie porque me va a dar en penitencia cincuenta avemarías y prefiero irme al infierno pero habiendo besado a Annie con lengüita que acompañar a mi mami al cielo sin haber vivido nunca esta dichosa experiencia que ya se avecina y espero a oscuras y con la lengua afuera el beso de Annie, que habrá de ser, está escrito, mi primera y única enamorada, espero la boquita soñada de mi amor pecosita y la demora se me hace eterna. De pronto escucho su risita ahogada y siento una presencia intrusa en mi boca, algo rijoso que se mueve y avanza por mi lengua. Abro entonces los ojos, aterrado, y veo a Annie muerta de la risa y sé que algo pequeño y amenazante camina por mi lengua. Escupo con todas mis fuerzas y veo salir de mi boca un escarabajo vivo. Annie se arrastra de la risa y yo, rojo de ira y vergüenza, odiándola con todo el odio que un niño puede sentir, yo para no pegarle, que ganas tengo, desahogo mi frustración en el pequeño escarabajo, le doy un manotazo, luego lo piso, lo chanco y lo hago papilla y

33

ella, sorprendida, dejando de reír bruscamente, *¿qué haces?, ¿qué haces?*, me empuja y acude al rescate del escarabajo. Pero ya es muy tarde, el insecto que me besó en vez de Annie es ahora un amasijo irrecuperable, he matado al escarabajo que Annie depositó cruelmente en mi boca y ahora ella me mira furiosa, cuando el furioso debería de ser yo, y me dice *¿por qué lo mataste?, malo*, y yo solo la miro con todo mi resentimiento y ella me dice *malo, tonto, estúpido, era solo un juego, eres un picón, un imbécil y un asesino de animalitos inocentes.* Yo dejo que me insulte, pues secretamente disfruto viéndola así, llorosa y furiosa conmigo, lo disfruto porque merezco una venganza, cómo se atrevió a ser tan mala y a jugar con mis ganitas inaguantables de besarla, cómo se atrevió a que mi primer beso con lengua y todo fuese con un maldito escarabajo, que, bien hecho, lo pisoteé duro, y entonces Annie llorando me dice *nunca más voy a jugar contigo* y yo miento solo para herirla más y le digo *no me importa*, pero claro que me importa: ella se va corriendo con sus zapatillitas del Pato Donald y yo me quedo furioso, me subo al columpio y así, columpiándome, me pongo a llorar.

A solas en mi cuarto el domingo, con ganas de olvidarla para siempre jamás, destruyo y alejo de mí todo lo que me recuerda a ella: abro mi álbum de fotos, despego furioso aquellas en las que aparezco con Annie, fotos en blanco y negro que han capturado momentos felices de nuestro corto romance, sonrisas suyas que ahora encuentro desleales, traidores volantines conmigo, cumpleaños felices soplando yo las nueve velitas mientras ella sopla también a mi lado, despego esas fotos y, no es fácil, lo dudo mucho, sufro a morir, voy rompiéndolas en pedacitos cada vez más pequeños, lo bastante diminutos como para que no quede ni el más pálido vestigio de que ella existió en mi vida, y una vez que, humillado, cegado por el rencor, despedazo y echo a la basura aquellas fotos, exabrupto del que más tarde por supuesto me arrepentiré, voy a mi escritorio, abro los cajones y encuentro escondidos entre mis cuadernos del colegio los dibujos que, con plumones y crayolas, he hecho de ella, siempre el pelo amarillo, los ojos celestes y la cara con puntitos marrones que son sus pecas, dibujos que también rompo y tiro a la basura, salvo uno, que me resisto a destruir, pues en él aparece, torpemente trazada y coloreada, Annie dándose un volantín y de paso exhibiendo, sabiendo que la miro, el calzón que he pintado de rosado, no rompo ese dibujo porque siento que tal vez representa una pequeña venganza mía, la de haberle visto el calzón, y me siento mezquino cuando pienso *no será mi enamorada porque me sudan las manos, pero al menos le vi el calzón y hasta su huequito rosado cuando hizo pila abajo del guayabo*, y ya repleto el basurero de mi pasado con ella, no contento yo con mi cobarde venganza, cobarde porque es así como me siento cuando rompo las fotos y dibujos, cobarde por no saber perder, cobarde por pretender tontamente que no la quiero cuando sé que el fuego por ella no se ha extinguido, más bien sus desplantes lo han avivado y ahora me abrasa, decido finalmente eliminar de mi vida, de mis noches, la almohada en la que he imaginado su rostro tantas veces, la almohada que he besado y abrazado susurrándole palabras de amor, y agarro entonces aquella almohada, la sacudo con brusquedad, huelo en ella mis sudores y ardores, pienso un instante en quemarla pero me digo luego que sería demasiada ceremonia para una niña tontita como Annie que nunca me importó gran cosa y que por suerte se va ahora a vivir a un país que ella en su ignorancia llama Washington, y decido llevarla al cuarto de mi hermana, que no está, pues Soledad vive en las nubes o cerca de ellas, inalcanzable para mí en su casita del árbol, y dejarla en en su cama y llevar conmigo una de

35

sus almohadas que es del mismo tamaño que la mía pero cuya cubierta es de un diferente juego de sábanas, la mía es celeste y la suya blanca con florcillas rosadas, y me veo obligado a cambiar las cubiertas y llevarme su almohada con mi sabanita celeste, con lo cual, la verdad, aunque la almohada sea otra, sigue oliendo a mí y a Annie, así que, frustrado por tan inútil operación, saco la cubierta celeste, ya en mi cuarto, y la tiro también a la basura: allí, en ese cubo de madera, ha terminado todo lo que representaba Annie para mí, *eso te pasa por haberme basureado*, pienso, intoxicado por la rabia y la sed de venganza que ninguna de esas pequeñas violencias consigue aplacar.

Por supuesto, y a pesar de mis esfuerzos, no logro olvidar a Annie, y el día que la empleada Visitación, bajita y vivaracha como una ardilla, me toca la puerta del cuarto donde yo remolón leo las páginas de deportes de los periódicos y me dice con su voz siempre alegre a pesar de los incesantes trabajos a que está obligada *joven Jimmy, lo llaman por teléfono*, yo presiento alborotado que esa llamada es de Annie, quien por cierto nunca antes me ha llamado. Me siento en la cama de mi mami, descuelgo el teléfono negro y escucho *te llamé porque quería decirte chau*, y no entiendo y pregunto *¿por qué chau?* y ella, me parece que triste, aunque no todo lo triste y devastada que yo quisiera, *porque nos vamos mañana a Washington y quería despedirme de ti*, yo sigo en silencio y ella como justificándose *total, tú eres mi amigo más especial*, y entonces no puedo más, se me juntan la rabia por mis manos sudorosas y la pena por Annie a punto de irse y la culpa por sus fotos en la basura, se me junta todo y me quedo sin voz y estoy llorando y nada puedo hacer para evitarlo, *¿qué te pasa?*, pregunta ella cuando escucha los sollozos que no he tratado de disimular, y me da vergüenza llorar pero en el fondo también me gusta que ella se entere de que lloro porque la

36

quiero tanto, *nada*, digo mocoso y ella *¿estás llorando?* y yo *ajá* y una lágrima cae y se desliza por el pesado auricular negro mientras ella me dice *no llores que me vas a hacer llorar a mí también* y yo en mi desesperación pienso *llora tú también si me quieres un poquito*, y nos quedamos los dos en silencio, ya no sé qué decirle y en medio de mi llanto le digo *no quiero que te vayas a Washington* y ella, no sé si es el cariño o la pena que le inspiro, me dice *te prometo una cosa, cuando regrese y sea más grande, me caes y te digo que sí* y yo, sabiendo que lo dice solo para consolarme, que no volverá, *¿por qué no me dices que sí ahorita mejor?* y ella, sin llorar pero casi, *porque me voy mañana* y yo *no me importa* y ella *¿no te importa?* y yo *sí me importa, pero aunque sea dime que sí* y ella *entonces cáeme* y yo *un momento*, no le puedo caer llorando, me seco las lágrimas con mi polo del Barcelona donde juega el Cholo Sotil, tomo aire para ser bien hombrecito como le gusta a mi papi, regreso al teléfono y le digo con el corazón sangrante igualito al sello de mi mami *¿quieres estar conmigo?* y ella me dice *sí* y luego yo me quedo mudo de la felicidad y no sé qué más decir, *¿somos enamorados?*, le pregunto incrédulo, y ella *bueno, ya, somos enamorados, pero en secretito, ¿okay?* y yo, me encanta que ella diga esa palabra, *secretito*, yo, enamoradísimo a mis casi once años, *ya, Annie* y ella *bueno, chau* y yo *chau*, y antes de que corte pronuncio las palabras que le he dicho tantas veces a mi almohada, *te quiero, Annie* y ella, con toda la solemnidad del caso, se despide con estas palabras que hasta hoy resuenan en algún rincón cálido de mis recuerdos: *chau, enamorado*.

Al día siguiente le ruego a mi mami que me lleve al aeropuerto Jorge Chávez a despedirme de Annie, *llévame por favorcito, ¿qué te cuesta?*, *no seas malita*, le suplico acariciando su brazo, su rostro sin maquillaje, mientras ella divertida juega perezosamente con la idea de llevarme, *no sé, mi amor, me da flojera, el aeropuerto queda lejísimos, es hora y media de camino y a tu papi no le gusta que yo vaya manejando solita por esos barrios de cholos.* Mi papi se ha ido a trabajar, yo estoy de vacaciones en el colegio, el vuelo de Braniff International con destino a Miami que se llevará de mi vida a Annie sale a mediodía o al menos eso asegura mi mami que le dijo la tía Sarah, aunque con mi mami y las horas siempre hay que desconfiar, la pobre es muy distraída y todo lo confunde. Ahora estamos en el Saab, mi mami maneja rápido porque el vuelo de Braniff se va y sabe que si llegamos tarde le voy a hacer una escena trágica en el aeropuerto, *voy a ir a todo cohete, qué importa si me toman la foto y me ponen una multa, ya tu papi lo arregla todo después,* yo voy en el asiento de atrás, quería ir adelante a su lado pero ella *mejor siéntate atrás que es más seguro en caso de choque, que Diosito no lo quiera,* yo me siento y luego me voy desparramando mientras mi mami me conversa, voy dejando que mi cuerpo se deslice perezosamente en el asiento de cuero negro del Saab, y termino echado mirando el techo gris y el cielo también gris de nuestra ciudad, por suerte en Los Cóndores hay sol todo el año, pero a medida que nos acercamos a Lima el cielo se torna plomizo y se envicia el aire, y mi mami no ha querido prender la radio, yo le pedí que escuchásemos música, de preferencia radio Nostalgia, donde pasan lindas canciones de amor que me hacen pensar en ella, Annie, mi enamorada en secretito que se va a Washington, *no me gusta manejar con música, me distraigo y es más rico si vamos hablando,* me dijo mi mami, pero yo no tengo ganas de hablar, yo quiero llegar a tiempo al aeropuerto, quiero que mi mami acelere y vaya más rápido y pase de una vez a ese viejo ómnibus destartalado que va echando un repugnante humo negro, una nube de veneno que nos envuelve e intoxica, y mi mami cierra todas las ventanas y bloquea el aire acon-

38

dicionado para que no se meta el humo venenoso, mientras yo me tapo la nariz con una mano y no respiro hasta que no terminemos de pasar a ese maldito ómnibus que deberían sacar de circulación, *qué barbaridad cómo botan humo estas chatarras*, se queja mi mami y yo, aguantando la respiración para no morirme tan joven, al menos no antes de llegar al aeropuerto y despedirme de Annie, yo casi sin aliento, *pásalo, mami, pásalo*, y ella, que va en tercera hace como media hora y no pasa a cuarta jamás y acelera todavía más en tercera y yo me desespero pensando *¿por qué diablos no pasa a cuarta?, ¿por qué a mi mami le encanta ir a todo en cohete pero siempre en tercera?*, yo le digo *mami, pasa a cuarta, vas a malograr el motor si aceleras tanto en tercera*, y ella me dirige por el espejo una miradilla reprobatoria aunque no malhumorada como las de mi papi y tan solo me dice *una señora de su casa nunca pasa de tercera, yo no soy una loquita rocanrolera para ir en cuarta a todo cohete*, y yo me río pensando *pero igual vas a todo cohete, solo que en tercera*, y finalmente mi mami pasa a esa carcocha apestosa y yo respiro aliviado.

Llegando al aeropuerto, mi mami estaciona donde buenamente puede, bajamos del carro, caminamos deprisa, entramos al aeropuerto, yo estoy agitadísimo, y mi mami me coge de la mano y me lleva a paso rápido al *counter* de Braniff y cuando llegamos ya no hay nadie, en la pizarrita dice «Miami 12:30», y mi mami le pasa la voz a una señorita con uniforme celestito, le dice *señorita, ¿ya salió el avión?* y ella, muy cortés, *no, todavía, pero ya está cerrado el counter* y mi mami *no, hija, yo no viajo, vengo a despedir a una amiga* y la señorita celestita con la boca muy pintada me mira y acaso nota mi excitación y nos informa *justito acaban de llamar a embarcar, si suben al espigón pueden ver a los pasajeros* y yo alcanzo a decirle *gracias* mirando sus labios tan lindos, amables y rojitos, pero enseguida mi

39

mami me jala fuerte del brazo y me dice *corre, amor, corre que con suerte alcanzamos a verlos de arriba*, así que corremos y, claro, la escalera mecánica está malograda, o sea que subimos las escaleras rapidito, mi mami adelante con sus guantes de manejar, yo en medias y sin zapatos porque todo fue tan rápido que no tuve tiempo de ponérmelos, y corremos por el pasillo del segundo piso, pasamos frente a la cafetería, veo nuestros cuerpos presurosos reflejados en esos vidrios sucios de la cafetería, *apúrate, principito, que se va tu novia y no te has despedido, qué barbaridad*, dice en voz demasiado alta mi mami, y es que no quiero que todo el aeropuerto se entere de que tengo enamorada, y corro y mi mami también y ella *ay, qué sucedida me ha resultado esta mañana, ahorita me desmayo*, y por fin salimos a la terraza de vuelos internacionales, allí donde se reúne la gente a despedir o recibir a los que viajan, salimos y nos acercamos a la baranda de fierro y veo el avión grandote que dice «Braniff International», y, como nunca he viajado en avión, me quedo maravillado de ver qué grande es ese avionzote, mientras abajo la gente se dirige a abordarlo, algunos miran hacia arriba, hacia donde estamos nosotros, despidiéndose de familiares y amigos, y no mucha gente está en la terraza, somos pocos nomás, y entonces mi mami grita feliz *¡ahí están, ahí están!*, y yo veo en efecto al tío Allan y a la tía Sarah y se me acelera el corazón, me tiemblan como a pollito las piernas, mojaditas tengo las manos en los bolsillos y no toqueteándome que no es momento para eso, y en medio de ellos, de la mano de los tíos Allan y Sarah, veo, emocionado y feliz, a Annie que camina despacito mirando el avión con un cierto respeto, elegantísimos los tres avanzan rumbo al avión de Braniff y ya mi mami está gritando *¡Sarah, Sarah, Sarah!* a voz en cuello, sin la menor vergüenza, pero abajo no nos escuchan y mi mami me dice *grita conmigo, corazón, que no nos* *han visto* y ahora los dos, a todo pulmón, ¡*SA-RAH*, *SA-RAH*, *SA-RAH!*, y luego yo solito ¡*ANNIE!*, y es un milagro, es el amor, Annie voltea y nos ve justo antes de que empiecen a subir las escaleras y les dice algo a sus papás y ahora el tío Allan y la tía Sarah nos hacen chau y entonces mi mami grita con todas sus fuerzas ¡*CHAU, GRINGA, BUEN VIAJE!*, y yo les hago adiós y solo miro a Annie que nos hace un discreto y apenado chaucito, ¡*CHAU, ALLAN, TE MANDA SALUDOS MI MARIDO!*, grita mi mami y yo *mami, no grites tan fuerte*, pero ella ni caso ¡*CHAU, GRINGA, SUERTE, ESCRIBE, ¿YA?!*, y ellos, buenísimos, nos hacen miles de chaus y adioses y la tía Sarah manda besitos volados, y ahora otra señorita celestita al pie de la escalera les dice algo y ellos comienzan a subir, primero el tío Allan que, así de lejos y haciéndonos chaucito, no parece la verdad tan marihuanero ni tan ateo, luego la tía Sarah, encantadora con su tremendo pelo *afrohippie* y sus miles de besitos para nosotros en la terraza, ¡*CHAU, HIJA, LOS VAMOS A EXTRAÑAR A MARES!*, sigue gritando mi mami, y finalmente Annie que sube despacito y justo antes de entrar al avión se detiene, me mira desde allá lejos y yo la miro con toda la penita que se me junta en los ojos y ella besa su manita derecha y luego la sopla y me manda besito volado y yo entonces hago lo mismo, beso mi mano y la soplo hacia ella y ella me hace chau y yo, sin hablar, solo moviendo los labios, pues no quiero que mi mami me escuche, le digo, con tanta penita que una lágrima se me escapa y cae sobre mi media blanca, le digo, solo para mí, *te quiero, Annie*, y ella me hace un último chaucito y se va y yo cierro los ojos para no llorar más y mi mami se inclina hacia mí y me abraza y me dice *llora, mi rey, llora conmigo*, porque ella también está llorando muerta de la pena mientras yo le digo, mi carita mojándole el pecho, *no es justo, mami, no es justo*.

III
Hawaii 5-0

Las empleadas de la casa le decían Hawaii 5-0 porque, comentaban ellas riéndose, era igualito a uno de los detectives de esa serie de televisión. El Chino Félix era bajito, medio jorobado, la cara flaca y ojerosa, los ojos achinados, amarillentos los dientes porque fumaba a escondidas cigarros negros sin filtro, un bigotín desarreglado que él, nervioso, un tic, solía tocarse una y otra vez. No sé por qué pienso ahora que tenía un aire filipino, vietnamita.

Félix y yo veíamos «Hawaii 5-0» en la tele, serie que nos encantaba, y el Chino gozaba cuando el policía igualito a él perseguía a los malos, los capturaba y en ocasiones los mataba. *Buena, carajo*, decía feliz y aplaudía, curiosamente, con las manos y los pies al mismo tiempo, emocionadísimo. El Chino Félix y yo nos tomábamos «Hawaii 5-0» muy en serio, creíamos que todo aquello que veíamos en la tele estaba ocurriendo de verdad. Yo sentía, pero no se lo decía, una secreta simpatía por ciertos malos que me parecían más interesantes que los buenos, y por eso quería que se saliesen con la suya, aunque en realidad era tan bonito ver al Chino Félix festejando las hazañas de su doble que tampoco me molestaba el final de siempre: los policías triunfando sobre los malhechores.

No siempre podíamos ver «Hawaii 5-0»: si mi papi estaba en la casa, el Chino Félix no podía entrar a ver televisión en la sala donde teníamos el único televisor de la casa, que era más bien chico y todavía en blanco y negro. Ningún empleado tenía permiso para ver la tele, prohibidos estaban todos, salvo cuando hablaba el Papa por navidad vía satélite desde el Vaticano, ocasiones en las que mi mami se emocionaba, llamaba a gritos a las empleadas y les decía *escuchen, chicas, para que aprendan el camino de la santidad*, y entonces las sufridas empleadas escuchaban al Papa con caras muy pías pero en el fondo felices de estar descansando un poquito de sus interminables faenas caseras. Solo podíamos ver «Hawaii 5-0» cuando mis papás habían salido. Por eso, los jueves en la mañana, ni bien despertaba, le rezaba a Diosito para que mis papás tuviesen una comida bien linda esa noche, porque «Hawaii 5-0» lo daban los jueves a las diez de la noche, comenzaba con una ola que crecía y se venía encima, convirtiéndose en un verdadero olón, mientras sonaba una musiquita pegajosa que acompañaba al olón, entubándose con él, y entonces el Chino Félix y yo nos mirábamos con una felicidad filipina y él a veces me decía, cuando estaba muy emocionado, *¿sabes una cosa, Chino?*, porque me decía *Chino* y yo también a él, *¿sabes, Chino?*, *yo de chiquillo casi me meto a policía, si volviera a ser joven me metería seguro, ser policía es lo más chévere que hay, mucho mejor que estar así, de jardinero.*

Porque el Chino Félix era jardinero, oficialmente jardinero pero también electricista, plomero, albañil, lustrabotas, mecánico, veterinario, cazador de ratas, guardián, recogedor de pelotas de frontón y recogedor de mil cacas de perro. Pobre Félix, vivía atareadísimo: la casa de mis papás eran tan grande, diez mil metros cuadrados de lindos jardines, que el Chino no tenía descanso. Comenzaba a trabajar al alba, tras desayunar deprisa dos panes franceses fríos y una taza humeante de Nescafé, que, según él, debería haberse llamado No-es-café porque sabía a todo menos a café, y terminaba, rendido, bañado por el sudor, magullado y polvoriento, cuando anochecía, pasadas las siete. Hacía de todo el Chino: cortaba el pasto, regaba, fumigaba, podaba, recogía las frutas, sembraba, barría, limpiaba. Pero sobre todo cortaba el pasto: se pasaba horas cortando el césped de la cancha de fútbol con una máquina amarilla viejísima, el Chino empujándola y silbando, las hojillas verdes volando a su alrededor.

Al menos a veces se daba el lujo de jugar fútbol conmigo en esa cancha que con tanto esfuerzo mantenía espléndidamente, jugábamos cuando yo regresaba del colegio y mis papás habían salido, nos encantaba pelotear, el Chino se ponía en el arco, sacrificado, y yo, narrando las jugadas como lo hacía en la radio el Gitano Rivasplata, mi locutor favorito, pateaba tiros libres y penales, y el Chino, como era bajito, sufría a mares porque yo cruelmente le tiraba todas las bolas arriba, a las esquinas, adonde él ni volando como Lev Yashin podía llegar. Después él se vengaba: era mi turno de tapar y entonces el Chino, sin zapatos, los pies hinchados como camotes, las uñas negras y chancadas, me bombardeaba con unos cañonazos alucinantes, pateaba como burro, me hacía mil goles y yo ni ponía la mano porque cuando esos pelotazos me golpeaban la mano, me quedaba ardiendo fuertísimo, así que prefería cobardemente que entrase la bola nomás, y después el Chino iba corriendo a recogerla hasta los quintos infiernos porque sus cañonazos a veces la mandaban más allá del muro, afuera de la casa, pero él feliz saltaba el muro y regresaba con la pelota. Pobre Chino, siempre recogiendo pelotas, las que él pateaba con furia y las que yo pateaba también, porque, sabiéndome hijo de los patrones, engreído a morir, jamás iba a recoger mis tiros: el pobre Chino asumía nomás, nunca protestó, que era su deber correr sin zapatos y traer de vuelta la pelota.

También recogía pelotas de frontón, pero se notaba que ahí sí sufría el Chino Félix. Recogía pelotas de frontón cuando mis papás jugaban con sus amigos los Bonilla, Hugo y Olguita Bonilla, que vivían en el mismo cerro que nosotros, Los Cóndores, solo que unas casas más abajo. Hugo y Olguita Bonilla venían a jugar frontón los sábados a media mañana. Hugo era gordito y cegatón, lector voraz de novelas en inglés, abogado, escritor frustrado, gran conversador, hombre que había ensanchado, con parejo ahínco, su cultura y su barriga; Olguita, para decirlo brevemente, era un camión: gorda, tosca y poco agraciada, te podía matar de un manazo. Hugo y Olguita eran muy religiosos, todos los domingos se encontraban en misa con mis papás. Podían ser muy católicos, pero jugaban frontón con sistemática torpeza, y de ello podía dar fe el Chino Félix. Los partidos no comenzaban si el Chino no estaba arriba, trepado en un muro contiguo a la pared de frontón, listo para descolgarse, surcar la espesa maleza del terreno vecino, encontrar las pelotitas de jebe negro y llevarlas de vuelta a la cancha, maldiciendo para sus adentros a mis papás y sobre todo a los brutos de los Bonilla que, *maldita sea la gorda camión*, de cada tres pelotazos, dos iban a las nubes. Mis papás también eran malos en frontón, pero los Bonilla, peores. Yo veía los partidos atrás, en una esquinita, muriéndome de la risa cuando no me veían, porque si mi papi me sorprendía riéndome de sus torpezas, me metía un par de carajos y me mandaba castigado a recoger las cacas de los perros, castigo que era para mí la peor humillación, y también veía arriba, paradito como un muñeco de torta, al pobre Chino Félix calcinado por el sol, sediento, pezuñento, listo para recoger

46

una pelota más. ¿Cuántas pelotas habrá recogido Félix? Decenas, centenares de pelotitas que mis papás y los Bonilla fueron incapaces de hacer rebotar en esa gigantesca pared pintada de verde, porque la verdad, sin ánimo de ofender, no era tan difícil darle a la pared, había que ser rematadamente malo para mandar la pelota tantas veces atrás de la cancha. Olguita, por empeñosa y pegadora, era la que más pelotas botaba: quizá Dios la ayudaba en otras áreas de su vida, pero claramente no la auxiliaba en el juego del frontón. Daba la impresión de que Olguita quería derribar la pared con cada tiro: golpeaba la pelota con una fuerza demencial, gimiendo, más bien mugiendo, mugiendo como una vaca dando a luz. Cuando Olguita Bonilla le apuntaba a la pelota con sus brazos rollizos, el Chino Félix ya estaba mirando al terreno de atrás, para ver por dónde habría de caer la maldita pelotita, porque no era fácil encontrarla, muchas se perdían, caían entre la abundante vegetación y el Chino, por mucho que tratase, no daba con ellas. Félix, por supuesto, odiaba a los Bonilla, con especial encono a Olguita Bonilla, a quien había apodado Macho Man (entonces sonaba fuerte la canción de los Village People). Odiaba a Macho Man porque lo hacía sufrir botando tantas pelotas, pero, y esto me lo decía riéndose morbosamente, la perdonaba también porque ella tenía un poto descomunal que lo tenía enloquecido, *cómo quisiera perderme todito en ese culazo, Chino*, me decía Félix, *ese culo parece piscina*, decía relamiéndose, *cada vez que se agacha a recoger la pelota le estoy divisando el culazo y me dan ganas fuertes de tirarme una zambullada, Chino*, me decía jugando con su bigotín, y no decía *zambullida*, decía *zambullada, ese culazo parece piscina*, insistía, *es más grande que la pared de frontón*. Ahora creo que si él aceptaba con callada resignación sus deberes de recogebolas sabatino era porque los odiosos trajines de ir y venir con

47

las pelotitas negras quedaban sobradamente compensados por la contemplación esporádica del calzonazo *extra large* de Olguita Bonilla. No exageraba el Chino Félix: el culo de Olguita Bonilla parecía una piscina, diríase incluso que una piscina olímpica. Los juegos de frontón se interrumpieron cierta vez en que mi papi, aturdido por una resaca considerable y furioso porque estaba perdiendo, jugando siempre dobles con mi mami, nunca con Olguita Bonilla, supongo que todos eran tan profundamente religiosos que les daba miedo eso de cambiar parejas aunque solo fuese para jugar frontón, mi papi, decía, furioso y alcoholizado, nada inusual en realidad, perdió la paciencia con Olguita Bonilla, que acababa de extraviar una pelotita más, porque el Chino, desde el otro lado de la pared, gritaba *¡no encuentro, señor, no encuentro!*, o sea que la Macho Man había batido todos sus récords aquella mañana y con esa última pelotita lograba ya la proeza de perder seis pelotas en menos de una hora de juego, *¡no encuentro, señor!*, gritaba el Chino zambulléndose no en el trasero oceánico de la Macho Man sino entre ramas y espinas, y entonces mi papi, harto de tener que comprar más pelotitas de frontón los lunes en la mañana, dijo, fue obvio que no se pudo contener, *putamadre, también, Olga, hay que ser bien tarada para botar tantas pelotas*, lo dijo así a media voz, como hablando consigo mismo, pero Hugo y Olguita lo escucharon perfectamente. Hugo se hizo el loco y fue a secarse la calva sudorosa porque sabía que mi papi, en caso de pelea franca, era capaz de partirle las piernas allí, en plena cancha de frontón, pero Olguita Bonilla no se iba a tragar ese tremendo sapo crudo sin quejarse siquiera, así que, contestona ella, le dijo a mi papi *insolencias no te aguanto, insolencias te aguantará tu mujer pero yo no, y más pelotas botas tú, que además estás borracho como una cuba*. Entonces mi papi tiró la paleta de madera, miró a Olguita Bonilla con una sonrisa sarcástica y dijo, ya subiendo a la casa pero bien fuerte para que lo oyesen, *en vez de pared de frontón voy a tener que construirte un edificio para que no me pierdas tantas pelotas, carajo* y mi mami, muerta de vergüenza, disculpándose con Hugo y Olguita, *no le hagan caso, se ha pasado toda la noche tomando* y Hugo *vamos yendo, Olguita,* y yo riéndome disimuladamente, y el Chino Félix *¡no encuentro, señor, no encuentro!,* y Hugo y Olguita nunca más volvieron a jugar frontón los sábados por la mañana.

No solo mirándole el poto a Olguita Bonilla se deleitaba el Chino Félix, era en general un descarado mirón, pues les miraba el poto a todas las empleadas y a veces hasta se los pellizcaba como jugando. El Chino ya no era un muchacho, pasaba los cuarenta, estaba casado y tenía seis hijos, el mayor de ellos llamado Melchor, pero a su familia la veía solo una vez por semana, los domingos, su día de franco, porque de lunes a sábado dormía en casa de mis papás, no en la casa exactamente, sino arriba, cerca de la huerta de calabazas y los árboles de plátanos, donde estaban los cuartos de los empleados. El Chino Félix era terrible con las empleadas, coqueteaba con todas, claro que nunca delante de mis papás, pues cuando ellos estaban cerca, las empleadas trabajaban serísimas y sin decir una palabra, muy distintas eran, por supuesto, cuando ellos habían salido: ahí se reían a carcajadas y se dejaban coquetear por el Chino Félix. Eran cuatro las empleadas que trabajaban en la casa: Manuela, la cocinera, Nieves, la lavandera, y dos jovencitas, Iris y Visitación, que hacían de todo un poco. Estaba muy claro, y él me lo confesaba, que el Chino Félix le tenía unas ganas locas a Manuela, una mujer rolliza que tenía manos benditas para la cocina y que hacía, entre otros dulces maravillosos, un arroz con leche y una mazamorra morada que eran mi perdición.

El Chino me hablaba a veces de Manuela, y si bien ella lo despreciaba entre grandes carcajadas, el Chino me juraba, ciertas noches en que mis papás salían y los dos veíamos la tele y él se robaba una copita de pisco del bar de mi papi, me juraba que estaba enamorado de Manuela, *esta gorda me tiene loco, Chinito, si por mí fuera me la llevo a Chincha y nos casamos por civil y mi señora ni se entera, yo conozco allá a un juez coimero que por cien soles te casa al toque en una banca de la plaza y con foto a colores incluida.*

Mi mami, que le tenía al Chino más simpatía que mi papi, decía, sin embargo, que Félix le robaba, *es trabajador y está casado por la iglesia, pero a la primera que te descuidas, te roba algo.* Según ella, yo nunca le creí, el Chino le había robado cucharitas de plata, ceniceros de plata, angelitos de plata, media platería de la casa, aparte de rosarios, joyas y crucifijos, que, aseguraba, el Chino escondía en sus zapatos, *cómo se atreve este sinvergüenza a ir pisándome al Señor,* para no mencionar los estragos causados a sus bien escondidas reservas de chocolates suizos, que, juraba ella, el Chino saqueaba sistemáticamente, *porque, en fin, que se robe el trago y los cigarros de tu papá no me importa, después de todo le hace un bien, pero con mis chocolates que no se meta porque lo vuelvo a encontrar robándome y lo boto para siempre.* Mi mami lo había despedido varias veces, siempre porque se le desaparecían cosas y ella sin dudarlo le echaba la culpa al Chino Félix, pero nunca le había encontrado nada, no tenía pruebas de que él le robase, solo una poderosa sospecha, y por eso al final lo perdonaba y el Chino volvía resentidísimo y con razón, porque él a mí me juraba que nunca se había robado nada y que mi mami era una despistada que andaba escondiendo sus cosas y después no se acordaba dónde las había escondido y de frente le echaba la culpa a él, que, herido en su honor, me decía mientras regaba el jardín o recogía los higos o hundía la lampa, *yo* tengo dos vicios, Chinito, el trago y las hembras, pero ratero no soy, te lo juro por Diosito. Yo siempre le creí, mi mami no, y por eso todos los sábados en la noche, cuando Félix se iba a su casa, ella lo sometía a una humillante inspección: el Chino tenía que sacarse los zapatos, vaciar sus bolsillos y enseñarle todo lo que llevaba en su bolsa de plástico, solo entonces mi mami lo dejaba ir, insistiéndole, eso sí, ya es hora de que bautices a tu hijo menor.

Además de ver televisión, no solo «Hawaii 5-0», también «La Familia Ingalls», «El Hombre Nuclear», «Bonanza», «El Gran Chaparral» y «Los Ángeles de Charlie», serie que jamás nos perdíamos pues los dos vivíamos enamorados de Farrah Fawcett, esa gringa es una mamacita, decía él, y aparte de jugar tiros al arco, el Chino Félix y yo nos divertíamos sobre todo conversando. Yo, todas las tardes, nada más llegar del colegio, me cambiaba, comía algo deprisa y bajaba a los jardines con un plátano y un pan con queso para el Chino Félix. ¡Chino!, gritaba, y él me respondía silbando. Silbaba fuertísimo, y yo con solo seguir sus silbidos podía reconocer dónde estaba, y así lo encontraba, perdido en algún rincón de esos lindos jardines. Entonces le contaba mi día en el colegio: los goles que había metido en el recreo, las palizas que había propinado a los chicos fastidiosos, los exámenes que había copiado, los chocolates que me había robado de las loncheras de los gansos: todo era mentira, por supuesto. Yo me inventaba aquellas hazañas para impresionarlo y él seguramente sabía que estaba mintiéndole, pero, mientras comía, el Chino Félix festejaba mis audacias y picardías, me hacía sentir un adulto, me decía te pasas, Chino, eres un pendejazo, a ti no te para nadie, una bala perdida me has salido, carajo, me lo decía con orgullo y yo feliz seguía contándole, con una confianza que jamás sentí con mi papi, mis triunfos imaginarios, mis pendejadas de colegial. Así recuerdo al

Chino Félix, interrumpiendo sus trabajos para darme un poquito de cariño, para celebrar todas las tardes, en alguna esquina del jardín, nuestra secreta amistad.

El final del Chino Félix fue bastante accidentado. De pronto le vino una mala racha increíble. Primero se electrocutó arreglando la refrigeradora, y no fue broma, pues casi se muere, se salvó de milagro gracias a que Manuela bajó la llave de luz cuando el Chino se achicharraba de pies a cabeza. Creyéndolo muerto, mi mami y Manuela lo llevaron de emergencia al hospital de Chosica, del que Félix regresó cuatro días más tarde, morado y asustado, y por cierto queriendo todavía más a Manuela, su salvadora, a la que nunca pudo llevar furtivamente a Chincha para contraer matrimonio. Meses después, las desgracias vienen juntas, estaba Félix arriba de un eucalipto cortando con machete unas ramas que a mi mami le parecían excesivas, cuando de repente perdió el equilibrio, quizá no se había repuesto de la descarga eléctrica, y se vino abajo. Yo por suerte no vi la caída, pues estaba en el colegio, pero mi mami, que sí la vio, contó que Félix cayó gritando y golpeándose con varias ramas, que fueron unos segundos eternos y que el impacto contra el piso sonó horrible. No murió, el Chino era como los gatos, siempre tenía una vida más, pero quedó seriamente dañado. No pudo seguir trabajando para mis papás. Cuando salió del hospital, todo enyesado y con muletas, le pagaron su indemnización y lo mandaron de regreso a su casa. Desde entonces lo mantienen sus seis hijos, que ya son grandes y trabajan. Pero el Chino es tan noble que de vez en cuando va a visitar a mis papás, y aunque no le den nada de plata, solo por no estar ocioso, limpia todos los zapatos de mi papi, se los deja impecables, relucientes. Cuando cae la tarde, se va cojeando, pues ahora cojea y habla con dificultad, y por suerte sin que mi mami lo someta a sus crueles inspecciones.

Yo lo llamo menos de lo que debiera, y él viene a verme con la misma ilusión de antes, cuando íbamos a jugar tiros al arco en el jardín. Después de mucho insistirle con preguntas, porque el Chino es tímido como él solo, siempre me cuenta, todo avergonzado, que tiene algún problema de salud y que no le alcanza la plata para las medicinas, y entonces yo le deslizo discretamente un par de billetes en el bolsillo, sabiendo que él los necesita más que yo y que en realidad se merece muchos más, pues el cariño y la felicidad que me dio no tienen precio. Licores no le regalo: no ignoro que le encantan, sobre todo si es una buena botellita de pisco, pero tampoco que le hacen daño, tanto que el médico le tiene prohibido beber ni una gota de alcohol. Sospecho, sin embargo, pues el Chino es incorregible, que la plata que le dejo para sus medicinas se la gasta seguramente en la licorería. Qué más da, el pobre Félix tiene derecho a relajarse. Digo que es incorregible porque una tarde salimos a caminar por el parquecito de enfrente y de pronto pasó una mujer bonita y el Chino Félix volteó, le miró el trasero sin ningún disimulo, y comentó, no por mañoso sino para hacerme reír, *nada como el culazo de la Macho Man, Chino.*

IV
Orgías de guayabas en Los Cóndores

El hijo mayor de Hugo y Olguita Bonilla era tres años mayor que yo. Grueso, patichueco, cachetón, usaba anteojos y tenía cara de gordito espeso, de puñete, de cachorrito *bulldog*. Parecía un gordito espeso, pero no lo era en realidad: Miguel Ángel Bonilla fue un tiempo mi mejor amigo allá arriba en Los Cóndores, el cerro donde vivíamos.

Nuestra casa era más grande y más bonita que la suya, y él me respetaba por eso. Solía preguntarme cuánto ganaba mi papi y yo exageraba, inventaba cifras disparatadas, y él me creía, abría la boca asombrado y decía *mi papi tiene plata pero tu papá es multimillonario, cómo me gustaría que mi papi fuese multimillonario también*. Sí, nuestra casa era más linda, pero la de los Bonilla tenía piscina. Mi papi no quería hacer una piscina porque decía que nos podíamos ahogar mi hermana Soledad y yo, además de toditas las empleadas, ninguna de las cuales por supuesto sabía nadar. Según contaba mi papi, cuando Soledad era apenas una bebita de año y medio, cayó a la piscina de mis abuelos y empezó a hundirse, y entonces él, con un habano en los labios y un *vodka tonic* en la mano, se tiró y la rescató, *unos segundos más y se ahogaba*, recordaba con orgullo, y seguro

55

que exageraba cuando decía que, al salir de la piscina, tenía el habano en la boca, apagado pero en la boca, y yo lo escuchaba rendido de admiración: mi papi era tan valiente, yo de grande quería ser tan valiente como él.

Era muy feliz cuando íbamos a la piscina de los Bonilla, pero solos Miguel Ángel y yo, no con mi papi, porque cuando él me llevaba era una pesadilla, no me dejaba tranquilo, me obligaba a gritos, todos mirándome, a que cruzase buceando el túnel de la piscina. Es que la piscina de los Bonilla se dividía en dos partes, una grande y bien honda para los adultos, y otra chica y con piso para los niños, y ambas estaban unidas por un pequeño túnel subterráneo que cualquier nadador mínimamente diestro podía atravesar sin ninguna dificultad, pero yo, que no era precisamente Mark Spitz, ese señor tan grandote que se colgaba muchas medallas de oro en el pecho cuando salía de las piscinas olímpicas, me moría de miedo cada vez que mi papi me gritaba *¡a ver, Jimmy, bucéate el túnel, demuéstrale a tu amigo Miguel Ángel que tú sí puedes!* Desgraciadamente no podía: tomaba bastante aire, me sumergía en la piscina de los chicos, me acercaba al túnel de la muerte buceando lentamente y entonces, nervioso, sabiéndome perdido, sentía que me faltaba el aire, que no iba a poder, que mi destino era morir atrapado, ahogado en el maldito túnel de la piscina de los Bonilla. Salía luego a la superficie, pero no en la otra piscina sino en la chica todavía, y me sentía ridículo, sobre todo porque mi papi me miraba contrariado, decepcionado, cuando no me regañaba fuerte, y porque Miguel Ángel sí podía cruzar el túnel con olímpica facilidad, como jugando. Bien por él, yo lo admiraba por eso, Miguel Ángel era valiente y yo no, y además él no se reía de mí, le daba pena que no me atreviese a bucear el túnel pero entendía que yo era así, más delicado, y no le molestaba, igual se divertía conmigo. Por eso era mucho más rico ir a la piscina solos Miguel Ángel y yo, no con el espeso de mi papi, que no me dejaba en paz. No debería decirlo, sé que está mal, pero confieso que el día en que mi papi, pasado de tragos, se tiró a la piscina y se metió un cabezazo contra el piso porque pensó que estaba tirándose a la piscina de los grandes cuando en realidad, con refinado estilo, salto y patada a la luna, se había lanzado a la piscinita de los chicos, confieso que ese día, al salir mi papi con la frente cortada y un chinchón demencial, me reí a mares por dentro y sentí muchísima simpatía por el piso vengador de la piscinita de los chicos y también por el vodka importado del tío Hugo Bonilla, que, al parecer, había intoxicado a mi papi el clavadista.

En las vacaciones del verano, que duraban tres meses, de enero a marzo, hacía muchísimo calor en ese cerro de Los Cóndores, un calor que Miguel Ángel y yo mitigábamos chapoteando como patos en la piscina de su casa. Miguel Ángel se ponía unas ropas de baño bien ajustadas, a las que les decía *truzas olímpicas*. Se jactaba de que su mamá las había encargado de Miami porque, según él, lo hacían nadar más rápido, eran tan delgaditas que no oponían resistencia al agua, y a mí todo ese cuento me parecía muy bien, pero yo prefería mis ropas de baño bien holgadas porque las truzas olímpicas de Miguel Ángel le sacaban poto y lo marcaban clarito por adelante, lo que a mí me daba cierta timidez.

Miguel Ángel todavía era un niño, claro, aunque un niño más despierto y aventurero que yo, y ciertamente un niño con un claro interés por las niñas, tanto que vivía enamorado. Estudiaba en el Humboldt, un colegio alemán al que asistían chicos y chicas, *colegio mixto* le decían, no como el mío, solo para chicos y con profesores ingleses, pues en mi colegio los profesores peruanos solo enseñaban educación física, o sea, deportes. Miguel Ángel, los dos en la piscina grande que nos hacía sentir más importantes, me contaba sus amores con una franqueza y un cierto morbo que yo agradecía, amores siempre por chicas de su clase de colegio mixto, chicas mixtas también porque a veces eran alemanas o hijas de alemanes o simplemente peruanas de papás que querían sentirse un poquito alemanes y por eso las mandaban a estudiar al Humboldt. Mi impresión era que Miguel Ángel se enamoraba de todas, de las feas con granos incluso, pero que, y él lo aceptaba con espíritu de buen perdedor, ninguna de ellas se enamoraba del gordito cara de puñete de Miguel Ángel Bonilla. Esto, lejos de amilanarlo, parecía avivar su interés romántico por las chicas de su clase. Un día, cansado quizá de tantos tropiezos amorosos, abordó a una de sus amadas en el recreo del Humboldt, le invitó unas galletas Coronita y, justo cuando ella estaba masticando y saboreando esas ricas Coronitas rellenitas con maní, el aventado de Miguel Ángel no pudo controlar sus hormonas en ebullición y le dio un beso en la boca, audacia que él me contó con orgullo pero que habría de pagar caro, pues la niña de las Coronitas, disgustada al parecer, le contó a su mamá que un gordito cuatro ojos la había besado en pleno recreo, y su mamá, con alemana indignación, fue al colegio, denunció el incidente, exigió castigo y en efecto Miguel Ángel Bonilla, el temerario besucón, tras admitir su responsabilidad en el incidente, fue suspendido una semana, ganándose, por cierto, mi más rendida admiración.

Solo Miguel Ángel hablaba de chicas, yo nunca le hablé de mi amor por Annie, yo no conocía otras chicas ni tenía ojos para ellas, yo seguía secretamente enamorado de Annie, pero ahora sentía el pegajoso interés de dos chicas que me parecían muy antipáticas: las hermanas menores de, precisamente, Miguel Ángel Bonilla, dos gorditas con anteojos que, tan odiosas ellas, siempre que nos veían bañándonos en la piscina venían a chapotear con nosotros en sus ropas de baño de una pieza, nada de usar bikini, que Olguita Bonilla, su mamá, se declaraba enemiga jurada de los bikinis tanto por razones morales como, digamos, prácticas; a saber, las morales: el párroco local, Juvenal Ascensio, prohibía el uso de los bikinis entre su feligresía, so pena de no recibir entradas para la próxima charla del cardenal Alvear; y las prácticas: sus nalgas olímpicas, las de Olguita Bonilla, digo, no las del cardenal Alvear, excedían las tallas del más ancho y elástico bikini, reclamando, por ello, más que un bikini, una carpa.

Las hermanas se llamaban Martha y Mirtha: no eran chicas bonitas, tampoco tenían la culpa. Eran, no quiero ser cruel pero la verdad hay que decirla, más feas que el estado de coma. Martha y Mirtha, debido a la considerable miopía que sin duda heredaron de su papá, al parecer se hacían ilusiones conmigo, pues siempre querían echarme bronceador en la espalda, y yo, tímido, buena gente, las dejaba, sabiendo, sin embargo, que no había mucho espacio para las dos, ya que mi espalda era tan ancha como la de un murciélago, pero ellas felices me echaban toneladas de Hawaiian Tropic en la espalda, y después, ya en la piscina, jugaban conmigo a las guerritas de agua, combates en los que yo capitulaba vergonzosamente y casi ahogado, porque las dos gorditas Bonilla eran unas bestias y me tiraban, con cada brazazo de camionera, unos olones de agua que parecían el olón de «Hawaii 5-0», y yo por supuesto terminaba tragando mucha agua, con los ojos ardiéndome llenos de cloro y odiando a las espesas de Martha y Mirtha Bonilla. Sin embargo, creía saber por qué estaban tan alborotadas conmigo: una de aquellas tardes en la piscina, Miguel Ángel estaba contándome sus amores con las chicas del Humboldt cuando, solía ocurrirle, se le paró el pipilín, se notaba clarito porque esas truzas olímpicas eran delatoras en ese sentido y en todos los demás, y entonces a mí, también solía ocurrirme a esa edad, se me paraba porque sí y a cada ratito, la ingeniería hidráulica al sur del ombligo me funcionaba a la perfección, cojonudamente digamos, a mí se me paró también, momento en el que, creo que para impresionar a las focas felices de sus hermanas, nos paramos y caminamos a la piscina con nuestras ropas de baño narigonas, mientras las virolas hermanas Bonilla nos miraban más bizcas que nunca y se reían sofocadas, yo creo que imaginándose que se me había parado porque ellas me habían entusiasmado, porque les tenía ganas: desde ese pequeño incidente, Martha y Mirtha andaban siempre revoloteando a mi alrededor.

Miguel Ángel era malo jugando fútbol, no sé si por miope, por gordito o porque no le gustaba y punto, pero el hecho indudable es que era bien malo. A veces venía a jugar conmigo y el Chino Félix, y el pobre terminaba siempre de arquero y lo fusilábamos hasta que se aburría y se tiraba en el pasto a jugar con Blackie, mi linda perrita negra que me seguía a todas partes y a la que yo adoraba. Miguel Ángel la quería también, le gustaba hacerle cariño en la barriga y Blackie se tiraba patas arriba y él le hacía cosquillas en la panza, le acariciaba las tetillas, mi perra moviendo una patita de la pura felicidad. Todo estaba bien, se notaba que Miguel Ángel quería a mi perrita, hasta que un día, en mi cuarto, mientras pegaba yo las últimas figuritas en mi álbum de los mundiales de fútbol, solo me faltaban las de Puskás, Garrincha, Yashin y Bobby Charlton, el mañoso de mi amigo, sin que me diese cuenta, se bajó el pantalón y trató de meterle su pipilín a mi pobre perrita. Yo de pronto lo vi arrodillado tratado de violar a mi Blackie y le dije *¿qué haces, imbécil?* y él *me la voy a tirar a la Blackie*, y yo, sorprendido por esa exhibición de bestialismo, vi cómo el sátiro de mi amiguito trató infructuosamente de violar a la pobre Blackie, que se quejaba ladrando mientras él, con los anteojos empañados, intentaba hacerla suya. Desde entonces, el cariño de mi perra por él se multiplicó asombrosamente: no bien mi amiguito llegaba a la casa, ella le saltaba, lo lamía y lo olisqueaba precisamente allí, entre las piernas. Yo, celoso, no dejé que progresara el noviazgo: le dije, todo me lo inventé pero él me creyó, que un primo mío, Íñigo Portales, se tiró a su perra y ella quedó preñada y parió unos cachorros semi-humanos que caminaban en dos patas y se parecían un montón a mi primo. *Ni más me trato de agarrar a Blackie, si tengo cachorros con ella mi mamá me corta los huevos*, dijo Miguel Ángel, dando por concluido el romance.

Miguel Ángel y yo fuimos muy felices en su piscina, pero también en los guayabos de la casa de mis papás. ¿Cuántas guayabas era capaz de comerse, una tras otra, el tragón de mi amigo? No lo sé, pero eran muchas, con seguridad muchas más que las que yo, gozándolas también, pues eran una delicia aquellas guayabas, podía comerme sin parar. No siempre trepaba él a los guayabos, solo lo hacía cuando ya nos habíamos devorado todas las que encontrábamos caídas y aún buenas y así y todo seguíamos con hambre. Trepaba él, no yo, a mí me daba miedo, él era más arrojado, y yo desde abajo le señalaba las guayabas que se veían más apetecibles, y él, como un monito, llegaba a todas, ahí arriba se las comía y, mal amigo, solo las menos sabrosas me las tiraba a mí. Orgías de guayabas en los veranos de Los Cóndores. Después, todo hay que contarlo, podían venir unas cagaderas demenciales. Yo, cuando no aguantaba más, corría al baño de visitas, pues no llegaba al mío, pero él, más práctico, se escondía detrás de los árboles y dejaba media vida en alguna castigada esquina del jardín. Eso, cagar al fresco, me parecía algo muy chusco, pero a mi amigo le encantaba. Una vez, tras atosigarse de guayabas malogradas, sobrevino una crisis: Miguel Ángel bajó del árbol ya cagado. *No me pude aguantar, se me salió la churreta*, dijo avergonzado y oliendo no precisamente a dulce de guayaba. Algo tenía mi amigo muy claro: no iba a regresar a su casa caminando con los calzoncillos cagados. Por eso se bajó los pantalones, se limpió con unas hojas y dejó sus calzoncillos bien escondidos en un rincón del jardín, los dejó allí y creo que se olvidó, nunca regresó por ellos, hasta que un día el Chino Félix, limpiando el jardín, encontró los calzoncillos sucios y, prudentemente, antes de decirle nada a mis papás, me contó *Chino, he encontrado una truza con sorpresa*, y yo le expliqué que Miguel Ángel se había cagado en el árbol de guayabas y el Chino se rió a carcajadas y desde entonces le puso Mister Toffee a mi amigo, siempre que lo veía le decía *hola, Mister Toffee*, y Miguel Ángel se ponía todo colorado y yo me moría de risa.

A mí también me dejó una sorpresa el fregado de Miguel Ángel. De vez en cuando venía a dormir a la casa, ocasiones en las que dormía en mi cuarto, en su *sleeping bag*, y nos quedábamos conversando hasta tarde, él contándome sus amoríos escolares, yo revelándole en qué equipos de fútbol iba a jugar cuando fuese grande, cómo iban a ser mis mejores goles. Con solo trece años, Miguel Ángel ya fumaba. En realidad no fumaba gran cosa, pero se daba aires de fumador, venía con una cajetilla de Winston o Ducal y, ya en su *sleeping bag*, prendía su cigarrito, no sin antes asegurarse de que la puerta del cuarto estuviese cerrada con llave, y las ventanas, bien abiertas. Yo no fumaba, no me provocaba, más me gustaba verlo fumando a él, que parecía ya todo un adulto. Fumaba sin tragar el humo, aspirándolo y enseguida botándolo, inflando mucho sus cachetes: parecía un pescado cuando fumaba. Pues sus gracias me metieron en líos. Ocurrió que Iris, una de las empleadas, limpiando mi cuarto mientras yo estaba en el colegio encontró una cajetilla de Winston bajo mi cama y no tuvo mejor idea que llevársela inmediatamente a mi mami. Cuando llegué del colegio, me esperaba un gran escándalo. Mi mami no me creyó, le dije que la cajetilla no era mía pero no me creyó, me castigó como solía castigarme: *estás prohibido de ver televisión una semana entera. ¿Incluyendo «Los Ángeles de Charlie», mami? Incluyendo.* Yo, solo por ver a Farrah Fawcett, traicioné a mi amigo, lo delaté, dije que los cigarros eran suyos, pero de nada sirvió, igual mi mami mantuvo la prohibición una semana entera, aunque llamó a Olguita Bonilla y le dijo que tuviese cuidado porque al parecer su hijo y yo habíamos cogido el vicio del cigarro. Olguita habló con su hijo, le preguntó si la cajetilla era de él, pero Miguel Ángel lo negó todo y ella le creyó, y mi mami, que adoraba a su amiga Olguita Bonilla, le creyó el doble, así que me duplicó el castigo por fumador y por mentiroso. Yo no le perdoné a Miguel Ángel esa pequeña traición. Seguimos siendo amigos, nos veíamos de vez en cuando, sobre todo en la piscina de su casa, pero lo dejé de querer un poquito, creo que la admiración que sentía por él se fue desvaneciendo, empezó a ceder cuando el Chino le puso Mister Toffee y se diluyó del todo cuando, por su culpa, me quedé sin ver «Los Ángeles de Charlie» dos jueves seguidos.

El tiempo, como suele ocurrir, nos distanció. Sus papás tuvieron dificultades económicas, se vieron obligados a vender la casa y se mudaron a La Molina. Hugo y Olguita Bonilla siguieron siendo amigos de mis papás, todas las navidades pasaban un rato por la casa con regalitos, pero Miguel Ángel y yo dejamos de vernos desde que ellos se mudaron de Los Cóndores. Mi mami, sin embargo, me mantuvo informado de los triunfos de mi amigo: terminó el colegio primero de su clase, entró en muy buen puesto a la universidad, fue subcampeón nacional de natación (cuando vi su foto en el periódico, Miguel Ángel bien musculoso en una diminuta truza negra, pensé *seguro que eres subcampeón en estilo perrito, Mister Toffee*), se graduó como ingeniero y se casó *con una chica regia, de muy buena familia*, según dijo mi mami. Yo, tanto tiempo sin verlo, le mandé en las últimas navidades una tarjeta muy cariñosa y un dulce de guayaba.

V
¿Te puedo tocar un ratito el pelo?

Me llevaba bien con ella, aunque tampoco era su amigo. Soledad, hasta donde yo sabía, no tenía amigos. En realidad sí los tenía, pero eran todos de mentira, imaginarios. Vivían con ella en sus libros y en su casita del árbol. Soledad vivía en su casita del árbol. Se quedaba allá arriba hasta que anochecía, sola, siempre sola, pues nadie más podía subir a su casita. Venía entonces a la casa grande con un aire ensimismado, sumergida en su mundo de fantasía, comía sin decir palabra y se marchaba a dormir. Mi hermana era como un ángel, flotaba, vivía en las nubes; era Soledad un misterio impenetrable.

La casita del árbol se la construyeron mi papi y el Chino Félix. Les quedó linda, por lo menos se veía linda desde abajo porque yo no podía subir, Soledad no me daba permiso para subir, y mi papi, que la engreía sin hacer ningún esfuerzo por ocultarlo, le daba toda la razón, decía que ella era dueña de su casita y podía escoger quién subía y quién no. Yo estuve furioso con ella y deseé secretamente que un terremoto tirase la casita al suelo, después me calmé y entendí que mi hermana había nacido para estar sola allá arriba, más cerca de las nubes.

Soledad no vivía con nosotros, apenas venía a la casa

los fines de semana, pues de lunes a viernes dormía en el internado, un colegio de monjas alemanas, el Santa Teresa, exclusivamente para niñas, que obligaba a las chicas a dormir allí durante la semana, algo que a mis papás les parecía excelente y a mí, horrible. Yo, cuando la mandaron al internado, me moría de pena por ella, y noté que al comienzo sufría bastante, pero ya después se fue acostumbrando y creo que hasta le gustó, pues los domingos en la tarde se iba contenta de regreso al internado. Tal vez por eso le construyeron la casita del árbol, a manera de premio, porque Soledad, cuando decidieron matricularla, no quería ir al internado. Era una niña tímida y estaba aterrada con la idea de irse a vivir con unas monjas alemanas, pero entonces mi papi, buen negociador, le dijo *si vas al internado, te hago tu casita del árbol*, y ella, que soñaba con vivir en un árbol, *de grande quiero vivir solita en un árbol*, solía decirnos, tuvo que aceptar el internado a cambio de la casita. No lo dudó y me parece que nunca se arrepintió. Claro que a veces se quejaba del internado, pero más se quejaba de la casa de mis papás que, según ella, podía ser un internado peor. Yo sí que no quería casita en el árbol ni en ninguna parte a cambio de ir a un internado, me daba terror la idea de que me metieran a un colegio militar, pues mi papi, cuando estaba molesto conmigo, me amenazaba con meterme al Leoncio Prado, *allí te enseñan a ser hombre a punta de patadas*.

Soledad era mayor que yo, cuatro años mayor, pero no se notaba mucho porque yo era alto y ella no tanto, ella era incluso un poco bajita, o sea que casi medíamos igual. Mi hermana era rubia, delgada, paliducha y andaba siempre con un airecillo distraído. Tenía un pelo precioso, largo, rubio, lleno de luz, un pelo que nunca se dejaba cortar, pues quería que esa melena luminosa llegase hasta el suelo, y por lo pronto ya le cubría más de media espalda.

Yo, incapaz de contrariarla, adoraba su pelo, tanto que a veces le pedía que me dejase tocarlo, solo tocarlo, y entonces ella, como haciéndome un favor, me concedía ese breve instante de placer, no sin antes obligarme a que me lavase las manos, pues era una maniática de la limpieza, y, ya lavadas las manos, yo, mientras ella hablaba por teléfono en alemán con sus amiguitas, en alemán para que yo no entendiese, yo acariciaba despacito y con los ojos semicerrados ese pelo radiante. Era un momento mágico, como estar acariciando a un ángel caído del cielo de Los Cóndores, cielo que a diferencia del de Lima sí tenía nubes visibles y matices celestes. *Ya, suficiente, lo vas a enredar*, me decía ella al cabo de unos minutos y se iba bailando, porque Soledad caminaba bailando como bailarina de ballet, dando saltitos, brincos y vueltitas, haciendo maromas y piruetas, suspendiendo segundos eternos en el aire su grácil figura, y yo me quedaba solo y admirándola, solo y con mi horrible pelo chuto marrón, solo y envidiando su pelo principesco.

Soledad era como una princesa, la princesa de Los Cóndores, y mis papás la trataban así no solo por ser la mayor sino porque ella, refinadísima, exigía todos los engreimientos. Los exigía y los merecía en verdad, pues era una niña tocada indudablemente por la gracia. No hacía ningún esfuerzo por ser simpática, no hablaba con nadie, jugaba sola y en su casita del árbol, pero todos nos moríamos por ella, por arrancarle siquiera una sonrisa, una mirada fugaz. Soledad nos ignoraba a todos y tal vez por eso la queríamos tanto. También ella se sentía una princesa, al menos se vestía como una princesa, no como yo, que andaba siempre descuidado con mis jeans desteñidos y mis polos viejos, Soledad jamás se veía descuidada, ella era la perfección, no usaba jeans ni ropa barata, solo se ponía vestidos preciosos y zapatos como para ir a fiestas, y su pelo rubio, que algún día rozaría el suelo, era como un florero, pues ella andaba siempre recogiendo florcitas y colgándoselas del pelo.

Mi mami, era gracioso, vivía tomándole fotos, y por eso Soledad no tenía solo un álbum de fotos, tenía ya más de diez. Cada año mi mami le compraba uno nuevo, más voluminoso, y ya en octubre no entraban más fotos, porque ella no perdía ocasión para retratarla: si Soledad se colgaba una flor en la oreja, corría a fotografiarla; si se quitaba la flor, le hacía una foto también. Mi hermana era increíblemente fotogénica, en todas las fotos salía linda, misteriosa, mirando al infinito, a algún punto muerto, pues nunca miraba a la cámara ni sonreía como nosotros, los niños tontos, ella posaba, era toda una artista, miraba a esa nube, a aquella rama del eucalipto, y por eso salía retratada leve y distante, como una verdadera princesa.

Era fotogénica sin duda y también muy higiénica, porque se lavaba las manos con jabón muchas, muchísimas veces al día. Soledad vivía lavándose las manos, para no hablar de su pelo, que lavaba diaria y concienzudamente con los mejores champús. Ella toda olía a jabones y champús, a frescas fragancias, a limpiecita. A mí un frasco de champú me duraba un par de meses, Soledad en cambio se lo terminaba en una semana. Era tan cuidadosa de su higiene que cuando una mosca aterrizaba apenas un segundo en alguna parte de su cuerpo, Soledad corría al baño, sacaba una bolita de algodón, la mojaba con agua purificadora que mi mami le compraba en la farmacia rusa y se frotaba una y otra vez en ese punto infectado por la mosca, frotaba y frotaba incansablemente para dejar su suavísima piel, su inmaculada piel, libre de toda impureza. Soledad odiaba a las moscas. A veces, sentados todos en el comedor de la cocina, una mosca osaba pararse sobre mi hermana la princesa, y ella la espantaba con un gesto de repugnancia, y yo, para que me quisiese un poquito más, me levantaba, cogía el matamoscas y perseguía sañudamente a la mosca hasta matarla, mientras ella le decía a mi mami, antes de correr a limpiarse al baño con agua purificadora, *yo nunca le voy a perdonar a Dios que haya creado las moscas, ¿por qué tenía que crear a las moscas?, qué ganas de fregar* y mi mami *no digas eso, hijita, que es pecado, Dios sabe por qué hace las cosas* y yo, tras aplastar a la mosca de un matamoscazo, *Soledad, ya la maté,* y ella ni me miraba, ni me agradecía, me ignoraba olímpicamente porque yo solo era su hermanito menor que no leía nada y que, para colmo, ¡soñaba con ser futbolista!

Soledad sí leía libros, muchos libros, se encerraba en su casita del árbol los fines de semana y pasaba horas leyendo novelas de amor, de suspenso, de aventuras. Yo le preguntaba *¿no te aburres leyendo tanto?* y ella me decía *no, la vida de los libros es mucho más entretenida, me aburro cuando me quedo en la casa grande.* Yo la admiraba por eso, Soledad era una gran lectora, sabía muchas cosas, sabía nombres de países, volcanes, guerras y ríos, aparte de los misterios del amor, mientras que yo apenas me sabía de memoria los nombres de la selección peruana de fútbol y, solo para impresionarla, también los del gabinete ministerial, pero, aunque le decía de corrido los nombres completos de los doce ministros, apellido paterno y materno, nunca conseguía impresionarla, Soledad no me hacía el menor caso, yo era su hermanito menor que no leía nada y soñaba con ser futbolista y ella detestaba el fútbol, *ese juego es para los tontos*, decía riéndose de mí. No le interesaba el fútbol para nada y tampoco la televisión, en el internado estaba prohibida de ver la tele y ella feliz porque decía que, como el fútbol, la tele era también para los tontos, y quizás tenía razón. Yo no podía leer sus libros, a veces trataba cuando ella se iba al internado, me metía a su cuarto, cogía algún libro y comenzaba a leerlo, pero, no entendía nada, leía la misma línea dos o tres veces, chocaba con palabras rarísimas y me daba por vencido, y entonces corría al jardín a jugar tiros al arco con el Chino Félix, mucho más divertido que leer los libros dificilísimos de mi hermana la intelectual, aunque en el fondo la admiraba todavía más, porque me parecía que ella vivía en un mundo inalcanzable para mí.

Su libro más querido era *Mujercitas*, Soledad adoraba ese libro, tanto que nunca me lo prestó, no me permitía tocarlo siquiera y tampoco lo dejaba en su cuarto, lo tenía escondido en su casita del árbol, a la que yo no podía entrar porque cuando ella se iba al internado quedaba cerrada con candado. Yo, por supuesto, traté varias veces de entrar a esa casita que era un misterio para mí, le pedí al Chino Félix que me ayudase a abrirla y él, buena gente, hizo lo que pudo, forzó con cuidado el candado, pero fue inútil, Soledad se llevaba la llave al internado, no era tonta, sabía que si la dejaba en su cuarto yo me metería a su casita de todas maneras, ni siquiera las ventanitas las dejaba entreabiertas para dejarme espiar desde las escaleras los secretos que escondía allí adentro, donde, lejos de nosotros, era al parecer tan feliz. Solo una vez, un sábado por la tarde que mis papás habían salido, Soledad me dejó no entrar sino apenas subir las escaleras y asomarme a la puerta de su casita, me había llamado a gritos pidiéndome una limonada y yo, que me moría por estar con ella, le llevé una limonada y también unas galletitas de chocolate rellenas con vainilla, que sabía que le encantaban, y ella me dijo *puedes subir pero hasta el penúltimo escalón nomás*, y yo subí con mucho cuidado, la limonada en una mano, las galletitas en mi bolsillo, y, entre sus piernas, por debajo de su vestido, pude echar una mirada corta y feliz a su casita del árbol, mientras ella recibía la limonada y las galletas y me decía *gracias, hermanito, ya te puedes ir,* y yo, que odiaba que me dijese *hermanito* porque me hacía sentir un bebito, ni le pregunté si podía entrar porque ya tantas veces se lo había pedido con cara de cordero degollado y ella me había dicho siempre *no, hermanito, esta es mi casita y solo entro yo,* solo miré, vi que había un colchón, una mecedora vieja, una lamparita a gas, libros en el suelo y en la pared, fotos, muchas fotos clavadas con clavitos, sin marco, solo las fotos, y, aunque no estoy seguro porque vi muy rápido, creo que no había fotos de mis papás ni mucho menos una sola fotito mía, todas eran fotos de ella, de mi hermana la princesa, que era y se sentía la más linda de la casa, así que, sintiéndome más hermanito menor que nunca, bajé las escaleras y no volví a subir.

Soledad era la primera de su clase, se sacaba siempre las mejores notas, salvo en deportes, curso que ella odiaba, pero en todos los demás, incluyendo el áspero curso de alemán, era buenísima, se sacaba de dieciocho a veinte, y por eso el alemán lo hablaba cada vez mejor, para envidia y asombro de todos en la casa, pues nadie más, ni siquiera mi papi, tan fluido en inglés y francés, hablaba alemán, y por eso Soledad, creo que para que la admirásemos más, a veces nos hablaba en alemán. Yo, para buscarle conversación y gozar un ratito de su compañía, solía meterme a su cuarto los sábados por la noche, la única noche que ella dormía con nosotros, porque la recogían del internado el sábado tempranito y la llevaban de vuelta el domingo cuando oscurecía, me metía a su cuarto y le preguntaba cualquier cosa tonta, *¿cómo te fue esta semana?, ¿qué tal con las monjas?, ¿es rica la comida?,* cosas así, y ella me contestaba en alemán y yo no entendía nada y ella se reía de mí y me decía *así vas a aprender alemán poquito a poco, de solo escucharme vas a aprender* y después, como sabía que yo odiaba que me hablase en alemán, *ya, no te molestes, tócame un ratito el pelo,* y yo, con muchísimo respeto, pasaba mi mano por su largísimo pelo que olía tan rico, mientras ella seguía haciendo sus tareas, pues Soledad nunca dejaba de hacer una tarea, y yo olía su pelo y era muy feliz. Una vez, de puro idiota, le dije *cuando seas grande te puedes casar con Miguel Ángel Bonilla, él también habla alemán.* Fue un grave error: Soledad me miró como si fuese yo una mosca más, retiró bruscamente su pelo de mis manos mimosas y me dijo, mirándome con olímpico desprecio, *¿qué?, ¿casarme yo con ese chancho cochino de Miguel Ángel Bonilla?, antes me tomo una cápsula de cianuro.* Yo me quedé helado, supuse que eso de tomarse una cápsula de cianuro era terrible y quizás hasta mortal, nunca antes había escuchado esas palabras, es que Soledad leía mucho y hablaba con palabras raras, ella era así. *Solo era una broma,* dije, tratando de salir del apuro, pero fue inútil: Soledad me hizo salir de su cuarto y por varias semanas no me dejó tocar su pelo ni me dirigió la palabra. Después me perdonó, no por buena, sino por distraída. Ella era así, pasaba el tiempo y se olvidaba de todo.

Por sus buenas notas, por ser tan linda, por ser perfecta, mis papás la llevaron de viaje a Europa: se fueron a Londres, a Roma, a París, a Madrid, un viaje que duró dos meses. A mí no me llevaron, *todavía eres muy chico y te vas a aburrir en los museos,* me dijeron, y yo me quedé tristísimo, muerto de envidia, odiando a mis papás por no llevarme y a Soledad por ser la hijita perfecta que se merecía todos los engreimientos del mundo. Me mandaron muchas postales, Soledad me escribía lindas postales, por lo general escogía aquellas que mostraban la fachada del hotel donde estaban alojados, hacía un circulito en una ventana con balcón y escribía *este es mi cuarto,* pero seguro que mentía, seguro que escogía siempre la *suite* presidencial con el más lindo balcón y me hacía creer que ese era su cuarto, aunque yo, por supuesto, siempre le creía. Volvieron con las maletas llenas de compras y regalos, Soledad me trajo el más lindo regalo de todos, una camiseta del Barcelona Fútbol Club, del que yo era hincha a muerte. Mis papás, en cambio, me trajeron ropa seria y aburrida que yo odiaba usar: camisas de cuello duro, sacos cruzados para ir a matrimonios, zapatos durísimos que me sacaban ampollas, yo no entendía por qué mis papás pagaban tanta plata por esa ropa tan incómoda.

Ese viaje, me parece, fue crucial en la vida de mi hermana Soledad, pues regresó diciendo que ella quería irse a estudiar a Europa cuando terminase el internado alemán. *Es otro mundo*, decía con admiración. Ella, que vivía en un mundo de fantasía, el de sus libros y su casita del árbol, había encontrado otro mundo soñado, Europa, al que, con el apoyo incondicional de mis papás, se iría a vivir en pocos años. Europa se convirtió entonces en su nueva casita en el árbol. Seguía leyendo muchos libros, pero ahora leía también enciclopedias, mapas y libros de historia para conocer mejor ese continente que, siempre estuvo muy segura, estaba hecho para ella. *Es todo tan lindo, tan romántico, tan perfecto*, me decía cuando yo le preguntaba cómo era Europa, *es otro mundo, es como si el Perú fuese un televisor viejo en blanco y negro, y Europa, uno nuevecito a colores.*

Hubo otro acontecimiento íntimo, y en cierto modo misterioso para mí, que cambió también a mi hermana. No mucho después de aquel viaje a Europa, algo intenso pasó una tarde: Soledad bajó sollozando de su casita del árbol, subió a la casa gritando *¡mami, me estoy desangrando!, ¡mami, me estoy desangrando!*, y se encerró en el cuarto de mi mami. Cuando salió, se había cambiado de ropa, y noté en su rostro una expresión triste y extraña. Le pregunté a mi mami qué había pasado, no me quiso decir; le pregunté a Soledad, no me contestó, ni siquiera me contestó en alemán, me miró tan furiosamente que casi me escondo. Soledad no se desangró, sobrevivió al susto, pero cambió mucho desde aquella tarde. Ya no caminaba bailando, ya no me dejaba tocar su pelo, ahora se encerraba en su casita del árbol y hasta se quedaba a dormir allí. Yo ardía de curiosidad por saber qué le había pasado. Fue el Chino Félix quien me reveló el secreto: *a la flaquita le vino la regla, Chino*. Yo no entendí nada, mis papás jamás hablaban de esas cosas. El Chino me lo explicó todo, *ya es mujer*, me dijo, *ahorita le van a salir sus tetitas, se le va a redondear el culito, le van a salir pelitos en la cuevita*. Me quedé aterrado, nunca antes había pensado que mi hermana Soledad, mi adorada princesa de piel suavísima, pudiese tener una cuevita con pelos.

Soledad se hizo mujer, su cuerpo adquirió las formas y redondeces de una hermosa mujer, y yo entonces la admiré más que nunca, y hubiese querido tocar no solo su pelo rubio sino su cuerpo entero, pero ella era otra, parecía triste, perdida. Yo le preguntaba a mi mami *¿qué le pasa a Soledad?, ¿por qué está así, tan rara, sin hablarle a nadie, encerrada todo el día en su casita?* y mi mami me decía *eres muy chiquito para entender, tu hermana está pasando por una edad difícil, ya es mujer pero no le gusta, ella quiere seguir siendo niña.*

Cuando terminó el internado, mi hermana no tuvo fiesta de promoción, pues las monjas alemanas no permitían fiestas ni celebraciones. No hubo fiesta de prom y Soledad feliz, ella no iba a fiestas ni salía con chicos. No tenía, nunca había tenido, enamorado, no se interesaba en eso. Aunque su cuerpo era ya el de una mujer, ella seguía viviendo como una niña en su mundo de fantasía. Soledad vivía para sus libros, sus vestidos de princesa, su casita en el árbol y su soñado viaje a Europa.

Tenía que irse a Europa, estaba escrito, ella lo tenía todo perfectamente planeado. Las monjas del internado la ayudaron a escribir aplicaciones a varias universidades de Alemania, mandó cartas a máquina sin un solo borrón, envió sus brillantes notas escolares, visitó la embajada alemana en Lima, se hizo amiga de la agregada cultural, dio exámenes de idiomas, médicos y hasta sicológicos, finalmente la aceptaron en una universidad en Hamburgo. Se fue a estudiar literatura, apenas tenía dieciséis años. Se fue sola, feliz, a su nueva casita en el árbol, Hamburgo. Me enseñaba el mapa, tocaba con su dedito ese punto negro que decía *«Hamburg»* y me decía *aquí voy a estudiar, hermanito*, y yo me moría de ganas de abrazarla y rogarle que no se fuera.

Se fue, se tenía que ir. Esa mañana fui con mis papás al aeropuerto, todos lloramos, ella también, hasta la agregada cultural alemana, una gorda descomunal, derramó algunas lágrimas. Yo abracé a Soledad bien fuerte, como nunca la había abrazado, y le dije *te voy a extrañar* y ella solo me dijo *te quiero mucho, hermanito, escríbeme*, y yo olí fuertísimo su pelo maravilloso, lo olí con toda mi alma, como si fuese la última vez. Luego pasó los controles, volteó, nos hizo adiós, nos mandó besitos volados y se fue. Cuando llegué a mi cuarto encontré dos regalos que ella me había dejado: un mechón de su pelo rubio metido en una linda cajita y la llave de su casita en el árbol. Me hizo llorar de nuevo.

No me atreví a entrar a la casita ese día, tuvo que pasar un tiempo para que me animase a subir. El día en que finalmente entré, me llevé una decepción. Soledad se había llevado todos sus pequeños secretos: sus fotos, sus libros, sus cuadernos en los que, yo sé, escribía poemas y pensamientos. Solo estaban el colchón, la mecedora y la lamparita a gas. Me tumbé en el colchón. Había una pequeñísima mancha de sangre. Cerré los ojos, pensé en mi hermana la princesa, me imaginé acariciando una vez más su pelo.

VI
Vas a tener un hermanito

Vas a tener un hermanito, me dijo mi mami, *reza para que nazca sano*. Mi mami ya tenía barriga de cinco meses, no se sentía bien, se quedaba en cama leyendo los libros religiosos que le recomendaba el padre Juvenal y las revistas de moda que le llegaban por correo desde España todos los meses.

Yo me iba al colegio con Leo, el chofer, le daba un besito a mi mami y me iba, y cuando regresaba por la tarde, ella seguía en cama con la barriga cada vez más grande y un aspecto débil, fatigado, como si el bebito le estuviese robando la vida. Ella me aseguraba que todo estaba bien, solo era un embarazo un poquito complicado, a diferencia del mío, que, me lo decía acariciándome la mano o dándome un besito, había sido tan tranquilo. Pero yo sabía que mi mami estaba sufriendo, que algo estaba mal. A mi papi no le podía preguntar nada, él siempre estaba molesto, mi papi era el hombre que vivía molesto, si le preguntaba algo me arriesgaba a que me contestase furioso y con un grito. Mi mami me calmaba diciéndome que todo estaba bien, *solo que tu hermanito es un bandido que se mueve mucho, seguro que va a ser futbolista, todo el día me patea, es tremendo, no sabes cómo patea el bandido, mira, toca, toca.* Yo tocaba la barriga abultada de mi mami, con el ombligo empujado hacia afuera, y a veces sentía un golpecito, una patadita, y sonreía feliz pensando en mi hermanito el futbolista que jugaría pronto con el Chino Félix y conmigo en el jardín grande de la casa, y mi mami me decía *reza para que todo salga bien*, y yo rezaba mucho, rezaba los cinco misterios del rosario sentadito a su lado y con los ojos cerrados, y una vez me eché en la cama para rezar pero ella me regañó, *nunca se reza echado, hijito, es una falta de respeto al Señor*, y rezaba después, ya en la noche, antes de meterme a la cama, muchos padrenuestros y avemarías por mi hermanito que iba a ser todo un futbolista, rezaba y me quedaba dormido rezando.

Sebastián, así se iba a llamar mi hermano, Sebastián. Mi mami había escogido el nombre y a mí me encantaba, mi papi quería llamarlo Lucky, un nombre que me parecía horrible y a mi mami, por suerte, también, ya entonces comenzaba a darme cuenta de que el buen gusto de mi papi era un asunto bastante dudoso. Mi mami le hablaba a Sebastián, le cantaba villancicos navideños, lo ponía al tanto de las novedades familiares, incluso le leía los titulares del periódico, siempre *El Comercio*, que le llevaba la empleada a la cama, aunque, eso sí, para no asustar al bebito, mi mami, sabiamente, le leía solo los titulares bonitos o por lo menos pasables, porque, se quejaba ella con razón, *en el periódico nunca hay titulares bonitos, todas son desgracias y cosas malas*, desgracias y cosas malas que ella no le leía a Sebastián para no traumarlo desde tan chiquito. Mi mami me pedía que yo le hablase también a su barriguita, pero yo no sabía qué decirle, hasta que se me ocurrió hablarle de fútbol y le fui perdiendo el miedo a mi hermanito que iba a ser futbolista, y todas las noches, después de hacer mis tareas, escuchaba en la radio el programa deportivo del Gitano Rivasplata, y luego me metía al cuarto de mi mami, siempre que estuviese sola y no con mi papi, pues si él estaba, yo no entraba, y, acariciando la barriga calientita y movediza de mi mami, le contaba a mi hermano Sebastián los últimos resultados del fútbol peruano: la campaña del Alianza, la U y el Cristal, los lesionados y suspendidos, la tabla de goleadores y la de posiciones, un apretado resumen de la actualidad futbolera al que mi mami, hablando por teléfono con Olguita Bonilla o alguna de sus amigas, no prestaba la menor atención. Yo quería que Sebastián compartiese conmigo la pasión por el fútbol y, sobre todo, por el Cristal, el equipo de mis amores. Mi papi, para fastidiarme, me decía que Sebastián, como él, iba a ser de la U, pero yo estaba seguro de que sería del Cristal.

A veces venía a la casa el médico de la familia, el doctor Titinger, y examinaba a mi mami en su cuarto, y yo me ponía celoso porque no me dejaban entrar, pero mi mami decía que yo era muy grandecito como para estar viendo sus intimidades de mujer, tan celoso me ponía de que no me dejasen entrar que una vez le dije a mi mami *yo quiero que el doctor Titinger me revise a mí también*, y ella se rió y me dijo *pero tú no tienes nada*, *tú estás sanísimo* y yo, haciéndome el disforzado, pues solo quería un poquito de atención, *me duele fuerte la barriga*, *mami*, *mejor que me revise el doctor*, así que tan pronto como el doctor terminó de examinarla, me dejaron pasar, me eché en la cama y, mi mami mirándome de costadito y sonriéndome de lo más engreidora, el doctor Titinger me revisó enterito, me tomó el pulso, midió mi respiración, dio golpecitos en mi espalda, iluminó con una linternita mi boca, me abrió los ojos, apretó fuerte mi barriga y yo sentí que si seguía apretando tan fuerte iba a morir asfixiado, me hizo bajar los pantalones y examinó mis partes de abajo, las tocó con total naturalidad, las jaló, pesó, sopesó y revolvió con sus guantes fríos de goma, y mi mami se puso un poco nerviosa al ver al adusto doctor Titinger tocándome el pipilín, miró para otro lado y suspiró la pobre, pero yo feliz de que el doctor me hiciese una exhaustiva revisión, sintiéndome yo también embarazado y, peor aún, con un embarazo problemático, aunque los guantes del doctor estaban tan fríos y él tocaba tan bruscamente que, la verdad, el pipilín se me había encogido del puro miedo y me moría de vergüenza de que el doctor Titinger pensase que mi pipilín era siempre así, tan chiquito. Desde entonces, siempre que venía el doctor, primero revisaba a mi mami y después me hacía un rápido chequeo a mí, y yo terminé identificándome tanto con mi mami que cuando me duchaba me veía la barriga, la jabonaba bastante y sentía que me estaba creciendo, que estaba más barrigón que nunca, algo que seguramente no era una alucinación, pues había que ver la cantidad de chocolates y galletitas y caramelitos que me robaba de los cajones secretos de mi mami, mientras ella dormitaba o hablaba por teléfono.

La santa de mi mami un día se puso mal, la llevó Leo de emergencia a la clínica, mi papi estaba en el trabajo, y yo me enteré cuando volví del colegio, las empleadas lucían preocupadísimas, *parece que a la patrona la llevaron sangrando a la clínica.* Me cambié asustado y rezando, Leo me llevó a la clínica, mi hermana ni se había enterado porque estaba en el internado alemán. Mi papi me saludó en la clínica con cara muy seria, me dio plata y me mandó con Leo a comer algo a la cafetería. Leo tragó como preso político, yo no tenía hambre, yo solo quería ver a mi mami, abrazarla, saber que ella y Sebastián estaban bien y que él iba a ser hincha del Cristal.

Sebastián nació esa noche, se adelantó, fue sietemesino, eso había vaticinado mi mami, *este bandido no se va a esperar nueve meses, tanto patea que segurito nace antes,* mi papi llegó a la casa con la noticia, dijo muy serio que había sido un parto complicado, que mi mami ya estaba fuera de peligro pero que el bebito, no dijo *Sebastián*, dijo *el bebito*, tenía problemas serios y estaba en una incubadora luchando por su vida, así dijo, *luchando por su vida*, y yo pensé *¿con qué fuerzas va a luchar el pobre si es tan chiquito?* A la mañana siguiente no fui al colegio, mi papi me llevó a la clínica, manejó callado, serísimo, con unos anteojos para sol ocultando sus seguras ojeras, pues se había pasado la noche tomando whisky y fumando frente al televisor: a la una de la mañana se iba la señal de la tele pero él solía dejarla encendida aunque solo saliesen puntitos, supongo que así se sentía acompañado. No nos dejaron ver a mi mami, dijeron que estaba dormida, y entonces mi papi, que no obedecía órdenes de nadie, me hizo entrar con él y me enseñó a Sebastián, que estaba en un cuarto con otros bebitos, todos en sus incubadoras, y yo lo vi desde afuera, detrás de un vidrio, y el vidrio ni siquiera estaba muy limpio y apenas pude ver un bebé rosadito y con el pelito negro, que tenía la cara morada y estaba conectado a mil tubos, su barriguita se hinchaba y encogía como si estuviese sufriendo, lo vi y pensé *ese pobre bebito morado y asustado no puede ser mi hermano Sebastián, mi papi debe haberse equivocado*, lo vi y me dio muchísima pena. *Reza por él*, dijo mi papi antes de llevarme a la cafetería, *está muy delicado*.

Cuando mi mami se recuperó un poco, ordenó que bautizaran de inmediato a su hijo, y ese fue el día en que por fin pude verla, el día del bautizo. La abracé fuerte y le di muchos besos, estaba pálida y ojerosa, se puso a llorar cuando la abracé, me susurró al oído *si el Señor se lo lleva, sus razones tendrá, reza mucho por tu hermanito* y yo le dije que la noche anterior me había quedado despierto hasta las tres de la mañana rezando un rosario completo para que se salvara mi hermanito Sebastián, pero ella, para mi

81

sorpresa, me dijo *no reces para que se salve, reza para que se haga la voluntad del Señor*, y yo me quedé desconcertado, y es que mi mami era así, una santa.

El padre Forsyth, amigo de la familia, bautizó a Sebastián en la clínica. El padre Forsyth era alto, cachetón y buena gente, solo que tenía muy mal aliento, y cuando me saludaba, dándome la mano bien fuerte, se agachaba un poquito y me hablaba bien cerquita y yo sufría a mares porque su pésimo aliento me envolvía y mareaba, así que yo dejaba de respirar y él me seguía hablando y yo tieso y sin hablar, porque si hablaba se me iba el poquito oxígeno que me quedaba, y él *no te pongas tenso, Jimmy, no me tengas miedo*, y yo apenas sonreía y no contestaba, *no es que le tenga miedo, padre Forsyth*, pensaba, *es que su aliento a burro muerto me está matando y no hablo para guardar aire y sobrevivir.* Por eso cuando el padre Forsyth le hablaba a mi hermano Sebastián, en plena ceremonia de bautizo, yo pensaba *menos mal que el pobre Sebastián está en la incubadora, no vayan a abrirla que ahí sí que se muere seguro el bebito intoxicado por el aliento demencial del padre Forsyth*, que por lo demás era buenísima gente y decían que tremendo jugador de básquet, el pobre no tenía la culpa de tener tan mal aliento y yo ingenuamente pensaba *seguro que el diablo se ha hecho la pila en su boca, por eso le apesta tanto.*

Sebastián Emanuel lo bautizaron, y yo después le pregunté a mi mami por qué Emanuel, que me sonó rarísimo, y ella me explicó que Emanuel era el nombre de Jesucristo y yo pensé *menos mal que a mí no me llamaron Jimmy Emanuel, las bromas que me harían en el colegio.* El bautizo fue breve y triste, el padre Forsyth echó agua bendita en la incubadora, el pobre Sebastián Emanuel estaba más morado y arrugadito que nunca, mis abuelas rezaban murmurando, mi papi, con anteojos oscuros, las manos cruzadas atrás, parecía, más que triste, molesto, como si quisiera pegarle a alguien, y yo miraba a mi mami tristísima y solo se me ocurría darle la mano y hacerle cariñito.

Sebastián Emanuel murió a los pocos días, yo no fui al entierro, mis papis no me quisieron llevar para evitarme sufrimientos, fueron ellos, vestidos de negro los dos, mi mami deshecha, mi papi llorando, la única vez que lo vi llorar. Cuando regresaron, ella se encerró en su cuarto y él se sentó a ver televisión, no se quitó los anteojos oscuros, se puso a ver cualquier cosa protegido por sus gruesas gafas para sol. Yo me acerqué calladito por detrás y vi que estaba llorando, no le dije nada, me fui caminando despacito.

Mi mami, cuando se rehizo, pues era una mujer muy fuerte, me dijo que no estuviese triste, pues yo todas las noches rezaba por Sebastián y me ponía a llorar, me dijo que no me preocupase porque mi hermanito se había ido derecho al cielo y no había nada mejor que estar allá arriba en el cielo con todos los angelitos y Dios Nuestro Señor, *menos mal que lo llegamos a bautizar, pobre criaturita, si no lo bautizábamos se iba al limbo* y yo le pregunté qué era el limbo y ella me dijo *no es tan lindo como el cielo, al limbo van los que no han sido bautizados, no es tan horrible como el infierno, pero es un poquito feo también, no es como estar en el cielo,* y yo me quedé más tranquilo sabiendo que Sebastián estaba jugando con los angelitos en el cielo aunque, la verdad, hubiese preferido que estuviese jugando fútbol conmigo y el Chino Félix, *¿en el cielo hay fútbol, mami?,* le pregunté y ella, tan buena, haciéndome cariñito en el pelo, *en el cielo hay fútbol y todos los deportes, en el cielo hay todo lo bueno,* y yo, desde entonces, siempre que pensaba en mi hermanito Sebastián, lo imaginaba jugando fútbol, en su uniforme del Cristal, con un montón de angelitos buenísima gente.

Una noche me desperté soñando con él y pensé que si algún día tenía un hijo lo llamaría Sebastián.

VII
Tú no te vas a morir nunca, papapa

¿Capital de Polonia? Varsovia. ¿Capital de Bulgaria? So-fía. ¿Capital de Hungría? Budapest. ¿Capital de Rumania? Bucarest. Sentado frente a mí, camisa a cuadros, pantalón caqui, botas de trabajo, mi abuelo Leopoldo, a quien llamo *papapa*, pone a prueba, solo para complacerme, mis precarios conocimientos geográficos. Yo gozo. Cuando mi papapa llega a visitarnos, un domingo al mes, nada me hace más feliz que sentarme a conversar con él y contestar sus preguntas, *a ver, jovencito, siéntese aquí que le voy a tomar un examen de cultura general.* Para mi papapa yo no soy Jimmy ni Jimmycito ni Jimmy *boy*, él me llama *joven* o *jovencito* y a mí me encanta que me llame así. Yo le digo *papapa* porque así me enseñó mi mami, su hija, a llamar a ese señor tan amable y bonachón, de ojos chispeantes y cabecita sin pelo, de bigotes que me hacen cosquillas cuando me saluda con besito en el cachete, ese señor al que yo, aunque veo poco, quiero mucho. *¿Honduras? Te-gucigalpa. ¿Trinidad y Tobago? Puerto España. ¿Haití? Puerto Príncipe.* Las más difíciles son las africanas, ahí sí me equivoco bastante, me sé algunas capitales porque me las ha enseñado mi papapa con un globo de *National Geographic* que me llegó de regalo por correo cuando él me suscribió

85

a esa revista. Recibo todos los meses, con cierto retraso, el *National Geographic*, pero antes de llegar a mis manos pasa por el control de mi mami, que lo examina buscando fotos de mujeres con el pecho descubierto, precaución que ella se permite porque una vez me encontró mirando las fotos de una tribu africana cuyas mujeres se paseaban con los pechos al aire y se molestó conmigo. Desde entonces, mi mami arranca las fotos de las mujeres que salen calatas en el *National Geographic, no te voy a permitir que estés babeando por esas negras primitivas con las tetas al aire que parecen sandías, mi principito.*

Ahora, política, me dice mi papapa Leopoldo, contento porque he respondido correctamente casi todas sus preguntas sobre geografía. Está tomando un whisky con hielo y fumando un cigarrillo negro sin filtro y se ha sacado el sombrero de paja. Me mira con orgullo, sé que me quiere, una expresión de placidez domina su rostro, tiene mi papapa la cara de un hombre feliz de ser quien es y estar donde está. *¿Ministro de economía?*, me pregunta. *Aguirre Gálvez*, respondo en el acto. *¿Ministro de educación? General Vargas Zamora. ¿Ministro de pesquería? General Hernández Cantuarias. ¿Ministro de industria, turismo e integración? General Salinas de los Heros. ¿Ministro de relaciones exteriores? General Arteaga Parejo.* Me sé todo el gabinete, me mantengo bien informado leyendo las páginas políticas de *El Comercio*, incluso estoy aprendiendo de memoria la lista de líderes subversivos, sujetos a ser deportados a la brevedad posible, que ha publicado el periódico, y en la que desafortunadamente aparece el nombre de mi tío Peter, el comunista. *¿Comandante General del Ejército? General de división Chávez Ortega. ¿Comandante General de la Marina? Contralmirante Román Montoya. ¿De la Aviación? General del aire Hermann Otoya Lazarote.* Mi papapa se ha desencantado de la política, no cree en los militares, dice *todos los cachacos del gobierno son unos pillos de tres por medio*. Yo sé que defiende al partido socialista, el partido de Fernandito Reyes, que fue su amigo cuando era joven. Varias veces me ha contado, y yo gozo escuchándolo aunque me repita la historia, de aquella noche en que Reyes, perseguido por la policía, se escondió en su casa, la vieja casona que todavía tiene en la calle Los Laureles de San Isidro. Se hincha de orgullo mi abuelo cuando me narra aquella noche peligrosa, *si nos cogía la policía, íbamos presos los dos. Al día siguiente lo escondí en la maletera del carro y lo llevé a casa de otro compañero socialista*.

Aunque ya no le interesa la política y su amistad con Fernandito Reyes es apenas un grato recuerdo, aún lleva consigo su carnet del partido. *Qué diferente se ve mi papapa con pelo en esa foto*, pienso, cuando me lo enseña. Yo no sé de política, pero si mi papapa Leopoldo, que es tan bueno, es del partido socialista, entonces yo también me declaro socialista, aunque para ello tenga que traicionar mis simpatías por el Perico Elías entrando a caballo a misa de doce. Mi papi dice que los del partido socialista son comunistas encubiertos, además de cholos, resentidos sociales y maricones, pero yo no le creo, mi papi dice eso porque es amigo de los militares y, según me ha contado mi abuelo, a los militares les enseñan desde chicos a odiar al socialismo. Mi papi también dice que Fernandito Reyes es maricón, *por eso nunca se casó ni tuvo hijos, yo he visto a Fernandito andando en moto una noche con el zambo que era su marido*, pero tienen que ser mentiras de mi papi, de ninguna manera mi papapa se inscribiría en un partido político de comunistas y maricones.

Las que contesto con más dudas son las preguntas de historia del Perú que me hace mi papapa, pues se me confunden las fechas, las batallas, los nombres de héroes y presidentes. *¿Abolió la esclavitud? Ramón Castilla. ¿Bata-*

lla de *Junín?* 6 de junio de 1824. ¿*Batalla de Ayacucho?* 9 de diciembre de 1824. ¿*Primer gobierno de Prado?* 1939 a 1945. ¿*Asesinato de Sánchez Cerro?* 1933. ¿*Guerra con Chile?* 1879. Mi abuelo Leopoldo es enemigo de los chilenos, dice que todo buen peruano debe odiar a los chilenos de por vida, les guarda rencor porque nos ganaron la guerra. *¿Sabes por qué nos ganaron? Porque el chileno es más disciplinado y trabajador que el peruano. Se prepararon mejor. Nos cogieron por sorpresa. El peruano es por naturaleza flojo. Flojo y cobarde. Cuando nos invadieron los rotos, nadie quería pelear, todos salían corriendo a esconderse, las mujeres tuvieron que defenderse solitas, por eso los rotos se tiraron a cuanta mujer encontraron a su paso.* Mi papapa les decía *rotos* a los chilenos, yo nunca supe por qué, me moría de risa cuando él decía *tengo que ir al baño, los rotos están con hambre, ya me toca darles su refrigerio.* Mi papapa era un hombre buenísimo, no odiaba a los chilenos por malo sino porque así se sentía más peruano, era una manera de querer más a su país. Cuando vio en la biblioteca de mi papi tantos libros sobre la guerra con Chile, me mandó a leer los de Basadre y los de Vicuña Mackenna. Yo lo intenté pero me aburrí mucho, pues no tenían fotos, así que los dejé enseguida. Eso sí, cuando Perú jugaba fútbol contra Chile, sentía un deseo de revancha, una sed de vengar la guerra perdida. Lamentablemente, nuestro arquero era una coladera, tan malo que le decían Mamapancha, y los chilenos tenían a un jugador gordito, de bigotes, llamado Caszely, que siempre nos metía goles.

Mi papapa y yo jugábamos fútbol en el jardín grande, él ya estaba un poco viejito y por eso no corría tanto, pero si yo le pedía que bajásemos al jardín a jugar unos tiritos al arco, nunca me defraudaba, a diferencia de mi papi, que ni una sola vez accedió a jugar conmigo, *el fútbol es juego de cholos, ¿dónde se ha visto a un banquero jugando fútbol?*

Mi papapa Leopoldo pateaba duro, disparaba tremendos cañonazos, y si la bola venía al arco, yo no me atrevía a poner las manos porque sabía que me podía luxar una muñeca o por lo menos me quedaría doliendo fuerte. Pero rara vez venían al arco sus cañonazos, pues mi papapa no tenía buena puntería, quizá porque pateaba con esas botas gruesas que siempre traía puestas. *¡Así pateaba Lolo!*, me gritaba, sonriéndome a diez o quince metros, y luego metía un cañonazo que, si no era gol, con seguridad arrancaba varias plantas y flores atrás del arco. Lolo, su ídolo, era, por supuesto, Lolo Fernández, quien, décadas atrás, cuando mi papapa era joven, había sido el máximo cañonero del fútbol peruano. *Tan fuerte pateaba Lolo Fernández,* me contó mi papapa, *que una vez en el estadio de Ica metió un cañonazo brutal, la pelota dio en el travesaño y el poste se rompió, se rompió y le cayó al arquero en la cabeza y lo mató de un golpe seco.* Contaba con admiración las proezas deportivas de Lolo Fernández, *Lolo rompía arcos, le hacía hueco a la red, hasta mató a un arquero, ese sí que era un señor futbolista, no como los de ahora, que son más malos que maní crudo.* Yo sabía que no exageraba. Por eso cuando, parado bajo el arco de madera, lo veía tomar carrera y patear mi pelota de cuero, daba unos pasitos hacia adelante para que no me fuese a caer en la cabeza el travesaño, como le ocurrió al arquero en Ica tras el cañonazo de Lolo: yo no quería morir tan joven jugando tiros al arco con mi abuelo.

También nos gustaba jugar ajedrez. Mi papapa Leopoldo me enseñó a jugar ajedrez. Yo veía a mi papi jugar con el tío Allan y quería aprender, pero él nunca tenía tiempo para enseñarme y yo era demasiado tímido como para pedirle que me dijese cómo debía mover cada pieza. No siendo tan buen jugador como mi papi, tenía en cambio mi papapa Leopoldo muchísima paciencia conmigo, y por eso el día en que le pedí que me enseñase ajedrez, lo hizo con todo gusto y además se sorprendió, o tal vez fingió sorprenderse, pues así de bueno era, de lo rápido que aprendí a jugar. Las primeras partidas que jugamos, él fumando su cigarrito negro, yo sintiéndome todo un adulto, fueron más bien cortas, pues él me hacía jaque mate en pocos minutos, pero luego, paciente, querendón, me decía cuáles habían sido mis errores, y así fui aprendiendo a defenderme mejor y no tardé mucho en oponerle cierta resistencia. Un día nos sentamos, puse yo las piezas en el tablero, mi abuelo prefirió las negras y, haciéndose el distraído, cometió errores tan gruesos que me permitió ganarle por primera vez. *Caracho, jovencito, cómo está progresando usted*, me felicitó dándome la mano, pues siempre al terminar la partida, así me había enseñado, había que darse la mano. *No sé qué me pasó hoy que jugué tan mal*, añadió. Yo sí sabía qué le había pasado: me había regalado sus torres, sus alfiles, sus caballos, para que yo, por fin, pudiese ganarle. Se había dejado ganar. No le dije nada, le seguí el juego, pero con seguridad lo quise más que nunca. Un domingo poco después me regaló un juego de ajedrez y un librito con las partidas más famosas. *Léelo bien para que aprendas todos los trucos y puedas ganarle a tu papá*, me aconsejó. Lo leí, tomé anotaciones, memoricé aperturas y técnicas de ataque, hasta que un día, venciendo mi timidez, me atreví a desafiar a mi papi. *Te voy a hacer puré en cinco minutos*, me dijo él, de buen humor. Yo había esperado a que estuviese de buen humor para retarlo, no quería arriesgarme a que me rechazase de mala manera. Nos sentamos, él muy relajado, yo tratando de recordar aquel librito de ajedrez que de pronto se había borrado de mi mente, y, tal como me lo advirtió, me hizo papilla en pocos minutos. *Prefiero jugar con mi abuelo*, terminé pensando. Cuando le conté a mi papapa Leopoldo el traspié que había sufrido con mi papi, él me dijo, con esa sonrisa vieja y noble que yo adoraba, *el día que le pierdas el miedo le vas a ganar, no le ganas a tu papá porque le tienes miedo, en cambio a mí, ¿por qué me ganas de vez en cuando?, porque no me tienes miedo.* Era verdad, a mi papapa había aprendido a ganarle limpiamente, ya no porque él se dejase, y si le tocaba perder conmigo, se alegraba mucho más que cuando me ganaba, pues aplaudía, me daba la mano y me decía *el nuevo Bobby Fischer, caracho, qué tal tigre me ha salido usted para el deporte ciencia.* A mi papapa Leopoldo nunca le tuve miedo, él era mi amigo, con él podía estar tranquilo y ser como yo era de verdad. Mi papapa, a diferencia de mi papi, nunca me regañaba ni me decía cosas feas, por eso yo lo quería mucho, tanto que a veces le decía *¿por qué no me llevas a vivir contigo, papapa?* y él, riéndose, *porque ya estoy viejito y cualquier día me voy al otro mundo,* pero yo estaba segurísimo de que mi papapa no se iba a morir nunca porque era demasiado bueno para morirse y Dios no iba a dejar que se muriera y me dejara solito. *Tú no te vas a morir nunca,* le decía y él se reía y me hacía cosquillas con su bigote y yo me reía también.

En los almuerzos me sentaba siempre a su lado. Era mi papapa un gran comelón, pero especialmente un dulcero perdido, comía todo lo que le servían, no era caprichoso como yo, repetía sin falta, *tengo tanta hambre que me comería una vaca entera,* solía decir cuando se sentaba a la mesa familiar con un trago en la mano. Yo, así decía mi mami, era *disticoso con la comida,* no podía con los mariscos, la cebolla, el ají, el pescado crudo, el mondonguito; mi papapa, en cambio, gozaba con un buen cebiche picante o unos camarones, que a mí me hacían correr al baño, pues su solo olor me repugnaba. Mi abuelo, que nada más mirarme se daba cuenta de todo, era mi cómplice, mi protector: como mis papás no me permitían dejar la comida o pedirles a las empleadas que me sirvieran algo que me gustase, yo, con el rostro sombrío, me pasaba los minutos

91

contemplando ese plato desagradable, jugando con el tenedor, revolviendo la comida, a la espera de que mi abuelo, que mientras tanto atacaba su plato con verdadero placer y comía más rápido que los demás, acudiese, sigilosamente y sin que mis papás lo advirtiesen, en mi rescate. Cuando él terminaba, todavía con hambre, porque mi papapa Leopoldo tenía un apetito insaciable, le pedía a mi papi, su querido hijo político, un trago más, *¿me sirve un whiskacho más, licenciado? Pero con el mayor de los gustos, don Leopoldo,* solía decir mi papi, poniéndose de pie, dirigiéndose al bar, momento en el que, aprovechando que mi mami estaba siempre distraída conversando con mi abuela Catalina, mi papapa se llevaba mi plato y dejaba frente a mí el suyo vacío, ayudita que me caía del cielo, pues si él no se comía mi comida, era seguro que mis papás me obligarían a quedarme sentado en la mesa de la cocina hasta que terminase, aunque en esos casos siempre estaban el chofer, Leo, o el Chino Félix para socorrerme, pues ellos también comían de todo y siempre, siempre, tenían hambre. Claro que una que otra vez mi mami nos pilló a mi papapa y a mí cambiando nuestros platos, pero por suerte se quedó callada porque en el fondo, sospecho, le parecía lindo que su papá me quisiese tanto. Yo sentía que mi papapa Leopoldo era mucho más bueno que el pesado regañón de mi papi, y crecían por eso mis ganas de irme a vivir con él. Pero era recién con los postres cuando mi abuelo, entre exclamaciones de admiración y regocijo, se chupaba los dedos, y se los chupaba de verdad, *mi perdición son los dulces,* decía relamiéndose, mientras se deleitaba con un gigantesco pedazo de king-kong o un pastelillo frito de camote con miel o, lo que más le gustaba y nunca lo empalagaba, una porción alucinante de manjar blanco puro. *Yo no tengo vicios, vieja,* le decía, pícaro, a su esposa, *los dulces son mi único vicio.* Yo salí dulcero como él, pues cuando traían los postres ya no necesitaba su ayuda. Mi papi, en cambio, se abstenía siempre de comer dulces, cuando servían los postres él pedía café sin azúcar y prendía un cigarrillo. Yo no lo entendía, sospecho que mi abuelo tampoco, *no me gusta el dulce*, decía mi papi, y no se atrevía a añadir lo que cuando no estaban mis abuelos decía también, *los dulces son para las mujeres, un hombre con los pantalones bien puestos no anda comiendo dulcecitos. Tonterías*, pensaba yo: ningún hombre tenía los pantalones mejor puestos que mi papapa Leopoldo, aunque a veces los tenía también, pobrecito, un poquito mojados, porque se le escapaban gotitas de orina. A cada ratito mi papapa iba al baño, cuando jugábamos tiros al arco en el jardín no era raro que caminase a una esquina y orinase allí mismo, pero luego goteaba y manchaba su pantalón, que ya olía un poquito a pila. A mí me daba pena, pero por suerte él se moría de risa y no le daba vergüenza, *ya estoy viejo, jovencito, ya no me funciona bien el aparato*. Mi papapa Leopoldo olía a whiskacho, a manjar blanco, a cigarrito negro, a desodorante en barra, a colonia fresca y también, aunque no me molestaba para nada, a las gotitas de pila en su pantalón.

No era optimista con el Perú, decía que los militares estaban arruinando el país, detestaba a los militares, *son una pandilla de asnos*, decía; *el militar que más rápido asciende es el más bruto, no el mejor*, me informaba; *para ser buen cachaco tienes que ser tonto del culo y sobón profesional*. Yo me reía a carcajadas cuando lo escuchaba decir esa expresión tan graciosa, *tonto del culo*, pero él no se reía, más bien se quejaba amargamente de que los militares estaban robando con descaro, *todos los gobiernos en el Perú son corruptos*, decía, *pero se perdona la corrupción cuando al menos hacen obra, estos cachacos son brutos hasta para robar*. Mi papapa ya no trabajaba, se había jubilado después de trabajar treinta y dos años de su vida para una compañía naviera norteamericana, ahora vivía de sus rentas, pues por fortuna había sabido ahorrar y era propietario de un buen número de departamentos en Lima que tenía alquilados y le dejaban una buena platita mensual. Aun así, quería irse del Perú: su plan era irse a Venezuela, había estado en Caracas y se había quedado impresionado con la bonanza económica, quería hacer inversiones allá, ganar un buen dinerillo. *Me voy cuatro, cinco años y regreso forrado en plata*, decía, *allá el que no hace plata es porque no quiere, la plata está botada, hay que ir a recogerla nomás.* Pero mi abuela Catalina no quería irse a vivir a Venezuela, *un buen día me voy solo y la dejo a la vieja*, amenazaba él, aunque yo sabía que eran puras palabras, mi abuelo era demasiado bueno y querendón como para dejar a su mujer de toda la vida.

Después de almorzar, mi papapa Leopoldo, bien llena la barriga, aunque no era gordo, bien contento el corazón, *yo cuando tengo hambre me pongo regañón*, decía, se dirigía solo a dormir la siesta. Corta y al parecer profunda era su siesta dominical: se tumbaba bocarriba en mi cama, dejando la puerta abierta, y a los pocos minutos ya roncaba. A mí me encantaba verlo dormir en mi cama y, sobre todo, oírlo roncar, pues sus ronquidos me sonaban a felicidad, a un estado puro e inconsciente de felicidad. Esperaba afuera de mi cuarto a que él roncase para entonces entrar y sentarme en el piso, al pie de la cama, y simplemente mirarlo. A veces hablaba dormido, daba la impresión de que estaba molesto, decía cosas como *no, no, hazme caso; te dije, caracho; ven para acá; después hablamos, después.* Yo lo escuchaba fascinado, me intrigaban sus sueños. Oyéndolo hablar dormido imaginaba lo que estaba soñando y, una que otra vez, él despertaba sobresaltado, con unas gotitas de pila en el pantalón siempre caqui, no sé si era el mismo pantalón, y caminaba a mi baño, donde orinaba largamente para luego volver a la cama y seguir durmiendo sin darse cuenta siquiera de que yo estaba allí, mirándolo, queriéndolo. Una tarde, mi papapa roncando, yo en silencio, me atreví a sacar su billetera del bolsillo de su pantalón. No fue difícil, la billetera en realidad se le había ido saliendo y ya casi estaba afuera. Al verla no pude resistir la tentación. La abrí, conté su plata, que no era mucha, y vi todo lo que llevaba en los pliegues de plástico. Estaba gorda y no porque llevase billetes, estaba gorda por la cantidad de fotos que guardaba allí mi abuelo, fotos viejas, en blanco y negro, de su matrimonio, de su mujer jovencita, de sus papás antiquísimos, de sus cuatro hijos cuando eran niños, fotos a colores de sus hijos ya grandes, casados, con sus parejas, de su mujer ya mayor, del gringo Hesse, su mejor amigo, y, qué sorpresa, sonrío al verla y me emociono, una foto mía con uniforme de colegio el primer día que fui a clases, el pelo engominado y bien peinado con raya al costado, el saquito marrón que me queda grande, la lonchera de paja en mi mano derecha, una sonrisa optimista para que mi mami, que me toma la foto a pesar de mis protestas, no se dé cuenta de que estoy nervioso y muerto de miedo. Guardo su billetera en el bolsillo del pantalón, espero a que despierte, pienso que voy a poner en mi mesa de noche una foto de mi abuelo. Eso hago en efecto: a los pocos días, mi mami me regala una linda foto enmarcada de mi papapa Leopoldo y yo la pongo en mi mesita de noche, al lado de las fotos de mis papás, mi hermana y el Papa Paulo VI.

Cuando se despierta, si está de buen humor, me lleva al cine. Me encanta ir al cine con él, pero nunca le pido que me lleve, prefiero que él me diga con una sonrisa *¿qué tal un cinemita?*, sé que cuando no me dice nada es porque no le provoca, no porque se haya olvidado, y no me gusta que se sienta obligado a llevarme a la matiné, solo quiero ir con él cuando está realmente contento, tanto que va silbando mientras maneja. Vamos en su camioneta Nissan *pick up*, y no sé si por culpa de los huecos que hay en la pista o porque esa camioneta es así, saltarina, pero el viaje se hace bien movido, y no es infrecuente, y sí gracioso, que mi abuelo y yo nos demos un cabezazo contra el techo, *no te digo que los militares son unos rateros, ni siquiera pueden parchar los huecos de la pista, caracho.* Antes de salir hemos mirado la cartelera de *El Comercio* en algún lugar de la casa alejado de mi mami, que suele pasar la tarde tejiendo y chismeando con mi abuela Catalina, pues yo estoy prohibido por razones morales de ver la página de cine. Solo hay dos opciones, así que generalmente es fácil elegir: el cine Perú de Chosica o el cine Royal de Chaclacayo. Nos gusta el cine Perú, es más cómodo y dan mejores películas, aparte de que al Royal van pandillas de chiquillos viciosos que no dejan ver tranquilamente la película y se la pasan gritando lisuras, dice mi papapa que seguro son drogadictos. Nuestras películas favoritas son las de acción, en especial las cowboyadas, *para mí el cine*, me dice mi papapa camino a la matiné, *se divide en cowboyadas y no cowboyadas, y yo, que tengo muchos años viendo cine, le digo una cosa, jovencito, las no cowboyadas son todas igual de malas.* Pero, claro, no siempre dan cowboyadas, y hay domingos menos felices en los que nos resignamos a ver cualquier cosa, incluso dibujos animados, con tal de meternos un par de horas a la matiné. Casi todas las películas que vemos son aptas para todos, aunque también entramos a las de mayores de catorce, y eso que yo aún no tengo ni siquiera once, *no importa*, dice mi abuelo, *tú pon cara de hombre grande y si me preguntan, yo digo que ya tienes catorce años, solo que te has quedado chato.* Por suerte nunca le preguntan, los controladores del Perú y del Royal son bastante distraídos, seguro que no me dejarían entrar solo a una de catorce, pero como voy con un señor de edad, no me dicen nada. En general fuimos muy felices en aquellos cines que apestaban a orina y estaban llenos de pulgas, salvo una tarde en que nos confundimos. Decidimos ver *El puente sobre el río Kwai* en el cine Royal, ya la habíamos visto pero nos gustó tanto que nos animamos a verla de nuevo, aparte de que en el Perú daban una para mayores de dieciocho, o sea que la elección fue obvia. Silbando en el camino la melodía pegajosa de los soldados marchando en aquella película guerrera que ahora veríamos otra vez, no caímos en cuenta de que nos dirigíamos al cine equivocado. Llegamos al cine Perú, donde daban la de mayores de dieciocho, y entonces yo sí advertí nuestro despiste, pero, al ver frente a la boletería las fotos de la película, me quedé callado. Se llamaba *Agárrenme que me desmayo*, y en los afiches de promoción salían mujeres jóvenes con los pechos al aire, y no eran como las negras africanas de *National Geographic*, estas mujeres eran blancas y resultaban bastante perturbadoras. Mi papapa Leopoldo, de puro distraído, ni cuenta se dio, compró dos entradas y entró al cine conmigo. Para mi sorpresa, el señor de la puerta me dejó pasar sin decir una palabra, quizá porque estaba medio borrachín o porque solo le interesaba escuchar la narración de un partido de fútbol en la radio pequeñita que tenía apretada a una oreja, o simplemente porque el cine estaba vacío y no iba a darse el lujo de rechazar a dos espectadores. Lo cierto es que, como de costumbre, nos sentamos bien adelante, pues así le gustaba a mi papapa, y él me preguntó cuando se apagaron las luces *¿qué es lo que hemos venido a ver?* y yo, haciéndome el tonto, *no me acuerdo, ¿cómo se llamaba?* y entonces él, rascándose la cabeza calva, *acuérdese, pues, jovencito, El puente sobre el río Kwai que tanto le gustó* y yo, diablos, ¿y ahora qué va a pasar?, *claro, claro, tienes razón*. Pues comenzó la película y desde la primera escena quedó muy claro que era para mayores de dieciocho: apareció en la pantalla una mujer desnuda, aparentemente dormida, tendida sobre una cama, y mi abuelo, sorprendido, murmuró *caracho, no me acordaba que la película arrancase así*, y yo, fascinado, seguí mirando a esa mujer sin nada de ropa y un cuerpo turbador, por primera vez en mi vida veía a una mujer calatita, aunque no de verdad, solo en el cine, y entonces la mujer con los ojos cerrados empezó a agitarse, a convulsionarse, a sacudirse con violencia y uno diría que con placer, y mi abuelo *parece que está con ganas esta mamacita*, y luego, proyectada sobre ella, apareció fugazmente una luz rojiza y maléfica, que al parecer representaba al diablo, y ella siguió jadeando y moviéndose, y mi abuelo *ah, caracho, se la está comiendo el diablo*, y yo, pensando *qué suerte la del diablo, qué buena vida la suya*, yo feliz, excitadísimo, un bultito creciendo ahí abajo en la oscuridad, pensé que veríamos la película entera y que el título *Agárrenme que me desmayo* era perfecto, pues estaba a punto de desmayarme, pero no fue así, porque mi abuelo a los cinco minutos, cuando salió otra mujer calata besándose con un hombre, dijo *esta calatería ni de a vainas es El puente sobre el río Kwai, a menos que sea una versión sueca, y si es así, está demasiado cochina para usted, jovencito.* Yo guardé prudente silencio, nada tenía que decir. *Nos vamos*, anunció mi papapa. Lástima: nos pusimos de pie y caminamos hacia la salida, yo avanzando de espaldas para no perderme una última miradita a otra mujer calata, y entonces mi abuelo, hombre de sólidos principios, decidió que no debía irse sin dejar sentada su protesta, *quiero hablar con el administrador*, le dijo al señor distraído de la puerta, *no hay administrador*, contestó el distraído con inconfundible aliento a alcohol, *¿cómo que no hay?*, dijo mi abuelo sorprendido, *un negocio no camina sin administrador, oiga usted. Sí hay, pero domingo no viene*, dijo el pobre boletero, que seguía con la radio en la oreja oyendo el fútbol. *Exijo que me devuelvan mi plata*, reclamó mi abuelo, mientras yo, a unos pasos, abría la corti-

98

na para ver un poquito más la calatería, *no se devuelve la plata*, contestó secamente el distraído, *si no le gustó, mala suerte. No me falte el respeto*, dijo mi papapa, subiendo la voz, y añadió molesto *¡esto no es El puente sobre el río Kwai!* Entonces el distraído lo miró más distraído que nunca, pues seguro no entendía nada. *En el periódico decía «El puente sobre el río Kwai», por eso traje a mi nieto, y me ponen una cochinada de calatas*, protestó mi abuelo, con un vozarrón, y luego *no hay derecho, exijo mi plata*. El distraído, ahora entendiendo, nos explicó *esa, la del puente, la dan en Chuclucayo, se habrá confundido usted, caballero*. Luego cogió un periódico chiquito, *Última Hora*, y lo abrió en la página de cines: *mire qué dice, «cine Perú, Agárrenme que me desmayo, mayores de dieciocho», ¿ya ve qué le digo?, «cine Royal, El puente no sé cuántos», ¿ya ve qué le digo?* Mi abuelo se quedó callado, reconoció su error, *ya estoy viejo, oiga, me olvido las cosas*, dijo, como disculpándose. *Pero no se vaya*, le sugirió el distraído, *salen ricas hembras calatitas en esta película.* Yo seguía abriendo la cortina, qué tetas tan grandes, no sabía que crecían tanto, ¿le crecerán así a mi hermanita cuando sea grande? *Yo por mí me quedaría, pero mi nieto está muy chico*, dijo mi abuelo, dudando. *Quedémonos nomás, papapa*, le dije, *no me voy a morir.* Lo vi sonreír como festejando mis ganas de seguir viendo calatas, pero luego se puso serio, él era todo un caballero, y dijo *nos vamos, jovencito.* Ya en la camioneta saltarina, yo todavía pensando en las calatas tetonas, mi papapa Leopoldo me miró con una sonrisa pícara y dijo *¿te gustó la cowboyada?* y yo me reí y le dije *mucho, papapa, mucho* y él, riéndose también, *pero que no se entere su madre, jovencito* y yo *no te preocupes, papapa* y él *si tu mamá se entera, me manda cortar los huevos* y yo solté una carcajada y él *aunque la verdad, ya no los necesito.*

No solo me llevaba al cine mi papapa, también íbamos juntos a misa de vez en cuando. Yo no era fanático de ir a misa, me aburría mucho, pero ni se me pasaba por la cabeza dejar de ir un domingo, pues mi mami decía que las personas que no iban a misa, aunque se portasen bien, ya no podrían entrar al cielo cuando muriesen, *para ir al cielo es requisito indispensable ir a misa por lo menos todos los domingos,* y yo de todas maneras quería ir al cielo para seguir amando a mi mami todita la eternidad. Los domingos, muy temprano por la mañana, mi mami, que se despertaba a las seis y media y rezaba una hora de rodillas al pie de su cama, venía a mi cuarto terminadas sus oraciones y, su mano acariciando mi cabeza, me despertaba hacia las siete y media, cuando recién había amanecido, diciéndome, con voz muy suavecita, *despierte, mi principito, nos vamos a misa de ocho.* Yo protestaba *pero es domingo, mami, hace mucho frío, ¿no podemos ir a misa más tarde?* y ella, como si no me escuchase, me ayudaba a salir de la cama, *apúrate que no quiero llegar tarde a misa,* y se arrodillaba conmigo en el frío piso de madera, *lo primero, ofrecer su día,* y rezábamos juntos en voz alta *Señor mío y Dios mío, gracias por darme un día más de vida, te ofrezco este día, te pido que me guíes e ilumines para que todos mis pensamientos y acciones me acerquen a tu gracia providencial y me lleven por el camino de la santidad.* Yo repetía estas palabras de memoria, sin saber lo que estaba diciendo, mientras pensaba *qué rico sería meterme a la cama una horita más, hoy que es domingo y no tengo que ir al colegio* y entonces, ya de pie, le preguntaba *¿hoy viene a almorzar mi papapa Leopoldo?* y cuando ella me decía que sí, le rogaba que me dejase ir a misa por la tarde con él, *pero es mejor ir a misa tempranito y no dejar a Nuestro Señor último en la cola,* decía ella muy seria, y yo me defendía diciéndole *es que a mi papapa le encanta ir a misa de seis conmigo, y si yo no lo acompaño, se va a sentir solito,* pero no siempre la convencía, solo cuando estaba tranquila y de buen humor me daba permiso para ir a misa por la tarde con mi abuelo, siempre que cumpliese una condición: que no me metiese de nuevo a la cama, *aprovecha que nosotros vamos a la Santa Misa para hacer tus ejercicios, ordenar tu cuarto y ayudar a las empleadas con el desayuno*, entonces yo ponía mi mejor cara de hijo obediente y la abrazaba agradecido, aunque, por supuesto, tan pronto como ellos partían en el Volvo blindado, juraría que mi papi refunfuñando *¿por qué diablos no podemos ver la misa por televisión?* y mi mami, firme en su fe, *porque la misa por televisión es para los enfermos, y no para todos los enfermos, solo para los moribundos, los que no pueden caminar*, yo entonces, libre por una hora, interrumpía mi sesión forzada de planchas y abdominales, me ponía de nuevo la piyama, pues mis ejercicios los hacía en calzoncillos, muerto de frío, y me metía en la cama sintiéndome deliciosamente pecador. Aquellos domingos perezosos iba a misa con mi papapa Leopoldo y todo era mucho más agradable. Ir a misa con mis papás era un fastidio: me obligaban a confesarme y comulgar, mi mami me exigía cantar y mi papi me miraba burlonamente porque él nunca cantaba y yo sentía que cantaba pésimo y que toda la iglesia menos mi mami se estaba riendo de mí por lo mal que cantaba, me moría de hambre porque no me dejaban comer nada antes de ir a misa, había que ayunar por lo menos una hora antes, y por eso yo, a media misa, cuando el padre decía su sermón interminable, solo estaba pensando en comerme unos huevos revueltos con salchichas, pues me sonaba la barriga del hambre, me sentía débil y mareado. Una vez incluso me desmayé, estábamos parados rezando en voz alta y empecé a ver estrellitas en el techo, sentí que las piernas no me sostenían, pensé *me voy a morir ahorita, menos mal que acabo de confesarme, segurito que me voy al cielo*, y me desplomé en los brazos fornidos de mi papi, que me cargó hasta el carro, me reanimó y, mientras mi mami terminaba de oír misa, me llevó a desayunar un

101

pan con chicharrón y queso fresco al ladito del quiosco de Albino, sabroso desayuno que me tuvo el domingo entero visitando el baño, pues el queso fresco no estaba al parecer muy fresco. En cambio, ir a misa con mi papapa Leopoldo era mucho más relajado: para comenzar, no iba muerto de hambre, mi papapa no creía en la necesidad de ayunar una hora antes, *esas son tonterías, ¿de cuándo acá Dios quiere que uno se cague de hambre?, ¿acaso hay un mandamiento que diga «irás a misa cagándote de hambre»?* Por eso, cuando me tocaba ir a misa con él, me robaba de la despensa los chocolatitos suizos de mi mami, los metía en mi bolsillo y, una vez en la *pick up*, se los enseñaba a mi papapa que, feliz, se comía los chocolatitos y yo también. *El otro día*, me dijo una vez compartiendo un Toblerone blanco conmigo, *leí en Time una encuesta: les preguntaban a los gringos qué les gusta más, el chocolate o la encamada, y el resultado estaba bien parejo.* Yo me quedé callado, me sorprendió que me hablase de *la encamada*, expresión que nunca antes había escuchado pero cuyo significado imaginaba bien, pues con mis precoces diez años ya me había encamado yo imaginariamente con la calata del cine Perú. *Bueno, yo a mi edad me quedo con el chocolate*, añadió mi papapa, y nos reímos. Ya en la parroquia de Chaclacayo, una iglesia más bien moderna, reconstruida después del terremoto del 70, mi abuelo prefería sentarse conmigo en las bancas de más atrás, a diferencia de mi mami, que siempre, aunque mi papi se quejase, nos llevaba a las bancas de adelante. Era muy gracioso mi papapa Leopoldo, solía hablar durante la misa, aunque por suerte solo en voz baja, como hablando consigo mismo. Si el cura pronunciaba un sermón demasiado largo, mi abuelo, entre bostezos y miradas al reloj, decía *este piquito de oro debería postular para diputado, hay que darle un programa de televisión al curita*; cuando venían a pedir la limosna, *hasta en misa hay que pagar impuestos, ca-*

102

racho; después de intercambiar las paces con los feligreses a su lado, *esto parece un asilo de ancianos, puro viejo nomás hay aquí,¿cuándo me dará la paz una señora guapachosa?*; arrodillados él y yo, *¡pasu diablo, cómo me duelen las rodillas!, ¡qué dura está la madera!, con toda la plata de la limosna podrían poner un acolchadito por lo menos*; yo lo escuchaba y sonreía, sus comentarios aligeraban la tediosa rutina de la misa. Me sentía tan cómodo a su lado porque, a diferencia de mi mami, no me obligaba a confesarme ni a comulgar, él tampoco se confesaba aunque a veces sí se acercaba a comulgar, ocasiones en las que yo lo acompañaba con mucho gusto, pero si él no comulgaba, yo tampoco, pues no me gustaba hacerme el santo y dejarlo a él solito en la banca. Lo más gracioso para mí venía al final: nada más terminar la misa, mi abuelo se quedaba sentado esperando a que saliese la parroquia entera, y no porque tuviese ganas de rezar un poco más sino porque le encantaba ver saliendo a la gente, sobre todo a las jóvenes más bonitas, a las señoras bien conservadas, a las chicas con sus enamorados. Desde su banca, los ojos inquietos, atenta la mirada, mi papapa Leopoldo pasaba revista a la concurrencia femenina: *adiós, guapachosa*, murmuraba; *chau, mamita*, se despedía en voz bajita; *que el Señor te conserve en su seno, primor*, decía y yo sonreía; *Dios te bendiga, ricura*. Solo después de piropear a las mujeres atractivas y no tan atractivas de misa de seis, mi abuelo se persignaba, me tomaba de la mano y salía caminando tranquilo, con la bienhechora sensación del deber cumplido.

Era mi papapa Leopoldo un hombre muy generoso que hacía los regalos más inesperados. Yo tenía una perrita negra, Blackie, de cinco años ya, ex novia de mi amiguito Miguel Ángel Bonilla, y me hacía la ilusión de que tuviese una pareja, un perrito amigo, pero mis papás se rehusaban a traer otro perro a la casa, sobre todo porque mi papi

103

tenía una mala suerte increíble y de vez en cuando salía apurado por la mañana, impecable con su terno oscuro y sus zapatos lustradísimos por el Chino Félix, y, seguro pensando en sus negocios importantes, en las cosas del banco, no medía bien sus pasos y terminaba pisando caca de Blackie, y recién al entrar a su Volvo sentía el olor, se miraba la suela de los zapatos y regresaba furioso a la casa gritando *¡ahora sí se jodió esta perra de mierda, hoy mismo se la lleva uno de los empleados y no la vemos más!*, indignado mi papi, indignado y el zapato cagado, corriendo mi mami a la cocina para llamar de urgencia a la empleada Visitación, se sacaba los zapatos mi papi y los dejaba tirados ahí en la puerta de entrada y, tras ponerse otros, se marchaba deprisa y puteando a mi perrita Blackie, a mí, a mi mami y al Perú en general, *¡país de mierda, carajo, que hasta en su propia casa un señor tiene que estar pisando mierda!* Mi mami, tan buena, tan preocupada por la felicidad de su esposo y por el bienestar moral y material del Perú en general, contrató a un entrenador de perros, compró un plato de plástico y le pidió al entrenador que le enseñase a Blackie a hacer sus caquitas en el plato de plástico, empeño que resultó del todo inútil, pues Blackie siguió cagando donde le vino en gana y, de paso, cagándose olímpicamente en el entrenador, al que mi papi, una mañana en que volvió a pisar caca, despidió entre insultos que cuestionaban su virilidad, solo porque el pobre se ponía un buzo muy ajustado que le marcaba de modo inequívoco las poderosas nalgas. A pesar de la fuerte oposición de mis papás, yo soñaba con darle a Blackie, mi perrita cagona y querida, al menos querida por mí, soñaba con darle un amigo, una compañía, y cuando mi papi amenazaba con regalarla, yo después le decía a mi mami *si se va Blackie, me voy yo también* y ella se reía y me decía *¿adónde te vas a ir, principito?* y yo, muy serio y lo sentía de verdad, *a casa de mi papapa Leopoldo* *o por último a casa del Chino Félix*. Un día le conté a mi abuelo que me daba pena ver tan solita a mi Blackie y que mis papás no querían conseguirme un perrito. *Toda perra necesita su machucante*, fue lo único que dijo. Pues grande fue mi sorpresa cuando un domingo llegó mi papapa con un perro en la parte de atrás de su *pick up*: era un *bulldog* rechoncho que sacaba la lengua, fatigado y sediento. Mi abuelo lo bajó de la camioneta, acariciándolo, y lo soltó y me dijo *no te asustes, no muerde*, yo aterrado mientras el *bulldog* me olisqueaba, y luego vino corriendo Blackie, alborotada, y los dos perros se ladraban y se correteaban, no para morderse, solo conociéndose, y mi abuela Catalina, sentadita en el carro, *yo no bajo hasta que se lleven a los perros* y mi papapa *se llama Alí y es para usted, jovencito* y yo *gracias, papapa, está lindo el perrito*, pero en el fondo pensando *¿y ahora qué va a decir mi papi?* y también *y si Alí tiene cachorritos con Blackie, ¿saldrán muy feos?* Orgulloso, mi abuelo veía cómo Alí y Blackie correteaban por el jardín, *¿por qué se llama Alí, papapa?*, le pregunté, y él *yo le puse Alí porque se parece a Mohammed Alí, tiene la misma cara de ñato sobrado* y yo *¿tú crees que puede tener crías con Blackie?* y él *claro, ¿no le has visto el nabo?*, *mocho no es Alí por si acaso* y yo *pero es de otra raza* y él *no importa, los perros no son racistas, tiran con cualquier raza, como debe ser, porque yo tampoco soy racista, jovencito*, añadió, mirándome con un guiño pícaro, y yo lo recordé relamiéndose con las señoras a la salida de misa, relamiéndose y bendiciéndolas de paso. Mi mami estuvo feliz con Alí, aunque dijo *el nombre no me gusta porque es musulmán y en mi casa hasta los perros son cristianos, así que me cambian de nombre al perrito o lo mandamos a vivir con una familia musulmana*, pero luego se olvidó del asunto y se acostumbró a llamarlo *Alí* ella también, no *Alí* sino *Alí Baba* lo llamaba mi mami, porque Alí andaba siempre babeando, chorreaba mucha baba Alí, el pobre *bulldog* que en cambio nunca gozó de las simpatías de mi papi, quien lo detestaba francamente pero no se atrevía a echarlo de la casa por respeto a su suegro, don Leopoldo. Alí se hizo amigo de Blackie, les gustaba cazar ratas, palomas y pericotes, y mi papi siguió pisando caca de vez en cuando, *un día le voy a meter un balazo a este perro musulmán*, pero finalmente también se acostumbró y lo quiso un poquito, sobre todo cuando se pasaba de tragos lo quería, lo llamaba, le acariciaba el hocico, el lomo, las orejas, y le decía *¿no te da vergüenza ser tan feo, oye, perro desgraciado?*, y una vez vi que le echó un poco de cerveza en su plato y Alí se la tomó todita y mi papi, contento, *encima de feo eres borracho, carajo*, o sea que en el fondo sí lo quería un poquito y yo sabía que nunca le iba a tirar un balazo. Por supuesto, ni bien Blackie entraba en celo, Alí la correteaba todo el día y se subía encima de ella, y cuando no estaba montándosela, andaba ahuyentando a otros perros que se metían a la casa atraídos por el celo de Blackie. Ella feliz de que la montasen todos los perros de Los Cóndores y alrededores. Ella feliz, pero Alí no tanto.

Alí era un celoso defensor de Blackie y no permitía que otros perros se acercasen a ella. Un día mi mami me encontró mirando a Alí montado sobre Blackie y se molestó conmigo, *¿qué haces viendo estas cochinadas?*, me preguntó con mala cara y yo me defendí *¿qué tiene de malo?* y ella *mucho, mucho tiene de malo* y yo *¿por qué?* y ella *porque es sexo animal, la iglesia condena el sexo animal, solo está bien el sexo en matrimonio religioso y sin deseos animales, porque cuando el hombre tiene deseos animales se convierte él también en un animal*, y yo me quedé muy confundido, no entendí nada y me sentí por eso un poco bruto y muy animal. *¡Abajo, Alí, basta de orgías en mi casa, este es un hogar cristiano!*, gritó mi mami, y le dio una patadita en el culo al *bulldog* que, lejos de obedecerla, la miró furioso y gruñó enseñándole los colmillos, o sea que mi mami se retiró medio asustada, no sin antes decirle *perro lujurioso, en tu próxima vida vas a ser buitre, seguro*. Blackie tuvo crías, parió seis cachorritos, yo me quedé asombrado de que pudiese tener seis hijos de golpe y le pregunté a mi mami *¿por qué las perras tienen seis hijos de golpe y las mujeres solo uno?* y ella, sin saber bien qué decirme, *porque las mujeres no somos perras, pues, principito*, respuesta que en nada despejó mi curiosidad. Mi papi, ignorando mis deseos, pues yo quería quedarme con todos, ordenó que los seis cachorritos fuesen repartidos entre los empleados con la única condición de que se los llevasen a sus casas, *no vas a convertir mi casa en una perrera*, me dijo, cuando le pedí que se quedasen los cachorritos a vivir con nosotros, y mi mami añadió un argumento que él apoyó de inmediato: *sería una inmoralidad gastar tanta plata en alimentar ocho perros cuando en nuestro pobre Perú hay tantos niños que se mueren de hambre*. Esas ideas de mi mami me dejaban muy confundido: yo no quería que ningún niño se muriese de hambre, pero tampoco que los empleados se llevasen a mis cachorritos, pensaba además que Alí y Blackie, sus papás, los extrañarían y se morirían de la pena. Muy a mi pesar, se fueron todos los cachorritos y yo lloré por ellos. Alí murió al poco tiempo, aunque no de la pena, la cruda verdad es que Alí murió envenenado. *No fue a propósito*, me juró mi papi, *fue un accidente*, pero yo no le creí del todo, pues el Chino Félix me contó la verdad: mi papi le dijo que pusiera veneno matarratas por todas las esquinas del jardín, ya estaba harto de encontrar las ratas muertas que cazaban los perros y luego se quedaban tiradas por ahí apestando, y el Chino le advirtió que si ponía veneno los perros se podían morir, y mi papi le dijo que no importaba, que si se morían los perros, mejor, pues ya estaba harto de que lo despertasen ladrando en la noche y de que dejasen la casa toda cagada y con ratas muertas

107

desperdigadas por ahí, no sé por qué era tan malo mi papi, y total, el Chino Félix tuvo que hacerle caso al patrón y dejó veneno por todos lados, y al día siguiente Alí amaneció muerto, tirado en un charco de vómito, y Blackie, de milagro, tal vez porque era menos inquieta que el *bulldog*, se salvó del veneno. Yo me quedé furioso, le dije incluso al Chino Félix *un día voy a echar veneno matarratas en el plato de comida de mi papi*. El Chino y yo enterramos a Alí en una esquina del jardín. Cavamos un hueco, cargamos de las patas al perro muerto, lo tiramos en su tumba, lo cubrimos de tierra y finalmente hundimos encima una cruz hecha con dos palitos. Yo me arrodillé y recé por Alí, y el Chino Félix, al verme llorar por mi perro muerto, se arrodilló también y me dijo *no llores, Chino, yo te voy a conseguir otro perrito*. Cuando mi papapa Leopoldo vino el domingo y le conté todo, me acompañó buenísimo hasta la tumba de Alí y, después de tirarle florcitas conmigo, me dijo *así es la vida, jovencito, todos nos vamos a morir* y yo, dándole la mano, *tú no, papapa* y él *yo también, yo también, aunque espero que tu abuelita Catalina no me dé veneno matarratas*. Por eso lo quería tanto a mi papapa, porque me hacía reír.

Yo lo había visto por la televisión y soñaba con tenerlo: el nuevo álbum de los mundiales de fútbol. Se lo pedí a mi papi, pero me mandó al diablo, *la gente bien no se aficiona al fútbol, viejo*, me dijo, *te voy a decir una gran verdad: hay dos tipos de hombres, los que siguen la tabla de posiciones del campeonato de fútbol y los que siguen las cotizaciones de la bolsa de valores, y mira qué coincidencia: los que leen el fútbol son pobretones y los que leen la bolsa tienen billete, así que olvídate de andar comprando álbumes de fútbol*. Yo no quería tener billete y ser como él, yo quería ver todo el fútbol del mundo y saberme de memoria la historia de los mundiales, toda enterita, así que recurrí a mi mami, le pedí que me comprase el nuevo álbum del mundial con figuritas coleccionables y ella me dijo *no, me da celos* y yo, desconcertado, *¿por qué?* y ella *porque si quieres te compro un álbum para que pegues fotos mías y de tu familia que tanto te quiere, pero no te voy a comprar un álbum para que pegues fotos de unos futbolistas cochinos pezuñentos que segurito no están casados por religioso ni han bautizado a sus hijos* y yo, molesto con ella porque me salía con cada respuesta rarísima, *pero no son figuritas de futbolistas peruanos, mami, son de los ídolos del mundial, las leyendas del fútbol desde 1930 hasta nuestros días*, dije, repitiendo la propaganda de la tele, y ella *no me insistas que me estás ofendiendo* y yo *¿por qué?* y ella *porque te ofrezco un álbum para que pegues mis fotos y tú ni caso me haces, me ignoras por completo como si fuese yo una chola esposa de futbolista que está en su casa de Surquillo preparando su bistec encebollado mientras su marido, el cholo futbolista, está jugando en el estadio Jorge Chávez* y yo, riéndome, *así no se llama el estadio, mami, Jorge Chávez es el aeropuerto* y ella *¿cómo se llama, entonces?* y yo *se llama José Díaz, el coloso de José Díaz* y ella *¿y quién fue José Díaz, ah?* y yo *ni idea* y ella *¿no hay un fulano Díaz en la selección?* y yo *ese es Artemio «Manguera» Díaz* y ella *entonces será su hermano mayor* y yo *bueno, total, ¿me vas a comprar mi álbum o no?* y ella *sí, pero álbum de fotos para que pegues toditas mis fotos y me quieras más y más*, y yo le doy besito y pienso *mi mami no me va a comprar el álbum, ¿qué hago?*, y entonces se me ocurre pedírselo a mi papapa Leopoldo y él no me falla, él me trae el álbum al siguiente domingo y yo a escondidas lo llevo a mi cuarto y abro las primeras diez figuritas que me ha regalado mi papapa y las pego con goma y me siento muy feliz, y cuando salgo de mi cuarto busco a mi papapa Leopoldo, le doy un besito en la mejilla, me hace cosquillas por su bigote, y le digo *gracias, papapa, cuando sea grande voy a ser futbolista y voy a ser famoso y voy a ganar mucha plata y voy a jugar por la selección peruana, y cuando meta mi gol más importante en el* mundial, *te lo voy a dedicar a ti*, y él sonríe orgulloso y me dice *está bien que seas futbolista, pero mejor estudia también una carrera, porque los futbolistas de mi tiempo todos acabaron borrachos pidiendo limosna en la calle* y yo *¿también Lolo?* y él *no, Lolo no, Lolo supo ahorrar y ahora tiene su cebichería en La Punta* y yo *entonces voy a ser como Lolo, papapa* y él *ni de broma, jovencito, como Lolo no hay dos*.

Yo quería irme a vivir a casa de mi abuelo Leopoldo, pero solo me atrevía a decírselo de vez en cuando, y bien molesto, a mi mami. Ella, para mi sorpresa, se sentía muy halagada, pues interpretaba mis deseos menos como un rechazo a la casa que como una muestra de amor a mi abuelito. Sabiendo que no me permitiría mudarme del todo, le rogaba que al menos me dejase pasar una semana, durante las vacaciones del colegio, en casa de mis abuelos. Después de mucho insistirle, accedió. Eran las vacaciones de fiestas patrias, finales de julio, y teníamos dos semanas libres en el colegio, pero mi mami solo me autorizó a pasar una semana con mis abuelos. Yo estaba feliz, hice una maletita, nunca había viajado en avión ni salido del Perú, mi sueño más dulce era ir a Disney, tal vez por eso sentí esa salida como mi primer viaje. Fui a casa de mi papapa Leopoldo en el carro de mi mami, ella manejando contenta de ver cuánta ilusión me hacía pasar unos días con mis abuelos, *te va a hacer bien estar con ellos una semanita para que extrañes la vida de príncipe que tienes en la casa*, yo pensaba *no creo que extrañe mucho, solo voy a extrañar a Blackie, a Leo, al Chino Félix y a mi hermana Soledad el domingo que me deja tocar su pelo*. Mis abuelos me esperaban felices, vivían en una casa linda en la calle Los Laureles de San Isidro, una casita de una planta, blanca, llena de flores, con un jardín chiquito pero muy acogedor. Mi abuela Catalina se desvivía por sus plantas, se pasaba el día regándolas, cuidándolas, incluso hablándoles. Me despedí feliz de mi mami, *no llores que te voy a llamar todas las noches*, me dijo ella, pero yo no estaba llorando, me sentía contentísimo, mi mami sí se puso a llorar y cuando la vi llorando, también lloré yo, pero luego se fue y me sentí muy feliz. Mi papapa me enseñó mi cuarto, el cuarto de huéspedes, un cuartito alfombrado con una cama chica y una mesita con un televisor. *¿Esa tele es para mí?*, le pregunté y él *claro, es la televisión del cuarto de huéspedes, y tú, a partir de hoy, eres nuestro huésped*, y yo no sabía bien qué cosa era un huésped pero me gustaba que mi abuelo me llamase así. La tele era chiquita, en blanco y negro, con una antena de conejo rota y chueca, y cambiar de canales requería de cierta reciedumbre, pues la manija era durísima, pero de todos modos yo estaba muy orgulloso de, por primera vez en mi vida, tener una tele en mi cuarto y solo para mí. Acomodé mi ropa en el clóset, mis cosas de limpieza en el baño de huéspedes y mi radio a pilas, junto con el álbum del mundial, debajo de la cama. *Hay una sorpresa para ti*, me dijo mi abuela Catalina, sonriente. Yo le decía *mamama*, era una mujer delgadita, canosa y delgadita, y andaba siempre callada, obedeciendo a su esposo, al que adoraba, pues su misión en la vida parecía la de contentar a mi papapa, ella era muy feliz así. *Búscala, busca tu sorpresita*, me dijo. Yo, emocionado, revolví el cuarto hasta que encontré, en algún cajoncito del clóset, un montón de sobres con figuritas para mi álbum del mundial, hallazgo que, claro, me llenó de felicidad y me precipitó hacia mi abuela, a la que abracé con demasiada virulencia, pues la pobre me dijo, tras emitir un leve quejido, *ay, cuidado, hijito, que ahorita me rompes una costilla*. Mi mamama se cuidaba muchísimo, tomaba polen, uña de gato, miel, valeriana, vitaminas, ajo molido y una mezcla de hierbas andinas que llamaba *mi brebaje atómico*. Comía muy poquito, como pajarito, era bien flaca, a diferencia de mi abuelo, que a pesar de los

111

años mantenía una robusta contextura. A mí me encantaba comerme su polen y su miel de abejas purita, pero aborrecía sus hierbas. Solo una vez, de tanto insistir ella, me animé, aunque desconfiado, a probar su uña de gato, ese líquido rojizo que, según decía, te hacía vivir cien años. Yo no quería tomarlo porque pensaba que había sido hecho con uñas de gato verdaderas y me daba un asco supremo, pero ella, sin convencerme, me aseguraba que la uña de gato era una planta que crecía en la selva y que su brebaje nada tenía que ver con los gatos de verdad, a los que, por cierto, detestaba, pues *los gatos son como los hombres: mañosos y traidores*. Cuando finalmente probé uña de gato, tuve que correr al lavadero de la cocina y escupir esa sustancia amarga y francamente repugnante, *prefiero morir a los cincuenta y no tomar eso tan feo*, le dije, y ella, resignada, *ay, qué pena que te vayas a morir jovencito, Jimmy*. Ni más tomé uña de gato. Mi abuelo también se rehusaba a tomar aquellas hierbas extrañas, *yo voy a llegar a los cien años tomando mi whiskicito, eso es lo que me conserva con buena salud*, decía. Efectivamente tomaba sus whiskicitos, pero bien medidos, uno antes del almuerzo y otro antes de la comida. Esa primera noche con ellos, me dio un poquito de whisky, los dos en su biblioteca esperando a que la empleada nos llamase a comer, y al parecer el traguito me sentó muy bien, pues, desaparecida mi habitual timidez, me pasé toda la comida hablando hasta por los codos, contándoles historias de mi colegio, la mayor parte de ellas bastante exageradas o del todo inventadas, y ya en mi cuarto me quedé hasta tardísimo viendo tele con el volumen bajito. Dormí mejor que nunca esos días en casa de mis abuelos, nadie se metía a mi cuarto a despertarme a las siete y media, me levantaba a la hora en que me daba la gana, no me obligaban a ofrecer mi día arrodillado, así que esos días recé echadito en mi cama, mucho más rico, aunque tampoco iba a dejar de rezar porque yo era un niño muy religioso y quería irme al cielo con mi mami para todita la eternidad. Mi baño en la ducha, por indicación de mi abuelo, debía ser cortito y solo con agua tibia, porque en la casa había una terma pequeñita, y si alguien se bañaba mucho rato en agua caliente, los demás quedaban condenados a ducharse con agua helada. Los desayunos los traía mi abuelo, que salía a caminar a eso de las siete y regresaba con una bolsa de panes franceses crocantes que olían delicioso. Nos sentábamos los tres, mi mamama, mi papapa y yo, en una pequeña mesita en la cocina con una montaña de diez o quince panes enfrente y, a diferencia de mi desayuno de siempre en Los Cóndores, huevos revueltos con tocino, comíamos, remojados en cafecito, muchos panes franceses con mantequilla, mermelada y hasta miel y azúcar, porque mi abuelo, tan dulcero, luego de untar el pan con abundante mantequilla salada importada de Europa, echaba bastante mermelada y encima, para horror de mi abuela, cucharadas de azúcar: era todo un placer verlo comer tantos panes dulcísimos de desayuno. Después de leer el periódico, que en realidad apenas hojeaba, pues no le interesaban gran cosa las noticias políticas, deportivas o faranduleras, mi papapa Leopoldo salía a trabajar conmigo. Yo pensaba que ya no trabajaba, que vivía de sus ahorros, pero ahora, a su lado en la *pick up* Nissan, descubrí que, a pesar de sus sesenta y seis años, salía todas las mañanas, hacia las diez, a trabajar. Su trabajo consistía en visitar los departamentos que tenía alquilados en Lima, llevando consigo una libreta en la que tenía apuntada toda la información necesaria: las direcciones, los nombres de los inquilinos, la cantidad pactada como renta mensual, los teléfonos, los inevitables atrasos, las fechas de vencimiento de los contratos. *Toda mi vida fui gerente de una compañía norteamericana y así me jubilé, con un puestazo, y*

113

mira cómo he terminado, de cobrador, me dijo, sonriendo sin amargura. Tenía muchos departamentos alquilados, casi treinta, pero más bien modestos, en edificios viejitos, y casi todos sus inquilinos, por eso mismo, eran también personas ya mayores con las que, en muchos casos, llevaba ya una relación de años. Íbamos a Jesús María, a San Felipe, a Miraflores, incluso en el centro de Lima tenía algunos departamentos. Mi abuelo manejaba despacio, como un señor, y se enojaba cuando algún energúmeno le tocaba bocina, *cómo se ha echado a perder esta ciudad, por eso me quiero ir a vivir a Venezuela*. Visitábamos tres o cuatro departamentos cada mañana. En traje y corbata, y a veces con sombrero, mi papapa tocaba el timbre, saludaba muy cordialmente a la persona que abría, siempre tratándola de tú y llamándola por su nombre, pues antes había hojeado su libreta para no equivocarse de nombre, y, por mucho que insistiese en hacernos pasar, se abstenía de entrar, diciendo con suprema elegancia *me encantaría, pero ando corriendo contra el reloj*. Me di cuenta de que no le gustaba recordarles a sus inquilinos que venía a cobrarles la renta, pues jamás mencionaba el dinero, las cuentas pendientes, y con mucha elegancia prefería esperar a que las otras personas dijesen algo al respecto. Cuando no decían nada, solo preguntaba, pasados dos o tres minutos de conversación, *¿hay alguna novedad para mí?* A veces le pagaban, a veces no, pero mi papapa nunca se molestaba. Era muy comprensivo cuando le decían que no podían pagarle, *no hay problema, así es la vida, yo regreso en unos días, como paseando*. Noté que sus inquilinos lo querían, lo recibían con una sonrisa, lo invitaban a pasar y a tomar un cafecito, aunque, ellos ya sabían, don Leopoldo nunca pasaba, andaba siempre corriendo contra el reloj. Incluso a los más retrasados en pagarle, a los que tenía marcados en una lista roja bajo el título genérico de «Morosos vitalicios»,

114

mi papapa los trataba con cariño y sabía disculparlos. Una vez, mientras manejaba por el zanjón, me dijo con claro orgullo que él nunca había enjuiciado ni desalojado a un inquilino, *todo se arregla conversando, jovencito, hay que tener mucha paciencia en esta vida, yo me puedo jactar de que nunca he puesto de patitas en la calle a una familia que no tenía plata para pagarme, y le voy a decir algo más para que aprenda: un señor como yo nunca va al juzgado por cuestiones de dinero, a mí, en mis sesenta y seis años de vida, nunca me han metido un juicio y yo tampoco he enjuiciado a nadie, y eso es algo que voy a llevarme a la tumba.* Qué orgullo sentía yo cuando mi abuelo me hablaba así, nunca sentía eso con mi papi por mucho que nos contase sobre sus grandes negocios. Terminada la mañana, pasábamos por el banco para depositar los cheques o el dinero en efectivo que había reunido, aunque hubo algún día en que nadie le pagó y fuimos al banco igual, pero solo para sacar plata. En la agencia bancaria cercana a la casa, ya todos los empleados conocían a mi papapa y lo saludaban con cariño.

El almuerzo se servía a la una en punto. Mi abuelo se sentaba en la cabecera de una mesa que era larguísima o al menos así me lo parecía a mí. Aflojada la corbata, el whisky al lado, mi papapa, frotándose las manos, veía llegar los platos humeantes. Los traía Guillermina, una morena de anchas caderas que, según él, era la mejor cocinera de Lima. Se hablaba poco en aquellos almuerzos, mi abuelo comía en silencio y vaya si comía, repetía todo, mientras su mujer, doña Catalina, soplaba y soplaba, pues se quejaba de que la comida estaba demasiado caliente y yo, observándolos, me las ingeniaba para que Guillermina me trajese solo lo que me gustaba, algo que por suerte no molestaba a mis abuelos. No se hablaba de política, estaba prohibido por mi papapa, *cuando estoy comiendo no se habla de delincuentes, para mí todos los políticos son delincuentes y punto final.*

Era mi mamama quien dirigía la esporádica conversación, contaba alguna novedad familiar, siempre buena, pues si pretendía compartir con nosotros algún chismecillo conflictivo, mi abuelo la cortaba de plano, *guárdate los chismes para cuando juegues canasta con tus amigas.* Yo, si algo no me gustaba, por ejemplo la papa a la huancaína, que mi abuelo adoraba pero a mí me parecía demasiado picante, se lo decía a mi mamama Catalina en voz bajita, y ella, engreidora, flaquísima, siempre soplando y moviendo la cucharita de su uña de gato humeante al ladito de su plato, ella *no te preocupes, Jimmycito, que en esta casa nadie come obligado* y mi abuelo, querendón, *así es, el chico está de vacaciones, que haga lo que quiera.* Terminando de almorzar, mi abuelo prendía su cigarrito y tomaba su cafecito con mucha azúcar, y entonces, era muy gracioso, mi abuela se cambiaba de sitio y se sentaba en la otra cabecera de aquella mesa larguísima donde cabían fácilmente doce personas, *no me envenenes con tu humo,* decía marchándose lejos, a la otra cabecera, y mi abuelo sonreía resignado y decía *no sabes lo que te pierdes, no hay como un cigarrito después del postre* y ella, con cara de asco, *yo no puedo con el cigarro, me deja mareada* y mi papapa *a ti lo que te deja mareada es estar la mañana entera chismeando por teléfono con tus amigas.* Era cierto que mi abuela se pasaba la mañana en el teléfono: un día que yo estaba resfriado, me quedé con ella en la casa mientras mi papapa se fue a trabajar con sus inquilinos, y yo me la pasé viendo dibujos animados en la tele y ella, echadita en piyama, con una libretita a su lado, llamó a sus amigas una por una, por orden alfabético, y recién cuando llegó a la Z, ya pasado el mediodía, se fue a regar sus plantitas, que también tenían todas nombre y a las que, según descubrí, hablaba amorosamente al tiempo que regaba: *hola, Justiniana, ¿qué ha sido de tu vida?, ¿cómo has amanecido?; mira tú cómo estás creciendo, Azucena zamarra; dichosos los ojos que te ven, Lila; Remedios, ay, Remedios, ¿cuándo te me vas a componer?, ¿hasta cuándo vas a estar toda paliducha?* Las regaba y les hablaba a una por una, aunque me parece que en ese caso no seguía el orden alfabético. Para mi sorpresa, una palmerita se llamaba como mi hermana: *Soledad de mis pensamientos, te hago cariño y me hincas, igual te quiero aunque seas arisca.*

Las tardes eran para descansar. Se encerraban mis abuelos en su cuarto, la puerta bajo llave, y no aparecían sino dos y hasta tres horas después, y si sonaba el teléfono, Guillermina, la negrita veterana, tenía órdenes estrictas de contestarlo rapidito, porque en el cuarto de los señores quedaba desconectado para que nadie les interrumpiese la siesta sagrada, *todos los seres humanos necesitamos hacer una siestecita*, decía con mucha convicción mi abuelo, y mi mamama *a mí me cambia la vida echar una pestañita en la tarde cuando corre el fresco* y él yo tengo una teoría: *si todos los seres humanos del planeta se tiraran una siestecita de una hora, te aseguro que nunca habría ninguna guerra y todo el mundo viviría en paz.* Me parecía una teoría muy razonable, así que yo también me echaba a dormir.

Una noche en que no podía dormir, fastidiado tal vez por los fuertes ronquidos que provenían del cuarto de mis abuelos, pues doña Catalina también roncaba y vaya si se dejaba escuchar, salí en piyama de mi cuarto, caminé lentamente, mis medias blancas deslizándose por el piso de madera, y entré en la biblioteca de mi papapa. Rodeado por esos libros viejos de tapa dura y por las fotos familiares en las que mis abuelos lucían más jóvenes y felices, me senté en el escritorio y, sin prender ninguna luz, miré por la ventana hacia la calle desierta, débilmente iluminada. Echaba de menos a mi mami, su mirada cándida, la suave ternura de sus manos en mi cabeza, no así a mi papi, de cuyas furias y arrebatos me sentía a salvo, pero me dije que debía ser un hombre y dejarme de niñerías, además eran solo unos pocos días con mis abuelos, que también me engreían mucho. Ser un hombre: vi el paquete de cigarrillos de mi abuelo y pensé que había llegado la hora. Puse un cigarrillo en mi boca, lo prendí con un fósforo y aspiré con algo de miedo. No tragué el humo, lo eché de inmediato, un sabor áspero en la boca, y vi en la ventana, a pesar de la penumbra, el reflejo de mí mismo, ese niño ya crecido, próximo a cumplir once años, fumando por primera vez, haciéndose hombre a oscuras: me gustó aquel reflejo humoso. Me serví luego un trago tal como se lo servía mi abuelo, dos dedos de whisky y medio vaso de agua tónica, y me senté a beberlo mientras fumaba. Jamás me hubiese atrevido a prender un cigarro y echarme un trago en casa de mis papás, allá vivía asustado por los malos humores de mi papi y demasiado controlado por mi mami, que tanto me quería. El whisky raspó mi garganta y me sofocó por dentro, me sacudió un poquito el primer trago, ya luego sentí un calorcillo amable y me fue menos difícil tomarlo. Cuando intenté tragar el humo del cigarro, lo expulsé tosiendo, así que me contenté con apenas retenerlo en mi boca y echarlo enseguida hacia arriba, mirando el techo, como hacía mi papi con suprema elegancia. Yo no había querido fumar ni probar whisky cuando mi papi me lo había sugerido, nada o casi nada de lo que él hacía me resultaba atractivo, pero ahora que estaba solo en la oscuridad, encontraba un innegable placer en imitar al viejo regañón. Vi las llaves y me asaltó una idea peligrosa. Afuera, la *pick up* celeste, cómplice, esperaba. El trago tuvo la culpa, yo no solía ser audaz: cogí las llaves, acabé el whisky, en el cenicero dejé aplastado medio cigarro y salí de la biblioteca. Abrí la puerta de calle con sumo cuidado, no se fuesen a despertar, y así, sin zapatos, con piyama y medias blancas, los cigarros de mi abuelo en el bolsillo, salí a respirar aire

fresco y a jugar un momento con esa idea peligrosa. Yo
quería hacerme hombre aquella noche. Lloviznaba, caía
esa lluvia flaca y apática, indigna de llamarse lluvia, que
apenas humedece Lima ciertas madrugadas de invierno.
Subí, para no mojarme y seguir jugando con la idea, a la
pick up Nissan. Pasó un carro por Los Laureles, me aga-
ché, podía ser la policía, en ese barrio de San Isidro vivían
embajadores y ministros. *Solo una vuelta a la manzana*,
pensé. Me tembló levemente la mano cuando introduje la
llave. Prendí la camioneta, *no creo que me hayan escuchado,
los abuelos no se despiertan ni con un terremoto*, hundí mi pie
en el embrague, puse retroceso y, con cierta brusquedad,
pues saqué muy deprisa el pie del embrague, salí manejando marcha atrás con las luces apagadas. Yo, sin saber manejar bien, me sentía capaz de dar una vuelta a la manzana
con la *pick up*. Leo, mi chofer, me había dejado manejar dos
o tres veces la camioneta, o sea que ya le había perdido el
miedo al asunto, aparte que después del whisky me sentía
más osado que de costumbre. Bajé la ventana, encendí las
luces, manejé despacio, en segunda, y activé las plumillas,
pues la luna delantera se había mojado con la llovizna. La
brisa mansa de San Isidro me despeina, me siento todo un
hombre, no extraño a mi mami o al menos pretendo que
no la extraño, manejo solo de noche, fumo y tomo tragos,
me robo el carro de mi papapa, aunque solo sea para dar
una vuelta a la manzana que, espero, no termine con una
vuelta de campana. Soy todo un hombre *hecho y derecho*,
como dice mi mami, aunque, la verdad, sé que mientras no
me crezcan pelitos abajo como a varios chicos de mi clase,
todavía no lo seré del todo. Prendo un segundo cigarrillo,
esta vez con el encendedor de la camioneta: el círculo rojo
contra el papelito enrollado, el humo, el encendedor que-
mándome los dedos. Entonces ocurre el percance: regreso
el encendedor al tablero, aspiro fuertemente el cigarrillo

119

para que no se apague, resbala de mi boca, cae, lo veo caer como en cámara lenta, cae y se introduce justo por el pliegue entreabierto de mi piyama, tengo un botón roto y por ese huequito entra el cigarro prendido, cae justo en mis todavía lampiños genitales y *au, mierda, se me quema el pipilín*, pienso, suelto el timón, meto la mano, *ayayay, se me quema el pipilín, me va a quedar hecho cenizas*, saco el cigarro intruso, lo tiro por la ventana y cuando miro hacia adelante ya es muy tarde, giro el timón, freno, pero ya es muy tarde, la *pick up* choca con un carrito blanco. Suerte que iba a poca velocidad y alcancé a desviar el timón, el choque pudo ser peor. Ahora suena la alarma del carrito blanco. Asustado, retrocedo y huyo. Manejo rápido y temblando de miedo, ha desaparecido súbitamente el hombre que ya me sentía, soy otra vez el niño tímido y torpe que además acaba de quemarse los huevos y vaya que duele, duele en los huevos pero más que nada en el orgullo. Al llegar a casa de mis abuelos, bajo y miro los daños. No son tan graves como imaginé: solo una pequeña abolladura en la esquina delantera, un faro rajado, no roto, y unas líneas de pintura blanca, la huella del raspón. Cierro la camioneta, entro a la casa, dejo las llaves en el escritorio, limpio el cenicero y el vaso, me encuentro cara a cara con una foto de mi abuelo en Nueva York durante uno de sus viajes de trabajo, *perdón, papapa*, pienso, y camino, todavía temblando, mis medias ya no tan blancas deslizándose sobre el piso de madera, hacia mi cuarto. Me meto a la cama, hundo mi cabeza debajo de la almohada, me escondo de mí mismo. Pesa fuerte la vergüenza. Mi abuelo, para mí, que tanto lo quiero, no se merecía esto: robarle su camioneta y para colmo chocársela como un borracho más. No puedo dormir, el instante del choque me atormenta, la escena regresa a mí como una pesadilla: el cigarrillo que cae, yo que grito y suelto el timón, mis manos que buscan el cigarrillo dentro de la piyama, el carrito blanco a un metro, el impacto, el sacudón, el estruendo, la alarma, mi huida vergonzosa. Es la vergüenza la que no me deja dormir, la vergüenza y el miedo al día siguiente, a tener que decírselo a mi papapa Leopoldo. No duermo nada. A la mañana siguiente, duchándome, lloro de rabia, de impotencia, pues ya nada puedo hacer, ya choqué.

Me duele la cabeza, serán el trago y los cigarros y además la mala noche. Desayuno callado, no tengo hambre, apenas como con esfuerzo dos panes con mantequilla, solo pienso en el momento en que saldré con mi abuelo y él notará el choque en su camioneta: *¿qué le diré?, ¿cómo me mirará?, ¿me seguirá queriendo?* Pero, para mi sorpresa, cuando finalmente salimos a trabajar, a visitar a los inquilinos, mi papapa Leopoldo, será que está viejito y ya no ve bien, será que ha amanecido nublado, mi papapa sube a la camioneta y no me dice una palabra, no se ha dado cuenta de nada el pobre, y yo, pálido, mirándolo de costado, no encuentro valor para confesarle mi estupidez. *¿Qué le pasa esta mañana que lo veo tan serio, jovencito?*, me pregunta, ya manejando, y yo *nada, papapa, es que no he dormido bien* y él *seguro que anoche comiste demasiado, de noche siempre hay que comer ligerito.* Bajamos en la calle Ricardo Palma de Miraflores a visitar a un inquilino. Mi papapa, una vez más, pasa al lado de la abolladura y no la advierte, y yo, silencio. Recién cuando bajamos del edificio y nos acercamos a la *pick up*, suerte que acaban de pagarle y está contento, se detiene, ve la marca del choque y dice *me cachen, ¡nos chocaron!* Yo, temblando, me acerco también a la camioneta. La esquina delantera izquierda, la del piloto, la que yo abollé, es la que, para mi inmensa fortuna, mi abuelo, al cuadrar, dejó al lado de la pista, no de la vereda, y por esa callecita pasan muchos carros y micros grandes. Por eso, furioso, mi abuelo dice *quince minutos dejo la pick up y* pasa un malparido, me la choca y se da a la fuga, ¿qué le parece, jovencito? Yo en silencio veo cómo mi abuelo pasa su mano por la lata golpeada de su camioneta. ¿Y ahora qué hacemos?, le pregunto cobarde, escondiéndole la verdad. Vamos nomás, tenemos que ir a hacer la denuncia a la comisaría para que me pague el seguro. En la camioneta, mientras él maneja quejándose de Lima, ya no se puede vivir en esta ciudad, demasiado salvaje anda dando vueltas, a fin de año de todas maneras me voy a Venezuela, pero no le digas nada a tu abuela, yo trato de decirle a mi papapa dos palabras, solo dos: yo fui. Pero no me salen, no se las digo, no tengo el valor de confesarle que yo le choqué su pick up, no soy el hombre que debería ser, y por eso me siento avergonzado pero, a la vez, aliviado, porque mi papapa no se va a molestar conmigo. Vamos a la comisaría de Miraflores, una casona vieja en la calle Petit Thouars, y después de sentar la denuncia, ya a la salida, tan pronto como subimos a la pick up, me lleno de valor y le digo papapa, quiero decirte algo. Arranca él la pick up, me mira con todo su cariño y me dice cuéntame, ¿qué te pasa? y yo, que no puedo vivir más con esa horrible vergüenza, ya al borde de las lágrimas, yo fui, papapa y él ¿cómo? y yo, sin mirarlo, sudándome mucho las manos, yo choqué la pick up y él, sorprendido, ¿tú?, ¿cuándo? y yo anoche, salí a dar una vuelta a la manzana y choqué. Se queda un momento pensativo, yo espero que me grite, que me regañe, que me insulte, estoy llorando de la rabia y la vergüenza, me siento un imbécil por haber chocado y por haberle ocultado la verdad. Mi papapa apaga la camioneta, pone una mano sobre mi hombro y me dice la próxima vez que te escapes en mi pick up, no seas desgraciado: pásame la voz y salimos juntos, que tan viejo no estoy. Yo lo miro sorprendido y veo en sus ojos todo el amor de mi abuelo adorado y él sonríe y yo también y nos reímos y yo lo abrazo y me quiero quedar así toda la vida, abrazándolo afuera de la comisaría de Miraflores. Cuando llegamos a la casa y nos sentamos a almorzar, mi papapa le cuenta a su mujer *un salvaje chocó mi camioneta y se dio a la fuga* y ella comenta *ay, se me va el aire, Guillermina, ¡tráigame mi uña de gato!* y luego nos pregunta *¿no se hicieron nada?* y mi papapa *nada, mi amor, salimos ilesos,* y luego me guiña el ojo y yo sonrío apenas y lo quiero con toda mi alma y pienso *cómo hubiese querido que tú seas mi papi, papapa.*

A los pocos días, mi abuelo enfermó. Estaban durmiendo la siesta, yo en mi cuarto viendo «Mi Bella Genio» por la tele, cuando escuché que mi abuela, a gritos, nos llamaba a Guillermina y a mí. Corrí al cuarto de mis abuelos y no supe si entrar, pero al oír nuevamente la voz imperiosa de mi mamama, *¡Jimmy, ven, corre!,* supe que era serio y abrí de inmediato. Mi papapa estaba echado en la cama en piyama, porque los dos se ponían piyama para hacer la siesta, y tenía una mano en el pecho, los ojos cerrados, una expresión de dolor y desasosiego en el rostro. A su lado, haciéndole aire con un abanico, mi abuela me miró y gritó *¡corre, llama a una ambulancia, tu papapa está mal del corazón!* Corrí a la cocina, me paré frente a la refrigeradora y busqué en la lista de emergencia, entre los números de la policía, los bomberos, defensa civil y la bruja Xiomara que le leía el futuro a mi mamama, el teléfono salvador de la ambulancia. Lo memoricé, corrí al teléfono y llamé. *Necesito una ambulancia,* dije nervioso, no bien me contestaron, y el operador me dijo *número de seguro médico, por favor* y yo *un ratito, le voy a preguntar a mi abuela,* y corrí al cuarto de mi mamama y ahora ella y Guillermina le echaban aire a mi papapa y, al verme, me preguntó *¿ya viene?* y yo *me piden número de seguro médico* y ella, agarrándose la cabeza, *ay, qué tonta* y luego *tráeme mi cartera,* y yo le alcanzo su bolso blanco y ella, agitada, saca su billetera, la abre y me entrega un carnet, yo corro de regreso al telé-

123

fono y digo *aquí está, es el 086 guión 9257 guión GY y está a nombre de Leopoldo y Catalina Palacios*, digo eso y nadie me contesta, digo *¿aló?, ¿aló?*, pero no hay nadie al otro lado, por lo visto han cortado, *qué estúpidos son los señores de la ambulancia*, pienso. Llamo nuevamente, ahora molesto, y digo el número de seguro y me dicen *ahorita mismo vamos para allá* y yo *¿cuánto van a demorarse?* y el señor *diez minutos máximo* y yo *por favor, apúrese que es urgente*. Cuelgo, corro adonde mi abuela, le digo *en diez minutos llegan* y ella a su esposo *aguanta, papito, aguanta* y mi papapa, la cara congestionada por el dolor, la mano siempre en el pecho a la altura del corazón, *seguro son los frejoles que preparó la negra*, o sea Guillermina, que también le echa aire y mueve la cabeza con una media sonrisa como diciendo *ay, don Leopoldo, tremendo es usted, no puede con su genio*. Yo corro, abro la puerta de calle y me quedo ahí parado esperando la ambulancia, y lo primero que se me ocurre es rezar por mi papapa, *Señor mío y Dios mío, no seas malito, no te lleves todavía a mi papapa; Señor mío y Dios mío, si curas a mi papapa, te prometo que voy a ir a misa todos los días; Señor mío y Dios mío, yo sé que tengo la culpa por haber fumado y tomado whisky y manejado sin permiso la pick up, pero ya me castigaste chocando, no me castigues de nuevo enfermando a mi papapa; Señor mío y Dios mío, mi papapa no tiene la culpa de nada, mejor enférmame a mí*. Cuento los minutos, la ambulancia no llega, *¿por qué diablos en el Perú todo tiene que ser tan lento?* Corro al cuarto, veo que le han colocado sobre el pecho una estampita del Señor de los Milagros y que mi mamama, encima de su piyama, se ha puesto su hábito morado, con el cual asiste todos los años a las procesiones de octubre en el centro de Lima, ella es una fervorosa creyente del Señor de los Milagros, mi papapa también, aunque más cree en los turrones de octubre, que le fascinan. *¿Ya?*, me pregunta morada mi mamama, morada por el hábito y también

124

por el miedo a que se le muera su esposo de toda la vida, *todavía*, le digo yo, y luego *ahorita llegan*, y veo que Guillermina se ha puesto de rodillas al pie de la cama y sigue echándole aire con un abanico de motivos orientales igualito al que le regalaron a mi papi por ser cliente honorario del chifa Lung Fung, y mientras lo airea a mi papapa, reza ella también y en voz alta unas oraciones raras que yo no conozco, y corro de regreso a la calle y, menos mal, Dios es peruano y ha escuchado mis sufridas oraciones, llega la ambulancia con una sirena que hace un ruido de los mil diablos, y yo pienso *ya llegaron, ya cuadraron, ¿no pueden apagar la sirena, maldición?* Bajan dos señores en uniformes rojos y les digo *pasen, pasen, que mi abuelito está mal del corazón*, y ellos me siguen, y cuando llegamos al cuarto, veo que también Guillermina se ha puesto un hábito morado, segurito que mi mamama tenía uno de repuesto porque a la buena de Guillermina le queda un poquito apretado, y las dos rezan y le echan aire a mi papapa, *ay, me muero, los bomberos*, dice mi mamama al ver a los señores en uniformes rojos y ellos *buenas, señora, somos de Emergencia Médica de la Clínica Americana* y mi mamama *pasen, jóvenes, por favor, hagan algo porque mi esposo está con preinfarto y se me quiere morir*, entonces los señores de rojo se acercan a mi papapa, que sigue apretándose el pecho y respirando con dificultad, está pálido y sufriendo el pobre, yo no lo puedo ni ver que ahorita me pongo a llorar, y le preguntan *¿qué síntomas tiene, señor?* y mi papapa, hablando con dificultad, apenas se le escucha, *el pecho, me revienta el pecho* y entonces mi mamama *no me lo hagan hablar que está sin aire* y uno de los señores de rojo *¿lo transportamos a la clínica, señora?* y ella, molesta, *claro, pues, hijo, ¿tú crees que los he llamado para jugar canasta?* y el señor de rojo *le ruego que mantenga la calma, señora* y el otro señor de rojo, por su *walkie talkie*, *camilla, camilla*.

Guillermina, todavía arrodillada con su hábito morado, *ni más como turrón, te prometo, Cristo misericordioso* y mi papapa Leopoldo, esforzándose, *no digas mentiras, negra* y mi mamama *señores bomberos, ¿y la camilla?* y un señor de rojo *está en camino, señora, y no somos bomberos sino el Equipo Rojo de Emergencia Médica* y el otro señor de rojo *¿me permite su carnet, señora?* y mi abuelo, desde la cama, *yo tengo el carnet número 8 del partido socialista,* y mi mamama le entrega su carnet del seguro médico al señor de rojo y le dice *por favor, no vea la foto que salgo virola* y el señor de rojo, como recitando su manual de emergencia, *le ruego que mantenga la calma, señora,* y entonces llega otro señor de rojo con una camilla con ruedas y, con mucho cuidado, pasan a mi papapa de la cama a la camilla, y yo veo que a mi pobre papapa se le ha escapado la pila porque tiene el pantalón mojado, y mi mamama se da cuenta también y le pone encima una mantilla negra de las que usa para ir a misa, y Guillermina continúa de rodillas hablándole a un cuadro del Señor de los Milagros que tiene enfrente, sobre la mesa de noche de mi mamama, y ahora los señores de rojo se llevan a mi papapa en la camilla, y mi mamama y yo vamos detrás y mi papapa *Catalina, tráeme un calzoncillo limpio* y ella a mí *corre, Jimmy,* y yo corro al clóset de mi abuelo, abro todos los cajones hasta que encuentro sus calzoncillos, saco uno y corro a la calle, ya están subiendo a mi papapa a la ambulancia con camilla y todo, y le doy el calzoncillo a mi mamama y ella *¿no tendrá hueco?* y lo revisa y dice *perfecto, no tiene hueco* y los señores de rojo *¿viene con nosotros, señora?* y ella *sí, porque yo no sé manejar* y los de rojo *suba, por favor,* y ella con mucha dificultad, apoyándose en los señores de rojo, sube a la ambulancia y dice *muchas gracias, señores bomberos, son ustedes muy gentiles* y cuando van a cerrar la puerta yo alcanzo a decir *¿puedo subir yo también?* y uno de los de rojo *lo sentimos, jovencito,* *pero solo se permite un acompañante en la ambulancia* y mi mamama me mira con pena y me dice *mejor quédate, Jimmy, quédate con Guillermina, dile que te sirva tu gelatina y llama por teléfono a tu mami* y yo, muerto de la pena, *ya, mamama,* y siento que me duele mucho el pecho y seguro que es un preinfarto y digo *chau, papapa,* pero no me escucha porque cierran la puerta de la ambulancia y suena otra vez esa sirena escandalosa, y salen a toda velocidad y yo corro también a toda velocidad adonde Guillermina, que sigue rezando de rodillas, y le digo *Guille, por favor hazme gelatina* y ella *¿de qué color?* y yo *morado,* y ella se pone de pie y me da besito en la frente, suspira *ay, qué lindo mi señorito, me ha salido devoto también del Cristo Morado* y se va a la cocina, y yo corro al teléfono, llamo a mi mami a Los Cóndores y le digo llorando *mami tienes que venir ahorita* y ella *¿por qué, mi principito, qué ha pasado, por qué lloras?* y yo *porque se han llevado a mi papapa en la ambulancia* y ella *¿qué tiene?* y yo *dice mi mamama que un preinfarto* y mi mami *ahorita voy para allá, mi amor, y no llores y aprovecha para rezar* y yo *ya, mami.* Cuelgo, voy al baño a sonarme los mocos, me miro en el espejo y me digo molesto *todo por tu culpa, todo por chocar la camioneta.* Luego corro al cuarto de mi papapa, me pongo de rodillas frente al cuadro del Señor de los Milagros y rezo *te prometo que si lo salvas voy a la procesión de octubre y me pongo hábito morado.* Una hora después, ya más tranquilo porque me he tomado la gelatina morada aguadita, no pude esperar a que cuajara y se endureciera, y es que la gelatina, según mi mamama y Guillermina, es lo mejor para calmar los nervios y aliviar las penas, una hora después o poco menos llega corriendo mi mami, nos abrazamos y ella me dice *no te preocupes, se va a salvar* y yo *¿cómo sabes?* y ella *porque llamé a mi bruja a Surquillo y me echó las cartas ahí mismito por teléfono y me dijo que se salva de todas maneras* y yo *¿y le crees a la bruja?* y

127

ella *ay, mi amor, en el mundo hay solo dos personas infalibles, Su Santidad el Papa y mi bruja Marle de Surquillo* y yo, adorándola porque es tan optimista, *¿y qué más te dijo?* y ella *que lo van a tener que operar del corazón pero se salva,* y luego me mira con sus ojillos sospechosamente alegres y yo *¿qué más?* y ella *¿sabes qué más?* y yo *no, dime, no me hagas sufrir* y ella *me dijo que el próximo año te voy a llevar a Disney* y yo *¿de verdad?* y ella, riéndose, *¿cuándo te he dicho yo una mentira?* y yo la abrazo y ella *apúrate, vamos a la clínica que le tengo que llevar a tu papapa este termo de agua* y yo *¿agua?* y ella *agua bendita, pasé por la parroquia y el padre Juvenal me bendició el termo* y yo, corrigiéndola, *bendijo, mami,* y ella *ya, sabiondo, vamos que se me enfría el agua bendita.*

Llegamos a la clínica Americana mi mami y yo, no hay dónde cuadrar, mi mami pierde la paciencia después de dar vueltas a la manzana buscando un sitio donde estacionar y simplemente cuadra su Saab frente a emergencia, en el lugar que, supongo, corresponde a las ambulancias, deja las llaves puestas, cierra los ojos y murmura *Señor, en tus manos encomiendo mi Saab.* Bajamos deprisa, ella con el termo de agua bendita, yo con un táper de gelatina morada para mi papapa Leopoldo, pues sé que le encanta, nos acercamos a la señorita de información y mi mami, que está muy nerviosa a pesar de las profecías de su bruja Marle de Surquillo, le pregunta, en voz demasiado alta para mi gusto, *¿en qué cuarto está mi papacito?,* y yo sonrío avergonzado porque mi mami es así, se siente la dueña y señora de Lima o al menos de estos barrios bonitos que nosotros llamamos Lima, y la señorita, muy suave, *¿cuál es el apellido de su señor padre?* y mi mami *don Leopoldo Palacios Miranda, ex gerente general de la naviera Pacific* y la señorita, mirando un pizarrón colgado a sus espaldas, *cuarto 308* y mi mami *dime cómo llego, pues, hijita, que no soy adivina* y la señorita, ya menos suave, ya con semblante adusto, *tome el ascensor,* *tercer piso a su derecha* y mi mami *yo al ascensor no me subo ni loca.* Caminamos hacia las escaleras y yo *¿por qué no subimos por ascensor, mami?* y ella *porque una vez me subí al ascensor en el Banco del Progreso y hubo apagón y me quedé encerrada a oscuras con un par de cholitos olorosos y casi me muero, no tanto del miedo de morir ahogada por falta de aire sino del pánico a ser violada por esos choloboys,* y subo de dos en dos las escaleras pensando que a mi mami le pasan las cosas más raras del mundo y ella *no me hagas correr que ahorita me desmayo,* y llega la pobre sofocada, jadeando, al piso tres, *ay, qué barbaridad, tengo que volver al gimnasio* y yo, que gracias al fulbito de los recreos me mantengo en buena forma, *¿estás bien, mami?* y ella *si me da un preinfarto y me muero, te dejo todos mis libros sellados de religión a ti* y yo, desconcertado, *¿por qué a mí?* y ella, caminando rápido hacia el cuarto 308, *porque a veces pienso que tú has nacido para llevar por el mundo la palabra de Dios* y yo, tocado en ese momento por sus palabras, pienso y rezo *sí, voy a ser religioso pero con una sola condición: que se salve mi papapa Leopoldo.* Entonces llegamos al cuarto 308 y mi mami entra sin tocar la puerta, ella es así, y solita en la salita mi mamama Catalina no nos ve porque está con los ojos cerrados y moviendo los labios, seguramente rezando, y más allá, en el cuarto, al lado de la ventana, veo la cama en la que yace pálido mi papapa, y mi mami, recuperando el aire, de pronto consternada al ver a su padre maltrecho en esa cama, *¿cómo está mi papá, mamacita?,* y mi abuelita da un respingo, abre los ojos, con el susto se le cae el rosario al suelo, y dice *ay, me asusté, no entres así gritando, hija,* yo me agacho a recoger el rosario. Mi mami pasa al cuarto para ver a su papá y al caminar sus tacos suenan fuerte y mi mamama *shhh, no hagas bulla que lo han dormido,* mi mami le da un beso en la frente a su papá, le hace la señal de la cruz y derrama una lágrima que seca enseguida con su pañuelo, regresa entonces a la salita donde mi mamama está sentadita y le dice *cuéntame todo despacio y con lujo de detalles* y mi mamama *Jimmy, invítame una cucharada de gelatina que estoy hecha un manojo de nervios*, yo le doy el táper de plástico y le digo *pero no tengo cucharita, mamama* y ella *¿por qué no vas a la cafetería y me traes una?, hazme ese favorcito*, pero mi mami, salvadora, orgullosísima, yo tengo, y saca una cucharita blanca de plástico de su cartera y, dándosela a su mamá, *yo siempre llevo cosas de emergencia, en mi cartera puedes encontrar las cosas más increíbles, ¿sabes lo que encontré el otro día?, el primer diente de leche que se le cayó a mi Jimmy, el dientecito envuelto en papel higiénico, figúrate que casi lo boto*, y mi mamama abre el táper, come una cucharadita de gelatina y se queja *ay, está caliente*, luego mira a mi mami y le dice *han dormido a tu papá, dice el doctor que lo tienen que operar, tiene la orta bloqueada de tanta grasa que ha comido* y mi mami, corrigiéndola, *la aorta, mamá* y ella *por eso te digo, la orta* y mi mami, terca, *no, se dice la aorta, con «a»* y mi mamama *pero la «a» ya está en «la», por eso es la orta* y mi mami, perdiendo la paciencia, *ay, mamá, contigo todo termina en discusión, por el amor de Dios*, luego destapa el termo rojo, sirve un poco de agua en la tapita roja y empieza a echar chorritos de agua por todo el cuarto, al tiempo que dice, en voz alta, demasiado alta para mi gusto, *aléjate, Satanás, fuera de aquí diablo cochino, no te metas con mi papacito, que te quemo con mi agua bendita* y mi mamama *¿qué haces hijita?, estas mojando todo el piso* y mi mami *estoy quemándole el rabo al diablo* y mi mamama, comiendo gelatina para calmar los nervios, *¿qué?* y mi mami *estoy echando agua bendita para purificar el cuarto, mamá* y mi mamama *¡ay, qué buena idea!, échame un poquito a mí también*, y mi mami viene con el termo y moja sus dedos en agüita y le echa varias gotitas a mi mamama Catalina, que cierra piadosa los ojos y termina con la cara mojadita y se

130

queja *ya, suficiente, hija, que tampoco es carnaval*, luego mi mami le hace la señal de la cruz en la frente y me mira a mí, que observo respetuosa y calladamente, y me dice *¿tú también?* y yo *no sé* y ella *poquito nomás, porque se me acaba el termo y además tú tienes tu almita limpiecita* y mi mamama, como quejándose, *para el caso yo también, hija*, y mi mami me tira unas gotitas de agua bendita en la cara y luego, para mi asombro, toma un trago y otro más y dice *para purificarme por dentro* y me ofrece *¿quieres?*, y yo no me atrevo a rechazar un traguito de agua purificadora, me pasa la tapita roja, bebo apenas un sorbo de esa agua calientita que sabe a guardada y entonces mi mami toma otro trago pero no lo pasa, hace gárgaras y, los cachetes inflados por el agua retenida en la boca, escupe hacia la cama de mi papapa Leopoldo y mi mamama *¿qué haces, hija, por el amor de Dios?* y mi mami, muy seria, secándose la boca con una mano, *así me dijo el padre Juvenal que se echaba antes el agua bendita, escupiéndola, porque al diablo hay que tratarlo así, a escupitajos* y luego, dirigiéndose a mí, *aunque yo sé que se ve feo que una señora de su casa ande escupiendo, hijito, pero tú comprendes que lo hago por mi fe* y yo *claro, mami* y mi mamama *a ver, invítame un traguito que la gelatina me ha dado sed, esta Guillermina no entiende que hay que echarle menos azúcar*, y mi mami le pasa el termo y mi mamama toma un sorbito de pajarito y dice *ay qué agua tan pura* y mi mami *más pura imposible, está bendecida y yo bendita* y ella me mira con olímpico desprecio y tocan a la puerta y mi mami, serísima, *si no hay nadie, es el diablo que nos quiere asustar*, pero abre presurosa y sí hay alguien, un equipo de enfermeras y un par de doctores, ya estaba lista mi mami para tirarle agua bendita al diablo, *buenas, doctores, adelante*, dice ella ligeramente abochornada y me da el termo a mí, y los doctores le dan la mano, pero ella los saluda con besito, *buenas, mucho gusto, doctor Cabieses*, dice uno, y el otro, *doctor Medina Puertas, para servirla* y mi mami *¿usted no me operó de un juanete?* y el doctor *no creo, señora, yo me especializo en el corazón, debe haber sido mi hermano* y mi mami, sonriendo, *claro, su hermano, si es igualito a usted* y el otro doctor *señora, venimos a llevarnos al paciente a la sala de operaciones* y mi mamama, dejando la gelatina, que se ha comido todita, *¿qué?, ¿ya lo van a operar?* y el doctor Cabieses *efectivamente, señora, cuanto antes operemos, mejor* y mi mami *doctor, no sé si es mucha molestia, pero yo hace tiempo quiero operarme esta bolita de grasa que tengo aquí en el cuello, toque, toque, por favor,* y el doctor Cabieses, al parecer sorprendido, se ve obligado a tocar el cuello de mi mami y dice *no parece nada serio, señora* y mi mami *¿usted me podría sacar la bolita?* y el doctor *si le parece hablamos de eso en otro momento* y mi mami *claro, doctor, cuando usted quiera,* y entonces pasan dos enfermeras toditas de blanco, incluso sus zapatos son blanquitos y cuando caminan hacen un ruido gracioso, se dirigen al cuarto de mi abuelo y de pronto una de ellas, la que camina más rápido, pisa el agua bendita, se resbala y cae sentada de poto y grita *au, miéchica,* yo me aguanto la risa y pienso *seguro que es de la selva la enfermera,* porque *miéchica* me suena a una expresión muy amazónica, y mi mami la ayuda a levantarse y le dice *¿estás bien, hija?* y la pobre enfermera, limpiándose el uniforme, *sí, señora, gracias* y mi mami *menos mal que caíste de poto, eso siempre amortigua el golpe,* y ella la mira medio molesta y la otra enfermera dice *todito mojado está el piso del cuarto* y la enfermera recién caída *sí, pues, por eso me juí al suelo,* dice *juí,* no *fui,* y mi mami, incapaz de mentir, *mil disculpas, señoritas, pero he echado un poco de agua bendita,* y los doctores Cabieses y Medina Puertas se miran y sonríen sin que mi mami los vea, yo sé que se burlan de ella y piensan que es una pituca cucufata, pero no, mi mami es una señora que se desvive por su papá y hace cualquier

132

cosa para salvarlo, y mi mamama *no pisen el agua bendita, por favor, que es pecado,* y las enfermeras, caminando con sumo cuidado para no irritar a mi abuela, que sigue sentadita en la salita aunque ya no solita, las enfermeras empujan la cama rodante de mi papapa y se lo llevan despacito, y cuando pasa veo a mi pobre abuelito dormido y es como si estuviese un poquito muerto porque ni siquiera ronca, y entonces lo quiero abrazar como lo abracé a la salida de la comisaría de Miraflores, pero me quedo ahí paradito con el sabor del agüita bendita en la boca, y el doctor Cabieses se acerca a mi mamama y le dice *señora, necesitamos que firme este papel para poder operar a su esposo a corazón abierto* y mi mamama, que está como hablando sola, seguro que rezando, *ay, mi Leopoldo siempre ha tenido el corazón abierto para ayudar a los pobres* y enseguida coge el lapicero y va a firmar cuando mi mami, resuelta, *no firmes nada, mamá* y mi mamama, el lapicero temblándole en la mano arrugada, *¿por qué?* y mi mami, muy seria, *porque mi esposo me ha enseñado que nunca se firma un papel sin leerlo todito* y el doctor Cabieses *no se preocupe, señora, es una cosa de rutina, es solo un documento por el cual se nos autoriza a practicar la operación y se nos libera de toda responsabilidad en caso de que el resultado no sea enteramente satisfactorio* y mi mami, quitándole el papel a su mamá, dándole una ojeada rápida, *en otras palabras, doctor, si mi papá fallece en la operación, ¿ustedes no tienen la culpa de nada?* y el doctor Cabieses *es solo una formalidad para evitar conflictos legales posteriormente, señora* y mi mami, ojeando de nuevo el papel, *ay, yo no entiendo nada, esto está escrito en lenguaje de abogados* y mi mamama *dame para firmar, hija* y mi mami *no firmes nada, mamá, nadie firma nada hasta que mi marido lea este papel* y el doctor Cabieses *señora, es urgente que su mamá firme porque no podemos postergar la operación, es una cuestión de vida o muerte* y mi mamama *dame el papel, hija, no seas terca* y mi mami, serísima, *doctor, dígame la verdad, no me mienta, por favor, ¿qué porcentaje de posibilidades hay de que mi papá salga vivo de la operación?* y el doctor Cabieses *un alto porcentaje, señora* y el doctor Medina Puertas *confíe en nosotros, todo va a salir bien, pero siempre hay un mínimo riesgo y por eso es necesario firmar la liberación* y mi mami, porfiada, *números, doctor, ¿cuánto es un alto porcentaje?* y el doctor Cabieses *noventa y cinco por ciento de que su padre salga plenamente recuperado* y mi mami *¿y el otro cinco por ciento?* y el doctor Medina Puertas, ya perdiendo la paciencia, *señora, por favor, nosotros somos dos profesionales y vamos a hacer todo lo posible para que su padre quede en perfectas condiciones de salud*, y mi mamama se pone de pie con dificultad, le quita el papel a mi mami y lo firma, pero el doctor Cabieses *perdone la molestia, señora, pero ahí no es donde hay que firmar, se firma aquí arribita*, y mi mamama firma de nuevo y el doctor *¿es otra firma?* y mi mamama *yo tengo varias firmas, cambian según mi estado de ánimo* y mi mami, sonriendo, *eres la muerte, mamá* y mi mamama *no me hables de la muerte acá, hazme el favor, que ya te dijo el doctor lo del cinco por ciento* y el doctor Cabieses *gracias, señoras, ahora con su permiso nos vamos a sala de operaciones* y mi mami *¿podemos entrar?* y él *no, señora, imposible* y mi mamama *¿cuánto se van a demorar?* y él *si no hay complicaciones, calculo que una hora y media* y mi mamama *¿podemos esperar acá en el cuarto?* y el doctor *por supuesto, señora, como usted guste*, entonces las enfermeras empujan la cama rodante y los doctores caminan detrás a paso rápido, más atrás vamos mi mamama, mi mami y yo, y mi mami *corre, trae el termo*, y yo regreso corriendo al cuarto, saco el termo rojo y corro nuevamente hasta alcanzar a mi mami, y ella abre el termo, echa un chorrito de agua en su mano y le tira unas gotitas a la espalda del doctor Cabieses, que por suerte no se da cuenta, y luego le tira gotitas benditas al mandil blanco del doctor

Medina Puertas, que tampoco se da cuenta, y yo me tengo que aguantar la risa y ella, muy seria, me dice en secreto *es para que el Señor los acompañe en la sala de operaciones*, luego cierra el termo y me lo entrega a mí, yo lo llevo con sumo cuidado, y las enfermeras detienen la cama rodante y aprietan el botón del ascensor y mi mami pregunta *¿vamos a subir al ascensor?* y el doctor Medina Puertas *no hay otra manera de bajar, señora* y mi mami *¿y si hay apagón?* y el doctor *no se preocupe, tenemos grupo electrógeno* y mi mami *ay, menos mal*, entonces entramos todos al ascensor, que es bien espacioso, y de pronto mi mamama coge de la mano a su marido de toda la vida y dice *Leopoldo, ¿y tu anillo de matrimonio?* y mi mami *¿qué te pasa, mamá?* y mi mamama *le han robado el anillo de matrimonio, hija* y una enfermera *no se lo han robado, señora, yo se lo retiré* y mi mamama *¿con qué derecho, si llevamos cuarenta años casados?* y el doctor Cabieses *es por seguridad, señora, es política de la clínica* y mi mamama *ay, a mí no me hable de política, que yo no entiendo esas cosas de hombres* y la enfermera *señora, el anillo está en la mesa de noche del cuarto, junto con otros efectos personales* y mi mami *corre, Jimmy, tráelo* y yo *no puedo, mami, estamos en el ascensor* y ella *ay, verdad, cada día estoy más volada*, y entonces se abren las puertas y salimos del ascensor, primero las enfermeras empujando la camilla, luego los doctores y finalmente nosotros, y caminamos un corto trecho hasta unas puertas sobre las cuales cuelga el ominoso letrero que anuncia «Sala de Operaciones, Prohibido el Ingreso», y los doctores les dan la mano a mi mamama y a mi mami, *tan pronto terminemos subimos al cuarto a informarles de los resultados*, dice el doctor Cabieses y mi mamama, tomándolo del brazo, hablándole como si fuese su hijo, *cuídemelo a mi Leopoldito* y el doctor Medina Puertas *bueno, hasta lueguito, y confíen en que todo va a salir bien*, y mi mamama le da un besito en la frente a su marido y mi mami de nuevo le hace la señal de la cruz y le da besito en la mejilla y yo solo le toco el brazo y pienso *suerte, papapa* y me aguanto la emoción y empujan la cama rodante y mi mami, cuando los doctores están entrando, *doctor, doctor,* pero solo voltea el doctor Cabieses y mi mami le dice *rece,* y él solo sonríe con mucha paciencia y se cierran las puertas y mi mami me dice *el anillo, corre tráelo, no se lo vayan a robar, que estas enfermeras no me dan nadita de confianza* y mi mamama *mejor vamos todos al cuarto y esperamos ahí* y mi mami *no, mamá, vamos a ir a la iglesia ahorita mismo* y mi mamama *¿alcanza el tiempo?* y mi mami *siempre alcanza el tiempo para hacerle una visita a Nuestro Señor, vamos y venimos en media hora* y yo *¿traigo el anillo?* y mi mami *sí, anda, corre,* así que subo corriendo las escaleras, entro al 308, camino con cuidado para no resbalarme, abro el cajoncito de la mesa de noche y encuentro una bolsa de plástico transparente, la abro y sí, allí están el anillo, una cadenita y el reloj de mi papapa, *menos mal,* pienso, y bajo corriendo con la bolsita y se la doy a mi mamama, y ella la abre, se emociona y se pone el anillo en la mano derecha, porque en la izquierda ya tiene el suyo, y mi mami *mejor sácatelo, mamá, no vayan a pensar que eres casada dos veces* y mi mamama *¿tú crees?* y cuando se lo quiere sacar, *no sale, no sale, se ha atracado, hija* y mi mami *ya no importa, vamos rapidito a María Reina,* entonces nos subimos al Saab, yo adelante porque mi mamama dice que en caso de choque más seguro es ir atrás, mi mami maneja rápido hasta María Reina, donde al llegar por suerte cuadra sin problemas, y al entrar un mendigo sentado en el piso le dice *buenas, mi señora, una propinita por el amor de Dios* y mi mami *hola, Eustaquio, hoy no hay propina porque la operación de mi papá va a salir muy cara,* y pasamos a la iglesia, donde no hay nadie, y mi mami nos coge de la mano y nos lleva hasta la primera fila, en la que, apesadumbrados, nos arrodillamos los tres, cerramos los ojos y rezamos en silencio por la salud de mi abuelito, yo rezo *Señor, si mi papapa se cura te prometo que voy a ser religioso toda mi vida*, entonces mi mami me toca el brazo, yo abro los ojos, ella me da un billete nuevecito y me susurra *anda dáselo a Eustaquio, el limosnero, Dios acaba de decirme que no sea tacaña y además dicen que no dar propina al limosnero trae mala suerte*, así que voy con el billetito hasta la puerta y se lo echo a Eustaquio en el sombrero que tiene en el piso, lleno de moneditas, y él, barbudo, moreno y cochino, pues huele fuerte el tal Eustaquio, *gracias, chibolito, ¿quieres que te dé recibo?* y se ríe con una risa horrible mostrándome todos los huecos de su dentadura, y regreso rapidito adonde mi mamama y mi mami, me arrodillo y mi mami me dice *¿ya?* y yo *sí* y ella me da un besito en la frente, me hace la señal de la cruz y me dice *¿qué me haría yo sin ti, principito?*

Regresamos preocupados a la clínica y el doctor Cabieses, menos mal, nos informa *todo salió de maravillas y el señor Palacios se recupera satisfactoriamente*, solo que todavía no podemos verlo, pues está dormido en cuidados intensivos, donde pasará la noche, y mi mami comenta *mi bruja Marle nunca se equivoca, ella me dijo que mi papá iba a quedar perfecto* y mi mamama *¿y yo dónde voy a dormir esta noche?* y mi mami *en tu cama, pues, mamá, una señora como tú solo duerme en su cama* y mi mamama *no, yo me quedo a dormir aquí en el cuarto de la clínica* y yo *si quieres te acompaño, mamama* y ella *no, Jimmycito, no te preocupes, tú anda nomás con tu mamá, pobrecito, has tenido un día muy agitado* y mi mami *como quieran, pero yo les aconsejo que no duerman acá, yo me deprimo mucho cuando duermo en una clínica*, luego toca un timbrecito y al instante se aparece una enfermera toda de blanco, incluso sus pantys son blancas, yo le miro las piernas y me olvido por un momento de los padecimientos de mi abuelo Leopoldo, y mi mami le pregunta *¿mi mamá se* *puede quedar a dormir aquí?* y la enfermera *como guste, seño-ra, si desea le podemos traer una camita Comodoy* y mi mama-ma *ay, me muero, si duermo en una Comodoy se me dobla la columna y quedo paralítica* y mi mami *¿qué hay de comida, señorita?* y la enfermera *pollo con arroz y de postre, flan* y mi mamama *¿pechuga o pierna?* y la señorita enfermera *pierna, señora, pechuga sale muy caro* y mi mamama, ofendida, *ah, no, yo no como pierna, yo solo como pechuga, y dormir en Como-doy, ni de a vainas, hija* y la enfermera *como usted guste, seño-ra* y mi mami *gracias, hija, ya te puedes retirar,* y la enferme-ra se va y cierra la puerta, pero de inmediato mi mami toca el timbre de nuevo y no se demora en volver la pobre señorita de blanco y mi mami *¿sabes qué?, no lo tomes a mal, pero me ha chocado que aquí en el cuarto no tengan una imagen del Señor o de la Virgen María* y mi mamama *ay, yo ni cuen-ta me había dado, qué observadora eres, hija,* y yo me muero de vergüenza de que mi mami sea tan entrometida, y la señorita enfermera *voy a hacer llegar su queja a la adminis-tración, señora* y mi mami *no, hija, no es queja, es crítica cons-tructiva nomás, porque esta es una clínica religiosa, ¿no?* y la enfermera *no, señora, es clínica privada* y mi mami *claro, hija, yo también soy privada, ¿tú crees que una dama como yo va a trabajar para el gobierno?, pero poner una imagen de Nuestro Creador quedaría lindo, créeme* y la enfermera, con mala cara, *como usted diga, señora* y mi mamama, *¿usted no será atea, no?* y la enfermera, sonriendo, *no, señora, en lo absoluto* y mi mamama *ay, menos mal, porque si no, me llevo a mi marido de acá aunque esté inconsciente* y la señorita *per-misito* y mi mami *sigue nomás, hija,* pero no bien ella se va y cierra la puerta, mi mami comenta *qué barbaridad, qué insolencia, esta cholita igualada más parece cabaretera, cómo puede ir enseñando las piernas así, con razón tantos hombres mueren de infarto* y mi mamama *no toques el tema, por favor* y mi mami *bueno, nos vamos,* así que bajamos con cuidado

138

las escaleras y antes de irnos pasamos otra vez por el consultorio del doctor Cabieses, le tocamos la puerta y él nos abre muy gentil y mi mami *nos vamos, doctor* y él *no se preocupen, el señor Palacios va a dormir como un bebé* y mi mamama *si se despierta con hambre, que le den plátanos con mermelada de fresa, que eso le sienta bien de noche* y el doctor Cabieses *no se va a despertar, señora, y además está con suero* y mi mamama *¿está con Suero?, ¿a Ronnie Suero también lo han operado?, qué coincidencia, los dos jugaban fútbol en el Regatas hace mil años*, y el doctor Cabieses nos mira sin entender nada y mi mami *tóqueme el bultito, doctor, tóquelo sin miedo para que vea cómo me está creciendo*, y el doctor Cabieses toca el cuello Jackie O de mi mami y a mí me dan unos celos mortales, y ella cierra los ojos y dice *ahí, justo ahí* y el doctor *si quiere véngase mañana y la analizo con calma* y mi mami *sí, doctor, porque ya me está preocupando el bultito, y si solo es una bola de grasa benigna, igual quiero que me la extirpen, porque no se ve nada bien eso de estar llevando una bolita de grasa en el cuello, para bolas de grasa suficiente tengo con mi marido*, y el doctor se ríe y yo también y mi mamama no sonríe siquiera porque anda distraída pensando en otra cosa y el doctor *hasta lueguito, chicas* y mi mami *chau, doc* y luego *ay, qué rico que nos digan «chicas»*, y salimos de la clínica, subimos al Saab y en diez minutos llegamos a la casa de mi papapa, en el camino vamos escuchando radio Nostalgia, boleros de Lucho Gatica y Los Panchos, que a mi mami le encantan, y además en Nostalgia rezan el ángelus al mediodía. Mi mami, al llegar, hace sus llamadas telefónicas y nos dice que se tiene que ir, me pregunta *¿me acompañas o te quedas?* y yo *como tú quieras, mami* y ella *ya está oscuro, me da miedo manejar solita hasta Los Cóndores, tu papá dice que hay una banda de ladrones que deja piedras grandes en la carretera y que cuando paras porque no puedes pasar, salen de los matorrales y te roban* y yo *pero si yo estoy contigo igual nos* robarían y ella *sí, pues, aunque por lo menos nos murimos juntitos, amor* y yo *nos morimos, mami* y mi mamama *no te lleves al chico, no seas mala, si se va contigo, ¿quién me acompaña aquí?* y mi mami *Guillermina, pues, mamá* y mi mamama *no, Guillermina ya se fue, hoy le toca salida, seguro que ha ido a encontrarse con el zamarro del novio, que es casado* y mi mami *no le consientas eso, mamá, si sale con un hombre casado, la botas sin contemplaciones* y mi mamama *es que nadie me prepara mi uña de gato como Guillermina* y mi mami *¿entonces te quedas, principito?* y mi mamama *sí, se queda, yo estoy viejita y muy afectada por todo esto, no me puedo quedar sola* y yo, pensando en mi papapa, *sí, mami, mejor me quedo acompañando a mi mamama* y mi mami *bueno, está bien, yo vengo mañana tempranito para ir juntos a la clínica, y si me asaltan en la carretera y quedas huerfanito, tú tienes la culpa de todo, mi amor* y yo *no digas eso, mami*, y ella, riéndose, nos da besitos y sale disparada porque ya es tardísimo, y mi mamama y yo, después de comer arroz con puré de papas que nos dejó Guillermina en el horno, nos vamos a acostar y yo le doy besito *chau, mamama, que descanses* y ella *¿no te molesta si esta noche duermes conmigo?* y yo *no, para nada* y ella *es que yo, si estoy solita, no puedo dormir* y yo *encantado, mamama*, así que me pongo piyama, voy a su cuarto, me meto en la cama por el lado de mi papapa Leopoldo y veo cómo ella, sentadita frente al espejo del tocador, ya en piyama, se echa sus lociones y sus cremas y finalmente se mete en la cama, y entonces rezamos juntos, echaditos los dos, y me sorprende porque mi mami no me deja rezar echado, rezamos tres padrenuestros y tres avemarías por la salud de mi papapa, y me estoy quedando dormido, y ella, al tercer avemaría, empieza a pestañear y me dice *hasta mañana, angelito* y yo *hasta mañana, mamama*, y escucho sus ronquidos, no puedo dormir, muevo un poquito la pierna y siento algo duro, veo entre las sábanas y es la

Virgencita llorona de yeso que mi mamama ha metido en la cama entre ella y yo, y sonrío y cierro los ojos y escucho los ronquidos tremebundos de mi mamama y pienso *debí irme contigo, mami*. De madrugada despierto sobresaltado, sudoroso, sin saber dónde estoy, y veo que a mi lado sigue echada, pero ahora boca abajo, seguro la moví yo, la Virgencita llorona de yeso a la que, por cierto, le falta un pie, mutilación de la que Guillermina se siente culpable, pues a ella se le cayó la Virgencita llorona cuando la estaba limpiando con las debidas reverencias, suerte que puso el pie y amortiguó la caída, solo se le rompió un pie a la Virgencita, y veo también que mi mamama no está en la cama, pienso *habrá ido al baño*, pero pasan los minutos y no regresa, entonces me paro y voy al baño de mis abuelos, que está a oscuras, y prendo la luz, pero ella no está, *qué raro, ¿se habrá ido a la clínica?, ¿habrá extrañado tanto a su marido?, ¿estoy yo solo en la casa?* De pronto siento miedo, camino por el pasillo, miro en el cuarto de huéspedes pero tampoco hay nadie, entonces voy a la cocina, yo en piyama y medias blancas, y prendo la luz y veo tres cucarachas en el piso, me da un escalofrío y pienso que la desgracia está rondando por esta casa viejita, y cuando voy hacia la sala veo a mi mamama en bata y pantuflas regando sus plantitas en el patio, así que salgo y veo que mi abuelita Catalina está echándole agua con una jarrita de plástico anaranjada a una maceta de helechos que ya está llena de agua, rebalsándose, y yo le digo *¿estás bien, mamama?* y ella, sin mirarme, echando más agua que cae al piso, mojando así sus pantuflas, *¿qué haces despierto, viejo?* y yo *soy tu nieto Jimmy, mamama*, pero ella, como si no me escuchase, como si estuviese dormida de pie, *anda a la cama, Leopoldito, yo ahorita te doy el encuentro* y yo *ya, mamama*, y me quedo parado tras las cortinas mirándola y ella le conversa afectuosa al helecho, *helecho mal hecho, ¿hasta cuándo vas a llorar de no-*

che?, ¿no estás grandecito ya para seguir haciéndote la pila?, ¿no te da vergüenza hacerme levantar para darte tu comida? Yo me asusto, pienso que mi mamama se ha vuelto loca y mi papapa se va a morir en el hospital y me voy a quedar a vivir solo en esa casa con la Virgencita llorona y paticoja y con Guillermina y su novio casado, que por eso mi mami la va a botar *sin contemplaciones*, así que salgo de nuevo al patio y le digo *mamama, vamos a la cama, no te vayas a resfriar*, y entonces ella deja la jarrita al lado del helecho y se queda agachada, *ay, me doblé, no me puedo levantar*, se queja y yo me acerco a ella, *¿estás bien?* y ella *Leopoldito, dame la mano, me quedé doblada*, yo le doy la mano y vamos caminando así hacia el cuarto, ella doblada y yo tomándola de la mano, y ella *¿a ver tus manos, Leopoldito?*, y me escudriña la mano derecha mientras caminamos lentamente en la oscuridad y se queja *te sigues comiendo las uñas, no me haces caso, eres terco como una mula, viejo*, y sonrío en silencio, llegamos a la cama y ella, siempre agachadita, se echa, se endereza y me dice *no jales mucho la sábana, Leo, que me da frío*, y yo no digo nada porque es inútil, me meto en la cama, saco la almohada, no me gusta dormir con la cabeza sobre la almohada, me echo boca abajo y mi cabeza golpea algo duro, entonces prendo la luz de la mesa de noche y veo asustado una pistola que seguro mi papapa ha dejado bajo la almohada, ¡y mi mamama no me dijo nada! Enseguida agarro con cuidado el arma, la meto debajo de la cama y finalmente me recuesto, respiro hondo y cuando estoy ya quedándome dormido escucho una larga y sonora flatulencia y luego a mi abuelita Catalina decir *yo no fui, seguro que fue la Virgencita coja*.

Ahora estamos en la clínica, han pasado un par de días, mi papapa Leopoldo está mucho mejor, estoy a solas con él en su cuarto, mi mamama ha bajado a la cafetería con mi mami. Tiene mejor semblante mi abuelo, ya puede

142

hablar, le han quitado el suero, hace un momento ha tomado un caldito de pollo. Está echado en su cama, es media tarde, las cortinas cerradas porque la vista de los techos de Miraflores no es demasiado inspiradora, la tele prendida en uno de esos programas para mujeres. Yo, sentado al otro extremo de la cama, a sus pies, muerdo la manzana roja que vino en su azafate y a él no le provocó. *Mira la cicatriz que me han dejado*, me dice, abriéndose lentamente la camisa de dormir. Veo la marca en su pecho. *Me afeitaron todito*, dice, con una sonrisa resignada, *antes era macho de pelo en pecho, ahora parezco travesti*, añade, y nos reímos. A pesar de ser ya un hombre mayor, mi abuelo conserva una forma física envidiable, los músculos de su pecho aún no están del todo caídos. Retiro el azafate, lo dejo afuera, en el pasillo, para que el cuarto no quede oliendo a comida y se lo lleven pronto. Mi mami y mi abuela se van a demorar en volver. Así está bien, me gusta quedarme solo con mi papapa. No conversamos mucho, solo cuando él me habla yo le contesto, el doctor Cabieses le ha dicho que no gaste energías hablando. Mi papapa, sin embargo, no les hace caso a los doctores, dice que ya está como nuevo, listo para jugarse un partido de fulbito. Yo le digo que de ahora en adelante nada de tiros al arco en el jardín grande, solo jugaremos ajedrez, *a ver si mañana traes el tablero y nos echamos una partida*, me dice, y yo celebro la idea. Mi papapa es el mismo de siempre, optimista y reilón, aunque mi abuela Catalina está preocupada, dice *mi marido ahora ya no me va a querer igual que siempre porque tiene otro corazón, le han movido de sitio el corazón* y mi papapa se ríe apenas y le dice *vieja fregada, a ti te voy a querer igualito aunque me pongan un corazón de gorila* y mi mami se molesta y dice *papá, no hagas bromas, que esos transplantes de órganos van en contra de la iglesia*, y es que mi mami siempre está al día con la posición oficial del Vaticano, por eso nadie se atreve a discutir con ella. Entra la enfermera, *¿cómo se siente, señor Palacios?*, le pregunta a mi papapa. Es una mujer joven, de piel morena y aspecto agradable, y lleva un vestido blanco ajustado que a mi mami le parece demasiado corto y apretadito. *Mucho mejor, sobre todo cuando te veo a ti*, contesta él, coqueto, y añade *ya te he dicho que me trates de tú*. La enfermera saca un termómetro de su bolsillo, *vengo a tomarle la temperatura*, dice, y mi papapa muy serio *me acaba de subir* y ella, preocupada, *¿de veras?* y él *cuando te veo me da fiebre*, y los tres nos reímos. Mi abuelo es así, no puede con su genio: se le cruza una mujer joven, no necesariamente linda, y le coquetea seguro. Pone el termómetro en la boca de su paciente la agraciada enfermera, y al inclinarse queda su escote peligrosamente cerca, y mi abuelo le mira el escote, no oculta su interés en aquellas protuberancias, y yo sonrío pensando *cuidado, papapa, no te vaya a dar otro preinfarto. Sigue en treinta y siete y medio*, dice la enfermera, tan pronto como saca el termómetro de la boca, y él *gracias, cholita*, y palmotea distraídamente las nalgas de la mujer, que no se da por aludida y esboza una media sonrisa de complicidad. Se retira ahora la enfermera, posada en sus nalgas poderosas la mirada de mi papapa y la mía también. *Tremenda yegua*, dice él, y yo sonrío. Me encanta que me tenga esas confianzas, que me hable así. *Apágate esa tontería*, me pide, señalando la tele, y yo me levanto de la cama, tiro la manzana a la basura y apago el televisor en blanco y negro. *Me llaman los chilenos*, dice, y yo *¿los chilenos?* y él *sí, ya les toca su refrigerio*, y sonríe, sus ojillos pícaros. *¿Me haces el favor de traerme la bacinica?*, me pide enseguida. *Encantado, papapa.* Entro al baño, que despide un fuerte olor a orina, y regreso a la cama con una bacinica crema. *Ayúdame con el pantalón*, me dice. Entonces se levanta ligeramente, con esfuerzo, y yo le bajo el pantalón y coloco debajo de él la bacinica y él se incorpora más y queda sentado precariamente. *¿Quieres que te espere afuera?*, le pregunto con timidez. *No hay problema, quédate nomás.* Me da vergüenza, prendo la tele, subo el volumen. Mi papapa puja y caga en la bacinica. El acre olor de sus intestinos invade el cuarto, pero no me molesta, *coman, chilenitos, coman*, comenta y me mira sonriendo, mientras yo me muero de risa y pienso *mi abuelo Leopoldo siempre está de buen humor, ¿por qué mi papi no puede ser así también?* Un momento después, *listo, terminé, ayúdame, por favor, Jimmy*. Me ha dicho *Jimmy*, no *joven* o *jovencito*, lo que es una novedad y de hecho me ha gustado. Me acerco a él, se levanta apoyado en sus brazos, retiro rápido la bacinica, la llevo al baño, tiro los excrementos al excusado y jalo. *Listo, papapa*, le digo al volver. *¿Tú crees que porque soy un viejo moribundo ya no me tengo que limpiar el culo?*, me dice, con una expresión traviesa. Sonrío y no sé qué hacer. *Límpiame, por favor*, me pide, y sé que le ha costado pedírmelo. *Claro, no hay problema.* Voy al baño, saco bastante papel higiénico, mi abuelo me espera echado de costado, el pantalón en las rodillas, separo un poco sus nalgas, paso el papel higiénico rosado una y otra vez, lo limpio delicadamente, no me disgusta la tarea. *Gracias, papapa*, le digo cuando termino, y voy al baño a tirar el papel manchado y a lavarme las manos. De verdad se lo agradezco, ha sido un momento fuerte, inolvidable, de perfecta complicidad, yo limpiándole el trasero a mi papapa Leopoldo. *Gracias a ti*, me dice él, subiéndose el pantalón. *Ven acá*, dice, y me acerco, *agáchate, te voy a decir un secreto*, inclino entonces mi cabeza y él susurra en mi oído *eres el único hombre que me ha metido la mano en mis sesenta y seis años de vida*, yo sonrío emocionado, *¿y sabes lo peor?*, añade, su bigote rozando mi oreja, *creo que me ha gustado*, y luego suelta una risotada franca y yo me río con él: así era mi papapa Leopoldo, un hombre bueno que se reía de todo. Me in-

145

clino nuevamente y le digo al oído *te quiero mucho, papapa*, y él me abraza, mi cabeza sobre su cicatriz, oyendo los latidos de su corazón operado. *He decidido que voy a rehacer mi testamento*, me dice. Yo me quedo en silencio, sintiendo todito su cariño. *¿Sabes lo que te voy a dejar?* Muevo apenas mi cabeza diciéndole no. *Mi camioneta chocada.* Me río sobre su pecho, lo quiero para siempre.

VIII
El gordo más feliz del mundo

No lo conocí personalmente, sin embargo, era mi amigo. Lo escuchaba en la radio todas las noches de siete a nueve, mientras hacía mis tareas o fingía hacerlas. Me aburría a mares haciendo mis tareas, sobre todo si eran las de matemáticas, curso para el que me descubrí negado desde muy niño. Sin duda era más entretenido dejar libros y cuadernos en el escritorio, cerrar la puerta, no fuese a llegar mi papi del banco y encontrarme vagando, y tirarme en la cama con mi pequeña radio a pilas para escuchar «Goles son Amores», el programa deportivo de José María Rivasplata, el Gitano, que se transmitía por radio Espléndida. Lo escuchaba en la radio a pilas que me regaló mi abuelo Patrick por las buenas notas que sacaba en el colegio.

El Gitano Rivasplata sabía de fútbol como pocos en el Perú y quizás en Latinoamérica entera. Sabía de fútbol y también de caballos: el fútbol, la hípica y los boleros eran sus grandes pasiones. Por eso tenía tres programas diferentes en radio Espléndida: uno de fútbol, «Goles son Amores»; otro de caballos, «Al Carrerón»; y un tercero de música, «Contigo a la Distancia». Yo solo escuchaba «Goles son Amores», pues las carreras de caballos y los

147

boleros no me interesaban demasiado. El Gitano era una enciclopedia de fútbol, sabía muchísimo, había asistido a todos los mundiales desde que era niño y él había sido niño hacía mucho tiempo, o sea que en buena cuenta había visto todos los mundiales desde, creo, el Maracanazo del 50. No solo sabía de fútbol porque lo había visto, también lo había jugado. En efecto, le gustaba contar que, siendo muy jovencito, fue arquero del Ciclista Lima, equipo de primera división que tuvo escasa fortuna y muy pronto descendió a segunda. Contaba el Gitano que cuando terminó el colegio, su padre, conocedor de su pasión futbolera, le hizo escoger entre la universidad y el fútbol, elección que no representó problema alguno para él, que, ni tonto, eligió el fútbol para toda la vida. Pero entonces no soñaba con ser el más famoso comentarista deportivo de la radio peruana, por aquellos días él quería ser arquero de la selección y, según decían, había sido un arquero seguro y de buenos reflejos, al menos eso decía el veterano comentarista Cirilo Estrada, claro que la suya no era una opinión imparcial, porque Cirilo Estrada era comentarista de «Goles son Amores», o sea, asistente del Gitano, y tal vez por eso exageraba cuando afirmaba que el Gitano había sido un gran arquero, algo que, con su peculiar sentido del humor, el mismo Gitano se esmeraba en desmentir, pues más de una vez lo escuché contar una anécdota muy graciosa, a mí al menos me lo parecía así: decía que el entrenador del Ciclista Lima, harto de ver que a su equipo, por culpa del Gitano, que jugaba de arquero, le hacían goles tontísimos, se le acercó en el entretiempo, camino a los vestuarios, y le dijo *mire, Gitano, no importa que todas las bolas que van al arco terminen entrando, esos goles se los perdono, pero solo le pido un favor, que las bolas que van afuera ¡no las meta al arco usted!* El Gitano se moría de risa contando esa historia y yo me moría de risa con él.

148

El Gitano siempre estaba riéndose, quizá por eso me gustaba tanto escucharlo, porque se tomaba el fútbol muy a pecho pero también sabía divertirse, y a mí, que llegaba cansado del colegio, temeroso de cruzarme con mi papi, ese señor que vivía molesto, el Gitano me alegraba un poquito la vida, era un amigo fiel, incondicional, que me esperaba a las siete de la noche sin falta y sabía hacerme reír, además, claro, de ponerme al día sobre la actualidad futbolera nacional e internacional. El Gitano se reía, sobre todo, de su equipo de trabajo, de sus comentaristas. A algunos los respetaba, por ejemplo a Federico Camacho o a John Mario Astudillo nunca les tomaba el pelo, supongo que en mérito a su reconocida veteranía, pues se notaba, escuchándolos, que eran señores de edad; pero a otros, en particular a los locutores de campo, los vapuleaba durante la transmisión con puyazos, ironías y sabrosas criolladas, comentarios todos sin ninguna mala leche porque el Gitano era un gordo buenísimo, un pan de Dios. Dos eran sus víctimas habituales: Cucharita Ipanaqué y Ramón Minaya, Minayita. A Cucharita, que daba las alineaciones al borde del campo, anunciaba los cambios y, eventualmente, si el Gitano se sentía generoso y le concedía esa gracia, participaba en la elección del mejor jugador del partido, ocasiones en las que Cucharita, con toda prudencia, votaba siempre por el jugador que había elegido su jefe, a Cucharita lo fastidiaba con bromas relacionadas generalmente con el trago, pues al parecer el sufrido locutor era un borracho conocido o al menos le habían hecho esa fama, y entonces el Gitano, provocando las seguras carcajadas de sus colaboradores, le decía a su hombre en el gramado *y a continuación, gracias a una cortesía de ron Cartavio, las alineaciones a cargo de Cucharita Ipanaqué*, o decía *tenemos un llamado desde la cancha de juego de Cucharita Ipanaqué, adelante, Dos Más*, así le decía el Gitano, *Dos Más*, aparen-

149

temente porque Cucharita, cuando bebía, no conocía las virtudes de la prudencia, siempre pedía dos tragos más. Mil bromas alcohólicas, unas graciosas y otras no tanto, le gastaba el Gitano a Cucharita Ipanaqué. De Minayita se reía, nos reíamos, porque dicho locutor le debía plata a todo el mundo o al menos esa fama de pedigüeño y eterno deudor le hizo el Gitano en la radio; por eso cuando Minayita, que cubría los vestuarios con bastante eficacia, entrevistando después del partido a los mejores jugadores, se permitía, casi furtivamente, deslizar un comentario, una opinión, el Gitano le decía *¿no lo estarás elogiando porque le debes plata, Minayita?* o *¿no estarás dándole con palo porque no te ha querido prestar plata, Minayita?* o, simplemente, la broma típica, *muy bien su transmisión, Minayita, felicitaciones, ahora dígame cuándo me va a pagar el cebiche que me debe desde hace años, oiga usted.* Minayita y Cucharita se reían también con las bromas del Gitano, pero a mí me parecía que se reían sin ganas, hasta con un poquito de miedo, porque él era el jefe y si ellos le hacían un comentario destemplado podían quedarse en la calle. Solo una vez Minayita se atrevió a contestarle al Gitano, seguro que estuvo pensando su respuesta mucho tiempo, y cuando su jefe le reclamó el famoso cebiche, Minayita, azuzado tal vez por algún trago recio, le dijo *no le cumplo el cebiche, señor Gitano, porque todavía no hemos cazado una ballena, porque para usted tiene que ser cebiche de ballena por lo menos,* así dijo al aire Minayita, poniendo en grave riesgo su estabilidad laboral, y nadie en la radio se rió, se hizo un silencio sepulcral, ni siquiera el Gitano, que se reía de todo, soltó la habitual carcajada y, claro, aquella venganza le costó caro a Minayita, porque sospechosamente toda la siguiente semana se ausentó del programa por licencia médica, yo siempre estuve seguro de que en realidad lo habían suspendido. Salvo ese incidente menor, Cucharita y Minayita sabían soportar a pie firme las bromas del Gitano, y por eso se dejaban querer, no eran demasiado brillantes en sus comentarios o, como le gustaba decir al Gitano, en sus *acotaciones*, palabra que yo odiaba, el Gitano en cambio al parecer gozaba pronunciando esa palabreja, *¿alguna acotación, Cucharita?*, pero, aunque no fuesen estrellas, ya eran parte de la familia y uno los quería así.

Yo sabía que el Gitano era muy gordo antes de que Minayita, con claro instinto kamikaze, dijese en el aire la broma del cebiche de ballena. Sabía que era gordo porque el Gitano publicaba en el periódico una columna con su foto y también porque muy de vez en cuando hacía comentarios en la tele. Era un hombre muy gordo, cachetón, de poco pelo, sus ojillos relucían siempre con un brillo risueño, picarón, una poderosa dentadura asomaba cuando sonreía; todo él parecía un bebé, su cara era la de un bebé rollizo y juguetón. Ahora pienso que fue siempre un niño: tenía sesenta años y gozaba del fútbol como yo a los diez, con la ingenuidad y la pasión que solo sienten los niños. El Gitano contaba por la radio que había comenzado a engordar cuando dejó de ser arquero por culpa de una lesión, *de una malhadada lesión*. Le rompieron la pierna, tuvo que abandonar el fútbol, apenas tenía veintitrés años, nunca pudo jugar en la selección peruana. Entonces se dedicó al periodismo y, dado que no tenía que entrenar más, también a comer. Comía muchísimo: según parece, le encantaban los pollos a la brasa con papas fritas. Al terminar sus larguísimas transmisiones dominicales solía decir *bueno, señores, el partido no ha terminado, el partido recién comienza en Pollería San Luis, el Palacio de la Grasita, ahí nos vemos, buenas noches.* Tiempo después, un periodista que lo conoció me dijo que el Gitano era capaz de comerse cinco pollos enteros y luego, para rematar, un ají de gallina.

Mi papi no quería al Gitano, yo creo que le tenía celos, celos porque yo me identificaba con el Gitano más que con él y porque, sospecho, mi papi, sin conocerlo, sabía que el Gitano era muy feliz, por lo menos mucho más feliz que él. El Gitano se daba la gran vida, hacía lo que le daba la gana, viajaba por todo el mundo viendo el mejor fútbol, gastaba fortunas en el hipódromo de Monterrico; mi papi, en cambio, parecía detestar su trabajo en el banco, todas las mañanas iba al banco malhumorado, regañando. Mi papi se burlaba de mi afición por el fútbol, él nunca veía fútbol salvo en los mundiales, en el campeonato peruano le daba igual quién ganaba o perdía, decía *yo no voy a perder mi tiempo viendo a esos negros malucos*, no se declaraba hincha acérrimo de nadie, aunque a veces, cuando estaba de buen humor, algo infrecuente, se confesaba de la U, pero no por las buenas razones: él era de la U porque no podía ser hincha de un club de negros como el Alianza, prefería la U porque era blanco y los blancos tenían que ser de la U. Yo no quería ser de la U porque no quería ser como mi papi, tampoco me veía como hincha del Alianza, tenía la idea de que para ser del Alianza tenías que ser negro o al menos zambito embetunado, así que, para diferenciarme de él, elegí ser hincha del Cristal, un equipo que entonces no era muy conocido. Pero yo, más que hincha del Cristal, era hincha del Gitano. *Ese gordo sí que se da la gran vida*, pensaba. El Gitano gozaba viajando, viajaba muchísimo, le encantaba quejarse en sus transmisiones de lo cara que estaba la vida en las ciudades que visitaba. Gracias a él, uno podía saber cuánto costaba un café con leche en Tokio, una cocacola en México, una tortilla de patatas en Madrid, un bife de chorizo en Buenos Aires. Mi papi, para fastidiarme, me decía, siempre molesto, *¿qué tanto escuchas al Gitano?, si te pasas el día entero tirado en la cama escuchando al Gitano, de grande vas a terminar siendo un huevas tristes* *como él*, y yo me aguantaba y pensaba *el huevas tristes eres tú, que vives amargado, no el Gitano, que se da la gran vida, ya quisiera yo vivir la vida del Gitano, viajando, viendo buen fútbol, comiendo rico.* Yo de grande no quería ser como mi papi, un banquero poderoso y regañón, a mí no me interesaban los relojes de oro ni los cruceros por el Caribe ni el whisky etiqueta negra, sino como el Gitano; pensaba *de grande quiero ser millonario para viajar por el mundo viendo el mejor fútbol*, pero luego *también puedo ser periodista deportivo como el Gitano y viajar por el mundo viendo buen fútbol*. En todo caso, quería vivir como el Gitano, mi ídolo, mi mejor amigo, un gordo descomunal metido en mi radiecito a pilas para acompañarme todas las noches de siete a nueve.

Para llegar a ser como el Gitano, me dije, *tengo que conocerlo; mejor aún, tengo que trabajar con él.* Por eso empecé a llamarlo a la radio, lástima que nunca contestase mis llamadas, solo quería felicitarlo, decirle *Gitano, usted es mi ídolo, mi mejor amigo*, él por supuesto estaba muy ocupado para atender las llamadas de sus miles de oyentes: corría de la cabina al hipódromo, del hipódromo al estadio, y del estadio a Pollería San Luis, el Palacio de la Grasita, así que cuando tuve claro que no era posible hablar por teléfono con él, me propuse participar como oyente en su programa, que todas las noches, hacia el final, abría las líneas telefónicas para que el público opinase libremente, *sin censuras ni cortapisas*, como decía la grabación de Cirilo Estrada. Llamé muchas veces, noche a noche, a escondidas para que no me descubriesen mis papás, pero era imposible comunicarse con radio Espléndida, supongo que muchísima gente llamaba y por eso el teléfono vivía ocupado. Por fin, una noche me contestaron, no me contestó el Gitano, reconocí la voz de inmediato, era John Mario Astudillo, experto en temas de automovilismo y boxeo, y yo le dije, arriesgándome a equivocarme, aunque por suerte acerté, *buenas noches, señor Astudillo*, y creo que él se sintió halagado de que reconociese tan rápido su voz, lo que sin duda revelaba mi condición de asiduo oyente, de leal radioescucha, y tal vez por eso me trató con suma amabilidad, me dijo *buenas noches, bienvenido a «Goles son Amores» por radio Espléndida* y yo, nervioso, y bien consciente de la implacable tiranía del tiempo, empecé sin demora a dar mi opinión, no de memoria ni improvisando sino, prudente yo, leyendo un papelito, y ya estaba despachándome gozoso cuando John Mario Astudillo me interrumpió, *todavía no estamos en el aire, jovencito*, me dijo con indudable aplomo y elegancia, y yo me sentí un tonto y pensé *si seguimos así jamás voy a trabajar con el Gitano*, y John Mario me hizo esperar en la línea unos segundos que se me hicieron eternos, las manos me sudaban, sentía que me iba a desmayar, mi voz iba a ser escuchada en todo el Perú y en el sintonizado programa «Goles son Amores», no lo podía creer, ojalá nadie le contase a mi papi, que seguro me metería al Leoncio Prado por ocioso, por andar llamando al huevas tristes del Gitano Rivasplata en vez de estar haciendo mis tareas, hasta que por fin escuché la voz del Gitano diciendo *y ahora vamos con la última llamada de la noche, adelante, ¿cuál es su respuesta a la pregunta Kola Inglesa?*, y la pregunta Kola Inglesa de la noche era *el entrenador de la selección peruana de fútbol: ¿peruano o extranjero?* y yo, el papelito temblándome, la voz también, dije *en mi modesta opinión, el entrenador de la selección debería ser peruano porque... Gracias, muy amable, buenas noches*, me interrumpió bruscamente el Gitano, y yo me quedé frío y con todas las ganas de leer mi discurso sobre las ventajas de que un peruano entrenase a nuestra selección. La verdad, no esperé que mi debut radial fuese tan corto y accidentado, pero, repuesto de la primera decepción, me consolé pensando que al menos había dicho unas pocas palabras en «Goles son Amores», al menos el Gitano y yo habíamos hablado, brevemente pero habíamos hablado. No lo volví á llamar, tampoco a hablar con él.

El Gitano sí me habló una vez más, aunque las circunstancias, debo admitirlo, no fueron las mejores. Ocurrió en el Estadio Nacional de Lima, al que yo solía ir ciertos domingos cuando jugaba el Cristal y mi mami me había dado propina y mi papi dormía la siesta, así no tenía que pedirle permiso, pues si le pedía permiso me decía *no jodas, hijo, ¿vas a ir al estadio a mezclarte con un montón de cholos para ver un partido de fútbol de mala muerte?* Una tarde, sentado en Occidente Alta, tuve una idea que juzgué brillante, aunque luego comprendí que no lo era tanto: ¿por qué no acercarme a la cabina del Gitano, allá arriba en la esquina de Occidente Alta, cerca de la tribuna Norte, y saludarlo y a lo mejor hasta conversar un poquito con él? En el entretiempo, mi radio a pilas siempre encendida en Espléndida, me acerqué a la cabina del Gitano. Allí estaba mi ídolo: gordo, dientón, semicalvo, hablando apasionadamente, devorando el micrófono, acompañado del relator oficial, Wilder Chiqui Cruz, y del locutor comercial, Freddy Pino, ambos señores bastante veteranos. Paralizado por la emoción, me quedé mirando al Gitano, mirándolo y al mismo tiempo escuchándolo por la radio. Estaba a un metro del legendario Gitano Rivasplata, la voz de América, enciclopedia andante de fútbol, maestro de maestros, *qué indescriptible emoción*, como él solía decir, solo un vidrio nos separaba y yo lo miraba intensamente como diciéndole *Gitano, maestro, es usted un grande, un sabio, un ejemplo para la juventud, no te mueras nunca, gordo del pueblo*, así estaba yo, rendido de admiración ante el famoso hombre de radio, pero él, más que agradecido por mi presencia, parecía ligeramente nervioso, inquieto, perturbado, hasta enojado se diría, algo lo estaba moles-

155

tando sin duda, porque el Gitano, sus orejas cubiertas por unos audífonos gigantescos, la frente humedecida por gotitas de sudor, daba señales inequívocas de fastidio e irritación, miraba a Chiqui Cruz y movía las manos como diciendo *algo está mal*, hasta que Chiqui me señaló con el dedo acusador y el Gitano me miró, me miró con clarísimo disgusto, me miró furioso, me miró y se quitó los auriculares y dio pase a comerciales y me dijo algo que yo no escuché, y entonces se dio cuenta de que el vidrio era tan grueso que no me permitía escucharlo y gritó *¡APAGA TU RADIO, CHIQUILLO, QUE SE ESTÁ ACOPLANDO!* Yo, muerto de vergüenza, apagué mi radio enseguida y le dije *mil disculpas, Gitano,* pero él ya estaba molesto conmigo y me hizo así con la mano, como diciéndome *ya, sal de acá, chiquillo ladilla, regresa a tu sitio y deja trabajar tranquilo, caracho,* así que yo le hice adiós con la mano, respetuoso a pesar de todo, y bajé las escaleras una por una, despacito, pensando *ya está, se jodió para siempre mi amistad con el Gitano, nunca voy trabajar con él.* Yo no sabía que si uno escuchaba la radio tan cerca de la cabina se producía una interferencia en la transmisión. Yo, que tanto lo admiraba, que me sentía parte de la familia de radio Espléndida, había logrado, en aquellos dos minutos fatales, que el Gitano y su equipo me detestasen con toda razón. No pude seguir viendo el partido, regresé deprimido a la casa de mis papás, ya no podía ser como el Gitano, sus palabras resonaban en mi cabeza una y otra vez: *¡APAGA TU RADIO, CHIQUILLO, QUE SE ESTÁ ACOPLANDO!*

Eso fue todo lo que me dijo en nuestros muchos años de amistad. Yo lo seguí admirando y escuchando, aunque, la verdad, algo se quebró aquella tarde en el estadio, ya no lo quería ciegamente como antes. Pero él seguía siendo el Gitano, el mejor de todos, el gordo más feliz del mundo, y no había nada en la vida mejor que el fútbol.

Murió tiempo después, y no murió de viejo, murió de gordo. Yo no era más un niño, estaba ya en la universidad. El Gitano enfermó súbitamente, lo operaron en el extranjero, volvió a la radio, pero nunca se recuperó del todo. Recayó, lo internaron en la clínica Italiana. Un día estaba pasando por allí con una chica, di un par de vueltas, detuve mi carro, le pedí a mi amiga que me esperase, *tengo que visitar a un amigo*, y, tras comprar unas flores, entré a la clínica. Subí a cuidados intensivos, pregunté por el señor Rivasplata. *No recibe visitas*, me dijo una enfermera. Ya me iba cuando señaló a una mujer sentada al fondo del pasillo: *su esposa está atendiendo las visitas*. Me acerqué a la señora Rivasplata, una mujer delgada y morena, a diferencia de su esposo, que era blanco y muy gordo. Le di la mano, le entregué las flores, le dije *ojalá se mejore rápido, todos lo queremos mucho*. Ella me miró con sus ojitos cansados y me dijo *gracias, hijito*. Me fui rápido, no quería ser pesado, no quería volver a acoplarme en la vida del Gitano.

Al día siguiente, «Goles son Amores» abrió con un minuto de silencio.

IX
¿Cuándo te vas a dejar el pelo largo, primito intelectual?

Era mi primo, el mayor de mis primos. Yo lo veía para arriba, muy para arriba, no solo porque era el mayor, también porque era altísimo, medía casi dos metros. Alto y flaco, tenía un aire triste, parecía un príncipe desterrado. Me gustaba su nombre: Juan Ignacio. Lo puedo ver todavía: el pelo largo marrón clarito cayéndole en olitas, peinado con raya al medio; la piel quemada en las mejores playas peruanas; los ojos celestes, orgullo de la familia; la expresión relajada, casi ausente, del que lo tiene todo sin mucho esfuerzo. Juan Ignacio lo tenía todo, se daba una vida deliciosa, era el niño mimado de la familia. Yo lo envidiaba, de grande quería ser como él, así tan grande y con esos ojazos azules.

Lo veía dos o tres veces al año, no más, siempre en reuniones familiares muy concurridas. Juan Ignacio viajaba a Lima para estar presente en esos eventos familiares, viajaba desde Miami, pues vivía allá, estudiaba negocios en la universidad. Terminado el colegio en Lima se fue a Miami y ya llevaba unos años allá. El rumor que circulaba en la familia era que se daba la gran vida. Decían en voz bajita que no estudiaba nada, que ni siquiera iba a la

159

universidad, y que vivía como un príncipe, con carros de lujo, departamento frente al mar, lancha de alta velocidad y toda clase de engreimientos. La familia entera, mis tíos y tías, mis primos y primas, mi hermana y yo, todos envidiábamos, creo, al misterioso Juan Ignacio, que yacía perezoso bajo el sol de Miami mientras nosotros malvivíamos en un país sucio y caótico, sacudido por huelgas nacionales y paros armados.

Juan Ignacio llegaba a las reuniones familiares acompañado de sus papás, Vicente y Beatriz. Mi tío Vicente, tal vez el más querido de mis tíos, hombre recio y aventurero, fuerte como un camión, apodado por ello Comandante Camión, se ganaba la vida como piloto de aviación, aunque todos sabíamos, y él no lo desmentía, que su verdadera pasión era el fulbito, juego arduo y habilidoso para el que estaba supremamente bien dotado. Mi tío jugaba fulbito todas las tardes, todas, incluso domingos y feriados, en el club Regatas, al final de la Costa Verde, frente al Pacífico, ese mar que parecía enfermo. Jugaba, yo lo vi, con insólito ardor, dejando media vida en cada fricción, en cada disparo, en cada salto. Era un león del fulbito: a su natural habilidad sumaba un espíritu de guerrero indomable. Mi tío, saltaba a la vista, vivía para el fulbito; todo lo demás, su esposa Beatriz, los aviones, su hijo engreído que estudiaba en Miami porque en Lima había muchas huelgas, todo lo demás eran obligaciones: el placer estaba en el Regatas, abajo, en zapatillas, al borde del mar. Mi tía Beatriz, su mujer, era como una muñeca, solo que ya había envejecido un poquito, algo que, me parece, la había cogido por sorpresa. La tía Bea había sido una mujer muy bella, eso se notaba todavía, pero los años le habían caído encima y ella se resistía fieramente cubriéndose las arrugas con demasiado maquillaje, usando pelucas indecorosas, apelando a los ardides del cirujano, gracias a los cuales se sentía una jovencita coqueta, una levísima quinceañera, luciendo siempre los vestidos más atrevidos, los más hondos escotes. Nadie cruzaba las piernas con tanta audacia como ella, y a mí, lo recuerdo ahora con gratitud, me saludaba con besito casi en la boca, entre la mejilla y la boca, pero en realidad más cerca de la boca, rozándola, humedeciéndola, agachándose, claro, porque yo era un niño, y mostrándome de paso la generosidad de su escote. Mi tía Bea era la eterna jovencita; mi tío Vicente, el eterno jugador de fulbito. Comandante Camión se reía a carcajadas, con demasiada alegría y estridencia para mi gusto; su glamorosa mujer no se reía nunca, a duras penas sonreía, pues la piel la tenía tan estiradita que de una risa franca se le podía arrugar cantidad, y entonces de vuelta al cirujano milagroso.

Juan Ignacio se lleva mal con sus papás, andaban siempre medio peleados. Mi tío Vicente en las reuniones familiares organizaba sin falta partidos de fulbito en los que Juan Ignacio, tumbado en una perezosa, se rehusaba a jugar, y su papá lo llamaba a gritos, *ya, pues, Juani, ven a jugar, no seas vagoneta, aunque sea juega de arquero*, pero él no le contestaba, ni lo miraba siquiera, lo ignoraba olímpicamente, dando toda la impresión de que vivía en las nubes o al menos eso me perecía a mí, que mi primo era muy lindo y muy extraño porque no hablaba con nadie, se pasaba las reuniones familiares echadito, tomando un trago y mirándonos con cierto aire de superioridad a nosotros, sus parientes, sus feos y tontos parientes. Comandante Camión correteaba tras la pelota, sudaba como chancho, gritaba, jadeaba, puteaba y se peleaba con todo el equipo contrario, pues hacía de jugador, capitán y árbitro a la vez: él cobraba los penales, él los pateaba, él los festejaba cuando eran goles y él los tapaba si eran penales en contra. Era ya demasiado fulbitero el energúmeno del tío

Vicente, y todo esto, su regio hijo mayor, Juan Ignacito, lo veía distante, con una sonrisa irónica, como diciendo *ay, papá, ¿cuándo vas a entender que el fulbito es un juego estúpido y pueblerino, que la gente decente como yo, que vive en Miami, no pierde su tiempo pateando una pelota pezuñenta y sudando como obrero de pueblo joven?* Entre tanto, mi tía Bea le entraba derechamente al trago, bebía parejo y sin remordimiento aparente. Whisky fino con hielo, cigarrito mentolado, semisedada por la pastillas para dormir sin las que ya no podía dormir, la tía Bea se emborrachaba rápido mientras su esposo fracturaba una que otra pierna en la cancha de fulbito y su hijo le seguía el ritmo alcohólico, visitando el bar y el baño con similar frecuencia. Mi tía Bea se emborrachaba siempre, era conocida por su cabeza de pollo, y luego hacía de su borrachera un espectáculo: seducía a tíos casados, hablaba pestes de su marido el fulbitero, chismeaba a morir con las otras tías pero especialmente contra las otras tías. A diferencia de ella, Juan Ignacio, solo y en su nube, sabía tomar, tenía una clase innata, jamás lo vi borracho o haciendo papelones como su mamá, que así y todo era un encanto.

Conmigo era cariñoso Juan Ignacio, me daba la mano sonriendo con esa placidez tan suya, como si estuviese dopado, felizmente dopado, y me revolvía el pelo porque yo siempre lo tenía peinadito con raya al costado, me revolvía el pelo y me decía *hola, intelectual, ¿qué ha sido de tu vida?*, y a mí me gustaba que alborotase mi pelo con sus larguísimas manos de pianista y que me llamase así, *intelectual, mi primito intelectual, ¿cuándo te vas a dejar el pelo largo, primito intelectual?* y yo *mi papi no me deja y mi mami me corta el pelo cada dos semanas* y él *mándalo a la mierda al nazi de tu viejo, si él te corta el pelo, tú córtale los huevos y vas a ver cómo deja de joderte para siempre,* y yo me reía y él también y tenía unos dientes blanquísimos y perfectísimos mi primo Juan

Ignacio, se reía y veías un resplandor níveo que, irradiado desde su boca, te cegaba casi, tal era el poder de su hermosa dentadura, de su sonrisa de televisión. Era cariñoso conmigo, no sé por qué, tal vez, pienso ahora, porque a mí tampoco me gustaba jugar fulbito con la bestia de su papá, aunque por razones diferentes a las suyas. A mí de hecho me gustaba fulbitear, pero no con el Comandante Camión: era demasiado machetero, gritón y piconazo el tío Vicente, esos partidos de fulbito terminaban siempre en insultos y broncas descomunales, lo cual, visto desde la hamaca en la que se balanceaba mi primo, parecía en verdad bastante ridículo, pues era navidad y mis tíos estaban puteándose a gritos porque *eso no es penal, carajo, tienes que estar bien idiota para cobrar penal cuando fui a la pelota, no a la pierna*. O tal vez me tenía simpatía Juan Ignacio porque se daba cuenta de que yo, secretamente, lo admiraba, admiraba su belleza, su aire solitario, su vida en Miami, sus ojazos azules.

Cierta vez, reunida la familia en casa de la tía Queca, tía riquísima y solterona que le daba de desayuno a su perra pequinesa *croissants* con mermeladas importadas, Juan Ignacio me dijo *ven, intelectual, acompáñame*, y me llevó al escritorio de la tía Queca, cerró con llave, sacó un cigarrito sin colilla, amarrado a ambos extremos, y lo prendió, y olía raro y rico, diferente al tabaco negro o a las pipas asesinas que fumaba a veces mi papi, y puso una película en el video de la tía Queca, y nos sentamos los dos en un viejísimo sillón de cuero rasgado que olía a meado de la odiosa perra pequinesa, y Juan Ignacio me invitó una pitada, pero yo solo aspiré un poquitín y tosí un montón y él sonrió y me revolvió el pelo, *ay, intelectual, todavía eres un niño*, me dijo sonriendo, y la película comenzó y yo vi fascinado cómo un hombre y una mujer se quitaban la ropa y se acariciaban con ardor, nunca había visto algo así, y mi primo, tras apagar su cigarrito que olía raro y rico, se echó en el sofá y miró con cara de aburrido la película sobándose a cada ratito ahí abajo. Al ratito se cansó, sacó la película, la escondió y regresamos a los jardines, él por un trago y yo por una cocacola, y solo me dijo *¿qué tal la película, intelectual?* y yo *muy buena, buenísima* y él *¿mejor que las cowboyadas?* y yo, riéndome, *muchísimo mejor* y él, revolviéndome el pelo, *ni una palabra ¿okay?* y yo *okay*, y, en efecto, todo estaba *okay*.

Yo no lo sabía entonces, esas cosas no se hablaban en casa de mis papás, pero tiempo después me contaron que mi primo Juan Ignacio estaba muy metido en drogas. Ahora entiendo por qué me parecía siempre como extraviado, de espaldas a todos, sentado en una nube y muy feliz por eso. Por mi mami, siempre al día en los últimos chismes familiares, me enteré de que a mi primo lo botaron de la universidad en Miami, decía que le encontraron marihuana, al parecer tenía el cuarto lleno de macetas con plantas de marihuana. Por mi mami me enteré también de que Juan Ignacio regresó a Lima contra su voluntad, pues quería quedarse en Miami despilfarrando la plata de su mamá, mujer de vasta fortuna, pero los tíos Vicente y Beatriz, firmes y unidísimos en la lucha sin cuartel contra el despiadado flagelo de las drogas, lo obligaron a volver y lo metieron a la fuerza en un programa de desintoxicación para drogadictos en Huampaní, algo que, decía mi mamá, volvía loco al pobre Juan Ignacio, quien odiaba que sus papás lo tratasen así, como a un drogadicto, como a un cochino pastelero de Barrios Altos.

Juan Ignacio, yo no lo veía, él no iba más a las reuniones familiares por navidad o cuando los abuelos cumplían años, se dedicó a pintar, y decían que pintaba muy bien. Yo nunca vi sus cuadros, pero mi mami sí los vio y quedó horrorizada. Fue un día a visitar a la tía Bea, era su santo y mi mami era cumplidísima para los santos familiares, los tenía todos apuntados en su agenda de la revista *Familia Cristiana*, a la que por expresa recomendación de la parroquia estaba suscrita, fue a visitar a mi tía Bea con un lindo regalito, y en algún momento de la reunión bajó de su cuarto mi primo Juan Ignacio y ella, una santa dispuesta siempre a socorrer a las almas más necesitadas, a guiar a las ovejas descarriadas, se le acercó y le conversó bonito, y Juan Ignacio le contó que estaba así todo sucio y pintarrajeado porque había estado pintando arriba en su taller, y mi mami le dijo *ay qué bueno que pintes, yo siempre quise ser pintora, pero no me salían las frutas, sufría a mares con la manzana* y él, seguramente fumado y demás, *¿quieres ver mis cuadros, tía?* y mi mami, muy tía, *pero con todo gusto, Juan Ignacio, si tú me los quieres enseñar, yo feliz como una lombriz*, así de buena y felicísima era mi mami, de modo que, en un descuido de la tía Bea, quien seguro estaba borrachísima y bailando un mambo sin zapatos, mientras Comandante Camión jugaba fulbito de mano, porque si no podía vestirse de corto y zapatillas, él se consolaba jugando fulbito de mano, en un descuido de sus papás mi primo llevó a mi mami a su taller y le enseñó sus cuadros y mi pobre mami, sin aliento por haber subido tantas escaleras, vio unos cuadros grandes y, según me dijo, brutales, en los que Juan Ignacio había pintado a su mamá, la tía Bea, calata y con rabo y cola de diablo y en poses francamente obscenas, y al parecer todos los cuadros eran así, la tía Bea calata y diabólica, y entonces Juan Ignacio, con indudables ganas de espantar a mi mami, *¿te gustan, tía?* y mi mami, a punto de desmayarse, *bueno, no sé qué decirte, se ve que tienes idea para el arte, pero la verdad que tus cuadros son un poquito fuertes para mí*, y él soltó una carcajada y mi mami sintió que estaba en presencia del demonio, así me dijo cuando llegó traumada a la casa y me lo contó, *sentí que el diablo* *se le ha metido al pobre Juan Ignacio y lo ha poseído, sentí que tu primo tiene el diablo adentro, nunca he sentido tan cerca al diablo*, decía persignándose, y yo le creía y recordaba a mi primo viendo la película prohibida y pensaba que quizás mi mami tenía razón.

Fue un golpe tremendo para ella. Yo nunca vi los cuadros, me hubiese gustado verlos. Mi mami no regresó a casa de la tía Bea y sé que quiso convencerla de que le hiciera un exorcismo rapidito y sin dolor a su hijo, *va el padre Forsyth, lo amarra en la cama, lo rocía con agua bendita, le dice unas oraciones en latín y espanta al diablo y se lo saca por el popó y te lo deja sanito al chico*, pero la tía Bea, famosa por su carácter arisco, se negó terminantemente y le tiró el teléfono a mi mami, *es verdad que tienes al diablo cerca*, le contestó antes de colgarle, *tu esposo es el diablo, si vieras cómo me mira, las groserías que me dice, si hay un diablo en la familia es el mañoso de tu esposo, primero hazle el exorcismo a él y ahora déjame tranquila que tengo que tomar mis pastillas sedantes, por favor*.

Juan Ignacio no se curó, siguió metido en drogas, dejó de ir al tratamiento de desintoxicación en Huampaní. Los informes de mi mami al respecto eran breves y alarmantes, *dicen que solo quiere drogarse y pintar*. Yo lo vi por última vez una navidad en la casa de playa de mis tíos Jiménez. Estaba, como dijo mi mami, *muy desmejorado*: pelucón, anteojos oscuros, sucia y rotosa la ropa, mi primo no había perdido su aire principesco, conservaba en efecto cierta distante elegancia, pero ahora daba la impresión de estar enfermo, pues tosía mucho, caminaba lentamente y se veía pálido, demacrado. Juan Ignacio, yo seguía admirándolo, era mi primo más especial, Juan Ignacio, me seguía gustando su nombre, protagonizó aquella tarde calurosa, frente al pérfido mar de Villa, una escena inolvidable. De pronto, lejos del barullo y las risas y los tíos politi-

166

queros y las tías en bikini y los primos *surfers* y las primas deliciosas, lejos de todo como siempre, Juan Ignacio, el único que no estaba en ropa de baño, se acercó a la piscina de mis tíos los Jiménez, una linda piscina limpiecita en la que estaban bañándose mis primas las Jiménez, preciosas y adorables las dos, con sus amigas en tanguita, coquetísimas, se acercó Juan Ignacio, un trago en la mano, camisa, chinos y sandalias de jebe, se paró frente a la piscina, se sacó el pipilín y empezó a orinar, caracoleando el chorrito amarillento en las prístinas aguas de la piscina. *¡Cochino, asqueroso!*, gritaron mis primas preciosas y sus amigas en tanguita, y salieron huyendo despavoridas, mientras Juan Ignacio, imperturbable, siguió meando, gozosamente en la piscina, ante la sorpresa de grandes y chicos. *No es su culpa, tiene el diablo adentro, está poseído*, explicaba mi mami a ciertas tías escandalizadas por la meada navideña del primo drogadicto, exabrupto que concluyó cuando el tío Vicente se acercó a su hijo, le dio un violento empujón y lo tiró a la piscina, diciéndole con evidente enojo *¿qué haces, oye, huevón?* Todos miramos a otra parte, todos salvo mis primos más espesos, que se rieron a carcajadas y empezaron a fastidiar a Juan Ignacio, y siguió la reunión como si nada hubiese pasado, claro que nadie volvió a meterse a la piscina en toda la tarde. Pero Juan Ignacio no le perdonó a su papá que le mojase la ropa y lo convirtiese en blanco de las bromas crueles de mis primos más pesados, así que, mojadito y bien meadito, fue al bar, cogió una botella de vino blanco, se acercó a su papá y le dio un soberbio botellazo en la cabeza. El tío Vicente colapsó, cayó privado y. Juan Ignacio, remedándolo, gritó *¿qué haces, oye, huevón?* y soltó una carcajada malvada que a mí me dio escalofríos y me hizo creer que mi mami tenía toda la razón: mi primo debía estar poseído. De inmediato, tíos y primos, yo no, yo miraba apenado, rodearon a Juan Ignacio, lo agarraron

167

fuertemente y se lo llevaron a rastras. No lo vi más. Juan Ignacio mojado y riéndose mientras lo arrastraban insultándolo, así lo vi la última vez.

No mucho tiempo después, desapareció. Se fue de casa de sus padres, un viejo caserón en la avenida Salaverry, y simplemente desapareció. Dejó todo: sus cuadros, su ropa, sus miles de pastillas, no llevó siquiera una maleta o algo de plata, tampoco se robó nada de sus papás. Se fue caminando sin un centavo en el bolsillo, pero al parecer con la clara determinación de no volver más. Adónde se marchó, qué fue de él, nunca más se supo o al menos no lo supe yo. Mi mami me contaba apesadumbrada las novedades: los tíos Vicente y Beatriz recorrían el Perú en aviones, helicópteros, balsas y burros buscando a su hijo perdido; alguien decía haberlo visto en la selva, con los aguarunas; al parecer estaba en Machu Picchu, drogadísimo, irreconocible; un anónimo informante juraba que mi primo se había metido a un convento de monjes franciscanos en la sierra; habían encontrado su cadáver devorado por los peces en una playa de la Costa Verde; lo habían cogido con drogas en el aeropuerto de Lima y estaba preso pudriéndose en Lurigancho. Mis tíos lo buscaban desesperadamente; el tío Vicente dejó el trabajo, ahora vivía para encontrar a su hijo, no le interesaba otra cosa; la tía Bea tomaba más pastillas y tragos que nunca, estaba al borde de la locura; iban los dos, infatigables, de pueblito en pueblito, de aldea en aldea, con fotos de Juan Ignacio, buscando un rastro, una señal, una pista. Mi primo estaba en todas partes y en ninguna, se había convertido en un fantasma, lo veían por aquí y por allá, vivo y muerto, loco y filosofando, rezando y con drogas, pero nadie sabía a ciencia cierta dónde diablos estaba.

Nunca lo encontraron, ni siquiera su cadáver. Mi tío Vicente dejó el fulbito para siempre, mi tía Bea se internó en una clínica para desintoxicarse. Juan Ignacio pintó a su madre calata, se meó en la familia entera y se largó para siempre. Yo lo sigo admirando. Cuando lo extraño, siento su mano de príncipe revolviéndome el pelo y lo escucho diciéndome desde las nubes en que solía habitar *ay, intelectual, tú siempre tan seriecito, pareces un pelícano triste.*

X
Travolta de Chacarilla del Estanque

Fue uno de mis mejores amigos en el colegio. Teníamos diez años, pero yo era más niño que él aunque ambos tuviésemos la misma edad, a mí todavía no me habían salido pelitos en el bigote ni ahí abajo, donde uno se hacía hombre. Gustavo era alto y grueso, no gordo pero ancho, de contextura aguerrida, y tenía el pelo negro y corto, bien cortito, como cadete de escuela militar, circunstancia que le molestaba y que en cierto modo nos acercaba, pues yo también llevaba el pelo muy corto. Ambos teníamos papás estrictos que nos obligaban a pasar por las tijeras con excesiva frecuencia; ambos soportábamos, esas mañanas infames con el pelo recién rapado, las bromas crueles de los pelucones del colegio: tener el pelo largo era una señal de libertad y nosotros, Gustavo y yo, exhibíamos, con nuestros pelos trasquilados, nuestra serena condición de pisados.

Gustavo Luna se hizo mi amigo, yo no lo escogí, él me escogió a mí, yo era demasiado tímido como para acercarme a nadie, en los recreos me sentaba en una banca y comía las sorpresitas ricas que mi mami había puesto en mi lonchera y luego miraba a los gringos jugar rugby o béisbol y a los peruanos, trompo, canicas o fulbito. Yo, si

171

bien quería jugar fulbito, no me atrevía a ofrecerme como jugador, era bueno pero no tanto como los chicos malos de la clase, que además jugaban sucio, pateaban fuerte, escupían y metían codazos. Gustavo Luna no era uno de esos chicos malos, él era tranquilo y buena gente, pero los chicos malos lo respetaban, y eso, que matoncitos como Víctor Andrés Cisneros o Richard Quesada lo tratasen de igual a igual, le daba a Gustavo un indudable encanto, un cierto poder sobre nosotros, los tímidos, los débiles, los gansos tristes. Gustavo Luna se hizo mi amigo un día que me llamó a jugar fulbito en su equipo, alguien faltaba y Gustavo me vio solo y listo para entrar y me dijo *¿quieres jugar?* y yo *pero no soy bueno* y él *no importa, juega nomás*, y yo feliz entré a la cancha y él me dijo *juega atrás y revienta con todo*, pero yo, admirador rendido del moreno Julio Meléndez, peruano que triunfaba en Boca Juniors de Argentina, defensor de juego fino y elegante, me negué a reventar la pelota, y cuando la tenía en mis pies se la daba limpia a Gustavo, que por cierto era tremendo jugador, zurdo y rapidísimo; tampoco fui la figura de la cancha pero digamos que cumplí decorosamente y le demostré a Gustavo que podía tocar mi pelota, así que, al final del partido, que además ganamos con mil quinientos goles de Gustavo, tigre del área, goleador certero, al final Gustavo, grueso y sudoroso y feliz, se me acercó, me felicitó palmoteando mi espalda y me dijo *bien jugado, mañana seguimos en el recreo*, y así fue, desde entonces pasé a ser titular indiscutido en el equipo de Gustavo Luna y él pasó a ser mi mejor amigo, quizá él no lo sabía pero para mí estaba clarísimo, Gustavo Luna era mi mejor amigo.

Seguimos jugando fulbito en los recreos y nos fuimos haciendo amigos y yo los sábados por la mañana iba también al colegio a verlo jugar en la selección del colegio, categoría sub 12, a la que por cierto no me convocaron ni como suplente, pues yo no era tan bueno como Gustavo, que jugaba en la media cancha y era uno de los más hábiles del equipo. Yo, de puro hincha, iba los sábados a alentar a la selección, pero sobre todo a Gustavo Luna, y un sábado, después del partido, Gustavo me invitó a su casa y yo acepté encantado y ese día sentí que ya éramos amigos de verdad, porque así me lo dijo cuando íbamos en taxi camino a su casa, *yo no invito a mi casa a cualquiera del colegio, solo mis verdaderos amigos vienen a mi casa*, y yo me sentí hincha para toda la vida de Gustavo Luna, cañonero de la selección sub 12 y verdadero amigo mío.

Gustavo vivía con sus papás en una casa grande y bonita en Chacarilla del Estanque, no tan grande y bonita como la de mis papás, pero provista de todas las gracias y comodidades, y muy bien ubicada además, no en la punta de un cerro como nuestra casa, porque Chacarilla era un barrio rico, de moda, en franca expansión, y allí construían sus casonas modernas y fortificadas los nuevos ricos de Lima, los generales corruptos, los futbolistas millonarios, los capos del narcotráfico, los políticos amigos de los generales corruptos y de los capos del narcotráfico, los empresarios de la televisión, las estrellas de la farándula local, las viudas ricachonas que, para no aburrirse, abrían una boutique o un salón de belleza, también en Chacarilla claro. Gustavo estaba orgulloso de vivir en Chacarilla y así me lo dijo en el taxi, *la gente con plata ahora se está mudando por acá*, eso me dijo enseñándome las casas con vigilantes, cercos eléctricos y carros con lunas polarizadas.

Después de recorrer su casa o la parte de ella que Gustavo quiso enseñarme, me quedó clarísimo que eran tres y solo tres las cosas que él quería más: su moto, sus discos de Michael Jackson y sus copas de futbolista estrella, aunque no sé si en ese orden, quizá los discos de Michael Jackson en primer lugar. La moto estaba en el garaje, era pequeña y roja, una motito Honda 70 que le habían regalado en la última navidad. A mí me pareció alucinante eso de andar en moto, yo con las justas sabía montar bicicleta y ni siquiera era tan bueno porque me caía bastante montando bici por los caminitos empinados del cerro donde vivía. Los discos de Michael Jackson se los había traído su hermano de Miami, el hermano mayor de Gustavo, claro, no el hermano de Michael Jackson, quien por cierto tenía muchos hermanos y cantaba con ellos. Gustavo tenía todos los discos de Michael Jackson y sus hermanos, absolutamente todos, y era un fanático del moreno como lo era yo del también moreno Julio Meléndez, se sabía en efecto de memoria su vida y milagros. El hermano mayor de Gustavo se llamaba Cristóbal, era gordito y tenía caspa, ya estaba en quinto de media terminando el colegio, era un genio matemático, el primero de la promoción, tanto que ya estaba aceptado en varias universidades americanas, MIT y Harvard por ejemplo, y *de hecho*, me decía Gustavo orgullosísimo, *de hecho Cristóbal se va a estudiar fuera cuando termine el colegio, ni hablar se va a quedar a estudiar en las cagonas universidades de Lima, que son un paseo para él*. Entre Cristóbal, el matemático casposo, y Gustavo, había un hermano más: se llamaba Iván y era un energúmeno de cuidado, tenía una moto negra gigantesca al lado de la cual la motito de Gustavo parecía un adefesio, y andaba siempre con chicas lindas a las que maltrataba. Cristóbal era buena gente, saludaba con cariño; Iván no, saludaba ladrando y siempre mirándole el poto a la lobita que lo acompañaba. Cristóbal por supuesto se fue al MIT y nunca volvió a vivir al Perú; Iván dejó embarazada a una de sus chicas, se casó apurado con ella y años después se divorció, ella lo denunció morada y golpeada en la comisaría de Chacarilla. Gustavo, estaba clarísimo, quería a Cristóbal y no tanto a Iván. Cristóbal era su ídolo, le hacía las tareas de matemáticas como jugando, y encima le traía de Miami politos Lacoste, que estaban de moda, zapatillas Adidas, indispensables para salir decentemente, y todos los discos de Michael Jackson, escuálido moreno de cabello ensortijado que para Gustavo era simplemente *lo máximo*. Los discos de entonces eran grandes, de vinilo, y Gustavo los sacaba de sus cajas con sumo cuidado, los soplaba afectuoso para retirarles el polvillo, y los limpiaba con un líquido especial, pues no permitía que tuviesen la menor ralladura. Ese primer sábado en su casa, Gustavo me enseñó su cuarto, en el que dormía solo: allí estaban sus copas de futbolista estrella, sus trofeos y medallas, pero no vi ningún crucifijo ni cuadro de Jesucristo ni imagen de la Virgen, lo que me llamó la atención, porque en casa de mis papás era impensable que un cuarto estuviese despojado de aquellas presencias religiosas, pensé *de repente los papás de Gustavo son ateos y ya me fregué porque mi mami lo va a averiguar de todas maneras y si son ateos no me deja venir más a casa de Gustavo*, y luego me enseñó su moto y, finalmente, sus discos de Michael Jackson, yo, por supuesto, embobado, mi papi solo tenía discos de mariachis y Perú Negro, y yo el único disco que tenía era uno del Gitano Rivasplata con los mejores goles de la selección peruana de fútbol narrados, gritados y festejados por el gran Gitano, todo lo cual, al lado de los discos sin ralladuras de Michael Jackson, era bastante vergonzoso, y yo por eso calladito y admirando la colección discográfica de Gustavo, y admirando ahora a Gustavo cantando como Michael Jackson, porque de pronto puso el último disco del estrafalario y aceitunado cantante americano y se arrancó a cantar en inglés y con los gritillos angustiados del susodicho moreno, y era obvio que Gustavo se había pasado horas aprendiendo las letras y los chillidos de su ídolo porque ahí me lo estaba

175

demostrando, y yo lo veía impresionado, pues era capaz de cantar, si no igualito, muy parecido a Michael Jackson. Gustavo cantaba de memoria y moviéndose como quien no quiere la cosa, súper Michael Jackson de Chacarilla del Estanque, y yo, con la caja del disco en la mano, leía las letras y confirmaba que sí, Gustavo se sabía las canciones perfectamente y hablaba un inglés bien fluido, sin acento, porque en el colegio, si querías ir al baño, tenías que hablar en inglés, todo era en inglés, incluso el curso de historia del Perú se enseñaba en inglés, lo que por cierto daba lugar a situaciones harto ridículas, por ejemplo un profesor británico, con las axilas apestosas y la nariz roja de alcohólico veterano, diciendo en un inglés correctísimo los catorce incas: *Hauyni-capi*, *Pachi-cuti*, *Tupi-yupankis*, y los dos últimos, *U-oscar y Eight-ahualpi*.

Terminado el concierto a dúo Michael Jackson-Gustavo Luna Lengua, esos eran sus apellidos, Luna Lengua, Luna por el papá banquero que tenía un carrazo Lincoln Continental, Lengua por la mamá ama de casa que sin duda amaba su casa, amaba quedarse viendo novelas mexicanas en su casa, apagada la música y bien guardados los discos, Gustavo me llevó a pasear en moto. Subimos a su Honda 70 rojita, él por supuesto manejando adelante, yo atrás abrazándolo pero no mucho, los dos sin casco, bien machitos, Gustavo acelerando con todo por las anchas avenidas de Chacarilla, la moto rugiendo como un insecto odioso y pertinaz, yo tragando con la boca abierta todo el aire que me golpeaba amablemente la cara, él entrando a las curvas bien rápido y yo pensando *ahorita nos sacamos la entreputa y terminamos los dos en la clínica Tezza y Gustavo no puede jugar fútbol nunca más y la selección del colegio se va a la mierda porque yo no voy a seguir yendo los sábados si Gustavo ya no juega* y él adelante, jodidamente feliz, Michael Jackson en moto por Chacarilla con su rendido ad-

176

mirador atrás que con las justas le toca la barriga con las manos cruzadas, *¿no es la cagada ir en moto?*, entendiéndose *la cagada* como *lo máximo, lo increíblemente superior, lo más sublime*, y yo *es riquísimo, Gustavo, es de putamadre*, pero en el fondo pensando *por favor, Diosito, no me abandones, haz que el loco de Gustavo baje un poco la velocidad, que ahorita nos matamos y yo no he confesado todos mis pecados mortales*, pero Gustavo corriendo a todo pique y alucinándose el rey de Chacarilla.

Los sábados mejores, cuando teníamos plata y su mamá había salido, Gustavo, tras pasearme en moto, me llevaba a Pollos Grease, una pollería en el centro comercial de Chacarilla que se llamaba Grease no porque fuese grasosa, que lo era y a morir, sino porque estaba muy de moda la película *Grease* con John Travolta y Olivia Newton-John, pareja de bailarines que había revolucionado Lima, o por lo menos la Lima en inglés y envidiosa de Miami en la que yo vivía. En la muy concurrida Pollería Grease, Gustavo y yo, aparte de tragar pollos deliciosamente grasosos, veíamos a las chiquillas ricotonas de Chacarilla, con sus jeans de Miami apretaditos, que se reunían a conversar sobre chicos, fiestas y cosas así. Nosotros las mirábamos y las comparábamos y las imaginábamos calatas, mientras mordíamos nuestras patitas de pollo a la brasa, pero ellas, chicas de cuarto y quinto de media, mayores que nosotros, ni siquiera nos miraban de casualidad, pues seguro éramos un par de renacuajos ansiosos para ellas, Olivias Newton-John de la Pollería Grease. Por esos días en moto y deliciosamente polleros, Cristóbal, el hermano matemático casposo, le trajo a Gustavo de un viaje por Estados Unidos el video de la película *Grease*, y ese acontecimiento, me parece, cambió para siempre la vida de mi amigo Gustavo Luna Lengua. Desde entonces, los sábados en su casa ya no escuchábamos a Michael Jackson, ya no cantaba Gustavo las canciones afiebradas del moreno, sino que veíamos, una y otra vez, felices siempre, la película *Grease*, que a mí me impactó hondamente pero a Gustavo aún más, porque de pronto se convirtió en el Travolta de Chacarilla del Estanque, todo en él cambió y adoptó los tonos, formas, mohínes y desplantes de su flamante ídolo John Travolta, y entonces, mientras veíamos la película comiendo papitas fritas, Gustavo, que sospechosamente había empezado a peinarse con gomina y a vestirse con polos y pantalones negros ajustaditos, se despachaba las canciones de Travolta y hasta se animaba a mandarse uno que otro pasito de baile, y cuando salía en moto se ponía anteojos oscuros, se tiraba para atrás el pelo sujetadísimo con fijador Glostora y cantaba, arrancando la moto, ronroneando, *you are the one that I want, uh-uh-uh, baby*, y era entonces, indiscutiblemente, el nuevo Travolta de ese barrio en el que se escuchaba en cada esquina, en cada casa, la pegajosa música de *Grease*.

Cuando se convirtió en Travolta, Gustavo perdió interés por los sábados futboleros y más bien dedicó sus mejores energías, sus sonrisas más grasosas, a las fiestas del sábado por la noche. Gustavo necesitaba desesperadamente caerle a una chica, tener una enamorada, vivía obsesionado con la idea de salir a pasear con una chica rubia en su moto rojita, ya no rocanrolear más conmigo, su amigo flaco y timidón y amante de los pollos de Pollería Grease, sino con una Olivia gringuita que hiciese pareja cinematográfica con él. Empezó por eso a ir a todas las fiestas de Chacarilla y yo dejé de ir a su casa los sábados, porque a mí no me daban permiso para ir a las fiestas de Gustavo ni para quedarme a dormir en su casa, y él, me parece, me vio entonces como a un chico muy aniñado para él, y si bien siguió siendo buenísima gente conmigo en los recreos del colegio, en los que siempre nos entregábamos al fulbito endemoniado, ya no me siguió invitando los sábados a montar moto y a oír sus discos, porque, claro, el plan era otro: salir con chicas, coquetearles en las fiestas y tener por fin una enamorada. Me enseñó fotos de ella, su nueva enamorada, un día en el recreo del colegio: era una chiquilla pelirroja, con los labios repintados y la mirada inquieta, una indudable víctima del fenómeno *Grease*. Yo, claro, hubiese querido acompañarlo a sus fiestas, dormir en su cuarto, escuchar los relatos de sus conquistas amorosas, pero mis papás, inflexibles, mantuvieron la prohibición, *en esas fiestas pasan cosas muy malas, hijito, las chicas dejan de ser señoritas y los chicos se convierten en animalitos*, me decía mi mami, y a mí todo eso me sonaba muy atractivo, y mi papi rugía *yo sé que en esas fiestas reparten cocacola con drogas y tú te tomas una cocacola y te jodiste de por vida, te haces adicto a las drogas, hacen eso para tener una clientela segura y empezar a venderte drogas todos los días a la salida del colegio*, y yo pensaba *caray, pobre Gustavo, ojalá no tome esas cocacolas drogadas porque me lo van joder al Travolta de Chacarilla.*

Travolta nos separó, Travolta tuvo la culpa. Yo por varios años tuve malos sentimientos hacia Travolta, los años han borrado el rencor que le tuve, ahora veo sus películas y hasta le tengo simpatía. Pero no puedo evitar cuando veo a Travolta en el cine ver también a Gustavo Luna Lengua, en moto y engominado, paseándome en la 70 rojita por Chacarilla, tarareando conmigo las canciones de su ídolo, rumbo a la Pollería Grease. Momentos felices y grasosos que ahora agradezco.

XI
Yo nunca voy a tener enamorada

Los matoncitos del colegio, esos que ahora están buscados por la justicia o muertos por sobredosis, le decían Mocho, y se lo decían con olímpico desprecio; yo le decía Pochi, me sonaba más cariñoso. No sé bien por qué le decían Mocho, creo que en una serie de televisión había un jefe indio llamado Mocho, y como Víctor Hugo se le parecía un poco, la cara morenita y cachetona casi escondida entre un matorral de pelos trinchudos, le cayó encima tan ingrato apodo, Mocho, Jefe Indio Mocho, apelativo que yo suavicé con un Pochi más deportivo, pues así le decían a un famoso corredor de autos, Pochi Miranda.

Pochi era uno de los chicos más raros de la clase. Bajito, rellenito, moreno y peludísimo, llamaba la atención por su arácnida apariencia, por su extraña fealdad. Rodeado por hijos de diplomáticos extranjeros y millonarios peruanos, por chicos blancos, bien parecidos, de ojos claros y modales refinados, Pochi García parecía una mancha, un error, un infiltrado de colegio público. El pobre Pochi se sabía inferior y por eso andaba siempre solo, en un rincón. Llevaba el pelo muy largo, con cerquillo, como si fuese un casco, y yo creo que lo hacía para esconderse, para en lo posible pasar inadvertido. Pero no

181

pasaba inadvertido: todos advertían su piel oscura y su cara de araña.

Pochi no tenía amigos, era un desprestigio ser su amigo, pero contaba sí con numerosos enemigos, detractores y jodedores profesionales que le decían Pajazo de Alacrán, Medio Pelo, Racumín (un veneno contra ratas), Torero de Cuy, Cholo Chico. El pobre aguantaba los insultos y vejámenes con una sonrisa mansa, como si los mereciese. Estaba acostumbrado al castigo, al castigo y a la soledad, porque andaba siempre solo, en las clases se escondía tras su espeso pelaje y en los recreos comía las muchas cosas ricas que le mandaban en la lonchera, que cada cierto tiempo era saqueada por los matones de la clase, ávidos por tragarse los sanguchitos y dulcecitos que Pochi, solito, engullía en una esquina del enorme jardín del colegio.

Yo me hice amigo de Pochi un día en que lo descubrí leyendo *El Gráfico* durante el recreo. Me senté en una banca y, recién cuando se aseguró de que no quería insultarlo ni pegarle, me enseñó, receloso, esa revista argentina de fútbol. Yo era un frecuente lector de *El Gráfico*, mi papi solía comprármelo, me encantaba estar al día sobre el campeonato argentino, saber la tabla de posiciones, los puntajes, los goleadores, las estrellas, gozaba viendo las fotos lindas, a colores, acompañadas de dibujitos que mostraban los goles, las escenas más intensas y acrobáticas, las patadas arteras. *El Gráfico* nos hizo amigos, Pochi era un devoto de esa revista, vivía para leerla y, sospecho, escapar así de sus miserias y humillaciones, refugiándose en ese mundo de fantasía. *Es lo máximo*, me dijo, orgulloso de su revista, *en mi casa tengo la colección enterita de los últimos diez años*. Me quedé asombrado, lo envidié cordialmente, *¿todos los números, incluyendo los del mundial?*, pregunté. *Todos, la colección enterita. ¿*Quién no esconde un secreto por lo me-

182

nos? Yo acababa de descubrir el secreto de Pochi García: tenía la colección de *El Gráfico* de los últimos diez años, y eso para mí valía muchísimo.

Embrujado por el hechizo de aquellas revistas de fútbol que soñaba con ver y tocar, fui a casa de Pochi García el primer fin de semana en que mi mami, tras largas negociaciones conmigo, se resignó a darme permiso, algo que hizo a regañadientes, pues ella quería que yo pasara sábado y domingo enteros haciendo tareas, ordenando mi cuarto, ayudándola en la casa y rezando un rosario completo cada día, aparte de ir a misa el domingo temprano por la mañana, planes que, desde luego, me resultaban bastante menos atractivos que visitar a Pochi García. Tenía que ser, yo lo tenía claro, una visita secreta, nadie en el colegio debía enterarse, pues ir a casa del jefe indio Mocho podía condenarme a las crueldades de los matoncitos de la clase.

Pochi vivía en un pequeño departamento en la Benavides. Era hijo único. Vivía, por supuesto, con sus padres, Juancho y Luli García, una pareja esforzada y amorosa que, saltaba a la vista, adoraba a su hijo Vic, pues así le decían, *Vic*, no *Víctor* ni *Víctor Hugo*, *Vic* o, en momentos de mucho cariño, *Vic Huguito*. Era una pareja esforzada: Juancho trabajaba duro como empleado del Jockey Club y Luli mantenía sola la casa sin la ayuda de una empleada, ella solita barría, cocinaba y lavaba, claro que el departamento era bien chiquito, apenas dos cuartos, una salita-comedor y una cocina diminuta. A pesar de que sus papás no eran millonarios y de que su casa, él lo sabía, era pequeña y muy sencilla, Pochi tuvo la confianza de invitarme, algo que, me aclaró por las dudas, no había hecho nunca con nadie del colegio, *tú eres el primero de la clase que viene a mi casa, siempre me has caído bien, se nota que no eres un estúpido como los demás*. Yo agradecí ese gesto valiente, yo nunca había invitado a nadie del colegio a mi casa, no me atrevía, me daba vergüenza, no por la casa, que era linda y grandísima, sino por mis papás, que eran bastante extraños o al menos así me parecía a mí. Mi mami me animaba a veces, *¿por qué no invitas a tus amigos el fin de semana?*, pero yo le decía *ni hablar, no quiero que conozcan al loco de mi papi, me fastidiarían toda la vida.* Mi mami no me daba tanta vergüenza, solo me molestaba que fuese tan exagerada con la religión, que me hiciese bendecir los alimentos y rezar rosarios y hacer romerías con ella; mi papi sí me parecía abiertamente impresentable, pues era capaz de decir y hacer las peores barbaridades, como por ejemplo humillarme, muerto de la risa, delante de sus amigos: si lo hacía con sus amigos, ¿por qué no lo haría también con los míos? Por eso nunca invitaba a nadie de mi clase, por eso también aprecié el valor y la confianza que debió tener Pochi García al decirme que fuera el sábado a su departamento en la Benavides para ver juntos su colección de *El Gráfico.*

Su cuarto era más bien simple y estrecho, en el clóset no había ropa de Miami, tampoco tenía una tele, pues el único televisor de la familia estaba en la salita y era en blanco y negro, pero lo que más me llamó la atención fue una pecera con pececitos rojos que, cuando abrían sus bocas, se parecían vagamente a Pochi: dicen que las mascotas siempre terminan pareciéndose a sus dueños. Allí, sobre la alfombra crema que su mamá recién había aspirado, *mejor entren sin zapatos para que no me ensucien la alfombra, chicos,* al lado de su cama con un edredón de, curiosamente, El Hombre Araña, apiladas en pequeños cerros, separadas por años, las más viejas ya un poquito amarillentas, allí estaban las revistas de fútbol que Pochi guardaba como su más preciado tesoro, decenas, centenares de revistas de fútbol, no solo *El Gráfico,* también *Goles,* que gracias a su papá, fiel comprador de ambas revistas, Pochi había coleccionado minuciosa y secretamente. Sentados en la alfombra, nos dimos una borrachera de fútbol argentino, Pochi me fue enseñando los ejemplares más valiosos, los números del mundial, las fotos de los goles de Percy el Trucha Rojas, peruano que triunfaba en Independiente; los rendidos elogios al negro Julio Meléndez, otro peruano, defensor de Boca; los pocos goles que logró convertir Héctor Bailetti en su fugaz paso por el fútbol argentino. Aquella tarde, las horas volaron, se hizo de noche sin que nos diésemos cuenta y Pochi García me demostró que podía ser feo y pobretón, pero nadie, nadie, sabía tanto de fútbol argentino como él, me decía *coge una revista, la que quieras*, y yo escogía una al azar, y él *pregúntame la alineación que quieras* y yo le decía, no Boca o River o Independiente, muy fácil, le decía *Huracán, Gimnasia, Chacarita, Newell's*, y el increíble Pochi García, con solo saber el año, me decía de memoria, sin fallar, nombres, apellidos y por supuesto apodos, el equipo completo, cerrando, claro, con el entrenador. Era impresionante: Pochi se había metido en la cabeza, no sé, quinientos o mil nombres, los últimos diez años de fútbol argentino, y no se equivocaba jamás.

Fue para mí una pequeña revelación: el chico más odiado de la clase, odiado solo por no ser blanquito y platudo, odiado por ser feo y, más que feo, horrible, y además pobretón, ese mismo chico era capaz de esconder un secreto admirable y deslumbrante, el de su afiebrada sabiduría futbolera.

Pochi era de River, eso lo tenía clarísimo, era gallina, millonario, hincha perdido del equipo de la franja. Yo, fue tal vez un gesto de complicidad, me hice también hincha de River, escogí como mi ídolo a Norberto Osvaldo Alonso, el Beto Alonso, número 10 en la espalda, zurdo mágico, jugador de físico endeble pero prodigiosa habilidad, símbolo y leyenda viva del club Atlético River

Plate. Pochi, aun reconociendo que la zurda del Beto podía engatusar al más fiero defensor y convertir goles de fantasía, era, y esto no tenía remedio, víctima de una pasión desenfrenada por el juego de Leopoldo Jacinto Luque, atacante bigotudo y pelucón que tenía un instinto asesino para meter goles. *Luque es igualito a ti, podría ser tu viejo*, le decía yo riéndome, y él se reía también y me decía *nada que ver*, pero yo no exageraba demasiado, Luque era medio feo y de rostro áspero y su pelo caía como hojas de palmera muerta cubriéndole media cara, al mejor estilo Pochi García, y yo creo ahora que Pochi se hizo hincha de Luque porque pensaba *si él es tan feo, igualito a mí, y ha triunfado en el exigente fútbol argentino, ¿por qué carajo no puedo triunfar yo también, feo y todo?*

En realidad, Pochi no quería ser futbolista, él soñaba con ser entrenador de fútbol, de ser posible de la U o del Alianza, y después, soñar no cuesta nada, de la selección peruana. Así me lo confesó comiendo los dos unas hamburguesas en Mac Tambo, frente a su departamento, cruzando la Benavides, un sábado ya de noche, después de ver un montón de revistas y de que su mamá, alarmada porque no salíamos del cuarto, nos llamase y, amorosa, nos diese una platita para que, *como un engreimiento especial, Vic*, tomásemos lonche en Mac Tambo, el sitio de moda al que iban los chicos y chicas con plata de Miraflores. *Ser entrenador es muy jodido, te critican todo el día*, le dije yo, sentados los dos en una esquina del Mac Tambo, del todo indiferentes al barullo adolescente, pero él me dejó frío con su respuesta, *yo estoy acostumbrado a las críticas*, me dijo, comiendo con cierta ferocidad ese pedazo de carne quemada, respuesta que me dejó callado y pensativo porque nadie en el colegio estaba más acostumbrado a las críticas que el pobre Pochi García, nadie soportaba tantos insultos y maltratos como él.

Fue un sábado magnífico, el primero de los muchos sábados que pasé en el departamento de Pochi hojeando sus *Gráficos* y hablando de fútbol argentino, nunca del peruano, que nos parecía tan, pero tan bajo. Su mamá, la señora Luli García, mujer gordita y comelona, amorosa como ella sola, me quería muchísimo, entraba yo a ese departamento que siempre olía a comida y ya la señora Luli estaba ofreciéndome cocacolitas, tostaditas con queso, una piernita de pollo, una sopita, dulcecitos diversos y apetitosos, me colmaba de mimos y atenciones, seguramente porque estaba feliz de que su hijo tuviese por fin un amigo, pero yo no quería comer, yo quería encerrarme con Pochi a comentar juntos el último *El Gráfico*, y a cada ratito su mamá nos tocaba la puerta y nos dejaba *una pequeñez, un antojo, un caprichito, un snack*, así decía ella, *aquí les dejo unos sanguchitos, una pequeñez nomás* o *aquí tienen una torta de chocolate que está regia, un caprichito al año no hace daño, chicos.* Al papá, el señor Juancho García, no lo veía nunca, él siempre estaba trabajando, los sábados trabajaba hasta tarde, solo vi sus fotos y era igualito a Pochi, un gordo peludo y feliz.

Mi amistad con Pochi estaba confinada a los ciento cincuenta metros cuadrados de su departamento, en el colegio no pasaba mucho rato con él, me daba vergüenza que los matoncitos y los bacanes se diesen cuenta de que el Mocho García, ya no Gustavo Luna, era ahora mi mejor amigo. Hablábamos de paso en los recreos y luego yo me metía a los partidos de fulbito, partidos que le estaban vedados, pues nadie quería que Pochi jugase en su equipo a pesar de que no era tan malo, solo que tenía mala fama y nadie lo llamaba, Pochi se quedaba sentadito en una banca comiendo y mirando, tomando apuntes, en concentrada actitud de entrenador. Sin decir nada, nos tenía a todos muy bien estudiados, sabía cuáles eran los pros y los contras de todos los jugadores de fulbito en el recreo, y un día en su casa me enseñó, para mi asombro, un cuaderno en el que, a la manera de *El Gráfico*, otorgaba puntuaciones a cada jugador, escogía al mejor de la cancha y hacía un breve comentario del partido: era su propio *El Gráfico*, su *El Gráfico* del fulbito del colegio, y a mí me ponía puntajes muy generosos, me regalaba ochos y nueves, se notaba que me tenía cariño, yo pensé *caray, esto no es broma, quizá algún día Pochi termine siendo entrenador del Alianza o de la U.*

Un sábado estábamos en el Mac Tambo comiendo hamburguesas, ya se había hecho costumbre cruzar la Benavides y empacharnos rico con *milkshakes* y Super Macs, cuando entraron unas chicas bonitas y, por supuesto, ni nos miraron. Yo entonces las miré y le dije *mira, Pochi, qué buenos culitos*, pero él me dijo *yo no me hago ilusiones cojudas, Jimmy, yo nunca voy a tener enamorada, ¿qué chica va a querer estar conmigo?* y yo, sorprendido, *no digas eso, es cuestión de mandarse nomás*, pero él, con una franqueza que me desarmó, *yo sé que soy feo, yo sé que nunca voy a tener enamorada, por eso mi plan es dedicarme totalmente al fútbol.* Me dio mucha pena que Pochi se sintiese tan feo, los hijos de puta del colegio lo habían acomplejado, nunca más le hablé de chicas.

Pochi fue por un tiempo mi mejor amigo del colegio y, él no era ningún tonto, sabía que yo no quería revelar nuestra amistad frente a los matoncitos y bacancitos de la clase, sabía que en el colegio no debía hablarme demasiado ni estar mucho rato conmigo, aceptaba humildemente y sin rencores esa estúpida cobardía mía. Veía mis partidos en el recreo, me ponía nueve cuando apenas merecía siete, me invitaba cositas ricas de su lonchera sin que nadie se diese cuenta, en matemáticas me dejaba copiar porque yo era un asno para los números. En su departamento, lejos de los pituquitos idiotas del colegio, podíamos ser amigos de verdad. Nada era mejor en mi vida, yo tenía diez años y vivir con mis papás podía ser muy pesado, nada era mejor que pasar las tardes de los sábados con Pochi García, unidos por la pasión futbolera, *El Gráfico*, su cuaderno de apuntes, los penales que pateábamos en la cochera del edificio, él como Luque, yo como Alonso, el pobre portero haciendo de arquero entre dos carros.

Yo nunca creí que Pochi fuese el ladrón que se robó la calculadora de David Powell. Pochi no era un ladrón, ¿para qué diablos querría, además, una calculadora, cuando todo lo que le importaba era el fútbol? Aquella tarde en el colegio, David Powell, el hijo del embajador inglés en Lima, un rubiecito engreído que nos miraba a los peruanos como si fuésemos vicuñas, denunció que le habían robado su calculadora. *¿Quién ha sido?*, preguntaba el profesor inglés, pero nadie, por supuesto, confesaba, así que sonó la campana de las tres, todo el colegio se fue y nosotros nos quedamos en la clase. *Nadie se va hasta que no aparezca la calculadora*, dijo el profesor Douglas, un inglesito aventurero que los fines de semana se iba a escalar montañas en la sierra peruana y que, según decían, fumaba harta marihuana. Vinieron el jefe de disciplina y el director del colegio, pasaban los minutos, nadie sabía quién tenía la calculadora, algunos decían *seguro que el imbécil de Powell la ha perdido; David, ¿no la tendrás en el poto?*, y a todo esto, David, imperturbable, exigía su calculadora y el director del colegio, mister Snyder, inglés también, no estaba dispuesto, se le notaba en la cara, a que el hijo del embajador Powell fuese atracado en el colegio como si estuviésemos en un callejón de La Parada, *vamos a dar con el ladrón aunque nos quedemos aquí toda la noche*. Finalmente, a sugerencia del jefe de disciplina, un peruano siniestro, el profesor Guerrero, todos fuimos revisados minuciosamente. Llegó Guerrero a mi carpeta, seguido por el profesor Douglas y el director Snyder, que por cierto apestaba a trago y parecía medio borracho, y revisó mi maletín, abrió mi lonchera, examinó mi carpeta, vació mis bolsillos, me quitó los zapatos y me hizo bajar los pantalones a ver si yo tenía escondida la calculadora del espeso de David Powell, humillación a la que todos, uno por uno, fuimos sometidos. *Aquí está, García la tenía*, anunció orgulloso el señor Guerrero cuando, ante la sorpresa del pobre Pochi, encontró la calculadora en la lonchera tantas veces saqueada del chico más feo y odiado de la clase. *¡Yo no he sido, alguien la ha metido ahí, yo no he sido, se lo juro, profesor Guerrero!*, gritó Pochi, y yo le creí. Powell recuperó su calculadora, no sin antes dirigir una mirada arrogante y rencorosa a Pochi. Los matoncitos de la clase sonrieron aliviados, todos pudimos irnos a nuestras casas, todos menos Pochi, que se quedó llorando, destruido, incapaz de convencer a nadie de que él no era un ladrón, pues todos, sobre todo los profesores ingleses, encontraban muy lógico que el chico más pobre de la clase tratase de robarle algo a uno de los alumnos más distinguidos, el hijo del embajador Powell.

Pochi no regresó al colegio: lo expulsaron, no le creyeron. Sus papás lo defendieron, dijeron que Víctor Hugo era un chico honrado, incapaz de robar, pero mister Snyder les recordó que el alumno García estaba becado por el colegio, pues se tenía por política permitir que cada clase albergase a un alumno de escasos recursos y, añadió el alcohólico director del colegio, *no se podía permitir que un alumno becado incurriese en tan grave falta disciplinaria*. Esto me lo contó Pochi en su cuarto, llorando. Sus papás, indignados, lo matricularon en el Carmelitas, un colegio menos caro, más a su alcance. Yo seguí visitándolo los sábados, hasta que mi papi fue a una reunión en el colegio y se enteró del incidente con Víctor Hugo García. Esa noche volvió furioso a la casa, *nunca más vas a casa de tu amiguito García, te prohíbo terminantemente que vayas a casa de ese cholo ratero*, me dijo. Mi mami me creía a mí, yo le aseguraba que Pochi no era un ladrón, que los matones idiotas de la clase le habían metido la calculadora en su lonchera solo porque lo odiaban, porque no podían tolerar a un morenito feo en la clase pero, aunque me creía, tuvo que aceptar con cristiana obediencia la orden de mi papi, el jefe: *te prohíbo terminantemente que vayas a casa de ese cholo ratero.*

Pochi y yo seguimos siendo amigos, yo lo llamaba por teléfono los fines de semana cuando mi papi había salido, y comentábamos a fondo el último *El Gráfico*. Ahora creo que los cretinos del colegio le hicieron un favor, pues en el Carmelitas se sintió a gusto, hizo amigos, llevó una vida más normal. Era un colegio menos exclusivo, había seguramente otros chicos morenos y feúchos como él, no se sentía un apestado, un leproso. Con el tiempo hizo amigos y hasta amigas, porque el Carmelitas era mixto. Dejé de hablar con Pochi García un buen día que lo llamé y me contestó una voz extraña y me informó que la familia García ya no vivía allí, había vendido el departamento y se había mudado.

Lo encontré años después, una noche de verano que fui a ver un partido en el Carmelitas. Lo vi de lejos y sonreí: Pochi era el entrenador de un equipo que jugaba esa noche. Lo estuve observando todo el partido. Siempre gordito y pelucón, ahora con anteojos, Pochi, lleno de tics, sufría a mares con el partido, tomaba notas, daba indicaciones, le decía a un suplente que fuese calentando, protestaba ciertos fallos del árbitro, aplaudía los aciertos de sus pupilos. Era todo un entrenador, su equipo ganó. Al final me acerqué a mi viejo amigo Pochi García, el más feo de la clase pero sin duda también el más noble, y le di un abrazo. Camino a los vestuarios, *perdona que te deje,*

Jimmy, pero tengo que ir a felicitar a mis muchachos, llamó a una chica que estaba sentadita arriba, en la tribuna, y me la presentó, *te presento a Susy, mi señora.* Me encantó que la llamase así, *mi señora.* Sí, claro, Susy, su señora, era una chica poco agraciada y con unos kilitos de sobra, pero qué diablos: Pochi, al final, había conseguido lo que más soñaba cuando éramos amigos, ser entrenador, no de fútbol, de fulbito, pero bueno, la vida a veces te obliga a hacer concesiones y, algo que él creía imposible, tener sentadita en la tribuna, admirándolo, a Susy, su señora. Pochi García se fue a los camarines a felicitar a sus muchachos victoriosos; yo, suelo hacer eso cuando estoy contento, miré arriba, al cielo de Miraflores, y noté, sonriendo, que había luna llena.

XII
El niño más rico de todos

Cada vez que me cortaban el pelo, llegaba al colegio asustado. Me lo cortaba mi mami y, al final, cuando me veía en el espejo, nunca me gustaba. Yo le pedía que no me lo cortase tanto, pero ella, sin hacerme caso, seguía con la tijera y una hoja gillette hasta dejarme trasquilado como cadete de escuela militar. En vano le rogaba que me llevase a una peluquería. Ella, tras escuchar mis súplicas, sonreía y me decía *nadie te va a cortar mejor que tu mamita adorada, tú sabes que yo soy una estilista frustrada*. Después, claro, quedaba rapado y furioso con ella. Pero lo peor venía al día siguiente: llegaba al colegio asustado, sabiendo que él se iba a burlar de mí, que me haría chistes crueles y se reiría de mí. Me veía en la formación para entrar a la clase, se acercaba con esa miradita risueña tan suya y me decía *¿qué pasó, hermanito?, ¿te levó un camión del ejército?; por favor, dime a qué peluquería vas para mandar ahí a mis enemigos; ¿te mocharon así porque tenías piojos?* Yo no le contestaba nada porque él tenía un pelo lindo y porque además, en el fondo, yo lo admiraba. Su pelo era largo, el más largo de la clase, caía enrulado y marrón hasta casi sus hombros, y brillaba como ya hubiese querido yo que brillase el mío: no sé qué champú usaba él, pero sin duda

193

era mejor que el mío, champú Johnson's amarillito para bebés, pues así lo había decidido mi mami, *me encanta que todavía huelas a bebito*, y por eso no podía salvarme del champú amarillito y el talco Mennen, porque mi mami quería que yo siguiese oliendo a bebito. Yo lo miraba y sonreía sin ganas mientras él me decía *yo que tú voy a esa peluquería y la incendio, con ese corte de pelo no se puede salir a la calle*. Se llamaba Henry Cannock, era más bajo que yo, tenía fama de chistoso y yo lo admiraba porque me parecía muy inteligente. Lo admiraba también porque el papá de Henry tenía mucha plata, decían los chicos en el colegio que era el millonario número uno del Perú. Una vez le pregunté a mi papi si él tenía más plata que el papá de Henry Cannock y me contestó *yo soy un vendedor ambulante al lado de Billy Cannock, ese no es un pez gordo, es la ballena asesina, nadie en el Perú tiene más plata que él*. Así se llamaba el papá de Henry, Billy Cannock, y aunque su nombre no solía aparecer en los periódicos o en la tele, todos sabíamos que era un personaje importantísimo y que Henry algún día tendría toda la plata del mundo. Henry, por supuesto, lo sabía también, y por eso andaba siempre con un aire distraído y superior, burlándose de todos y también de sí mismo, llegaba al colegio con chofer y guardaespaldas en una espectacular camioneta 4x4 de lunas polarizadas, y yo no sé quién le cortaba el pelo, seguro que el mejor peluquero de Lima, pero nunca vi que tuviera un corte feo y vergonzoso como el mío.

Henry era brillante, tenía una rapidez natural para las matemáticas, sorprendía con chistes que todos festejábamos en parte porque eran graciosos y en parte porque, bueno, Henry era multimillonario y quién no quería ser su amigo. Henry se daba aires de misterioso, no le gustaba hablar de su papá. Cuando le preguntaban por los negocios de su papá o cuánta plata tenía su familia o si era verdad que tenía un caserón con yate en Miami, se hacía el tonto y salía con una broma, nunca contestaba. Sabíamos, lo sabía todo el Perú, que don Billy Cannock, su papá, era dueño del Banco de la República, el más grande del país, pero además los chicos de la clase decían que don Billy era dueño de medio país. Una noche le pregunté a mi papi *aparte del banco, ¿qué otras compañías tiene Billy Cannock?* y él, que para los negocios era muy listo, me dijo *mira, hijo, en el Perú hay tres tipos de empresas: las de Billy Cannock, que siempre hacen plata; las que van a ser de Billy Cannock, porque están haciendo plata; y las que van a quebrar, porque compiten con las de Billy Cannock,* y yo me quedé pensativo, *¿y tu banco, papi?* y él *mi banco va bien, es el número dos, pero cualquier día nos compra el viejo Cannock y ese día nos irá mejor.*

Los profesores del colegio también sabían que Henry tenía mucha plata y por eso lo trataban con especial aprecio. Henry metía vicio, interrumpía para hacer preguntas traviesas, le ponía apodos a medio mundo, tiraba avioncitos de papel o proyectiles con liguitas, rara vez hacía las tareas y, sin embargo, ningún profesor, especialmente ningún profesor peruano, se atrevía a llamarle la atención ni menos a botarlo de la clase o suspenderlo, como a otros chicos que metían tanto vicio como él. Sabían que su familia tenía mucha plata y era dueña de medio Perú, sabían que Henry era poderoso, intocable. Un profesor inglés, mister Calvin Rogers, que tenía la nariz grande y roja, decían que por borracho, se atrevió un mal día a tratar a Henry como a los demás. Rogers era temido por sus pésimos humores, su mal aliento y su costumbre de abofetear a los alumnos insolentes. Como no hablaba nada de español, algunos aprovechaban para insultarlo sin que se diese cuenta, le decían Mono Blanco, Burro Viejo, Ron Cartavio, Gallinazo, Seco y Volteado, y mister Rogers sonreía sin entender nada y contestaba cortésmente

195

en inglés. Hasta que un día Henry le dijo *mister borracho, ¿esa es tu cara o tu culo?*, y Rogers, que tampoco era tan tonto, se dio cuenta porque ya había aprendido la palabra *borracho*, y entonces se acercó a Henry, que se reía con su risita sarcástica y su airecillo de superioridad, y le dio una fuerte bofetada. Henry se quedó rojo y sorprendido, pues ningún profesor se había atrevido jamás a pegarle, y Rogers le gritó *get out of my class, you little asshole!* Henry salió de la clase, pero antes miró al profesor a los ojos y le dijo *ya te jodiste, Seco y Volteado, voy a hacer que te boten*. No exageró, se encargó de demostrarnos su poder: a solo dos semanas del incidente, Rogers fue despedido por abusar físicamente del alumno Henry Cannock e incluso corrió el rumor de que, aparte de ser despedido, sufrió una paliza a manos de unos facinerosos que lo esperaron afuera del colegio una noche. No vimos más a Seco y Volteado Rogers, Henry se impuso, nunca más volvieron a tocarlo.

En los recreos, Henry no jugaba fulbito con nosotros, pero tampoco le interesaba jugar rugby con los gringos, que eran casi todos hijos de ejecutivos extranjeros y de diplomáticos. Henry prefería ir a la cantina. No era en realidad una cantina, pero así le decíamos, era solo un quiosco pintado de amarillo en el que vendían sánguches de queso y jamón, bebidas, chocolates Sublime, Doña Pepas y sobre todo Frunas, muchas Frunas. Henry era adorado por el señor Orejuela, el dueño de la cantina, un tipo flaco, calvo, de bigotes, que siempre estaba fumando, atendiendo amablemente a los chicos, aunque, eso sí, sin permitir que fumasen en su cantina, pero igual fumaban, claro, los chicos de cuarto y quinto de media, atrás del quiosquito amarillo. El señor Orejuela engreía a Henry no por buena gente, sino por convenido: Henry sacaba su billetera gorda, sin disimular que llevaba más plata que cualquier otro cliente de la cantina, y enseñaba sus billetes, y compraba todo lo que le venía en gana. Servicial, exageradamente servicial, Orejuela le daba las bebidas más heladitas, sánguches de doble jamón, *todo lo mejorcito para el número uno*, el colmo de sobón, así le decía Orejuela a Henry, *el número uno, ¿cómo esta hoy el número uno?* y Henry, sacando sus billetes, *con hambre*. Tragaba de todo y no invitaba nunca Henry Cannock: más de una vez nos cruzamos en la cantina, a la que yo iba para tomarme solo una bebiba después del fulbito, pues no me alcanzaba la plata para más, y veía que le pedían a Henry una Frunita, un pedacito de chocolate, y él nada, *yo te invito una Fruna, ¿y tú qué me das?* No invitaba, tenía fama de tacaño, y tampoco prestaba plata. Comía tanto en los recreos que, bueno, era medio gordito, aunque no demasiado, solo tenía una pancita hecha principalmente de Frunas, esos dulces chiclosos de diferentes colores envueltos en papelitos amarillos con dibujos de frutas, que se masticaban fuerte porque eran duritos y que se pasaban tan sabrosos. Muchas Frunas comía Henry Cannock y no solo en la cantina, también en la clase. Solía llegar con los bolsillos repletos de Frunas y, sin importarle que estuviese prohibido por los profesores, las comía discretamente, mientras los demás lo envidiábamos por tener una vida tan dulce. No todo era perfecto, sin embargo: un día Henry se atoró comiendo una Fruna y tuvieron que llevarlo de emergencia a la enfermería. Por suerte escupió la Fruna y no pasó de un susto, sobre todo para el señor Orejuela, porque si Henry moría atorado con una Fruna que él le había vendido, seguro que le cerraban la cantina y hasta lo metían preso. Yo estaba prohibido por mi mami de comprar Frunas y de aceptarlas si alguien me las invitaba, a pesar de que me encantaban y siempre tenía ganas de comerlas. Ella decía que eran peligrosas porque, una amiga le había contado, *los drogadictos inyectan chorritos invisibles de droga en algunas Frunas para así conseguir nuevos clientes desde que son chiquitos*, y yo a mi mami le creía todo, por eso evitaba comer Frunas, *con razón*, pensaba, *Henry no puede dejar de comerlas y las consume en cantidades industriales: es la droga, lo han hecho adicto, no es la Fruna lo que le gusta sino el chorrito invisible que le han inyectado*. Un día que estaba molesto con mi mami porque me había cortado el pelo horrible, y Henry, al verme, *¿qué te pasó?, ¿entraste a los hare krishna?* y yo *no, no me han cortado el pelo, me ha crecido la cara*, ese día decidí comprarme, en vez de la bebida helada de costumbre, un paquetito de cuatro Frunas de fresa, *me voy a drogar, que se friegue mi mami*, pensé, y me comí una por una, aunque con miedo, las Frunas rosaditas, duras de mascar, chiclosas, y cuando terminé, me senté en una banca al lado de la cantina, esperando sentir los efectos de la droga, pero muy a mi pesar no sentí nada extraño, solo ganas de comer más Frunas: si era una adicción, parecía de lo más placentera, por lo que, como siempre, terminé envidiando a Henry Cannock, el rey de las Frunas.

También era el rey de las loncheras. A pesar de que en el primer recreo Henry arrasaba con media cantina, aún le quedaba hambre para dar cuenta de su lonchera de La Pantera Rosa: roja, de plástico, con una calcomanía de aquel fantástico personaje de la tele, traída por supuesto de Miami, ciudad que él visitaba con mucha frecuencia, esa lonchera, que Henry tenía siempre dentro de su carpeta para evitar saqueos, era ya famosa por su contenido. Henry Cannock llevaba sin duda la mejor lonchera de la clase y, claro, tampoco invitaba nada, aunque sí se encargaba de que viésemos las maravillas, que él, goloso, provocador, iba sacando morosamente, como quien no quiere la cosa. Podía sacar y comer, chupándose los dedos, medio pollo con papas fritas de El Rancho, que era, para muchos del colegio, incluyéndome, el mejor pollo a la brasa de Lima, o unos sánguches increíbles de pan *baguette* con *prosciutto* y queso brie, o una de las famosas butifarras del Davory, que después le dejaban aliento recio a cebolla, algo que yo podía detectar fácilmente porque mi carpeta estaba justo adelante de la suya; para tomar, La Pantera Rosa traía siempre cocacola en botella chica y con cañita, pero al desgraciado le mandaban tres botellitas de cocacola, lo que me parecía una exageración, y él, claro, feliz se las tomaba todas; y de postre, qué delicia, Milkyways o Snickers traídos de Miami y comprados seguramente a escondidas en la farmacia Roosevelt de la calle Dasso, donde, atrás, entre los medicamentos, el dueño, un chinito, vendía toda clase de productos de contrabando, por lo que su próspero establecimiento era conocido como *la farmacia rusa*, y, aparte de esos chocolatitos, Henry comía también, sacándonos cachita con la mirada, demorándose, sintiéndose el niño más rico y mimado del Perú, el número uno, comía galletitas de sanguchito Oreos, chupetes Bombombún rellenos con chicle, pedazos de torta alucinantes que seguro habían sobrado de las grandes fiestas que daban sus papás, don Billy y doña Lucy Cannock. Mi lonchera era peruana y pobretona al lado de la suya, prodigiosa: mi mami me la hacía ella misma, no dejaba que las empleadas me la hiciesen, *para que cuando abras tu lonchera te acuerdes de mí y sepas cuánto te quiero, principito*, y me mandaba un sánguche de jamonada y queso en pan cachito, *porque el pan blanco estriñe y no quiero que sufras de las hemorroides como yo, que cualquier día me quito la vergüenza de encima y me opero*; y para tomar, juguito de maracuyá o de papaya con limón, pero nunca le echaban limón y yo me molestaba por eso, pues sabía que la empleada Visitación, en vez de echar el limón en mi jugo de papaya se lo echaba en la cabeza para matarse los piojos y sus larvitas, eso decía ella, *unas gotitas de limón y chau larvitas*, pero a mí el jugo de papaya sin limón

199

no me gustaba nada y además sabía a las manos gordas de la piojosa Visitación; y de postre, siempre una fruta, nunca un dulcecito, una fruta que podía ser plátano, manzana, uvas o una chirimoya si era la estación, pero nunca fresas con leche condensada, como le mandaban al suertudo de Henry Cannock, que para colmo sacaba de La Pantera Rosa una lata enterita de leche condensada y, en lugar de echarla a las fresas, la echaba directamente en su lengua, ansiosa de ese chorrito blanco y dulzón que era como una droga para él. El plátano me encantaba, sobre todo si era de la isla, gordito y más bien rosado, difícil de pelar, pero, la verdad, también me daba vergüenza comerlo delante de los chicos de la clase, sobre todo de Henry Cannock, que detrás de mí, saboreando sus delicias, se reía cuando me veía con mi plátano, hacía muecas de mono y cada vez que yo mordía el plátano decía *¡au, no muerdas tan fuerte que duele!* y se agarraba abajo, entre las piernas, típica bromita de él. Las uvas y la chirimoya me complicaban la vida, yo le exigía a mi mami que me mandase uvas sin pepa, pero ella nunca me hacía caso, y eso de estar escupiendo las pepitas de las uvas o las pepotas de la chirimoya era una cuestión bastante incómoda. Otra fruta que a veces me mandaba y nunca comía era el mango, ¿cómo diablos iba a pelarlo y a morderlo y a embarrarme todito? Al llegar a la casa, me quejaba con mi mami, pero ella, que tenía una respuesta para todo, decía *el mango está hecho para embarrarse y lo más sabroso es la embarradera y sentirse una puerca y chuparse los dedos y chupar la pepa del mango que es la parte más rica*, así que yo simplemente dejaba el mango intacto. Henry cuidaba su lonchera porque era codiciada por todos, ya alguien le había metido mano; yo cuidaba la mía no porque fuesen a robarme cositas ricas sino por vergüenza, y es que mi mami insistía en mandarme, junto con mis alimentos, una estampita del Papa Paulo VI *para* *que te acuerdes de ofrecer tu refrigerio y rezar por los niños pobres que se mueren de hambre*, y yo, por supuesto, no quería que ningún chico viese, pegada arriba del táper de mi sánguche de jamonada y queso en pan cachito, la estampita a colores del Papa Paulo VI.

Afuera, a la salida, antes de subir a la camioneta 4x4 con lunas oscuras y dos guardaespaldas armados esperándolo, Henry Cannock volvía a sacar su billetera, para felicidad de los heladeros, quienes aguardaban ansiosos su aparición. Rodeado por varios carritos amarillos de heladeros, Henry comía un par de helados, generalmente los más caros, Copa Esmeralda y Frío Rico, y solo le invitaba un heladito a su mejor amigo, Polo Balbuena, un chico de frente ancha, ojos pequeñitos y cara de mono blanco, pero a Polo, claro, no le invitaba los helados más caros, Polo comía Bebé, de agua, o máximo Jet, vainilla recubierta con chocolate crocante, y los pobres guardaespaldas, señores morenos en camisa y corbata, los pantalones de tela brillosa, las medias blancas y gruesas como si viniesen de jugar un partido de fútbol, pobres señores que primero entregaban su vida antes que secuestrasen al niño Henry Cannock, *los cholos nucleares*, como les decía Henry burloncito, veían al niño comiendo helados y se les hacía agüita la boca, pero Henry nunca les compraba nada, ni un mísero Bebé, y yo pensaba *estos cholos nucleares un día van a secuestrar a Henry solo para robarle la billetera y comprarse un carrito entero de Frío Ricos, no hay derecho de torturarlos así*. Se les veía, aparte de las medias blancas, los pistolones a esos señores guardaespaldas, y por eso nadie se metía con ellos, nadie se atrevía a ponerle un dedo encima a Henry Cannock, quien, terminado su festín heladero, y mientras Polo Balbuena se iba con su mamá, que adoraba a Henry Cannock y estaba orgullosísima de que su hijo, con tan buen tino, fuese amigo de él, repartía generosas propinas entre los heladeros; las moneditas del vuelto, qué fastidio, él no se daba el trabajo de guardarlas, simplemente las repartía displicente entre los heladeros o, si estaba de buen humor, jugaba básquet con ellas: le abría la tapa a cada carrito, se alejaba un poco y las tiraba tratando de embocarlas, y cuando metía una gritaba *¡canasta!* y el señor heladero sonreía feliz porque esa monedita quedaba ya con él y su hielo seco. Una tarde, Henry se dio el lujo de cumplir una promesa que le hizo a uno de esos heladeros, quienes solo por la plata aguantaban todos sus maltratos. Yo lo vi y me quedé helado: Henry sacó un sobre grande de manila lleno de plata y se lo dio al heladero, que, incrédulo, contó el dinero y luego sonrió como un niño con el juguete soñado, entonces Henry le quitó la gorrita amarilla y azul, se la puso, subió al asiento de la bicicleta que empujaba el carrito lleno de helados, cogió la corneta y se fue manejando y haciendo sonar la corneta, riéndose como si fuese el rey del mundo o al menos del Perú; se había comprado un carro de heladero y se lo iba a llevar manejando hasta su casa, con los cholos nucleares en la 4x4 polarizada detrás, armados hasta los dientes, escoltando a Henry Cannock, el niño más rico del Perú, que pedaleaba en su nuevo carrito de heladero, apretando la corneta y sonriendo feliz de la vida, mientras yo, fascinado como si estuviese viendo una película, lo observaba con abierta admiración, pues solo él, Henry Cannock, era capaz de comprarle su carrito a un heladero y llevárselo manejando a su casa, lo observaba y pensaba *qué tal suertudo, al llegar va a poder comerse todos los helados del carrito y seguro que no les va a invitar nada a los pobres cholos nucleares*, quienes, al pasar, me miraron con mala cara, seguro que estaban con sed y se morían de ganas de chupar un heladito. Yo a esas alturas del día ya no tenía plata, pues mi propina solo alcanzaba para una bebida en el recreo y nunca lograba abs-

202

tenerme de tomar esa bebida y guardar mi plata hasta la salida para comprarme un Buenhumor, mi helado favorito, puro chocolate derritiéndose en mi lengua, pero, para mi fortuna y buen humor, Leo, mi adorado chofer, a veces sacaba de su platita, y aunque yo me negaba y él insistía, compraba un Sánguche de Vainilla para él y un Buenhumor para mí y yo *no gastes tu plata, Leo, así nunca vas a poder ahorrar* y él *es una inversión, mi estimado, así cuando usted sea presidente del Perú, me regala mi casita con piscina, aunque la piscina será para impresionar a los vecinos nomás, porque yo no sé nadar.* Se va Henry Cannock manejando su carrito y con él, una tarde calurosa y vocinglera de Miraflores, que ahora recuerdo con una sonrisa parecida a la de entonces, llena de admiración.

He invitado a Billy Cannock a almorzar a la casa el sábado que viene, me dice mi papi una noche, al volver de su trabajo. Nunca ha venido a la casa el gran millonario Billy Cannock, por eso me quedo sorprendido. *¿Cómo así lo has invitado?,* pregunto. *Estoy haciendo un almuerzo de alto nivel con la gente que manda en el Perú, y obligado tenía que invitar a Billy.* A mi papi le gusta hacer, cada tanto, almuerzos en la casa con hombres de negocios importantes, almuerzos que comienzan muy formales y terminan siempre en grandes borracheras, *me voy a pulir en este almuerzo, me voy a gastar un huevo de plata a ver si Billy se impresiona y se anima a comprarnos el banco,* dice, ilusionado con su almuerzo del sábado, la corbata desajustada, fumando. *¿Y tú crees que va a venir?,* le pregunto, sentado a su lado, envuelto en la nube de humo que él expulsa de su boca. *Claro que va a venir, yo mismo hablé con él y me dijo que viene sin falta,* contesta orgulloso. *Qué ilusión conocer a don Billy Cannock,* pienso, *seguro que tiene un carrazo mejor que el de mi papi y viene con un montón de guardaespaldas* y luego *papi, ¿tú qué harías si tuvieras toda la plata de Billy Cannock?* Me mira a los ojos y hace un gesto ganador, como si la respuesta fuese obvia, *nos iríamos a vivir a Miami, me compraría un yate del carajo y me pasaría la vida navegando por el Caribe.* Sería tan linda la vida si nos fuésemos a Miami: todo perfecto, limpiecito, en inglés y con sol. No conozco todavía Miami, es un escándalo, me da una vergüenza atroz, no le perdono a mi papi que aún no me haya llevado a Disney, ¡ya tengo diez años, caray!, ¡hay chicos de mi clase que han ido tres veces a Disney y yo, jamás! *Voy a comprar un huachito de la lotería*, digo, *si gano te regalo la mitad y nos vamos a Miami.* Sonríe a medias mi papi, distante y superior, y me dice *no vale la pena, la lotería acá está arreglada, siempre se la saca algún pariente de un militar del gobierno, solo que la gente del pueblo no se entera*, mi papi es un tigre de la Malasia, siempre sabe los secretos de todas las cosas. *Ah, me olvidaba*, dice, *le dije a Billy Cannock...*, y pronuncia su nombre con verdadero placer, como si solo nombrarlo lo hiciese sentirse importante, *que traiga a su hijo, el que está en tu clase, para que jueguen juntos aquí en la casa, ¿cómo es que se llama el chico? Henry*, digo, de pronto aterrado, porque no había cruzado por mi mente esa idea inquietante: Henry Cannock en mi casa, conociendo a mis papás. *¿Y él qué te dijo?*, pregunto, cuando recobro el aliento, y él *le pareció cojonudo, no sabía que su hijo está en la clase contigo, me comentó que seguro lo trae el sábado. Qué bestial*, digo, solo para quedar bien con mi papi, pero en el fondo pensando *¿cómo se te ocurre invitarlo sin consultarme primero, animal?* Me voy caminando a mi cuarto con la sensación de ser un condenado a muerte: tengo los días contados, el sábado será una desgracia. No es que Henry me caiga mal, me parece muy gracioso y lo admiro, pero siempre se burla de mí y le encanta ser cruel, y además tiene tanta plata que yo a su lado me quedo calladito y me siento su empleado. Si solo fuese un poquito más buena gente, me moriría por ser su amigo. El lunes en el colegio no le digo nada, espero a que él me comente algo, pero es en vano, pues Henry parece no estar enterado del almuerzo en mi casa, no me dice una palabra. Pienso aliviado que todo es una falsa alarma de papi y que, con suerte, Henry no vendrá a la casa el sábado; por último, supongo que tiene mejores planes que venir a jugar conmigo, que para él seguro soy un ganso triste, un pavito que ni siquiera conoce Disney. Henry sabe que no conozco Disney, me lo ha preguntado varias veces solo para humillarme, y siempre que le digo *no, pero en las vacaciones segurito que me van a llevar*, sonríe y hace una muequita de desprecio como diciéndome *ah no, Jimmy, si no conoces Disney, no puedes ser mi amigo*.

El sábado del almuerzo famoso me levanto tempranito, hago mi cama, ordeno mi cuarto, me pongo la ropa elegante que mi mami me trajo de Roma cuando fue a ver al Papa Paulo VI y rezo para que Henry Cannock no venga hoy a mi casa: *Señor, te pido por favorcito que Henry se enferme hoy y se quede con fiebre en su camita, porque si viene me va a fregar todo el día y yo te he rezado bonito toda la semana y no merezco un castigo así, ¿no te parece?* A veces, cuando estoy desesperado, le hablo así a Dios, me franqueo con Él y soy un poquito confianzudo, pero bueno, Él sabrá perdonarme. Mi papi se ha vestido elegantísimo, con traje y corbata, siempre colores oscuros, *yo no soy un cantante de merengue para ponerme terno blanco*, le dijo una vez a mi mami cuando ella le preguntó *¿por qué siempre te vistes de azul o negro, se puede saber?* Mi mami también se ha vestido preciosa, ese vestido guinda le queda regio, y su peluquero de confianza, Coco, que tiene un exclusivo salón en San Isidro, ha venido a la casa bien temprano para hacerle un peinado espectacular, y mi papi lo ha mirado con mala cara porque el señor Coco es un poquito afeminado, *me sale un hijo peluquero y me corto los huevos*, ha dicho al pasar.

Está supremamente elegante y huele delicioso mi papi, aunque se le nota algo nervioso, pues a cada ratito saca su pañuelo blanco y se lo pasa por la frente sudorosa. Está nervioso y yo lo comprendo porque van a venir los señores más millonarios de Lima y él quiere que todo salga perfecto. Abajo, en el jardín, han puesto un toldo enorme, y un ejército de mozos perfectamente uniformados va y viene preparando todo, cuidando hasta los más insignificantes detalles, mozos de pelo engominado y mirada sumisa que obedecen las instrucciones de Finita Ferrero, la mujer que mi papi ha contratado para que organice el almuerzo y sirva la riquísima comida que la ha hecho famosa en toda Lima. Mi hermana, por suerte, se ha ido a pasar el fin de semana a la casa de su amiga Araceli en Rinconada, yo le he dicho que tenga cuidado porque Araceli vive frente al lago y en el colegio he escuchado decir que en ese lago hay feroces cocodrilos que se comen a las niñas descuidadas, *tú siempre con tus historias raras*, me ha dicho ella riéndose; digo que por suerte se ha ido porque prefiero que Henry no la conozca, no quiero que después vaya contando por el colegio que tengo una hermana linda, con un pelo maravilloso y unas tetitas que ya se le marcan, no quiero que los imbéciles de la clase, que son tantos, vayan diciendo por ahí que quieren hacer cochinadas con mi hermanita adorada a la que solo yo puedo tocarle el pelo, yo y nadie más. Van llegando los carros lindos con señores y señoras muy elegantes, y yo los veo por la ventana, desde lejos, arriba en la casa, escondido tras las cortinas de la sala, y veo a mi papi y a mi mami tan distinguidos, saludando a sus invitados, llevándolos al jardín donde están las mesas y el toldo, ofreciéndoles un trago, y todo luce perfecto, como si fuese una película, y ya suena la música, Sinatra, el favorito de mi papi, y suerte que ha salido el sol, aunque yo no quiero bajar al almuerzo, sé que hay bocaditos deliciosos pero ya llegarán los restos a la cocina y entonces los atacaré, yo no quiero bajar porque me da vergüenza ser el único niño entre tantos adultos importantes y millonarios, yo con las justas tengo plata para comprarme una bebida en la cantina del señor Orejuela, y solo espero que no venga Henry Cannock para así poder quitarme esta ropa elegante que me hace sudar y encerrarme en mi cuarto a leer las aventuras de Sandokán, que es como a mí me gustaría ser cuando sea grande: aventurero y libre, aventurero y justiciero, Sandokán no le tiene miedo a nadie y yo en cambio soy *un niño asustadizo*, como me dice mi hermana Soledad, por eso de grande quiero ser como Sandokán. Pero todavía no lo soy y miro el reloj y me muero de miedo de que llegue por fin don Billy Cannock con su hijo Henry, *Señor, no seas malito, no te olvides de mi pedido, me encomiendo a ti y lo dejo en tus manos*. Sin embargo, de nada sirven mis oraciones. Pasada la una veo llegar un Mercedes negro con lunas oscuras seguido por dos camionetas con guardaespaldas y antes de que nadie baje del Mercedes, reconozco a uno de los cholos nucleares que llevan y recogen a Henry del colegio, y sé entonces que de ese carrazo espectacular, segurito que ni el presidente Martínez de la Guerra tiene uno así, sé que bajará don Billy Cannock, dueño de medio Perú y ojalá que pronto también del banco de mi papi para poder irnos a vivir a Miami y pasear en yate aunque por la orillita nomás, porque hay que tener cuidado con los tiburones. Así ocurre en efecto: baja un señor alto, delgado y canoso, algo mayor que mi papi, vestido más informal que mi papi, sin saco y corbata, y veo cómo mi papi se le acerca presuroso y sonriente como nunca lo he visto, ojalá a mí me sonriera así de vez en cuando, y le da un abrazo a don Billy Cannock mientras mi mami saluda a la mamá de Henry, doña Lucy Cannock, señora más bien bajita y regordeta con un torreón en el pelo, le han hecho, al parecer, una versión limeña de la torre de Pisa porque se inclina un poquito su deslumbrante peinado, seguro que le ha dado mucho el viento en el camino, y yo pienso primero, *doña Lucy debería peinarse con Coco, esa torre es un exceso, mucho mejor está mi mami*, y segundo, *qué maravilla, Henry no ha venido, me voy a leer Sandokán con la puerta cerrada mientras estos señorones se emborrachan toditos*. Pero dura poco mi alegría: baja el chofer, un moreno ancho como un camión, se acerca a la puerta delantera del lado derecho, la abre con sumo respeto y lo primero que veo son las lindas zapatillas Adidas negras con rayas fosforescentes y ya sé que es él, maldición, pues baja despacito y como un príncipe Henry Cannock, el negro abriéndole la puerta, y parece que el dueño de medio Perú fuese Henry y no su papá, quien, más campechano, se abrió solito la puerta sin esperar al chofer, y baja Henry y yo me quiero morir de la vergüenza porque va a conocer a mis papás y ahorita mi papi lo soba demasiado y mi mami le regala una estampita del Papa Paulo VI. Henry, claro, está precioso con su pelito largo hasta el cuello, su mirada ganadora, sus jeans Levi's y su polito Lacoste a rayas, listo él para irse a Miami y yo listo para envolverme en esas cortinas de la sala y no salir más. *¡Jimmy, Jimmy, baja que ya llegó tu amiguito!*, grita mi mami y yo, resignado, salgo de la cortina, escupo un poquito en mis zapatos, los lustro con la cortina, odio de paso a mi mami por obligarme a ponerme zapatos cuando yo quería estar en zapatillas y ahora Henry se va a reír de mí porque estoy vestido como si fuese a un matrimonio y él, en cambio, tan deportivo, como bajadito de su yate en Miami, y bajo despacio, titubeante, las manos en los bolsillos, y mi mami, al verme, *¡Jimmy, apúrate, ya llegó tu amiguito!*, y yo pienso *menos mal que no me dijo principito*, y Henry me mira con su carita burlona y temo entonces lo peor, y le digo *hola* y él *¿qué tal?* y mi mami *dale la mano pues, hijito,* y yo, con una sonrisa forzada, odiando a mi mami, le doy la mano, y él se la seca enseguida en sus jeans porque mi mano está un poquito sudorosa, y luego le doy besito a la mamá de Henry, y don Billy Cannock me da la mano y me dice *¿qué tal, muchacho?* y yo *buenas, señor* y él *aquí te traje a tu amigote para que jueguen juntos,* y yo sonrío y mi mami *vayan a jugar, chicos,* y ellos, los grandes, se van al jardín a servirse un traguito, y Henry, cuando nos quedamos solos, aunque no tan solos porque más allá están sus cholos nucleares que cuándo comen, cuándo van al baño, cuándo toman aunque sea agüita fresca, Henry mira los carros estacionados ahí cerca, que ya son más de diez, y me pregunta *¿cuáles son los carros de tus papás?,* y yo le señalo el Volvo, el Saab y la Buick de Leo, y él *¿tienes tres?* y yo *ajá* y él, ganador, *en mi casa tenemos cinco carros y tres camionetas para los cholos* y yo, que solo quiero hacerlo feliz, *¡qué suertudo!,* y él mira la cancha de frontón y me pregunta *¿tienes cancha de tenis?* y yo *no* y él *nosotros sí* y después *¿cuántas empleadas tienes?* y yo las cuento mentalmente y digo *mujeres, cuatro* y él *yo cinco, y una sola para mí* y yo, otra vez, *¡suertudo!* y él *enséñame tu cuarto* y yo *claro, vamos,* pero en el fondo me muero de miedo de que le parezca un cuartucho cualquiera. Tras recorrer largos pasillos, pues la casa es grandísima, llegamos a mi cuarto, que está bien ordenado, el piso lustradito, bien hecha la cama, mis libros de Salgari en la mesa de noche, mi álbum de fútbol y mi radio a pilas encima del escritorio, y Henry detrás de mí echa un vistazo y pregunta *¿no tienes televisor?* y yo le digo *está en la sala* y él, orgulloso, *yo tengo un televisor nuevecito en mi cuarto, y es a colores* y yo, impresionado, *¿a colores?* y él *sí, lo trajimos de Miami de contrabando, ¿el de tus papás es a colores?* y yo *no, en blanco y negro,* respuesta que él, por supuesto, deseaba oír, *en el Perú hay muy poquitos televisores a*

colores, añade, y yo, más que envidiarlo, lo admiro perdida-
mente, lo admiro porque Henry siempre será mejor que
yo en todo. *¿De qué son tus sábanas?*, me pregunta, y yo, sin
entender, *¿de qué color son?* y él levanta el edredón a cuadros, pues estoy prohibido de usar cosas floreadas, porque
según mi mami no son masculinas, y mira mis sábanas
celestes y dice *las mías son de La Mujer Maravilla y El Hombre Nuclear* y yo *a mi mamá no le gusta que vea «La Mujer
Maravilla»* y él *yo la veo por sus tetas*, y yo sonrío, pues me
halaga que se permita conmigo esas confianzas, y él *aunque me han contado que esas tetas no son de verdad, son operadas*, y me río entonces de los nervios, porque estoy seguro
de que es pecado hablar así de tetas operadas, y miro el
cuadro de la Virgen colgado encima de mi cama y me parece que la Virgencita está como triste y ruborizada de oír
una conversación así, tan impropia de un niño como yo,
de bonita familia cristiana. *¿A ver tu clóset?*, me dice, y de
nuevo me sorprende, no pensé que a Henry Cannock le
daría curiosidad conocer mi ropa. Abro mi clóset, que por
suerte está bastante ordenado, y Henry mira primero mis
zapatos y zapatillas, y pregunta *¿cuántas zapatillas tienes?* y
yo *tres pares* y él *yo tengo diez pares, todos Adidas* y yo *¡qué
bárbaro!* y él, moviendo los ganchos de los que cuelgan
bien planchados mis pantalones, *¿cuántos jeans Levi's?* y yo,
seguro de perder, *solo uno* y él *yo siete* y yo *¿todos igualitos?* y
él *igualitos, misma talla, mismo color* y luego, mirando mis
polos dobladitos uno encima del otro, mis camisas plan-
chaditas y bien dobladas también, *¿cuántos polos Lacoste tienes?* y yo, abrumado por ese curioso interrogatorio, *no
tengo* y pienso *maldición, papi, ¿por qué diablos no me trajiste
politos Lacoste de colores como te encargué?*, porque en mi colegio, si quieres que te respeten y te inviten a las mejores
fiestas, debes tener politos Lacoste, y varios, es mejor no
tener ninguno que uno solo, porque si ese único lo usas

mil veces, ya lo conoce todo el colegio y haces un papelón, y Henry me mira asombrado y me dice *¿no tienes?* y yo *mi papá se olvidó de traerme en su último viaje*, pues politos Lacoste no venden en Lima, ni siquiera en la farmacia rusa del chino contrabandista, y él *yo tengo doce polos Lacoste* y yo, mirando el que tiene puesto, *¿todos igualitos a ese?* y él se ríe canchero y dice *no, pues, doce polos diferentes* y yo *te apuesto que nadie en todo el Perú tiene más polos Lacoste que tú* y él feliz, mucho más amigo mío, ya veo que le gusta que lo halaguen al sobradito de Henry Cannock, ya me di cuenta, ya sé cómo ganarme miserablemente su cariño, *sí, pues, no creo que nadie me gane en ropa, yo tengo un clóset que vale miles de dólares* y luego, abriendo los cajones donde guardo mis calzoncillos, mis medias, mis piyamas, incluso mi ropa de deportes y hasta mi vergonzoso suspensor para las clases de educación física, *¿qué marca de calzoncillos usas?* y yo *no sé, me los compra mi mamá* y él *¿pero cómo no vas a saber?*, y saca un calzoncillo y lee la marca en el elástico, Jockey, y *por fin somos iguales en algo, yo también uso Jockey, pero los míos están más nuevecitos*, porque, claro, Henry Cannock siempre tiene que ganar. *Vamos a la cocina*, me dice enseguida, y yo *¿tienes hambre?* y él *no, quiero ver qué tienes en tu refrigeradora*, y caminando hacia la cocina pienso que Henry es un chico rarísimo, ¿a quién se le ocurre llegar a una casa ajena y mirar qué hay en la refrigeradora? Entramos a la cocina, que es un revuelo, pues multiplican esfuerzos y se agitan bulliciosas las empleadas que sumadas son todo un batallón, y Henry, esquivando el tráfico incesante del servicio, abre por fin la refrigeradora y mira uno a uno los niveles, los cajones, los diversos compartimentos. *¿Se le ofrece algo, joven?*, le pregunta Iris, una de las empleadas, y él *una cocacola con cañita* y ella, morenita coqueta, *hay cocacola pero no cañita, joven*, y él hace una mueca de disgusto y se resigna *bueno, no importa* y luego me pregunta *¿no tienen queso Philadelphia?* y yo *no sé, creo que no*, y él hace otra mueca de disgusto, *¿no tienes mayonesa Hellmann's?* y yo *es buenaza, ¿no?* y él, abriendo la heladera, *¿solo helados D'Onofrio?, ¿no tienes helados Milkyway?* y yo, impresionado, *¿hay helados Milkyway?* y él *claro, los venden en la farmacia rusa pero son carísimos* y yo *le voy a decir a mi papá que me compre* y él, cerrando la puerta de la refrigeradora, *supongo que por lo menos tendrás corn flakes importados* y yo, mintiéndole, *sí, claro, en la despensa hay* y él *menos mal, porque si no tuvieras corn flakes ahí sí que estarías bien caído.* No tenemos *corn flakes* porque mi mami se molesta cuando mi papi viene a la casa con esas cajitas de hojuelas crocantes y deliciosas que para mí son como una droga, yo me las como solitas, sin leche, pues la leche me cae mal, tengo intolerancia a la lactosa, según mi mami soy así porque ella me dio de mamar cuando era bebito y ninguna otra leche me gustó después de la suya, la suya de pecho amoroso, por puro amor a mi mami rechacé con toda intolerancia las otras leches y, a pesar de que yo le pido y le ruego y le suplico que le dé permiso a mi papi para comprarnos aunque sea una cajita de *corn flakes* importados para los desayunos del domingo después de misa, ella nada, con toda intolerancia también me dice *no, principito, no es ético gastar un dineral en corn flakes importados cuando hay tantos niños pobres en la serranía muriéndose de hambre y tú puedes comer tus huevos revueltos con salchicha, que alimentan mejor.* No le digo nada de esto a Henry Cannock y solo pienso *ojalá no entre también a revisar la despensa*, porque descubriría que *corn flakes* importados no hay, aunque sí chocolates suizos que mi mami come a escondidas, y yo, cuando ella se descuida, también. *¿Qué hacemos?*, le pregunto, y él responde, como si fuese obvio, *ver televisión, pues. Perfecto, vamos a la sala*, digo, feliz de sacarlo de la cocina y de paso complacerlo. Ya en la sala, Henry mira el equipo de música, *está bonito*, dice y yo *gracias, lo trajo mi tío de Europa*, y pienso *por fin algo le gustó*, y él *yo tengo uno mejor en mi cuarto* y yo *seguro, te creo* y luego *¿qué música escuchas?* y él *Abba, soy fanático de Abba, y también los Bee Gees* y yo *a mí me fascinan los Bee Gees* y él *sí, cantan bonito, aunque mi papá dice que son maricones*. Me quedo callado, él se sienta y espera a que yo prenda la tele, jalo el botoncito y se demora la tele en iluminarse, pienso *ojalá se vea bien*, porque ahí en mi casa, por ser tan lejos, arriba en el cerro de Los Cóndores, no siempre se ve nítida la señal, a pesar de que mi papi ha puesto una antena enorme en el techo que parece de radioaficionado, cuando el único radioaficionado en la casa soy yo, aficionado claro, a mi radio a pilas para escuchar al Gitano en radio Espléndida, y cuando se ve la imagen le pregunto a Henry *¿en qué canal pongo?* y él *a ver cambia*, y yo paso de canal cinco a canal cuatro y de canal cuatro a canal siete y él *déjalo en el cuatro, prefiero ver dibujos que esas cochinadas de música para cholos*, yo regreso al cuatro y voy a sentarme y él dice *pucha, qué vaina, yo ya estoy acostumbrado a ver televisión a colores* y yo *qué vaina, le voy a decir a mi papá que compre un televisor a colores*, y veo que Henry cae de pronto embrujado por la tele, hipnotizado parece, concentradísimo está, y le digo *¿quieres que te traiga algo de tomar?* y él *no me hables, cuando veo tele no me gusta que me hablen* y yo *perdón*. Voy a la cocina a traerle su cocacola sin cañita y ojalá no se moleste de nuevo porque en mi casa no tenemos cañitas, dejo la cocacola en la mesita a su lado, ni me dice *gracias*, se queda mudo, secuestrado por la tele, mirando un dibujo tras otro mientras yo, a su lado en el sillón, lo miro de soslayo y pienso *yo no soy el principito, Henry Cannock es el verdadero principito*.

Se queda horas mirando la tele Henry, no me habla ni pide comida ni va al baño, solo toma su cocacolita de

213

botella y cuando se aburre va a la tele y cambia de canal, y yo recuerdo entonces las palabras de mi mami *cuando ves mucha televisión, te conviertes en un robot* y pienso *pobre Henry, la tele lo ha convertido en un robotito, eso le pasa por empacharse de televisión y seguro también por no rezar*, porque yo veo tele bien medida, nunca más de una hora diaria, y cuando le pregunto a Henry, interrumpiendo un capítulo repetido de «El Gran Chaparral», *¿en tu cuarto ves televisión todo el tiempo que quieres?*, él ni me contesta, está tan enchufado a la tele que no me escucha. *Tengo hambre*, dice de pronto, sin mirarme, y es lo primero que ha dicho en media hora. *Hay de todo, la comida está buenaza*, le digo, y luego *¿qué te provoca?* No lo piensa, responde de memoria *medio pollo con papas fritas de El Rancho*. Me deja preocupado, ¿y ahora cómo diablos hago para conseguirle pollito de El Rancho?, porque la señora Finita Ferrero, encargada de la comida, nunca en su vida les va a servir pollitos grasosos de El Rancho en sus cajitas bien olorosas a estos tremendos señorones. *Voy a tratar de conseguírtelo*, le digo, y él ni me contesta, como si mi obligación fuese servirlo, complacer sus más extravagantes caprichos, pero la verdad es que me hace feliz atender a Henry Cannock, con tal de ser su amigo yo hago lo que me pida, aparte de que si mi papi es así de sobón con su papá, ¿por qué yo no puedo sobar un poquito a Henry, que además es mi invitado y quiero que se sienta como en su casa? Así que voy a la cocina, donde prosigue el mayúsculo alboroto, y pregunto si por casualidad hay pollito a la brasa, y alguien me contesta que entre los bocaditos había, aunque seguro ya se terminaron, anticuchos de pollo, que son tan ricos y yo privo por ellos, pero no quiero bajar al jardín del almuerzo para robarme unos palitos de anticucho, me da vergüenza, y por eso le pido a una empleada tras otra que por favorcito me traiga unos anticuchos de pollo, pero mis esfuerzos son en vano, *vaya usted mejor, joven, que aquí estamos matadas de trabajo.* Bueno, todo sea por ganarme la amistad de Henry Cannock, el niño más engreído del Perú, *y después mi mami me dice que yo soy engreído, ¡que me compare con Henry, caray!* Bajo al jardín y advierto enseguida que ya llegaron todos los invitados, pues de hecho hay más señores que mozos, habrá unos diez mozos y como veinte invitados, todos con sus parejas por cierto, porque mi mami le exigió a mi papi que solo invitase a parejas casadas en matrimonio religioso, *de ninguna manera divorciados y vueltos a casar, yo no puedo hacer un almuerzo regio en mi casa para personas que viven en situación de pecado,* le dijo a mi papi, que la escuchaba con mirada cínica pero también resignada, pues sabe que en esos temas de la fe mi mami es intransigente, *a mi casa no vienen a parrandearse esas parejitas modernas que no se casan o se casan solo por civil, eso desde los incas ya estaba de moda y se conocía como concubinato, que, según la iglesia, es pecado mortal, y que más bien debería llamarse putinato,* y yo sonreía escuchándola, estábamos en la mesa del comedor, y mi mami me dijo *tú tápate los oídos que todavía estás muy chiquito para andar escuchando estas cosas de grandes* y mi papi, yo creo que en el fondo divertido porque su esposa fuese tan chapada a la antigua, y juraría que también chapada por él en la antigüedad, pues nunca los veía besarse, nunca, jamás vi a mi papi darle un besito a mi mami y mucho menos a la inversa y ni siquiera tomarse de la mano, y mi papi *qué ganas de fregar, caracho, ¿o sea que no puedo invitar a Manolo Santisteban porque es vuelto a casar y tampoco puedo invitar a Pancho Izquierdo porque se casó con la viuda de la Torre?* y mi mami, con la inquebrantable certeza que solo da el ejercicio cotidiano de la fe, *a Panchito sí lo puedes invitar porque casarse con viuda no es pecado, salvo que la viuda haya envenenado a su esposo para quedarse con la plata, pero no es el caso de Clorinda de la Torre, porque era ella* quien tenía la plata, no el difunto Jara, que era un pelagatos, pero al lujurioso de Manolo Santisteban de ninguna manera me lo invitas, ese ingrato dejó a su esposa de toda la vida para irse con la secretaria pizpireta, y encima dicen que se llevó todas las joyas de la pobre Yoli Aragón, que sufrió a mares con el abandono y menos mal que encontró consuelo en el Señor y mi papi, encantado con los sermones de su esposa, ¿qué señor consoló a la Yoli? y mi mami no me hagas bromas, el único Señor, Nuestro Señor, el Señor que todo lo puede y mi papi mira, amor, yo también soy católico y voy a misa los domingos, pero en el Perú el señor que todo lo puede es Billy Cannock, tú ya te pasas de fanática, caray, qué culpa tiene el pobre Manolo Santisteban de haberse enamorado de una chica, esas cosas pasan y mi mami pasan si eres un mañoso que anda buscando la tentación de la carne, no pasan si tienes tus principios bien puestos y mi papi a propósito de la carne, ¿a qué hora me traen mi bistec apanado? Ya estoy en el jardín, perdido entre gente tan importante que fuma y toma tragos y habla a gritos con lisuras y se ríe a carcajadas, y yo de grande no quiero ser así, yo quiero hablar en voz bajita y con palabras bonitas, yo no quiero fumar ni emborracharme como mi papi y sus amigos, y tampoco quiero tener un millón de amigos como el cantante Roberto Carlos que a mi hermana Soledad la emociona pero a mí no tanto, yo no quiero usar pantalones blancos como Roberto Carlos, yo quiero tener poquitos amigos, no más de cinco o seis, y quiero también que Henry Cannock sea uno de ellos, porque Henry es todo un personaje y no es que me interese ser su amigo por la plata, a mí la plata me da igual, total mi papi tiene suficiente plata como para que yo nunca sea pobre, y además si algún día termino siendo pobre voy donde el Gitano y le pido trabajo como comentarista de campo de su programa «Goles son Amores», sé que lo haría muy bien y el Gitano me contrataría, aunque supongo que Minayita tendría que ganar más que yo en mérito a tantos años de servicio, y no es por la plata, decía, que quiero ser amigo de Henry, es porque él me fascina, me divierte a morir y lo admiro cantidad, Henry sabe mucho más que yo y quiero aprender de él, sé que puedo aprender mucho siendo su amigo. Por fin ubico la mesa de los bocaditos y me acerco sigilosamente a ella, tratando de que no me vea mi mami, a quien veo conversando feliz con unas amigas. Ellas toman pisco sour pero mi mami no creo, mi mami muy rara vez toma alcohol, salvo esporádicamente en la misa de la parroquia de California, cerca de Los Cóndores, donde un curita moderno, y digo *curita* sin que me escuche mi mami, porque ella se pone furiosa cuando digo *cura* o *curita* y no *padre* o *sacerdote*, donde un curita, decía, nos da la comunión en nuestras propias manos y nosotros nos llevamos la hostia a la boca y luego nos ofrece de beber del copón de vino consagrado, y solo en esos casos mi mami bebe un traguito de vino y al terminar la misa ya está bostezando, porque dice que el trago no la emborracha sino que la manda directo a dormir, *me da un sueño sofero*, y por eso veo que mi mami no está tomando nadita de alcohol en ese maravilloso almuerzo en que mi papi se está luciendo con sus amigotes. Él, por supuesto, sí toma sus whiskachos uno tras otro sin perder el ritmo, tremenda cabeza tiene mi papi, se jacta de tener una de las mejores cabezas de Lima, *pónme a chupar con el más pintado y lo tumbo*. Encuentro finalmente los anticuchos de pollo en una fuente de plata, suerte que han sobrado, y saco tres palitos, dos para Henry y uno para mí, y decido comerme uno más antes de regresar a la casa, así que jalo un cuarto palito y me siento detrás de la mesa, en el pasto, y luego levanto el mantel blanco y me meto debajo de la mesa, lo que me acomoda muchísimo porque así nadie me ve y puedo comer tranquilito mi palito de anticuchos de pollo, y a continuación levanto apenas el mantel que me cubre y solo veo los zapatos de los señores y las señoras, y trato de adivinar cuáles son los zapatos de don Billy Cannock pero es imposible, aunque sí identifico los de mi papi y sobre todo los de mi mami, rodeados de otros zapatos femeninos, los de ella cruzaditos, un pie suspendido en el aire, moviéndose una puntita para aquí, otra para allá, como señalando los límites entre el bien y el mal, y entonces, fascinado, veo cómo, debajo de otra mesa, pero no una de bocaditos sino de aquellas donde se sientan a comer los ilustres invitados, veo cómo una mano de hombre, por debajo del mantel, acaricia la pierna de una mujer que lleva un vestido bien cortito, la mano posada en la parte interior del muslo, la mano subiendo y bajando por esa hermosa pierna que se abre un poquito como haciéndose amiga de aquella mano sigilosa, y contemplo la escena asombrado, sin saber de quién es la mano y de quién la linda pierna, y de pronto la mano se retira y la pierna se junta con la otra y yo, me mata la curiosidad, saco un poquito la cabeza por el mantel y miro a ver quién es el dueño de esa mano traviesa, y descubro sorprendido que es de don Billy Cannock y que la pierna ¡es de otra señora, no de su esposa! Meto mi cabecita debajo de la mesa y pienso, la cara roja de vergüenza, *si mi mami se entera de que el señor Cannock está haciendo esos tocamientos impuros por debajo de la mesa, lo bota del almuerzo segurito, sin importarle que se malogren todos los negocios de mi papi, la fe es la fe y hay que defenderla a cualquier precio*, y pienso también que de ninguna manera debo decirle a mi amigo Henry que he visto a su papá haciéndole cariñito a una señora rubia y bien guapachosa a la que ni siquiera conozco, y me siento enseguida en pecado, porque tiene que ser pecado mirar esos cariñitos malsanos por debajo de la mesa, mejor no le digo nada a mi mami y el domingo me confieso con el padre Juvenal, pero ¿cómo se lo voy a decir?, *¿tocarle la pierna a una señora que no es tu señora es adulterio?, ¿y mirar gozoso esa escena adúltera sin cerrar de inmediato los ojos y rezar para espantar al diablo me hace cómplice del adulterio?*, preguntas que me inquietan sobremanera cuando recuerdo que Henry está esperando su pollito, así que termino de comer mi segundo palito, y lo hago con mucho cuidado porque si se me atraca el palito o un pedazo de pollo y me atoro y muero atorado, ¿me iré al infierno por lo que acabo de ver debajo de la otra mesa?, y, ya bien comido y todavía rojo por la contemplación a escondidas del pecado, salgo de la mesa por atrás y jalo otro palito, y con tres anticuchos en la mano me voy retirando cuando, maldición, escucho que mi mami me llama *¡Jimmy, ven a saludar!* Ya es muy tarde, no puedo escapar, volteo y sonrío como un tonto y me acerco caminando con toda la inseguridad del mundo, como si estuviese pisando huevos, y le doy besito en la mejilla a mi mami y ella *ay, pero qué educado eres, qué lindo que estés repartiendo anticuchos entre las señoras*, y me quita un palito, muerde el pollo, hace un ruidito del puro placer que la invade, y luego *saluda a mis amigas, pues, no seas chuncho*, y les doy besito a las tres señoras que conversan con mi mami, las tres huelen riquísimo, por suerte ninguna es la señora de la pierna amigable y acariciable, *sírvanse, chicas, que Jimmy está ofreciendo anticuchos*, dice mi mami, y una de sus amigas *ay, pero qué servicial te ha salido el chico*, y luego me quitan mis palitos y me dejan sin nada y yo tengo ganas de decirles *oigan, viejas urracas, esos palitos no eran para ustedes sino para que Henry Cannock sea mi amigo y me perdone porque en mi casa no tenemos pollito grasoso de El Rancho*, pero me quedo calladito y acepto de buena gana que me despojen de mis anticuchos y veo a esas señoras tan regias morder con cuidado, abriendo poco la boquita, así de costadito, muy finas, los pedazos de pollo, y mi mami

¿dónde está tu amigo? y yo *arriba* y ella *¿qué están haciendo?* y yo *viendo tele* y ella *¿por qué no juegan Monopolio mejor, a ver si aprendes a hacer plata del hijo de Billy Cannock?*, y sus amigas se mueren de risa, y yo aprovecho para hacerles chaucito timidísimo con la mano y una de ellas, la más linda, casi tan linda como mi mami, *despídete con besito, pues*, y entonces me acerco a una por una dándoles besito de nuevo y ella, la más linda, me da besito pero demasiado cerquita de la boca, me da medio beso en el cachete y el otro medio, más rico, en mi boquita asustada, y yo me voy rapidito pensando *qué rico besa esta señora tan linda, yo por mí me voy a vivir a su casa si me va a dar esos medio besitos en la boca que son más ricos que cualquiera de las muchas delicias que sirve doña Finita Ferrero.* Pero antes de huir hacia la casa paso por la mesa y rescato otros tres anticuchos, y ahora voy caminando rápido, no me vaya a llamar mi papi que ahí sí me muero de infarto entre tantos señores fumadores y lisurientos, y por fin entro a la casa y siento un gran alivio y me acerco a Henry, que sigue pegado a la tele, robotizado, y le digo *aquí está tu pollito*, y él ve los anticuchos y dice *yo no como con la mano*, así que corro a la cocina, pongo los pedacitos de pollo en un plato, saco una servilleta de tela, nada de servilletas de papel para el hijo del magnate número uno del Perú, qué barbaridad, y voy con su platito y sus cubiertos y su servilleta de tela traída de Roma por mi mami, que aprovechó su viaje al Vaticano para caer en la tentación del consumismo, pues trajo montones de cosas lindas para su clóset y su cocina, y le doy el plato a Henry, que no me dice *gracias* sino apenas *no como pollo sin ketchup*, así que de nuevo corro a la cocina y me siento de paso una vulgar empleada, pero todo sea por ser su amigo, y le doy el ketchup y él se sirve un mar de ketchup en cada pedazo de pollo, luego se lleva el tenedor a la boca, educadísimo, muerde un poquito y se queja *este pollo* no es de *El Rancho* y yo, muerto de la pena, *es que no hay de El Rancho, pero está rico*, y él sigue comiendo, pero como haciéndome el favor, y dice *pucha, qué vaina, el de El Rancho es mucho mejor*, y yo pienso *si vuelves a venir a mi casa, te juro, Henry Cannock, que muevo cielo y tierra para que te compren tu pollito de El Rancho.*

Cuando termina sus anticuchos bañados en ketchup y se aburre de ver tanta tele en blanco y negro, Henry me dice *hay que hacer pasadas.* No me lo ha sugerido, mucho menos me ha pedido permiso: me ha dicho, porque él es así, incluso cuando no está en su casa se siente el dueño de casa, me ha comunicado que vamos a hacer pasadas. *Bestial*, le digo yo, y vamos al teléfono de la sala, que es negro y está al ladito de un sillón también negro, de cuero, que huele a viejo y sé reclina riquísimo para dormir la siesta, pero no yo, porque mi mami se opone terminantemente a que me eche una siestecita los fines de semana, sino el dormilón de mi papi, que se recuesta ahí a leer su periódico y por supuesto no pasa de la página tres y ya está roncando. Cuero viejo y quemado el de ese sillón, quemado porque a veces mi papi se queda dormido y su cigarrito está prendido y termina haciéndole un hueco más al pobre sillón reclinable. *Necesito una guía*, dice Henry, así que me precipito a la cocina y regreso con la guía telefónica. Henry abre la guía y busca el apellido Moco. No hay, pero encuentra Mokkos, y enseguida subraya el número con un lapicerito que ha encontrado al lado del teléfono, que sirve para anotar los recados, y pobre yo si me olvido de un recado para mi mami, y subraya fuerte Henry, como si la guía fuese suya, marcando el número de la familia Mokkos. Cuando contestan, dice *aló, ¿está el señor Mokkos?*, luego se calla unos segundos y añade *de parte de su pañuelo*, entonces cuelga y se ríe divertidísimo y yo me río con él, no tanto porque su pasada me parezca genial sino porque me hace gracia verlo riéndose tanto de sus propias bromas. Ahora el apellido Poto, no encuentra; entonces Culo, tampoco encuentra; a ver si hay Pene, nada; pero entonces sonríe y dice *no hay Pene, pero sí Pena, Zoila Pena Perales*, desafortunada mujer cuyo número marca feliz y dice *aló, ¿está la señora Pena?* y luego *de parte de su esposo, el señor Pene*, cuelga por fin y se ríe, *qué cague de risa, me contestó la vieja Pena*. Luego llama al señor Angulo, Marcos Angulo Pintado, *aló, ¿está el señor Angulo?, de parte de su culo*. Grandes carcajadas, Henry se las sabe todas. *Aló, ¿está el señor Cejas?, de parte de sus ojos. Aló, ¿Yamamoto?, de parte de su primo Ajinomoto. Aló, ¿está el señor Pichina?, dígale que está perdiendo aire*. Nos morimos de risa y yo adoro verlo así, tan contento y reilón, y él me dice *por eso en mi cuarto tengo un teléfono para mí solito, me quedo horas haciendo pasadas* y yo *¿tu papá no te dice nada?* y él *mi papá hace pasadas conmigo, le parece un cague de risa*. Marca el número del señor Rosca, Atilio Rosca, *aló, ¿está el señor Rosca?, de su primo Rosquetón*, cuelga, se ríe y yo me río con él; Henry Cannock se pasa, es el rey de las pasadas.

Vamos a joder a los cholos nucleares, dice Henry de pronto, y yo, su más rendido admirador, encantado de verlo tan feliz, aunque siempre preocupado por los cholos nucleares que nunca comen ni toman una bebida ni van al baño siquiera, algún día se van a rebelar los pobres y ese día nosotros, los pocos afortunados que vivimos en el cerro de Los Cóndores, vamos a correr al aeropuerto para huir toditos a Miami, yo *encantado, gran idea, vamos*, así que, un poco más gordito por los anticuchos de pollo navegando en ketchup que acaba de engullir, Henry camina ahora con indudables aires nobiliarios, alisándose el pelo ensortijado, haciendo chillar sus Adidas sobre el viejo aunque aún no apolillado piso de madera, y yo lo sigo mientras leo la etiqueta de sus blue jeans Levi's, *the origi-*

nal, y de paso lo envidio un poquito porque el mío es Levi's también pero no *the original*, es Levi's de las tiendas El Suche de Miraflores, donde a veces compra mi mami una que otra ropita chévere, y yo lo que deseo fervientemente no es, como otros chicos de mi clase, tener mi primera enamorada, no, yo desde que se fue Annie no he sido víctima de tales arrebatos, yo lo que quiero, y lo tengo bien clarito, es que me lleven a Miami, a Orlando, a Disney, para comprarme por lo menos ocho jeans Levi's como los que lleva ahorita Henry Cannock, *the original*, que, la verdad, no se lo voy a decir, es todavía más potón que yo, pues al parecer todos los anticuchos se le han bajado directamente al poto, y para comprarme también en Miami unas zapatillas tan alucinantes como las suyas, que bajan despacio, sin prisa, pues Henry nunca lleva prisa, las escaleritas rojas, enceradísimas y lustradísimas por Iris y Visitación, las empleadas de las manos rojas, rojísimas, de tanto lustrar a mano ese piso antiguo y señorial. Baja despacito el niño más mimado de Lima, incluso más mimado que yo, y eso que mi mamá me mima mucho, muchísimo, aun así estoy seguro de que mi mamá me mima menos de lo que su mamá lo mima a él, baja y se acerca a sus guardaespaldas, que son cuatro, dos zambos y dos acholados o, como diría mi mami, *dos personas sencillas*, se acerca Henry a ellos, uno es el chofer del Mercedes y los otros tres vinieron atrás en el camionetón, y les dice *vamos a dar una vuelta*, lo dice con ese aplomo que solo dan los millones tuyos o de tu papá, y uno de los zambitos *¿quiénes vamos con usted, señor?*, y yo me sorprendo de que a Henry, que tiene mi edad, apenas diez años o tal vez ya once, lo traten de *señor*, pues a mí el servicio de mis papás me trata de *joven* o *jovencito*, nunca de *señor*, *señor* me parece ya demasiado, y Henry *vienen tú, Mendoza, y tú, Farfán*, señalando a dos cholitos jóvenes y acalorados que se han quitado el saco

223

pero no la corbata, y el moreno ya mayor, que llegó manejando el Mercedes y que por su tono de voz pareciera tener cierta autoridad sobre los demás, dice *si me permite, me parece que debemos consultar con su señor padre*, a lo que Henry, con una mirada de olímpico desdén, responde *ya hablé con él, ya me dio permiso, y si sigues jodiendo voy a hacer que te despidan*. Se queda calladito el moreno mayor, y los otros, Mendoza y Farfán, en pantalón oscuro brilloso, camisa a rayas con manchas de sudor en las axilas y la espalda, desajustados los nudos de las corbatas que segurito los ahogan de calor, suben a la 4x4 deprisa, no vaya a ser que el señorito se enoje y los haga despedir, momento en el que, será la educación cristiana que me ha inculcado mi mami, yo les digo a los cuatro con una voz dulzona y no mandona como la de mi amigo Henry *¿han comido algo?*, y entonces Henry me mira con manifiesta incomodidad como diciéndome *¿y a ti quién te dijo que abrieras la boca?*, y el moreno mayor, muy respetuoso, inclina un poco la cabeza semicalva y sudorosa y contesta *no se preocupe, señor* y yo, temeroso de que Henry se enoje pero a la vez apenado de verlos a los pobres buscando la sombrita del eucalipto más alto y echándose aire en la cara con el suplemento deportivo de *El Comercio*, yo insisto *¿no quieren que les traiga algo de comer?* y el moreno mayor *siga nomás, señor* y Henry, subiendo al asiento trasero de la camioneta, *si encontramos un quiosco les compramos algo* y ellos, a la vez, *gracias, señor*, y yo subo por la otra puerta de atrás y me siento al lado de Henry, y los dos jovencitos van adelante. *Ábreme el techo*, ordena Henry, y el jovencito que maneja, Farfán, aprieta un botón y abre automáticamente el *sun roof*. Henry entonces se para sobre el asiento, saca la cabeza por el techo y me dice *párate, así es más rico*, y yo me paro y saco la cabeza también, y mientras la camioneta baja por el sendero empedrado que conduce a la puerta de calle, un airecillo tibión juguetea con nuestras caras, alborota nuestros pelos y me arranca una sonrisa de pura felicidad. *Así debe ser Miami*, pienso, *la vida como una película a colores.* Saliendo de la casa, ya en la calle ahuecada que recorre zigzagueante el cerro de Los Cóndores, Henry desciende al asiento, me deja solo allá arriba y dice *para, voy a manejar.* Farfán, obediente, ha detenido la camioneta y ha bajado, y Henry ha tomado su lugar. Ahora Farfán va atrás y me dice muy amablemente *mejor bájese, señor, no se vaya a golpear,* pero Henry, sobradísimo, *déjalo a mi amigo, no lo jodas, Farfán, que yo manejo mucho mejor que tú,* así que Farfán se queda calladito y yo, aterrado, me quedo solito allá arriba, más cerca del cielo *y de ti, Diosito, por favor ilumina a mi amiguito para que maneje bien y no choque, porque si choca, yo aquí arriba tan fresquito muero decapitado o por lo menos desnucado.* Maneja Henry demasiado rápido para mi gusto, ya no me siento como en Miami, y el viento me golpea con fuerza, cada curva es la muerte que acecha, me tiemblan las piernas de miedo, aunque menos mal las tiene sujetas el jovencito Farfán para que, buena gente, *gracias, Farfán,* no salga yo volando en esas curvas terroríficas a las que entra Henry haciendo chillar las llantas, dirigiéndose a la punta del cerro, ahí donde terminan las casas. De pronto aparece un gran danés y yo lo reconozco enseguida, es el perro del señor Pierini, amigo de mi papá, dueño de una fábrica de fideos el señor Pierini, y el gran danés, lento y pesado como su dueño, el señor Pierini, quien cuando viene a la casa habla tanto que una vez mi papi le dijo *Alejo, mientras sigues hablando voy al baño un ratito y vuelvo al toque,* y lo dejó hablando solo al pavo del señor Pierini sobre los problemas tributarios de su fábrica de fideos La Poderosa, aunque hay que reconocer que la señora Francesca Pierini sí es buena gente porque de vez en cuando nos mandaba sacos repletos de bolsas de fideos La Poderosa, que mi mami recibía feliz y guardaba en la despensa para nuestras comidas, hasta que, tremenda decepción, un día descubrió que una bolsita de fideos de corbatita tenía gorgojos y nunca más le habló a la señora Francesca Pierini, *¿qué se habrá creído esta italiana pelopintado para mandarme fideos con gorgojos?*, comentó furiosa mi mami, y ahora el gran danés orejón de los Pierini ladra como un energúmeno a la 4x4 que mi amigo Henry maneja como un energúmeno también, y de pronto Henry frena en seco y yo casi salgo volando, y Henry le dice al jovencito Mendoza que está a su lado *dame tu pistola* y Mendoza, asustado, *¿para qué, señor?* y Henry *¡dámela, carajo, es una orden!* y Mendoza balbucea *pero señor...* y Henry saca la pistola de la guantera sin que el pobre Mendoza se atreva a impedírselo, y le apunta al gran danés que sigue ladrando a tres metros de la camioneta, y le dispara un balazo y el perro gime y cae y nos mira agonizando, sangrando, moviendo la patita de atrás, y Mendoza *remátelo mejor, señor* y Henry *no, que sufra el huevón*, y yo, aterrado, no puedo creer que mi amiguito Henry Cannock haya asesinado a sangre fría y en mis narices al perro de nuestro vecino el señor Alejo Pierini. Ahora Henry acelera la camioneta y sigue manejando rápido hacia arriba, pero yo estoy frío, el miedo ha borrado la sonrisa de mi rostro, y es que yo no podría dispararle a un perro ni siquiera en defensa propia, antes me dejaría devorar por el maldito animal. Queda revolviéndose atrás el gran danés agonizante, y Henry exhibe con orgullo su dominio de esa 4x4 incluso en las curvas más desleales, y llegamos así, en cosa de minutos, al descampado, más allá del caserón de los Samaniego, que está abandonado porque el señor Samaniego cerró su banco y se fue del país. Llegamos al pampón desierto, donde la pista de asfalto se pierde entre la arena húmeda, y ahí están los piedrones que arrastró el último huaico y un angosto sendero por el que algunos pobladores de las faldas del cerro suben a cazar vizcachas y, según dicen, también a buscar los tesoros enterrados en la guerra con Chile. Bajamos de la camioneta, Henry tiene la pistola en su mano derecha, sonríe con ese airecillo coqueto y displicente que a mí me encanta pero sospecho que a sus guardaespaldas les resulta ligeramente irritante, cuando de pronto ve una lagartija asoleándose perezosa sobre una roca no muy distante y, con el mismo instinto asesino que sin duda su papá, Billy Cannock, debe tener para los negocios, le apunta sin que le tiemble el pulso, dispara y la despedaza, *¡muere, hija de puta!*, grita Henry feliz, y luego, para festejar, dispara dos balazos apuntando hacia arriba, casi verticalmente, y el jovencito Mendoza *con el debido respeto, no dispare para arriba, señor, es peligroso*, y Henry lo mira con mala cara y le dice *¿peligroso por qué?* y Mendoza *porque después baja la bala perdida, señor* y Henry *cojudeces*, y seguimos sus pasos mientras él caza lagartijas y nosotros, cuando acierta, lo aplaudimos serviciales, entregados, hasta que muy poco después sentimos un impacto fuerte allá atrás, en la camioneta, y nos acercamos deprisa y es el vidrio delantero que se ha roto, se ve clarito el impacto de bala en la esquina superior izquierda, y Henry, asustado, *¿quién mierda nos está disparando?* y Mendoza *nadie, señor, es la bala que usted tiró para arriba, yo le dije que era peligroso* y Henry *puta, qué huevón* y luego *si mi viejo se da cuenta, le dicen que yo no disparé, que disparó mi amigo, ¿okay?* y sus guardaespaldas *lo que usted diga, señor*, y yo lo miro como diciéndole *no seas desgraciado, ¿por qué yo?* y él, subiendo a la camioneta, *no te preocupes, ni cuenta se va a dar mi papá*. Ahora regresamos con el vidrio roto, pasamos al lado del perro muerto del señor Pierini, yo pienso que salir con mi amigo Henry es demasiado peligroso y que si el señor Cannock se molesta conmigo porque cree que yo le rompí el vidrio de su linda

227

camioneta, me he fregado de por vida con mi papi, porque de hecho el señor Cannock ya no le va a comprar el banco y mi papi no me va a creer que no fui yo quien disparó para arriba sin saber que todo lo que sube, baja, y por eso el Chino Félix siempre me dice *no escupas al cielo, Chino, que terminas mojado.*

Mejor dile a tu papá que nos saltó una piedra de un camión, le digo a Henry, no bien llegamos de regreso a la casa, aterrado de que me echen la culpa por el vidrio roto, y Henry sonríe a medias y les dice a sus cholos nucleares *sí, mejor digan que fue una piedra* y Mendoza *lo que usted mande, señor.* Bajamos de la camioneta y en el jardín la fiesta continúa, comienza a oscurecer pero no parece que la gente tenga todavía intenciones de irse, suena suavísimo Sinatra y se oye el murmullo de la conversación a veces en inglés y otras en castellano, y veo a mis papás conversando animadísimos con sus amigos los señores Cannock. Desde lejos, subiendo las escaleras camino a la casa, veo como en cámara lenta a mi papi soltando una carcajada, echando la cabeza para atrás, pasando su mano derecha por el poco pelo negro que le queda, aspirando luego un habano con ese aire de distinción que fue suyo desde siempre, y en ese instante, que me parece haber vivido antes, pues la imagen es lenta y creo recordarla, me siento orgulloso de tener un papá que le hable de igual a igual a don Billy Cannock, no como yo, que me siento tan inferior a mi amiguito Henry Cannock, que hace con su vida lo que le da su regalada gana, algo que mi mami jamás me permitiría, pues ella dice que en la vida uno hace lo que debe y no lo que quiere, y por eso cuando ella y yo comemos a escondidas chocolatitos suizos en la despensa, nos sentimos los dos tan pero tan culpables, la carne trémula triunfando sobre nuestros débiles espíritus. *Mira lo que encontré*, me dice Henry, sacándome de tan hondas cavilaciones, y veo que señala una cajetilla de cigarros Dunhill, paquete *extra large*, color rojo, que está en la mesita de licores y que mi papi tiene siempre a la mano en el comedor, y yo *son de mi papá, él fuma Dunhill, ¿tu papá fuma?* y Henry *sí, pero solo pipa*, y luego veo con creciente inquietud que Henry agarra la cajetilla Dunhill, la abre, la huele, hace una exagerada mueca de placer y dice lo que me temía: *hay que fumar un cigarrito.* Yo me quedo callado y no sé qué decir, mi mami dice que es pecado fumar antes de los dieciocho años y que después ya no es pecado pero igual es una soberana estupidez, *los cigarros matan y si no te matan, te dejan apestando, yo no pago para que me dejen apestando la boca como a anticuchera*, dice ella y yo me muero de risa, pero mi jardinero, el Chino Félix, discrepa, él sí se fuma a escondidas de vez en cuando su cigarrito y me confiesa *yo trabajo parejo toda la semana pensando en mi cervecita helada y mi cigarrito del viernes por la noche, si dejas de chupar y fumar, entonces, ¿ya para qué vas a vivir, pues, Chino?*, y yo lo miro y sonrío, achinado como él, y pienso que algún día voy a sucumbir a la tentación y, aunque sea pecado, voy a probar un cigarrito negro Ducal de aquellos que el Chino fuma gozoso, pero ya casi tengo once años y aún no he fumado cigarros negros ni he hecho cosas peores, cosas que yo sé que algunos chicos de la clase ya se hacen a escondidas y de las que no quiero hablar, cosas como tocamientos impuros que yo jamás me hago aunque tenga ganas porque Diosito me está mirando siempre, incluso de noche cuando apago la luz y me tapo bien con sábanas y frazadas, *la mirada de Diosito*, dice mi mami, *traspasa muros y paredes, traspasa todita la muralla china, Él todo lo ve y todo lo sabe*, y yo no quiero defraudarlo. Pero ahora Henry me pregunta *¿dónde hay fósforos?* y yo *en la cocina* y él *¿has probado Dunhill?* y yo *un par de veces* y él *yo he fumado pero no esta marca, dicen que es buena.* Entramos a la cocina, que sigue siendo un alboroto, y yo le digo *esconde los cigarros mejor*, y Henry los mete en el bolsillo de atrás de su Levi's, *the original*, y yo pregunto *¿alguien puede darme una cajita de fósforos, por favor?*, y Zoraima, la tía de la empleada Visitación, una señora ya viejita y arrugada que, sentada en una silla, parece medio dormida, Zoraima, la venerable ancianita, regresa de su aparente soponcio y me pregunta *¿para qué quiere jósjoros, joven?* y yo, titubeando, *para hacer una fogata* y Zoraima, desconfiada, *¿qué van a quemar?* y Henry, burlón, *cholos, vamos a quemar cholos, uno por uno vamos a quemar a todos los cholos que friegan este país*, y la señora Zoraima por suerte lo toma como una broma y se ríe, y yo *vamos a hacer una fogata para comer marshmallitows derretidos, señora, no se preocupe*, y ella se levanta con dificultad, camina un poquito, abre un cajón y me entrega una cajita de fósforos Llama, en la que aparece mal dibujada una escuálida llama andina. *Gracias, Zoraima*, le digo, salimos de la cocina y Henry dice bajito *chola de mierda, si yo pido fósforos me los das y no preguntas nada* y luego, poniendo su mano sobre mi hombro, breve gesto de afecto que me colma de felicidad, *vamos a tu cuarto* y yo, ojalá no retires nunca tu mano de mi hombro, Henry Cannock, *¿vamos a fumar en mi cuarto?* y él *claro, ¿dónde si no?* y yo *mejor afuera, porque mi cuarto va a quedar oliendo y mis papás se pueden dar cuenta* y él *no seas pavo, con todo el trago que están chupando no se van a dar cuenta de nada*. Ya estamos en mi cuarto, cierro con llave, Henry saca la cajetilla, se sienta en mi cama, huele un cigarrito, lo pone entre sus labios, y yo *un ratito, déjame abrir la ventana*, y corro a la ventana y la abro de par en par, *hay que echar el humo para afuera mejor*, le digo, y él prende un fósforo, lo acerca al cigarrito y, una vez que lo enciende, aspira fuerte, pone cara de amarga circunstancia, como si hubiese chupado harto limón y, reteniendo el humo en sus pulmones, en claro alarde de virilidad, me pregunta *¿sabes golpear?* y yo *claro, yo golpeo perfecto*. Él me pasa el cigarrito y yo, trémula mi mano que se acerca inexorable al pecado, pienso *mil disculpas, Diosito, sé que te vas a molestar pero no puedo quedar mal con mi nuevo amiguito, Henry Cannock: si no fumo, se lo va a contar a toda la clase y voy a quedar como un maricón, y segurito que su papá se va a enterar y tampoco le va a comprar el banco a mi papi, y entonces nunca nos vamos a ir a vivir a Miami y ni siquiera de vacaciones a Disney, perdóname, ¿ya?*, acerco el cigarrillo a mi boca, le doy una corta pitada, y ahora tengo inflados los cachetes, una bola de humo a punto de tragar. Maldición, ¿golpeo?, ¿y si me da un ataque de tos?, ¿y si me hago adicto al cigarro y me queda para siempre aliento de anticuchera como dice mi mami? Interrumpe Henry mis dudas, *ya pues, golpea*, y trago la bola de humo y me siento un bolas de humo porque en realidad no me provocaba. *Pásamelo*, dice él, y le doy el cigarrito y él sigue aspirando. Ahora me acerco a la ventana y soplo y no sale nada, de nuevo soplo y nada, ¿a dónde se fue todo el humo?, me asusto y le digo a Henry *no me sale el humo*, pero cuando hablo me sale de golpe, me atoro y me viene un ataque de tos y él se ríe, se acerca a la ventana y echa el humo para afuera, y luego, mientras yo sigo tosiendo, acerca el cigarro a la rejilla metálica que impide que de noche se metan los zancudos y otros insectos odiosos, y, para mi perplejidad, empieza a quemar la rejilla con el cigarro, a hacer huequitos. Henry fuma y hace huequitos y ya no me pasa el cigarro, *no sabes golpear, te atoras*, me ha dicho con una sonrisa condescendiente, y yo, sentado en la cama, veo sin esconder mi admiración cómo, al mismo tiempo, él se jode tempranamente los pulmones y me jode la rejilla metálica, pues hace un hueco tras otro, muy divertido. De pronto tocan a la puerta y yo *apágalo rápido*, y él entra al baño, lo tira al wáter y jala, chau cigarrito, y yo, asustado, *¿quién es?* y una

231

inconfundible voz *Leo, su chofer* y enseguida *dice su señora madre que bajen, que ya se va el señor don Billy Cannock* y yo *gracias, Leo.* Entro al baño, Henry se está lavando los dientes con bastante Kolynos, y no bien termina me los lavo yo también, y Henry regresa a mi cuarto y dice *me llevo la cajetilla* y yo *ya, no hay problema, mi papá no se va a dar cuenta,* y escupo, me seco la boca y salimos corriendo, bajamos a toda prisa, y efectivamente ya los señores Cannock esperan a su hijo en la puerta del Mercedes negro. *Chau,* me dice Henry y yo *chau, gracias por venir* y mi mami, que por lo visto ha roto su abstinencia alcohólica y se ha tomado más de un champancito, *dense la mano, chicos,* y sé que Henry se siente tan ridículo como yo cuando me da formalmente la mano, y luego le da un besito a mi mami y la mano a mi papi, que le dice con un vozarrón *chau, junior,* y yo, a mi turno, le doy un beso corto y distante a la señora Lucy Cannock para que no me sienta el aliento a fumador, y luego le doy la mano al dueño de medio Perú, don Billy Cannock, y él solo me mira con sus ojos de lince y es como si supiera todas las pendejadas que, por culpa de su hijo, hemos estado haciendo. *Vente cuando quieras a la casa,* me dice con una media sonrisa, buena gente don Billy, y yo *gracias, señor,* y la señora Lucy a mi mami *divina la fiesta, hija, todo salió perfecto,* y se avientan besitos volados las señoras. Se marchan los Cannock mientras mi papi les hace adiós con la mano y mi mami se agacha un poquito, me da besito y me dice abrazándome por atrás *¿jugaron bonito?* y yo, con mi mejor voz de niño obediente, *lindo, mami, Henry es buenísima gente* y ella, no molesta, más bien sorprendida, *hueles a cigarro* y yo, nervioso, *es que salimos con los guardaespaldas y estuvieron fumando* y ella *ah, ya, menos mal,* luego me da otro besito y susurra *me he tomado tres copas de champán.* Yo la miro y ella sonríe y en voz bajita para que no la escuche mi papi *y ahorita me voy por la cuarta.*

Al día siguiente es domingo, por suerte mis papás siguen dormidos, no se despertaron para ir a misa de ocho y yo feliz, odio que me lleven a misa tan temprano y sin tomar desayuno, porque entonces me paso la misa entera pensando en unos huevos revueltos con jamón. Ya es mediodía y mis papás no aparecen, en la fiesta tomaron bastante y se acostaron tardísimo, yo he aprovechado para ver televisión sin que mi mami se dé cuenta, ella se molesta cuando veo la tele sin permiso, pero es tan rico pasar el domingo en la mañana viendo dibujos animados, fútbol alemán y «La Familia Ingalls». Supongo que iremos a misa de seis de la tarde, mi misa preferida porque a la salida podemos parar en la panadería de Pino, el italiano, y comprar cachitos y *baguettes* que nunca llegan intactos a la casa, pues yo en el camino voy comiendo pedacitos de esos panes crocantes y olorosos, y después mi mami se molesta pero sé que en el fondo me entiende, porque es imposible oler esos panes y no probarlos siquiera y aguantarse todo el camino de regreso que dura fácil quince minutos, especialmente la última parte, la subida al cerro de Los Cóndores, tan lenta y empinada. Viendo tele solito en la salita de la chimenea, con mi polo dominguero y mis zapatillas ya gastadas que exigen viaje a Miami prontito para comprar unas tan lindas como las de mi amigo Henry Cannock, siento una mano que suavemente, con infinita ternura, me acaricia la cabeza. Volteo y es mi mami en bata, bostezando. *Cinco minutos y apago*, le digo, antes de que me regañe por ver televisión sin permiso, pero ella, que está medio dormida, no parece darse cuenta de que estoy intoxicándome con la tele prohibida y pecadora, pues me da besito en la mejilla, *¿cómo está hoy mi principito?*, y yo siento que su pelo huele a cigarro, no porque ella fume sino por lo mucho que han fumado a su alrededor, y siento también que en su aliento hay todavía la espesura del alcohol, *muy*

233

bien, le digo y añado *estuve listo, peinado y en ayunas para la misa de ocho, pero ustedes no se despertaron* y ella, tras bostezar, *es que anoche nos acostamos a las mil y quinientas* y luego *voy a la cocina a tomar un juguito, ¿me acompañas?* y yo *claro, mami*, así que vamos juntos a la cocina, ella lindísima en su bata celeste y sus pantuflas blancas, y nos sentamos en la mesa de diario y, sin que ella diga nada, ya las empleadas lo saben de sobra, se acercan Iris y Visitación, que también trabajan los domingos cuando las demás chicas del servicio descansan, se acercan Iris y Visitación con la bandeja de mi mami y, mientras intercambian saludos y frases cariñosas, porque ellas adoran a mi mami, que los domingos siempre les da una propinita extra y alguna nueva estampita religiosa, depositan humildemente en la mesa el jugo de naranja, el *croissant* con mermelada de fresa, las rodajas de papaya, y es que mi mami se aloca por la papaya, y el café con leche humeante. *Ay, tengo un incendio de champán*, dice mi mami, y toma, delicadísima, su jugo de naranja exprimido a mano recia por Iris y Visitación, que tienen las manos pegadoras de tanto jugar vóley, juego que alegra y excita a esas jovencitas rellenitas que, a la primera que pueden, salen al patio con la Viniball blanca y se echan a jugar vóley sin net, una con la otra, lo que yo encuentro un tanto aburrido pero que ellas, en su inocencia, gozan a morir: hay que ver cómo se carcajean Iris y Visitación jugando vóley en el patio, por eso el Chino Félix, que es un picarón, las llama *las cojuditas Viniball*. Ahora mi mami muerde su *croissant* y se le chorrea la mermelada y ella *ay, qué rico, esto que siento ahorita debe ser el pecado de la gula* y yo *¿qué es gula, mami?* y ella *no sé bien, pero debe ser cuando comes como chancha* y yo *¿gula papal es cuando el Papa come mucho?* y ella, sonriendo, *no, tontito, no es «gula papal», es «bula papal», eso es cuando el Papa escribe una bula* y yo *¿y qué es una bula, mami?* y ella, bostezando, *mi amor, me due-*

234

le la cabeza por todo el champán que he tomado ayer, o sea que por favor no me tortures con tus preguntas de sabiondo, ¿ya? y yo ya, mami, pero ¿me invitas un pedacito de tu croissant? y ella claro, cielo, muerde, y yo muerdo poquito porque no quiero pecar de gula y despacharme medio croissant, y entonces Visitación, la empleada más gordita, que tiene una verruga espantosa en el cachete, le dice señora, cuando termine su desayuno quiero decirle una cosita, y mi mami, remojando su croissant en el café con leche, dime, hija, ¿qué se te ofrece? y Visitación, muy seria, arruga su verruga y dice mejor usted y yo solas, señora. Mi mami me mira con cara de sorprendida y yo levanto los hombros, arqueo las cejas y le digo con la mirada yo no sé qué le pasa a la gordita Visitación y mi mami ¿es urgente, Visi?, porque ella le dice así y más aún esta mañana en que la pobre está tan fatigada por los trajines de la fiesta, más o menos, señora, dice Visitación, y su carita no me gusta nada, pues me mira con unos ojos malucos, sombríos, cargados de reproche, y yo no entiendo qué les pasa a Iris y Visitación esa mañana, ¿o será que van a acusarle a mi mami que he estado viendo tele horas de horas sin parar? A ver, vamos afuera, Visi, dice mi mami, y se levanta perezosamente, estirando los brazos y engriéndose con un gemido somnoliento, y ya de pie me mira y me dice si quieres termínate mi croissant, principito y añade como diría el huachafo de tu papá, «hoy he amanecido con déficit de sueño». Yo me río porque es verdad, a mi papi le encanta hablar con palabras técnicas de banquero, no me cuadran las cuentas, dice cuando no entiende algo; su crédito está en cero, si no confía en alguien; ¿cómo vas de liquidez?, lo que equivale a ¿cuánta plata tienes? Mordisqueo el croissant y miro a Iris, que lava los platos de espaldas a mí, y a mi mami y Visitación hablando muy serias afuera en el patio. Jimmy, vamos un ratito a tu cuarto, me dice mi mami al volver, y yo sé, porque me ha dicho Jimmy y me ha mi-

235

rado así, tan distante, que algún chisme estúpido contra mí le ha contado la gorda verrugona de Visitación, *chancha malvada, ojalá te crezca la verruga y todita tu cara sea una verruga peluda*, pienso caminando detrás de mi mami, y también *bien hecho que tus papás te abandonaron en una caja de cartón a la orilla del río*. Entrando a mi cuarto, mi mami cierra la puerta, me toma de la mano, buena señal, se sienta conmigo en la cama y me mira a los ojos. Es la suya una mirada serena, fija, penetrante, una mirada que me inquieta enseguida. *¿Me estás escondiendo algo, Jimmy?*, pregunta, y yo, derrotado ya por la chancha Visitación que ojalá se vaya a visitar a su abuela, *sí, mami, toda la mañana he estado viendo televisión, pero no he visto nada malo, solo «El Hombre Araña», «Ultrasiete», un ratito de fútbol alemán, «La Familia Ingalls» y «Combate», pero el capítulo de «Combate» era repetido y en las partes de balaceras me tapé los ojos* y ella, para mi sorpresa, siempre muy seria, *no me refiero a eso, ¿me estás escondiendo algo aquí en tu cuarto?* y yo *nada, mami, nada*, y solo pienso fugazmente en la foto de mi hermana Soledad en ropa de baño que escondo entre mis sábanas y que a veces, de noche, cuando la extraño, me gusta mirar y mirar, tocando imaginariamente su pelo largo y mojado en esa foto al lado de la piscina del club Los Cóndores, ella sonriéndome y yo adorándola, pero esa foto *¿qué tiene de malo?*, y ella *¿seguro?* y yo *segurito, mami, yo nunca te escondo nada* y ella *¿nada?, ¿no me estas mintiendo?* y yo *nada de nada, mami* y luego *¿por qué?, ¿qué te ha dicho la chismosa metiche de Visitación?* y ella *no hables así de la pobre Visi, ella no tiene la culpa de haber encontrado esto ahora en la mañana, cuando hacía la limpieza de tu cuarto*. Al decir esto me ha enseñado una cajetilla de cigarros Dunhill *extra large* que se parece demasiado a la que Henry y yo llevamos a mi cuarto durante la fiesta. *¿Dónde la ha encontrado?*, pregunto, sin saber cómo escapar, y ella *no* puedo creer que a tus diez añitos ya estés fumando a escondidas, principito, y arruga esa cajetilla de Dunhill, pues mi mami odia los cigarrillos en general y los odia el doble si soy yo quien los fuma, y la tira a la basura y me mira otra vez con ojos dolidos que quieren llorar. Yo me defiendo débilmente diciéndole yo no fumo, mami, te juro que yo no fumo y ella no me mientas, principito, lo que más me duele es que me mientas no es la primera vez que te encuentro cigarrillos y yo no te estoy mintiendo, de verdad que no fumo y ella mírame a los ojos, mírame a los ojos, si no fumas, ¿qué hacía esta cajetilla detrás de tu diploma? y yo, de nuevo sorprendido, ¿detrás de mi diploma? y ella ahí mismito dice que la encontró Visitación, levantó el diploma para pasar el plumero y cayó la cajetilla, y yo miro la pared llena de mis diplomas enmarcados y colgados para dejar bien claro que soy un estudiante aplicadísimo, el primero de la clase todos los años de mi vida escolar, y recuerdo a Henry, y recién entonces comprendo que fue él quien la escondió detrás de mis diplomas antes de irse, yo no la escondí allí, fue Henry Cannock, digo atropelladamente, sin pensarlo, y mi mami ¿Henry Cannock? y yo sí, él me obligó a venir a mi cuarto a fumar y ella, tomándome de la mano, mirándome a los ojos, ¿me estás confesando entonces que sí fumas? y yo no fumo, ayer probé y no me gustó y ella, con un levísimo aire de satisfacción, pero ¿cómo te va a gustar si eres mi hijo? y yo solo di unas pitadas, mami, y no me gustó nada, me dio náuseas. Ahora mi mami se ha parado, se acerca a la ventana, mira la rejilla metálica llena de huecos y me pregunta ¿y esto? y yo, nerviosísimo, capaz de inventarme cualquier cosa para que ella no se moleste conmigo, esos huecos..., esos huecos..., no te había querido decir nada para no asustarte, mami, pero esos huecos los hizo anoche alguien que se quiso meter por la ventana y ella, boquiabierta, ¿un ladrón? y yo sí, un ladrón, yo estaba durmiendo con la ventana abierta y escuché unos ruidos y vi clarito que alguien con un

237

cuchillo le hacía huecos a la tela metálica y ella *¿y qué hiciste?* y yo *me paré, saqué mi linterna y lo iluminé al ladrón en la cara* y ella *¿en la cara?* y yo *sí, en la cara* y ella *¿y qué pasó?* y yo *el ladrón se asustó, era un negro, creo que lo he visto dando vueltas por el quiosco de Albino, y salió corriendo, por eso están esos huecos ahí, no pude dormir toda la noche, y por eso en la mañana para relajarme estuve viendo televisión, ¿te imaginas, mami, si el negro se metía por la ventana?, de repente me quería secuestrar o se quería robar tus joyas* y ella *¿le has dicho a tu papi?* y yo *no, no quería decirles nada para que no se preocupen* y ella *pobre mi principito, casi me lo han secuestrado,* y entonces me abraza y yo me abrazo a su bata suavísima y ella acaricia mi pelo y luego *¿me prometes que nunca más vas a fumar?* y yo *te juro, mami* y ella *no jures en vano, que es pecado* y yo *ni más fumo, mami* y ella *tienes que confesarte hoy en misa de seis* y luego, abrazándome fuerte, *menos mal que no te pasó nada con el negro* y yo, que no sé si me ha creído o se hace la tonta y finge creer mis mentiras solo para tener un pretexto para reconciliarnos y abrazarnos, yo *menos mal que salió corriendo cuando lo iluminé, menos mal que no me disparó* y ella *¿estaba armado?* y yo *no sé, seguro que sí porque era negro, al menos un cuchillo sí vi que llevaba* y mi mami suspira y comenta *el mundo solo se va a arreglar cuando los negros regresen todos al África y vivan juntos en sus tribus, que es donde por ley natural les corresponde estar* y yo *¿tú crees, mami?* y ella *estoy segura, mi amor, todo se comenzó a descomponer cuando los negros fueron sacados del África: si Dios los puso allí, pues allí debieron quedarse* y yo *te quiero mucho, mami* y ella *ay, necesito urgente una aspirina,* y luego levanta un poquito mi diploma que estaba inclinado hacia un lado y, cuando lo ve perfectamente centrado, dice *ahora sí, no me gusta que las cosas en mi casa estén chuecas.*

El lunes en el colegio no le dije nada a Henry acerca de aquella cajetilla Dunhill que apareció detrás de mi diploma, preferí quedarme callado, no quería perder su confianza. Él podía hacer conmigo lo que quisiera, a eso y más estaba dispuesto con tal de ser su amigo. Me quedé callado y lo busqué con una nueva ilusión, sentí que ya éramos en cierto modo amigos y que eso justificaba dejar de jugar el fulbito del recreo y acercarme a él, quien, como de costumbre, vagaba tragando Frunas y otras delicias cerca del quiosco del señor Orejuela, el pelo largo, la mirada esquiva, fofa la barriga de tanto dulcecito. Pensé que yo le caía bien, que mi actitud sumisa le permitía sentirse a sus anchas: Henry era el verdadero principito y yo estaba dispuesto a ser su fiel cortesano. No bien estuve cerca de él, sonriendo yo, las manos en los bolsillos, dócil la mirada, Henry me miró apenas, muy por encima, como si no me conociera y, sin darme tiempo de saludarlo siquiera, me advirtió *no presto plata, no invito Frunas, no juego trompo ni bolitas*. Yo me corté todito, pues me sorprendió la dureza de su actitud; yo no quería pedirle nada ni menos jugar con trompos o canicas, pasatiempos en los que era famoso por mi considerable torpeza. No supe cómo mirarlo ni qué decirle, apenas sonreí como un tonto, solo atiné a sentarme en una banca cerca del quiosco. Me molestó que me hablase como si yo fuese uno de sus cholos nucleares, *está bien, eres el niño más rico del Perú*, pensé, *pero ¿no puedes ser un poquito más buena gente conmigo? No, no puedo*, me decía Henry con la mirada, y ni siquiera con la mirada, porque a mí, tan solito, ni me miraba. Siguió comiendo sus Frunas, tirando los papelitos al pasto, mirando con olímpico desprecio a los chicos que más allá jugaban fulbito y a los más flojos que, cerca del quiosco, apostaban plata y hacían rodar sus trompos y canicas. Gordito y pelilargo, Henry detestaba, y yo lo sabía bien, toda clase de actividad física, por eso me sorprendió que se me acercase al ratito, masticando ruidosamente su Fruna rosada, pero no que

239

me dijese *me llega al pincho que ahora toque pití*. *Pití* eran las siglas *P.T.* en inglés: nuestra maldita clase de Phisical Training o, como salía escrito en castellano en la bilingüe libreta de notas, Educación Física. Yo también odiaba pití, sobre todo porque el profesor Bocanegra era un sádico que se ensañaba con los más torpes, como Henry y yo y un grupúsculo de tímidos, gorditos, bizcos, debiluchos y amanerados: éramos los gansos, la vergüenza de pití, los que corríamos arrastrándonos, saltábamos taburete con miedo y no hacíamos más de tres barras seguidas sin colapsar. A mí también me llegaban al pincho las clases de pití, literalmente me llegaban al pincho, pues la bestia de Bocanegra nos obligaba a usar suspensor, un elástico espantoso que ajustaba fuerte el pipilín y dejaba calato el poto, *al que no use suspensor se le van a descolgar los huevos y va a ser un huevón*, decía Bocanegra, que seguro había usado suspensor desde chiquito y tenía los huevos bien erectos, pero que igual, para mi gusto, era un gran huevón, sobre todo porque no le bastaba con sugerirnos el uso del suspensor, nos obligaba a bajarnos el pantalón a uno por uno, en formación, para enseñarle si teníamos puesto el apestoso suspensor, como si su principal responsabilidad educativa fuese cuidar la debida altura y posición de nuestros testículos. Henry detestaba a Bocanegra, no tenía que decírmelo, yo lo sabía de sobra, ¿qué se había creído ese cholo maceteado para obligarlo a él, al niño más millonario del Perú, a bajarse el pantaloncito de pití y enseñarle su suspensor crema de La Pluma de Oro? *Yo también odio pití*, le dije, sentadito en la banca. Me miró como haciéndome un favor. *Lo que más me friega es ponerme suspensor*, añadí. *Ven, acompáñame, tengo una idea*, dijo él. Me puse de pie, halagadísimo porque quisiera compartir esa idea conmigo, ya que no sus Frunas, y caminé a su lado, despacio, porque Henry, que yo recuerde, nunca caminaba rápido ni hacía nada rápido, él iba lento y seguro porque no tenía que llegar a ninguna parte, ya había llegado, había llegado el día en que nació en el seno de la familia Cannock Ugarte, dueña de medio Perú. *Mira hacia la esquina, ¿ves el hueco?*, me preguntó, señalando discretamente una zona alejada del alambrado. Sí, veía el hueco: un pedazo de cerca metálica había sido removido desde sus cimientos, dejando abierto un espacio por el que podía pasar un perro. *¿Cuál es tu idea?*, le pregunté, asustado. *Nos escapamos ahorita y regresamos en el segundo recreo*, dijo, *nadie se va a dar cuenta, nos tiramos la pera de pití.* Sentí miedo, sentí que los testículos se me encogían, y eso que aún no me había puesto el suspensor. *¿Y si nos agarran?*, pregunté, aunque ya sabía la respuesta: alumno que era sorprendido escapándose, suspendido al menos una semana. *Nadie se va a dar cuenta*, repitió él, mirando hacia la cantina. El recreo era un bullicio: gritos futboleros, mentadas de madre, gringos pavos cantando en inglés, los fregados de quinto de media sintiéndose muy hombres porque gritaban lisurotas y fumaban a escondidas. Pronto sonaría la campana y sería hora de volver a clase, a la odiosa clase de pití con mister Bocanegra. *Tú primero*, me dijo Henry. *No paso, el hueco es muy chico*, dije. *Yo soy más gordo que tú y mira, paso como las huevas*, dijo él. Lo que más me asombró no fue la facilidad con que, en efecto, se deslizó por debajo del alambrado, sino el aplomo que exhibió en ese instante crucial: no miró hacia atrás, simplemente caminó, se agachó, se arrastró un poco y, desde el otro lado, ya libre, me dijo *apúrate, si yo pasé, tú también pasas.* Ya era tarde para arrepentirme. Yo sí miré hacia atrás, después a Henry esperándome, y me dije *no puedo mariconearme ahora, delante de Henry Cannock*, así que me arrastré con considerable torpeza y, a pesar de ser más delgado que él, mi camisa se enganchó con el alambre y terminó rasgada. *Corre, corre,* me dijo, y corrimos tres cuadras sin parar, como ladrones, como locos, aunque los locos, me parece, rara vez corren, y yo sentí que me podía morir de un infarto, pero también que esa sería una muerte feliz, pues Henry y yo éramos ahora, más que amigos, cómplices.

Esas tres cuadras corriendo más rápido que lo que nunca habíamos corrido en pití, oyendo a lo lejos la campana que anunciaba el final del recreo, sintiendo que se me descolgaban un poquito los huevos porque no llevaba suspensor, esas tres cuadras persiguiendo a Henry y huyendo de pití con Bocanegra me sentí más vivo y libre que nunca; de los momentos que compartí con Henry Cannock, aquel fue tal vez el que más intensamente quedó conmigo. Al llegar a una avenida grande, República de Panamá, Henry paró un taxi, subimos al asiento de atrás y él ordenó, como si ese viejito taxista fuese uno de sus cholos nucleares, *llévenos a El Rancho*, sin añadir, imposible tratándose de él, *por favor. Buena idea*, dije yo, pensando en los pollos deliciosos de El Rancho, y luego *¿tienes plata?* No me contestó, solo me miró, pero esa mirada fue suficientemente elocuente: *él siempre tenía plata. Ahorita deben estar todos cambiándose en ese camarín que apesta a pezuña*, dijo, y yo *sí, y el espeso de Bocanegra chequeando que todos se pongan suspensor*. Miré mi camisa, el rasguño delator, la marca de nuestro escape, ¿qué diría al llegar a la casa?, ya inventaría una buena excusa, además la santa de mi mami me creía todo. Henry bajó la ventana, aspiró el aire seguramente viciado de la Benavides, miró el rostro del viejito en el espejo y le dijo a quemarropa *su música me está dando dolor de cabeza*. Sonreí, Henry tenía razón, esa salsa fastidiosa ya me estaba hinchando los huevos, lo que además podía traerme problemas con el profesor Bocanegra. *No sea insolente, oiga usted*, dijo el viejito, y luego *si quiere escuchar su propia música, cómprese su carro, pero en este carro yo escucho* *mi radio Excelsior y si no le gusta, puede bajarse y dejar de jorobarme.* Henry no estaba acostumbrado a ceder, *apague la música y le doy una buena propina*, le dijo, sabiendo que la plata suaviza todas las asperezas. Cedió el viejito y apagó el radio. Al llegar a El Rancho, Henry le pagó y bajamos. *¿Y mi propina?*, reclamó el viejito. *Otro día se la doy*, le dijo Henry, sin mirarlo, y caminó tranquilamente dándole la espalda. *Gringuito de mierda*, masculló el taxista, antes de acelerar con la salsa de nuevo a todo volumen.

Ahora estamos en la puerta de El Rancho y huele a pollito crocante, a papitas navegando en grasa, pero es temprano, aún no es mediodía, y no sé si tengo ganas de aventarme medio pollo, y además, aunque me muriese de hambre, estoy bien corto de plata, o sea que, como siempre, quedo a disposición de lo que buenamente decida, fiel a sus caprichos, mi admirado Henry Cannock. *¿Tienes hambre?*, le pregunto, mientras caminamos, y él, pasando una mano por su pelo, que le encanta acariciar, ya quisiera yo tenerlo así de largo y lindo, pero yo estoy fregado porque mi mami me rapa como a cadete cada mes, odio que me corte el pelo con tijera sin filo y gillette que duele, y Henry, engriendo su pelo lavadísimo con champús segurito que de Miami, mientras yo, maldición, solo me lo puedo lavar con champú para bebitos y tres veces por semana, no más, porque, según mi papi, que de hecho está equivocado, *si te lavas el pelo con champú a diario te quedas calvo a los cuarenta*, y él, que tiene cuarenta y pico, ya está semicalvo pero no por usar tanto champú sino por trabajar como una bestia y por lavarse el pelo con jabón, *toda mi vida me he lavado el pelo con jabón y a estas alturas no me voy a mariconear con champucitos*, dice él, y Henry *no tengo hambre, quiero jugar golfito* y yo *¿golfito?* y él *¿qué?, ¿nunca has jugado golfito?* y yo *nunca* y él *es como el golf, pero en miniatura.* Pasamos al lado de los caballitos tragamonedas y la

243

balanza que te dice tu peso en un ticket y el carrusel infantil, y recuerdo qué ilusión tenía yo de chiquito con celebrar mi santo en esos juegos de El Rancho, pero mi mami siempre se opuso porque decía que *los niños de familia bien celebran su santo en su casa, eso de ir a El Rancho es para la gente sencilla, para los que no tienen jardín*, y Henry, que ojalá me invite a su próximo santo, *yo soy fanático del golfito, mi papá me ha prometido que me va a hacer una cancha de golfito en mi casa* y yo, arriesgándome, porque sé que no le gusta hablar de su papá pero con ganas de conversarle de cualquier cosa, *¿tu papá juega golf?* y él, sorprendido, como si la respuesta fuese obvia, *claro, toda la gente con plata juega golf, tu papá también, ¿no es cierto?* y yo, mentiroso, cobarde, pero es que solo quiero ser su amigo, *claro, también*, pero no, mi papi no juega golf ni juega nada, mi papi cuando llega el fin de semana lo único que quiere es quedarse en su cama leyendo el periódico, hablando por teléfono y viendo televisión. Mi papi no va al cine ni tiene amigos ni hace deporte, él hace plata de lunes a viernes y los fines de semana duerme todo lo que puede, y yo por eso nunca en mi vida he agarrado un palo de golf. *Dos palos*, dice Henry, y saca su linda billetera de cuero negro y paga con un billete grande. Yo hago el lento ademán de sacar plata de mis bolsillos pero, menos mal porque tengo dos moneditas apenas, él, sin mirarme, levanta una mano y dice *yo invito*, gesto de generosidad que me emociona porque sé que Henry Cannock no es de andar invitando nada, y su papá apuesto que tampoco, *todos los ricachones son unos tacaños*, dice siempre mi papi, y él debe saber porque tiene muchos amigos millonarios, aunque por suerte él no es tacaño y también tiene su platita. Caminamos ahora hacia la parte de atrás de El Rancho, pasando la caseta verde donde un señor sin dientes y con cara de malo nos ha entregado los palitos y las pelotas y nos ha dicho

244

amenazador *si pierden las pelotas, les cobro cinco soles por cada una*. Coloca las pelotitas Henry en el punto de salida del golfito, que es una cancha de cemento pintada de verde, llena de curvas, subidas, bajadas, túneles, pequeñas lagunas, muritos y diversos obstáculos que dificultan la entrada de la pelota al huequito que corona cada juego, coloca las pelotitas y me mira Henry y yo, pensando en el colegio, en pití con suspensor y en Bocanegra maldito torturándonos, yo *¿no se darán cuenta de que nos hemos escapado?* y él *me da igual* y yo pienso *si me suspenden, mi papi no me lleva nunca en mi vida a Disney* y Henry, tranquilizándome, *no te preocupes, que el imbécil de Bocanegra jamás pasa lista, ni cuenta se va a dar* y pienso *es verdad, el chancho Bocanegra es tan burro que no tiene cómo enterarse de que nosotros no hemos faltado al colegio esta mañana. ¿Qué apostamos?*, me pregunta Henry de repente, y yo me quedo mudo. El Rancho está desierto, plomizo el cielo, quieta la mañana, girando los pollos descabezados a fuego lento, las papitas burbujeando en mares de grasa. *¿Qué apostamos, pues?*, insiste Henry, y yo *no sé, lo que quieras*, y meto mis manos a los bolsillos y toco las únicas dos moneditas, de un sol cada una, que con las justas alcanzan para una bebida en el quiosco del señor Orejuela, y Henry, sin sacar su billetera gordita de su bolsillo de atrás, *diez soles, te apuesto diez soles a que te gano*, y yo trato de decirle *no tengo, no tengo diez soles, apenas tengo dos*, trato pero no puedo, no me sale, mi orgullo es más fuerte y no quiero decepcionarlo vaciando delante de él mis bolsillos pobretones, y por eso, yo solo quiero ser tu amigo, Henry, yo no quiero tener tanta plata como tú, solo quiero que me quieras, por eso le digo *okay, apostamos diez soles* y él *yo primero* y yo *claro, tú primero*. Estamos los dos parados con nuestros lindos uniformes del Markham, camisa blanca de manga larga, pantalón azul corto hasta las rodillas, corbatita verdiamarilla, y Henry va a comen-

245

zar el golfito como corresponde porque él siempre debe ir en todo primero que yo, salvo en la libreta de notas, ahí sí que yo le gano todos los años, pues Henry es flojo y nunca hace las tareas, yo en cambio soy bien estudioso y no bajo de quince o dieciséis en promedio. Yo me esfuerzo tanto para que mi mami me quiera más, porque cuando le llevo menos de quince ella se apena a morir y me dice *cada vez que te sacas un catorce o un trece, me sale una canita, se me arruga un poquito la cara, tú has nacido para sacarte veinte en todo*, pero yo sé que a mi mami le duele menos si me saco trece en matemáticas, el curso que más odio, lo odio porque me parece que no sirve para nada, estoy seguro de que si a don Billy Cannock le pides que te saque una raíz cuadrada o que te haga una operación de factores, se queda en blanco y llama a su gerente, a mi mami, decía, como que no le importa que me saque menos de quince en matemáticas siempre que le lleve arriba de dieciocho en religión, el curso que ella valora más, curso que por cierto no todos los padres de familia del colegio Markham valoran igual, porque religión es curso voluntario y algunos chicos, sobre todo los gringos, no van a clase de religión y salen a jugar mientras nosotros aguantamos al pesado del padre Alzamora, que tiene un aliento contranatura y contrario al bien común. Golpea Henry la pelotita y comienza el juego. Ahora es mi turno y me digo *tienes que ganarle, si pierdes vas a hacer un papelón, vas a tener que pagarle y ¿con qué?, sería vergonzoso darle tus dos moneditas y quedar debiéndole ocho soles, ni más te invitaría a El Rancho ni mucho menos a su santo, y si don Billy Cannock se entera de que le quedé debiendo plata a su hijo, olvídate de que se anime a comprar el banco de papi.* O sea que, por supuesto, tan abrumado estoy por la obligación de ganar, que antes de golpear la pelotita siento por primera vez que esto es un sufrimiento peor que pití, mi cuerpo entero es una tembladera, resbalan mis manos sudorosas por el palo de golf, pienso que el hoyo allá tan lejos, después del túnel, es demasiado enano y que nunca la voy a meter. *Ya pues, te toca*, me recuerda Henry, impaciente, haciendo aspavientos con su palo, y yo me concentro, tomo aire, flexiono un poco las rodillas, como he visto en la televisión que hacen los jugadores de golf, y golpeo la pelotita que, Dios es peruano y me ama porque yo le rezo todas las noches sus diez padrenuestros seguiditos y sin bostezar, milagrosamente pasa por el túnel y queda más cerca del hoyo que la pelotita que tiró antes Henry. Así, de a poquitos, midiendo cada golpe, sabiendo que me juego todito su cariño y todita mi reputación en cada tiro, voy, para mi asombro y su creciente enojo, metiendo las pelotitas antes que él, ganándole un hoyo tras otro, y él, que golpea sin tomarse su tiempo, como apurado, con ese airecillo tan perfectamente liviano y despreocupado que lo distingue de nosotros, los mortales, él, cada vez que la meto primero, me dice *lechero del diablo, tienes suerte de principiante* y yo pienso *no es suerte, es que tengo buena puntería, estoy más concentrado que tú* y, como dice mi mami, «*lo que algunos llaman suerte, yo lo llamo la mano de Dios*», porque tiene que ser Dios, o por lo menos la mano triplemente amable del Espíritu Santo, la que guía, empuja, dirige e introduce la pelotita en el hoyo que, una vez más, acabo de ganarle a Henry, y él, medio picón, *creo que mi pelota está mala, ese viejo cagón me ha dado una pelota fallada, no puede ser que esté jugando tan mal*, y yo no digo nada, respiro ya más aliviado ante la inminencia del triunfo y la consiguiente supervivencia de nuestra amistad y, unos minutos después, respirando más tranquilo aunque con los huevos todavía tensamente recogidos como si tuviese puesto un suspensor, meto, tras sortear vallas, canales, pocitas, desniveles y puentes, la pelotita blanca en el último hoyo, y digo *gané* y Henry, en un arrebato de piconería que me deja helado, porque tampoco quiero que se moleste conmigo ni mucho menos los diez soles de la apuesta, lo único que quería era evitarme el bochorno de decirle *ganaste, no tengo los diez soles para pagarte*, Henry, decía, tira un palazo rabioso a la pelotita que él jura fallada y la manda lejos, hacia la zona del estacionamiento, y luego me mira molesto y dice *después te pago* y yo *no, olvídate, no me tienes que pagar, más bien gracias por invitarme el juego* y él, muy serio, estoy seguro que repitiendo las palabras que escuchó de su padre, *toda apuesta se paga, no por la plata, por la palabra empeñada*, y yo me quedo calladito. Vamos caminando hacia la caseta verde del viejo sin dientes y le entregamos los dos palos y solo una pelotita, la mía, porque la de Henry ¿dónde diablos estará?, y el viejito *falta una pelota* y Henry no le contesta y sigue caminando y yo detrás de él, pero el viejito sale de su caseta y grita furioso *¡oiga, jovencito, le dije que si me perdía una pelota tenía que pagarla!*, pero Henry no voltea y dice en voz bajita *no voltees, sigue caminando, ni caso le hagas* y el viejito *¡oiga, oiga, le estoy hablando!* y Henry murmura como hablando consigo mismo *calla, viejo de mierda*, y ahora suena un pito y el viejo, enloquecido, grita *¡rateros, rateros!* y Henry sigue tranquilo, *no voltees*, y de repente escuchamos un ladrido y yo no puedo evitarlo, volteo y veo a un perro chusco que, azuzado por el viejo, viene corriendo a mordernos y grito *¡corre, Henry, viene un perro bravo!*, y salgo corriendo despavorido mientras pienso *si me muerde un perro chusco y me suspenden del colegio por escaparme y el perro me contagia rabia y termino babeando espuma en la enfermería del colegio y mi mami se entera, mejor me muero ahorita de una vez*. Corro como loco y escucho más cerca los ladridos y volteo para ver si Henry viene detrás y observo una escena que me deja perplejo: Henry no corre detrás de mí, simplemente voltea, espera con gran aplomo al perro chusco y, cuando yo pienso *ay, Diosito, lo va a morder, el chico más millonario del Perú va a ser mordido por un perro chusco de El Rancho, y todo por mi culpa, todo porque le gané en golfito para ocultarle que no llevaba diez soles siquiera, ay, Diosito, ahora sí que me fregué,* cuando pienso eso, que ya la suerte está echada y yo echadito también en la camilla del colegio, veo asombrado cómo Henry, con el perro bullicioso a un metro, avanza hacia él y le grita *¡calla, perro de mierda!* y pisa fuerte el cemento y se acerca amenazador, y de pronto el perro retrocede, deja de ladrar, esconde la cola entre las piernas y Henry vuelve a pisar fuerte y le grita *¡fuera de acá, conchatumadre!*, y se lo grita desde las entrañas, como si él fuese un perro más chusco y más bravo que ese perrito ahora asustado, y luego camina unos pasos hacia un árbol, se agacha, recoge un piedrón y se lo avienta fuerte al perro con mucha mejor puntería que la que tuvo en el golfito, porque el piedrón le cae al perro en el lomo y el cobarde animalejo sale gimiendo hacia el vejete desdentado que afuera de la caseta verde grita *¡devuélveme mi pelota, chiquillo ratero!* y Henry, sin inmutarse, volviendo a ser él y no un perro salvaje, *calla, viejo sarnoso, métete tus pelotas al culo*, y luego sigue caminando, las manos en los bolsillos, mientras yo, parado al otro lado de la Benavides, porque de puro cobarde crucé la pista a ver si me seguía el perro y así lo atropellaba una carcocha de las muchas que circulan por ahí, lo miro con abierta y rendida admiración. Llega Henry a mi lado y me recuerda *después te pago* y yo *olvídate* y luego *pucha, qué valiente fuiste* y él sonríe a medias con magnífico orgullo y me dice, como enseñándome, *cuando tengas miedo de algo, nunca te corras, voltéate y dale la cara*, y yo sonrío embobado porque pienso *por algo los Cannock tienen toda la plata del mundo, son jodidamente inteligentes y tienen unos huevos de acero.* Ya en el taxi de regreso, callados, miramos el reloj y él le pide al chofer que se apure porque no queremos llegar cuando el segundo recreo haya terminado. Henry paga antes de bajar y al guardar su billetera me repite *después te pago*. Corremos hasta la esquina ahuecada del alambrado y él se arrastra primero, yo después, y ya estamos de nuevo en el colegio caminando tranquilamente, y nos confundimos entre los chicos que juegan y corretean, y no pasó nada, nos salvamos de pití y jugamos golfito y yo gané y Henry le ladró al perro y yo siempre lo voy a admirar por ese instante de increíble coraje, un coraje del que yo en toda mi vida, lo sé, seré incapaz. Camino al quiosco, me dice *a la salida te pago la apuesta* y yo *olvídate, más bien gracias*. En el fondo sé, y no me molesta, que toda la vida me va a seguir debiendo esos diez soles del golfito en El Rancho, y no me equivoqué del todo, hasta hoy me los sigue debiendo, pero qué más da, yo le debo a Henry algo mucho más valioso: *cuando tengas miedo de algo, nunca te corras, voltéate y dale la cara.*

Esa tarde regreso excitado pero culpable a mi casa de Los Cóndores, y en el camino, Leo, mi adorado chofer, nota, su mirada en el espejo, que mi camisa blanca, por más que intento cubrir el rasguño con la corbata, está hecha un estropajo, y me pregunta *¿qué pasó con su camisa, mi estimado?* Yo, aunque le tengo mucha confianza, no le voy a decir la verdad, sé que Leo no se lo diría a mi mami pero se molestaría conmigo y me diría que está muy mal eso de andar escapándose del colegio y que *en la vida, el que estudia, triunfa*, Leo lo sabe porque él no pudo estudiar en la Fuerza Aérea y por eso no triunfó como piloto y es apenas mi piloto particular. *Me peleé con un imbécil en el recreo*, miento con cara de machito. Leo sonríe y me pregunta *¿por qué se pelearon?* y yo, encantado de inventarme historias en las que soy valiente y pegador, pues a veces sueño de noche que voy con Leo en la camioneta y veo que unos maleantes están robándole la cartera a una linda chica rubia que está solita en el paradero esperando el ómnibus y yo bajo y me peleo con todos y le pego a uno por uno con puñetes feroces y patadas voladoras y llaves arteras y al final la chica me agradece con palabras suavísimas y yo la subo a la camioneta y me la llevo orgulloso de haberla rescatado de las sucias manos de esos repugnantes malhechores, yo le digo a Leo *peleamos porque me mentó la madre en el recreo* y él, la mirada aprobatoria, *¿y quién pegó?* y yo, que nunca le he pegado a nadie, no tengo los huevos de acero de Henry Cannock ladrándole al perro bravo de El Rancho, yo ante el peligro corro a toda prisa, *yo le saqué el ancho*, y no le digo *le saqué la mierda* o *la entreputa* porque con Leo no hablo lisuras, él es un caballero, nunca dice lisuras y yo delante de él tampoco, y él *muy bien, mi estimado, muy bien.* Pero cuando llegamos a la casa, mi mami ve mi camisa rasgada y, serísimo yo, le cuento también a ella el cuento de la pelea en el recreo, *porque yo no permito que nadie te insulte a ti, mami, tú eres lo más sagrado para mí*, explicación que para mi sorpresa, mi mami es así, impredecible, no logra persuadirla de que hice el bien esa mañana en el colegio: *la violencia solo engendra más violencia*, me dice ella, el ceño fruncido, la mirada escudriñando con desconfianza mi camisa deshilachada, y yo *¿qué es «engendra», mami?*, porque esa palabra no la he leído nunca en las páginas deportivas del periódico, y mi mami, mirando al cielo o en realidad al techo apolillado, porque las vigas de algarrobo ya están viejitas, *paciencia, Dios mío* y luego a mí *engendrar es generar, o sea, que si te sale un granito en la cara, engendras un grano, y si haces tu pipí, engendras pilita, ¿me entiendes, amor?* y yo *¿o sea que uno solo puede engendrar cosas malas?* y ella *claro, claro, pero no te desvíes por las ramas, yo te decía que la violencia es mala per se* y yo *¿qué es «per se»?* y ella *no me interrumpas* y sigue *tú debes ser como Gandhi, tú debes ir por tu colegio predicando la no violencia* y yo *¿y eso cómo es?*

y ella, sentándose a mi lado, preciosa en su vestido blanco que le deja los hombros pecosos descubiertos, *tú imagínate que eres el hijo de Gandhi* y yo, interrumpiéndola de nuevo, *¿de Indira Gandhi, esa señora del mechón canoso que sale en los periódicos?* y ella, sonriendo, *no, de Gandhi, el flaquito de la India que no comía nunca y andaba a patita descalza* y yo *pero de ese Gandhi flaquito no tengo la menor idea* y mi mami *tú debes predicar la no violencia como él, y si te pegan un bofetón, tú no contestas, tú pones la otra mejilla, y cuando te insultan, te quedas calladito y haces oídos sordos* y yo *¿y cuando me mentan la madre también me quedo calladito?* y ella *claro, también* y yo *pero si no respondo me van a decir maricón* y ella *no importa, mi amor, mi Gandhi chiquito, a Gandhi también lo mariconeaban y ahora es un santo y está en el cielo* y yo *¿Gandhi es santo?* y ella *bueno, todavía no, pero ya prontito lo vamos a canonizar* y yo *está bien, mami, desde ahora voy a dejarme insultar y pegar y mentar la madre* y ella, acariciándome las mejillas con sus manos que huelen a perfumes finísimos, *muy bien, mi Gandhicito, muy bien.* Después me ayuda a quitarme la corbata y la camisa rota y me dice *estás demasiado flacucho, tienes que comer más*, y yo le doy la camisa para que se la lleve a Lucecita, la costurerita que vive abajo del cerro, cerquita del río, y luego me voy sacando mi uniforme del Markham, *el mejor y más caro colegio de Lima*, me recuerda siempre mi mami con orgullo, *yo me gasto toda la plata de la familia en la educación de mis hijos*, y voy colgando mi pantalón azul cortito, mis medias azules con dos rayitas blancas arriba, mi corbata verdiamarilla, mi gorrita azul con el escudo del león amarillo del colegio, y al hacerlo no sé todavía que aquellos son los últimos días de mi querido uniforme escolar, y mi mami le lleva la camisa rasgada a Lucecita, la costurerita del río, y yo me quedo muy tranquilo porque tengo cinco camisas idénticas, una para cada día de clases, y por cierto todas llevan, en la esquina superior derecha del bolsillo, bordadas mis iniciales con hilo rojo. A los pocos días nos entregan en el colegio una circular para los padres de familia que, muy escuetamente, nos informa que el uniforme del Markham va a cambiar a partir de la próxima semana por decisión del gobierno revolucionario de las Fuerzas Armadas. Mi mami, esa noche, después de la comida, lee la circular con mi papi en la salita de la chimenea, y me manda llamar y me dice con carita de pena *los militares resentidos han prohibido tu uniforme, quieren que todos los escolares usen uniforme único y yo ¿uniforme único?* y ella, consternada, *uniforme único: pantalón largo gris, camisa blanca y punto final, nada de corbata ni gorrita con el escudo del Markham ni pantaloncito corto, nada de nada, un vulgar uniforme de cholo de colegio fiscal* y mi papi, que de esto sabe mucho, *es la venganza de los cholos, algún día tenía que llegar,* y mi mami suspirando le da la razón y comenta *al menos nosotros tuvimos suerte de ir al colegio cuando los cholos se contentaban con ser cholos y no querían ser como nosotros* y mi papi, que se ve preocupado, *ahora solo falta que estos milicos del diablo me digan a mí cómo tengo que ir vestido al banco* y yo *¿desde cuándo tengo que usar uniforme único?* y mi mami *desde el lunes* y yo *¿y todos los colegios van a llevar el mismo uniforme?* y mi papi *todos, los cholos, los blancos, los negros, los chinos y los hijos de militares, todos van a ir al colegio con el mismo uniforme* y yo, tristísimo de que me quiten mi corbata, mi gorrita del león y mis camisas con iniciales, *¿y eso por qué?* y mi mami *porque el gobierno militar odia a la gente blanca, a la gente con plata como nosotros,* pero la interrumpe mi papi *de plata no hables, amor, porque ahora los milicos están haciendo un huevo de plata con todo lo que roban por lo bajo* y mi mami *harán plata pero nunca van a tener clase, porque la clase viene de la cuna y no se compra en la bodega* y yo *¿y por qué nos odian los militares?* y mi mami *porque ellos son cholos, feos y apestosos, y nosotros so-*

mos lindos y hablamos inglés perfecto y tenemos toda la clase del mundo, y entonces cada vez que nos ven se acuerdan de que son unos cholos pezuñentos y nos odian más y más porque sus hijos van a colegios de gente sencilla, con uniformes horrorosos y entonces, como no pueden igualarse con nosotros, nos quieren rebajar a su nivel para así sentirse igualados y mi papi es el comunismo, hijo, así comienza el comunismo, el gobierno dice que todos se tienen que vestir igualitos, como los chinos. Yo me voy tristísimo a mi cuarto, me echó en mi cama y lloro calladito porque no quiero ser comunista chino con uniforme único de cholo de colegio fiscal, yo quiero seguir usando mi gorrita y mi corbata y mi pantalón corto que es más fresquito para jugar fulbito. *Sorry, darling,* me dice mi mami cuando me lleva el fin de semana a Oeschle de San Isidro a comprar mi nuevo uniforme único que, según mi papi, *es un gran negociado de los militares, porque todos los pantalones y las camisas del uniforme único son de la misma marca, los han fabricado los militares por lo bajo para ganarse un dineral, estos milicos no roban más por falta de tiempo,* dice amargado, y mi mami escoge a regañadientes el horrible pantalón plomizo que hace juego con el cielo de Lima y la camisa blanca durísima que parece de cartulina y yo *Lucecita, la costurera, ¿puede coser aunque sea mis iniciales?* y mi mami *no sé, hay que consultar con la dirección del colegio, no vaya a ser ilegal.* El lunes me pongo mi espantoso uniforme, me miro en el espejo y me salen solitas las lágrimas de la pena. Leo, mi chofer, me lleva callado porque le joroban la paciencia estos abusos de los militares, yo voy mirando en el camino a tantos chicos sencillos, de pueblo, vestidos igualito a mí, montones de niños que esperan en los paraderos al ómnibus, todos igualitos, y me siento en otro país, en un país que no me gusta nada, y me caen pésimo los imbéciles militares borrachos y ladrones del gobierno revolucionario de las Fuerzas Armadas, *está bien que ustedes usen todos uniforme igualito, señores militares*, pienso, *porque ustedes escogieron la carrera militar, pero ¿por qué los escolares tenemos que vestirnos todos igualitos?*, y cuando llegamos por fin al Markham, después de ver mi pantalón y mi camisa de Oeschle en centenares de cuerpos ajenos y en cierto modo también enemigos, veo horrorizado que mi lindo colegio inglés se ha afeado de repente y parece colegio chino, pues todos van vestidos igualito, los de quinto de media y los de primero de primaria, con ese uniforme que más parece de grifero o guachimán o incluso de profesor de pití, y no veo, la verdad, muchas caras felices, se percibe en el ambiente una cierta pesadumbre, como si fuésemos presos de un campo de concentración, y ha perdido de pronto mi colegio su brillo, su exclusividad, su británico airecillo, y nadie se atreve a protestar, pues todos le tenemos miedo a la Junta Revolucionaria, que si te pones muy rebelde y bullanguero, te mete preso, te sube a un helicóptero, te amarra a un bloque de cemento y te avienta al fondo del mar para que te devoren los peces hambrientos, según cuentan en el recreo algunos chicos en voz bajita. Cuando ya estamos en la formación general en el patio central del colegio, con el director, mister Snyder, presidiendo la ceremonia de todos los lunes, a punto de sonar los himnos del colegio y del Perú, en ese orden y como debe ser, llega Henry Cannock caminando despacio con una sonrisa de olímpico triunfador, y de pronto un murmullo espeso recorre velozmente el patio porque Henry, lo advierto admirado, ha venido al colegio con el uniforme antiguo, y se ve precioso, más lindo que nunca: entre nosotros, los chinitos prisioneros de campo de concentración, Henry Cannock parece un príncipe, un lord inglés, un angelito pelucón y travieso caído del cielo de San Antonio, en las afueras de Miraflores. Como si nada, bien seguro de sus pasos, luciendo con claro orgullo la gorrita

255

con el escudo del Markham, la corbata colorida que nos hacía sentir tan especiales, y ese pantalón cortito de corduroy azul que le da un aire como de niño grande, lampiñas aún las piernas regordetas, como si no se percatase de que el colegio entero, incluyendo mister Snyder, lo está mirando con una mezcla de envidia, miedo y admiración, Henry Cannock viene caminando a la formación de nuestra clase y se para atrás, último, y a quienes lo miramos con una mínima sonrisa de complicidad, nos devuelve una miradilla furtiva, desafiante, llena de aplomo y serena picardía. Entonces suenan los himnos y nadie se atreve a decirle nada a Henry: ¿quién quiere meterse en problemas con don Billy Cannock? Cantamos todos en inglés el himno del colegio y me siento orgulloso de mi amigo Henry, que en medio de la rendición general, del triunfo comunista, ha tenido los huevos sin suspensor, los huevos de oro, de venir al colegio vestido con el uniforme de siempre. Después de los himnos pasamos a la clase, y entonces, cuando estamos sentándonos en las carpetas, aparece, el rostro sombrío, acuosos los ojos, despoblada de pelo y quizá de ideas la cabeza, irrumpe en su terno gris el director, mister Snyder, y se hace un silencio grave, maluco, y en inglés, con un vozarrón respetuoso pero firme, Snyder se dirige al alumno Cannock y le pregunta si acaso no recibió la circular que informaba que a partir de hoy era obligatorio el uso del uniforme único, y Henry en perfecto y conciso inglés responde que efectivamente sí la recibió, y Snyder, sin perder la compostura, *y entonces, ¿por qué ha venido con el uniforme antiguo?* y Henry, de pie, ya todos estamos sentados mientras nuestro tutor, mister Douglas, mira aterrado, Henry le dice sin ningún miedo al director, porque Henry no le tiene miedo a nadie, con toda esa plata, ¿a quién le va a tener miedo?, le dice *este uniforme me gusta más, mister Snyder, ese otro que veo ahí*, añade señalándonos con aire compasivo, *no está a la altura de nuestro querido colegio* y entonces Snyder le dice *venga conmigo, por favor*, y Henry se dirige a la puerta y, antes de salir, se saca la gorrita, nos mira con una media sonrisa y hace una ligera venia y todos lo aplaudimos, todos salvo mister Douglas, que nos mira asustadísimo y no sabe qué hacer, y nos ruega *silencio, por favor, silencio, por favor*. Henry se va y no regresa, pasan los días y no regresa, pero todo el colegio habla de él con admiración, y yo en las noches, antes de dormir, rezo primero por él y después por mí, y pienso *no hay nadie en el mundo más valiente, refinado y perfecto que Henry Cannock, mi mami tiene razón, la clase viene de la cuna, no se compra en la bodega*, pero al día siguiente, todos con el uniforme chino, Henry tampoco viene al colegio, y ya va una semana entera y lo extraño cada día el doble.

Malas noticias, dice mi papi esa noche al llegar a la casa y, tras una pausa que añade dramatismo al momento, *han secuestrado a Billy Cannock*. Luego se desploma sobre el viejo sillón, desanuda el cordón de sus zapatos, enciende un cigarrillo con gesto grave y escucha a mi mami decir *no puede ser, pero si Billy anda siempre con su seguridad*. Mi papi se apura entonces en describir la tragedia: *se palomearon a sus dos guardaespaldas, los secuestradores son profesionales, parece que llevaban metralletas, iban en tres carros, chocaron el Mercedes de Billy a las ocho de la mañana saliendo de su casa en plena avenida El Polo, mataron a los dos de seguridad que iban en la camioneta de atrás, al chofer lo dejaron herido, le metieron dos balazos, y a Billy se lo llevaron los desgraciados*. Yo estoy sentado al lado de mi mami con el suplemento de deportes de *El Comercio* sobre mis rodillas y la veo persignarse y murmurar *gracias, Jesusito, por cuidarme a mi marido*, y a continuación le pregunta a mi papi, que a gritos ha pedido a las empleadas que le sirvan un whisky con hielo, *¿y Billy está sano?* y mi papi *no sabemos, hablé con el gringo*

Parker, el gerente del banco de Billy, y me dijo que encontraron manchas de sangre en el asiento de atrás, donde iba Billy, pero todavía no se sabe si es sangre de Billy, del chofer o de los secuestradores. Yo observo la escena familiar enmudecido e inmóvil, incapaz de dar crédito a lo que acabo de oír, tiene que ser mentira, el señor Cannock es demasiado astuto como para dejarse agarrar por unos estúpidos secuestradores. *¿Y Henry?*, pregunto, y se me hace un nudo en la garganta, me atraganto, no pasa la saliva, no quiero echarme a llorar como un niñito delante de mi papi, pero estoy a punto de sollozar en el regazo de mi mami y doblarme todito en sus rodillas como si fuese yo las páginas de deportes de *El Comercio, no le pasó nada gracias a Dios*, me dice mi papi, *parece que de milagro esta mañana no fue al colegio, quédate tranquilo que a tu amigo no le pasó nada*, y yo asiento pero no me quedo nada tranquilo y tampoco le cuento a mi papi por qué Henry no ha ido al colegio esta mañana ni toda la última semana. *El tremendo error de seguridad fue que el carro de Billy no era blindado y no tenía vidrios antibalas, qué metida de pata, caray*, dice mi papi, *si el Mercedes era blindado no se lo llevaban tan fácil, el chofer les hubiera pasado por encima a los secuestradores* y mi mami *¿será gente del gobierno?* y mi papi, mirándola sorprendido, *¿quiénes?* y ella *los secuestradores, a lo mejor los militares han mandado raptar a Billy para sacarle todos sus millones*, y yo me quedo pasmado con la sagacidad política de mi mami y pienso *sí, segurito que es una venganza de los militares comunistas que se enteraron de que Henry no quiere usar el uniforme único y por eso mandaron secuestrar a su papá. No creo que sea gente del gobierno*, dice mi papi, y añade *as far as I know, Billy tiene muy buenas relaciones con el gobierno*, y entonces aparece Visitación con el whisky para mi papi en la bandejita de plata y anuncia tímidamente *ya está lista la comida, señores* y mi mami *ahorita vamos, Visi, pero primero vamos a rezar* y mi papi, mirándola sorprendido pero no molesto, porque se nota que el secuestro de don Billy Cannock lo ha hecho reflexionar, *¿a rezar?* y mi mami *sí, por la salud de Billy,* y Visitación gira sobre sus talones y se retira discretamente, *no, quédate Visi, tú también acompáñanos a rezar,* le dice mi mami, y la pobre Visi la mira con sus ojitos sumisos y su creciente verruga, se queda ahí paradita sin entender nada pero dispuesta a rezar todo lo que la patrona mande, pues ella sabe que no debe contrariar a la señora de la casa cuando ordena rezar un ratito, así que mi mami coge de la mano a mi papi y me toma de la mano a mí también, sentados los tres en el sillón grande de la sala grande, y reza con los ojitos cerrados, como concentrándose, *Señor que estás en los cielos, te rogamos nosotros, tus siervos en este valle de lágrimas, que protejas de todo mal a nuestro amigo Billy Cannock, que hoy ha sido raptado por gentes de mal vivir, pero eso ya tú lo sabes, porque tú lo ves todo, y también te rogamos que no permitas que Billy se ponga malito de salud, dale fe y entereza para soportar esta prueba tan dura que has puesto en su camino, y si lo han herido te suplicamos, Señor misericordioso, Jesusito adorado, que lo cures pronto, y si no lo han herido te imploramos que lo mantengas sano y bueno, y ante todo te pedimos humildemente que se haga tu voluntad y que liberes a Billy cuando a ti te parezca que haya llegado el momento oportuno, y si tú juzgas conveniente llevarte a los cielos el alma de nuestro querido Billy, nosotros, tus siervos en este valle de lágrimas, lo aceptaremos con pena pero sabedores de tu infinita sabiduría, y también te rogamos que... Amén,* interrumpe mi papi, impaciente, y Visitación y yo decimos enseguida *amén,* y yo me persigno y me beso el pulgar como me enseñó mi mami, pero ella abre los ojos, regresa a la vida terrenal y le dice a mi papi *todavía no he terminado* y mi papi, poniéndose de pie, *sí, yo sé, pero es que me cago de hambre y la comida se está enfriando* y mi mami, cerrando los ojos, *perdónalo, Diosito,*

259

pero mi marido por un bistec apanado pacta con el diablo, y mi papi mira su reloj y dice *las noticias, ahorita comienza «El Panamericano»* y luego grita *¡Visitación, tráenos la comida a la salita de la chimenea!*, camina enseguida hacia la salita y mi mami detrás de él, y yo *mami, ¿puedo ver las noticias un ratito?* y ella, besándome en la frente, *sí, mi principito, yo sé que esto te ha afectado muchísimo porque tú eres muy amigo de Henry Cannock, ven con tu mamita que tanto te quiere*, y nos sentamos los tres en la salita, mi papi en su sillón privado donde nadie más se puede sentar y yo al ladito de mi mami, acurrucado por ella, y al ratito suenan las cornetas y comienza «El Panamericano» y el locutor, un señor cachetón, de anteojos gruesos, con una corbata exageradamente grande, va diciendo las noticias con inequívoca cara de aburrido, como si en el fondo estuviese pensando *qué ganas de irme a mi casa y comerme una pizza con bastante salami*, dice una noticia tras otra mientras mi papi, con una bandeja sobre las piernas, devora su bistec apanado y mi mami se hace la que come pero en realidad juega con los arroces porque ella ya comió conmigo más temprano aunque, claro, no se lo dice a su esposo porque si no él se molesta, y el locutor sigue leyendo las noticias que yo no entiendo y no dice nada del secuestro de Billy Cannock. Yo me echo en el sillón, ya estoy en piyama, a esas horas debería estar en la cama, y de solo mirar la tele en blanco y negro y la carita bien aburrida del señor cachetón de «El Panamericano», que parece que se hubiera tragado media corneta, de solo verlo me voy quedando dormido, y nunca dice nada del secuestro porque, ya con los ojitos cerrados, a punto dormirme, escucho que mi papi dice *seguro que la familia de Billy ha prohibido que la noticia se filtre a la prensa*, más no recuerdo porque me quedo privado. Pero a la mañana siguiente, camino al colegio, Leo manejando la camioneta, veo un tremendo titular en el quiosco de Albino que dice «Secuestran Magnate» y le digo *para, Leo, para*, y él, que ya está enterado de todo, frena con la debida prudencia, retrocede y, amabilísimo, siempre dispuesto a complacerme, compra el diario *Extra* y me lo trae. Voy leyendo todo el camino, viendo los dibujitos de cómo fue el secuestro y las fotos en que aparece don Billy Cannock más jovencito, y no hay ninguna foto de Henry y pienso *pobre, cómo debe estar sufriendo*, y algunas partecitas de *Extra* se las leo en voz alta a Leo y él solo comenta *caracoles, esto se está poniendo cada vez peor*. Cuando llegamos al colegio le dejo el *Extra* a Leo, voy caminando rápido a la formación, veo que mis manos están negras, manchadas de tinta, me siento sucio por haber leído morbosamente todos los detalles y pormenores del secuestro del papá de mi amigo, y busco entonces con la mirada a Henry. No soy, por supuesto, el único en buscarlo, medio colegio habla del secuestro de Cannock, y todos se preguntan si Henry por fin vendrá hoy, después de tantos días de ausencia, y, claro, Henry no aparece, suena la campana, cierran la puerta, cantamos los himnos y Henry no está, y una vez en la clase, nuestro tutor, mister Douglas, que casi no habla castellano, nos dice en inglés que el director del colegio ha tenido una conversación telefónica con la familia Cannock y le ha hecho llegar nuestra solidaridad en este momento tan difícil, y luego nos anima a escribirle cartas a Henry o a llamarlo por teléfono para decirle que lo recordamos mucho y lo acompañamos en este momento duro, y yo, que veo la carpeta vacía de Henry y me acuerdo de nuestro escape a El Rancho, lo imagino solito en su cuarto, llorando en su cama por su papá secuestrado, y siento que se me humedecen los ojos y me digo *sí, llegando a la casa lo voy a llamar*. Eso hago esa misma tarde. No bien bajo de la camioneta de Leo, corro al cuarto de mi mami, me meto al baño, hago pila, me lavo las manos y , sin cam-

261

biarme el horrible uniforme, sin comer siquiera mi almuerzo, y eso que me muero de hambre, llamo a la casa de
Henry Cannock, pero el teléfono suena ocupado. Vuelvo
a llamar pero sigue ocupado y me quedo enchufado al teléfono marcando y marcando hasta que, por fin, me contesta una voz de hombre grande y molesto y, tímidamente,
con una voz que me sale suavecita, pregunto *¿puedo hablar
con Henry, por favor?* y el vozarrón *no se puede acercar, ¿quién
lo llama?* y yo *Jimmy, su mejor amigo del colegio* y él *Henry
no puede hablar por teléfono, ¿quieres decirle algo?*, y yo me
quedo callado un rato, me sudan las manos y tiemblo todito, así me pongo cuando estoy la mar de nervioso, y le
digo *por favor, solo quiero decirle una cosita, llámelo, no sea
malito, soy su mejor amigo* y él, buena gente a pesar de su
voz tan mala, *a ver un ratito, voy a consultar*, y el ratito se
convierte en ratazo, porque me quedo esperando y esperando, y cuando voy a colgar porque tengo que correr al
baño a hacer la pila de nuevo, escucho la voz tristona de
Henry *¿aló?* y yo, feliz de oír su voz, *hola, soy Jimmy* y él,
lentamente, demorándose como si lo hubiesen desperta-
do, *hola* y yo, sin saber por dónde comenzar, *te llamo porque...* y se me hace un nudo en la garganta y él no me
ayuda porque se queda en silencio, y yo si no me apuro
ahorita me pongo a llorar, ¿por qué diablos he nacido tan
llorón, caray?, lloro más que cualquiera de mis empleadas
y eso que ellas son bien lloronas, y él *¿aló?* y yo tomo aire
y me atrevo *Henry, estoy rezando mucho por tu papá* y él,
siempre demorándose, *gracias*. Quiero decirle más cosas
pero no me salen, solo alcanzo a murmurar *me da pena ver
tu carpeta vacía, el colegio es horrible cuando tú no vas* y él de
nuevo *gracias* y luego *me tengo que ir, chau, gracias por llamar* y yo *de nada, gracias a ti por ser mi mejor amigo*, pero él
cortó. Yo también cuelgo el teléfono, corro al baño, me
abro la bragueta y hago pila y lloro a la vez. Henry no re-

gresa al colegio, me entero por mi papi que toda la familia Cannock, doña Lucy, Henry y sus hermanas, se han ido a Miami mientras unos expertos ingleses negocian la liberación de don Billy, y todas las noches rezo llorando para que suelten a don Billy y para que mi mejor amigo, Henry, regrese a su carpeta vacía con el uniforme único que detesto: malditos militares, ellos tienen la culpa de todo, segurito que ellos lo mandaron secuestrar, hasta que una noche, cuando ya casi nos hemos acostumbrado a la ausencia de Henry en el colegio, mi papi llega eufórico a la casa y anuncia que don Billy fue liberado y se tomó el primer avión a Miami, y yo pienso *qué bueno, prontito va a regresar Henry y todo volverá a ser como antes*, pero es solo una ilusión que se desvanece porque con el pasar de los días me entero de que don Billy Cannock y toda su familia se han instalado en Miami y se van a quedar a vivir allá. Henry no va a regresar nunca y no sé cuándo lo volveré a ver. En las noches cierro los ojos, pienso en él, recuerdo la tarde en que nos escapamos a El Rancho y me pongo a llorar calladito pidiéndole a Jesusito *sé bueno, qué te he hecho yo para que te lleves a Miami a mi mejor amigo, por lo menos haz que mi papi me lleve en las vacaciones de 28 de julio a Miami para poder visitar a Henry Cannock, que es mi amigo más especial y yo sé que si rezo bastante y me saco buenas notas, mi papi va a cumplir su promesa y me va a llevar a Miami y a Disney y voy a poder ver otra vez, aunque sea un ratito, solo un ratito para tomarme una foto con él, a Henry Cannock, el chico que no le tiene miedo a nada y que, más que mucha plata, tiene toda la clase del mundo.*

XIII
Cuando seas grande vas a ser presidente

Tenía un quiosco cerca de la casa de mis papás, no tan cerca tampoco, como a diez o doce cuadras bajando el cerro, en plena carretera central. Era un quiosquito rústico y estrecho, en el que no cabían más de dos personas de pie, construido con tablones de madera y pintado por fuera de blanco. Adentro, generalmente acalorado, pues el quiosquito carecía de ventilación y allá arriba en Chaclacayo hacía calor todo el año, acalorado pero feliz atendía siempre Albino, que trabajaba de seis de la mañana a ocho de la noche todos los días, incluyendo domingos, feriados, fiestas patrias y navidad. Albino no cerraba nunca, salvo en las noches para dormir. Cerraban las bodegas, las farmacias, las ferreterías, el cine pulgoso de Chaclacayo, pero Albino no cerraba: Albino debía ser el tipo más empeñoso del barrio. Ni alto ni bajo, ni gordo ni flaco, ni cholo ni zambo ni indio, color café con leche, Albino llamaba la atención, más que por su empeño, por su asombroso buen humor. Vivía metido en ese quiosco sofocante y trabajaba como una mula, pero parecía el tipo más feliz del mundo, tanto como el Gitano Rivasplata. No lo recuerdo molesto, siempre estaba sonriendo, sonreía y te dejaba ver, no le importaba, los pocos dientes que le quedaban. Había perdido

265

los dientes una noche en que quisieron robarle el quiosco: se defendió con un palo, los ladrones eran tres, lograron quitarle el palo, le dieron una paliza. No por eso dejó de sonreír, al día siguiente abrió el quiosco igual, amoratado y adolorido pero con ganas de seguir trabajando duro.

Albino era mi amigo, yo lo consideraba mi amigo. Todas las tardes de regreso del colegio le pedía a Leo, el chofer que me recogía a las tres en punto en la camioneta Buick y me llevaba manejando lentamente hasta el cerro de Los Cóndores, una hora de camino, que se detuviese un momento en el quiosco de Albino, antes de pasar la caseta de seguridad y entrar a Los Cóndores, una zona bien resguardada y en la que no había comercios ni quios-quitos, ni menos ambulantes. Leo, aunque yo no se lo pi-diese, pues a veces me quedaba dormido en el asiento de atrás, Leo paraba frente al quiosquito de Albino, bajaba conmigo, pedía una gaseosa y un chancay y regresaba a la camioneta, a la que nunca dejaba sola y cuidaba como si fuese su esposa, pues le tenía un cariño ciego a esa vieja Buick negra. Sabía además Leo, moreno antiguo y sabio, que a mí me gustaba conversar a solas con Albino, y por eso guardaba su distancia, comía su chancay remojado en gaseosa, de preferencia roja, Kola Inglesa, escuchando música del ayer, música criollísima, nada de boberías en inglés, en la radio de la camioneta.

Yo también comía mi chancay: lo primero que hacía al llegar al quiosco de Albino era pedirle un chancaycito, pan dulce y esponjoso de color amarillento que se des-hacía fácilmente en mi boca, acompañado de una bebida Watt's heladita, Watt's de durazno o, en el peor de los casos, de manzana. Chancaycito de Albino con jugo de frutas Watt's me parecía una combinación insuperable para matar el hambre a las cuatro de la tarde. En la casa me esperaban con el almuerzo, y ya sabía de sobra que mi mami no se complicaba variando el menú de carne, huevo frito y arroz, pero la visita a Albino era obligada, pues yo no tenía apuro por llegar a la casa y escuchar las instrucciones de mi mami: *cámbiate el uniforme, bendice la mesa, come todito tu almuerzo, no me dejes ni un pedacito de carne, no es nervio, cómete todito, lávate los dientes, haz tus tareas, no te encierres tanto rato en el baño.* Yo no tenía apuro por llegar, salvo que tuviese ganas de ir al baño, aunque si solo tenía ganas de orinar, Albino me dejaba hacer pila detrás de su quiosquito, donde, por cierto, él hacía pila también, porque el quiosco carecía de baño, y cuando el pobre tenía que cagar, cerraba cinco minutos y bajaba a la orilla del río.

El quiosco estaba a unos pasos del río, entre la carretera y el río Rímac, río seco durante los meses de invierno pero caudaloso, cargado, color chocolate durante el verano. A pesar de los riesgos que entrañaba estar tan cerca del río, Albino escogió ese lugar para levantar su quiosco teniendo en cuenta que a diez metros estaba el paradero de todas las líneas de ómnibus que, ida y vuelta, cubrían la ruta Lima-Vitarte-Ñaña-Chaclacayo-LosÁngeles-Pedregal-Chosica. Siempre había gente en el paradero, gente esperando *su carro*, como les decían a los viejos ómnibus de transporte público, o bajando de su carro, y toda esa muchedumbre, decenas de personas humildes, era la clientela potencial de Albino, su público sufrido y leal, ¿quién no quería echarse una gaseosita después de aguantar parado y apretujado un viaje de una hora o más en una carcocha?

Albino no le fiaba a nadie, pero conmigo hacía una excepción, pues llevaba un cuadernito donde apuntaba mis consumos, que incluían eventualmente los de Leo, el chofer. Cada fin de mes, mi mami le daba plata a Leo y él le pagaba la cuenta del cuadernito a Albino, que sufría a mares sumando porque la cuenta era larguísima y él no era demasiado bueno sumando, pero Leo, previsor, llevaba una calculadora chiquita y sacaba la cuenta al toque, lo que en verdad nunca convencía del todo a Albino, que tenía una desconfianza instintiva hacia esa maquinita capaz de sacar la cuenta tan rápido, sin sumar dos veces para no equivocarse, así que Leo decía cuánto le debíamos pero sabía bien que tenía que esperar a que Albino, cinco minutos después, batallando fieramente con los numeritos en lápiz de su cuaderno, llegase a la misma cantidad y mirase con disimulado rencor a esa jodida maquinita que era tanto más rápida que él. Mi mami era puntualísima en los pagos, nunca se atrasaba, aunque a Albino le podíamos deber un año entero y él, de puro buena gente, era incapaz de decirnos una palabra al respecto.

Albino y yo solíamos hablar de política. Hojeando los periódicos del día, que él me prestaba, tabloides populares como *Extra, Última Hora, Correo* y *Ojo*, Albino y yo pasábamos revista a la actualidad política nacional. Eran los tiempos de los militares, el Perú estaba gobernado por la Junta Militar encabezada por el general Martínez de la Guerra, a quien Albino no veía con simpatía básicamente por dos razones: la primera, que parecía incontestable, *todos los cachacos son unos brutos*; la segunda, y en esto coincidía con mi papi, *de la Guerra es un borracho perdido*, opinión que cobraba fuerza cada vez que el general Martínez de la Guerra, a quien Albino se empeñaba en llamar a secas *de la Guerra*, daba unas conferencias de prensa bastante pintorescas en las que, al parecer azuzado por el alcohol, opinaba enfáticamente sobre todo lo divino y lo humano, salpicando sus reflexiones con bromas de dudoso gusto. El ambiente político estaba alborotado, la Junta Militar había convocado a una asamblea constituyente, los partidos políticos renacían tras años de represión militar.

Tres eran los principales grupos políticos: los comunistas, cuyos líderes más populares, ex guerrilleros ambos, eran Horacio Guzmán y Barbarroja Cánepa; los socialistas, dirigidos por su fundador y jefe histórico, Fernando Reyes; y la derecha, capitaneada por Javicho Elías, el Perico, así llamado por su filuda nariz. Yo defendía al Perico Elías, me gustaba su estilo claro y directo, gozaba con sus apariciones en televisión, Elías siempre se salía con la suya, era un feroz polemista. Albino discrepaba conmigo, *Elías es de la derecha, está con los ricos, no le importan los pobres, yo no puedo votar por el Perico, va en contra de mi idiosincrasia*, decía, y yo, que había comprado el ideario del partido de Elías y que incluso había querido inscribirme en su local de Chaclacayo, siendo cordialmente rechazado por ser menor de edad, yo *no, Albino, el Perico es buena gente, yo lo he visto en misa de doce, Elías tiene mano dura y eso es lo que necesita el Perú*. No podía convencerlo: Albino, no siendo fanático, pensaba votar por Fernandito Reyes; sus razones, más que ideológicas, eran sentimentales, *ese viejito toda la vida ha querido ser presidente y no lo han dejado, yo voy a votar por el cochito porque me da pena, ya le toca, caracho*. Reyes, el cochito, le daba pena, así de bueno era Albino. Quien no le inspiraba en cambio ninguna lástima era el ex guerrillero Barbarroja Cánepa, que en un programa de televisión había declarado que no se había bañado en los últimos tres meses: *ese cochinazo, si yo lo veo, lo meto al río aquí abajo y lo baño a la fuerza con lejía*, decía Albino riéndose.

Yo, era verdad, al Perico Elías lo había visto en misa de doce. El Perico tenía una casa en un cerrito vecino al nuestro, aunque no vivía allí, pues solo iba los fines de semana durante el invierno, huyendo del frío limeño. El Perico era todo un personaje, iba a misa de doce a caballo, llegaba con poncho y con sombrero, dejaba el caballo afuera de la parroquia bien amarrado, y entraba golpeando fuerte los tacos, haciendo sentir su presencia, como diciéndonos a todos, la mirada segura, la sonrisa entrenadísima, *aquí mando yo*. Mi papi era amigo del Perico, y por eso después de misa se quedaban conversando un ratito, no mucho tampoco porque al Perico le gustaba subirse a su caballo cuando todos salían de la parroquia, le gustaba que todos lo viésemos, lo aplaudiésemos y le gritásemos *¡buena, doctor Elías!*, *¡déles duro, doctor!*, *¡Pe-ri-co, Pe-ri-co, Pe-ri-co!*, gritábamos, y él se alejaba saludando feliz y dejando la pista llena de mojones de su maldito caballo cagón. Así conocí yo al doctor Javicho Elías, mi papi me lo presentó un domingo a la salida de misa, yo le di la mano y él me la apretó fuerte y me dijo *¿por quién vas a votar cuando seas grande, Jimmy?* y yo *por usted de todas maneras* y él *muy bien, hijito, muy bien*, dándome unos golpes demasiado virulentos en la espalda, casi me rompe la columna el Perico solo por asegurarse un voto preadolescente. Ese encuentro multiplicó mi fe en que Javicho Elías era el hombre que iba a mejorar nuestros días, pues así era su eslogan, *Elías mejora tus días*, pero Albino, cuando se lo conté, me dijo *ese Perico Elías es un sabido, solo va a misa para sacar más votos.*

Dos circunstancias igualmente inesperadas cambiaron las preferencias políticas de mi amigo Albino. Una mañana su quiosco amaneció pintarrajeado con el símbolo de los socialistas, una rosa, y unos brochazos rojos que decían «Fernandito, el pueblo hestá contigo». Esa tarde volví del colegio y vi su quiosco pintado por los socialistas y por primera vez Albino no me sonrió, estaba furioso, *¿qué se han creído estos socialistas del diablo para venir a ensuciarme mi puesto de trabajo que tanto me ha costado?*, dijo indignado, *y encima que justo la semana pasada me gasté una lata enterita de pintura Vencedor para dejarlo bien blanquito, parejito, para que vengan ahora estos desgraciados a malograr-*

me mi quiosco, caracho, nunca lo había visto tan molesto, *ni siquiera saben escribir bien estos desgraciados*. Esa misma noche, Albino sacó su lata de pintura, borró los lemas políticos y dejó su quiosco como siempre, blanquito, parejito. Yo, cuando se le pasó el malhumor, le preguntaba, los dos comiendo chancays, él era adicto al chancay, comía diez al día fácil, le preguntaba *¿todavía piensas votar por Fernandito Reyes, Albino?* y él, medio a regañadientes, *no sé, lo estoy pensando de nuevo, el cochito es buena gente pero se ve que está mal asesorado*. Sus convicciones flaqueaban y era comprensible, pero un segundo incidente hizo que mudase del todo sus simpatías políticas. Ese domingo, el Perico Elías salió a pasear a caballo, se detuvo frente al quiosco, se acercó a paso firme, victorioso, entre aplausos de admiradores y curiosos, y, tras estrechar la mano de Albino, le pidió una Inca Kola y un tamal, pues los domingos se vendían allí unos tamales de chancho buenísimos. Albino, por supuesto, lo atendió con la debida gentileza y el Perico, haciéndole bromas, conversándole bonito, se aventó entre pecho y espalda no uno sino dos tamales bien matizados por su incakolita al tiempo, *no me des cocacola a mí, la cocacola tiene mucho gas*, me contó Albino que le dijo el Perico, y Albino feliz le pidió un autógrafo y el Perico, tremendo ego, firmó simplemente *Elías Presidente*, Albino me lo enseñó con orgullo, emocionadísimo estaba el bueno de Albino que nunca imaginó esa cita cumbre con un líder político nacional en su quiosco, emoción que Javicho Elías supo dejar viva antes de subirse a su caballo, pues, según me contó Albino, sacó la billetera, pagó su cuenta y le dejó una propina muy generosa o, como dijo Albino, *una propina bien legal*. Desde ese domingo, Albino, resentido con los socialistas por pintarle su quiosco, se hizo hincha acérrimo del Perico Elías, *el doctor es mi amigo y yo voto por mis amigos, no me importa cuál sea su idiosincra-*

sia, decía, y yo feliz por supuesto, porque yo también era hincha del Perico. Tanto se emocionó Albino que, días antes de las elecciones, él mismo pintó en su quiosco «Elías mejora tus días», con letras negras bien grandes, decisión que hubo de pagar caro, pues perdió a buena parte de su clientela, que, según me contó mortificado, lo acusaba de haberse vendido a la derecha.

El viejito Fernandito Reyes ganó y murió poco después; el Perico quedó segundo pero nunca pudo ser presidente; Albino volvió a pintar su quiosco de blanco y recuperó a su antigua clientela.

Cuando seas grande tú vas a ser presidente, compadrito, me decía a veces Albino, que siempre me llamaba así, *compadrito*, y yo le decía *si algún día llego a ser presidente, Albino*, porque yo entonces soñaba con ser futbolista o presidente, *si algún día llego a ser presidente*, *te prometo que te hago construir el quiosco más grande de Lima, pero con una sola condición: que me lleves un chancaycito a Palacio todos los días*, y él se reía y me decía *siempre te voy a guardar tu chancaycito, compadrito*. Extraño tanto comerme un chancaycito con usted, compadrito.

XIV
No me digas tío, dime camarada

Se llamaba Pedro, pero todos en la familia le decíamos *Peter*. Era el hermano mayor de mi mami. Poco pelo, corpulento, anteojos gruesos, Peter tenía la nariz chueca y un tatuaje del Che Guevara en el brazo izquierdo; la nariz chueca porque cuando era joven fue al saltarín de El Rancho, ejecutó unos saltos acrobáticos y en vez en caer en la colchoneta cayó de nariz en el piso; el tatuaje del Che porque era comunista.

No se podía ser comunista en la familia sin que fuese un escándalo. Mi papi, enemigo jurado de los comunistas, los maricones y los cantantes de rock que llevaban el pelo largo y eran por consiguiente sospechosos de comunistas y maricones, detestaba al tío Peter, no lo dejaba entrar a nuestra casa, *a mi casa no entra un comunista, si viene el terrorista de Peter lo saco a patadas, que no me venga a joder con la lucha de clases acá en mi casa, que en una de esas me organiza un paro de empleadas*. Mi papi no dejaba que Peter, su cuñado, entrase a la casa: nunca vino Peter a la casa. Mi mami sufría por eso, y cuando había reuniones familiares en nuestra casa, ella le rogaba a mi papi que invitase también al tío Peter, *no importa que sea comunista y ateo, nosotros como buenos cristianos tenemos que perdonarlo y convencerlo de*

273

que regrese al camino del Señor, pero mi papi, intransigente, *ya te he dicho que a mi casa no entra un comunista, será tu hermano, qué pena, pero no insistas, que si nuestro hijo sale comunista, y Dios no lo quiera, tampoco lo dejaría entrar más a la casa.* Mi papi no era un hombre de ideas políticas, no leía libros, no estaba en contra de los comunistas por razones, digamos, ideológicas, simplemente los odiaba por puro instinto, porque él era amigo de los militares, tenía muchos amigos militares, a la casa lo llamaban generales, comandantes, coroneles del servicio de inteligencia, y se reunía con ellos de vez en cuando, iban a disparar a clubes de tiro, hacían almuercitos de los que salían bien borrachos y hablando infinidad de estupideces.

Peter, el tío Peter, el proscrito, era para mí una especie de leyenda. Escuchaba hablar de él, siempre mal, de sus andanzas y extravíos, de sus locuras políticas, de sus supuestas fechorías, pero nunca podía verlo porque no venía a la casa y porque, además, si él estaba invitado a alguna reunión y mis papás también, entonces mi papi, para no contaminarse supongo, dejaba de ir, así de inflexible era. Yo al tío Peter lo veía en fotos antiguas del álbum de mi mami, fotos en blanco y negro todas, fotos en las que Peter salía haciendo su primera comunión, jugando básquet en la selección del colegio, bailando con chicas lindas, sobre todo con Marcelita Prado Ayulo, bellísima joven considerada entonces la reina de la alta sociedad limeña, pues sus papás, Manny Prado y Nene Ayulo, eran dueños de media Lima, y en la otra mitad tenían acciones. Mi mami me contaba que el tío Peter de chiquito había sido un niño muy piadoso, extremadamente piadoso, tanto que cuando terminaba la misa de los domingos se quedaba horas rezando solito, todos volvían a la casa y Peter se quedaba rezando, *así de creyente era tu tío de chiquito, un pan de Dios era el pobre, un angelito, no he visto nunca alma tan buena*. Me contaba también que era un gran deportista, el mejor de su colegio, el Santa María, colegio de curas norteamericanos, que por cierto adoraban a Peter tan católico y atlético, deportista ejemplar, campeón de básquet, fútbol, fulbito, cien metros planos, salto largo, salto alto y salto mortal en el saltarín de El Rancho hasta que aterrizó de nariz y quedó chueco. Mi papi se reía de ese accidente y decía *ahí se jodió tu hermano Peter, se le desvió la nariz y se le desviaron las ideas, yo creo que Peter se hizo comunista después de ese cabezazo que se metió en El Rancho, porque, déjate de vainas, para ser comunista hay que ser bien bruto*, pero mi mami se molestaba y defendía a su hermano ex pío y ex campeón de básquet y decía *Peter no es bruto, es inteligentísimo, mucho más inteligente que tú, Peter era primero de su clase, primero en todo, lo que pasa es que por ateo, por creerse superior a Dios, es que se ha metido a comunista, pero yo estoy segurísima de que es solo una etapa de confusión y que después va a volver a encontrarse con Dios*. Me contaba también mi mami, que sin duda quería mucho a su hermano a pesar de que él se burlaba de la fe de su hermanita la beata, me contaba que Peter de jovencito, antes de darse el cabezazo en El Rancho y salir con la cara bastante averiada, había sido guapísimo, *uf, no sabes, gua-pí-si-mo, un churro como no se ha visto, todas las chicas de Lima se morían por él, no solo Marcelita Prado Ayulo, ¿y quién no quería salir en las revistas bailando con Marcelita Prado Ayulo, que era la envidia de todas las chicas de mi edad?, sino todas, to-di-ti-tas, se morían por mi hermano, no sabes cómo lo llamaban a la casa, día y noche lo llamaban, no paraba de sonar el teléfono, pero Peter ni bola les daba porque él vivía para el estudio, para sus deportes y para rezar, todavía me parece increíble que alguien tan religioso como Peter se haya vuelto ateo así, de la noche a la mañana.*

Mi tío Peter vivía metido en problemas. Según mis papás, lo perseguía la policía. Era comunista, organizaba huelgas y disturbios, combatía en la clandestinidad al gobierno militar, si lo cogían iría preso, lo deportarían o simplemente lo matarían y arrojarían al río. El tío Peter se jugaba la vida por sus ideas políticas y eso a mí me parecía admirable, aunque mi papi dijese que era un terrorista, un vago y una vergüenza para la familia. A veces mi tío salía en los periódicos, nada bueno por supuesto, pues la prensa estaba controlada por los militares. Decían que mi tío Peter era uno de los cabecillas más buscados de la subversión, un agente de la contrarrevolución, un antiperuano vendido al comunismo internacional. Mi papi parecía alegrarse cuando la prensa insultaba a su cuñado, *mira la última idiotez que ha hecho el comunista de tu hermano*, le decía a mi mami, que, tan sufrida, prefería ni ver los periódicos para no enterarse de las aventuras políticas del tío Peter. Los periódicos decían que mi tío el fantasma ponía bombas, secuestraba, dirigía revueltas estudiantiles, lideraba huelgas sindicales, era el siniestro autor intelectual de numerosos hechos de violencia. El Perú de esos días vivía convulsionado, y Peter era, decían los periódicos, uno de los grandes culpables de aquella violencia.

Yo recordaba a Peter vagamente, y lo recordaba como un tipo gritón, agresivo, peleador. Lo recordaba así porque, antes de que se hiciese tan públicamente comunista y de que mi papi decidiese no verlo más, lo había visto jugar un partido de fulbito en alguna reunión familiar por navidad. No fue, por cierto, un juego en el que prevaleciera el espíritu navideño: Peter y su hermano Vicente, el Comandante Camión, se encargaron de que lloviesen patadas, empujones, insultos y toda clase de recriminaciones. Incapaces de jugar sin pelearse, los dos, que estaban en equipos rivales y no podían perder, no sabían perder, se revelaron como unos grandes picones. Mi recuerdo del tío Peter era muy fuerte: como no quisieron cobrar una falta que le pareció escandalosamente obvia, cogió la pelota con las manos, la mandó de una patada hasta la casa de enfrente y declaró terminado el partido, lo que, por supuesto, provocó una gresca general en la que participó con entusiasmo. Aquella vez, mi tío Peter demostró que si no arreglaba las cosas a gritos, las arreglaba a patadas, pero las arreglaba de todas maneras, porque, claro, era incluso más corpulento que sus hermanos, aunque el tío Vicente no era precisamente un alfeñique, su espalda parecía la de una bestia de carga, pero el tío Peter, quizás por los deportes que había practicado tan intensamente de joven, exhibía con orgullo, pues andaba siempre descamisado, sus músculos de acero, su pecho animal, sus brazos de agitador: cada brazo de Peter era como una pierna mía. Después no lo vi más, se metió en política y por consiguiente en problemas, ganándose no pocos enemigos, entre ellos mi papi, pero me quedó claro que el tío Peter era cosa seria.

Mi papi llegó una noche excitado y me parece que contento, los problemas del tío Peter eran fuente inagotable de alegrías para él, y contó, mientras comíamos, que Peter había estado a punto de ser capturado por la policía. Su versión, que mi mami se resistió a creer y yo también, era así: Peter estaba haciendo cola en el cine San Antonio para la última función y, a pesar de que llevaba puesta una peluca y bigotes postizos, alguien que lo escuchó hablando con una chica, pues Peter iba acompañado de una joven, *una terrorista seguramente*, dijo mi papi, *fijo que pensaban poner una bomba en el cine*, alguien lo reconoció y muy discretamente fue a un teléfono público y llamó a la policía, y es que mi tío Peter era así de buscado, su cara salía en los periódicos y la tele, y al poco rato, ya en el cine, irrumpió la policía, prendieron las luces, bloquearon todas las salidas y exigieron que la gente se retirara ordenadamente, en fila india, uno por uno, para capturar al agente del comunismo

277

internacional que estaba gozando de su película norteamericana en el cine San Antonio. Peter no iba a caer como una mansa paloma. Dijo mi papi que la gente se alarmó, pues nadie sabía por qué obligaban a todos a salir del cine, hubo una cierta confusión, un previsible barullo, algunos incluso llegaron a gritar *¡dejen ver la película tranquilos, caray!*, *¡hasta en el cine se tienen que meter los militares!*, breve instante de confusión que Peter aprovechó temerariamente, *¿sabes lo que hizo el loco de tu hermano?: saltó de la mezanine a la platea, sacó una pistola, les disparó a dos policías, a uno lo mató, y escapó en medio de una balacera.* Mi mami se negó a creer que su hermano, que tanto rezaba de niño, hubiese matado a un policía, *seguro que se han confundido, Peter no es capaz de matar a nadie, esos son inventos de tus amigos los militares que lo odian al pobre Peter solo por sus ideas comunistas, ya te he dicho mil veces que Peter es comunista no por malo sino por ayudar a los cholos, de puro bueno es comunista mi hermano.* Mi papi, indignado, decía que al tío Peter debían meterlo preso de por vida o, mejor todavía, fusilarlo, *será tu hermano pero es un loco de mierda, un asesino, y no va a parar de joder hasta que lo agarren y lo fusilen, porque esa es la única manera de acabar con los comunistas, mira tú qué bien lo han hecho los chilenos y los argentinos, han dejado limpiecitos sus países.* Yo pensé que mi papi estaba exagerando, pero al día siguiente, hojeando los periódicos en el quiosco de Albino, comprobé que no era así. En las primeras planas y con titulares escandalosos, la prensa de Lima informaba de la muerte de un policía en el cine San Antonio: «Rojo Peter Palacios mata tombo», «Llueve bala en función trasnoche», «Rojo Loco escapa de milagro», «Increíble: Palacios puso bomba en cine San Antonio porque es ateo». Albino, no siendo comunista para nada, se limitó a decirme que no creyese nada, *todos los periódicos dicen puras mentiras*, comentó, mirando el identikit de mi tío el más buscado.

Si bien Peter logró escapar del cerco policial, su cacería se hizo más intensa, su ominosa foto reapareció en los avisos del ministerio del Interior y mi papi anunció que, según sus amigos de inteligencia, el tío Peter iba a caer en cuestión de días, *ya está jodido el Chueco*, pues así le decían a Peter sus amigos del colegio Santa María, en el que también estudió mi papi, le decían el Chueco, en alusión, claro, a su nariz chueca pero también, sospecho, a sus ideas chuecas para los estándares de un ex alumno del Santa María. Mi tío Peter tenía una novia y un hijo pequeñito, pero no vivía con ellos, vivía escondido, a salto de mata, durmiendo cada noche en una cama distinta, cubriéndose con pelucas y bigotines falsos, vistiéndose incluso de mujer, al menos eso decía mi papi entre grandes risotadas: contaba que al tío Peter lo habían visto esperando un íkarus en el zanjón vestido de mujer, *no vaya a ser que le guste, carajo, eso sí que sería el despelote, imagínate que tu hermano el comunista termine metido de travesti, le tendríamos que decir la Chueca: no es por nada, mujer, pero cosas así solo pasan en tu familia.* Mi mami, callada, sufría y rezaba, *algún día, Peter, que es tan bueno, se va a convertir,* prometía, *estoy segura de que se va a convertir aunque sea en el último minuto de su vida, justo antes de morir.*

Pero la vida del tío Peter parecía marcada por la tragedia. No mucho tiempo después del incidente en el cine San Antonio, mi mami me contó, tras contestar el teléfono y romper a llorar contenidamente, que Roxana, la novia de Peter, no su esposa porque no estaban casados, Peter aludía a ella como *mi compañera* en las pocas entrevistas que había concedido desde la clandestinidad a *Lucha Obrera,* un periódico comunista, *Roxana,* dijo mi mami sonándose la nariz con un pañuelo arrugado, *falleció anoche.* Mi papi no fue tan malo como para alegrarse por la muerte de esa mujer joven, inteligente y hermosa, a la que yo había visto en pocas reuniones familiares. Era muy delgadita, como de papel, y tenía la piel blanca, transparente, lechosa, la cara iluminada por unos ojazos marrones y una tímida sonrisa. Era tímida Roxana, tímida y callada, rendida de admiración por Peter, su hombre, el luchador social. Dijo mi mami que Peter y Roxana se habían encontrado poco antes del toque de queda en un parque de Chorrillos, pero al parecer unos agentes de la policía estaban siguiéndola a ella, seguros de que Peter la extrañaría y se arriesgaría a verla, incluso a sabiendas de que podían sorprenderlos, y ella subió al viejo Hillman que algún camarada le había prestado al tío Peter, y cuando descendían por la bajada de Chorrillos, camino al mar, parece que mi tío se dio cuenta de que estaban siguiéndolos y aceleró con todo, y entonces, en medio de una lluvia de balas, haciendo correr al máximo ese carrito viejo, entró demasiado rápido a una curva cerrada, Peter perdió el control, el auto patinó, golpeó el sardinel, se estrelló contra un poste, la puerta del copiloto se abrió y Roxana cayó a la pista, *muriendo instantáneamente*, según dijo mi mami, *por lo menos no sufrió mucho la pobre*. Mi mami había criticado mucho a Roxana por declararse atea y convivir con Peter sin estar casados por la iglesia, pero ahora lloraba por ella y se lamentaba del destino cruel de su hermano, que vio morir a su mujer y ni siquiera pudo bajarse del carro para darle un último beso, pues tuvo que seguir huyendo de la policía, *porque si bajaba, la policía lo mataba allí mismito*, dijo mi mami segurísima. Mi papi, cuando llegó en la noche con sus tragos encima, dijo que Roxana no había muerto por el choque sino de un balazo disparado desde el patrullero, y que el tío Peter, al verla muerta, la dejó caer a la pista para distraer a los policías, algo que me pareció inverosímil porque yo, sin conocer bien a mi tío, estaba seguro de que, comunista y todo, era un tipo íntegro, que luchaba por sus ideales, que arriesgaba su vida por una causa que le parecía justa, o sea, podía estar equivocado y seguramente lo estaba, porque yo era partidario del Perico Elías y no de los comunistas, pero al menos Peter tenía los cojones y el corazón para pelear por sus ideales, no como mi papi, que me parecía un convenido, un aprovechado que por plata era capaz de aliarse hasta con el diablo. Yo no creí que mi tío Peter arrojase a la pista a su mujer muerta, versión que por supuesto repitieron los periódicos canallescos al día siguiente: «Rojo Loco no cree en cementerios, tira a la pista a su hembrichi y se da a la fuga». Yo siempre pensé que la puerta de Roxana se abrió tras el choque y que ella murió del golpe frente al hombre que amaba, aparte de que los policías peruanos eran incapaces de acertarle un balazo a nadie, y menos de noche en plena persecución automovilística. Mi mami, su fe maciza como una montaña, dijo *de repente ahora Peter se reencuentra con Dios* y mi papi, más bien cínico, *el loco de tu hermano se va a vengar de todas maneras, espérate nomás que ahorita se vuela una comisaría entera*. Cuando, días después, un coche bomba destruyó la comisaría de Chorrillos y mató a varios policías, mi papi, sacando pecho, botando el humo de su cigarro negro, se limitó a decirle a mi mami *te dije, te dije*.

No pensó mi papi que tan pronto habría de encontrarse cara a cara con su querido cuñado, el Rojo Loco que se palomeaba tantos policías. Bajaba una mañana por la carretera central rumbo al banco del que era gerente general, cuando de pronto se dio con que los obreros de una fábrica textil en Vitarte habían bloqueado la carretera con llantas, piedras, clavos, botellas rotas, pequeñas fogatas. Mi papi, que manejaba un carro grande, un Volvo blindado con lunas irrompibles, iba solo, porque no le gustaba andar con chofer o guardaespaldas, *esos cholos son los primeros que te traicionan y te secuestran*, pero sí llevaba un pistolón en la guantera y una pistola más chica en la cintura, él iba siempre armado, incluso a misa llevaba pistola, varios de sus amigos habían sido secuestrados y él no se iba a dejar cazar mansamente.

Vio entonces a los obreros bloqueando la pista, gritando consignas contra el gobierno, arrojando piedras y bombas incendiarias a la fábrica en que trabajaban, y decidió, esto nos lo contó por la noche con el debido orgullo, que *una partida de comunistas no me iba a dejar sin ir al directorio en el banco; ellos pueden hacer todas las huelgas que quieran, pero ¿con qué derecho me obligan a hacer huelga a mí?* Hombre de armas tomar, literalmente de armas tomar, mi papi sacó su pistola y su pistolón, calculó bien sus movimientos, pensó que si le bajaban una llanta estaba jodido, así nos lo contó por la noche en la mesa familiar, y metió el Volvo con todo, *aceleré de golpe, bajé la ventana, metí un par de tiros al aire y los cholos de mierda salieron corriendo como gallinas, y en eso que voy esquivando los vidrios y los pedrones, disparando balazo limpio, un encapuchado de mierda...*, no *digas lisuras en la mesa, por Dios*, interrumpió mi mami, pero él no le hizo caso y siguió *un encapuchado de mierda me empieza a tirar piedras y se me acerca y me grita «¡reaccionario conchatumadre, burgués explotador!», y yo ahí mismito paré el carro, le apunté con mi Beretta automática y ya le iba a disparar cuando el muy cabrón se sacó la capucha y ¿quién creen que era?: el comunista de Peter que se meaba en los pantalones, «¡no dispares, soy Peter, tu cuñado!», me gritó, y yo le grité «¡comunista de mierda, si no te mato es por mi mujer!», y metí un par de tiros al aire y el mariconazo salió corriendo y nadie más se me puso al frente, ninguno de esos cholos terroristas tuvo los cojones de salirme al frente, metí el Volvo con todo y crucé la huelga* y mi mami, boquiabierta, avergonzada por la escena de su hermano el comunista apedreando a su marido, el banquero apurado por llegar al directorio, *te han podido matar, amor, ¿cómo has podido hacer una cosa así?* y mi papi, orgullosísimo, *me han podido matar, sí, pero antes yo me cargaba a diez comunistas por lo menos, incluyendo al maricón de tu hermano, que cuando vio la pistola se meó los pantalones y se olvidó de la lucha de clases y toda la cojudez.* Una semana después, mi papi seguía en el teléfono contándoles a sus amigos militares su pequeña hazaña como rompedor de huelgas en la carretera central.

No fue aquella la última vez que el tío Peter y mi papi se vieron las caras inesperadamente. Pasó el tiempo, Peter siguió prófugo, otros hechos de violencia le fueron atribuidos por la prensa adicta al gobierno, y mi papi continuó anunciando su inminente captura, y el hijo de Peter, llamado Fidelito, se fue a vivir con sus abuelos, y entonces mi abuela Catalina, a escondidas de Peter, que además estaba escondido, bautizó a su nieto en el baño de visitas de su casa, llevó al padre Forsyth y bautizaron a Fidelito clandestinamente, algo que mi mami celebró con alborozo porque *hay que evitar como sea que Fidelito se nos haga ateo desde chiquito.* Pasó el tiempo y nadie pudo atrapar a Peter Palacios, el ya legendario comunista, y yo solo supe de él por los periódicos que lo insultaban y por los relatos a menudo contradictorios de mis papás. Una tarde, sin embargo, apareció de pronto. Estábamos todos en casa de los abuelos Leopoldo y Catalina, Fidelito también recién bautizado, se festejaba el cumpleaños de mi abuela Catalina, tan querida por todos, gran conversadora, abuela amorosa, distinguida y elegantísima, celebrábamos su cumpleaños en su linda casa de San Isidro, cuando tocaron el timbre y vi entrar, comiendo yo un pedazo de torta en un rincón de la sala, a un hombre grueso, de ademanes enérgicos, el pelo negro peinado con raya al costado, anteojos de cajero bancario y un bigotín demasiado perfecto para ser verdadero. La fiesta enmudeció. El hombre se acercó a mi abuela Catalina, se quitó la peluca, los anteojos y el bigotín y dijo *feliz día, mamacita*. Era el tío Peter, claro, y su mamá, anegados los ojos de lágrimas, le dio un gran abrazo, y todos aplaudieron y abrazaron a Peter, todos menos mi papi que, un trago en la mano, lo miró con profundo desprecio. Yo vi cuando el tío Peter se acercó a mi papi y le estiró la mano como haciendo las paces, pero mi papi, sin mirarlo, y en claro gesto de rechazo, apenas si le dio la mano fríamente y de costado, le hizo el favor de darle la mano, breve momento tenso que se diluyó enseguida porque Peter se sentó al lado de mi abuela Catalina y atacó sin piedad el lonchecito, mientras tíos y tías, que lo querían a mares aunque fuese un comunista prófugo, lo trataban con cariño y le hacían mil preguntas sobre la tensa situación política del país. Mi papi se mantuvo alejado, distante, y no cruzó palabra con Peter; mi mami, en cambio, iba y venía, infatigable, con sanguchitos y chicha morada y más sanguchitos para su hermano el ateo que ya pronto se convertiría, a base de sanguchitos de pollo quería ella traerlo de vuelta al camino del Señor. Yo escuchaba a Peter con admiración, hablaba mi tío con palabras raras de la situación política, del gobierno genocida y represor, de la revolución que estaba en marcha y era ya imparable, y yo, sin entender nada, sentía, sin embargo, que estaba frente a un héroe, un luchador de mil batallas, que ese hombre que tragaba sanguchitos y hablaba con la boca llena, algo que mi mami jamás me permitiría a mí pero sí a su hermano, era un valiente, una leyenda negra. Más que su coraje, lo que yo admiraba de él era su condición de famoso, pues mi tío Peter era una celebridad en todo el Perú, aunque por las malas razones: era infamemente famoso, tristemente célebre como decían los periódicos, «el tristemente célebre cabecilla terrorista Pedro el Rojo Loco Palacios», y eso, ser tan famoso y tan temido, me parecía algo admirable. Apenas crucé palabras con él, cuando se levantó para ir al baño pasó a mi lado y yo le di la mano y le dije *hola, tío Peter, yo soy tu sobrino Jimmy*, y él me dio la mano revolucionaria, y me dio un apretón tan fuerte que casi me arranca de cuajo el brazo derecho, y me dijo *hola, Jimmy, no me digas tío, dime Peter o, si prefieres, camarada*, y nos reímos los dos y él, dándose cuenta de que yo no lo odiaba como mi papi, me enseñó camino al baño, en su brazo izquierdo, el tatuaje de un hombre barbudo, y me dijo *¿sabes quién fue?* y yo *ni idea* y él, mirándome a los ojos con ardor revolucionario, *el Che, un héroe, un hombre que dio su vida por la revolución* y yo, admirando más que nunca a mi tío, pero sobre todo envidiando ese brazo fornido que debía ser consecuencia de muchas horas de pesas en el gimnasio, le pregunté *¿qué es la revolución, tío?* y él, claramente urgido por su vejiga, *no me digas tío y otro día te explico, porque ahorita tengo que mear*. Yo me quedé feliz de haber hablado con mi legendario tío el perseguido y él se fue a orinar, pues también los revolucionarios tenían que miccionar de vez en cuando, aunque sea esos pequeños placeres burgueses tenían que permitirse para sobrevivir.

Chau, tío, le dije, dándole la mano, cuando mi mami me susurró al oído que teníamos que irnos porque mi papi así lo había decidido, *chau, camarada*, me contestó Peter, sonriendo con una sonrisa pekinesa sospechosamente parecida a la de Mao. Mis papás y yo nos fuimos temprano, a mí me dio pena, quería quedarme a escuchar los relatos truculentos del tío Peter, que todos, entre dulcecitos y tragos, escuchaban fascinados, pero mi papi estaba furioso, tanto que ni siquiera se despidió de Peter, salió malhumorado y en el carro maldijo a su cuñado, *¿qué se ha creído este loco de mierda para venir disfrazado al cumpleaños de mi suegra?*, aunque mi mami por supuesto lo defendió, *tiene más derecho que tú a venir a saludar a mi mamá, y no hables* *así de Peter delante de nuestro hijo, por favor. Ojalá lo agarre pronto la policía y lo metan adentro de por vida*, dijo mi papi, antes de encender otro cigarrillo y permitirse, sin la menor compasión por nosotros, una sonora ventosidad.

Mi tío Peter salió pasada la medianoche de la casa de la abuela. Se había puesto la peluca, los anteojos y el perfecto bigotín engomado. Lo esperaba la policía. No tuvo tiempo de reaccionar: lo cogieron de sorpresa, lo encañonaron frente a su madre, se entregó en silencio. Los periódicos anunciaron con euforia su captura. Estuvo preso varios años. Mi papi se pasó todo ese tiempo asegurando que él no lo había delatado.

XV
Enseguida le traigo su escocés, señor

Era el mayordomo de mis abuelos, un hombre tan discreto y taciturno, tan increíblemente silencioso, que casi parecía invisible. Iba siempre uniformado, los zapatos negros brillantísimos, el pantalón negro con dos rayas moradas en los pliegues, un chalequito morado sobre la camisa blanca, el pelo negro engominado, peinado hacia atrás, fijado con tanta firmeza y minuciosidad que nada en él se movía, ni un solo pelo rebelde o desertor rompía el orden de ese cabello parejamente alisado, su pelo parecía parte del uniforme y supongo que lo era, que estaba obligado a llevarlo así, engominado y planchadito. No tenía la piel oscura, era Flavio una rareza, un mayordomo blanquísimo, su piel tenía una extraña transparencia, una palidez enfermiza, parecía la piel de un hombre que nunca había estado expuesto al sol. De hecho, Flavio le huía al sol: cuando salía a servir bocaditos al jardín, protegía su rostro con una gorrita morada como de cocinero, buscaba siempre la sombra bienhechora. Yo, viendo que todas las empleadas de mis abuelos eran morenitas, preguntaba por qué Flavio era tan blanco, por qué, siendo mayordomo, o sea, y como decía mi mami, *empleado del servicio*, no era morenito como todas las empleadas del servicio, inquietud que no encontraba una explicación satisfactoria hasta un día que mi papi, con su habitual tosquedad, me dijo *Flavio es blancón porque es una bala perdida* y yo le pregunté cómo era eso de ser una bala perdida y él *Flavio es hijo del viejo Percy Levy, el dueño del Banco del Sur, que murió hace poco, el loco de Percy se tiró a la empleada de su casa y la chola quedó embarazada y de ahí nació Flavio, que es igualito a Percy, pero el viejo Percy nunca lo reconoció, por eso Flavio se llama Flavio Padilla, porque su mamá, la chola que se tiraba Percy, le puso su apellido* y yo le pregunté *¿y Flavio sabe todo eso?* y mi papi *claro que sabe, Flavio se hace el cojudo pero no es ningún cojudo, después de todo es hijo de Percy Levy, y el viejo Levy era un tigre para los negocios.*

Yo nunca me atreví a preguntarle a Flavio si él sabía que era hijo de Percy Levy, no me atreví porque le tenía mucho respeto. Más que confianza o cariño, Flavio, un hombre que asumía perfectamente su papel, siempre formal y distante, lo que inspiraba era respeto. Me trataba de usted, nunca me tuteó, me decía señor Jimmy, y a mí eso me sonaba muy raro, porque yo todavía era un niño y nadie me decía *señor*, y yo a veces le decía, si no estaban cerca mis abuelos ni mis papás, *no me digas señor, Flavio, dime Jimmy nomás, tutéame con confianza*, pero él nunca me retiró el *señor*, la máxima confianza que se permitió conmigo fue decirme señor Jimmycito, pues mis abuelos paternos me llamaban así, Jimmycito, y entonces yo, para Flavio, me convertí en el señor Jimmycito, y a mí me hacía mucha gracia que yo, siendo él un hombre mayor y tan ceremonioso, lo tratase de tú, de Flavio para arriba y para abajo, mientras él a mí, que era un niño apenas, me señoreaba con las debidas reverencias, *señor Jimmycito, ¿le provoca una cocacola?; señor Jimmycito, ¿le hago un sanguchito de queso a la plancha como a usted le gusta?; señor Jimmycito, ¿le sirvo papas fritas importadas de Miami?* Flavio hacía solo esa clase de preguntas, nunca preguntas sobre otros asuntos que no fuesen puramente los de su trabajo, no recuerdo que se atreviese nunca a preguntarme sobre mi colegio, sobre fútbol o sobre mi sosegada vida en nuestra casa en el cerro de Los Cóndores. Si Flavio me dirigía la palabra era solo para atenderme, servirme, complacerme, jamás para hacer una pregunta más allá de sus estrictas obligaciones, y si yo le preguntaba sobre cosas personales, porque siempre fui muy curioso y además me encantaba conversar con los empleados, si le preguntaba, por ejemplo, *Flavio, ¿qué haces los domingos, cuando te toca tu día de salida?* o, más atrevido, *Flavio, ¿alguna vez has tenido enamorada?*, el pobre, sin que se le moviese un pelo, sin transpirar una sola gota, pues nunca sudaba Flavio, siempre lucía impecable y oliendo suavísimo, el pobre tosía ligeramente, miraba a otra parte con visible incomodidad y se permitía algún comentario relacionado generalmente con el clima, *qué bochorno hace hoy, señor Jimmycito* o, si hacía frío, *qué día tan nublado nos ha tocado, póngase una chompita mejor, no se vaya usted a resfriar.*

Flavio era un misterio, un hombre sin pasado. Cumplía con admirable esmero y pulcritud una misión para la que parecía sentirse predestinado: servir a mis abuelos, servir a la familia. Flavio existía solo para eso, para servirnos; cumplidas sus múltiples tareas, desaparecía sin dejar rastro, se perdía en la soledad de su cuarto. Ese era otro misterio para mí, el cuarto de Flavio, al que yo no podía entrar, pues mis abuelos no me dejaban bajar a los cuartos de los empleados, una sección de la casa a la que se accedía por una escalera que descendía desde la cocina, y tampoco Flavio me dejaba bajar al área de la servidumbre, como la llamaban mis abuelos, *no es correcto que usted, señor Jimmycito, baje al área de la servidumbre*, me decía, humildísimo y nerviosísimo, cuando yo le insistía en que me moría

289

de ganas de conocer, siquiera fugazmente, aquella zona prohibida de la casa. Una vez bajé por esas escaleras que, estaba seguro, me conducirían a develar los secretos del mayordomo más profesional que había visto jamás. Flavio estaba enfermo, mis papás y mis abuelos tomaban unos tragos en alguna de las salas, pues la casa era inmensa y tenía muchas salas, las empleadas hacían los trajines de la cocina, la ausencia de Flavio me resultó evidente desde que tocamos el timbre y no fue él quien nos abrió con una reverencia, *¿y Flavio?*, le pregunté a Norma, la empleada, una señora mayor que, bajando la cabeza con el mayor de los respetos, me dijo *buenas tardes, señor Jimmy, pase adelante por favor, el señor Flavio está un poquito delicado de salud*, así que yo, aprovechando que mis papás y mis abuelos estaban distraídos tomándose una copita y comentando las novedades familiares, entré a la cocina, saludé a todas las empleadas, les hice bromas, piqué una que otra cosita rica y, pidiéndoles una complicidad que ellas no defraudaron, les dije *voy a bajar un ratito a saludar a Flavio, si preguntan por mí digan que bajé a jugar al jardín y ahorita subo*, y ellas sonrieron nerviosas y Norma me dijo *nosotras no hemos visto nada, joven Jimmycito*, y yo, el corazón latiéndome más fuerte, porque si mis abuelos me pillaban se enojarían seguro, bajé esas escaleras angostas y me encontré en un patio con ropa tendida y olor a jabón de lavar y fui abriendo las puertas de los cuartos de las empleadas, era como un pequeño hostalito aquella sección de la casa, hasta que, tras dar dos golpecitos en la puerta, abrí y me encontré con Flavio leyendo en la cama. *Señor Jimmycito, ¿qué hace usted aquí?*, me dijo el pobre, sorprendido y también avergonzado de que lo viese así, en cama y en piyama y sin su uniforme inmaculado y sobre todo sin su pelo perfectamente engominado, parecía otro Flavio, pues el pelo lo tenía seco, no brilloso, y un par de mechones caían sobre su frente, y yo, desde la puerta, porque no me invitó a pasar, le dije *bajé a saludarte, Flavio, me dijeron que estás medio mal* y él, incorporándose, sentándose en la cama, las piernas cubiertas por sábanas y frazadas, ya que hacía un poco de frío, dejándome ver una piyama a rayas como de presidiario, él *gracias, pero retírese mejor, señor Jimmycito, no le vaya a contagiar los gérmenes, que los señores me despiden*, y yo, echando un rápido vistazo a su cuarto, pues sabía que no me iba a dejar pasar, advertí que el bueno de Flavio tenía en su mesa de noche dos fotos enmarcadas, una de mi abuelo, otra de mi abuela, tan servicial y entregado a sus patrones él, no había fotos de su familia ni de una noviecita furtiva, ni siquiera la imagen de un santo protector, solo las fotos de mis abuelos sonrientes por la vida tan dulce que les había tocado llevar, una vida que sin duda Flavio hacía más dulce todavía con sus atenciones y finezas, y noté también que, perfectamente colgado sobre un perchero, su uniforme lo esperaba al pie de la cama, una cama estrecha, no de plaza y media sino de una plaza, con rueditas abajo, una cama en la que él, al verme, había dejado el libro que estaba leyendo, un libro grueso, *El Chacal*, de Frederick Forsyth, y yo le pregunté *¿qué tienes, Flavio?* y él *no es nada grave, solo una dolencia intestinal, y ahora mejor váyase, señor, que usted no debe bajar aquí, al área de la servidumbre* y yo *no pasa nada, Flavio, no te preocupes*, y su cuarto no tenía ventanas y el aire estaba algo enrarecido, no había una tele ni una radio pequeñita, solo la cama, una mesa de noche y el perchero con su ropa de trabajo, *¿es bueno ese libro?*, le pregunté, porque había visto *El Chacal* en la biblioteca de mi abuelo y también en la de mi papi, y él tosió un poco, tomó agua, y con una voz débil y mortificada me dijo *no diga nada, por favor, señor Jimmycito, que este libro lo he tomado prestado de su señor abuelo* y yo *no te preocupes, Flavio, el abuelo ni se va a enterar* y él *gracias, señor* y yo *¿pero está bueno el libro?* y él, por primera vez en su vida hablándome de algo que no fuese servirme cocacolitas o papitas fritas, *magnífico está, lo comencé anoche y no puedo dejarlo, pero ahora le ruego que se retire, señor, que su presencia acá es muy inapropiada y puede meterme en problemas,* así que yo, viéndolo tan inquieto, le dije *chau, Flavio, que te mejores, solo quería saludarte,* y él me hizo un muy respetuoso adiós con esa mano temblorosa y yo cerré la puerta y subí las escaleras de regreso a la cocina feliz de haber conocido su cuarto, feliz de que, por fin, él y yo compartiésemos un secreto, su amor por los libros de mis abuelos que él leía a escondidas, pero más feliz todavía de saber que Flavio quería tanto a mis abuelos que en su mesa de noche había puesto dos lindas fotos de ellos. Flavio era, sin duda, el mayordomo más noble del mundo, el perfecto mayordomo, tan perfecto que incluso enfermo y en cama seguía siendo todo un mayordomo.

Mis abuelos, en sus cumpleaños, hacían unas comidas muy elegantes en el jardín de su casa, la piscina iluminada, un toldo crema protegiéndonos de garúas inoportunas, música clásica suavecita, piano o violín de preferencia, un selecto equipo de mayordomos encabezado por Flavio, desde luego, atendiéndonos maravillosamente, cada mesa para seis personas con su respectivo mayordomo al lado, de pie, mudo e imperturbable como una estatua, ocasiones en las que Flavio, consciente del papel de jefe de mayordomos que le tocaba desempeñar, hacía suyos unas maneras, unos andares, unos gestos y unas miradas que, me parece, no eran simplemente los de un mayordomo sino más bien los de un dirigente, los de alguien que dispone de un cierto poder, y si bien, por supuesto, con nosotros, los de la familia, seguía siendo un hombre incapaz del menor orgullo, de la menor altivez, con ellos, con los demás mayordomos, sus subordinados, Flavio era, en cambio, sin que se notase mucho, pero yo lo observaba, un jefe firme, estricto, que repartía órdenes y reproches en voz bajísima y estaba pendiente del más ínfimo detalle. Flavio parecía más importante en aquellas comidas elegantes, se empinaba sobre su papel habitual, se convertía en el líder natural de esa otra familia, la del servicio. Por eso fue particularmente cruel lo que le hizo mi papi esa noche en que mi abuela Virginia cumplía años. Mi papi estaba borracho, no sabía medirse con los tragos, y por eso mi mami sufría y le contaba los whiskys pero él seguía tomando sin medida, exigiéndole a Flavio un whisky más, con hielo y sin agua, porque Flavio atendía siempre la mesa de los mayores, a la que se sentaban mis abuelos y mis papás, y entonces, sospecho que siguiendo las discretas instrucciones de mi abuelo o quizás las de mi mami, Flavio, haciéndose el distraído, cada vez que mi papi, ya notoriamente borracho, le pedía un trago más, y se lo pedía casi gritando y, por lo tanto, disgustando a mi abuelo Patrick, que era un hombre finísimo, Flavio iba al bar, movía de sitio las copas, perdía tiempo deliberadamente y hacía como que se olvidaba y al ratito volvía pero sin ningún trago para mi papi, discretos ardides de mayordomo veterano que le fueron útiles solo un rato, pues mi papi acabó por darse cuenta, *oye, Flavio, ¿tú me estás cojudeando o qué?*, le dijo, mirándolo de abajo a arriba, pues Flavio estaba de pie y mi papi sentado, *hace rato te estoy pidiendo un whiskycito y tú te haces el sueco*, acusación a la que Flavio, haciendo humildes reverencias, respondió enseguida *le traigo su escocés, señor*, porque él nunca decía *whisky*, decía *escocés*, lo que a mí me hacía mucha gracia. Flavio bordeó entonces la piscina a pasos lentos y llegó al bar, y yo vi que mi abuelo Patrick, con la mirada, le decía *ni un whisky más al borracho de mi hijo mayor, ni uno más, es una orden, Flavio*, y entonces el pobre Flavio se demoró, hizo como que servía, cambió de sitio las botellas, ganó

293

tiempo, pero ahora mi papi lo observaba, estaba borracho pero seguía siendo un tipo mañoso y no iba a permitir que siguiesen tomándole el pelo y manteniéndolo en estricta sequía, así que, pasados unos minutos, mi papi, furioso, los ojos vidriosos, se puso de pie bruscamente y se dirigió al bar zigzagueando. Flavio, al verlo, vino de regreso hacia las mesas, pues no quería que mi papi lo pillase en el bar. Se encontraron a medio camino, al borde de la piscina, *¿mi whisky?*, preguntó mi papi, mirándolo feo, y Flavio, la cabeza hundida, *mil disculpas, señor, enseguida le sirvo*, pero mi papi ya no le creyó, supo que era una mentira más a la que el pobre mayordomo estaba obligado, y entonces, murmurando algo que con seguridad no era nada amable, enrumbó hacia el bar, pasó al lado de Flavio y, fingiendo tropezarse, pero con evidente mala intención, lo empujó a la piscina. Flavio cayó al agua transparente, bien iluminada, cayó con su bandeja de plata y sus copas de vino y sus cocacolas para nosotros, los chicos. Mi papi siguió caminando como si no se hubiese percatado del escándalo que fue para todos nosotros ver caer a Flavio uniformado en la piscina iluminada. Mientras mi papi se servía ahora un trago más, de espaldas a nosotros, Flavio, que había caído en la parte más honda de la piscina, daba manotazos desesperados, tragaba agua, pero, eso sí, no gritaba, hacía el menor ruido posible, porque él, antes que gritar y perturbar la comida familiar, seguramente prefería morir ahogado. *¡Se ahoga, se ahoga, Flavio se ahoga!*, gritó entonces mi mami, y todos corrimos a la piscina, porque sí, Flavio se ahogaba, y entonces mi tío George, un tipo inteligentísimo, bromista y encantador, se tiró al agua con zapatos y todo, nadó rápidamente, cogió a Flavio de los brazos y lo jaló hasta la zona de la piscina donde podía estar de pie. Pálido, aterrado, escupiendo agua, Flavio salió a duras penas de la piscina. Yo me moría de pena de verlo al pobre empapado y tembloroso como un pollo, me moría de rabia de ver al malo de mi papi diciéndole *cuánto lo lamento, Flavio, fue un tropezón, no me di cuenta, la próxima vez camina con más cuidado tú también*, el descarado de mi papi, cínico y borracho, quería hacernos creer que la caída había sido un accidente, cuando todos sabíamos que él lo había empujado. *¿Está usted bien?*, le preguntó mi abuelo Patrick a su mayordomo, que temblaba y de la pura vergüenza seguramente quería desaparecer, y Flavio le respondió *¿qué le sirvo, señor?*, porque él era así, semiahogado y todo era el mejor mayordomo del mundo. *Puede usted retirarse, sus tareas han concluido por hoy, vaya a descansar*, le dijo mi abuelo, guardando las distancias de siempre, pero también revelando una cierta calidez, un disimulado afecto por ese hombre que le era incondicional, *permiso, señor*, dijo Flavio, y al hablar escupió sin querer un poco de agua, pues había tragado mucha agua el pobre, y luego, avergonzado, se retiró del jardín acompañado por los otros mayordomos que le decían *don Flavio, yo no me tiré a salvarlo porque tampoco sé nadar, mil disculpas, don Flavio*. Mi abuelo se acercó entonces a mi papi y, tomándolo del brazo, lo llevó al bar y le habló con gestos enérgicos, rara vez se molestaba mi abuelo Patrick pero era obvio que ahora estaba furioso con mi papi, le hablaba muy de cerca y moviendo severamente la mano derecha, como acusándolo. Poco después nos fuimos de la comida, mi papi estaba tan borracho que no pudo retroceder su carro, casi choca el Mercedes de su hermano George. *Mejor yo manejo, tú estás un poquito tomado*, le dijo mi mami. *Tú saca el carro, después manejo yo*, le ordenó mi papi, incapaz de aceptar que estaba borracho. Así ocurrió, mi mami retrocedió el Volvo blindado, luego mi papi se puso al timón. De milagro llegamos vivos a la casa, estuvimos a punto de chocar un par de veces, para no mencionar que, a medio camino, mi papi tuvo que detenerse, abrir la puerta y vomitar: un asco de noche. Flavio, todo un caballero, seguro servidor de nuestra familia, nunca se permitió, después de aquel incidente en la piscina, demostrarle a mi papi que le guardaba el más leve rencor, pues siguió atendiéndolo con el mismo esmero de siempre. Yo sospecho que Flavio detestaba a mi papi, que le parecía un energúmeno de cuidado, pero se cuidaba muy bien de esconder esos sentimientos, si acaso existían, pues Flavio era así. Con un litro de agua en el estómago y los pulmones, a punto de colapsar, humillado y empapado, todavía encontraba fuerzas para decirle a mi abuelo Patrick, su patrón de toda la vida, *¿qué le sirvo, señor?*

Años después, me lo encontré de casualidad en el parque de Miraflores. Yo iba caminando hacia el cine Pacífico, había quedado en ir a la matiné con un amigo del colegio, nos encontraríamos en la puerta del cine a las tres de la tarde, cuando vi a un hombre solo, sentado en una banca con las piernas cruzadas, que se parecía demasiado a Flavio. Tenía que ser Flavio. Me acerqué a él, por suerte tenía tiempo, no iba demasiado apurado. Fue toda una impresión ver a Flavio libre, en la calle, vestido con ropa normal. Llevaba puesto un traje oscuro que delataba su antigüedad, un traje que seguramente mi abuelo le había regalado en lugar de tirarlo a la basura, y estaba peinado con su habitual pulcritud, el pelo negro planchado hacia atrás gracias a su leal amiga la gomina, y no sé si estaba dormitando, pero parecía ausente, entrecerrados los ojos, la cabeza ligeramente inclinada hacia un lado, como recostándose en una almohada imaginaria. *Flavio*, le dije, pero no contestó, no hizo la menor expresión. *Flavio, ¿eres tú?* Siguió ignorándome. Sin duda era Flavio, no podía existir en toda Lima un tipo tan parecido a él, *quizás sea su hermano gemelo*, pensé por un momento. Toqué su hombro, le dije *hola, Flavio*, creo que lo desperté. Era Flavio.

Se puso de pie, asustado, como regresando a la vida, y me dijo *señor Jimmycito, ¿qué hace usted aquí?, ¿le sirvo algo para tomar?* Me dijo eso atropelladamente, esas palabras serviciales salieron de su boca sin que las pensase, con la naturalidad de un reflejo, de un tic nervioso. *Voy a la matiné del Pacífico, ¿qué haces tú por aquí?*, le dije, y él, parados los dos, yo casi ya de su tamaño, *hoy es domingo, mi día de franco y yo ¿siempre vienes los domingos por acá?* y él, ya más tranquilo, *sí, me gusta venir los domingos al parque a mirar a la gente*, y entonces yo me senté y le dije *siéntate* y él se sentó en la misma banca conmigo, aunque todo lo lejos que pudo, supongo que por un tonto respeto hacia mí, y luego quizás sintió que estaba haciendo algo indebido, inapropiado, porque me dijo, sin mirarme a los ojos, cruzando las piernas, dejando ver, entre sus medias y su pantalón, un pedacito de pierna blancuzca y velluda, me dijo *mejor vaya a ver su película, señor Jimmy, que si sus abuelos me ven aquí sentado con usted, me despiden*, eso me dijo mirando nerviosamente hacia los carros que pasaban por la avenida Larco, y yo, fingiendo ignorar esas palabras que en realidad me conmovieron, *Flavio, te pido disculpas por la barbaridad que te hizo esa noche en la piscina el animal de mi viejo* y él, sorprendido, haciéndose el despistado, *no sé a qué se refiere, señor Jimmycito, y no se exprese así de su señor padre, que es todo un caballero de alta sociedad*, pero yo sentí que en el fondo le había gustado que le dijera eso, lo advertí en esa mirada fugaz y agradecida que me dirigió mientras elogiaba a mi papi solo por cumplir las formalidades, y entonces yo *¿qué planes tienes, Flavio?* y él *no se a qué planes se refiere, señor* y yo *¿qué vas a hacer?, ¿te vas a quedar sentado acá hasta que se haga de noche?* y él, tosiendo un poco, porque siempre tosía ligeramente cuando yo lo incomodaba con mis preguntas impertinentes, *bueno, no, en realidad pensaba asistir a misa de cinco en La Medalla Milagrosa* y yo, que había ido a misa por la mañana con mis papás porque si no los acompañaba a misa ellos en represalia me prohibían ir al cine con mi amigo en la tarde, *qué aburrido, Flavio, ¿por qué no me acompañas mejor a la matiné?, yo te invito* y él, abriendo mucho los ojos como si le hubiese hecho una propuesta indecente, *¿cómo se le ocurre, señor Jimmycito?, yo no puedo ir al cine con usted, podría perder mi trabajo si alguien me ve y le cuenta a sus señores abuelos o a sus señores padres* y yo, sintiendo que en el fondo sí quería meterse a la matiné, *no seas tonto, Flavio, nadie nos va a ver* y él, retirando con una mano nerviosa alguna pelusita de su saco, *le agradezco pero es muy peligroso, señor* y yo *si quieres haces la cola tú solo y te sientas separado de nosotros* y él, callado unos segundos, pensándolo, midiendo el riesgo, *pero si voy al cine no voy a poder asistir a misa de cinco, señor* y yo *no importa, Flavio, no pasa nada si faltas a misa un domingo, aparte que me han dicho que la película es buenaza.* Yo solo quería que, por una vez en su vida, incumpliese una obligación, se permitiese un pequeño placer, así que, de tanto insistir, aceptó a regañadientes, *muy bien, señor Jimmy, voy a aceptar su invitación, pero eso sí, le ruego que me comprenda, de ninguna manera podemos ir juntos* y yo *perfecto, Flavio, como tú quieras,* y me puse de pie y le dije *¿vamos?* y él *mejor vaya usted primero, yo le doy el alcance allá, señor* y yo *no seas tonto, Flavio, vamos juntos,* y él se paró y caminó conmigo pero no a mi lado, caminó unos pasos detrás y mirando a otra parte, como si en realidad no estuviese conmigo, el pobre estaba aterrado de que algún conocido de la familia nos viese y le contase a mis abuelos que lo habían visto caminando por Miraflores conmigo, el señor Jimmycito. Cruzamos la avenida Diagonal, nos confundimos con el gentío que hacía una larga y caótica fila para entrar al cine, encontré a mi amigo, compré tres entradas para mezanine, Flavio se mantuvo a mis espaldas, mi amigo pensó que era mi guardaespaldas y así me lo dijo, y si yo le decía algo a Flavio, él ni me miraba, se hacía el distraído. Pobre Flavio, estaba nervioso, no lo podía ocultar, le sudaban la frente y las manos, él que nunca sudaba, aquella era la aventura de su vida, meterse a la matiné con el nieto engreído de su patrón, don Patrick. Cuando entramos al cine lo vi más aliviado, *¿canchita, Flavio?, no se moleste, señor Jimmy*, pero no le hice caso, le compré la canchita más grande. Subiendo las escaleras hacia mezanine, me dijo *señor, yo mejor voy a platea, no es apropiado que yo entre a mezanine con usted*, pero yo, permitiéndome unas confianzas que lo ponían muy nervioso, *no seas tonto, Flavio, claro que es apropiado porque yo te estoy invitando*, así que, bien cargados los tres de canchitas, entramos a la mezanine del Pacífico y nos sentamos en la primera fila, allí donde se sentaban los más viciosos para tirar canchita a la platea, y Flavio *señor, yo mejor me siento más allá* y yo *no pasa nada, Flavio, siéntate con nosotros*, y él, resignado, incapaz de contrariarme, se sentó a mi lado pero con el debido respeto, dejando un asiento libre entre él y yo, así era el pobre Flavio, tan formal. El cine oscureció, comenzó la película, algunos chiquillos aplaudieron, había gran excitación, era la última de James Bond que acababa de llegar a Lima, mi amigo y yo devorábamos canchita tras canchita mientras gozábamos con las audacias de James Bond. A mitad de la película miré a Flavio y le dije *¿no está buenaza la película?* No me contestó, estaba durmiendo, roncaba. Sonreí, siempre me ha molestado la gente que hace ruido en el cine, pero los ronquidos de Flavio, no sé por qué, me hicieron muy feliz. Cuando se encendieron las luces y la gente se puso de pie, despertó sobresaltado. Bajando las escaleras, le pregunté *¿te gustó?* y él me dijo *magnífica, señor, verdaderamente magnífica la película, le agradezco de todo corazón, señor Jimmy*. Luego nos dimos la mano y Flavio se fue caminando deprisa porque *ya está por comenzar la misa de seis, señor.* Me quedé mirándolo un momento. Me sorprendió: volteó, me dirigió una mirada agradecida y, sonriéndome fugazmente, me hizo adiós con la mano. Había contemplado un milagro: Flavio era capaz de sonreír.

XVI
Todos le decían Pan con Pescado

Me hice amigo de Omar Hernández en el colegio por pura conveniencia: su papá era general del ejército y ministro de pesquería del gobierno militar. Un hombre llamativamente bajo para ser militar, el general Hernández aparecía con frecuencia en los noticieros de la televisión opinando sobre asuntos que, ahora sospecho, le eran del todo ajenos: la producción de harina de pescado, la veda de la anchoveta, las doscientas millas de mar territorial peruano o las ventajas nutritivas y patrióticas de comer pan con pescado en vez de hamburguesa. Tanto hablaba del pan con pescado el general Hernández en la televisión que, era inevitable, los chicos del colegio terminaron apodando Pan con Pescado a su hijo, Omar Hernández, que estaba en mi clase. También le decíamos el Flaco Hernández, por lo menos así le decía yo, y no porque Omar fuese delgado sino más bien porque era ancho, grueso y potente como una tanqueta, uno de esos carros blindados que su papá mandaba a los barrios marginales de Lima para repartir pan con pescado gratis, cortesía del gobierno militar. El Flaco era, pues, un apodo irónico y se diría también que afectuoso, porque Omar Hernández era todo menos flaco, su pesada humanidad imponía un cierto respeto, y no se

301

piense que era pura grasa, un manso cerdito, no: el Flaco, siendo grueso como un ropero, era fuerte, ágil y peleador, y en los recreos del colegio solía acallar a puñete limpio a los críticos del gobierno militar. No se enojaba si le decían Pan con Pescado, tenía bastante correa como para reírse del apodo de su papá que terminó resbalando sobre él, pero si algún desprevenido se atrevía a decir que los militares que nos gobernaban eran unos ladrones y unos borrachos, acusación que no siempre parecía del todo infundada, Omar Hernández, buen hijo de su padre, le callaba la boca con un par de manotazos y una patada en los huevos. Yo nunca le dije Pan con Pescado ni expresé, en su presencia, desacuerdo alguno con el gobierno militar, pues tenía muy claro que, en un choque cuerpo a cuerpo, Omarcito Hernández me haría papilla, me reduciría a escombros, haría con mis trémulos sesenta kilos un costal de harina de pescado. Por eso, en los partidos de fulbito que jugábamos durante el recreo, yo prefería jugar siempre en el equipo de Hernández, y no porque él fuese particularmente hábil con la pelota, tampoco porque me pasara la bola, pues era un ambicioso el Flaco y solito quería llevarse a todo el equipo contrario, yo en verdad jugaba con él para no recibir los codazos, patadones y escupitajos con los que Hernández solía agasajar cordialmente a sus adversarios, había que ver cuán cochino y abusador era el Flaco en el fulbito de los recreos, aunque es justo reconocer que tenía maña para golpear a sus rivales, no lo hacía notoriamente, repartía sus caricias confundido en un forcejeo, en una disputa, en un salto masivo. Omar sabía que yo gozaba con sus matonerías y por eso, después de masacrar sigilosamente a algún adversario, a veces me miraba y me hacía un guiño y yo me moría de risa porque el Flaco Hernández sabía bien que, siendo hijo de ministro, y un perfecto mastodonte además, nadie se atrevería a tocarle un pelo.

302

Descubrí que me convenía ser su amigo cuando me enseñó las entradas al palco de honor del Estadio Nacional que su papá, por ser ministro, recibía todas las semanas. *¿Quieres venir al fútbol el domingo?*, me preguntó con su vocecita de canario, porque el Flaco, recio y pegador como era, hablaba, muy a su pesar, con una voz aflautada y cantarina que parecía más la de una niña. Por supuesto, acepté la invitación. Esa fue la primera vez que fui a su casa. Vivía con sus padres en San Borja, un barrio de casas modernas y generalmente feas en el que, según me contó, vivían casi todos los jefes militares. Su casa, enrejada, custodiada por tres policías armados y un patrullero, rodeada por un cerco eléctrico, alambres de púas y un tremendo muro, parecía, más que una casa, una cárcel. *Hola, serranos*, les dijo Hernández a los policías que cuidaban la puerta de su casa. Con el debido orgullo, me enseñó, en la sala, las fotos en que su papá, el general de división Máximo Hernández Cantuarias, aparecía con el presidente de la república, general de división Nelson Martínez de la Guerra, con el Papa, con el presidente de los Estados Unidos, Jimmy Carter, y con el capitán de la selección peruana de fútbol, Julio Meléndez Calderón. Me contó, con el debido orgullo también, que su papá, cuando tomó juramento como ministro de pesquería, decidió que su primer viaje al extranjero tenía que ser al Vaticano, ya que siempre había soñado el general Hernández con estrechar la mano de Su Santidad y recibir la bendición papal en compañía de su señora esposa, doña Adelita Bravo de Hernández, mujer cuya gruesa contextura explicaba por sí sola el fiero grosor de su hijo Omarcito. Pues el sueño se hizo realidad, el general Hernández y su esposa Adelita de toda la vida viajaron al Vaticano y estuvieron un ratito a solas con el Papa, tiempo suficiente para que les tomaran la foto que ahora yo veía en la sala de su casa, pero el viaje, me contó el Flaco, no fue totalmente feliz, porque su papá, deseoso de halagar al Santo Padre, ordenó que un embarque refrigerado del mejor cebiche peruano fuese enviado a la embajada del Perú en Roma, orden que se cumplió a cabalidad, pues los funcionarios diplomáticos peruanos recibieron, solícitos, las corvinas, los lenguados, los limones, las alguitas, el camote, el choclo y hasta pequeños envases de la llamada leche de tigre, el juguito del cebiche, todo lo cual, siguiendo las precisas instrucciones del general Hernández, se convirtió en un soberbio y picante cebiche que, metido en un táper transparente y envuelto luego en fino papel de regalo, don Máximo y doña Adelita llevaron consigo al Vaticano, con la plausible esperanza de depositarlo en las santas manos del Sumo Pontífice, y es que el general Hernández, como buen peruano y como ministro de pesquería además, estaba honestamente convencido de que lo mejor que le podía regalar al Papa era un cebichito bien jugoso, de esos que levantan muertos, aspiración que se vio frustrada cuando la guardia de seguridad del Vaticano decomisó el cebichito alegando que no se podía ingresar con artículos comestibles para ver al Papa, y claro que el general Hernández protestó y sacó el fotocheck que acreditaba su condición de ministro y aseguró que el cebiche estaba en perfectas condiciones sanitarias, *si quieres prueba un poquito, que está de chuparse los dedos*, me contó el Flaco riéndose que le dijo su papá al guardia suizo, pero la seguridad vaticana, inflexible, confiscó ese envase con pescado crudo, bañado en limón y fuertemente encebollado, razón por la cual, me explicó el Flaco señalando la foto que ahora presidía la sala familiar, su padre, al lado del Papa, no aparecía sonriente sino más bien serio, adusto, ceñudo, seguramente pensando *la puta que lo parió al guardia suizo, tanto trabajo en hacer un cebichito como Dios manda para Su Santidad y ahora se lo va a terminar comiendo algún guachimán del Vaticano, carajo.* Después de enseñarme los retratos familiares y pasearme por esa casa oscurísima, en la que gruesas cortinas impedían que pasara siquiera un tenue rayo de luz y un enorme sillón de cuero blanco formaba un semicírculo en la sala, el Flaco Hernández sacó las entradas al fútbol de su cuarto, adonde prefirió que yo no entrase, y fuimos al estadio en una *pick up* doble cabina manejada por uno de los guardaespaldas de la familia. Esa tarde jugaba la U, equipo del que Hernández era ferviente seguidor, así como el guardaespaldas, que era ferviente seguidor de la familia Hernández y, por lo tanto, también de la U. Yo no era de la U pero quería llegar ileso a mi casa, así que me declaré hincha perdido del equipo crema. Al llegar al palco, el Flaco, luciendo casaca de cuero negra comprada por su papá en viaje ministerial a la república Argentina, entregó las tres entradas y dijo, sin que fuese necesario en realidad, *soy hijo del ministro Hernández, este es mi amigo y este, mi seguridad.* El portero, un viejito jorobado, dijo *ah caracho, adelante por favor,* y nos condujo a nuestros privilegiados asientos. El palco de honor estaba lleno de militares y parientes de militares, además de los dirigentes de fútbol, muchos de los cuales, curiosamente, también eran militares o parientes de militares, o sea que había un ambiente a la vez castrense y familiar, todo el mundo se conocía y saludaba, todo el mundo era de la U porque el presidente de la república, general Martínez de la Guerra, era incondicional de ese equipo, la U, Universitario de Deportes, filiación que en cierto modo, decían sus detractores en tono de broma, compensaba que nunca hubiese pasado por las aulas universitarias. El Flaco Hernández se pasó todo el partido insultando al árbitro. Le gritaba, con su vocecilla pueril, *¿qué cobras oye,* *vendido?, ¡ándate a tu casa, desgraciado!, ¡burro eres, por mi madre, renegado!, ¡cobra, pues, animal!, ¡tienes el pito por las puras, renegado!* Yo no sé por qué el Flaco se ensañó con el árbitro esa tarde, a mí me pareció que el arbitraje era bastante correcto, tampoco sé por qué mi amigo gritó y gritó cuando su voz era tan graciosa, ignoro también la razón por la que repetidamente llamó *renegado* al juez del partido, pero todo eso me hizo sentir incómodo, para no mencionar al guardaespaldas que, cuando se emocionaba, se agarraba la entrepierna y la ajustaba fuertemente, como si ese fuera el centro de su sistema nervioso. No fue la única vez que fuimos juntos al fútbol, otras tardes de domingo acompañé al Flaco Hernández al palco de honor del Nacional de Lima, siempre a ver a la U, siempre mi amigo insultando al *renegado* del árbitro, siempre los dos comiendo muchísimos barquillos, siempre el guardaespaldas con una mano en su pistolón y la otra en las protuberancias de su entrepierna.

Era la nuestra, me parece, una amistad basada en la mutua conveniencia y no en el afecto, aunque yo le tenía cariño y sospecho que él a mí también. A mí me convenía ser su amigo para ir al palco del estadio y para que no me masacrase a patadas en el fulbito del colegio, a él tal vez le convenía ser mi amigo para sentir que el hijo de un militar, Omarcito Hernández, Pan con Pescado Hernández, podía ser amigo del hijo de un banquero importante, y digo esto porque él me confesó una vez, a la salida del estadio, *mi viejo me metió al Markham porque quiere que me haga amigo de los blanquitos con plata como tú, dice que en el colegio uno hace amistades y contactos que después te sirven para hacer negocios cuando eres grande,* pero sobre todo le convenía ser mi amigo porque él era muy fanfarrón, le gustaba contar las hazañas ministeriales de su papá y para eso necesitaba un amigo dispuesto a escucharlo, tarea aquella,

306

la de celebrar sus alardes y masajear su orgullo, que yo cumplía muy bien.

Cuando, unos meses después, su papá dejó de ser ministro y desapareció de los noticieros de la tele, las entradas al palco del Estadio Nacional desaparecieron también. Le pregunté entonces al Flaco Hernández por qué su papá ya no era ministro y él me dijo *porque el presidente es un ladronazo y le ofreció una coima a mi viejo para que se quedase calladito, pero mi viejo no robu como otros ministros y lo mandó a la mierda.* En el colegio, sin embargo, circulaban otras versiones: *Pan con Pescado es un ratero de mierda, lo han botado del gobierno porque lo ampayaron en una tremenda chanchada, mi viejo me ha contado que el choro de Pan con Pescado se robaba toda la plata solito y no repartía, por eso lo han botado, no por choro sino por acaparador,* esta era la versión que más frecuentemente escuchaba a espaldas de Hernández, y bien lejos de él, porque el Flaco no dudaría en romperle la cara a quien osara hablar así de su admirado padre, aunque también decían que al general Máximo Hernández lo habían cesado en su cargo porque parece que fue al estadio a ver a la U y alguien en Occidente cerca del palco le gritó *¡buena, Pan con Pescado!,* y el huevón de Pan con Pescado, que es un enano arrebatado, salió del palco, se metió a la tribuna, agarró al huevón que le había gritado y le sacó la putamadre, lo dejó inconsciente a punta de patadas, todo el mundo lo vio y dicen que hasta salió en los periódicos, historia que a mí me parecía perfectamente verosímil, porque de alguien tenía que haber heredado el Flaco Hernández esa malsana tendencia a repartir puñetes y patadas: esa agresividad natural, pensaba yo, tiene que venir en los genes.

Su papá ya no era ministro, el Flaco ya no llegaba con guardaespaldas al colegio, dejamos de ir al palco los domingos, yo no le pregunté por qué ya no había entradas gratis, la respuesta era obvia. Sin embargo, y eso me alegró, el Flaco y yo seguimos siendo amigos, no en el colegio, porque él andaba con una pandilla de matoncitos a la que yo no podía pertenecer, pero sí los fines de semana, quizás porque ya se había hecho costumbre vernos los domingos. A falta de entradas para el fútbol, el Flaco me propuso que saliéramos un domingo con sus primas al cine. Yo no conocía a sus primas, pero él me dijo que eran unas mamacitas, *una tiene dieciséis y la otra quince, las dos ya están bien formaditas, con tetitas y todo*, y me enseñó unas fotos de sus primas, que la verdad no me parecieron unas mamacitas, sonreían ambas con unos fierros brutales, sin embargo, nunca he sabido decir que no, le dije al Flaco, fingiendo cierto entusiasmo, que contase conmigo para ir al cine con sus primas las mamacitas. Yo era un chico muy tímido, no me atrevía a salir con chicas, de vez en cuando me encerraba en el baño con el último *Caretas* que traía a la casa mi papi y, los ojos clavados en la foto de la mujer desnuda que aparecía en la penúltima página, la mano afiebrada, los pantalones caídos, me entregaba, tocándome, soñando con ella, a unos cortos minutos de placer. Luego me sentía mal, me invadían la culpa, el remordimiento, recordaba las palabras de mi mami, *mirar fotos de calatas y hacerse tocamientos es pecado mortal*, me sentía un pecador, un condenado al infierno. Pero aquellas urgencias eran más fuertes, supongo, que mi temor a las iras divinas, y por eso, aunque me hacía el firme propósito de no encerrarme más en el baño con el último *Caretas*, caía y recaía en dichos hábitos solitarios. A pesar de que con frecuencia me asaltaban tales ardores, o por eso mismo, yo tenía miedo de salir con el Flaco y sus primas, miedo a no estar a la altura de las circunstancias, miedo a decirles a ellas las palabras equivocadas, miedo a defraudar a mi amigo, pero miedo, sobre todo, a que sus primas fuesen horribles, miedo a no sentirme para nada atraído hacia ellas y tener que fingirlo. El Flaco lo arregló todo: quedamos en encontrarnos los cuatro en la puerta del cine Colina, en Miraflores, en una callecita serpentina llamada jirón Berlín, que, pensaba yo, no era un lugar demasiado propicio para el amor, pues el cine Colina tenía fama de albergar, entre sus viejas butacas, una importante población de pulgas y peores insectos, y el jirón Berlín, con sus talleres mecánicos, cebicherías al paso y sastrecitos baratos, se me hacía una callejuela carente de toda belleza. Mala suerte, el Flaco lo había decidido así, él mandaba. No fue difícil convencer a mis papás de que me diesen permiso para ir al cine con Omar Hernández, mi papi estaba orgullosísimo de que yo hubiese hecho amistad con el hijo del general Máximo Hernández, *se ve que ese cachaco es bruto pero tiene cojones y al menos no es un guarapero como el presidente*, decía, y agregaba *cualquier día Hernández le da un golpe a Martínez y lo saca a patadas, mis amigos militares me cuentan que hay una pelea del carajo entre los dos, Hernández se le ha cuadrado firme al borracho de Martínez, dicen que se está cocinando un golpe, ojalá que lo saquen de una vez al borracho del presidente, carajo.* Me arreglé todo lo que pude, me puse un polito Lacoste que estaba de moda, y es que los cocodrilitos bordados hacían furor en Lima, sin tu polito de cocodrilo eras un peatón cualquiera, acompañé mi Lacoste amarillo con unos jeans Levi's y unas zapatillas Adidas, para salir al cine con las primas del Flaco Hernández tenía que ponerme mis Adidas, esas zapatillas a rayas tenían la amable propiedad de hacerme sentir bastante menos inseguro, así que bien arregladito y con raya al costado fui a Miraflores con mi mami, pues ella tenía un lonchecito con sus amigas en el hotel Country, o sea que aprovechó para llevarme. *¿Qué película van a ver, corazón de melón?*, me preguntó antes de dejarme frente al cine Colina, y yo le dije *una de suspenso, Infierno en la torre* y ella *no me gusta nada el título, si hay escenas feas no veas, mi amor, si sale una calata te tapas los ojitos, ¿ya?* y yo, dándole besito en la mejilla, *no te preocupes, mami, si sale algo malo, te prometo que me tapo los ojos*, pero en el fondo deseando ardientemente que hubiese alguna escena de calatas aunque las primas del Flaco se incomodasen un poquito, más me incomodaría yo, pensaba, viéndolas a ellas, con sus fierrazos en la boca, calatas. Fui el primero en llegar, compré las entradas y los esperé tomando una cocacola en la cafetería frente al cine. Ellas llegaron luego, bajaron de un carrito antiguo manejado por una señora de parecida antigüedad, supe enseguida que eran ellas porque las había visto en esa foto que el Flaco me enseñó, y la foto no mentía, las chicas eran muy escasamente agraciadas. Ellas no me conocían y tampoco me habían visto, ahora estaban las dos mirando los fotogramas de la película, así que decidí quedarme en esa mesita oscura, observándolas de lejos, seguro además de que si las primas eran tan feúchas de lejos, de cerca lo serían más todavía. Las veía y sonreía, pensaba *qué desgraciado eres, Flaco cabrón, ¿cómo me haces esto?, tus primas son una patada en los huevos, hay que tener estómago para salir con ellas*, pero, en fin, él era así, un chico simplón, sin ningún refinamiento y, en honor a la verdad, tampoco era ningún guapachoso, el Flaco Hernández tenía la cara cuadrada, por eso le decían Sony Dieciocho Pulgadas, en el colegio decían que tenía cara de televisor, la nariz chatita, el pelo rapado como cadete y una bocaza terrorífica, por eso también le decían Bemba Colorá. Llegó el Flaco en un taxi destartalado, nada de camioneta con guardaespaldas nervioso cogiéndose el paquete, esos privilegios cesaron tan pronto como su papá, el general, fue removido del ministerio, llegó el Flaco con su casaquita de cuero negra a pesar de que frío precisamente no hacía y saludó a sus primas

310

con besito en la mejilla y entonces me aparecí yo, por suerte no me vieron salir de esa cafetería impresentable, y el Flaco me dio la mano de oso peludo, olía a colonia de bazar militar, se había puesto unos jeans que le ajustaban mucho y dejaban ver los rollos de su panza. *¿Qué tal, compadrito?*, me saludó con una gran sonrisa, *hace rato te estamos esperando acá*, añadió picarón y se rió con sus primas, que se rieron también y dejaron ver sus fierros descomunales, *estas son mis primitas Wendy y Cindy, este es mi amigo Jimmy*, dijo el Flaco Hernández, sacando pecho, y yo les di besitos nerviosos a las primas Wendy y Cindy, cuyos nombres me parecieron perfectamente compatibles con ellas, dos chicas bajitas, rellenitas, no tanto como el Flaco pero sin duda comelonas y subidas de peso, ajustaditas en unos jeans Levi's pero no Levi's de Miami como los míos por fin, sino Levi's imitación, o sea nacionales, más bien morenitas y cachetonas y con ojillos saltarines y tremendas bembas colorás. Wendy y Cindy parecían excitadas y felices, sonreían sin tener en cuenta que no les convenía sonreír, pues los fierros que les habían instalado en la dentadura eran de considerable tamaño, Wendy y Cindy tenían en la boca un par de ferreterías y no les importaba, las lucían inconscientes aunque sí eran muy conscientes de sus pechos, que no les habían sido dados con mezquindad alguna, se erigían ellos altivos y generosos, eran rotundamente tetonas las primas del Flaco Hernández, condición que parecían aceptar con verdadero orgullo, pues estaba claro que se habían puesto esos polos ajustaditos para exhibir sus púberes pechos crecidos. Pasamos al cine, a platea, pues mezanine estaba en reparación, y el Flaco, sin consultarnos, eligió la última fila, bien al rincón, demasiado cerca de los baños, que despedían olores ingratos, detalle que nada le importó al Flaco, quien, fue evidente desde el minuto en que saludó a sus primas, estaba más

311

interesado en Wendy, la mayor, la de dieciséis, que en Cindy, la menor, la quinceañera y, sin embargo, también la más tetona. El Flaco lo dispuso todo con ánimo pendenciero: ellas se sentaron en los extremos, nosotros al medio, Wendy a la derecha del Flaco, Cindy a mi izquierda, así nos organizó él, sospechosamente preocupado por los asientos que debíamos ocupar, y nosotros, mansamente, acatamos sus instrucciones. Antes de que comenzase la película, Wendy y Cindy, comiendo canchita, y las canchitas más diminutas a veces se atracaban entre los fierros de sus dientes, hablaron con visible entusiasmo de la kermés de su colegio, el Sophianum, que estaba organizándose para el próximo fin de semana, evento en el que habría competencias atléticas, juegos, abundante comida y hasta baile general, y el Flaco no dudó en decirles que, si nos invitaban, allí estaríamos nosotros, y luego, dándose aires de importancia, dijo que su papá, el general, se había acuartelado ese fin de semana, no había regresado a dormir a la casa, *parece que la cosa está movida en el Ejército, hay mucho descontento con Martínez, mi papá está tratando de calmar a la oficialidad*, así dijo sacando pecho, *la oficialidad*, pero, añadió, *la cosa está movida y no se sabe qué va a pasar*. También se puso movida la cosa ahí en el cine Colina tan pronto como comenzó *Infierno en la torre*, una película que el Flaco nos había recomendado con un solo y brutal argumento: *dicen que te cambia la vida para siempre*. Se puso movida la cosa porque, a los pocos minutos de empezar la función, ya la sala a oscuras, muy poca gente en la matiné del Colina, el Flaco puso su brazo como quien no quiere la cosa sobre los acogedores hombros de la prima Wendy, y unos minutos después, esto me pareció raro, empezó a inclinar gradualmente la cabeza hacia el lado derecho, raro porque no había nadie adelante impidiéndole una clara visión de la pantalla, y, sin que mediasen palabras ni miradas ni, sospecho, tampoco dudas, se enzarzó en un feroz besuqueo con la prima Wendy, quien, escurrida en su asiento, y sin importarle un comino que su hermana Cindy y yo la viésemos en esos enjuagues bucales con Sony Dieciocho Pulgadas, ignoró por completo la película y se dejó devorar a besos. Yo, sorprendido, procuré concentrarme en las primeras catástrofes de la película, pero, ahora preocupado, sentí que Cindy me miraba de costadito y con insistencia, mientras el Flaco canalla me daba casi la espalda para masacrar a besos a la prima Wendy, y al poco rato, sintiendo que la prima Cindy se me apretujaba, rozaba su pierna corta con la mía, apachurraba su bracito velludo con mi polito Lacoste amarillo bien planchadito, sentía yo, no ya preocupación, sino más exactamente pánico, algo que parecían sentir también los protagonistas de la película, atrapados en un rascacielos envuelto en llamas, pánico que no decreció en modo alguno cuando Cindy se me acercó aún más y susurró en mi oído *estos dos están en un agarre bravo*, y yo, tras mirar con el rabillo del ojo al Flaco Hernández, o más precisamente a su rabo, que no rabillo, más bien rabazo, pues el Flaco estaba casi volcado sobre su prima, le dije a Cindy *sí, pues, pero mejor ni los mires, hay que ver la película como si nada*, y continué en mi desesperado y vano intento de ver *Infierno en la torre*, sin saber que mi propio infierno personal, infierno en el cine Colina, estaba por comenzar: la prima Cindy, víctima sin duda de una severa ebullición hormonal, terminó su canchita, puso su mano morenita con las uñas larguísimas pintadas de morado sobre mi pierna trémula, acercó su rostro acezante y mofletudo al mío, flaco y también acezante aunque por las malas razones, y me dijo *¿qué tal si chapamos?*, sugerencia o invitación que yo traté de eludir o por lo menos posponer diciéndole *más tarde mejor, la película está buenaza*, y claro que mis palabras fueron perfectamente inútiles, claro que la prima Cindy ya estaba sobre mí, y yo en pánico, y la sola contemplación de esos labios carnosos que venían a por mí me obligó a cerrar los ojos, yo sentía que me iba a desmayar, porque ahora no solo me estaban picando en las pantorrillas las sañudas pulgas del cine Colina, ahora también la prima Cindy me atacaba con ferocidad, abría mis labios invictos con su lengua mercenaria, invadía mi boca dejándome sin aliento, reptaba su lengua, sacudiéndose, explorando los rincones más inhóspitos de mi boca, con una impiedad digna de la peor anaconda. Yo, los ojos cerrados, el cuerpo tieso, sentía que estaba besando una hoja de afeitar gillette, una plancha, una herradura, pues los fierros de Cindy penetraban mi boca, estrujaban mis labios, lijaban mis dientes, y sentía también, muy a mi pesar, que esos trueques salivales dejaban en mi boca las canchitas que ella, con sus fierros, había atrapado entre sus dientes. Peor aún, Cindy, al besuquearme, emitía unos ruidos grotescos, como de rana, y yo pensaba *esto no es normal, esta enana está dopada o es mongolita o ha tomado yohimbina de vaca, la gente no besa así, esta enana, si me descuido, me arranca la lengua y se la come.* No pude más, separé mi boca de la suya ansiosa y le dije que tenía que ir al baño. Me refugié en el baño todo el tiempo que pude, me lavé la boca con agua y jabón, hice gárgaras, escupí una y otra vez, respiré profundamente tratando de que mi corazón no latiese con tanta violencia, *ahorita me da un infarto y muero en el cine Colina por culpa del Flaco Hernández y sus primas comehombres.* Regresé a mi asiento más tranquilo y dispuesto a oponer resistencia, y así ocurrió, pues cuando Cindy volvió a la carga la detuve con una mano y le dije *no quiero, déjame ver la película.* A todo esto, el Flaco tenía ya una mano debajo del polito de la prima Wendy, y entonces Cindy me miró con mala cara y nos pusimos los dos a ver *Infierno en la torre*, que iba ya por

314

la mitad. Pero Cindy, resistente al castigo, me concedió solo un breve respiro y atacó de pronto, esperó a que me relajase, a que bajara la guardia para entonces emboscarme con su bocaza insaciable, comenzó a besuquearme y chupetearme y lijarme y dejarme en la boca residuos de sus canchitas: eso fue ya demasiado para mí, la cogí de los brazos, la alejé de mí y le dije en la oreja enrojecida por los refriegues amorosos, *si no me dejas ver la película tranquilo, me paso a otro asiento* y ella *¿no te gusta chapar conmigo?* y yo *no, y además estoy con bronquitis y tengo la garganta llena de flemas*, pretexto que no por falso dejó de ser eficaz, pues Cindy se alejó de mí y dijo *aj, qué asco, eres un cochino*, y por fin me dejó ver en paz los últimos veinte minutos de la película. A la salida, el Flaco fue al baño, Wendy y Cindy también, yo me quedé esperándolos en la puerta, solo quería irme a mi casa y lavarme los dientes. Luego el Flaco salió feliz y, antes de que apareciesen las primas, me dijo *movidaza la película, compadrito*, y palmoteó mi hombro riéndose, y yo, riéndome también, *movidaza, movidaza*, y luego salieron sus primas tetonas y también movidazas y el Flaco dijo para ir a comer un heladito al Tip Top, pero yo dije que tenía que irme en taxi, pues mi mamá me estaba esperando en el Country para llevarme de regreso al cerro de Los Cóndores, donde estaría a salvo de los acosos de Cindy, sin embargo, él insistió *no seas mal amigo, compadrito, acompáñanos diez minutos nomás*. No pude escapar, en efecto los acompañé al Tip Top, nos sentamos en las mesitas de adentro y pedimos *sundaes* con bastante *fudge*, ricos heladitos que atacamos por diferentes razones, yo para sacarme el sabor de Cindy jugueteando en mi boca, ellos quizá por hambre o para aplacar sus calores cinemeros, no lo sé, y por supuesto el Flaco se despachó con sus opiniones políticas, le encantaba hablar de su papá, dijo que había una fuerte corriente en el Ejército en favor de que su

315

papá, el general Máximo Hernández, fuese el próximo presidente de la Junta Militar, no lo dijo así, dijo, tragando su bola de vainilla con *fudge*, *mi viejo no ha nacido para ser número dos, yo sé que no va a parar hasta ser número uno*, pero no contaba el Flaco con que su prima Cindy, tal vez enojada por mi alergia a sus afanes besuqueros, diría lo que le dijo, *yo he escuchado por ahí que a tu papá le van a dar de baja porque lo han encontrado con las manos en la masa*, imprudente comentario que, desde luego, erizó al Flaco Hernández, ahora con los ojazos abiertos y la cuchara suspendida en el aire, *no hables estupideces, oye, primita, ¿tú qué sabes de política?* y Cindy *yo no sé nada de política pero en el colegio dicen eso, Omarcito, que a tu papá lo van a pasar al retiro porque lo ampayaron en una chanchada brava*, y yo pensando *la chancha brava eres tú, Cindy, boca de anaconda*, y el Flaco, perdiendo la paciencia, mientras Wendy devoraba su helado sin importarle la conversación, *mejor te callas, Cindy, porque mi viejo es uno de los pocos del gobierno que no roba, y si alguien va a pasar al retiro es el ladronazo de Martínez de la Guerra* y Cindy, fastidiosa, con ganas de provocar una discusión idiota, despechada en el fondo porque yo ni la miraba, *yo te apuesto que al tío Máximo le dan de baja, por algo lo botaron del ministerio* y el Flaco *no lo botaron, renunció, y ya mejor deja de hablar tantas estupideces*, pero Cindy *mi papá me ha contado que al tío Máximo lo botaron*, y el Flaco golpeó la mesa con esa mano gruesa que minutos antes se había paseado por los pechos erectos de la prima Wendy, y entonces la cucharita con *fudge* y heladito de vainilla salió volando y, hecho un energúmeno, molesto como nunca lo había visto, gritó *¡cállate la boca, bruta de mierda!*, y Cindy bajó la mirada y al ratito sus lagrimones caían en la copa de helado derretido, y yo aproveché ese silencio ominoso para levantarme y decir *bueno, ya nos vemos, me voy porque mi mamá me está esperando*, y le di la mano al Flaco, que ni me miró de lo furioso que estaba con su prima chismosa, y les di besito a Wendy y a Cindy y salí del Tip Top con el sabor salado de la lágrima de Cindy en mis labios estragados por la furia de sus besos.

Cindy tenía razón: días después leí en el quiosco de Albino que el general Máximo Hernández, tras pasar al retiro, había sido nombrado embajador peruano en Washington. Mi papi, que se jactaba de estar siempre al día de los últimos chismes políticos, me contó que al general Hernández lo forzaron a aceptar su pase al retiro, *el presidente se enteró de que Hernández estaba conspirando contra él y le tendió una trampa, el pendejo de Martínez de la Guerra le tenía intervenidos los teléfonos al pelotudo del chato Hernández, y así Martínez supo a tiempo que Hernández le estaba cocinando un golpe, le escuchaba todas las conversaciones con los cachacos de provincias, sabía todos los movimientos de sus enemigos, así que una semana antes de que le dieran el golpe, lo mandó a arrestar al chato Hernández y me dicen mis contactos militares que lo llevaron esposado a Hernández a Palacio y el pendejo de Martínez, que será guarapero pero no cojudo, le hizo escuchar las grabaciones, esposado lo obligó a escuchar todito, y le dijo «mire, general, usted tiene dos opciones, o va preso por conspirador ahorita o me acepta su pase al retiro y lo mando de embajador a Washington, así esto queda entre nosotros y no lo saco en los periódicos», ¿qué podía hacer el chato?, ya estaba cagado, entre ir preso al Real Felipe o mandarse mudar a Washington con un sueldazo a rascarse las pelotas, ni cojudo, el chato Hernández le dijo al borracho de Martínez: «con todo gusto le acepto la embajada, señor presidente, solo que hay un problemita», ¿cuál crees que era el problemita, muchacho?, ¿cuál crees?, cágate de risa, «¿qué pasa, general?, ¿cuál es su problema?», dicen que le preguntó Martínez, y Hernández le contestó «la vaina es que no hablo nada de inglés», pero parece que el presidente, que quería mandarlo bien lejos y cuanto antes, le dijo «no pasa nada, general, yo tampoco hablo un carajo de inglés, vaya nomás y allá aprende inglés rapidito, total esos gringos son unos cojudos y ni cuenta se van a dar».* Yo me moría de risa escuchando a mi papi, seguro que tenía razón, él tenía amigotes importantes en el gobierno, él siempre sabía por dónde iban los tiros, aparte que los chicos del colegio también comentaban *al papá de Pan con Pescado lo pasaron al retiro porque le quiso dar un golpe a Martínez, por eso lo mandan a Washington, para que se largue y no joda más,* versión que David Powell, el hijo del embajador inglés, no solo corroboraba sino que incluso enriquecía informándonos de que *el presidente ha nominado embajador en Washington al papá de Hernandi,* porque Powell nunca decía apodos y tampoco era capaz de pronunciar correctamente *Hernández,* decía *Hernandi, lo ha mandado a Washington para fastidiar a los americanos, porque las relaciones con USA están malas y por eso el presidente peruano les manda a una persona sin ninguna preparación para el cargo, es un desaire total,* decía Powell. El Flaco Hernández, a todo esto, parecía muy feliz. Yo no me atreví a preguntarle si era verdad lo que todos decían, pues no quería hacerle pasar un mal rato, sabía, además, que lo negaría, él quería demasiado a su padre. Nunca falta, sin embargo, un imprudente: estábamos por comenzar el fulbito del recreo cuando Mochila Gallardo, un chico de la clase que caminaba ligeramente encorvado, con la espalda como abultada, y por eso le decían Mochila, le dijo al Flaco, con voz bien fuerte para que todos escuchásemos, le dijo *oye, Pan con Pescado, dicen que tu viejo es el primer embajador que mandan a Washington para que aprenda inglés.* Todos nos reímos a carcajadas, todos menos el Flaco Hernández, que apenas murmuró, yo lo escuché, *ya te jodiste, Mochila, te voy a romper la cara.* Mochila no jugaba en nuestro equipo, detalle que habría de perjudicarlo seriamente. El Flaco no contestó de inmediato la provocación, se mordió la lengua, dejó que todos se rieran a expensas de él y su padre, el general en retiro, pero luego comenzó el partido y llegó pronto la venganza: vino un córner, saltó el Flaco impulsado por ese rencor que seguro le hervía la sangre, buscó no precisamente la pelota y le metió un cabezazo criminal a Mochila, que cayó privado, la nariz bañada en sangre. *Chucha, sorry Mochila, no te vi*, le dijo, tratando de reanimarlo, pero todos sabíamos que Omarcito Hernández había usado su arma más poderosa, esa cabezota Sony Dieciocho Pulgadas, con calculada maldad. Mochila recuperó el conocimiento, pero como sangraba bastante tuvo que ir a la enfermería. El Flaco, con astucia barriobajera, lo acompañó un corto trecho diciéndole *fue casualidad, Mochila, son cosas del fútbol, a veces se dan estos imponderables.* Por eso era temido el Flaco Hernández en los partidos del recreo, nadie quería ser su enemigo, yo me cuidaba no solo de jugar en su equipo sino también de darle siempre la pelota y no contrariarlo en modo alguno. Mochila Gallardo terminó con la nariz partida por violar esa ley no escrita: al Flaco Hernández no lo podías joder porque te mataba a cabezazos. Esa tarde, a la salida del colegio, mientras el Flaco esperaba que lo viniesen a recoger, él ahora ya no tenía chofer, lo recogía su mamá, yo le pregunté, comiendo ambos heladitos Jet de D'Onofrio, *¿estás contento de irte a Washington?* y él, la boca colosal succionando ese helado de vainilla cubierto por una quebradiza capa de chocolate, *feliz de la vida, compadrito, Washington es la cagada, he visto fotos de la embajada y es un caserón de la patada, nos vamos a dar la gran vida allá.* No parecía mentir el Flaco, aparte que él no sabía hacerlo, yo por eso le creí, era verdad que irse a vivir a Washington lo entusiasmaba, ya me imaginaba la linda casa que ocuparía la familia Hernández, *¿no vas a extrañar?*, me animé a preguntarle, y él *lo que más voy a extrañar es ir al estadio a ver jugar a la U* y

319

yo *seguro* y, solo para halagarlo, añadí un *yo no podría vivir sin la U* que me sonó falso pero que sin duda conmovió al Flaco Hernández, quien, por primera vez en nuestra corta amistad, me dio un abrazo corto y brutal, golpeó mi espalda dos veces con sus brazos, casi me rompe la columna, y me dijo luego *te quiero pedir un favor, compadrito* y yo *dime, Flaco* y él *cuando me vaya, mándame todos los lunes la página deportiva de El Comercio para saber cómo va la U* y yo *seguro* y él *¿no me fallas?* y yo *no te fallo, Flaco, te lo prometo*, y entonces apareció el carro compacto japonés de su mamá y el Flaco, quizá avergonzado porque ya no había camioneta doble cabina con guardaespaldas, se despidió rápido de mí, subió al carrito de su mamá, le dio un beso en la mejilla y al pasar me hizo adiós con la mano.

El Flaco se fue a Washington a los pocos días, se fue y no nos despedimos, un viernes fue a clases como siempre y el lunes siguiente no apareció, el profesor nos dijo que el alumno Omar *Hernandi*, porque el profesor también era inglés y decía *Hernandi*, no asistiría más al colegio, había sido retirado por su familia y se había marchado al extranjero. No me sorprendió que se fuese así, sin despedirse, era todo su estilo, me apenó sí que ni siquiera me llamase por teléfono a decirme *chau, compadrito, no te olvides de mandarme recortes de la U*. No tenía que recordármelo, no olvidé mi promesa, conseguí sin mucha dificultad la dirección de la embajada en Washington, no me la supieron dar en la administración del colegio, incluso la secretaria, una gordita buena gente llamada Margarita Menchaca Meza, apodada *M and M* como las lentejitas de chocolate que, sospecho ella engullía repetidamente, me dijo *si consigues la dirección de los Hernández, me avisas, porque han quedado debiendo los últimos tres meses y no sé adónde mandarles las boletas de pago* y yo pensé *pobre M and M, el pendejo de Máximo Hernández le va a deber esa plata toda la vida*, y finalmente conseguí la dirección llamando por teléfono a la secretaria de mi papi y pidiéndole *por favorcito, señora Lily, pero es un secreto entre usted y yo, que no se entere mi papá*, y la señora Lily hacía milagros, conseguía lo imposible, por eso a los cinco minutos llamó de vuelta y me dio toda la información deletreándome palabra por palabra, un ángel la señora Lily, no sé cómo soportaba al mandón de mi papi. Todos los lunes yo recortaba la última página de *El Comercio*, la de deportes, la recortaba incluso si había perdido la U por goleada, y le escribía unas líneas al Flaco y le dejaba el sobre a mi papi, le pedía que por favor se lo diese a su secretaria para que ella lo pusiera en el correo, y él, medio a regañadientes, me complacía porque pensaba que yo en las vacaciones podía ir tres meses a casa de los Hernández en Washington, *a ver si me mejoras ese inglés de camionero que me has sacado*. No sé si fueron ocho, diez o doce los sobres que le mandé al Flaco, lo cierto es que nunca hubo respuesta, tal vez me escribió pero, claro, el correo peruano era una desgracia y al cerro de Los Cóndores llegaba tarde, mal y nunca. No supe más del Flaco Hernández, dejé de enviarle los recortes de la U, quedó en mi memoria el recuerdo más fuerte de nuestra curiosa amistad: aquella tarde en el cine cuando se me reveló como un ardiente y descarado besuqueador, como un mañoso de cuidado, como el monstruo del cine Colina.

Muchos años después, no sé si diez o doce son muchos años, supongo que sí, volví a verlo. Yo estaba comprando en el Safeway de la avenida Wisconsin, en las afueras de Georgetown, en Washington, cuando el Flaco me pasó la voz. *¿Qué haces tú acá, compadrito?*, escuché que me gritaban, con inconfundible acento peruano, mientras yo paseaba por la sección frutas. Quedé paralizado, no supe quién me gritaba con esas confianzas. Pues era el Flaco Hernández con traje, corbata y abrigo y una cabezota todavía más voluminosa, ya de veinticuatro pulgadas, era realmente grande la cabeza de mi amigo. Nos dimos un abrazo, me preguntó qué diablos hacía yo allí, le conté breve y elípticamente mis últimos extravíos, él, a su turno, me informó, sacando pecho como siempre, y con un español bastante agringado, de sus indudables triunfos en la vida: se había casado, tenía dos hijos, hombres los dos, trabajaba como gerente en una tienda de venta de autos, se había hecho ciudadano de los Estados Unidos, *tener un US passport es un seguro de vida, hermanito.* Lo felicité, parecía un hombre feliz, por lo menos se sentía un hombre de éxito y eso ya es bastante. Me dio su tarjeta, «Omar F. Hernández, Sales Manager, Toyota Headquarters». Le pregunté *¿Omar F. Hernández?* y él me dijo *Omar Flaco Hernández, pues, compadrito, así con middle initial suena más elegante.* Me reí de verdad, como en los buenos y viejos tiempos.

XVII
No le quiten su Negrita a Leo

Todas las mañanas, muy temprano, a las seis y media, me llevaba al colegio. El camino era largo, cuarenta kilómetros de carretera maltrecha, casi una hora de viaje entre huecos y camiones. Me recogía en las tardes, a las tres en punto, hora en que sonaba la campana del Markham y salíamos presurosos los alumnos del colegio, y me llevaba de regreso al cerro de Los Cóndores. Era el chofer de la familia, se llamaba Leonidas, Leonidas Pajuelo, y era negro. Yo le decía Leo.

No era un hombre joven, pasaba ya los cincuenta y podía incluso llegar a los sesenta. Había sido chofer de mi papi muchos años, tantos que cuando mi papi se casó, ya Leonidas era su chofer: fue él, Leo, quien condujo el viejo auto de colección en que mi papi llegó a la Virgen del Pilar. Estuvo en mi vida desde siempre, desde que tengo memoria, me llevó con mi mami al primer día de colegio, a mis primeras citas en el dentista, a los santos de mis amiguitos, a mi primera comunión cuando yo tenía siete años y me sentía llamado a ser sacerdote, fue Leo mi primer y único chofer.

Leo, cuando era joven, no soñaba con ser chofer, supongo que nadie nace con esa vocación, la de conducir los

323

autos de una familia más o menos acomodada. Leo quería ser piloto de aviación, soñaba con manejar los aviones de combate de la, para él, gloriosa Fuerza Aérea Peruana, pero el destino le jugó una mala pasada: siendo niño, enfermó de una poliomielitis que lo dejó cojo para toda la vida, le quedó la pierna derecha algo más corta que la izquierda, por eso Leo usaba zapatos ortopédicos de taco alto. Cojo y todo, cuando cumplió dieciocho años se presentó a la FAP. No lo dejaron entrar; le dijeron, así me lo contó él mientras manejaba lentamente por la carretera central, *eres negro y encima cojo, por eso no puedes entrar a la FAP*. Su aplicación fue rechazada con un sello rojo que decía «Impedimento físico», *yo nunca supe si el impedimento físico era mi cojera o el color de mi piel*, me confesó. Yo le daba toda la razón cuando me decía *¿por qué un negro cojito como yo no puede manejar bien un avión, si más difícil es manejar un carro en Lima?* Pero no decía esto con amargura, aceptaba serenamente y hasta con humor sus pequeñas derrotas, se enorgullecía además de ser el chofer de mi familia.

Mi papi decía que los negros en el Perú habían nacido para ser choferes, porteros de hotel o futbolistas del Alianza, nunca de la U, pues un zambito, según él, jamás debía jugar para la U. Sostenía también que los negros peruanos eran espléndidos choferes porque tenían mejor vista y más avispados reflejos que los cholos o los serranos, *el negro tiene unos reflejos del carajo porque todos vienen del África y allá cuando eran chiquitos tenían que estar bien alertas viendo por dónde venían los leones para comérselos, por eso los negros son mucho más rápidos que nosotros, es un instinto de supervivencia, si se acojudan de chiquitos se los come un león*, así explicaba él que Leo fuese tan buen chofer. Mi papi iba todos los años de safari al África con sus amigos cazadores Octavio de Osambela y Nacho Sotelo, regresaban todos cargados de trofeos de caza, yo por eso pensaba *mi papi conoce África, él sabe lo que dice*. Una vez le pregunté a Leo, íbamos los dos solos en la camioneta, él manejando con sumo cuidado, yo sentado atrás, pues mi mami decía que un chico de buena familia no debía sentarse al lado del chofer, le pregunté *Leo, ¿cuando tú eras chiquito te perseguían los leones?*, y él se rió de buena gana y me dijo *no, mi estimado, yo crecí en Chincha y allá no hay leones*. Pocas cosas hacían más feliz a Leo que regresar a Chincha, el pueblo alegre y bullicioso en que nació. Cuando tenía unos días libres, siempre se iba a Chincha y volvía diciendo que cuando fuese viejo se quería ir a morir allá, con su gente.

Era un chofer supremamente elegante, conducía la camioneta Buick negra con una suavidad y una destreza inverosímiles, veía a tiempo los huecos y los esquivaba sin sobresaltos, silbaba o canturreaba, nunca se enojaba, hacía gala de una paciencia infinita, respetaba como nadie en Lima las reglas de tránsito, a tal punto era Leo un conductor prudente y civilizado que cierta vez se detuvo en un semáforo en rojo de la avenida Javier Prado y, mientras aguardaba la luz verde, escuchó que un energúmeno le tocaba bocina con insistencia, provocación que Leo supo ignorar calmadamente, pero luego el ruidoso automovilista se adelantó, detuvo su carro al lado de nuestra camioneta y le gritó *¡avanza, pues, zambo cojudo!*, para luego acelerar y cruzar el semáforo en rojo. Leo no se movió, apenas sonrió, murmuró para sí mismo *me parece que el cojudo es usted, caballerito*. Yo sonreí, él me pilló sonriendo y creo que se avergonzó de que lo hubiese escuchado decir una lisura, él nunca decía lisuras delante de mí, así que, muy ceremonioso como siempre, me dijo *mil disculpas, mi estimado*.

Cuando yo salía al pequeño jardín donde cuadraban los carros de la casa, ya Leo me esperaba, bien desayunado, pasándole un trapito a la camioneta. No era necesario, la camioneta estaba siempre impecable gracias a que la limpiaba tanto, pero él, me parece, gozaba pasándole un trapito más. La engreía a esa Buick negra, le decía la Negra, era como su vieja amiga. Si a veces la camioneta hacía algún ruido raro, Leo decía *caramba, parece que la Negra se me quiere enfermar*; si le faltaba gasolina, *ya le tengo que dar de comer a mi Negrita*; cuando se bajaba una llanta, percance que él resolvía en cortos cinco minutos, no se quejaba pero le hablaba a la camioneta con afecto antiguo, *ay. Negra, si serás flojita.* Esa Buick era, para él, mucho más que una camioneta. Por eso sufrió tanto cuando chocamos. Leo no tuvo la culpa, claro, él manejaba despacio, con cuidado. Esa mañana habíamos salido tarde, yo me había quedado dormido, el despertador sonó pero lo acallé y seguí durmiendo, Leo tuvo que manejar más rápido que de costumbre porque estábamos, como él decía, *con la hora justita.* No corrió tampoco, era incapaz de correr o hacer maniobras temerarias, pero fue ligero, entre ochenta y noventa kilómetros por hora, y a él, yo sabía, nunca le gustaba pasar de ochenta. Fue mi culpa, yo lo puse nervioso. Leo prendió las noticias de la radio como todas las mañanas y las escuchó con inusual seriedad, sin silbar o canturrear o hacer comentarios jocosos. Estaba concentrado, le preocupaba ir tan rápido, quería que yo llegase al colegio a tiempo, si llegábamos después de las siete y media no me dejarían entrar, los ingleses eran bien estrictos, a las siete y treinta y uno no entraba nadie más, aunque fuese David Powell, el hijo del embajador inglés. Puedo ver la luz amarilla en el semáforo, el instante previo al choque en el cruce de la Javier Prado con la Panamericana: veníamos rápido, Leo mirando la hora en el relojito con manecillas de la Buick, eran siete y veinticuatro, parecía imposible llegar en seis minutos al colegio, ubicado en la parte alta de Miraflores, cuando, al llegar a la Panamericana, bajando por la Javier Prado frente al hipódromo, vi la lucecita amarilla de ese semáforo viejo que a duras penas se sostenía en pie y le dije *pasa, Leo*, sabiendo que él nunca pasaba una luz amarilla, pero venía rápido y yo nervioso, porque si volvíamos a la casa a las ocho de la mañana mi mami me iba a castigar por dormilón, le dije *pasa, Leo*, y él, contra sus instintos, se sintió obligado a tratar de ganar el semáforo, decidió pasar, aunque luego, para mi sorpresa, un segundo después, quizá vio un camión que comenzaba a acelerar por la Panamericana, frenó en seco, se arrepintió, hundió su zapato ortopédico en el freno de la Buick y el frenazo me sorprendió a mí y al conductor que venía detrás, que, supongo, pensó que nosotros pasaríamos el semáforo en amarillo y él también, pero de pronto paramos en seco y él se estrelló por atrás con la Buick. Sentimos el golpe fuerte, nos sacudió, solo fue un susto, ni Leo ni yo nos golpeamos, él, sin embargo, quedó un instante paralizado, mirando por el espejo al odioso sujeto que había osado chancar su camioneta por atrás. *¿Está bien?*, me preguntó, y yo *perfecto*, y quise bajar pero él me dijo suavemente *no, mi estimado, quédese en el carro, no baje*, y luego bajó de la camioneta diciendo *mira lo que te han hecho, Negrita, mira cómo te han dejado*. Comprobó los daños, que no eran serios, apenas una abolladura, habló brevemente con el conductor que nos chocó, apuntaron placas y números de teléfono, por suerte los dos autos estaban asegurados, y regresó a la camioneta. *Ya es muy tarde para llegar al colegio, te invito a tomar desayuno al Crem Rica*, le dije. Tenía un billete grande conmigo, mi mami no me dejaba salir de casa si no llevaba un dinerito que ella deslizaba en mi bolsillo por si acaso, *guarda siempre esa platita para una emergencia*, y decidí que esa situación, el choque, era una emergencia y que Leo y yo necesitábamos unos huevos revueltos con salchichas en el Crem Rica. Leo no puso ninguna objeción, estaba triste, le habían golpeado a

327

su Negra, comió sin embargo con envidiable apetito. Esos días que la Buick se fue al taller, Leo andaba arrastrando su soledad; decía, yo me reía, pero él lo decía con el corazón, *mi Negra me ha sacado la vuelta, se ha ido con otro, no veo las horas de que vuelva.* Volvió, y volvió como nueva, no le quedó un raspón siquiera, y Leo, acariciándola, pasándole un trapito, hablándole bonito, volvió también a ser el de siempre, el mejor chofer del mundo.

Leo solo estaba autorizado a manejar la camioneta Buick y el Saab rojo de mi mami, no así el Volvo blindado de mi papi, auto que le estaba vedado conducir porque, decía mi papi, *yo no soy un lisiado para que me manejen mi carro y además Leonidas va muy despacito, maneja como vieja el zambo y me vuelve loco, porque a mí me gusta correr.* Leo tenía que limpiar los tres carros todas las mañanas, tarea que cumplía desde muy temprano en la madrugada, antes de que amaneciera, así como avisarles a mis papás cuando el tanque de gasolina estaba bajo, sobre todo a mi mami, que era muy distraída y si Leo no le avisaba se quedaba sin gasolina a mitad de la carretera central. Dejaba los tres carros impecables por dentro y por fuera, tras echarles cera, sacarles brillo y aspirarles las alfombras, aunque a la Buick, su Negra, la limpiaba, era evidente, con especial cariño, a los otros dos carros no les hablaba cuando les pasaba la gamuza de antílope que mi papi le compraba para dejar relucientes los autos. Después de dejarme en el colegio, Leo, siguiendo las instrucciones de mi mami, anotadas en un papelito que ella le entregaba cada mañana, hacía las compras en el supermercado. Ese papelito enumeraba, con la letra apretujada de mi mami, las cosas que, según ella, eran necesarias en su refrigeradora y su despensa. Yo lo leía a veces y me divertía con las anotaciones curiosas de mi mami: por ejemplo, «Uvas sin pepa, si me traes con pepa te descuento de tu quincena», «Arroz blanco, fíjate que no tenga gorgojos, estoy harta de los gorgojos», «Plátanos de la isla, no me traigas machacados», «Papel higiénico Sedita para la familia y Paracas para los empleados», «Granadillas, muévelas y escúchalas por dentro, si suenan están pasaditas», «Miel de abejas, no me compres esa purita que hacen en La Cantuta, esos son protestantes», «Guindones, ya no sé qué hacer con el estreñimiento». Leo obedecía al pie de la letra los caprichos, indicaciones y advertencias de mi mami, y hacía cualquier cosa para no contrariarla, pues me parece que le tenía un gran cariño. A mediodía la llevaba a misa en la parroquia de las Carmelitas Descalzas, abajo del cerro, y él me contaba que, camino a misa, mi mami lo hacía rezar con ella, en voz alta, un misterio del rosario dedicado a mí, *vamos a rezar por las buenas intenciones de mi Jimmy*, decía en el asiento de atrás, con su rosario de perlas entrelazado en las manos, y él, manejando muy lentamente, la acompañaba, con todo respeto, en sus oraciones. Más tarde, Leo almorzaba con los demás empleados, que lo querían mucho porque era un gran contador de chistes, y, tras dormir una siesta de media hora en el asiento trasero de la Buick, descanso al que estaba obligado por mi mami, *no quiero que te me vayas a quedar dormido manejando con mi Jimmy, échate una siestita primero*, me esperaba, desde diez para las tres de la tarde, en la puerta de salida del colegio, para llevarme de regreso a Los Cóndores, trayecto que con tráfico normal demoraba no menos de cuarenta y cinco minutos. Como era largo el camino y él ya tenía sus años, frecuentemente, más o menos entre Vitarte y Ñaña, donde se extendían unos sembríos de hortalizas al lado del río, Leo detenía la camioneta y me decía *disculpe un minutito, voy a echar una meadita al toque*, y entonces bajaba, orinaba en una llanta silbando con indudable felicidad, orinaba y orinaba, y yo a veces bajaba también y orinaba en la otra llanta, pero siempre terminaba antes que él, porque Leo podía orinar siglos, y yo le decía, mojando ambos las llantas de la Buick, *tú debes tener el récord nacional de mear, Leo* y él, riéndose, *no hay nada mejor que orinar al fresco, mi estimado.* No solo paraba al borde del camino para orinar, también lo hacía a menudo para expulsar de su cuerpo algunos gases molestos, era tan fino y educado Leo que jamás se atrevió en presencia mía a soltar una flatulencia dentro de la Buick, yo sabía perfectamente que cuando él paraba la camioneta y me decía con una media sonrisa *excúseme un segundito, tengo que estirar las piernas,* yo sabía que ese breve paseíllo le permitiría deshacerse de alguna impostergable ventosidad, algo que Leo, delicadísimo, procuraba hacer lo bastante lejos de la camioneta como para que yo ni siquiera oyese aquellos ruidos inevitables.

Leo se preocupó mucho cuando el gobierno militar dispuso que, para combatir el exceso de velocidad, causa de tantos accidentes en la carretera central, se instalaran, escondidas entre los arbustos al pie de la autopista, unas cámaras fotográficas diminutas que se disparaban automáticamente cada vez que un vehículo, al pasar frente a ellas, vulneraba el límite de velocidad, fijado en ochenta kilómetros por hora. *Si me sacan una foto corriendo, su señor padre me despide,* decía cuando yo lo animaba a sobrepasar el límite de velocidad, a ver si, como amenazaban los militares en los periódicos, esas camaritas funcionaban de verdad, registraban la infracción y nos hacían llegar a la casa, junto con la foto de la vergüenza, una severa multa. Nunca recibimos en la casa una foto de Leo manejando a más de ochenta. Leo era un chofer ejemplar, pero sí llegaron muchas fotos del Volvo de mi papi a cien, ciento diez, ciento veinte kilómetros por hora. Mi papi, manejando su auto, era un energúmeno, y fuera del auto generalmente también. Conducía a alta velocidad aunque no estuviese apurado, no podía dejar de correr, era sin embargo un piloto estupendo, incluso cuando manejaba borracho, y esto no era infrecuente, sabía lo que hacía con su Volvo, nunca chocó feo ni atropelló a algún peatón. Las fotos llegaban en unos sobres manila con el sello de la Dirección Nacional de Tránsito, mi mami y yo las abríamos encantados, nos hacía muy felices que pillaran a mi papi violando una vez más las reglas de tránsito, nos reíamos viendo el perfil oscuro y borroso de mi papi en esas fotos en blanco y negro, la velocidad marcada por la cámara secreta, el número de la placa del Volvo que ya sabíamos de memoria, la fecha y hora de la infracción, generalmente a media mañana, pasadas las nueve, hora en que mi papi bajaba del cerro de Los Cóndores rumbo al banco en el centro de Lima. *Bueno fuese que Diosito tuviese cámaras secretas para sacarle fotos a tu papá cada vez que peca a mis espaldas, ¿te imaginas la cantidad de fotos que nos llegarían?*, me dijo una vez mi mami, viendo una foto más de mi papi corriendo en su auto, y nos reímos, cómplices. Mi papi veía sus fotos con un cierto orgullo, no le molestaba que lo cogiesen quebrando la ley, más bien le hacía gracia, decía *qué lindo se ve mi Volvo, carajo*; decía *esas máquinas las han comprado solo para robar estos cachacos desgraciados, yo sé las coimas que han repartido los japoneses para venderles esas máquinas a los milicos*; decía, tirando la foto con un gesto de desprecio, sirviéndose un whisky para bajar el estrés, *su abuela les va a pagar la multa, yo no pago un centavo, yo manejo rápido para llegar temprano al banco, si la gente decente como yo no trabaja, ¿adónde vamos a ir a parar en el Perú?* Las fotos se fueron acumulando, ya casi eran diez, las multas crecían y mi papi se rehusaba a pagarlas. Hasta que un día, era sábado, él no iba al banco los fines de semana, fue conmigo a la comisaría de Chaclacayo, una casita vieja, despintada, con una bandera peruana, una foto del general Martínez de la Guerra y dos patrulleros malogrados que habían sido cuadrados en la puerta como barrera de protección. Mi papi llevó las fotos, pues era allí, en la comisaría, donde tenía que pagar sus multas. Nos recibió el comisario, al que mi papi saludó con cariño, pues ambos se conocían, era un hombre gordito y sudoroso, que no parecía en buena forma física, y por eso cuando salimos, ya en el Volvo, mi papi me dijo *el cholo Díaz está hecho un camión, corre un kilómetro y le da un infarto*. Gordo sin duda pero también amabilísimo, el comisario Díaz, tras hacernos pasar a su despacho y juntar la puerta, *mucho sapo hay por acá*, nos advirtió, recibió las fotos de mi papi, *caramba, doctor, se ve que anda embalado usted*, comentó ojeándolas, y a continuación recibió un cheque de mi papi, que no sé a cuánto ascendía pero debió de ser una cantidad respetable porque el comisario arqueó las cejas y tosió un poco, sorprendido, mientras mi papi, guardándose su lapicero de oro, cerrando su maletín, le decía, con la audacia que siempre le conocí, *mira, hermano, este cheque es para tus gastos personales, tú sabes cuánto te estimo, solo te pido un favorcito, que me dejen de joder con estas fotos, ¿estamos?*, a lo que el señor comisario de Chaclacayo, mayor de la guardia civil Roger Díaz Serrano, respondió con un *estamos* tan servicial como rotundo, añadiendo *yo me encargo de solucionarle su asuntito, doctor*. El asuntito sin duda fue rápidamente solucionado, pues mi papi siguió manejando a ciento veinte por hora pero nunca más llegaron las fotos y las multas a la casa. *A mí nadie me pone multas*, dijo mi papi, en su carro, de regreso a la casa, con inocultable satisfacción, *si alguien acá pone las multas soy yo*. Cuando le conté a Leo que mi papi le había dado un cheque al comisario para que no lo fastidiasen más con las fotos, me dijo *así es nuestro Perú, mi estimado, la única ley que se cumple acá es la aceitada* y yo, ingenuo, *¿la aceitada?* y Leo, sin rencores, *cuando a uno le aceitan la mano con un dinerito por lo bajo, pues, mi estimado*.

332

Por esos días, el gobierno militar ordenó también que los autos particulares, no los del transporte público, dejasen de circular dos veces por semana. El propósito de la restricción, que por supuesto fue enormemente impopular, era que el Perú ahorrase gasolina: los militares querían que el país dejara de importar petróleo. *Estos milicos no podrían ser más brutos*, dijo mi papi, la noche en que, no más llegar del banco, nos dio la noticia, *ni siquiera entrenando podrían ser más brutos, carajo*. Estaba contrariado, ¿quiénes se habían creído esos militares ignorantes para decirle a él, gerente general del segundo banco más poderoso del país, que su Volvo blindado no podía salir a la calle dos veces por semana? Ese día les declaró la guerra a los militares, a quienes hasta entonces había apoyado más o menos tibiamente con el argumento de que *en este país no sirve la democracia, eso está bien para los países cultos pero no para este país lleno de cholos ignorantes, acá lo que hace falta es mano dura, igual que en Chile, mano dura y al que no trabaja, palo.* Nos explicó mi papi, fascinada mi mami escuchándolo, que el gobierno estaba repartiendo tres calcomanías de diferentes colores: la blanca, que decía «Lunes y Jueves, No Circular»; la roja, que decía «Martes y Sábado, No Circular»; y la negra, «Miércoles y Viernes, No Circular». *Qué bueno que no hayan prohibido los domingos, así todos pueden ir a misa*, opinó mi mami, y mi papi, dirigiéndole una mirada burlona, le dijo *no hables tonterías, no han prohibido los domingos porque creen que la gente sale menos, que la gente se queda en su casa descansando, pero vas a ver que el domingo vamos a tener un tráfico del demonio, la gente va a salir en masa para joder a los milicos.* Unos días después, mi papi llegó con las tres calcomanías, llamó a Leo y le dijo que pegase la roja en el Volvo, la blanca en el Saab y la negra en la Buick, decisión que contentó al chofer, así me lo dijo él, porque *a mi Negra le tocaba, por lógica, la calcomanía negra.* Mi mami, que se quejaba de no haber sido consultada, *a mí me parece que este hogar es una democracia y todos debemos opinar*, protestó, pero mi papi se apresuró en sentenciar *esta casa no es una democracia, acá mando yo y si tienes una queja, manda tu carta a las Naciones Unidas*, para luego explicarnos, tras esas breves escaramuzas verbales, los fundamentos de su decisión: *yo escogí la roja porque los sábados no voy al banco y así solo me joden los martes, a ti mujer te di la blanca porque eres blanca y a Leo la negra porque es negro, ¿qué les parece?*, y soltó una risotada que mi mami, resentida, se rehusó a acompañar, mientras yo pensaba *menos mal que Leo no ha escuchado esta bestialidad de mi papi*. Leo pegó las calcomanías en la luna delantera de los carros, y yo le pregunté qué pensaba de este nuevo sistema de calcomanías para ahorrar gasolina y él me dijo *yo feliz, mi estimado, porque así trabajo menos*, y los dos nos reímos, pero el pobre calculó mal, estaba siendo demasiado optimista, pues a la larga terminó trabajando más, y es que mi papi, los martes que su Volvo no podía circular, se llevaba el Saab de mi mami, y entonces Leo ese día tenía que manejarnos a mi mami y a mí, y los miércoles y viernes, que la Buick se quedaba parada, Leo, con el Saab, tenía que correr de un lado para otro, llevarme y recogerme del colegio, atender a mi mami, hacerle diversos encarguitos, diligencias, gestiones y mandados, y los lunes y jueves, días de descanso para el Saab, Leo se prodigaba con su leal Negrita, o sea que, en resumen, de lunes a viernes mi mami y Leo ya no tenían dos carros sino apenas uno. Este nuevo sistema de turnos e intercambios en la familia duró muy poco, porque a mi papi le molestaba ir los martes a la oficina en el carro de mi mami, *tu carro no corre bien y tampoco me da seguridad, si me tiran un piedrón en la carretera me rompen la luna*, regañaba, pero discrepaba mi mami diciéndole *la mejor seguridad es la estampita de la Virgen que he colgado del espejo*, sonreía mi papi y se burlaba *entro a tu carro* y me siento en una capillita, carajo, el otro día abrí la guantera para sacar la tarjeta de propiedad y por supuesto no la encontré, lo único que encontré fueron cien mil estampitas de todos los santos y mi mami *no hables mal de la iglesia que vas a chocar, mis santitos de la guantera te protegen de los camioneros borrachos*. A Leo, aunque por diferentes razones, también le incomodaba manejar el auto de mi mami, pues sin duda echaba de menos a su Buick y por eso, cuando íbamos al colegio en el Saab, me decía *los suecos no saben hacer carros, oiga usted, el mejor carro del mundo es el carro americano, ¿por qué cree, mi estimado, que existe ese famoso dicho de «hacerse el sueco»?, pues nada más y nada menos, perdone la franqueza, que porque hacerse el sueco es hacerse el cojudo, o sea que los suecos son medio cojudos, yo no he tenido amigos suecos, pero ¿no le parece lógico mi pensamiento?* y yo *súper lógico, Leo, yo también extraño a la Buick* y él *pero no le vaya a decir nada a su señor padre, porque su Volvo también es sueco y no quiero tener problemas con el patrón*. Unas pocas semanas aguantó mi papi este odioso sistema, su fe en la mano dura de los militares se había resquebrajado, *a Martínez de la Guerra hay que darle un golpe y mandarlo al extranjero antes de que termine de hundirnos a todos, y no es que Martínez sea mala gente, yo lo conozco y se puede tratar con el borracho ese, el problema es que es bruto hasta la pared de enfrente*. Hecha la ley, hecha la trampa, el ejecutivo listo que era mi papi, experto en cortar caminos, se enteró de que los militares les vendían a sus amigotes por lo bajo todas las calcomanías que quisieran, de todos los colores que les apetecieran, solo era cuestión de pagar unas coimas razonables a dos o tres generales y así uno podía circular todos los días de la semana. Mi papi era un tigre para esas cosas, yo lo admiraba tanto, me parecía el hombre más astuto del mundo, capaz de resolver cualquier problema. Tal vez por eso no me sorprendió cuando una noche llegó a la casa, nos convocó a todos en la sala, incluyendo a Leo, abrió su maletín y nos enseñó un montón de calcomanías circulares, rojas, blancas y negras, y, eufórico, anunció *se acabó el racionamiento, estas calcomanías se reparten solo a los mejores amigos del gobierno, se pegan por afuera del vidrio, encima de la otra, y ya está* y entonces mi mami, asombrada, *qué maravilla, estos militares siempre inventan una cosa nueva* y mi papi *son unas bestias, pero para robar sí tienen imaginación*, así que Leo, encantado, pues por fin iba a recuperar a su Negra, se llevó la bolsa de plástico llena de calcomanías y se encargó, pegándolas y despegándolas oportunamente, de que los tres carros pudiesen circular todos los días, gracias a la diligencia y picardía de mi papi, quien, después de sobornar a sus amigotes militares, volvió a tener fe en la eficacia del gobierno. *¿Sabe usted cuándo va a salir adelante nuestro pobre Perú?*, me preguntó Leo, con una mirada risueña en el espejo de la Buick, camino al Markham, la calcomanía negra cubierta por una de las blancas que trajo mi papi, *cuando al general Martínez de la Guerra le pongan en la frente una calcomanía que diga «Lunes a Viernes, No Circular»*. Yo le conté el chiste a mi papi, quien para mi sorpresa no se rió, más bien me miró muy serio y me preguntó *¿quién te ha dicho eso?* y yo *un amigo del colegio*, pues no quería meter a Leo en problemas, y mi papi *no vayas diciendo bromitas contra Martínez, la situación está jodida, un grupo de banqueros estamos cocinando un golpe con unos generales amigos, esos que me vendieron las calcomanías, o sea que tú calladito nomás, en boca cerrada no entran moscas, que efectivamente Martínez va a dejar de circular cualquier día de estos, y no de lunes a viernes sino de lunes a domingo, por borracho y pelotudo.* Los planes de mi papi no se cumplieron, Martínez siguió circulando y mandando, un domingo después de misa mi papi nos contó que sus amigos militares, los conspiradores, los golpistas que iban a enderezar el rumbo del país, recibieron la plata pero al fi-

336

nal no se animaron a sublevarse, *todos los cachacos son unos ladrones del carajo*, dijo amargamente, *les dimos un adelanto a cuenta del golpe, medio millón de dólares, y estos hijos de puta nos metieron la mano, se compraron casas en Chacarilla toditos y no nos contestaron más el teléfono, y lo que más me jode no es que sean ladrones, sino que sean mentirosos, que no tengan palabra, porque robar, en fin, se puede robar con dignidad, pero estos milicos son unas lagartijas.* Mi papi estaba preocupado, temía que sus ex amigotes militares le contasen a Martínez de la Guerra que un grupo de banqueros, él incluido, había tratado de organizar un golpe, aunque un tiempo después se calmó, parece que los conspiradores se habían puesto en contacto con él y le habían pedido el restante medio millón de dólares con la promesa de que ahora sí darían el golpe, y mi papi les grabó la conversación telefónica, *ahora sí los tengo jodidos, decía, son ellos los que me llaman, son ellos los que me piden el golpe, ¿y sabes cómo se refieren a Martínez?, le dicen Huevo Pasado, ahora sí los tengo cogidos de los huevos a esos cabrones.* Mi papi y sus amigos no iban a perder mansamente su dinero: pidieron una audiencia privada con el general Martínez de la Guerra y le hicieron escuchar las grabaciones telefónicas en las que tres de sus más conspicuos ministros decían *por medio palo verde le damos una patada en el culo al borracho de Huevo Pasado.* El general Martínez, desmintiendo el infame apelativo, destituyó fulminantemente a los conspiradores, premió a los banqueros con generosos negocios y consolidó su poder. Mi papi feliz, los bolsillos llenos, un patrullero de la policía cuidando la puerta de nuestra casa por orden directa del presidente, resumió la situación así: *Martínez de la Guerra es un estadista del carajo, ojalá se quede veinte años en el gobierno.*

Una noche, a raíz del incidente de las calcomanías, Leo salió en la televisión. Fue la primera vez en su vida que salió en la tele. Me lo contó todo cuando me recogió del colegio a las tres y subí a la Buick: *no me va a creer lo que me pasó en la mañana, mi estimado, resulta que fui a la tienda Monterrey a hacer las compras de su señora madre y a la salida se me acercó una señorita muy simpática con un micrófono, jovencita ella, bien agraciada, y me preguntó mi opinión sobre las calcomanías de «No Circular», y yo vi que me estaban grabando con una cámara grande, oiga usted, así que, más sabe el diablo por viejo que por pendejo, ¿así es el refrán, no?, le pregunté si era para la televisión y ella me dijo que efectivamente, mi comentario iba a salir en el noticiero «El Panamericano», que tiene tremenda sintonía, así que yo, mi estimado, me mordí la lengua y dije que estoy a favor de la medida del gobierno revolucionario de nuestra gloriosa fuerza armada, suerte que la señorita reportera no revisó bien la calcomanía de mi Negra, ¿se imagina, mi estimado, si nos descubrían en el noticiero «El Panamericano» que usamos doble calcomanía?* Esa noche, Leo y yo decidimos ver el noticiero sin decirles nada a mis papás, a pesar de que Leo pensaba que sus declaraciones no iban a salir, *qué van a poner a un negro viejo hablando babas en televisión*, pero yo, emocionadísimo, aguardaba con impaciencia su debut en «El Panamericano», noticiero del canal cinco que era incondicional del gobierno.

Cuando el locutor, el hombre circunspecto de gruesos anteojos, anunció *en una encuesta efectuada esta mañana por nuestro equipo de reporteros, el pueblo peruano se pronuncia a favor de limitar la circulación de los vehículos particulares, a fin de reducir el consumo nacional de gasolina y así eliminar nuestra nociva dependencia de las potencias imperialistas que nos venden petróleo a precios exorbitantes: aquí, la encuesta,* yo aplaudí y dije *ahorita sales, Leo* y él, sentado en una sillita vieja, porque estábamos en su cuarto, la tele era en blanco y negro y tenía la antena de conejo pegada con cinta *scotch, no creo, mi estimado, no se haga ilusiones,* pero, tras escuchar las opiniones de varios ciudadanos, todos, claro, a favor del gobierno, apareció Leo en la puerta del supermercado Monterrey, cargando varias bolsas, y yo feliz *ahí estás, Leo*, y él subió el volumen, emocionado, y escuchamos que dijo *mire, señorita, yo aplaudo la medida, ahora con las calcomanías el tráfico está más ordenado, felicito al gobierno revolucionario por esta patriótica decisión*, serenísimo salió Leo hablando en la tele y unos segundos después desapareció, *basta, Leo, te pasaste*, le dije yo, impresionado por el aplomo de que había hecho gala mi querido chofer, y él *¿qué tal se me vio, mi estimado?, ¿muy cochito ya?* y yo *saliste perfecto, Leo, hablaste tranquilo, si me preguntaban a mí no hubiese sabido qué decir* y él, tras apagar la tele, saliendo conmigo de su cuarto, *no comente nada, no se vayan a molestar sus padres* y yo *¿por qué se van a molestar?* y él *usted sabe cómo es su señor padre* y yo *no te preocupes*, y, cruzando los jardines, camino a la casa, Leo me detuvo y me hizo una confesión en voz baja: *no vaya a creer lo que dije, yo la verdad pienso que esto de las calcomanías es una tremenda tontería, yo estoy en contra del gobierno, si quiere que le diga la verdad, yo soy adverso a los militares desde jovencito, desde que no me dejaron entrar a la FAP por negro y cojo, pero cuando me pusieron enfrente la cámara de «El Panamericano» pensé «si hablo mal del gobierno, no me sacan y de repente me meto en problemas», usted es jovencito, mi estimado, pero ya sabrá que los militares en este país son bravos y mejor es no meterse con ellos, por eso la verdad me mordí la lengua y dije eso que usted escuchó* y yo *te entiendo, Leo, te entiendo* y él, palmoteando mi espalda, mirándome con cariño de padre, *gracias por su comprensión, caballerito.*

No tuvo mi papi igual comprensión con su chofer de toda la vida, no lo vio en la tele pero se enteró de que había salido Leo cuando sonó el teléfono y su hermano George, también banquero aunque de otro banco más chico, y por eso mi papi le decía *Chiquilín, ¿cuándo quiebra tu banquito, Chiquitín?*, le tomaba el pelo, George le contó que acababa de ver a Leo en «El Panamericano», y entonces mi papi, sorprendido, hizo llamar a Leo a la cocina, justo cuando los dos veníamos caminando de su cuarto confiando en que mis papás no lo habían visto y las empleadas tampoco, pero mi papi estaba en todas, *oye, Leo, me dicen que has salido en el noticiero*, le dijo de frente, y Leo, balbuceando, *sí señor, efectivamente, pero cortito nomás he salido* y mi papi, por suerte de buen humor, fumándose un cigarro, de espaldas a las empleadas que escuchaban todo muertas de curiosidad, *¿y cómo así?, ¿te vas a convertir en locutor a tus años, negro?* y Leo *no, señor, sino que me preguntaron sobre las calcomanías cuando salía de Monterrey, de frente me pusieron la cámara* y mi papi *¿y qué dijiste?, habrás hablado bien del gobierno, ¿no?* y Leo, suspirando, yo también, no le falló la intuición, *por supuesto, señor, dije que aplaudo la medida, cortito nomás hablé* y mi papi, palmeteándolo, *muy bien, Leo, muy bien, tú sabes que en esta casa apoyamos al gobierno del general Martínez, que es muy buen amigo mío* y Leo *¿cómo no, señor?, mil disculpas de todas maneras* y mi papi *eso sí, para la próxima, antes de despacharte en el noticiero, di mejor que primero tienes que pedir permiso a tus patrones para hablar de política en televisión, ¿okay?* y Leo, humildísimo, *¿cómo no, señor?, lo que usted diga*, y mi papi se retiró a su cuarto y Leo entró a la cocina y las empleadas lo aplaudieron, *buena, don Leo, acuérdese de sus amigas cuando sea famoso*. Leo, me parece, siempre estuvo orgulloso de aquella noche que salió fugazmente en el noticiero del canal cinco, y semanas después todavía recibía llamadas y cartas de sus amigos y familiares, felicitándolo por ese pequeño triunfo personal. Al día siguiente, camino al colegio, lo noté más contento que de costumbre, no dejaba de silbar y canturrear, balanceando la cabeza como si, sentado al timón de la Buick, estuviese bailando un alcatraz con ella, su Negrita, su pérfida Negrita con una calcomanía tramposa encima de la otra.

Camino al colegio y de regreso a la casa, Leo y yo pasábamos, sobresaltándonos con los baches y huecos de la carretera, frente a fábricas viejas, casuchas de esteras, bodeguitas y mercadillos de frutas y verduras, pero nada llamaba más mi atención que un edificio color rosa, amurallado y con vigilancia particular, del que entraban y salían carros lujosos y que, a diferencia de los otros comercios de la zona, tan venidos a menos, se mantenía impecable, sin afiches o lemas políticos en sus paredes y, lo que me intrigaba más, sin un solo letrero, cartel o inscripción que dijese a qué se dedicaban en ese edificio tan impecablemente rosado. Un día se lo pregunté a Leo, yo era un niño curioso y preguntón, Leo además me inspiraba confianza y a él podía hacerle casi cualquier pregunta, no como a mi papi, que me intimidaba con sus silencios y miradas, le pregunté *Leo, ¿qué hay ahí en ese edificio rosado?*, y él carraspeó, no supo qué decir, subió el volumen de las noticias en la radio y dijo *otro día le cuento, mejor*, respuesta que, claro, avivó mi curiosidad, *cuéntame, pues, Leo, no seas mala gente*, insistí, uniformado yo con un pantalón gris y una camisa blanca y una chompa gris, el detestable uniforme único que, por orden de los militares, debíamos usar todos los escolares peruanos para que, según ellos, los también uniformados militares, no se notase quiénes eran los escolares pobres y quiénes los ricos, sufría yo cada mañana vistiéndome de gris, disfrazándome de rata, siendo uno más del montón, *usted es muy niño para saber cosas de grandes, mi estimado*, dijo Leo, dejando atrás la misteriosa casa rosada, y yo me molestaba cuando me recordaban que era un niño, *no soy un niño, Leo, ya tengo diez años*, le dije, y él se quedó callado, sonriendo a medias, mirándome por el espejo con su cara morena, algo arrugada ya, los ojos cansados pero vivaces espiándome fugazmente sin desviarse demasiado de la carretera, las orejas grandes, el pelo chiquito, ceniciento, como una pelusita, *ya, pues, Leo, cuéntame*, le rogué, con mi voz más tierna y juguetona, y Leo, que me quería demasiado, me dijo, muy serio, *es una casa de citas, pero no diga que yo le dije, no quiero meterme en problemas con sus señores padres*, y yo me quedé en las nubes, claro, porque nunca antes había escuchado esa expresión, *casa de citas*, que sin duda provenía del mundo de los adultos, así que, sintiéndome muy adulto yo también, le pregunté *¿qué es una casa de citas, Leo?* y él, sospecho que arrepentido de haberme revelado el secreto, pasándose un pañuelo blanco arrugado por la frente sudorosa, algo que solía hacer cuando se ponía nervioso, *bueno, ¿cómo le explico?, una casa de citas es una casa donde la gente hace toda clase de citas, pues*, dijo sin sonar muy convincente, y yo, insatisfecho, *¿cómo que toda clase de citas?* y él *como le digo, pues, toda clase de citas, por ejemplo, citas con la enamorada, citas de amor, ¿ya me entiende, mi estimado?*, dijo, mirándome otra vez por el espejo, y yo *más o menos* y luego de un silencio que a mí me dejó pensativo y a él diría que aliviado *Leo, ¿o sea que eso es un troca?*, y él soltó una risotada franca y contagiosa que relajó esa breve tensión y a mí me hizo sonreír también, pues yo había escuchado en el colegio que un troca era un sitio semiclandestino al que los hombres grandes iban a escondidas para tener relaciones sexuales con mujeres que se alquilaban, y los matoncitos de la clase decían que cuando cumpliesen trece o catorce años irían al troca de todas maneras, pero yo no quería ir nunca al troca, me daba pánico, aunque admiraba a los matoncitos de la clase por tener tan precozmente esa urgencia por ir a tocar a las mujeres del troca, *efectivamente, mi estimado, eso es un troca, el famoso Cinco y Medio*, me dijo Leo, ya con otro tono de voz, más relajado, incluso con cierta complicidad, *¿el Cinco y Medio?*, dije yo asombrado, porque en el colegio decían que el Cinco y Medio era el mejor troca de Lima, el burdel al que iban los tipos con plata, los generales, los gerentes de bancos, *así es, mi estimado, el famoso Cinco y Medio, así llamado porque está en el kilómetro cinco y medio de la carretera central, no sé si sabía usted ese detallito que le cuento para su información, pero no diga usted que yo le dije, por favor, que no quiero meterme en líos con sus señores padres* y yo *con razón* veo que entran y salen tantos carrazos y Leo *ahí solo va la gente con billete, mi estimado, es carísimo ese troca, dicen que cobran no por hora sino por cada diez minutos, hay que ser muy adinerado para ir al Cinco y Medio* y yo, un poco en broma y otro poco para arrancarle más confidencias, ¿*tú has ido alguna vez, Leo?*, y él de pronto se puso muy serio, una expresión de tristeza invadió su rostro, y dijo *no, mi estimado, desde que falleció mi señora yo no he tenido intimidad con ninguna mujer, por respeto a mi señora me he mantenido así, aparte que a mi edad yo no estoy ya para esos trotes.* Me quedé en silencio, avergonzado de haberle hecho una pregunta tan tonta, recordando la foto en blanco y negro de su señora que falleció, Leo tenía esa foto en su mesa de noche, una vez me contó la historia de su mujer, solo una vez porque se emocionaba y se le iba la voz y sus ojos se llenaban de lágrimas, me contó que su señora Betsabé Saldívar de Pajuelo, también natural de Chincha, morenita de bella figura y angelical sonrisa, se casó con él, en Chincha por supuesto, cuando los dos eran bien jovencitos, veinte años tenía Leo y dieciocho Betsabé, a Leo ya lo habían rechazado de la FAP y Betsabé estaba embarazada, así que se casaron apurados y felices. Poco habría de durar la felicidad: Betsabé, con ocho meses de embarazo, fue atropellada una mañana por un camionero borracho cuando la pobre iba caminando hacia la panadería para hacerle su desayuno a Leo, *no he vuelto a comer pan tolete,* me dijo él, limpiándose las lágrimas con sus manos morenas, *no me pasa el pan tolete por la garganta, me acuerdo de mi*

Betsabé y se me atraca el tolete. Desde entonces Leo se olvidó de las mujeres, quedó golpeado de por vida, nunca se repuso de esa pena tan grande, y nunca se volvió a enamorar porque, en realidad, él seguía enamorado de su Betsabé, habían pasado más de treinta años pero él veía esa foto ajada, en blanco y negro, de su Betsabé con vestido de novia y una sonrisa tan llena de ilusiones y simplemente la seguía queriendo para toda la vida. Me quedé yo callado y apenado, mientras Leo manejaba afectuosamente la Buick, guiaba el timón como si lo estuviese acariciando, la llevaba de la mano con ternura de amante antiguo, silencio que él por suerte rompió cuando, para mi sorpresa, me preguntó *¿sabe usted por qué al Cinco y Medio le dicen Disneylandia?* y yo *no, ¿por qué?* y él *porque todos salen felices*, y los dos nos reímos a carcajadas, él con su risota de viudo chinchano cincuentón, yo con mi risita de niño tímido y juguetón. Nunca más hablamos del Cinco y Medio, pues no quería hacerle recordar a su Betsabé que lo hacía llorar, y era verdad que Leo, de todos los empleados de la casa, era el único que no desayunaba panes tolete con mantequilla, Leo tomaba su cafecito con leche y su cuáquer y quedaba feliz de la vida, nunca lo vi comer un pan tolete crocantito, que yo, en cambio, podía comerme de cuatro en cuatro. No se habló más del Cinco y Medio hasta una tarde que, en el preciso instante en que pasábamos frente a ese prostíbulo exclusivo, vi salir de allí, por una callejuela lateral bien custodiada por dos guachimanes, el Volvo blindado de mi papi. *Leo, ¿ese no es el carro de mi papi?*, le pregunté enseguida, y él miró, carraspeó y dijo *no, parece pero no es*, y aceleró un poquito para que yo no viese, pero yo me asomé a la ventana y leí el número de la placa del Volvo, UP-1073, y grité emocionado *¡sí es, Leo, sí es!* y Leo, serísimo, *le he dicho que no es el carro de su señor padre y ahora siéntese tranquilo, jovencito, que podemos chocar si usted me distrae.* Yo me di

344

cuenta de que se hacía el molesto Leo, quería convencerme de que no era el Volvo de mi papi, pero yo estaba seguro de que de sí era, lástima que no había podido ver quién o quiénes iban adentro porque el carro tenía unas lunas oscuras que desde afuera no dejaban ver nada, así que me senté tranquilito como me había pedido mi chofer y, tras dejar pasar unos minutos, *Leo, te juro que leí la placa y era UP-1073, la placa de mi papi, lo hemos ampayado a mi papi saliendo del troca, qué gracioso* y él, nervioso, el pañuelo arrugadito secando su frente arrugadita también, *mire, mi estimado, yo no sé si era su señor padre, yo no vi nada, yo soy un hombre mayor y no ando curioseando a ver quién sale del Cinco y Medio, pero sí le pido por favor que no diga una palabra, porque si su señora madre se entera, ahí sí que estamos fregados los dos, su señor padre me despide y a usted lo meten internado al colegio militar.* Leo estaba seriamente preocupado, yo en cambio me sentía importantísimo de haber descubierto a mi papi saliendo del famoso Cinco y Medio, *no te preocupes, Leo, no le voy a contar a nadie, ¿cómo se te ocurre que le voy a decir a mi mami?* y él *ni una palabra de lo que hemos visto, ¿me promete?* y yo *te prometo, Leo,* y él sonrió aliviado y yo aproveché para preguntarle *¿pero era mi papi, no Leo?* y él, ya relajado, *claro, pues, mi estimado, su señor padre es tremenda joyita,* y los dos nos reímos felices.

Todo cambió para mal el día en que mi papi decidió, sin consultarle a nadie, él era el jefe y hacía lo que le salía de los cojones, decidió vender la Buick y comprar una camioneta Toyota doble tracción, lo que para Leo fue, claro, un golpe muy fuerte. *La Buick ya estaba muy trajinada, esta Toyotita es una fiera,* nos dijo mi papi cuando trajo a la casa la camioneta nueva. Leo celebró el cambio de camioneta, pero solo para complacer a mi papi, su patrón, pues yo sabía que en el fondo se moría de pena. Me lo confesó solos los dos en la Toyota que él manejaba secamente, con la frialdad de un amante despechado, sin los mimos y arrumacos que sabía prodigar a su Buick, *esta Toyota no es igual, es buena camioneta, tiene potencia, no le voy a negar que es más fuerte que mi Negra, pero yo extraño mucho a mi Negrita, su señor padre se la llevó un día al taller y no me dejó siquiera despedirme, se reirá usted, mi estimado, pero yo, la verdad, ya me había encariñado con la otra camioneta, ¿para qué le voy a mentir?, siempre la voy a extrañar.* Leo, con la camioneta nueva, no era el mismo, parecía un chofer más lento, más aburrido, más silencioso, no lo veía silbar ni canturrear, incluso manejando daba la impresión de que había perdido la fina destreza con que guiaba, por calles y carreteras, entre huecos arteros, a su Buick de toda la vida. Yo me moría de pena, pero mi papi era así, seguro que cuando vendió la Buick, feliz porque sus negocios iban de lo más bien gracias a su floreciente amistad con el general Martínez, ni pensó que le iba a partir el corazón al viejo Leo privándolo de su Negrita, mi papi era un banquero muy ocupado y no se enteraba de esas cosas que a mí, en cambio, me parecían muy importantes. Leo triste, Leo callado, Leo sin sus dos negritas, su Betsabé que se la atropellaron y su Negrita que se la llevaron por vieja: así lo veía yo todas las mañanas cuando íbamos al colegio en la nueva Toyota que a mí tampoco me acababa de gustar, pues echaba de menos el cuero viejo de la Buick, sus olores y contornos, el ancho asiento guinda en que me echaba como un príncipe. Leo envejeció de pronto cuando se llevaron a su Negrita, a la Toyota la trataba solo profesionalmente, sin afecto, y por eso no me sorprendí del todo la tarde en que mi mami me recogió del colegio en su Saab y me dijo *Leo chocó contra un árbol en la subida de Los Cóndores, no te preocupes que no le pasó nada, apenitas se golpeó la pierna, pero la camioneta nueva quedó bien chancada de un costado, el amargón que se va a llevar tu papi a la noche.* Yo me quedé preocupadísimo por Leo y no bien llegamos a la casa corrí a su cuarto con mi detestable uniforme gris y lo encontré tumbado en la cama y *¿qué pasó, Leo? ¿estás bien?* y él *no pasó nada, mi estimado, estoy como cañón, solo tuve mala suerte porque se me cruzó un árbol y me lo llevé de encuentro,* Leo era así, tenía un admirable buen humor, no le gustaba que nadie se preocupase por él, y yo me reí y le dije *te extrañé hoy a la salida del colegio,* y él solo me sonrió con su boca grande y sus ojitos cansados al lado de la foto de su Betsabé que le sonreía ennoviada y embarazada y entregada a él, su Leo para toda la vida, y fui entonces a la cochera, y en efecto allí estaba abollada la Toyota, pero yo no la quería, ella era la culpable de que Leo hubiese chocado, por eso le di una patada en la llanta y dije furioso *¿por qué tenías que vender la Buick, papi?*, algo que por supuesto no me atreví a decirle a mi papi, quien llegó a la noche y se enojó de ver su camioneta nueva chocada, pero luego subió al cuarto de Leo y bajó más tranquilo y le dijo a mi mami en la comida *hay que llevarlo a Leonidas a que se haga unos exámenes médicos, dice que no se está sintiendo bien.* Al día siguiente, mi papi me llevó al colegio, me llevó molesto, por mi culpa se había tenido que levantar temprano, y mi mami llevó a Leo al doctor, y la camioneta vinieron a recogerla con una grúa y se la llevaron al taller, y mi papi dijo que la compañía de seguros, que por suerte era de un buen amigo suyo, militar por supuesto, le iba a dar una camioneta nuevecita, y yo camino al colegio le pregunté qué había sido de la Buick y él dijo *no sé, la entregué en parte de pago, ¿por qué?* y yo, mansamente, porque no quería que se enojara todavía más, *por nada, por nada.* Leo no tenía nada grave, solo estaba viejo y necesitaba anteojos, fue gracioso verlo con esos anteojos de montura negra y lunas anchas, *¿cuándo se ha visto un negro con anteojos?*, decía él, y yo me reía, pero al poco tiempo habló a solas con mi papi y, según me contó

347

después, le dijo que ya se sentía viejito y cansado y además era peligroso que con la vista maluca siguiese manejando, así que se animó a pedirle su jubilación para, con esa platita, volver a Chincha y vivir tranquilo, porque allá en Chincha tenía familiares a los que no veía hacía tiempo. Mi papi por suerte no le hizo problemas, le dio un cheque generoso, más de lo que le tocaba legalmente, y le dijo que podía irse cuando quisiera y que si cambiaba de opinión y quería volver, siempre sería bienvenido. Leo me lo contó todo un viernes por la mañana camino al colegio, mientras yo pensaba *si no hubiesen vendido a tu Negrita, no te irías, mi papi tiene la culpa de todo,* y él me decía que siempre había querido volver a Chincha, ya estaba viejito, de todas maneras nos vendría a visitar de vez en cuando, pero yo no quería que se fuese de mi vida, de mis mañanas y mis tardes, ¿quién me llevaría y me recogería del colegio?, ¿quién silbaría valsecitos criollos?, ¿quién cojearía unos pasitos y orinaría al borde de la carretera?, ¿quién me sonreiría en el espejo con cariño paternal?, ¿quién me hablaría de la vida, mi estimado? Yo tenía un nudo en la garganta y no me salían las palabras y ya habíamos llegado al colegio pero yo no quería bajar, esa tarde Leo se volvía a Chincha y yo sabía que no volvería a verlo en mucho tiempo, traté de hablar pero no podía y él no quiso mirarme por el espejo y yo bajé, abrí la puerta del copiloto y me senté a su lado, nunca había hecho eso, me senté a su lado y miré a ese moreno alto, delgado y caballeroso, todo un señor, mi amigo Leo del alma, y le di la mano y, las palabras atracadas por la pena, alcancé a decirle *te voy a extrañar mucho, Leo,* y él me miró a los ojos, me jaló del brazo, me abrazó y me dijo con su vozarrón de hombre sufrido *yo a usted lo quiero mucho,* y estuvimos abrazados un ratito y yo quería quedarme así toda la mañana, abrazando a Leo para que no se fuera nunca, pero sonó la última campana del cole-

348

gio y él me dijo *vaya, jovencito, que le cierran la puerta*, y yo bajé de la camioneta y no quise mirar atrás y caminé rápido hacia la puerta del colegio con la cabeza bien agachada porque estaba llorando y no quería que Leo me viese así, llorando por él.

XVIII
Mi mamá me vendió por amor

Gorda, con un ojo en blanco, ahuecada la dentadura, ya canoso el pelo que fue negro, la sonrisa todavía infantil, Manuela, la cocinera, una mujer mayor, canturrea mientras mueve la cuchara de palo dentro de la olla humeante, vigila que no se queme el arroz en la otra olla, echa una ojeadita con su único ojo bueno al horno para que no se le pase de seco el pollo, pica el tomate y lo baña en vinagre, sigue moviendo la cuchara de palo y al moverla mueve su cabecita también como si toda ella, Manuela, mi cocinera, fuese un cucharón de palo, y prende ahora la campana extractora porque las cacerolas echan mucho vapor y ella se sofoca, pasa una mano hinchada por su frente, pequeña señal de cansancio, y me mira con su mirada vacía de toda maldad, con sus ojazos de lechuza perdida en esa colina de Los Cóndores. Yo, sentado en una silla que he jalado hasta esa esquina para estar a su lado, la contemplo fascinado y empequeñecido, porque ella es tan gorda, sus brazos rechonchos, varicosas sus piernotas, que a su lado me siento más chiquito. Mis papás han salido, y por eso yo aprovecho para estar un ratito a solas con Manuela en la cocina. Me gusta estar con ella, mirarla, oler las maravillas que prepara como de memoria, conversarle y, sobre todo, porque

351

no es de fácil hablar, que me converse. *Cuéntame un cuento de miedo*, le digo. Ella, apretada en su uniforme celeste, los pies amoratados en unas sandalias de jebe que le quedan cortas, me mira con cariño maternal, pues sé que me quiere como si yo fuese su hijo, y dice, siempre moviendo el cucharón, espantando a una mosca con la otra mano, *cómo te gustan los cuentos de miedo, flaquito*. Sí, me encantan los cuentos de miedo que me cuenta Manuela cuando mis papás han salido y yo puedo estar solito con ella. Son cuentos raros, perturbadores, que a ella le contaron en la sierra cuando era chica y que solo me cuenta en voz baja, como susurrando, sin que nadie más nos oiga, porque a mi mami no le gusta que Manuela me cuente esos cuentos. *Ya, pues, un cuentito nomás*, le ruego, comiendo un plátano de la isla que ella, subida en un banquito, me ha sacado de las repisas más altas de la despensa, tan altas que me resultan inalcanzables y por eso ponen los plátanos que tanto me gustan ahí arriba, porque mi mami sabe que yo, si puedo, me devoro no menos de diez plátanos diarios, mejor si son de la isla pero de seda también. *Eres un flaco travieso*, me dice, moviendo su cabeza como quien hace un reproche, y yo sonrío porque adoro que me diga eso, *eres un flaco travieso*, y porque sé que me va a contar un cuento prohibido, una de esas historias malucas que me ponen la piel de gallina, me hacen tiritar los dientes y en la noche no me dejan dormir, uno de los muchos extraños secretos que ella esconde. Manuela se hace la tonta para que no la molesten, pero yo sé que no es nada tonta, ella sabe cosas que mis papás ya quisieran saber. Prueba con su cucharón la sopa de champiñones, *achachay está hirviendo*, se queja, siempre se queja pero siempre se quema también, es como si le gustara quemarse, *¿quieres, flaquito?*, me pregunta, y yo *no gracias, Manu, lo que quiero es que me cuentes bonito un cuento bien feo*, y ella sonríe halagada, le encanta hacerse rogar, goza cuando le suplico un cuentito más y, otra vez espantando una maldita mosca, yo no sé por qué hay tantas moscas en la cocina a toda hora, dice *te voy a contar el cuento del jinete de medianoche.* Yo me paro, me acerco a ella, me empino y le doy un beso en su mejilla que huele a champiñones y que tiene unos pelitos negros por aquí y por allá, pero no me importa, yo a Manuela la adoro, *gracias, Manu,* le digo y regreso a mi silla y ella sonríe feliz y desdentada porque, aunque nunca me lo dice, sé que aprecia mis besitos, *eres la única persona que me da besitos,* me dijo una vez, rara vez. Yo espero impaciente, moviendo mis piernas, hasta que ella, tras abrir el horno y volver a hincar el pollo, comienza susurrando, mirándome intensamente con su ojo bueno, *en el pueblo donde yo vivía de niña, allá arriba, en la montaña, todas las noches, a las doce en punto, escuchábamos un caballo relinchando fuerte, como loco, y una risa bien horrible de hombre malo, la risa del diablo, y al ratito se escuchaba acercándose el caballo, que iba bien al trote, rápido iba el caballo negro, y otra vez la carcajada ya más cerquita, y nadie se atrevía a salir a la calle ni a asomarse a la ventana, sabíamos que estaba pasando el jinete decapitado en su caballo negro, y si ibas a la ventana y lo veías pasar, el jinete decapitado te hacía mal de ojo y te quedabas ciego de la vista para toda la vida, varios cieguitos había en mi pueblo por culpa del fantasma del jinete decapitado, yo por suerte nunca me asomé a la ventana, miedo fuerte me daba, echadita me quedaba en mi cama de estera en el piso, pero eso sí nunca me dormía antes de la medianoche porque sabía que iba a pasar el jinete decapitado con su carcajada de loco malo, menos mal que nunca lo vi porque ahora estaría ciega de los dos ojos.* Yo le creo todo y me asusto con ella y le pregunto *¿y si era decapitado, cómo se reía?* y Manuela, muy seria, *no sé, pero yo escuchaba clarito la risa, y toda la gente que lo vio en el pueblo decía eso, va en un caballo negro y no tiene cabeza, pero una vez no más lo podías* *ver, porque después te quedabas ciego de por vida* y yo *¿el caballo tampoco tenía cabeza?*, y Manuela se ríe y dice *no me cambies mi cuento, pues, flaquito, ¿cómo va a ser un caballo sin cabeza?*, y yo sé que esa noche a las doce voy a seguir desvelado, tapándome los ojos, pensando en el jinete decapitado que ya se acerca dando risotadas y cegando a quienes osan dirigirle una segunda mirada.

Manuela es la cocinera desde que yo era bebito, incluso desde antes, desde que mis papás se casaron, porque Manuela trabajaba como cocinera suplente o subcocinera en casa de mis abuelitos Leopoldo y Catalina, los papás de mi mami, y cuando mi mami se casó, uno de sus regalos de matrimonio fue la propia Manuela: *a tu esposo tienes que mantenerlo contento por el paladar, por eso te regalamos a Manuela para que te cocine las mil maravillas*, le dijeron emocionados a mi mami sus papás, o sea, mis abuelitos, los primeros patrones de Manuela, que la compraron a cien soles cuando era chiquita, una niña de doce años, y se la llevaron a vivir con ellos como sirvienta, porque la mamá de Manuela, una pobre señora que vivía en una casucha en Huancayo, no tenía dinero para alimentar y menos educar a sus catorce hijos, y por eso Manuela fue vendida, llorando ella y su mamá, para asegurarle un futuro mejor en la capital, con una familia acomodada. Todo esto me lo cuenta ella misma, Manuela, nunca mi mami, que, cuando yo le pregunto cómo así Manuela apareció en nuestras vidas, me dice, suave y lacónica, *a Manuela nos la envió el Señor*. Pobre Manu, ella es tan creyente como mi mami, nunca se lamenta de su suerte, acepta humildemente que su sufrida vida ha sido dispuesta desde los cielos por el *Santo Patrón*, como ella, agachando la cabeza, persignándose, alude a Diosito, pero así y todo, cuando yo le pregunto por su mamá, a la que nunca más volvió a ver, por sus hermanos y hermanas, muchos de los cuales fueron también vendidos como sirvientes a familias con algún dinero, Manu, que es como una niña, una niña grande y gorda y cansada y con un solo ojo, se pone colorada de los cachetes y también de los ojazos de búho extraviado, y derrama una que otra lágrima furtiva, diciéndome, mientras sigue cocinando, porque la cocina es su salvación y a ella se aferra, *yo sé que mi mamá me vendió por amor, para darme un mejor futuro, allá en Huancayo ya estaría muerta y enterrada, no teníamos qué comer.* Alguna vez le pregunté si su mamá le escribió al menos una carta, Manu soltó una carcajada tirando la cabeza para atrás y me dijo *¿cómo va a ser, pues, flaquito, si mi mamá no sabía escribir?* Manu no volvió a ver a su mamá ni tiene fotos de ella, solo un vago recuerdo y la certeza de que fue vendida por amor, aunque sabe dónde está enterrada su mamá, en un cementerio informal en las afueras de Huancayo, adonde fue para visitar su tumba hace ya bastantes años, visita que en cierto modo resultó inútil porque la pobre, después de tanto tiempo soñando con ir a rezarle a su señora madre que la vendió por amor y dejarle en su tumba unas florcitas arrancadas al azar del monte mismo, descubrió que su mamá no tenía tumba cierta: el cementerio era un pampón verdoso con algunas precarias crucecitas de madera pintadas de blanco, pero ninguna decía el nombre de la persona muerta, principalmente porque nadie en esa montaña anónima de la serranía peruana sabía escribir, así que, según me contó ella años después, la buena de Manu, que había gastado sus ahorros enteritos en comprar un pasaje en tren a Huancayo, escogió una crucecita cualquiera, tiró allí sus florcitas silvestres, se puso de rodillas y le agradeció a su mamá por haberle asegurado un futuro mejor en la capital, bajo la protección de los señores patrones que le dan todo lo que ella necesita, aunque, claro, Manu necesita bien poquito para estar bien: apenas un cuarto con un colchón viejo, un baño con ducha

355

sin cortina, dos uniformes celestes para el diario y uno azul oscuro para comidas elegantes, tres comidas diarias a base de mucho arroz y menestras, una radiecito a pilas para que escuche sus huainos, su platita quincenal que ella ahorra pensando comprarse un televisor y, cuando se enferma, que es una vez al año, los gastos de la visita al médico y de las pastillas, jarabes y hierbas para que se cure rápido. Manu no sabe escribir ni leer, ni siquiera sabe su apellido, no tiene libreta electoral, nunca ha votado, por supuesto tampoco tiene pasaporte y jamás se ha subido a un avión ni se subiría por nada en el mundo, *antes de que se caiga el avión, yo me muero de los nervios.* Lo que más le gusta, aparte de cocinar cosas deliciosas y que la elogien por eso, es sentarse un ratito a media tarde frente al televisor a ver la novela, pero mi mami, que es una pesada con la televisión y siempre está prohibiéndonos a todos verla porque dice que hace daño, no le da permiso a Manu para ver la novela y entonces solo cuando mi mami sale a hacer sus compritas y su visita a la iglesia, ahí Manu y yo aprovechamos y corremos a la sala riéndonos cómplices y pecadores, y yo prendo la tele y nos quedamos calladitos, sufriendo, viendo la novela de cuatro a cinco, y odio cuando sentimos que llega el carro de mi mami y no ha terminado la novela y tenemos que apagar rápido la tele y correr a la cocina, odio dejar la novela a la mitad porque al día siguiente no entendemos bien y Manu me pregunta a cada ratito *¿qué está pasando, flaquito?,* y yo me tengo que inventar porque tampoco sé. Manu sufre más que yo con la novela, ella ha nacido para sufrir, basta con que algún personaje de la novela esté sufriendo para que ella sufra también y se ponga a llorar, y yo, de solo verla llorar y acordarme de que la vendieron de chiquita y no sabe ni su apellido y jamás me vendería a mí por nada en el mundo, *yo, sin ti, flaquito, me moriría al ratito nomás,* yo me pongo a llorar también, no tanto por la novela, «Simplemente María», sino por la novela que ha sido la vida misma de Manuela, simplemente mi Manu. Manu es mía, así lo siento yo, y yo soy todo de ella; Manu es mía no porque trabaje en mi casa ni por los ridículos cien soles que mi papapa Leopoldo le dio a su mamá, la señora sin nombre ni tumba, Manu es mía por una razón fuerte de verdad: me adora, hace cualquier cosa por mí, lo único que le importa es que yo esté contento, nunca me obliga a nada, hace lo que yo le pido, sonríe ancha y feliz cuando me ve feliz a mí. En eso, y por eso la quiero tanto, Manu es bien distinta a mi mami. Las dos me engríen mucho y yo sé que me adoran, pero mi mami, dice que por mi bien, que ella sabe mejor que yo, siempre me obliga a hacer un montón de cosas, y si yo le digo *no quiero, no me provoca*, ella, altiva, me dice *yo sé lo que es bueno para ti, y mejor acostúmbrate a hacer en la vida no lo que quieres sino lo que debes*. Manu no me obliga a nada, nunca me obliga a comer lo que no me gusta, a ponerme ropa que me aprieta o me raspa o me parece fea, a leer la enciclopedia una hora diaria, a ir a misa tempranito los domingos sin tomar desayuno, a hacer mis tareas del colegio justo cuando están dando «Combate» en la tele, qué tal raza, caracho, yo sé que hago más bonitas mis tareas después de ver «Combate». Manu solo me da de comer lo que yo le pido, lo que más me gusta. Y Manu cocina mejor que nadie en el mundo. Mi mami no cocina, dice que es una pérdida de tiempo, que eso es trabajo de empleadas y que ella prefiere usar su cabeza en otras actividades más provechosas, como, por ejemplo, sentarse a leer sus revistas españolas de modas o llamar por teléfono a sus amigas para planear el próximo retiro espiritual o la urgente colecta para los niños pobres de la parroquia de Chaclacayo. Nunca he visto cocinando a mi mami, ni siquiera los domingos, cuando, si está de buen humor, cosa rara, mi papi se mete en la cocina y se hace solito, gran hazaña, sus huevos revueltos con salchicha. Nunca he visto a mi mami haciéndose unas tostadas, pelándose una manzana, porque ella come manzanas y uvas peladitas, ni siquiera la he visto calentando la tetera para servirse su té importado: todo se lo hacen Manu y las empleadas Iris y Visitación, que son como las hermanas menores de Manu y saben que, en asuntos de cocina, es ella quien manda. No se lo tengo que decir, Manu sabe bien cuáles son las comidas y bebidas que más me gustan, y siempre que puede me complace con ellas: lomo con huevo frito y arroz, pollo con papas fritas y mucho ketchup, huevos revueltos con tostadas, sánguche de queso derretido en la waflera y, de postre, manjar blanco, leche condensada, mermelada de moras que le regalan a mi mami, los chocolates suizos de mi mami que ella esconde y Manu sabe dónde, y, claro, plátanos, muchos plátanos con leche condensada, aparte de cocacolas, kolainglesas y crush de naranja, mis bebidas favoritas, *nunca leche, por favor, Manu, que la leche, tú sabes, me manda derechito al baño*, salvo la leche condensada que tú y yo comemos a chorros, escondidos en la despensa, pones tu cuchara de palo, te sirvo, pones mi cucharita de plata, me sirvo, cucharas a la boca, dulce embriaguez, pura felicidad allí contigo, culpables y engordando. También sabe Manu perfectamente todas las comidas que detesto y me dan náuseas y no sé por qué diablos a veces mis papás me obligan a comer a la mala: camarones, langostinos, machas, almejas, cebiche picante, camote, papa a la huancaína, quinua, frejoles, lentejas, pallares, zanahoria, betarraga, lechuga, hígado, seso, mondonguito, pellejo, locro, todas las sopas sin excepción, sobre todo la de pescado, piña, uva con pepa, pepino, pepinillo, lima, carapulcra, estofado, ajiseco y toda la horrible comida criolla que siempre sabe a cebolla. Manu sabe que odio la cebolla y el ají, a diferencia de mi papi, que ni lo sabe ni los odia, porque él, cada vez que puede, echa salsa picante y pedacitos de ají vivo sin lavar y hasta los temibles rocotos a cualquiera de sus comidas, y por eso tiene un aliento encendido, brutal. Si bien es gorda, no sé cuánto pesará pero podría pasar los noventa o cien kilos fácilmente, Manu se contenta con comer lo que le den, y eso suele ser arroz con menestras o las sobras que nosotros, los dueños de casa, dejamos para ellos, los empleados. Solo sobran las sobras cuando salen mis papás y yo como solito en la cocina acompañado de Manuela que se sienta a mi lado, no me gusta comer solo, es más rico con ella conversándome, pero si comemos con mis papás en la mesa formal del comedor, yo mirando la lámpara de cristal que cuelga del techo y pensando si caerá algún día sobre la cabeza semicalva de mi papi y entonces papi morirá sin dejar testamento y todos iremos llorando a su entierro y yo diré las palabras de despedida y toda la familia, todita, llorará de lo lindo que hablé y de lo mucho que quería a mi papi recién fallecido, cuando comemos con mis papás ahí sí que no me dejan rechazar la comida que detesto, *tienes que educar tu paladar*, me dice mi papi, y yo pienso *y tú tienes que educar tu poto, porque es de pésima educación tirarte pedos en la mesa formal del comedor*, y mi mami asiente y añade *yo de chiquita odiaba las verduras, no comía lechuga ni zanahoria ni betarraga ni una sola verdura, y mírame ahora, parezco un conejo, me como las zanahorias crudas, ¿y eso por qué?, porque mis papás me educaron a la fuerza a comer verduras y me hicieron el favor de mi vida, yo de chiquita era estreñida como una vieja solterona y ahora, a pura verdura cruda, la comida me baja como cohete* y mi papi *mujer, por favor, estamos comiendo, no hables de cohetes* y mi mami, colorada, *no me he tirado ningún cohete, amor,* y yo pienso *no, el que se tira todos los cohetes eres tú, papi cochino, ¿y por qué diablos no pueden ser como Manuela y darme de comer solo lo que me hace feliz?*

Manu nunca se casó ni tuvo hijos, aunque ella me ha contado, entre los dos no hay secretos, que hace unos años tuvo un pretendiente, yo era menor y ya nos habíamos mudado a la casa de Los Cóndores, porque el departamento frente al Golf les quedaba chiquito a mis papás, y con la mudanza mis papás contrataron a varios empleados nuevos, todos de la zona de Chosica, Chaclacayo y Santa Eulalia, y uno de ellos, Julio Grande, así llamado porque tenía un hermano gemelo llamado Julio Chico, uno de esos empleados, decía, Julio Grande, encargado de vigilar de noche, con un pito y una pistola de fogueo, la puerta principal de la casa, se convirtió al poco tiempo en el pretendiente secreto de Manu, *yo no estaba tan gorda por esos años y el Julio Grande era tremendo sabido*, me cuenta ella, que en las noches salía de su cuarto calladita y sin que nadie se diese cuenta y bajaba hasta la puerta principal, bien abrigada eso sí, con un tecito caliente para acompañar en la vigilancia a Julio Grande, que se pasaba la noche entera espantando perros chuscos, cabeceando de sueño y cantándole rancheras a Manu.

Cuando le pregunto por qué no te casaste con él, ella se sonroja un poco, baja la mirada y comenta *Julio Grande era muy mentiroso, como buen serrano*, y yo sonrío y le digo *pero tú también eres serrana, Manu* y ella *sí, pero yo crecí en la capital con los señores patrones, por eso no soy mentirosa*, respuesta que me deja satisfecho y que además coincide con la teoría tantas veces escuchada de boca de mami, según la cual *toda la gente sencilla de la serranía es mentirosa por naturaleza congénita*. Manu, todavía un poquito resentida, aunque ella es buena como el pan y lo perdona todo, dice que Julio Grande era un mentiroso del diablo porque una vez, ya siendo su pretendiente secreto, y ella desvelándose para hacer menos solitarias sus noches de guachimán legañoso, una vez Julio Grande le pidió plata prestada para hacer realidad el sueño del que tantas veces le hablaba, abrir una tienda de abarrotes en Morón, y la pobre Manu, cándida, entregada, *yo le creía todo al serrano ese y me hacía ilusiones de que nos íbamos a casar, porque ya él me hablaba de matrimonio*, la Manu no dudó en darle toditos sus ahorros, lo que con tanto esfuerzo había juntado mes a mes, año a año, que ya casi le alcanzaba para comprarse un televisor nuevecito con su antena de conejo y todo, y al poco tiempo Julio Grande desapareció sin renunciar ni decirles nada a mis papás, se hizo humo el desgraciado, ni más se supo de él, y tremenda decepción habría de llevarse la pobre Manu, mi mami, investigando, hablando una a una con las empleadas, descubrió que no solo Manu, también Visitación y la lavandera Nieves, que era eventual, o sea venía tres veces por semana y no dormía con las demás empleadas, todas ellas, las tres, le habían dado plata prestada a Julio Grande para que pusiera su tienda de abarrotes al miti-miti, es decir, con la promesa de compartir las ganancias a la mitad, y aunque ni Visitación, Nieves y menos Manuela le contaron a mi mami que Julio Grande era un mujeriego de cuidado, Manu sí me confesó que tanto Visitación como Nieves cayeron en la trampa porque él les habló de matrimonio, *las tres tontas creíamos que nos íbamos a casar con ese serrano ratero*, me cuenta riéndose como niña, avergonzada pero feliz de su propia ingenuidad. Pues la historia de Julio Grande no terminó allí: mi papi, furioso porque *el malagradecido este se manda mudar sin dignarse avisarnos siquiera y encima se queda con el uniforme de seguridad, el juego de pitos, la pistola de fogueo, la linterna-sirena y las luces de bengala*, moderno equipo de seguridad que él había comprado en uno de sus viajes al extranjero, furioso y con ganas de ajustarle las cuentas, habló con el comisario Díaz, jefe de la guardia civil de Chaclacayo, y le pidió, previa donación de un dinerillo para que todo fluyese con la debida rapidez, que investigara a fondo, sin descanso, hasta encontrar al estafador de Julio Grande Machicao, *que aparte de robarse mis cosas de seguridad, se arrancó con todos los ahorros de las chicas del servicio, comisario.* Tras una exhaustiva investigación, denominada Operación Rastrillo, que abarcó un seguimiento casa por casa en las zonas aledañas a la vivienda de Julio Grande y su hermano el Chico, la policía lo encontró, según nos contó eufórico mi papi en la mesa del comedor, todas las empleadas escuchando boquiabiertas en la puerta de la cocina, lo encontró un domingo por la mañana, calato, tan borracho que se caía, lavando sus calzoncillos con una barra de jabón Bolívar en las marrones y empozadas orillas del río Rímac. Vistiendo tan solo sus calzoncillos mojados, Julio Grande fue esposado y conducido, zigzagueando, a la comisaría de Chaclacayo, donde el mayor comisario Roger Díaz Serrano, después de hablar telefónicamente con mi papi, que aprovechó la ocasión para felicitarlo y prometerle una pronta donación, ordenó, sin necesidad de diligencia judicial alguna, que Julio Grande fuese internado por tiempo indefinido en el calabozo de dicha estación policial. Si bien el dinero de Manu, Visitación y la eventual lavandera Nieves no pudo ser hallado, pues al parecer había sido gastado por Julio Grande en una brutal borrachera que duró semanas para celebrar la procesión por Ñaña de la Virgencita Llorona del Cuy, nuestro ex vigilante pasó año y pico encerrado en la comisaría de Chaclacayo, lo que, en cierto modo, compensó los lamentos de las empleadas por su dinero perdido, *cadena de por vida debieron darle a ese serrano desgraciado,* me dijo Manuela. Sospechosamente, a los pocos meses de recobrar Julio Grande su libertad, y en ausencia de mis papás, que estaban de viaje en Bariloche, unos ladrones, nunca supimos quiénes, se metieron en la casa y se robaron toda la platería, los cuadros, el equipo de música traído de Londres y el televisor blanco y negro de veinte pulgadas.

Aquella noche, la noche del robo, yo estaba durmiendo solito en mi cuarto y no sentí nada, como tampoco sintieron nada las empleadas Iris y Visitación, que habían venido a cuidarme mientras mis papás estaban de viaje, ni los demás empleados, arriba en sus cuartos, lejos de la casa grande. Mi papi, cuando volvió, le echó la culpa del robo a Julio Grande, dijo que de todas maneras, por venganza, se había metido a robar la platería, y de paso despidió al nuevo vigilante, Eulalio Nazareno, a quien culpó de ser cómplice de Julio Grande y su pandilla. Manu siempre me aseguró que Eulalio era inocente, pues esa noche, en vez de estar cuidando la puerta principal, la pasó arriba, con las empleadas, Leo y el Chino Félix, jugando naipes, tomando traguitos y contando chistes colorados. Mi papi habló de nuevo con la policía, pero, por mucho que buscaron, no volvieron a dar con Julio Grande Machicao, quien, si los cálculos de mi mami eran ciertos, se hizo millonario vendiendo toda la platería y segurito que se fue a vivir bien lejos, de repente incluso a otro país. Lloró bastante mi mami cuando regresó de Bariloche y encontró vacíos todos los estantes de la platería, lloró no por el dinero perdido sino por lo que cada objeto de plata significaba para ella, pues casi toda esa platería eran regalos de matrimonio o de aniversarios familiares, *siento que se han robado un pedacito de mi vida, que me han arrancado mi pasado, que han manchado mi casita, mi nidito de amor,* dijo desconsolada, y yo lloré con ella porque me imaginaba las manos cochinas de Julio Grande metiéndose al nidito de mi mami y robándonos a nosotros, los pichoncitos. Pero rápidamente dejé de llorar cuando mi papi se apareció con un televisor nuevo de veinticuatro pulgadas, traído de contrabando porque el gobierno militar prohibía la importación de televisores lindos para la gente con plata, y, lo más importante, ¡un televisor a colores!, finalmente y después de mucho envidiar a tantos chicos del colegio ¡teníamos televisión a colores! Y todo gracias a Julio Grande Machicao y sus secuaces, quienes, según mi papi, y él no solía equivocarse en esas cuestiones, se habían robado el viejo televisor blanco y negro, aparte de la platería de mi mami, que nunca imaginé que significase tanto para ella. Manu se puso feliz por mí cuando vio la nueva televisión Sony a colores, ella sabía que yo moría de ilusión de ver tele a colores, y a los pocos días, cuando salía mi mami, ya estábamos ella y yo viendo nuestra novela a colores, y no lo podíamos creer, sentíamos como que habíamos vuelto a nacer, todo un mundo nuevo abriéndose ante nuestros ojos, aunque, para mi sorpresa, Manu me confesó días después que extrañaba la televisión en blanco y negro, y cuando le pregunté por qué, me dijo *porque en la novela los malos eran más malos en blanco y negro*, y pensándolo bien me pareció que tenía toda la razón. Manu también estaba feliz porque mi mami ya no la iba a fastidiar más con su platería, y es que cada mes, un día cualquiera que mi mami sentía el súbito arrebato, sacaba las fuentes, los platos, las copas, las cucharitas, las hondas vasijas, toda la platería acumulada en años de feliz matrimonio y diversas celebraciones sociales, y le ordenaba a la pobre Manuela, sin demasiadas contemplaciones, que, una vez terminadas sus tareas en la cocina, y en lugar de dirigirse a dormir, como ella sin duda merecía, se dedicase, junto con las demás empleadas, a limpiar todita la platería, pieza por pieza, hasta que quedara perfectamente reluciente, impecable, libre del menor polvillo, de la más leve opacidad, y yo, muerto de la pena, ya en piyama, cuando iba a la cocina para comerme un último platanito con leche condensada o un pedacito de Toblerone que, a cambio de un besito en cada mejilla, me regalaba a veces mi mami, yo veía a Manuela cayéndose de sueño, bostezando, pasando ese líquido espeso y blancuzco, Brasso, por las cosas de plata, y luego, medio dormida, cabeceando, frotando con un trapito morado una y otra vez cada pieza de plata, sacándole brillo con una entrega infinita, como si esos platos y esas fuentes con inscripciones afectuosas que ella no podía leer fuesen sus hijitos, los hijos que no pudo tener porque, salvo el mentiroso estafador de Julio Grande, no tuvo pretendientes ni novios y se pasó la vida entera cocinándonos rico, cuidándonos, haciéndome feliz, engriéndome y, de noche, cuando a mi mami le daba el capricho, frotando fuerte y parejo todita la platería de la familia que, bien hecho, era justo, alguien tenía que liberar a Manu de esa esclavitud, se robó segurito que Julio Grande en venganza por el año y pico que pasó en el calabozo de Chaclacayo. Claro que no duraron mucho las vacaciones: mi mami, en su siguiente cumpleaños, pasó la voz entre todas sus amigas y les rogó que, como se había quedado sin platería, *si me muero y revisan mis cosas van a creer que nunca me casé por religioso porque no hay un solo plato de plata conmemorativo*, les rogó que por favor le regalasen cositas de plata, chiquitas nomás, pero de plata, para empezar a llenar sus muebles vacíos, para recomenzar de cero su colección de cucharitas de plata. Aparte de mi papi, que le regaló una fuente inmensa con la inscripción «A mi conejita, de su oso mayor», fuente cuyo valor mi mami calculó rápidamente porque susurró en mi oído *si vendes esta fuente, te vas de viaje a Disney un mes*, las amigas de mi mami, muy cumplidas, la llenaron de cosas y cositas de plata fina, lo que la colmó de felicidad y a la pobre Manuela de sufrido trabajo una vez al mes, de nuevo a frotar y frotar entre bostezos para que brille la platería de la señora patrona y así mi mami pueda sentir, cuando se va a dormir, que nada en su vida, ni en su vida espiritual ni en su vida material, tiene manchas, sombras o cochinaditas, pues ella, mi mami, es más limpiecita que la Virgen Inmaculada, a la que ya toca hacerle romería en el jardín dedicado a Ella.

No solo se cae de sueño limpiando la platería ciertas noches eternas, Manu duerme muy poco y por eso todo el día anda bostezando y quedándose dormida en la cocina. Yo, para estar contento, necesito dormir por lo menos ocho horas, y si son nueve o diez tanto mejor, pero Manu, según me cuenta, porque tengo prohibido entrar a su cuarto, prohibido no por ella sino por mi mami claro, Manu duerme con las justas tres o cuatro horas, y ni siquiera de corrido y profundamente, la pobre tiene pesadillas casi todas las noches y siente que un fantasma travieso le jala los pies o que un alma en pena le sopla el pelo o que un anónimo intruso abre todos los caños del baño y deja el agua corriendo, cosas así le pasan de noche y perturban su corto sueño, menos mal que yo no sufro de fantasmas y otras visitas nocturnas, yo cuando me despierto con pesadillas a media noche salgo de mi cama y voy corriendo al cuarto de mi hermana Soledad y me meto en su cama con sábanas de flores que huelen a ella, porque casi nunca duerme allí mi hermana mayor adorada, suele estar, y es una pena, en el internado, pero cuando está los fines de semana con nosotros y yo me despierto asustado y temblando y no basta con rezarle a Diosito porque sigo temblando, entonces voy en piyama y con medias, pues no puedo dormir descalzo como mi hermana, yo cuando duermo sin medias tengo frío y segurito que me atacan las pesadillas, voy corriendo al cuarto de Soledad y me meto en su cama vacía o con ella mucho mejor, y si está vacía me consuelo buscando en las sábanas, en las almohadas, en el edredón, el olor tibio y dulzón de mi hermana, olor bienhechor que me deja tranquilo y libre de todo miedo, pero es mucho más rico cuando consuelo mis malas noches con el calorcito amoroso de mi hermana, que, aunque esté profundamente dormida, nunca me rechaza cuando me meto en su cama, me acurruco a su lado y acerco mi nariz a su pelo para quedarme dormido oliendo su rubia melena maravillosa, y aquellas son sin duda mis noches mejores, las que paso abrazado a mi hermana, respirando al mismo ritmo que ella: entro en su cama, me aprieto con ella, a veces toma mi mano y la besa y la pone en su barriguita, rodeándola yo con mi brazo protector, y así, juntitos y queriéndonos en la oscuridad, yo cierro mis ojos y respiro parejo con ella para que nuestra respiración sea una sola, y esas noches soy más feliz que nunca. Pobre Manu, ella duerme sola y mal y no tiene adónde meterse cuando está con pesadillas. Manu, si está desvelada, baja a la cocina, no prende ninguna luz, apenas enciende una velita o abre la refrigeradora para que le dé esa lucecita tenue que sale de ahí adentro, y se queda horas sentada en un banquito, haciendo figuritas con una bolsa de arroz, tan graciosa Manu, saca un puñado de arroz, lo echa sobre la mesa donde al día siguiente mi mami y yo tomaremos desayuno ya cuando mi papi se haya ido al trabajo, porque el apurado de mi papi no toma desayuno bonito, sentado, con calma y rica conversación, mi papi es un energúmeno que, parado, ya en traje y corbata, apenas toma un café negro sin azúcar y un jugo de naranja recién exprimida y sale corriendo porque hay que seguir haciendo más y más plata, toda la plata del mundo quiere tener mi papi y no importa si para eso tiene que tomar desayuno parado y nunca conversar conmigo bonito porque no hay tiempo, en esa mesita Manu se sienta a cualquier hora de la madrugada, débilmente iluminada por una vela que sobró de la torta de mi último cumpleaños, y echa los arroces sobre el mantelito verde oscuro y empieza a hacer figuritas con esos granos de arroz extragrande: perritos, corazones, pescaditos, árboles, niño y niña agarraditos de la mano, niña con su mamá, niña en su casita con chimenea y el sol arriba y la nube y el avión pasando, y una vez que voy a la cocina a mediano-

367

che porque tengo sed y quiero un vasito de limonada helada, me encuentro asustado con Manuela en su uniforme
celestito, y es que Manu no tiene piyama, duerme con un
uniforme y el otro se lo pone para trabajar, vive uniforma-
da ella, es cocinera todo el santo día, y me encuentro asustado con Manu y le digo *¿qué estás haciendo acá?* y ella, las
arrugas de su cara regordeta más marcadas a la luz de esa
velita, *no puedo dormir, flaquito, estoy haciendo figuritas de
arroz* y yo *a ver*, y miro y me da tristeza porque todas esas
figuritas, la niña con mamá y casita con chimenea y hermanito que la agarra de la mano y el perrito que seguro es
su mejor amigo, todo eso, pienso, es lo que ella no tuvo de
niña porque nadie la agarró de la manito y más bien la
vendieron a mis abuelos por cien escasos soles, y me siento
entonces a su lado, hago figuritas de arroz con ella, dibujo
un corazón grandote y adentro escribo «Te quiero mucho,
Manuela», y le leo porque ella no sabe y sonríe feliz y,
como premio, me dice *si quieres, te abro la despensa* y yo,
susurrando, no se vaya a despertar mi mami o, peor, mi
papi que sale con pistola y linterna dispuesto a palomearse
al primer Julio Grande II que ose meterse de nuevo a la
casa, yo *¿tienes la llave?* y ella *no, pero sé dónde la esconde la
patrona* y yo *¿dónde?* y ella *arriba de la refrigeradora, pero yo
no llego tan alto, flaquito*, y entonces, ávidos de dulcecitos
prohibidos que mi mami esconde en la despensa para su
consumo personal, *el chocolate es mi droga, me quitas mi chocolatito suizo de todas las noches y yo me vuelvo loca y me inter-
no en la clínica San Felipe con todos los drogadictos en rehabili-
tación*, dice ella, y yo pienso que exagera un poquito,
dejamos Manu y yo nuestras figuritas de arroz sobre el
mantel verde que mi tía Carmelita compró a una tribu
indígena de Guatemala y le regaló a mi mami, y yo me
siento sobre los hombros de Manu, como me encantaba
sentarme de chiquito sobre los hombros de mi papi, y, mi

mano izquierda con la velita, busco la llave entre la canasta de frutas que está sobre la refrigeradora, *abajo está*, me dice Manu, así que levanto la canasta y sí, encuentro la llave, *ya la tengo*, anuncio, y Manu *au, miéchica* y yo, bajando, *¿qué pasó?* y ella *me cayó la cera en el brazo*, y es que la velita derrama gotas quemantes de cera y yo si me hubiese quemado ya estaría chillando como un bebé, pero Manu es dura para el castigo, resiste en silencio y yo *aprovecha, Manu, así te depilas de paso*, y ella se ríe, y yo a pesar de mi corta edad ya sé lo que es depilarse porque me encanta sentarme frente a mi mami cuando ella, en bata y calzón, sentada sobre su cama, se pasa la cera por las piernas, soplando y soplando a la espera de que se seque un poco, y yo soplo con ella, y no me gusta el olor áspero de esa cera color lúcuma pero me encantan las piernas blancas, delgadas y pecosas de mi mami, y soplamos los dos y ella, cerrando los ojos, haciendo una mueca de dolor antes de sentir dolor, jala la cera y se la arranca junto con unos microscópicos pelitos que yo observo luego pegados a la cera, y una vez le digo a mi mami *yo cuando tenga pelitos también quiero depilarme*, y ella me mira sorprendida y se ríe y me dice *no, mi principito, los hombres no se depilan, esto es cosa de mujeres nada más* y yo *pero los pelos en las piernas siempre son feos, no importa si son de hombre o de mujer*, y mi mami se persigna y reza *Dios mío, te ofrezco este dolor por los bebitos que van a ser abortados hoy*, y se arranca la cera y dice *ayayay, qué dura es la vida de una mujer*, y se sopla y le soplo y me aclara *para mí, los hombres de pelo en pecho son más atractivos*, y yo pienso que de grande no quiero tener pelo en pecho ni en las piernas ni en ninguna otra parte, y si me salen, me los depilo sin que mi mami se entere, me los depilo rezando mucho por los niños pobres que no tienen qué comer y los bebitos abortados por mamás asesinas. Por eso, decía, yo sé que las mujeres se depilan y por eso le digo a Manu, cuando mi velita derrama cera y la quema, le digo *aprovecha, así te depilas de paso*, y ella sonríe y me baja de sus hombros y, ahora ella con la velita que va empequeñeciéndose, vamos a la puerta de la despensa, mete Manu la llave, abre y entramos sigilosamente los dos, dejando la puerta entreabierta, y ambos sabemos bien qué tesoros ocultos de mi mami vamos a hallar en la penumbra, abrir con la respiración agitada, diezmar deprisa y abandonar saqueados una vez saciado nuestro voraz apetito dulzón, y esos tesoros se llaman Toblerone, Godiva, Cadbury, Lindt y los demás chocolates importados de mi mami, pero, eso sí, tampoco somos tontos, solo comemos de aquellos que están abiertos, no nos atrevemos a abrir chocolates nuevos porque entonces mi mami se daría cuenta y me echaría todita la culpa a mí, no a Manu, seguro que mi mami jamás imaginaría a Manu metiéndose conmigo en la despensa a darse una empachada de chocolates que no son suyos, y en eso mi mami, no quiero criticarla, yo la adoro, pero mi mami no es justa con los empleados, nunca les regala un chocolatito ni les da postre siquiera, como si ellos, *por ser gente sencilla de la serranía*, no tuviesen gusto por el dulcecito, como si les bastara comer sus menestras con arroz y cebolla y chau, postre solo para los patrones: no me parece, mami. Y así estamos devorando chocolates a las tres y pico de la mañana y ya sin velita porque se fue consumiendo y se apagó de pronto, cuando de repente escuchamos unos pasos suaves que entran en la cocina, y rapidito dejamos los chocolates, nos escondemos en una esquina de la despensa y yo pienso *ladrones, se han metido de nuevo Julio Grande y sus secuaces y si nos encuentran, nos secuestran los secuaces*, y nos abrazamos Manu y yo en la oscuridad, repletos de chocolate, temiendo lo peor, y entonces se abre la puerta y Manu no alcanza a dar un grito porque yo le tapo la boca. Es mi mami en piyama, sé que parece un fantasma y por eso segurito que Manu iba a gritar, la pobre siempre anda viendo fantasmas, pero es mi mami que no nos ha visto y camina medio dormida, no sé si sonámbula, hacia sus tesoros, y saca un chocolate ya picoteado por nosotros, pájaros nocturnos, y rompe una barrita, se la lleva a la boca, la saborea y da media vuelta, no nos ha visto, creo que está dormida, y, antes de salir, se tira un pedito y sale caminando feliz, con su droga en la boca, de regreso a la cama. Manu y yo nos miramos y nos matamos de risa y ella me dice *la patrona parecía sonámbula* y yo *no sabía que los sonámbulos también se tiraban pedos*, y ella se ríe a carcajadas, se atraganta y empieza a toser y yo *Manu, vamos a dormir, no vaya a regresar mi mami y nos mata a pedos en la despensa*, y ella otra vez carcajeándose se va rapidito a su cuarto arriba y yo voy al mío. No la acompaño porque una vez, hace años, subí al cuarto de Manu y me metí a su cama y al día siguiente mi mami fue a despertar con besitos a su principito y no me encontró en mi cama y se llevó un susto tremendo y cuando me encontró arriba, en la cama de Manu, se amargó horrible, me regañó, me jaló las orejas y me prohibió subir más a los cuartos de los empleados, zona de la casa que ella llama *el chancherío*.

Por dormir poco y mal, Manu un día casi se muere y nos mata a todos y nos deja sin casa de paso. Era un sábado por la mañana, yo estaba en el jardín acompañando al Chino Félix, mi papi seguía durmiendo, porque los sábados él solo se levantaba en bata para almorzar y luego seguía durmiendo, mi mami se alistaba para ir a recoger al internado a mi hermana Soledad, y el sol ya quemaba rico y parejo en el cerro de Los Cóndores, cuando de repente el Chino y yo escuchamos los gritos histéricos de las empleadas *¡incendio, incendio, incendio!* El Chino Félix y yo salimos corriendo como locos hacia la casa, *ahora sí es la jo-*

didera, alcanzó a decir el Chino, y Leo, que estaba dormitando en la camioneta, salió corriendo atrás de nosotros, aunque más lento, claro, porque era ya un señor mayor y cojeaba. Cuando llegamos a la cocina vimos una escena de película: Manu, Iris y Visitación tirando vasos de agua a un fuego del diablo que estaba devorando media cocina y que con vasitos de agua no iban a apagar jamás, Manu gritando *¡incendio, incendio!*, como si no lo viésemos todos, Iris clamando *¡más agua, más agua, que se achicharra todito!*, y mi mami, sin echar agua, gritando *¡los bomberos, llamen a los bomberos!* y Leo *no hay bomberos en Chaclacayo, señora* y mi mami *¡se quema mi casa, ayuda, socorro, despierten al señor!* y el Chino Félix *ayúdame, Chinito, vamos a traer tierra*, y sale Félix afuera al patio, arranca un floripondio de mi mami, entra con maceta y todo y tira la tierra sobre el fuego y mi mami *Félix, mis plantitas no me las destruya también, ay Dios mío, ahorita me desmayo, esto debe ser el fin del mundo* y luego, todos sudando, llenos de humo, empezando a toser, *Jimmy, corre, despierta a tu papá, dile que haga algo*, y yo no puedo creer que con todo ese griterío demencial mi papi siga durmiendo. *¡Corre, Chino, despierta al patrón!*, me grita Félix, y todos gritan y yo no sé qué hacer, Leo echa baldazos de agua pero el pobre está viejito y más moja a Manu que al fuego, y Manu, en su desesperación, tira al fuego todo el líquido que encuentra a la mano, incluyendo jarras de limonada, el jugo de tomate de mi papi y el agua de tilo para los nervios que toma mi mami antes de dormir. Yo corro al cuarto de mi papi, toco rápido la puerta, entro y veo que mi papi está roncando con la boca abierta, sin camisa ni bividí, el pecho peludo al aire, solo con pantalón de piyama que ni siquiera se ha abotonado bien y medio que se le ve todo y yo no quiero verle todo porque no quiero ni imaginarme que estoy en el mundo porque vengo de allí. *Papi, incendio*, le digo, con una vocecilla infantil, pero él sigue roncando, así que me acerco, muevo su brazo y digo *papi, despiértate, incendio*, pero nada, si hay terremoto grado ocho y se cae el techo, mi papi sigue durmiendo porque él trabaja durísimo toda la semana para tener toda la plata del mundo y cuando llega el sábado cae petrificado de sueño, y yo escucho el griterío infernal de la cocina, y mi mami sigue con *¡llamen a los bomberos, a la policía, a la cruz roja, a defensa civil, llamen a alguien, por Dios!*, y me dejo entonces de delicadezas y agarro una almohada y le tiro dos almohadazos en la cara a mi papi el roncador pelo en pecho y grito *¡PAPÁ, DESPIERTA, SE QUEMA LA CASA!* Mi papi, sobresaltado, deja de roncar, abre un ojo nomás y me dice *¿qué pasa?* y yo *incendio* y él *¿tienes un incendio?, ¿has estado chupando anoche?* y yo *no, incendio en la cocina, se está quemando todo*, y ahora sí escucha el griterío y siente el humo y salta de la cama sin zapatos, solo con su pantalón mal abotonado, y corre a la cocina y yo corro atrás de él y cuando entramos veo que el fuego está creciendo y amenaza extenderse al comedor, pues arde en llamas toda la estantería de madera vecina a la vieja cocina a gas, y Manu y las empleadas siguen tirando agua, y mi mami ha salido al patio y reza mirando al cielo *¿QUÉ TE HE HECHO PARA QUE MANDES QUEMAR MI CASA, DIOSITO: DIME, POR FAVOR, QUÉ, QUÉ QUÉ?*, y el Chino Félix sigue entrando y saliendo con una maceta cargada de tierra que luego arroja sobre el fuego, lo que al menos resulta más eficaz que la poca agua que echan las empleadas sudando y tosiendo, y entonces mi papi, que por algo es el patrón, él sabe decidir bajo presión, sabe actuar en momentos de crisis, grita *¡los extintores!* y luego, mirándome, *ven, corre, vamos a los carros*, y corremos él y yo como locos y mi papi abre los tres carros, el Volvo, el Saab y la Negrita, y saca, uno de cada uno, tres extintores rojos, porque él es el hombre más precavido del mundo y no deja que su familia ande en un carro sin extintor, y él carga dos y yo uno y subimos corriendo y cuando entramos a la cocina, mi papi abre los tres extintores, le da uno al Chino Félix y otro a mí, grita *¡abran, paso, carajo!*, y las empleadas salen corriendo como gallinas alborotadas, y, tan valiente mi papi, por eso lo admiro tanto, se acerca al fuego con su extintor, agarrándolo tipo metralleta en una escena bélica de «Combate» que no me pierdo los miércoles por la noche, y dispara un chorro de un polvillo blanco sobre el fuego y nos dice al Chino y a mí, que lo miramos fascinados, *disparen, huevones, no se queden mirando*, y yo pienso *no me digas «huevón», papi, porque tu piyama está mal abotonada y se te ven los huevos y tú tienes unos huevos de pascua comparados con los míos*, y el Chino y yo, más timoratos que mi papi, nos acercamos al fuego y disparamos los extintores, y yo me asusto un poco pero luego le pierdo el miedo y me siento importantísimo, y mi papi solito se apaga casi todo el fuego, nosotros vamos rematando donde él ya pasó, y en cosa de minuto y medio, dos minutos, no queda una sola llamita: mi papi, el Chino Félix y yo, los tres bomberos improvisados de Los Cóndores, apagamos el fuego con esos potentes extintores. Ya apagada la candela, todos afuera en el patio tomando aire, mi mami mirando al cielo y murmurando *gracias, Diosito, qué susto me has dado, yo sé que ayer no te recé los tres misterios del rosario pero tampoco es para que te molestes y me quemes la casa entera, caray*, ya afuera mi papi deja su extintor y pregunta *¿qué pasó?* y Manu, sollozando, *mi culpa es, patrón, mi culpa es* y mi papi *¿qué pasó?* y ella *me confundí, en vez de echar aceite, eché kerosene y salpicó el fuego todito*, pobre Manu que, recién me doy cuenta, tiene un brazo con quemaduras feas, y mi papi, menos mal que ha descansado y no está regañón, *no llores, Manuela* y luego, a gritos, *Leo, Leo, ¿dónde está Leo?* y mi mami *está en el teléfono llamando a los bomberos* y mi papi *¿qué bomberos, si el carro* *bomba de Chaclacayo está en el piso sin llantas?*, y viene Leo corriendo y mi papi *lleve a Manuela a la asistencia pública* y Leo *lo que mande patrón* y luego *dicen de la comisaría que no camina el carro de bomberos, pero que si usted lo desea, pueden mandar a los bomberos en un patrullero*, y mi papi suelta una carcajada *¿Y CÓMO DIABLOS VAN A APAGAR EL FUEGO?, ¿MEAN-DO?* Y Leo se va con Manu sollozando y mi mami comenta *no hay mal que por bien no venga, ya era hora de cambiar de cocina y comprarnos una eléctrica*, y yo veo que el pantalón de mi papi sigue desabotonado en sus partes íntimas y le digo *papi, se te ve todo*, pero él no me escucha y le señalo a mi mami y ella le dice *señor bombero, se le ha quedado la manguera afuera*, y mi papi, sin abochornarse, a él todo le importa un pepino y por algo es el patrón, se cierra los botones, y las empleadas se ríen tapándose la boca, y yo me río de espaldas para que no me vea y él, haciéndose el molesto, nos dice *ya, basta de risitas, que les echo un poco de extintor, caracho.*

Si el robo de Julio Grande nos trajo la nueva televisión a colores, el incendio de Manuela obligó a que mis papás hicieran una renovación total en la cocina, cambios que no gozaron de la simpatía de Manu, pues ella hubiese querido que todo siguiera igual que siempre, pero era imposible, todo estaba chamuscado, media cocina había sido devorada por aquel fuego sabatino. En el piso pusieron una cerámica nueva, los estantes de madera fueron rehechos con notable habilidad por el Chino Félix, quien también pintó las paredes, y, gran acontecimiento, mi mami, solita, sin ayuda de nadie, y esto lo subrayaba ella con el debido orgullo, compró una cocina eléctrica nuevecita, último modelo, marca General Electric y, para que hiciera juego con ella, digo con la cocina aunque también con mi mami, una refrigeradora de la misma marca, con muchos niveles, *freezer* inmenso y palanquitas para sacar hielo y agua helada, que, la verdad, sabía siempre horrible, a refrigeradora de La Parada. La refrigeradora vieja, aunque no había sido quemada por el incendio, pues apenas quedó ennegrecida, se la regaló mi mami al párroco de Chaclacayo, siempre necesitado de donaciones. Hubo más novedades en la cocina, para alarma de Manuela y conmoción mía: una campana extractora por la que, según Manu, *podría bajar un Papá Noel bien papeado*; una sanguchera que de solo verla ya se me hacía agüita la boca pensando en sánguches de queso derretido; un cuadro de Jesús Crucificado, idea de mi mami, para que evitase nuevos incendios y también, según Manu, para no engordar, *cada tantito que tengo hambre y quiero picotear algo, veo al Señor sufriendo en la cruz y se me pasa el hambre al tiro*; y, finalmente, unas cintas adhesivas que colgaban del techo, atraían con su olor a las moscas y, atrapándolas, las mataban. Esto último, por supuesto, se le ocurrió a mi papi, porque todos estábamos horrorizados con la invasión de moscas que nos había traído el calor, decenas si no centenares de moscas repugnantes sobrevolaban la cocina y el comedor como nunca antes las habíamos sufrido en Los Cóndores, y entonces mi mami instaló rejillas metálicas en todas las ventanas de la cocina, prohibió que las puertas que daban al patio estuviesen abiertas y, desesperada, llegó a contratar a una empleada nueva solo para que se dedicase a matar moscas. Vilma se llamaba, y era bajita, jovencita, flacucha y con una expresión ausente, y Manu le decía *la mosquita muerta*. Todo el día, de ocho a seis, lo pasaba Vilma, la mosquita muerta, con su matamoscas color rosado persiguiendo a las moscas de la cocina, golpeando por aquí y por allá con ese matamoscas comprado en la ferretería de Chosica, tratando de exterminar aquellos insectos intrusos que habían echado a perder el airecillo limpio, alegre y moderno que mi mami había querido darle a su cocina post incendio. *Tantas cosas nuevas y bonitas para que vengan mil moscas a fregarlo todo*, se quejaba Manu, y Vilma seguía dando matamoscazos con escasa fortuna, pues la chica, al parecer algo desnutrida y de aspecto frágil, como si fuera a desmayarse, golpeaba tan lentamente que siempre se le escapaban las moscas. *Dales más fuerte*, la arengaba Manuela, *con todo aviéntales el matamoscas*, pero Vilma, que apenas decía palabra, salía brevemente de su mutismo y decía *estas moscas ven, cuando yo me acerco me ven y se escapan*. A pesar de la rejilla metálica, la puerta cerrada y la empleada nueva cuya única tarea consistía en aniquilar a las moscas, la plaga se multiplicó, adquirió proporciones graves y tomó posesión de la casa entera, pues ahora las moscas se paseaban por cuartos y baños, y llegó incluso a amenazar la paz familiar, y es que había tantas moscas y eran tan irritantes que una noche escuché a mi papi gritando en la cocina *¡MOSCAS DE MIERDA, DÉJENME DORMIR, LAS VOY A MATAR A TODAS AUNQUE TENGA QUE TUMBAR LA CASA, CARAJO!* Esa noche supe que, si no dejaban dormir a mi papi, el futuro de ese ejército invasor tenía los días contados: él se encargaría de aplastarlo, masacrarlo y hacerlo papilla. Por suerte no me equivoqué. A los pocos días mi papi se apareció con un montón de tubitos alargados y anunció *esta es la última tecnología para matar moscas, se llama Fly Away y se usa mucho en Miami*. Todos vimos maravillados cómo, con el auxilio del Chino Félix, colocó cuatro tubitos en la cocina, colgados del techo, y luego los abrió y cayeron unas cintas anaranjadas, chiclosas, que olían a pegamento, y mi papi dijo *miren cómo ahorita vienen las moscas y se quedan pegadas*. Nos sentamos en la cocina mirando hacia arriba, a esas cintas milagrosas que por fin nos librarían de la pesadilla que nos tenía amoscados a todos, y, mi papi siempre tenía razón, al poco rato ya comenzaban a pegarse las moscas, se acercaban a la cinta chiclosa, daban vueltas como aturdidas por el olor, posaban sus infectas patitas en el pegamento del Fly Away y allí quedaban atrapadas hasta morir, después de retorcerse, agitar las alas e intentar en vano escapar. *¡Mueran, moscas cabronas!*, gritó mi papi, eufórico, feliz con la eficacia de su idea, y luego se retiró de la cocina, no sin antes pronosticar *en una semana no queda una sola mosca*, escenario que nos entusiasmaba a todos, deseosos de recuperar nuestra invadida casa, salvo a la flamante empleada Vilma, la mosquita muerta, quien, claro está, una vez aniquiladas las moscas, seguramente sería despedida. *Tú eres la única que sale ganando con las moscas*, le decía Manu riéndose, y Vilma ni contestaba ni sonreía, parecía muda, pero ya instalado el Fly Away, seguía ella repartiendo golpes de matamoscas poco eficaces en la cocina. Si bien al final del día las cuatro cintas ya no eran color naranja sino negro, por la cantidad de moscas que se habían adherido mortalmente a ellas, el pronóstico de mi papi no se cumplió, pues pasó una semana y algo más y las moscas siguieron perturbando la convivencia familiar. Sin duda, las cintas con pegamento eran útiles, pues cada una podía matar entre veinte y treinta moscas al día, pero era bien desagradable entrar a la cocina y ver esos colgajos olorosos llenos de moscas muertas, agonizando o pugnando por huir. *Yo no entro más a la cocina, me la han convertido en un cementerio de moscas, mi cocina parece una chanchería*, dijo mi mami, y en efecto no volvió a pisar la cocina. Sin restarle mérito a la idea de mi papi, y reconociendo que Vilma hacía lo que malamente podía, las moscas, tercas, siguieron entre nosotros, enloqueciéndonos, y yo incluso llegué a cuestionar la infinita sabiduría de Dios, pues un día, harto ya del mosquerío, le dije a mi mami *¿y por qué diablos Dios nos ha mandado todas estas moscas?, si nos quiere tanto, ¿por qué nos tiene que fregar el verano con un millón de moscas del demonio?*, y mi mami, tras dirigirme una mirada severísima, me dijo, la voz filuda como un cuchillo, *sigue hablando así y vas* a pasar toda tu vida eterna en el infierno convertido en una mosca con pus, y yo por supuesto me quedé en silencio y aterrado, pues cuando muriese quería irme al cielo con mi mami, mi papi y mi hermana y también, si los dejaban entrar, con los empleados, aunque ellos, según mi mami, vivirían en una zona aparte del cielo, o sea, en un cielo más modesto, como para ellos. Mi mami, pobre, era la que más sufría con las moscas, ella era delicadísima y pulcra pulquérrima, y cada vez que una mosca pestífera se paraba sobre su inmaculada piel, daba un alarido, corría al baño y se echaba un spray con agüita purificadora en la infectada región de su piel que la mosca había tocado. Yo, en cosas de moral y de higiene, soy estricta a más no poder, decía, y no exageraba. Pasadas dos, tres semanas, las moscas seguían allí, se rehusaban a abandonarnos, sobre todo en la cocina, su inexpugnable bastión, y entonces yo le pregunté a Manu de dónde salían tantas moscas si muchas morían pegadas a esas tripas inmundas que colgaban del techo, y ella me llevó afuera, al patio, y luego al área de la lavandería, y allí, escondidos entre la ropa tendida, me confesó la oscura razón que explicaba la inmortalidad de las moscas, o al menos la de nuestras moscas: Vilma las suelta, yo la he visto con mis propios ojos, cuando se queda solita en la cocina, la cochina saca con su mano a las moscas pegadas que todavía están vivitas y las avienta al aire para que se vayan volando, esa Vilma es una fregada, por su culpa todavía estamos sufriendo de las moscas, flaquito y yo, desconcertado, pero ¿por qué las suelta? y Manu, con una sonrisa maternal, como diciéndome ay, flaquito, tú siempre tan inocente, Manu me revela por qué Vilma se ha aliado secreta y torcidamente con sus enemigas: si se van las moscas, se va la Vilma también, pues, flaquito.

Yo, que no podía tolerar un segundo esa traición, hervía de rabia pensando que Vilma era la Mosca Reina, el Moscardón Asesino, pues si aún no habíamos ganado esa guerra no era por falta de determinación sino porque las moscas tenían en Vilma, la supuesta mosquita muerta, una espía sin escrúpulos, así que, por mucho que Manu tratara de disuadirme, corrí al cuarto de mi mami y le conté todita la verdad: *Vilma saca las moscas del Fly Away y las deja escapar porque sabe que cuando se vayan las moscas, tú la vas a despedir* y mi mami, incrédula, boquiabierta, aunque rapidito cerró la boca, no se le fuese a meter una mosca, *¿y tú cómo sabes?* y yo, mentirosillo, *lo sé porque la he visto, y Manuela también*, suficiente evidencia para que mi mami, que por otra parte veía con poca simpatía a Vilma, quien decía ser evangélica y se negaba a ir a misa los domingos con las otras empleadas, decidiera, sin consultarle a nadie, ella era la dueña y señora de su casa, despedir en el acto a Vilma, previo pago de su liquidación, equivalente a una mensualidad. Vilma, sorprendida, le preguntó *¿por qué me despide, patrona, si dieciocho moscas llevo matadas hoy?* y mi mami *enséñame, enséñame a ver las moscas muertas* y Vilma *ya las boté a la basura, señora* y mi mami, porfiada, *a ver, vamos a la basura*, y abrió el cubo de la cocina y le ordenó a Vilma que revolviese los desechos hasta encontrar las dieciocho finadas moscas, tarea que desde luego le resultó imposible de cumplir, así que mi mami no pudo aguantarse más y le dijo *ya lo sé todo, no me mientas con tu cara de mosquita muerta, te hemos visto soltando moscas, ¿qué te has creído, serrana mentirosa?, ¿con qué derecho vienes a mi casa a salvar moscas?, yo te pago para que mates moscas, no para que las salves, tontonaza* y Vilma, saliendo de su mudez, *mentira, patrona, mentira* y mi mami *ya no te creo nada, ya no te puedo ni ver, te miro y te veo cara de mosca, hazme el favor de salir de mi cocina, ¿quieres?* y Vilma *pero, patrona, aunque sea déjeme terminar el mes* y mi mami, cogiendo el matamoscas de Vilma, golpeándola en la cabeza, *fuera, mosquita muerta, fuera de mi cocina*, y Vilma sale corriendo asustada y no regresa más, desaparece de nuestras vidas. No desaparecen sin embargo las moscas, que, aun sin la ayuda infame de su espía, se niegan a morir, hasta que un domingo, mi papi, con la fría mirada del fanático, nos anuncia un plan de exterminio masivo: *he comprado diez matamoscas, los voy a repartir entre todos ustedes, vamos a cerrar la casa, todas las puertas y ventanas, y no vamos a parar hasta que no quede una sola mosca viva.* Estamos reunidos todos menos mi mami y mi hermana, quienes se han negado a colaborar y se han marchado a casa de los vecinos Alejo y Francesca Pierini. En cosa de minutos, mi papi reparte los matamoscas entre los empleados y empleadas, y les promete, arengándolos antes de la batalla, *si mañana no hay moscas, les subo el sueldo a todos.* Aplaude *el servicio,* como los llama mi mami, y comienza una implacable persecución encabezada por mi papi, que parece transformado en un mercenario, un *gurka,* un insaciable cazador de moscas. *¡Muere, maldita, muere, cochina!,* va gritando mientras las despedaza con golpes certeros, y yo voy detrás de él, fascinado, repartiendo matamoscazos a diestra y siniestra. Horas enteras nos pasamos liquidando al enemigo común, persiguiéndolo por los rincones más apartados de la casa, horas que mi papi acompaña con un trago en la mano y un cigarro en los labios, la mirada cargada de un odio que no cede y que lo lleva a subir sillas, trepar sillones, saltar, caminar sobre la mesa del comedor, pararse en precario equilibrio encima de la escalera del Chino Félix, gritar, insultar y machacar a golpe seco a esas moscas malditas que hoy vamos a liquidar por fin. Llega así la noche y con ella el descanso, y podría jurar que no queda una sola mosca en la casa, y extenuados pero felices recibimos a mi mami y mi hermana, que entran rapidito y cierran la puerta enseguida, no vaya a meterse una mosca más, y mi papi les dice *no quedó una viva,* y mi mami le da besito y le dice *qué bueno, pero estás* *borracho* y mi papi *déjame festejar, caracho,* y los empleados, que están todos en la cocina, se declaran orgullosos de haber participado de tan ardua victoria. No hay que cantar victoria a destiempo: a los pocos días, mi mami ve una mosca en su cuarto y pega un alarido que segurito se oyó en todo el cerro *¡HAY UNA VIVA, HAY UNA VIVA, MÁTENLA ANTES DE QUE PONGA HUEVOS!* Eso ya es demasiado. Nos vamos todos a pasar un fin de semana largo a Paracas y mi papi contrata a unos señores que, en nuestra ausencia, fumigan toda la casa, matando por fin a las últimas moscas y también, para nuestra sorpresa, a ratones, cucarachas, arañas y alacranes, o sea que el regreso de Paracas no resulta tan feliz como lo habíamos planeado, pues si bien ya no quedan moscas, mi mami descubre aterrada que en su linda cocina habitaban, agazapadas entre las sombras y en número importante, cucarachas, pero sobre todo porque los fumigadores matan cinco alacranes y mi mami dice *falta uno, los alacranes siempre andan en parejas,* así que desde esa noche yo duermo sobresaltado y pasándome a la cama de mi hermana ausente, porque sé, estoy seguro, que el sexto alacrán asesino me va a picar con su veneno, vengando así la muerte de sus cinco familiares. *¿No podemos irnos a vivir a un departamento sin tantos insectos, mami?,* le digo una mañanita, mal dormido por culpa del sexto alacrán, y ella, acariciándome la frente, *no, principito, los departamentos son para la gente sencilla, yo me quedo como reina en mi casa de diez mil metros cuadrados aunque tenga que morir envenenada por un alacrán, y si nos mudamos será a una casa más grande, nunca a una más chiquita.*

Supongo que en agradecimiento por la refrigeradora vieja y ennegrecida que mi mami le regaló, el párroco de Chaclacayo, padre Juvenal Ascensio, español que lleva años viviendo en el Perú pero que sigue hablando como español, se acerca a mi mami, no más terminar la misa del domingo, y la invita a participar de la kermés anual organizada por la parroquia para recaudar fondos en favor de los niños abandonados del distrito. *Pero yo con muchísimo gusto*, le dice mi mami, y entonces el padre Juvenal saca un talonario y, con el mayor desparpajo, le dice *cada ticket cuesta diez soles, mi querida amiga* y mi mami, encantada de ayudar a su parroquia y de paso a los niños abandonados, *no hay problema, padre, ¿cuántos tickets le quedan por vender en ese talonario?* y el padre, tras contarlos, mojándose el dedo con saliva cada tres o cuatro boletos, *me quedan veintiún tickets, pero no me los tiene que comprar todos, mi amiga,* y yo, sentado al lado de mi mami, odio que el padre Juvenal, con su aliento de caballo enfermo, le diga *amiga* a mi mami solo para sacarle plata, *ella no es tu amiga, curita apestoso,* pienso molesto, *mi mami es amiga de Diosito y por eso viene aquí,* y entonces mi mami saca su billetera preciosa y le dice *perdone, padre, pero yo siempre fui una burra para las matemáticas, ¿cuánto es veintiuno por diez?,* y el padre Juvenal cierra los ojos, se concentra, mueve los labios como balbuceando, procura resolver mentalmente tan complicada operación y, tragándose el orgullo, que es tan grande como su sotana negra que roza el piso polvoriento de la parroquia, *no me sale, ¿no tendrá papel y lápiz y lo sacamos en un dos por tres?* y yo, que con los números no soy un tigre de la Malasia pero tampoco un asno como el curita español, *doscientos diez, mami* y mi mami, mirándome con ternura, *gracias, principito, ¿qué me haría yo sin ti?, ¿has saludado al padre Juvenal?* y yo *buenas, padre* y él, dándome su manota que aprieta demasiado fuerte y raspa como lija, *te espero en la kermés, muchacho* y yo, por puras ganas de fastidiar, *¿va a haber gelatina, padre?* y él *no lo sé, honestamente no lo sé, ¿por qué?* y yo, molesto de ver que mi mami cuenta sus billetes nuevecitos para dárselos al vampiro chupa ricos del padre Juvenal, *porque si no hay gelatina no vengo,* y el padre se ríe y dice *pues haremos gelatina como usted ordene, Su Excelencia*, y yo sonrío haciéndome el tonto pero feliz de haberme permitido ese exabrupto gelatinoso y mi mami, dándole los billetes al padre, mirándome sorprendida *pero ¿qué maneras son esas de hablar, principito? y, además, ¿qué va a pensar el padre?, ¿que en la casa nunca te hacemos gelatina?*, y el padre Juvenal recoge el dinero de manos de mi mami, le entrega el talonario entero para la kermés y le dice *muchas gracias, amiga, que Dios la bendiga* y mi mami *cuente conmigo y mi familia sin falta en la kermés, padre*, y él guarda los billetes en el bolsillo de su sotana, y yo pienso *ojalá esa plata llegue algún día a los niños abandonados de Chaclacayo y no se la gaste en tragos el borrachín del padre Juvenal*, y él, ya retirándose, *gracias, amiga, muchas gracias* y mi mami *padre, no se olvide de mi bendición*, y entonces el padre regresa y, diciendo unas atropelladas palabras en latín, hace con su dedo pulgar la señal de la cruz sobre la frente de mi mami que, con los ojos cerrados, parece gozar intensamente ese momento, aunque juraría que más goza los miércoles de ceniza cuando me lleva a la parroquia, compungida ella porque es día de religiosa tristeza, y el mismo padre Juvenal nos marca con cenizas una cruz grisácea en la frente, cruz que, al llegar a la casa, mi mami no se lava y me tiene prohibido lavar, *se tiene que borrar solita la cruz de ceniza*, me explica cuando le digo que quiero sacármela con agua y jabón, *si te lavas la cruz estás renegando de tu fe y eso Diosito lo castiga fuerte*, pero yo no quiero ir al colegio a la mañana siguiente con una manchita plomiza en la frente, pues sé que los chicos de mi clase se reirán a mares si me ven entrar con mi cruz de miércoles de ceniza, así que en el camino, sin que Leo se dé cuenta, me la borro con bastante saliva y me siento un cochino pecador, pero no me importa quedar mal con Diosito con tal de que no se rían de mí en el colegio. *Gracias, padre*

Juvenal, nos vemos en la kermés, le dice mi mami, y el padre, feliz con sus doscientos diez soles, se retira finalmente, arrastrando los pies con unas uñas horrorosas, porque el padre Juvenal siempre anda en sotana y con sandalias de jebe, y por eso yo, cuando me confieso con él, sin poder verle la cara detrás de la rejilla, aunque padeciendo la vaharada tóxica de su aliento, alcanzo a ver, asomando por debajo de la rejilla, sus pies, unos pies que he aprendido a odiar, unos pies de película de terror. Gordos, chancados, con una masiva concentración de callos, juanetes, hongos, cicatrices y vellos, juraría que esos pies no se los lava nunca, pues huelen fatal, para no hablar de sus uñas, de sus inhumanas uñas, cortas y desfiguradas, apenas visibles entre dedos hinchados y despellejados, uñas que parecen haber sido carcomidas por una feroz alimaña. Por eso, cuando me confieso con él, cierro los ojos, porque la sola contemplación de esos pies sucios y deformes me produce náuseas, y no puedo recordar mis pecados y menos enunciarlos serenamente mirando aquellos dedos repugnantes que se mueven al aire libre con olímpico desprecio por el buen gusto y la higiene. Cierta vez que mi mami comenta *no sé qué regalarle al padre Juvenal, se viene su santo y no se me ocurre qué regalito hacerle,* yo, sin pensarlo dos veces, le digo *regálale unos zapatos decentes para que no ande enseñando su pezuña de burro por toda la parroquia,* y mi mami se ríe y me da la razón, *sí, pues, la verdad que tiene unos pies bien feítos el padre Juvenal,* pero enseguida se persigna, besa su dedo y murmura *perdóname, Diosito, yo sé que la frivolidad y el chisme son pecados veniales* y yo, sonriendo, *no es su culpa tener pies feos, pero por lo menos que se ponga zapatos* y mi mami *sí, tienes razón,* y va por eso a la zapatería Bata Rímac de Chosica, donde ella jamás compraría sus zapatos pero sí los de sus empleados, y escoge unos zapatitos negros bien suaves y acolchados y con el sello de calidad Bata Rímac y yo, que voy acompañándola, pienso *bueno, al menos ahora me voy a poder confesar tranquilo*, aunque nunca en mi vida usaría zapatos Bata Rímac, antes prefiero salir a la calle con mi cruz de ceniza en la frente sin lavar, y mi mami pide que envuelvan los zapatos Explorador en un bonito papel de regalo y se los deja en la parroquia al padre Juvenal por su santo. Pero, gran decepción, pasan los días y el padre no se digna en decir gracias siquiera y tampoco en usar los zapatos Explorador acolchados para ocultar su pezuña demencial, sus estragadas uñas, y yo sigo sufriendo cada vez que me confieso con él, y sufro peor todavía cuando veo por la tele al pobre Papa Paulo VI lavando y besando los pies de unas personas bien humildes, y yo, que no he nacido para ser Papa, antes de besarle los pies al padre Juvenal prefiero irme al infierno todita mi vida eterna y que me conviertan, como me amenazó mi mami, en una mosca infecta. Tampoco se ha puesto sus zapatos Bata Rímac Explorador el padre Juvenal cuando mi mami y yo vamos a su kermés, un sábado por la tarde. Viste gozoso una sotana negra que cae hasta el piso y unas sandalias que exhiben sus impúdicos pies. Mi papi no ha querido venir con nosotros, mandó al diablo a mi mami cuando ella le pidió que nos acompañase a la kermés de la parroquia de Chaclacayo pro fondos de los niños pobres de la comunidad, *yo no me rompo el lomo toda la semana para ir el sábado a una kermés chicha con la gente del pueblo*, le dijo indignado, *¿dónde se ha visto que un señor decente vaya a la kermés de la parroquia, por favor?* y mi mami, ofendida, *bueno, está bien, tú solito te lo pierdes, pero eso sí te digo una cosa, no vas a quedar mal con la parroquia, vas a quedar mal con Dios y con tu conciencia* y mi papi, riéndose, tumbado en su cama, hojeando el último *Time*, un cigarrito humeando en el cenicero de la mesa de noche, *yo los fines de semana no tengo conciencia, amor, los fines de semana los inventó Dios* *para descansar, yo duermo como chancho los sábados, y bien que me lo merezco, así que no me hables de la kermés de la parroquia, anda tú con Jimmy y diviértete mucho y disimula tus aires de duquesa para que no te odien todas las cholitas de la kermés,* y mi mami sube al Saab conmigo y, en un momento de vacilación, *¿te parece una cholería ir a la kermés?,* y yo no sé qué decirle, y ella de nuevo *¿te parece que me estoy rebajando por ir a la kermés con toda la gente del pueblo?* y yo *vamos nomás, mami, ya estamos en el carro, por último, si está muy aburrido salimos rapidito* y ella *pero prométeme que no me vas a dejar sola, porque si no los cholitos mandados se me acercan a coquetear* y yo *te prometo que voy a estar a tu lado, mami,* y ella arranca el Saab y vamos a la parroquia del padre Juvenal y sus pies demoníacos. Al llegar a la kermés, un gentío apretujado que come canchita, toma chicha morada y se divierte con las carreras de cuyes, mi mami solo necesita mirarme para darme cuenta de que no vamos a quedarnos mucho tiempo. *Tu papi tenía razón, esto es un cholerío pestífero,* me dice en secretito, y yo sonrío nomás y pienso que al menos mi mami debió darles permiso a las empleadas para que viniesen a la kermés, pero ella se negó terminantemente y en el carro me explicó por qué: *si mando a las empleadas a la kermés, regresan toditas embarazadas, porque tú no te imaginas cómo son los cholos de mañosos.* De la mano me lleva ahora a saludar al padre Juvenal, quien al parecer se alegra de vernos y nos invita a saborear los bocaditos y dulcecitos, *aprovechen que no van a durar mucho,* y yo de solo verle los pies infectos que deberían fumigar a ver si allí se esconde el sexto alacrán que me persigue en mis pesadillas, de solo verle los pies se me corta de golpe la dudosa hambre que sentí al entrar y ver las vasijas llenas de cancha fría derramada, los vasos de chicha, las fuentes con sánguches encebollados y empanadas que, podría apostar más plata de la que se gastó mi mami en esta kermés bulliciosa, seguro tienen un ají asesino. Entonces mi mami, sin mencionar para nada los zapatos que el padre Juvenal se resiste a usar, *lo felicito por la kermés, padre, esto es un éxito, ha venido el pueblo entero*, y es verdad, están las señoras morenas y gordas con sus muchos hijos y el último de ellos a la espalda, y los humildes señores trabajadores mirando a las señoras gordas que no son las suyas, fumándose un cigarrito y remojándose con chicha morada a falta de una cervecita helada que con buen criterio el padre Juvenal ha preferido no servir, y las viejitas fatigadas, sentadas sobre sillas plegables, mirando cómo corren de rápido los cuyes en el pequeño circuito de tierra que parece reunir todas las miradas de la fiesta, y los niños y niñas del pueblo, mocosos sin zapatos, comiendo sin descanso todo lo que pueden y correteando a los pollitos amarillos. *¡Pollitos, mami, pollitos!*, grito, en un rapto de felicidad, y me lleva ella de la mano a ver los pollitos, que son muchos, como cien o tal vez más, y pían temblorosos y huyen de esos niños traviesos que quieren agarrarlos. *¡Pollitos, mami!*, grito feliz y ella se agacha, me abraza por detrás y, besuqueándome los cachetes, me dice en secretito *el pollito más lindo de toda la kermés eres tú, mi polluelo adorado* y yo *cómprame un pollito, mami, por favor, por favorcito, cómprame un pollito, ¿ya?* y ella, siempre en secretito, *ya, te compro un pollito y nos vamos corriendo, porque esta cholada es demasiado para mi gusto, esto no es para una señora como yo, si me toman una foto y sale en el periódico, tu papi se muere de infarto* y yo, sin hacerle caso, *cómprame dos pollitos, mejor, porque si me compras uno nada más, se va a sentir solito y se va a morir de la pena*, y ella, guapísima en su blusa blanca y su falda de cuero marrón y sus sandalias que dejan descubiertos los pies más lindos de la kermés, ella, mi mami, la mamá más hermosa de todo Chaclacayo y alrededores, que nunca usa en ocasiones sociales importantes la misma ropa dos veces, aunque no creo que esta kermés pueblerina califique a sus ojos como una ocasión social importante y ni siquiera como una ocasión social a secas, ella, mi mami, se acerca a la señora que, vestida como serranita, les da de comer a los pollitos y los protege del asedio infantil con esporádicos pero firmes gritos de *¡cuidado, chibolos, no me pisen mi pollada!*, se acerca y le dice *le compro dos pollitos, señora*, y la mujer *no se venden los pollos, patrona, se regalan*, y mi mami, halagadísima de que la hayan tratado de *patrona*, me mira con el debido orgullo y le dice *¿sería tan amable de regalarme dos pollitos para mi hijo?* y la mujer *¿dos pollitos?, sale, patrona*, y se agacha con determinación, coge un par de pollitos asustados, los mete en una caja de zapatos que dice Bata Rímac, Calidad Superior de Exportación, cajita de cartón con varios huecos para que los pollitos no mueran asfixiados, y tapa la cajita, se la entrega a mi mami y le dice *sale, patrona, son ocho soles* y mi mami, sorprendida como yo, *¿no me dijo que los regalaba, casera?*, y yo sonrío de que mi mami le diga *casera*, pues le encanta tratar de *caseras* a las mujeres gordas del pueblo, y la mujer, la casera, *los pollitos salen gratis, patrona, pero la caja sale a ocho soles* y mi mami, boquiabierta, ojalá no haya moscas en esta kermés con tantos cuyes, *¿la caja cuesta ocho soles?* y la mujer *la caja, patrona, a seis soles me la vende la fábrica de Bata, a ocho se la vendo yo* y mi mami *¿ocho soles, cómo no?*, y busca la plata en su cartera y yo *¿no me los puede regalar sin caja nomás, señora?* y ella *sin caja no salen los pollitos, chibolo, sin caja se mueren*, y yo pienso que a lo mejor los pollitos han vivido en esas cajas de cartón ahuecadas toda su vida y si los sacan de esas cajas que son como sus casitas, se mueren de la pena, y mi mami le paga los ocho soles y me da la cajita a mí y yo la agarro con todo mi cariño, los miro por el huequito y les digo *hola, pollitos* y mi mami *ahora sí nos vamos, principito* y la mujer *déles de comer maíz granulado* y mi mami, en secretito, *corazón de melón, si no salimos ahorita me voy a desmayar del olor a cuy*, así que de lejos nomás le hacemos chaucito al padre Juvenal, que salta jubiloso en sus sandalias apestosas celebrando el triunfo del cuy blanquecino al que acaba de apostar, y yo *¿no vamos a comer nada, mami?* y ella *nada de nada, comes algo acá y te da salmonela de todas maneras.* Sin perder tiempo nos metemos al carro y vamos a la casa, yo feliz hablándoles a mis pollitos por los huecos de la caja, mi mami dándole toda la razón a mi papi, criticando al padre Juvenal, *¿qué se habrá creído este españolito tontolín de venir a venderme entradas para una carrera de cuyes?, en mi vida he visto tamaña osadía, seguro que es comunista y por eso lo botaron de España, solo un comunista podría andar con esas pezuñas al aire sin hacerse una pedicure básica, por Dios; en vez de hacer una kermés para los niños pobres, debería organizar una colecta para hacerse la pedicure, y que me perdone Diosito por hablar así.* Cuando llegamos a la casa le enseño a Manu mis pollitos y ella, de pronto una niña, los agarra, les da besitos y les habla en quechua unas palabras raras que yo no entiendo, se emociona al verlos más que yo mismo, los mira como si fuesen sus hijitos, y voy corriendo al cuarto de mi papi para enseñarle mis pollitos pero lo encuentro roncando sin camisa y sin zapatos, solo con su pantalón de piyama, y le pido por favorcito a mi mami que esa noche me deje dormir con los pollitos en mi cuarto, pero ella se niega terminantemente, *los pollitos pueden traer infecciones, es mejor que duerman con Manuela*, me dice, y yo *¿y a Manu no la van a contagiar de las infecciones?* y mi mami, dudando un segundo su respuesta, *no, a Manuela no la contagian, ella ha crecido en el pueblo y está inmunizada* y yo, sin entender, *¿está qué?* y mi mami, perdiendo la paciencia, zanjando la discusión, *te he dicho que los pollitos no duermen en tu cuarto, se los das a Manuela y punto final.* Yo, tristísimo, me despido de mis pollitos, les dejo en su cajita pedazos de pan, galletas, lechuga, zanahoria, choclo y hasta Kisses de chocolate sin platina, porque no sé bien qué comen y no me fío de la casera y su maíz granulado, y yo quiero que mis pollitos sean los más engreídos de todo Los Cóndores, así como yo soy el niño más mimado de este cerro que Diosito inventó para la gente como nosotros que no se siente a gusto en la kermés del pueblo, y, resignado, le doy los pollitos en su caja a Manu y le digo en secretito *cuídamelos bien, y si lloran de noche, vienes a mi cuarto, me despiertas y voy a acompañarlos, no vaya a ser que me extrañen* y Manu, lejos de mi mami para que no nos escuche, *no te preocupes, flaquito, van a dormir conmigo en mi cama, te los voy a cuidar como si fuesen mis hijos.* Me quedo tranquilo, sé que están en buenas manos, con Manuela no les puede pasar nada malo, ella sabe cuánta ilusión tenía yo de criar pollitos, canarios o ardillas, pero de ninguna manera hámsters, que me dan asco. Por eso, confiando en ella, duermo tranquilo y feliz, sin acordarme del sexto alacrán, pensando en mis pollitos que son como los hermanitos menores que no tuve porque Sebastián se murió sin conocerme siquiera. A la mañana siguiente me despierto tempranito, cuando mis papis todavía duermen, y voy corriendo a la cocina a ver si Manu ya bajó con mis pollitos y al entrar la veo sentada en el piso, llorando, las manos cubriéndole la cara, y me acerco despacito y le digo *¿qué pasa, Manu, por qué lloras?*, y ella se descubre la cara, me mira con sus ojos enrojecidos y se echa a llorar desconsolada, y yo me siento a su lado, la abrazo y le digo *no llores, no llores.* Recién entonces me acuerdo de mis pollitos y me sacude como una corriente por todo el cuerpo. Le pregunto, aterrado de que me dé malas noticias, *¿qué ha pasado?*, y ella trata de hablar pero no puede, lloriquea y los mocos le caen espesos por la nariz, y yo *¿mis pollitos?*, y ella llora más fuerte y yo siento que voy a llorar también, y pregunto de nuevo *¿les pasó algo malo a mis pollitos?*, y Manu toma aire, se lleva una mano al pecho, señala la cocina eléctrica y dice con una voz rota por el dolor, una voz que me estremece y me arranca lágrimas de golpe, *se murieron tus pollitos* y yo, abrazándola, *¿cómo, cómo, cómo se murieron?*, y ella señala de nuevo la cocina y me dice *los metí al horno para que estuvieran calientitos toda la noche y ahora temprano los encontré fallecidos a los dos.* Sigue llorando la pobre Manu con el corazón partido, sin poder mirarme a los ojos, tapándose la cara de la vergüenza, y yo me levanto y me siento mareado, las piernas no me sostienen, y abro el horno y veo al fondo, sobre la parrilla negra, a mis dos pollitos amarillos echados juntitos, como abrazándose y, con la vaga esperanza de que a lo mejor solo estén dormidos, meto mi cabeza al horno, estiro mi brazo, saco a los pollitos y los miro de cerca, pero no hay duda, están muertos. Entonces los abrazo fuerte y lloro con rabia, como nunca he llorado la muerte de nadie, y me dejo caer al lado de Manu, que me abraza mocosa y me dice *perdóname, flaquito, perdóname* y yo, con mis pollitos asfixiados y calientitos, con ganas de meterme al horno y morirme yo también junto con ellos, le digo entre sollozos *no es justo que se mueran mis pollitos, Manu, yo solo quería tener hermanitos.*

Flaquito, te ruego por lo que más quieras que no le digas nada a la patrona, me dice Manuela, secándose las lágrimas, y añade, sin asomo de duda, *si se entera que los quemé a los pollitos en el horno nuevo, me bota más que seguro* y yo, que la adoro, *no te preocupes, Manu, nadie se va a enterar, vamos a decir que los pollitos se murieron solos en su cajita.* Entonces nos paramos los dos, yo con un pollito muerto y aún calientito en cada mano, ella sonándose los mocos con una bola arrugada de papel higiénico, y, antes de que se despierte mi mami y venga a la cocina y nos encuentre así, desolados, Manu, mujer de garra que sabe rehacerse del

392

infortunio, me dice *hay que enterrarlos de una vez, flaco* y yo, todavía en piyama y pantuflas, con un sabor amargo en la boca porque aún no me he lavado los dientes y he llorado recostado en su pecho, yo, que me siento raro cuando me dice *flaco* o *flaquito*, pero supongo que es así como me expresa su cariño, yo *está bien, vamos a enterrarlos, ¿tienes la cajita?* y ella, saliendo ambos de la cocina, caminando entre la espesa niebla de la mañana, el piso aún mojado por la llovizna que ha caído de noche mientras se asfixiaban mis pollitos, ella *en mi cuarto está la caja* y yo *¿por qué los metiste al horno, Manuela?* y ella, administrando con fatiga sus gorduras en ese uniforme celeste y esas sayonaras remendadas, *porque en mi cuarto no paraban de hacer pío, pío, lloraban fuerte los pobrecitos, yo pensé seguro que tienen frío y los tapé con una frazada, pero igual seguían llora y llora, yo les hablaba, les contaba cuentos de aparecidos, por las puras, flaquito, pío, pío, pío seguían los dos, y ahí fue que se me ocurrió meterlos al horno para mantenerlos bien tibiecitos, bien abrigaditos, y con las mismas me vine a la cocina, los puse en el horno y lo prendí bajito nomás en ciento cincuenta, una calor suave nomás les puse, yo misma metí mi mano y sentí la calor y estaba bastante normal la calor, flaquito, no era una calor para achicharrarlos a los pollitos, y ahí los dejé, contentos parecían, ya ni pío decían, tranquilitos estaban, y así nomás fue* y yo, siguiéndola a ella, que se dirige sin vacilaciones a los jardines de arriba, cercanos a los cuartos del servicio, *¿tú crees que sufrieron mucho antes de morir?* y ella, suspirando, dándome dos palmaditas en la espalda, raro en Manu que es tan comedida para expresar su cariño, ella *para mí que se murieron de la pena y no achicharrados, no fue la calor que los mató, flaquito, fue la pena de estar solos, te lo aseguro* y yo *ojalá no hayan sufrido mucho* y luego, calentándome, *la culpa de todo la tiene el padre Juvenal* y Manu, abriendo sus ojazos lechuceros, *¿por qué dices eso, flaco?* y yo *porque con tal de*

393

sacarle plata a la gente no le importa vender a los pollitos y separarlos de su familia y matarlos de pena y Manu *no hables así, que el Señor castiga y no quiero después enterrarte yo a ti* y luego, señalando la pequeña huerta donde mi mami le ha ordenado al Chino Félix que siembre calabazas, *aquí los vamos a enterrar*. Enseguida se arrodilla y comienza a hacer un pequeño hueco con sus manos de osa solitaria, manazas que sin asco abren la tierra fresca con lombrices y todo y la echan a un lado y en cosa de dos minutos han abierto la tumba donde van a reposar para siempre mis pollitos horneados, y entonces se aparece el Chino Félix bostezando y me mira preocupado y pregunta *¿qué haces tan temprano por acá, Chino?* y yo *estamos enterrando a mis pollitos*, y de solo decirle eso me pongo a llorar otra vez. Manuela, callada, sigue cavando con sus manos como lampas, y el Chino se me acerca y me consuela a su manera *tranquilo, Chino, igual esos pollos si crecían terminaban en un ají de gallina*, y yo lo miro resentidísimo por ese comentario tan insensible, y él se da cuenta de que ha metido la pata y dice *mejor me voy a limpiar el patio antes de que se haga tarde* y Manuela, de espaldas a mí, sacando la tierra con rabia, *ese Félix siempre anda pensando en comida, caracho* y yo *así está bien de hondo el hueco, Manu,* y me agacho para dejar a mis pollitos en el hueco y ella me dice *más bonito con caja, mejor con caja y todo los enterramos* y yo *tienes razón, para que no se los coman las lombrices, ¿dónde está la caja?* y ella *en mi cuarto está, ahorita la traigo,* y yo me quedo solo, de rodillas sobre la tierra húmeda, mi piyama ensuciándose y no me importa, mirando a mis pollitos, uno en cada mano, hablándoles *no estén tristes, es mejor así, ahora están en el cielo y ahí van a jugar felices todita la eternidad.* Al ratito regresa Manu con la caja y me dice *listo, métetelos ahí y los enterramos de una vez* y yo *no se puede, Manuela* y ella *¿por qué?* y yo *porque la caja tiene huecos y por ahí se van a meter las lombrices*

394

y ella *ay, chispas, tienes razón,* y se da un golpecito en la frente, *bruta eres,* se dice, exagerando me parece solo para complacerme, y luego *ya sé, aguanta un cinquito que vuelvo con las mismas,* y corre de regreso a su cuarto y yo cierro los ojos, me persigno y voy a empezar a rezar por la salvación eterna de mis pollitos cuando ella regresa con una caja de zapatos pero sin huecos y, forzando una sonrisa en circunstancias tan aciagas, me dice *esta es la caja de los zapatos del curita párroco que la patrona le reguló, sin huecos, está enterita la caja* y yo *perfecto, buena idea,* y entonces dejo los pollitos en la caja de zapatos Bata Rímac Explorador y voy a cerrarla con la tapa cuando Manu me sorprende *no, falta tu pelo* y yo *¿mi pelo?* y ella *sí, tienes que dejar un pelo tuyo con los finados, flaquito* y yo *¿por qué?* y ella *porque tu pelo se necesita pues para espantar a los espíritus malignos que andan penando por aquí* y yo, incapaz de discutirle aquellas extrañas creencias, pues ella sabe más que yo de esos asuntos, *¿y si no meto mi pelo?* y ella *se friegan los pollos* y yo *pero ya están fregados, Manu, ya están fritos* y ella *no, se friegan sus almitas en pena* y yo *¿tú crees que los pollos también tienen alma?* y ella *segurita estoy, flaco, yo he visto fantasmas de caballos, de perros, de gatos negros y hasta de ratas para que veas* y yo *bueno, ya, hay que meter un pelo mío* y Manu, esperando, *sácate, pues* y yo *¿qué?* y ella *sácate el pelo rapidito, que ahorita se despierta la patrona y se pone loquita porque no está listo su desayuno* y yo *¿cómo me saco el pelo, Manu?* y ella *jala duro nomás y sale* y yo, cobarde para el dolor, *no puedo* y ella *¿quieres que te lo saque yo?* y, asustadizo como siempre, yo *¿duele mucho?* y ella *un poco nomás* y yo *mejor los enterramos sin pelo, Manuela, o ya sé, ¿qué tal si ponemos un pelo tuyo?,* y ella me mira contrariada y dice *no se puede, pelo del dueño tiene que ser, yo además los he matado achicharrados, mi pelo está maldecido por los espíritus,* y yo me quedo pensando y para asegurarme *¿segura segurita que sin mi pelo los pollitos*

van a sufrir? y ella *más que segura, sin una protección se joroban, flaco, no te miento* y yo *bueno, sácame pelo,* y Manuela se
escupe en una mano como para limpiarla un poquito y yo
cierro los ojos y rezo en silencio *Diosito, ofrezco este dolor
para que mis pollitos estén contigo y a salvo de los malos espíritus,* y Manu de un tirón, *au,* me quejo, me arranca no un
pelito sino un mechón de pelos y me mira sonriendo *ya
está, no fue nada, exagerado* y yo *eres una bruta, casi me dejas
calvo,* y ella se ríe, me muestra su dentadura con huecos,
me da beso en mi pelo adolorido y me dice *perdóname,
flaquito de mis entrañas,* y luego mete el mechoncito de pelo
en la caja de zapatos y me dice *listo, acuéstalos encima de tu
pelito como si juera colchón,* y yo, antes de meterlos en la caja,
le doy un beso a cada pollito, luego los echo sobre mi mechón castaño claro casi del color de sus plumitas ya en-
friándose, tapo la caja y se la doy a Manuela que, ahora
fuerte, recuperada, mete la caja en el huecazo demasiado
grande que ha hecho con sus manos recias para el trabajo
y empieza a echarle tierra encima mientras yo lloriqueo en
silencio, de rodillas a su lado, y, una vez que tapa el hueco
y la caja queda bien enterrada, me abraza y dice *tranquilo,
flaco, tranquilo, así es la vida de mala y traidora, ¿quién te ha
dicho que estamos acá solo para gozar sabroso?,* y yo al escu-
charla tengo la sensación de que me está repitiendo de memoria las palabras que otros le dijeron a ella cuando, más
joven, menos recia, lloró sus no pocas desgracias, y luego
yo, poniéndonos ambos de pie, *la cruz, Manu, falta la cruz*
y ella *busca dos palitos, yo voy a traer el esparadrapo,* y corre
hacia su cuarto y yo busco en esa huerta bien trabajada por
el Chino Félix dos palitos que no tardo en encontrar y
Manuela regresa con varios curitas, *no había esparadrapo
pero esto sirve,* dice, y pega los dos palitos haciendo una
cruz y yo pongo la cruz sobre la tumba de mis pollitos y
luego echamos florcitas amarillas que arrancamos del pe-

queño invernadero donde mi mami cuida a sus plantitas enfermas, *no mucho arranques, flaco, porque si la patrona se da cuenta se pone loquita*, así le gusta decir a Manuela cuando mi mami se molesta, *se pone loquita*, y, ya la tumba con su cruz y sus flores, le digo *hay que rezar, Manuela*, y nos arrodillamos los dos, ella en su uniforme celeste, yo en mi piyama de Batman y Robin, de los que sin duda prefiero a Robin, y nos persignamos y yo rezo *Señor que estás en los cielos, en tus manos encomendamos las almas de mis pollitos, te rogamos que los cuides bien y les des su comidita y los tapes de noche para que no pasen frío* y Manu *que descansen en paz, amén*, y nos ponemos de pie, nos abrazamos y ella *anda cámbiate y toma desayuno para ir juntos a la capilla de las monjas a misa de difuntos por los pollos*, y yo corro a mi cuarto y ya me siento mejor, me quito toda la ropa y siento un friecito que me pone la piel de gallina, me visto todo de negro, me lavo los dientes, me veo en el espejo y corro a la cocina, y al entrar me encuentro con mi mami en bata que me mira sorprendida y me pregunta *¿qué haces todo de negro?* y yo, serísimo, con la voz más grave que soy capaz de improvisar, *estoy de luto* y ella, preocupada, dejando su vaso de jugo en la mesa, *¿por qué?* y yo *porque se murieron mis pollitos de la pena* y ella *venga, mi principito*, y yo me entrego a su abrazo cálido que de nuevo me hace llorar, y cuando recupero el aliento y la compostura le digo *me voy a misa de difuntos con Manuela* y mi mami *¿de difuntos?* y yo *de mis pollitos, pues*, y ella sonríe y me dice *no, corazoncito, los pollos por mucho que los quieras son animales y no se puede rezar por un animal* y yo *¿por qué?* y ella, tierna, compasiva, agarrándome los cachetes con sus manos que huelen a crema humectante, *porque los animales no tienen alma, se mueren y ya está* y yo *pero Manu dice que los pollitos sí tienen alma* y mi mami, frunciendo el ceño, *esa Manuela es una bruja que cree en ídolos paganos* y yo, molestándome con ella, *no es ninguna*

397

bruja y ella *ya, principito, ya, no se me ponga como gallito de pelea*, y me dejo abrazar por ella, comprendo que no debo discutirle porque jamás me va a dar la razón, y más suavecito le digo *tienes razón, mami, no voy a rezar por los pollitos, pero ¿me dejas ir a misa con Manu, por favorcito?* y ella *bueno, pero primero come algo porque no quiero que te desmayes a medio sermón*, y voy a la refrigeradora y saco mi jugo y cuando lo estoy tomando veo que mi mami me mira con sus ojitos repletos de amor y me dice *estás churrísimo de negro, yo si no fuera tu mami me casaría contigo*, y yo sonrío y desde lejos le hago besito de mentira y ella me dice *cuchicuchi, osito de peluche, mi gatito que no araña, mi gringuito de luto*, cosas que siempre me dice cuando me quiere mucho.

Cuéntame un cuento, le pido a Manu, caminando los dos a paso lento por la pista de asfalto, ella en su uniforme elegante azul oscuro que usa para salir los domingos a pasear un rato, yo en mi ropa negra de luto. Me he puesto zapatillas negras porque los zapatos me ajustaban mucho, no pasan carros ni peatones, es domingo temprano, ocho y media de la mañana, el sol despunta con fuerza y me sofoca porque, según Manu, *la ropa oscura aumenta la calor*. A veces ladra un perro detrás del muro o la puerta de hierro de alguna casona y ella me coge de la mano porque sabe que les tengo pánico a los perros bravos de Los Cóndores. Por eso yo no quería ir caminando a la misa de difuntos, pero es domingo y Leo descansa y mi mami se negó amorosamente a llevarnos en su carro y, después de tomar su frugal desayuno, regresó a la cama con mi papi, que, puedo apostarlo, hoy va a roncar hasta pasado el mediodía. *Flaco fregado, tú siempre pidiéndome cuentos a todas horas*, se hace la quejumbrosa Manu, en el fondo halagada, y luego de un silencio *te voy a contar el cuento de la niña muda* y yo protesto *ese ya lo sé, ese no es nuevo, me lo has contado cien mil veces* y ella *entonces no te cuento nada* y yo *bueno, ya, la*

398

niña muda. Si bien exagero un poco, es verdad que me sé de paporreta el cuento de la niña muda y podría contarlo yo mismo aunque no tengo a quién contárselo porque mi hermanito menor se murió al nacer y mi hermana mayor está siempre en el internado y cuando viene los domingos se sube a su casita del árbol y lee sus propios cuentos para mujercitas, pues no le interesan los míos.

Mientras caminamos lentamente, Manu me cuenta el cuento de la niña muda: *en el pueblo arriba, en Huancayo, donde yo crecí, había una niña gordita y chaposa, bien alegre era, con su mamá vivía cerca de mi casa, de padre desconocido era, no iba al colegio la Chaposa, así le decíamos. La Chaposa más Sabrosa, porque en la radio hablaban así de una bebida gaseosa, y de ahí le cayó la chapa, y un día, la Chaposa era bien sanita, ah, no vayas a estar creyendo que era medio rara o loquita de la cabeza, ella trabajaba en la cosecha con su mamá y sus hermanos, un día dejó de hablar, se quedó muda, ni una palabra decía y te miraba de costado como si el mal de ojo le hubieran hecho, nadie sabía por qué se había quedado muda la Chaposa. Su mamá la llevó a la posta médica y le hicieron chequeos y todo pero no la pudieron curar, no quería trabajar más, se quedaba sentada en la tierra tirando piedras a cualquiera que se le acercaba, muda y amargada paraba la Chaposa, ni comer quería, y en el pueblo los viejos decían que se le había metido el diablo, porque al diablo le gustan las chiquillas tiernitas y se les mete por el hueco del pipí y ya no sale más, «está poseída la Chaposa más Sabrosa», decían en el pueblo. Y un día empezó a engordar y engordar como saco de camotes, su mamá pensó que la habían preñado y a golpe limpio los agarró a los hermanos, a ellos les echó la culpa, con palo les pegó a toditos pensando que se la habían propasado a la niña muda y le habían hecho un hijo mongólico, mira que chibola nomás era ella, trece años tenía al cálculo, muda siguió la niña muda y la barriga creciéndole parejo, todo el pueblo segurito estaba de que iba a parir un mongólico la*

Chaposa. Pero un día, obra del demonio fue, la niña muda se quedó inconsciente y cuentan que en la noche su familia todito lo vio, le empezó a salir una culebra así de este ancho, una culebraza del ancho de mi brazo, por la boca le salió tremenda serpiente venenosa a la niña muda, en la barriga le había crecido y hasta huevos había puesto adentro porque unas culebritas tiernitas salieron después por todos los huequitos de la niña muda, por sus orejas, por su nariz, hasta por su popó, bastantes culebrillas salieron persiguiendo a su mamá, y fallecida quedó la niña muda, desangrada y malhecha la dejaron, y cuando la cercaron todos los hombres del pueblo a la culebraza y la iban a matar con machete, empezó a hablar con la misma voz de la niña muda muerta, igualito a ella, sus mismas palabras, «no me maten que soy Petronila, la hija de Aguerrida Chiquián», así decía la culebraza que le salió de la barriga, hablaba como chibola la culebra, le había robado sus palabras y su voz a la niña muda, por sus nombres los trataba a todos, «Cirilo, Ubaldo, Vicuña, Agapito, ¿no me conocen más?, soy Petronila, la Chaposa más Sabrosa», decía la culebra con su misma voz de la niña muda, y por orden de la mamá, la Aguerrida Chiquián que siete hijos tenía todos de padre desconocido, de un machetazo le cortaron la cabeza a la culebra y a toditas las culebrillas las mataron también con machete, lampa y piedra, y todito el pueblo fue al entierro de la niña muda, yo también fui aunque chibolita era y no me acuerdo bien, y a la serpiente la quemaron con brujos para que no regrese más por el pueblo. Vamos bajando despacio por la pista angosta, llena de huecos, que se bifurca de la carretera central y, tras pasar un control de seguridad, la caseta del guachimán Pacheco, sube, serpenteando, dando mil curvas como seguro se estremeció al agonizar sin cabeza aquella culebra del cuento, hasta poco más allá de nuestra casa, cuando terminan las grandes residencias y comienza la parte más escarpada del cerro. Yo, caminando despacio para que no se canse Manu, que es muy gorda y le cuesta trabajo recorrer a pie toda la bajada desde la casa hasta la capilla de las monjas carmelas, voy mirando los caserones donde viven señores millonarios a los que solo conozco de nombre, porque mi papi, que los conoce a todos por el derecho y por el revés, me ha contado quién es el dueño de cada casa en Los Cóndores, me ha dicho con orgullo *la casa más grande y más cara de todo el cerro la tengo yo, y los demás me envidian por eso.* Así pasamos por la casa de la señora Zarik, *una gorda viuda y borracha que se pasa todo el día chupando vodka y hablando con sus gatos pulgosos, la vieja Zarik se quedó con toda la fortuna de don Antonio Zarik, que murió hace años, dice ella que lo encontró calato electrocutado en la tina al pobre Antonio, pero todos en este cerro creemos que la viuda Zarik lo mató porque se enteró que Antonio le sacaba la vuelta con la esposa del embajador chileno,* así me describió mi papi a la señora Zarik, a la que nunca he visto porque ella no sale de su casa, y un poco más allá, tras unos muros gigantescos y protegida por modernos equipos de seguridad, vemos la casa del ex embajador inglés Maxwell Bradbury, *vive solo Bradbury, fue embajador muchos años y cuando le dijeron que tenía que volver a Inglaterra, le salió el indio, renunció, se divorció de su mujer, que se fue a Londres, y se quedó a vivir en esa casa, y todos en Los Cóndores sabemos de qué pie cojea el pelado Bradbury, resulta que con la vejez se ha vuelto rosquete, tiene la huacha floja el embajador, y por las noches se va al pueblo a buscar zambos, dicen que se aloca Bradbury por cualquiera de esos zambos cutreros que andan hueveando por el parque de Chosica, así que ya sabemos por qué se quedó a vivir acá en Los Cóndores y mandó a la mierda al Foreign Office de Su Majestad: para que le den por el culo los zambos peruanos, pero por mí no hay problema de que sea rosquete Bradbury con tal de que sea discreto y pague la cuota mensual de la asociación de propietarios,* y viene enseguida la casa, más bien pequeña comparada con las que la rodean, de José Carlos Hermosillo, *el vago número uno de Lima, José Carlitos tiene una concha olímpica que yo le envidio, no hace un carajo por la vida, se rasca las bolas tomando sol en la piscina el desgraciado, sus papás hicieron una fortuna en minería y construcción y, mira qué salados, murieron atropellados por un ómnibus en Londres por cruzar la calle mirando al lado equivocado, y el ocioso de José Carlitos, hijo único, se quedó con toda la plata, que no baja de veinte millones, y tomó la decisión, a sus cuarenta y dos años, de no trabajar más, así que vive de sus rentas el vago, tiene toda la plata en Suiza, pasa medio año acá y medio año en una casita de campo en las afueras de Ginebra, se casó en segundas nupcias con Charito Lindley, que tiene veinte años menos que José Carlitos y está como quiere de rica, y dicen que a su ex mujer la tiene al hambre y le pasa una plata miserable, y todo el mundo habla mal de él, dicen que es vago, tacaño, pingaloca y pichicatero, pero yo lo envidio a José Carlitos, porque al menos tuvo los cojones de mandar todo a la mierda y hacer lo que le daba la chucha gana,* y seguimos bajando Manu y yo, ya calienta más fuerte el sol, ella suda y respira agitada, y pasamos luego frente al caserón imponente de Pepe Andrade, el Chino Andrade, *los envidiosos dicen que el Chino es nuevo rico y no tiene pedigrí social, no es de familia conocida, pero el Chino se los pasa por los huevos y sigue haciendo plata que da miedo, ese Chino es un tiburón para hacer plata, de abajo salió, entró a trabajar como mensajero a La Nación cuando tenía quince años y ahora es dueño de la mitad del periódico, porque se casó con la hija del dueño, Calambrito Peña Astrada, que es más bruto que un muro de cemento pero tiene cuatro hijas con los mejores culos de Lima, y así de un buen braguetazo le cambió la vida al Chino Andrade, ahora es dueño del periódico y lo maneja él porque el viejo Calambrito pasa casi todo el año en su yate en Ancón, y encima, con la plata del suegro, ha puesto una cadena de radios y se ha forrado de plata el sapo del Chino,* y girando la curva vemos la casa de los Aramayo, los tres hermanos Aramayo, Pedro, Pablo y Pitín Aramayo, *esos son narcos de todas maneras, todo el mundo sabe que son narcos los hermanitos Aramayo, dicen ellos que han hecho su plata con negocios de madera en la selva, sí claro, ni que uno fuese cojudo, que no me vengan a mí con cuentos chinos, yo sé por la gente de seguridad del banco que los Aramayo tienen en la selva unas plantaciones de coca acojonantes y que manejan los mejores laboratorios de exportación, estos Aramayo son los narcos más fuertes del país, están amarrados con la policía y con gente del gobierno, ¿por qué crees que siempre hay un patrullero cuidando la puerta de su casa?, porque los hermanitos Aramayo tienen comprada a media policía, si por mí fuera yo los botaría de Los Cóndores por narcos, pero no conviene tener líos con ellos porque, según dicen, tienen un arsenal de guerra ahí adentro de su casa, y al que se pone contestón, le tiran una granada y le vuelan los huevos, son tres chunchos malnacidos que no creen en nadie esos Aramayo, y por lo que cuentan sus vecinos, arman unas orgías de la granputa con un montón de coca y la mitad de las concursantes a Miss Perú, Miss Bikini, Miss Playa y Miss Chuchita Estrecha,* y ya cuando Manu empieza a quejarse de que a ella con sus gorduras deberían moverla con grúa y de que le duelen los pies y de que va a llegar cadáver a la capilla de las monjas carmelas, ya a cinco minutos de llegar, pasamos por la casa de Johnny Andrews, el animador más famoso de la televisión peruana, casado y padre de ocho hijos, admirado por su simpatía, su capacidad de improvisación, su chispeante sentido del humor y su arranques estrafalarios, *Johnny se hace el payaso, se hace el loco, pero es más pendejo que las arañas, una máquina de hacer plata es el gran Johnny, yo lo conozco desde chicos, fuimos juntos al Santa María, calladito y timidón era Johnny, ¿quién hubiera dicho que con el tiempo se iba a hacer famoso en la televisión?, yo me cago de risa con sus locuras, me gusta ver su programa, Johnny no es ningún loco, es un gran negociante y ha descubierto que su negocio es hacerse el loco, por eso se pone tres relojes en cada muñeca, anda con medias de diferentes colores, se pinta el pelo de verde y fuma cuatro cigarros a la vez, para que su público diga que Johnny Andrews es un loco de mierda, pero de loco no tiene un pelo el cabrón, yo he ido a su casa un par de veces y nos hemos tomado unos tragos y te digo una cosa, Johnny en la vida real es otra persona, es un tipo frío, de pocas palabras, que se queda callado, te hace hablar y te va estudiando, nada de andar con tres relojes ni una media amarilla y otra roja, cuando yo fui a su casa tenía un Rolex de oro mejor que el mío y unas medias muy sobrias del mismo color, lo que sí me parece ya un exceso del loco Johnny es que les haya puesto a sus hijos unos nombres más raros que un negro impotente: Boeing, Terrific, Kolynos, Sugar, los mellizos Moon y Cool, Quickie, Hope y Last, ahí sí que con los nombres se pasó de locumbeta y huachafo el zafado de Johnny, ¿a quién se le ocurre ponerle Kolynos a su hija o Boeing al huevinche de su hijo mayor o Last a su último calato?, yo no sé por qué tiene Johnny esa manía de joder a sus hijos con unos nombres peliagudos, cuando sean grandes lo van a odiar, lo van a enjuiciar al loco de mierda, y su esposa, la gringa Nelly, es la que más sufre cada vez que queda embarazada, porque ya sabe que Johnny va a buscar un nombre gracioso para que todo su público se cague de risa y lo festeje por loco empinchado,* y al frente del caserón de Johnny Andrews, siempre bien resguardado por dos vigilantes, pues a veces pasa la gente y deja saludos y regalitos para el famoso señor Andrews, al frente viven nuestros amigos los Bonilla, Hugo el Ciego Bonilla y su corpulenta mujer Olguita Macho Man Bonilla, que tienen una bonita casa de tres pisos y la piscina más grande de Los Cóndores, él hasta donde sé es un excelente abogado y ella se dedica a cuidar a sus tres hijos, de los cuales Miguel Ángel, el mayor, es amigo mío y más amigo de mi perra Blackie, *Huguito no tiene mucha plata pero gana un buen sueldo y le gusta engreírse y darse sus aires de ricachón, no tiene plata porque lo que más le gusta es tirarse en su cama a leer unos libros más gordos que su mujer, y te digo una cosa, leer muchos libros a lo mejor te da algo de cultura pero no te deja un puto centavo, pero a Huguito no hay quien lo cambie, es un intelectual el Ciego, dice que está escribiendo una novela, eso dice hace como diez años y hasta ahora no tiene ni el título, para mí que no ha escrito una sola línea, yo lo conozco bien a Huguito y sé que como todo intelectual es un grandísimo ocioso, aunque hay que reconocer que es uno de los mejores abogados de Lima, y para eso le pagan su buen sueldo, si tienes una empresa que deja billete grande y quieres pagar menos impuestos sin que te vengan a joder los milicos del gobierno, contratas al Ciego Bonilla y te hace maravillas, como supongo que hará maravillas en la cama la gorda de su mujer, porque hay que tener estómago para casarse con ese clóset, carajo,* y, por último, antes de llegar a la capillita, le enseño a Manuela la casa de Daniel Macri, argentino, amigo de mi papi, buena gente, que anda siempre en un Mercedes color guinda y cuando nos cruzamos de carro a carro toca su bocina y nos hace chaucito con su barba de chiva y sus anteojos oscuros, *Daniel cuando llegó de Argentina era un pobretón, no tenía dónde caerse muerto, y míralo ahora, ha hecho un huevo de plata, para mí que la fortuna más grande del cerro la tiene él, todas las grandes compras de armamento del gobierno militar pasan por Daniel Macri, él se encarga de todo, es el gran intermediario, consigue al comprador y al vendedor, los pone de acuerdo, reparte coimas a todo el mundo y se queda con una comisión acojonante, tú ves el desfile militar de 28 de julio y fácil la mitad de todo ese armamento, los aviones, los tanques, los helicópteros y hasta los uniformes, todo eso lo ha negociado Daniel, que, eso sí, el día que caigan los militares va a tener que hacerse humo antes de que lo metan preso, gran amigo mío es Danielito Macri, pero ya se ha hecho fama como el Rey del Aceite, el Rey de la Coima,* y así llegamos a la puerta de la capillita y ya va a empezar la misa y la pobre Manuela, cansadísima de tanto caminar, me advierte *eso sí, flaquito, yo caminando no subo la subida, en taxi nos regresamos, si no yo me muero*, y la pobre está agitada, sudorosa, a punto de colapsar, y yo *Manu, ¿qué tal si no doy la plata de la limosna y con eso nos tomamos una bebida en el quiosco de Albino a la salida?*, y ella sonríe y me dice *buena idea, flaquito, pero que la patrona no se entere*, y luego nos sentamos en una banca bien adelante, nos persignamos y esperamos a que comience la misa de nueve.

Hace diez minutos empezó la misa y ya Manu está pestañeando, se le cierran los ojos, cae lentamente su cabeza hacia mí, su respiración se hace más profunda y cavernosa, como si el aire llegase a duras penas a sus pulmones, y veo que tiene abiertas las manos, las palmas hacia arriba, como pidiendo limosna. Poco después, vencida por el sueño, víctima seguramente de una mala noche desvelada por antiguas pesadillas, y extenuada por el paseo a pie que ha durado casi media hora, Manu deja de resistirse, se abandona y cierra los ojos, y yo sonrío pensando *menos mal que mi mami no está aquí, porque la despertaría de un carterazo y a la salida le diría palabrotas*. Entretanto, el padrecito dice la misa sin apuro, muy poca gente nos acompaña en las bancas, el coro de monjas carmelas aguarda su oportunidad de echarse a cantar, hay buena ventilación, Manu duerme sin molestar a nadie. Concluidas las lecturas, se arranca de pronto el coro de las monjitas con una versión rockera de *Señor, que has mirado mi barca, y en la arena, has dicho mi nombre*, cantan afiebradas y con voz aguda las monjitas del coro, debidamente acompañadas por otra monja, no menos afiebrada, que golpea la batería con parejo entusiasmo y torpeza. Recuerdo entonces que por eso mi mami y mi papi se rehúsan a asistir a misa en esta capillita, pues les irrita sobremanera que las monjitas se den sus aires vanguardistas y canten con batería y todo, *esto es una iglesia católica y no el Campo de Marte, y si las monjitas quieren dedicarse al rock y corretear a los mariconcitos de los Beatles, que cuelguen los hábitos y se dejen de vainas,* dijo mi papi indignado aquella mañana en que las monjitas nos sorprendieron con su interpretación libre y digamos rockera de las típicas canciones de misa, y mi mami, claro, aún más indignada, *es una falta de respeto al Señor eso de tocar batería en misa, poco les falta a estas monjitas liberadas para ponerse a fumar drogas y hacernos peace and love desde el altar, la culpa de toda esta confusión la tienen los curas comunistas de la teología de la liberación, que no usan sotana y lo más grave es que tampoco usan champú y andan azuzando a los cholos en las barriadas para que hagan la revolución* y mi papi, saliendo de la iglesia a media misa, *ni más regresamos a esta capillita de monjas beatlemaníacas* y mi mami *ni más, ni más,* y yo seguía asombrado pero también divertido, porque nunca antes habíamos salido de misa a la mitad y porque, para mi gusto, las monjitas no tocaban tan mal y le daban como más ritmo y alegría a la misa aburridísima. Efectivamente, ni más volvieron mis papás a la capilla de las monjas, aunque sí vinieron ellas un día a la casa, tocaron el timbre y, para sorpresa de mi mami, le ofrecieron, cara a cara, sin el menor empacho, el reciente casete *Casadas con Dios: hasta que la muerte nos reúna con Él,* grabado por el coro de monjas carmelas de Chaclacayo, y mi mami, titubeando, *¿me ofrecen un casete?* y ellas, dos monjas en pantalón, polo blanco y un crucifijo ancho en el pecho igualmente ancho, *un casete o si quiere dos* y mi mami, resignada, *¿cuánto es?* y ellas *diez soles* y mi mami, fingiendo cierto escándalo, *¡diez soles por un casete!* y las monjitas beatlemaníacas *la plata es para financiar la obras de ampliación de la parroquia, señora,* y mi mami va a su cuarto y regresa con los diez soles y a regañadientes recibe el casete y, no puede contenerse, le hierve la sangre, les dice *¿y de cuándo acá las monjas andan en pantalones?* y ellas, muy seguras, sin ofenderse, con la sosegada sonrisa de quien se sabe poseedor de la verdad, *Dios quiere que estemos cómodas y felices, señora, y andar todo el día en hábito, sobre todo ahora con la canícula, es una pesadilla* y mi mami *bueno, bueno, gracias por la visita, suerte madrecitas* y ellas, ya pasándose de frescas a mi modesto entender, *¿no tendrá un refresquito, señora?* y mi mami, disimulando su para mí visible enfado, *a ver un momentito,* y las deja esperando afuera y vamos a la cocina y le dice a Manuela *sirve dos vasos de agua de caño y llévaselos a las monjas comunistas de afuera* y Manuela, imprudente, *¿no desea que les sirva limonada o cocacola a sus invitadas, patrona?* y mi mami, casi gritando, *no, te he dicho agua de caño, y no son mis invitadas, han caído como paracaidistas en mi casa,* y mi mami regresa a la puerta con Manu atrás llevando los vasos de agua y yo contemplando fascinado la escena, y las monjitas toman felices su agua tibia de caño, *gracias, señora,* se despiden, *esperamos que le guste nuestro casete, y la invitamos el domingo a misa porque vamos a tocar nuevos temas musicales* y mi mami *adiós, madrecitas, vayan con Dios, tengan cuidado con los perros,* y no bien las monjitas se dan la vuelta y se marchan felices a seguir vendiendo sus casetes por todo Los Cóndores, mi mami, furiosa, *ojalá algún perro con rabia les muerda el poto,* y Manu se ríe tapándose la boca y mi mami le ordena *lava con bastante detergente los vasos, que estas monjas, de puro comunistas, son unas cochinas de cuidado,* y cuando Manu se va conteniendo la risa a la cocina, mi mami me pregunta a mí *¿qué es canícula, principito?* y yo *ni idea, mami,* y los dos vamos al diccionario, y luego mi mami abre el casete, lo pone en el equipo de música, aprieta *play* y comienza una canción religiosa bien movida, con guitarra y batería, que dice *Señor, me declaro tu sierva, por favor dame fuerzas, para* seguir cortando hierba y mi mami *no entiendo nada, pero sue-na horrible*, y saca el casete, lo tira a la basura y me pregunta *¿crees que hice mal en comprarles esta cochinada?* y yo *no sé, mami, pero tú eres una dama y se vería feo decirles que no*, y ella me da besito y me dice *adoro cuando me dices que soy una dama* y luego comenta, ya retirándose, *cada día estoy más segura de que el fin del mundo es el año 2000*, y yo, cuando se va, saco el casete de la basura y lo llevo a mi cuarto para escucharlo completito. Las monjitas se arrancan a cantar en la capilla, suena poderosa la batería, Manu se despierta de golpe y dice en voz escandalosamente alta AY, *EL APARE-CIDO* y yo, asustado y también avergonzado, porque la gente que está cerca de nosotros ha volteado a mirarnos, le pregunto *¿qué te pasa, Manu?*, y ella no me responde porque se abandona de nuevo a sus turbulentos sueños matinales, y mientras cantan las monjitas liberadas, todas ellas moviendo brazos y caderas rítmicamente, ronca fuerte la Manu, ahora entregada a un sueño más profundo, y su cabeza se viene hacia mí, cae despacio y de a poquitos y luego, como por reflejo, regresa a su posición vertical, y otra vez comienza a caerse y regresa, así hasta que cae del todo y se recuesta en mi hombro y, *caray, Manu, tú roncas más fuerte que mi papi, ahorita nos botan de misa*, pero por suerte las monjas cantan a todo pulmón y eso impide que la misa entera escuche los ronquidos salvajes de Manu, y yo rezo *Diosito, mándale otro aparecido a ver si se despierta*, y Dios por lo visto me ama y atiende mis súplicas, pues al ratito Manu se despierta y vuelve a gritar ¡MALDITO APARE-CIDO!, y yo, aprovechando que ha regresado a la vida, y antes de que se vuelva a dormir, la sacudo del brazo y le digo *¿quién es el Aparecido, Manu?*, y ella me mira ausente unos largos segundos, como si aún no hubiese escapado del todo de aquella pesadilla, y me dice *Braulio Vives, el serrano tuerto que fue enterrado vivo y salió de su tumba para* *vengarse, ese viene a ser el Aparecido* y yo *no hables tan fuerte, estamos en misa* y ella, recién de vuelta a la realidad, *ya, ya* y yo, susurrándole, *a la salida me cuentas la historia del serrano tuerto* y ella *ya, flaquito, a la salida.* Sigue la misa y Manu no se vuelve a dormir, menos mal, yo la mantengo despierta a punta de pellizcarle el brazo rechoncho, y cuando todos acompañamos al coro de monjas rockeras, ella canta apenitas en quechua sin que nadie la escuche aparte de mí, y, poco antes del sermón, viendo que se acerca el momento sagrado de recibir la Santa Eucaristía, le digo *Manu, no nos hemos confesado* y ella, sin mirarme, como escondiéndome algo, *no, pues* y yo *¿vas a comulgar?* y ella *no sé* y yo *¿cómo no sabes?* y ella *no sé, pues, flaquito, quiero comulgar pero acabo de ver al Aparecido y estoy nerviosa todavía* y yo *¿quieres confesarte?* y ella, de nuevo, *no sé* y yo *aprovecha, confiésate, mira que no hay nadie haciendo cola* y ella *no sé si quiero* y yo *Manu, ¿estás despierta o dormida?* y ella *no me ajoches, flaquito, lo que pasa es que me da miedo confesarme* y yo, sorprendido, *¿miedo por qué?* y ella *miedo a desmayarme, cuando me confieso solita no puedo ni hablar de los nervios y se me sube la presión, no puedo solita, flaco* y yo *claro que puedes* y ella *no puedo y no me ajoches, caracho* y yo *si quieres, te acompaño* y ella, sorprendida, *¿se puede?* y yo *claro, aprovecha que no está mi mami*, y ella me mira con sus ojazos pueriles y traviesos y acepta *vamos juntos, pero no me vas a dejar sola, prométeme* y yo *te prometo.* Nos ponemos de pie mientras el cura sigue diciendo un sermón que nadie parece entender y menos las monjitas rockeras del coro, que se toman un respiro, ojean la letra de la siguiente canción y se hacen señas optimistas como diciéndose *de aquí a Rock en Río no nos para nadie, nuestro próximo casete nos hará famosas*, y Manu, antes de arrodillarse frente al confesionario, me dice en secretito *¿seguro que se puede?* y yo, al diablo, si no se puede que nos lo diga el padrecito escondido entre las sombras, *seguro, Manu, yo te acompaño*, así que nos arrodillamos los dos bien apretaditos para no caernos, y yo pienso *Dios, que no se rompa esta frágil tablita de madera que nos sostiene a Manu grande y a mí*, y al otro lado de la rejilla una voz carraspea y nos dice, poco hospitalaria, *ave María purísima*, y Manu me mira asustada y yo le digo al oído *sin pecado concebida* y ella *sin pecado consabida* y el padrecito *¿de qué faltas te arrepientes, hija mía?*, y Manu me mira en blanco, aterrada, y me dice con ojos suplicantes *¿y ahora?* y yo le digo en secretito *he dicho mentiras* y Manu al padrecito sombrío *ha dicho mentiras* y el padrecito *¿has dicho mentiras?* y yo con la cabeza a ella *sí, sí* y ella al curita *sí, sí* y el anónimo confesor *¿qué más, hija?* y yo en la oreja grandota de Manu *he comido demasiado* y ella *he comido demasiado, Santo Espíritu*, y yo sonrío y pienso *¿de dónde salió el Santo Espíritu?*, y el padrecito *¿has cometido gula?* y Manu sin esperarme se dispara *sí, padre, he comido como mula*, y se hace un silencio y yo me aguanto la risa y Manu me mira *¿qué?, ¿dije algo mal?* y el padrecito *continúa, hija mía* y yo susurro *he sido ociosa*, y ella me mira ofendida y mueve enérgicamente su amorosa cabezota diciéndome con la mirada *no, eso sí que no* y entonces yo en su oído *he soñado con aparecidos, he tenido pesadillas* y ella, nerviosa, la voz algo quebrada, como si ese fuese un pecado indecible, *me ha visitado el Aparecido* y el curita *¿quién es el Aparecido?* y Manu *Braulio Vivas, el serrano tuerto que fue enterrado vivo y salió de su tumba para vengarse, ese viene a ser el Aparecido* y el padre, con una vocecilla diríase escéptica, *¿y qué te ha hecho el tal aparecido?* y Manu, sin esperar mi asesoría gratuita, *me joroba fuerte cuando estoy durmiendo, a cada rato me fastidia, me jala los pies, me dice lisuras cochinas, se quiere propasar el vicioso*, y yo me sorprendo de que Manuela le hable tan crudo al padrecito que carraspea bastante y, tras un silencio prudente, sentencia *no es el Aparecido, es Lucifer, el*

411

diablo omnipresente, y Manu me mira con cara de no entender ni jota, *¿ovnipresente?* y yo me apresuro, siempre en secretito, *no le discutas, dile tu último pecado, no he rezado lo suficiente* y Manu, que segurito tiene tremendo tapón de cera en la oreja, le voy a tener que robar unos Q-tips a mi mami para que Manu despeje un poco su canal auditivo, Manu al curita *no he rezado lo siguiente* y el curita *no te entiendo, hija, ¿qué no has rezado?* y Manu *lo siguiente* y el padre *¿qué es lo siguiente?* y yo tratando de salvar el malentendido le susurro a Manu *lo siguiente es su absolución, padre* y ella, maldición, *lo siguiente es su solución, padre* y el curita *no hay soluciones, hija, yo no tengo la varita mágica, todos pecamos porque el pecado es inherente a nuestra condición humana, ten presente que todos venimos del pecado original*, y Manu me mira perdida y yo, un dedo cruzando verticalmente mis labios, *ssshhh*, y Manu por suerte guarda silencio mientras el curita prosigue *la solución, me pides, y yo te la digo, la solución es que le pidas humildemente a Dios Nuestro Señor que te ilumine y te dé fortaleza para que sepas llevar tu vida por el camino espinoso de la Santidad, y espinoso te digo que es porque habrás de pisar muchas espinas antes de alcanzar la luz eterna de Cristo Misericordioso*, y Manu me mira aún más perdida y yo *ssshhh*, y el curita dice unas palabras en latín y Manu me susurra con su vozarrón *¿me está hablando en quechua?* y yo, sonriendo, *no, tranquila, ya termina* y por fin el curita *puedes ir en paz, hija, y rézale al Creador cinco padrenuestros* y Manu sin esperarme se dispara otra vez *no sé el padrenuestro, santito*, y el padre tose fuerte, como que se atora, y pregunta *¿no sabes el padrenuestro?* y Manu, tan tranquila, *no sé, no me enseñaron, fui vendida de niña a cien soles y todavía soy analfabeta*, y yo la miro conmovido porque es un alma noble y el curita *no te preocupes, hija, rézale al Señor en tus propias palabras, lo importante es la intención, no la oración* y Manu *¿en quechua también vale rezar?*, y el padrecito ahoga una risita afeminada y dice *claro, hija, puedes rezar en quechua también, el Señor habla todos los idiomas* y luego *que Dios te bendiga* y Manu *sin pecado consabida* y yo, susurrándole, *cállate, eso se dice cuando te dicen «ave María purísima»*, y ella se para, se tapa la boca y se dice *qué bruta eres* y yo *anda, espérame en la banca que me confieso en un dos por tres*, y me arrodillo, toco tres veces la rejilla y, cumplidas las formalidades litúrgicas, digo mis pecados de paporreta, *he sido mentiroso, he sido perezoso, he sido alegoso, he sido fastidioso, he sido ocioso, he sido guloso* y el padrecito me corrige *goloso, no guloso* y yo *gracias, padre* y luego él *¿no has caído en el vicio solitario?*, y yo, sin entender, pienso *¿será el vicio solitario ver televisión?, ¿será el vicio solitario ver «El Llanero Solitario»?* y me respondo que sí, ese debe de ser el vicio solitario, y contesto entonces *sí, padre, he caído en el vicio solitario* y él *¿cuántas veces en la última semana?* y yo *no me acuerdo, padre* y él *¿todos los días?*, y yo pienso *de hecho veo alguito de tele todos los días* y respondo *sí, padre, todos los días* y él, insistente, *¿más de una vez al día?*, y yo pienso *claro, los miércoles que dan «La Familia Ingalls», «Combate» y «La Mujer Maravilla» es imposible elegir solo un programa* y contesto, ¿qué sentido tendría mentir cuando estoy confesándome?, pecaría en plena confesión, contesto *sí, padre, más de una vez al día* y el padre *muy mal, jovencito, muy mal, tiene que amarrarse esa mano cochina*, y yo pienso *ay, padre, no sea exagerado, ni que ver tele fuese tan cochino* y digo *sí, padre*, y luego me dice la absolución en latín y me manda a rezar treinta padrenuestros y yo *¡treinta padrenuestros, padre!* y él *como ha escuchado, jovencito*. Regreso apesadumbrado a la banca y me siento al lado de Manu y ella me pregunta *¿y esa cara?* y yo *nada, que el padre me castigó fuerte con la penitencia* y ella, mirándome amorosa, *qué habrás hecho, pues, flaquito*, y yo me arrodillo y rezo, uno tras otro, a toda velocidad, sin pensar en lo que digo, esos treinta frenéticos, vertiginosos padrenuestros, y al terminar me siento aliviado y pienso *debo haber batido el récord olímpico de treinta padrenuestros planos, sin vallas.* Cantan de nuevo las monjitas rockeras y yo *no te duermas, Manu* y ella *de solo pensar en un chancay del quiosco de Albino, me suena del hambre todito el estómago* y yo *ahí viene la limosna* y ella *yo estoy pelada, ni un centavo tengo.* Se acerca una monjita retaca y miope, con unos anteojos así de grandes, llevando en sus rechonchos brazos la bolsa de tela donde los pocos parroquianos que se han tomado el trabajo de asistir a misa de nueve depositan, si tienen a la mano, alguna moneda, algún billete chico, y yo a Manu en secreto *¿echo la limosma?* y ella, sin dudarlo, *no, guarda la plata para los chancays,* y yo pienso *tiene razón, que se frieguen las monjas liberadas, ya mi mami les compró su casete horroroso la vez pasada y hasta la fecha no han construido ni media ampliación de la parroquia, seguro que en drogas y música con mensajes demoníacos al revés se han gastado todita la plata de los casetes.* Pasa la monjita retaca y miope con el bolso de tela y yo arrugo fuerte el billete de veinte soles en mi puño derecho y rezo *sé que soy tacaño contigo, Diosito, pero yo necesito esta plata más que las monjitas, de verdad necesito comer un chancay en Albino para tener fuerzas y caminar todita la subida hasta la casa.* En esas cavilaciones me encuentro sumido cuando escucho un alarido, y es la monja miope, que tan miope no es, porque ha visto, junto con todos nosotros, los atribulados parroquianos de misa de nueve, cómo un loco calato, totalmente calato, con una melena negra enrulada, la piel toda negra de tanta cochinada acumulada, el pipilín también negro y saltarín porque el loco calato corre y saltan con él sus rulos piojosos y su pipilín sin circuncidar, cómo ese loco calato entra corriendo a la capilla, se dirige a la monja retaca y miope, quien grita *¡auxilio, el diablo!,* y el loco, que tan loco no está, le arranca la bolsa de la limosna y, sin

414

que nadie se atreva a interponerse en su camino, huye jubiloso con la colecta dominical. Antes de salir, voltea, mira a las monjitas del coro, se agarra feo el pipilín negruzco, lo agita desafiante y grita *¡CHUCHAS FRÍAS, CHUCHAS FRÍAS!* Luego sale corriendo con la bolsa robada y suelta una perversa y estruendosa carcajada que rebota en la cúpula de vitrales multicolores y regresa como un eco a la capilla entera. Entonces algunos parroquianos gritan *¡agarren al loco, agarren al loco!*, y salen corriendo, y Manu me sorprende porque corre también atrás del loco y yo corro atrás de ella, pero nadie alcanza al loco que se va deprisa riéndose gloriosamente. Manu se detiene entonces y yo la alcanzo y me dice *no era el loco, era Braulio Vivas, el Aparecido* y yo *¿tú crees?* y ella *te lo puedo jurar, flaquito* y yo *menos mal que no metí mis veinte soles, ya los tendría el Aparecido* y luego *¿volvemos a misa?* y Manu, por eso la quiero tanto, *no, flaco, vamos al quiosco mejor, si no como un chancay ahorita, me desmayo más que seguro*, y luego me toma de la mano y caminamos bien pegaditos, no vaya a saltar de cualquier arbusto otro loco calato.

Dichosos mis ojos que te ven por acá, le dice Albino a Manuela, cuando nos acercamos a su quiosco, y ella, haciéndose la interesante, *ya, Albino, no te pases de sabido que le acuso a tu esposa y te dan con palo de escoba* y yo *hola, Albino* y él *¿qué tal, compadrito?, qué milagro que vengan a pie* y yo *vinimos caminando a misa de nueve* y Manu *danos dos chancays que estamos al hambre* y Albino *tu palabra es ley, amiga Manuela*, y yo le pago con mi billete arrugado que no se robó el Aparecido y Albino *un chancay nomás te cobro, compadrito, el de mi amiga Manuela sale cortesía de la casa* y yo *gracias* y Manuela, tras darle un tremendo mordisco al chancay esponjoso, *¿no me habrás dado chancay pasado?* y Albino, haciéndose el ofendido, *¿cómo se te ocurre, amiga Manuela?, fresquecito está el chancay, hoy mismo lo he hor-*

neado para ti, y luego me da el vuelto y me pregunta ¿*una gasesosita para remojar el chancay?* y yo *buena idea, una Fanta para mí* y Manu *yo Inca Kola al tiempo, no me des fría porque me raspa la garganta*, y Albino se ríe y *fría no hay, amiga Manuela, yo no tengo refrigeradora en mi casa, menos voy a tener acá en el quiosco*, y nos da las bebidas destapadas y Manu y yo tomamos de la botella, nada de vasos, pues en Albino se come con la mano y se toma a pico de botella, y yo, terminando mi chancay, me he quedado con hambre. *Albino, dame un bizcochito de naranja, por favor*, y Manu entra en confianza y me pregunta ¿*alcanza para un turrón?* y yo *claro, Manu*, y Albino le parte generoso un gran pedazo de turrón con miel y yo recuerdo que mi mami me tiene prohibido comer en el quiosco de Albino, *esa comida está expuesta a toda clase de infecciones y cochinadas, comenzando por las manos de Albino, que deben ser portadoras de tifoidea, yo me como esos bizcochos del siglo pasado y estoy segura de que termino deshidratada en la clínica, lo que, pensándolo bien, no me vendría nada mal, porque ya no sé qué hacer para bajar estos rollitos de la panza que me torturan y que uno de estos días lo van a aburrir a tu papá y se va a ir con otra* y Albino, feliz de vernos gozar con sus viandas tan celebradas en esa esquina de Chaclacayo, ¿*cuándo te vas a casar conmigo y te vas a venir a vivir a mi casita al borde del río, amiga Manuela?* y ella, atragantándose, poniéndose colorada, riéndose sofocada, *no hables así oye, Albino, que tú estás casado y tienes familia* y él, donjuán del río Rímac, *pero por ti lo dejo todo, amiga Manuela*, y ella se ríe halagada y muerde sin asco su durísimo turrón y se oye *crac* y Manu se lleva la mano a la boca y dice *ay, se me partió el diente*, y escupe y vuela una muela y cae en el mostrador verdirrojo del quiosco, allí donde se amontonan los periódicos de la mañana, y Manu furiosa *mira, por tu culpa, Albino, por darme turrón pasado me has sacado mi diente* y Albino, mortificado, *caracho, ami-*

ga *Manuela, de haber sabido no te daba mi turrón*, y le pasa a Manu un poco de papel higiénico rosado y ella se lo lleva a la boca y sale con una manchita de sangre y se queja *hasta sangre me ha sacado tu turrón, cholo desgraciado*, y Albino sonríe nervioso y me devuelve la plata del turrón y dice *no te voy a cobrar, amiga*, y Manu recoge el diente con el papel higiénico ensangrentado, lo limpia, lo mira con aire tristón y me dice *vamos, hay que tirarlo al río* y yo, sorprendido, *¿al río?* y ella *sí, para que traiga suerte* y Albino *te pido encarecidas disculpas, amiga Manuela* y ella, más coqueta que molesta, *a la policía te voy a denunciar por vender turrón pasado, Albino* y él *no es mi culpa que tengas los dientes flojos, amiga*, y Manu lo ignora castigadora y me lleva de la mano hacia el maloliente basural amontonado detrás del quiosco. Bordeamos las inmundicias tapándonos la nariz, caminando por un angosto sendero de tierra que desciende entre piedras y desperdicios hacia el río Rímac, que, más abajo, sus aguas marrones lamiendo mansamente la orilla, pues es época de bajo caudal, avanza en dirección al centro de Lima, y Manu *cada que veo el río, me acuerdo cuando era chiquilla en la sierra* y yo *¿todavía te duele el diente?* y ella, recia, nunca se queja la pobre, *ya pasó ya*, y yo si fuera ella estaría haciendo una escena de telenovela y reclamando a gritos una ambulancia de la clínica Americana, porque antes de ir a la clínica de Chosica prefiero que me arrastre el río Rímac como a una caña de sacuara más, y Manu saca su diente de la bolita de papel higiénico, lo mira callada, *ya me quedan poquitos*, suspira, *es la vejez*, y enseguida arroja con fuerza ese diente picado por antiguas caries, y vuela alto el diente de Manu y cae, apenas visible, en las sucias aguas del río y yo *¿por qué lo tiraste?* y ella *porque jamás debes guardar tus dientes, diente frío llama a los malos espíritus* y yo *pero mi mami tiene guardados todos mis dientes de leche y mi pelo de bebito también y hasta tiene el cordón umbilical que* *cortaron cuando nací* y Manu, moviendo la cabeza en gesto desaprobatorio, *por eso será que los patrones andan todo el día regañando, pues, flaquito,* y yo me quedo pensativo y ella *yo con toda la plata que tiene el patrón, feliz andaría silbando, no como él, que para asado y se pone fosforito a la primera que una se equivoca* y yo *¿tú qué harías con bastante plata, Manuela?* y ella *me compraría un televisor a color con antena de conejo y lo demás lo metería en un costalillo y lo enterraría en un escondite que nadie más sepa* y yo *¿no la meterías al banco mejor?* y ella *no, todos los bancos roban* y mientras caminamos hacia la carretera, el sol asando nuestras espaldas, mi sombra huesuda moviéndose al lado de la suya curvosa, yo, siempre de su mano, *¿y no te comprarías una casa?* y ella, casi ofendida por mi pregunta, *nunca, jamás, yo no podría vivir sola, yo no podría vivir sin ti, flaquito, y sin mis patrones, me moriría de la pena, yo soy feliz viviendo así con ustedes y dándoles gusto en todo a los patrones.*

Ahora estamos al pie de la carretera, y pasan veloces los carros y camiones, dejando atrás unas nubes negruzcas de humo que nos hacen toser, y Manu, lo siento en su mano, se pone nerviosa y me dice *no sé cruzar la pista, flaco* y yo *no tengas miedo, tú sígueme* y ella *se me va a atracar el zapato y me van a atropellar los camiones* y yo *no seas tonta, Manu, cuando yo te diga «corre», tú corres conmigo y cruzamos facilito* y ella, gritando, porque hacen una bulla infernal esos vejestorios de camiones que pasan frente a nosotros, *no me atrevo, no me atrevo,* y yo veo la pista despejada y grito *¡ya!,* y la jalo fuerte y ella corre conmigo y grita *¡ay, mi madrecita!,* y yo no la suelto por nada del mundo y cuando llegamos al otro lado de la pista, Manu busca un pastito, se sienta sobre él, se echa aire con las manos y, una vez que recupera el aliento y el color en las mejillas, me dice *no puedo más, flaco, mejor paras un taxi porque caminando no llego hasta la casa.* Yo saco las moneditas de mi bolsillo, las cuento y le pregunto *¿con siete soles alcanzará?* y ella *a mal palo te arrimas, yo no sé de tarifas porque no me subo a un taxi hace años*, y yo me quedo parado y estiro el brazo derecho cada vez que pasa un carrito VW que podría ser un taxi, pues los taxis en Chaclacayo no llevan señales, con suerte algunos tienen una pequeña calcomanía en el vidrio delantero, pero la mayoría carece de la menor señal y no hay cómo saber que son taxis salvo estirando el brazo y esperando a que se detengan. De pronto veo que detrás del quiosco de Albino, rebuscando entre el basural, está el loco calato que se robó la bolsa con la limosna de la capilla y le digo *Manu, mira, el loco calato*, y ella lo ve al otro lado de la pista, arrodillado atrás del quiosco, removiendo con sus manos la basura pestilente, y me dice *calladito nomás, hazte el loco, ni lo mires, y al primer taxi que pare, nos subimos y salimos chitón*, y yo sigo estirando el brazo y no dejo de mirar al loco y Albino permanece mudo en su quiosco hojeando un periódico y tomándose el resto de Inca Kola tibiona que dejó Manu, y al ratito nomás veo que el loco calato deja la bolsa de la limosna y desaparece por el caminito polvoriento que, entre cacas de perro y cacas de gente, baja al río donde una que otra señora lava esforzadamente su ropa sucia para que salga mojada aunque todavía marrón, y yo, como en un sueño, *Manu, Manu, el loco bajó al río y dejó la bolsa* y ella *no veo nada, me ciega el sol* y yo *te juro, Manu, ahí veo la bolsa atrás del quiosco de Albino, en el basural* y ella *¿y el loco ya no está?* y yo *no, se fue por el caminito que baja al río* y Manu, que está como mareada, *seguro que está buscando mi diente, menos mal que lo tiré al río* y yo, muerto de miedo, *Manu, espérame aquí, no te muevas* y ella *¿adónde vas, flaquito?*, y yo no le contesto, cruzo la carretera a toda velocidad, paso al lado del quiosco como una flecha, me agacho para recoger la bolsa del basural y al hacerlo veo por el rabillo del ojo que el loco está abajo, bañándose en

419

el río, y agarro entonces la bolsa, cruzo como un energúmeno la pista, un camión me toca un bocinazo, y llego jadeando adonde está Manu recuperando aire y le digo *corre, corre, corre que viene el loco*, y Manu se para de un salto y corremos los dos a toda prisa, y yo volteo a cada ratito para ver si nos sigue el loco, y la pobre Manu, corriendo a duras penas, *¿viene el loco?* y yo *no, no viene*, y corremos, corremos, corremos y el loco no viene, y pasando la capilla Manu me grita *¡para, flaco, para!*, y yo me detengo. Estoy mojado de sudor, ella busca una sombra, se recuesta contra una pared y me dice *me vas a matar si me sigues haciendo correr, flaco zamarro* y yo sonrío eufórico y *tenemos la bolsa, Manu, tenemos la plata, se la robé al loco, ni cuenta se dio* y ella *¿qué vas a hacer con la bolsa?* y yo *no sé* y ella *¿la vas a devolver?* y yo *¿al loco?* y ella *no te hagas el loco, bandido, a las monjas, pues* y yo *no sé* y ella *esa plata es de Jesusito, del Santo Espíritu, no le puedes robar plata a Jesusito*, y yo sé que ella tiene razón pero me daría rabia devolver esa bolsa, ¿cuánta plata tendrá adentro?, qué ganas de abrirla y contar los billetes, y entonces veo que se acerca despacio la camioneta del señor Pierini, que vive más arriba de nuestra casa, y le hago señas con la mano al chofer, que por suerte se detiene. Me acerco y le pido *¿nos puede dar una jaladita, que mi empleada se siente mal?* y el chofer del señor Pierini, un señor flaquito que anda siempre con una guayabera crema y un cigarrito en los labios, *suban, suban, al fondo hay sitio*, y se ríe solo de su picardía y subimos Manu y yo al asiento de atrás y Manu *buenas, don Prudencio* y el chofer, mirándola por el espejo, *hola, gordita*, y Manu se sonroja y me sonríe y don Prudencio, manejando con manos de seda esa camioneta automática, *¿estás indispuesta, gordita?* y Manu *no, es la calor que me tiene mala* y don Prudencio *la calor está que arde, hay que andarse por la sombrita nomás*, y yo escondo entre mis piernas la bolsa robada y pienso

¿alcanzará para comprarle a Manu un televisor a colores? Al llegar a la casa nos bajamos de la camioneta y nos despedimos de don Prudencio y él *hasta luego, jovencito* y a Manu *chau, gordita, cuídate de la calor*, y se va don Prudencio y entramos a la casa y, mientras subimos por el camino empedrado, le digo *Manu, no vamos a devolver la plata, esto es un regalo que Dios nos ha dado para que te compremos algo bonito* y ella, desconfiada, *no sé, flaquito* y yo *tú necesitas esta plata más que las monjas* y ella *haz lo que quieras, yo no sé, yo no he visto nada* y yo *ayúdame a enterrar la bolsa* y Manu *¿la vas a enterrar?* y yo *sí, no quiero entrar a la casa con la bolsa de la limosna, mi mami se molestaría y me la quitaría y la llevaría a la capilla*. Entonces entramos al jardín de los guayabos, todavía lejos de la casa donde mi papi seguro sigue roncando y mi mami haciendo sus extrañas poses de yoga para respirar mejor, y le digo a Manu *ayúdame a hacer un hueco*, y ella con sus manos levanta la tierra mientras yo abro la bolsa y cuento los billetes, que, sin incluir las monedas, suman quinientos quince soles, *quinientos quince soles, Manu: somos millonarios*, le digo feliz, y ella me mira con una media sonrisa y me dice *pasumachu, déjame ver, flaquito*, y yo echo todos los billetes y monedas en el pasto y ella se lleva una mano a la boca y dice *miéchica, nunca en mi vida he visto tanto dineral junto*, y luego metemos la plata en la bolsa, la enterramos bien y, antes de levantarnos, le doy a Manu un beso en su cachete rosado y sudoroso y le digo *hoy Jesusito te regaló quinientos quince soles, Manu*, y ella se ríe como una niña y me da dos palmotazos en la espalda: no hay remordimientos, es la pura felicidad.

Pasan los días, la plata sigue enterrada, nadie se entera en la casa de que Manu y yo tenemos un pequeño botín escondido. Manu, cuando le pregunto *¿qué hacemos con la plata que el loco calato robó para nosotros?*, se pone nerviosa y me dice que debemos devolverla a la capilla, pero ya es

muy tarde y no sé cómo les explicaría a las monjas liberadas la historia de la bolsa enterrada, y tampoco sé qué le
diría a mi mami, así que, sin consultarle a Manu, decido,
unas semanas después, seguro de que que nuestro tesoro
se encuentra intacto abajo del guayabo, pedirle a Leo, el
chofer, que me lleve a dar una vuelta por la concurrida
tienda de electrodomésticos La Regalona de Chosica, sin
duda la tienda más visitada por los humildes habitantes de
Chaclacayo, Chosica, Los Ángeles y Morón, quienes pasan momentos de sano esparcimiento contemplando en
esa tienda famosa los televisores a color, las refrigerado-
ras, las cocinas eléctricas y las aspiradoras de doble bolsa,
y no sé si venderán mucho pero al menos los fines de semana reciben muchedumbres de curiosos visitantes que
tocan las pantallas de los televisores y prenden las radios y
meten la mano a los *freezers* para sentir cuán heladito está
ahí adentro, lo sé porque he ido con mi mami un par de
veces pero ella se horrorizó por la cantidad de gente de
pueblo que daba vueltas por La Regalona y salió deprisa
quejándose *la gente sencilla se está reproduciendo demasiado
rápido y a veces me aterra que en unos años no quede más gente
fina en el Perú; ¿con quién te vamos a casar entonces, principito?* Leo, sin la autorización de mis papás, que se han ido a
un desfile de caballos de paso en Lurín, cómicos los dos
disfrazados con sus ponchos y sus anchos sombreros de
paja, Leo, encantado, porque sé que disfruta mucho de un
paseíllo chosicano para ver a las mujeres guapas del pueblo
y también los últimos televisores importados de La Regalona, Leo me pide cinco minutos para ir al baño *a achicar
la bomba, no quiero ir parando en el camino a tirar una meadita y además en La Regalona no prestan el baño.* Mientras sube
a la zona del servicio para ir al baño, yo, sin decirle nada a
Manu, voy corriendo al guayabo con una lampita que he
sacado calladito del cuarto de herramientas del Chino Fé-

lix y, ya bajo las sombras de ese árbol, mi preferido, ubico el lugar donde enterré la bolsa y me bastan cinco o seis lampazos para dar con ella, la limosna perdida. Saco deprisa todos los billetes, los meto en mi bolsillo derecho y luego vacío todas las moneditas, que juntas pesan duro, y las introduzco sin perder tiempo en mi otro bolsillo, y con el peso de tantas monedas el pantalón se me cae un poco porque no me he puesto correa, pero no importa. Entonces, antes de que Leo prenda la camioneta y me llame a gritos, meto rápido la bolsa vacía en el hueco, la cubro de tierra, subo corriendo con la lampa, la tiro por ahí y me quedo parado frente a la camioneta esperando a Leo, que aparece enseguida y, al verme, sonríe y dice *se le está cayendo el pantalón, mi estimado* y yo *qué importa, nadie me va a estar mirando* y él *no crea, oiga, que a La Regalona van unas chiquillas bien mironcitas*, y se ríe y yo lo acompaño con una sonrisa dócil. Leo prende la camioneta pero no el aire acondicionado ni la radio porque sabe que a mí me gusta ir conversando con la brisa fresquita de afuera, no expuesto a esas ráfagas heladas y traidoras que expele el aire acondicionado, traidoras porque después me dan dolor de cabeza cuando no me resfrían fuerte, y es rica la bajada de Los Cóndores con Leo al volante entrando a cada curva con la debida prudencia, yo atrás sacando la cabeza por la ventana, con la boca abierta, tragando bocanadas de aire cálido, cerrando los ojos para sentir el viento en mi frente. *Meta la cabeza que ahorita le salta un doberman de los pichicateros Aramayo*, me dice Leo, y yo obedezco, y Leo va silbando *yo soy la nube gris* y yo saco los billetes y los cuento de nuevo y, con toda esa plata en las manos, más de lo que tengo en la cuenta de ahorros que mi papi me abrió cuando cumplí diez años y que no puedo tocar hasta que tenga dieciocho, me siento sucio, ratero, pájaro frutero, ladronzuelo de monjitas inocentes, pero tengo, a la vez, sin avergonzarme, una grandísima ilusión de comprar, con esa plata de turbia procedencia, una cosa lindísima y por supuesto importada en la tienda La Regalona, y recién entonces comprendo a mi mami cuando dice *la plata corrompe a la gente, sobre todo a la gente que nunca tuvo plata, porque los que hemos tenido plata de familia, de toda la vida, ya estamos la mar de acostumbrados, pero los cholos nuevos ricos, los militares con plata robada, esos son los peores, esos por plata le venden su alma al diablo*, y Leo *¿quiere comprar una gaseosa donde Albino?* y yo *no, vamos nomás, mejor tomamos algo en Chosica*, pues no quiero correr el riesgo de que Albino comente algo sobre la bolsa robada, tampoco sé si me vio cuando la cogí del basural y salí corriendo con ella, pero Albino siempre sabe el último chisme y a lo mejor alguien me vio y se lo contó y él lo comenta delante de Leo y comienzan los problemas serios, porque Leo, conociéndolo, estoy seguro, pero segurito, que me llevaría a la fuerza a devolver la plata a la capilla. Me quedo calladito con la plata escondida en mis bolsillos y silbo *Perú campeón, Perú campeón, es el grito que repite la afición*, y al ratito Leo también se une a mis silbidos futboleros, y es que, si bien yo era muy chiquito cuando Perú jugó el mundial de México 70, todavía llevo conmigo esa canción pegajosa que repetían una y otra vez en la tele en blanco y negro y en todas las radios, todavía recuerdo vivamente a mi papi gritando y saltando como un loco cuando Perú le volteó el partido a Bulgaria, nunca más vi a mi papi abrazándose con el Chino Félix y con Leo, mientras mi mami, más comedida, toda una señora ella, aplaudía sentadita y me decía al oído *los negros peruanos metieron otro gol, esos negros son unas fieras para jugar fútbol, se conoce que para eso han nacido* y mi papi, seguramente excitado por los tragos, saltando en un abrazo triple o tripartito con el Chino Félix y Leo, *¡Perú, Perú, Perú!* y mi mami *no salten tanto que ahorita comienzan* *otro terremoto y nos cae un huaico encima*, y yo no bien oía la palabra *terremoto* me ponía nervioso porque hacía poquito un terremoto fuertísimo había hecho temblar todito el Perú y por suerte nuestra casa no se cayó pero mi mami me sacó de la cama y me cargó y agarró de la mano a mi hermanita adorada y salimos corriendo al jardín los tres legañosos y en piyama y sentí cómo todita mi casa de ladrillos se movía como papelito, y yo aterrado pensaba *seguramente así se movieron las casitas de los chanchitos ociosos cuando el lobo sopló y sopló, eso les pasa por flojos, por hacer sus casitas con paja y palitos y no con ladrillos como el chanchito previsor*, eso pensaba yo viendo mi casa de ladrillos temblar mientras mi mami, en su piyamita transparente, porque ni tiempo tuvo de ponerse bata, rezaba en voz alta *está bien que estés molesto, Diosito, tus razones tendrás, pero por favor no me tumbes mi casa, que tengo antigüedades finísimas*, y mientras, Manu, que también salió corriendo al jardín dando alaridos como una loca, se ponía de rodillas, golpeaba la tierra con sus manotas y gritaba unas palabras en quechua, y yo ahora pensando *no golpees tan fuerte el jardín, Manuela, que va a durar más el terremoto*, y esa noche, por miedo a que hubiese otro terremoto, porque a cada ratito había temblores, mi papi ordenó que los empleados levantasen dos carpas en el jardín, una para nosotros y otra para ellos, y en aquellas carpas dormimos todos, aunque yo dormí muy poquito porque mi mami se quejaba de los zancudos que nos estaban devorando y, peor aún, de que alguien, apostaría que el descarado de mi papi, se estaba tirando pedos, *creo que prefiero morir aplastada por el techo de mi casa que envenenada por los gases que alguien se está tirando en esta carpita estrecha sin ventilación; por favor, al autor de los pedos, que pare de una vez, ¡basta ya!* y el fresco de papi *es que la comida en lata me llena de gases, amor* y mami, indignada, *entonces ándate a dormir al pasto, y no me digas* «*amor*» *cuando me estás matando a gases.* Va Leo suavísimo en el timón de su mimada camioneta, a setenta kilómetros por hora rumbo al centro de Chosica, yo sintiéndome un alegre ladrón, y de pronto disminuye la velocidad, señala el estadio municipal, mira su reloj y comenta *chispas, ahorita están jugando Once Amigos de Chaclacayo versus All Boys de Chosica F.C.* y él lo sabe porque desde la camioneta alcanzamos a observar que sobre los muros del estadio hay gente sentada viendo el partido y también porque es un sufrido hincha del Once Amigos y cuando puede se da una escapadita para verlos jugar, *¿qué tal si miramos el fútbol un ratito?*, me sugiere, y yo, incapaz de contrariarlo, pues sé cuánto goza con el fútbol macho que se juega ahí adentro, en esa cancha donde hay más tierra que pasto, yo *claro, Leo, bajemos* y él feliz *gracias, mi estimado, usted cuando sea grande va a ser el mejor patrón del mundo,* y yo pienso *¿y si me roban el tesoro que llevo en los bolsillos?*, pero no digo nada y, cayéndoseme el pantalón, las manos en los bolsillos para palpar mi escondida fortuna, nos acercamos a la boletería y Leo pide dos entradas y un hombrecito sudoroso nos dice, detrás de unas rejas de metal, *no queda nada, no cabe un alma* y Leo *¿y ahora?* y el boletero *dame cinco soles y te abro la puerta,* y Leo sin dudarlo saca la plata y se la entrega, y el sujeto nos abre la puertita de metal y nos dice *busquen sitio donde puedan,* y Leo me coge de la mano y me dice *no te despegues de mí.*

El boletero coimero nos mintió, pues en la tribuna hay bastantes bancas vacías, y Leo se sienta en el pasto, bien cerca de esa línea de cal que el juez de raya, vestido de negro, recorre de ida y vuelta con su banderín amarillo, y en la cancha los equipos levantan polvo en cada jugada. *¿Cuánto va?*, le pregunta Leo a un espectador, *gana All Boys dos a uno,* contesta el tipo con visible felicidad, y Leo *¿cuánto falta?* y el tipo *recién comenzó el segundo tiempo,* y

Leo se frota las manos y *vamos Once Amigos, a voltear el partido, igualito que contra Bulgaria* y yo *¿Once Amigos jugó contra Bulgaria, Leo?* y él, riéndose, *no, mi estimado, igualito que Perú cuando le volteó el partido a Bulgaria*, y el juez de línea levanta su banderín y grita *¡ORSAY!*: efectivamente, un delantero del elenco local de Chosica estaba adelantado, pero de las tribunas surgen gritos de protesta y gruesos insultos, *¡ciego, ratero, costal de caca, malparido!*, cosas así de feas le gritan al *linesman* que, impertérrito, sigue atentamente las acciones del partido. Yo no miro el partido, que es un alboroto de polvo y patadas, yo me quedo mirando al juez de línea que corre cerquita de nosotros, casi pisando la línea blanca, yendo y viniendo con su banderín amarillo y su silbato en la boca y su uniforme negro, el pelo bien fijado hacia atrás gracias a la indudable ayuda de la gomina, los muslos gruesos y velludos, el rostro bañado en sudor, sombría la mirada. Es fácil advertir que ese señor de negro no está pasando un buen rato, va y viene el juez de línea, cuya camisa lleva en la espalda una inscripción amarilla que dice «Liga de Árbitros de Chosica: Los Insobornables» y más abajo, en letras pequeñitas, «Se cobra solo lo justo», y cada vez que el señor juez de línea levanta su banderín y marca una infracción del equipo local, el All Boys, el público chosicano a nuestras espaldas, gente barrigona que está tomando cerveza a pico de botella, se enfurece a rabiar y le grita tremendas lisurotas, a tal punto que Leo me dice *tápese las orejas, mi estimado, no escuche tanto ajo y cebolla*, pero yo no me tapo nada y escucho divertidísimo cómo le mientan la madre al *linesman*, cómo lo amenazan vilmente: *te voy a romper la cara, torero de cuy; la vamos a violar a tu ñora si sigues cobrando así, raterazo; castrado vas a salir de acá por trafero, ni un huevo te vamos a dejar; terminando te cosemos a patadas, jijuna granputa*, cosas así de feas le grita el público local al juez de línea que corre delante de mí y no me deja ver nada y, a pesar de la lluvia de naranjas chupadas, corazones de manzana, cáscaras de plátano y chapitas de cerveza que caen sobre él, continúa cumpliendo su incomprendida labor sin hablar demasiado, pues solo levanta el banderín, sopla el pito y grita *¡ORSAY!* para imponer sus discutidos fallos. De pronto el juez de línea se aleja corriendo de la cancha, viene hacia la tribuna, se agacha a pocos metros de nosotros y, cubriéndose con el banderín amarillo, vomita ruidosamente al pie de las bancas, lo que por supuesto provoca una risotada general y otra lluvia de insultos y fruta fresca, agresiones que el señor de negro ignora con la debida compostura, limpiándose la boca con el banderín amarillo y disculpándose ante los testigos de su efusión estomacal con estas sentidas palabras: *perdón por la arrojada, pero he chupado ron bamba toda la noche.* Pero ya nadie le presta atención porque Once Amigos acaba de convertir el gol del empate y el público enmudece, salvo los escasos partidarios del equipo visitante, Leo incluido, que saltan de alegría y dan gritos de aliento a los muchachos del uniforme morado. *¡Vamos, Once Amigos, a sacar la garra, un golcito más y ganamos!*, grita Leo, en un estado de descontrol que no le conocía, y yo *siéntate, Leo, no grites que ahorita nos van a tirar frutas desde la tribuna* y él *perdone, mi estimado, me dejé llevar por la emoción*, pero a los dos minutos ya está otra vez gritando en favor de Once Amigos y, como era previsible, ya la gente a nuestras espaldas insulta a mi querido chofer, *que se calle el cocodrilo, que se calle el apagón, vienes a gritar acá porque en tu casa eres esclavo.* Leo, por suerte, no se da por enterado y sigue gozando con la reacción aguerrida de sus Once Amigos, aunque yo, entre el *linesman* vomitivo que no me deja ver nada y la creciente hostilidad del público local hacia mi chofer, me siento considerablemente nervioso, y entonces *Leo, mejor vamos de una vez, no me gusta este ambiente*, pero mi chofer ni me oye en medio del bullicio general, pues el árbitro acaba de cobrar un penal en favor de Once Amigos y todo el equipo de All Boys Chosica protesta con virulencia, zarandeando al colegiado, mientras la gente en las tribunas expresa su malestar silbando y otra vez insultando al árbitro.

A pesar del repudio masivo, el penal se ejecuta y el arquero de Chosica, ágil como una pantera, se arroja y desvía la pelota, pero entonces el árbitro, fiel a su lema «Se cobra solo lo justo», ordena que el penal se repita porque el arquero se adelantó indebidamente, con lo cual la multitud arde de ira y Leo aplaude encantado. Al segundo disparo, el penal se convierte en gol y Leo grita jubiloso y varios energúmenos seguramente borrachos invaden la cancha y agreden al árbitro con patadas y golpes de puño, y lo propio ocurre con el juez de línea que, a pocos metros de nosotros, es salvajemente golpeado por enfurecidos hinchas del All Boys, aunque, para mi sorpresa, el *linesman* se defiende como un león, y, usando como arma contundente su banderín amarillo, logra poner fuera de combate a varios de sus agresores, y todo esto ocurre mientras los jugadores de ambos equipos intercambian cabezazos, rodillazos, escupitajos, patadas en la zona genital e incluso llaves voladoras. Para mí es evidente que debemos salir de allí a toda prisa, pues el estadio se ha convertido en una gresca descomunal, como si parte de la diversión sabatina fuese esto, la bronca, la mechadera, el árbitro linchado. Yo *vámonos rápido, Leo, que ahorita nos pegan*, y Leo, por suerte prudente, olvidando su lealtad a los Once Amigos que al parecer van a salir del estadio como once minusválidos amigos, me coge de la mano y dice *somos fuga, caballerito* y luego grita *¡muera el árbitro ratero, muera el árbitro ratero!* y me dice en voz bajita *todo sea para escapar ilesos de aquí*, y salimos presurosos y, en la puerta, el sujeto que nos hizo pasar, nos ofrece botellas de cerveza vacías, *si quieren en-*

trar a la bronca, tres botellas salen por un sol y Leo *no gracias, ya soy muy viejito*, y corremos a la camioneta y salimos disparados. *Menos mal que no nos pegaron y que no me robaron mi fortuna*, pienso, echado en el asiento de atrás, viendo por la ventana los cables de alta tensión y, más al fondo, los cerros grises por donde bajan rugiendo los huaicos cada tanto, y Leo *demasiado fanática es la afición chosicana, parecen animales* y yo *demasiado fanático eres tú también, Leo* y él, mirándome por el espejo, sonriendo, *sí, pues, cuando juega el Once Amigos me transformo* y enseguida, como disculpándose, *por favor, no comente nada de esto a sus señores padres* y yo *no te preocupes, Leo, pero ni más te acompaño al estadio.* Al poco rato llegamos por fin a la tienda La Regalona, bajamos juntos, Leo me sigue, y voy de frente a la sección de televisores, donde afortunadamente no hay apiñada tanta gente, y se me acerca de inmediato un vendedor en camisa y corbata, *¿van a comprar algo o están curioseando nomás?*, nos pregunta, *curioseando, amiguito*, le responde Leo, y el vendedor nos da la espalda y dice a regañadientes *se mira pero no se toca* y yo, entre numerosos televisores a color y en blanco y negro, *¿cuánto cuesta el más chiquito a colores, señor?*, y el vendedor recupera el entusiasmo, regresa feliz y me informa muy profesional *el más pequeño, catorce pulgadas, marca Jumbo, sale al contado por quinientos treinta y nueve soles*, y enseguida señala la tele Jumbo que, como las demás, está encendida, todas pasando el mismo programa, «El Festival de la Risa» con Julito Changanaquí, preciso momento en que la Gringa Chupacabras, comediante famosa del programa, cuya imagen multiplican las pantallas por toda la tienda, cuenta un chiste, y entonces media tienda, que solo está curioseando, se retuerce de la risa, y un niño se acerca y toca la pantalla más grande a colores y pregunta *¿la Gringa Chupacabras vive ahí adentro?*, y sus papás lo festejan riéndose, y Leo le dice al vendedor *¿Jumbo de dón-*

de es, compadrito, que esa marca no me suena? y el vendedor *Jumbo es full tecnología japonesa, pero ensamblado en el Perú* y Leo, escéptico, *ah, ya, o sea que a los seis meses se malogra* y el vendedor *no, no, Jumbo es buena marca y, además, La Regalona le da garantía gratis por un año* y yo *okay, me llevo un Jumbo chiquito a colores* y el vendedor, sorprendido, *¿me vas a comprar de verdad o me estás cochineando?* y yo *lo voy a comprar*, y saco la plata de mi bolsillo y el vendedor me mira con rendida simpatía y, bien pesado el sujeto en cuestión, *¿no quiere uno más grandecito?* y yo *no, el chiquito está bien* y Leo, silbando, *¿y esa plata, mi estimado?* y yo *mis ahorros de toda la vida, Leo, rompí mi chanchito* y él *¿y sus señores padres saben esto?* y yo *no, es sorpresa, y no es para mí*, y él, curioso, *¿para quién es?* y yo *sorpresa, después te digo*, y al instante el vendedor viene con la caja del Jumbo catorce pulgadas y yo le pago con mis billetes y moneditas y con las justas llego a quinientos treinta y dos soles. *Me faltan siete soles, ¿me hace un descuentito?*, le digo al vendedor, y él *le puedo descontar, pero no le doy factura* y yo *perfecto, mil gracias*, y Leo carga orgulloso la caja y la mete en la camioneta y salgo feliz de La Regalona y el vendedor nos hace adiós. En el camino de regreso, Leo me pregunta de nuevo para quién es la tele y yo *sorpresa, sorpresa, al llegar te digo*, y cuando ya estamos en la casa le confieso *es para Manuela, pero no digas nada, quiero darle una sorpresa* y él *se va a desmayar la señora Manuela cuando se entere*. Subimos calladitos la tele y nos metemos furtivamente en el cuarto de Manuela y sacamos el Jumbo y Leo, que es muy hábil, lo conecta y le instala la antena y lo pone encima de unas cajas de leche. Ha llegado el momento cumbre, hay que prenderlo, *préndalo usted, mi estimado*, me dice Leo, y yo *no, mejor tú, Leo, no me vaya a pasar corriente*, y él se asegura de que no necesite transformador y jala el botoncito y la tele se enciende pero no hay nada, y luego cambia de canal y ahí está, en canal cinco,

431

«El Festival de la Risa», con la Gringa Chupacabras contando sus chistes, tan graciosos, y yo le doy la mano a Leo y le digo *gracias, la próxima es para ti*, y él sonríe y sale del cuarto. Yo bajo corriendo a la cocina y encuentro a Manuela trabajando duro como siempre y le digo *Manu, ven a tu cuarto, corre* y ella se queja *todo el día me haces correr, flaquito* y yo *corre, es una sorpresa, te va a gustar.* Vamos a su cuarto, que no está a un paso, porque hay que cruzar el patio, subir unas escaleras y atravesar el jardín de la hamaca y la huerta donde enterré a mis pollitos, y cuando llegamos Manu ve la tele a colores prendida y se queda boquiabierta, paralizada, y luego me pregunta *¿y eso, flaco?* y yo *tu nuevo televisor a colores* y ella, sin poder creerlo, *¿qué?* y yo *te la regalo, acabo de comprártela*, y ella, que por suerte no pregunta con qué plata, se arrodilla frente a la tele, la contempla extasiada, la toca y, como hablando consigo misma, dice *¿mía es, mía es?* y yo *toda tuya, Manu, para ver todas las novelas que quieras*, y ella se tapa la cara y se pone a llorar, y yo me arrodillo frente a ella y le digo *¿qué pasa, por qué lloras?*, y ella me abraza fuerte y con su voz de niña grande me dice *gracias, flaquito, todita mi vida soñé con mi televisión, ahora ya me puedo morir tranquila*, y yo la abrazo y le digo *yo a ti te quiero más que a mis papás, Manu* y ella *cállate, flaco tontito, no digas tonterías.* Luego vuelve a tocar la tele, me mira aún llorosa y dice *que Dios te lo pague* y yo, con una sonrisa, *Dios ya pagó, Manu, Dios te regaló la tele*, y ella abre sus ojazos y ahora entiende de dónde salió la plata y suelta una carcajada formidable que retumba en ese cuartito como el terremoto del 70 y nos abrazamos de nuevo y yo le digo *te adoro, Manu* y ella, la única vez que me lo dijo, *tú eres mi hijo que no tuve, flaquito*.

En las noches, a las once, hora en que supuestamente debo estar durmiendo, salgo de mi cuarto en piyama y zapatillas, dejando las luces apagadas y un par de almohadas debajo de las sábanas para simular que ese bulto soy yo, cierro la puerta, pues suelo dormir así, con la puerta cerrada, y, sin que nadie me vea, subo al cuarto de Manuela por un camino secreto, llevando apenas una linterna que ilumina mis agitados pasos y sintiendo unas ganas muy fuertes de estar un ratito con ella y su nueva tele a colores Jumbo, marca que, me hace gracia, va bien con Manuela, pues ella es tamaño *jumbo*. Es secreto mi caminito nocturno porque no cruzo el patio ni subo las escaleras del servicio, la ruta habitual para llegar allá arriba donde ella me espera, sino que prefiero trepar muritos, eludir plantas espinosas, atravesar el sembrío de plátanos y saltar la pequeña acequia de regadío que de noche suele estar plagada de ratas, a las que veo gracias a mi linterna y tiemblo todito y se me pone la piel de gallina, *fuera mierdas*, les digo despacito. Por último, paso agachado entre la ropa tendida de las empleadas, pues ellas no tienden su ropa junto a la nuestra, la ropa del servicio se cuelga de esos cordeles más bajitos y apretujados y no se lava con detergente importado que compra mi mami para nosotros en la farmacia rusa, sino, *hay que ahorrar unos centavitos*, se defiende ella, con jabón en barra Bolívar. Una vez que mi sombra emerge de entre las ropas húmedas del servicio, ya estoy a pocos pasos de esa endeble puertecita de madera pintada de color verde oscuro y en la que ha sido pegada una estampita de Sarita Colonia para que espante los malos espíritus, puertecita que, apagando mi linterna, asegurándome de que ningún empleado me haya visto, toco un par de veces con golpes suaves. No abro hasta que ella me diga *pasa, flaquito*, salvoconducto que escucho con una gran sonrisa. Solo entonces entro al cuarto de Manuela y la veo, iluminada por la pantalla de catorce pulgadas a color, protegida del friecito con el clásico uniforme celeste y las frazadas que mi mami se robó de la primera clase de

British Airways en el viajecito que hizo a Londres, ciudad a la que aún no me ha llevado y de la que últimamente se queja mucho *porque cada día hay más árabes lujuriosos que se mezclan con la gente fina y lo echan todo a perder, yo la verdad prefiero mi Lima donde la gente sencilla está en su sitio y no se viene a mezclar con nosotros, y la culpa de todo esto la tiene el petróleo, que ha hecho millonarios de la noche a la mañana a estos jeques libidinosos que ya no me dejan comprar tranquila en Harrod's, yo me pregunto qué pasaría si un buen día los cholitos en Puno descubrieran un montón de pozos de petróleo, sería el acabóse, todo el orden natural de las cosas se echaría a perder, vendrían los cholitos a Lima con sus millones cochinos y se pasearían por nuestro cerrito privilegiado, porque grábate una cosa, principito: como dice siempre tu papá, cholo con plata es más peligroso que mono con metralleta.* Iluminada por la tele y tapadita por las mantas a cuadros, decía, veo a Manu sonriéndome acogedora, echada en su cama, el pelo corto y canoso, la cara redonda, rosados los cachetes, pronunciadas las arrugas que delatan los años y el trabajo. *Apúrate, flaquito, que ahorita comienza*, me dice feliz, señalando la tele Jumbo al lado de su cama, cerquita de ella, a suficiente distancia para que pueda cambiar de canal estirando el brazo derecho, sin necesidad de ponerse de pie y salir de la cama. Yo me saco las zapatillas y me subo a su cama de una plaza donde cabemos los dos bien apretaditos y ella me rodea con su brazo izquierdo y yo recuesto mi cabeza en su hombro y siento sus recios olores de mujer sencilla que se lava con jabón en barra Bolívar para ropa, pues Manu y su ropa se lavan con jabón Bolívar y así mi mami está feliz porque se ahorra unos centavitos y Manu no se queja porque ella se resigna con cualquier cosita, ella no espera nada de nadie, y si un día mi mami la vendiese a otra patrona de Los Cóndores no por cien sino por mil soles, porque mami es vivísima para ganarse siempre un dinerillo, Manu, estoy seguro, aceptaría su suerte sin quejas ni rencores. Así, oliendo sus olores ásperos y sintiendo su cariño maternal, me dejo engreír por esa mujer grandota que, cuando se mueve un poquito, hace crujir la cama entera, y entonces ella me cuenta historias de fantasmas, malignos, chamanes, paralíticos que vuelven a caminar y muertos revividos, y yo, solo si me lo pide, le cuento las hazañas y travesuras que, todo es mentira, las invento para entretenerla, he hecho en el colegio. Entonces, la tele en canal cinco, Panamericana Televisión, escuchamos la musiquita que anuncia media hora de felicidad, pues está por comenzar «La Tremenda Corte» con el gran Tres Patines. Manu y yo aplaudimos de alegría cuando el Tremendo Juez aparece con su birrete, se sienta allá arriba en su pupitre, golpea la mesa con un mazo y anuncia *se abre la sesión*. Manu goza con Tres Patines, goza con él más que con cualquier telenovela de la tarde, festeja a carcajadas los disparates, extravagancias, desplantes y ocurrencias de Tres Patines, y yo me río con ella y la cama se convulsiona y Manu llora de risa y le habla a Tres Patines cada vez que ese señor flaquito sale con una barbaridad, *si serás mañoso, flaco zamarro*, le dice, y se ríe a pierna suelta, y es gracioso porque Manu se mete tanto al juzgado de la tele que es como si estuviese ahí adentro. Ella les habla a los protagonistas, le acusa al juez, le aconseja a Tres Patines, denuncia las mentiras, insulta a gritos a los farsantes e impostores, *¡habla la verdad, oye, zonzonazo!*, chismea con Nananina, aplaude la sentencia, consuela al caradura de Tres Patines, *también que tú te buscas tus problemas, flaco, todo el día paras en líos, ¿cuándo vas a dejar la bebida, sabido?* Yo, mientras tanto, me río tanto con Tres Patines como con Manuela, que no me cree por nada en el mundo que «La Tremenda Corte» es solo una actuación, una comedia, un mundo de mentira hecho para que nosotros, los espectadores, gocemos media horita todas las noches, Manuela no entiende el concepto de ficción y está segurita de que Tres Patines es un señor de verdad, un señor nacido para meterse en líos y comparecer noche a noche en esa corte pintoresca, y de nada sirve que yo le diga que si Tres Patines existiera de verdad, no podría hacerse el programa todas las noches, porque a veces el Tremendo Juez lo condena a treinta días en la cárcel, y al día siguiente ya está de nuevo Tres Patines metido en tremendo lío, *tiene que ser mentira*, le digo, *Tres Patines no va nunca a la cárcel de verdad*, pero Manu, porfiada, me dice *no me compliques la vida con tu filosofía, flaquito, yo soy hincha de Tres Patines y sueño con conocerlo un día antes de morirme, así que déjame ver mi televisión tranquila*. Seguimos riéndonos los dos apretaditos al calor de las frazadas robadas por mi mami, aunque a veces Manu se enoja porque interrumpen el juicio y ponen comerciales, y ella se queja *no me gusta esta televisión nueva que me has regalado, flaquito* y yo *¿por qué no te gusta?* y ella *porque viene con muchos réclames, caracho*, y yo *todas vienen con los mismos réclames, Manuela, no es que unas tengan más y otras menos, todas las televisiones tienen los mismos réclames* y ella, adorablemente terca, una niña grande al fin, *qué va a ser así, flaco, yo he visto clarito que la televisión de los patrones trae menos réclames que esta fallute que has comprado en La Regalona* y yo *¿por qué fallute, Manu, si yo no le veo ninguna falla?* y ella *fallute está pues: mi Tres Patines no se ve a color, yo lo quiero a color y sale blanco y negro*, y yo sonrío y le digo *eso no es culpa de tu televisor, Manu, eso es culpa de Tres Patines, que sale en blanco y negro en todos los televisores* y ella *yo no sé tus filosofías, flaco, pero esta televisión Jumbo que le dices está maluca, a ratos da color, a otros ratos da blanco y negro* y yo, riéndome, *todas son así, Manu* y ella *¿cómo va a ser?, para mí que te han estafado esos ladrones de La Regalona: ¡quinientos treinta soles por una televisión mitad a color, mitad blanco y negro!, yo en mi pueblo con esa plata me* compro *una chacra enterita de papa y camote, por mi madre que descanse en paz* y yo *algún día tenemos que ir a tu pueblo, Manu* y ella, pidiendo silencio, *chitón, chitón, que ya está de nuevo Tres Patines.* Aparte de esa cama angosta y la tele nueva, no hay muchas más cosas en aquel cuartito, apenas una tabla de planchar, una silla coja, una lamparita de pie con el foco a la vista porque la pantalla se rompió y por eso mi mami le regaló la lamparita a Manu, y retazos de alfombras de diferentes colores en el piso, pedazos que sobraron de los cuartos alfombrados de la casa grande y que Manu usa para caminar en ese archipiélago variopinto que son los restos de diversas alfombras en el piso de su cuarto. También hay un ropero apolillado de alguna tía abuela mía que se murió, dibujos que hice cuando era más chiquito y que le regalé con mi nombre escrito en letra vacilante y que ella pegó con cinta *scotch* en la pared de su cuarto, un cuadro de Sarita Colonia, la niña justiciera, sobre su cama y, amontonados en una larga hilera detrás de las cajas de leche que sostienen la tele Jumbo, haciendo una filita multicolor, los ocho o diez pares de zapatos de mi mami que Manu tiene que lustrar al día siguiente tempranito cuando se despierte y todavía sea de noche, porque Manu todas las madrugadas, de cuatro a seis, antes de bajar a tomar su café con leche y comer sus cuatro panes francés con mantequilla, se dedica, sin muchas ganas supongo, a limpiar los muchísimos, excesivos zapatos de mi mami, que es una viciosa coleccionista de zapatos para lucir en ocasiones sociales importantes, *una no puede andar repitiendo en público el mismo par de zapatos, la mujer del César no solo tiene que ser holgada, sino también parecerlo,* dice mi mami, y la pobre Manu, que lustra con sus manos arrugadas las decenas de zapatos que mi mami ni siquiera va a usar, tiene, en cambio, solo un par de viejas zapatillas negras que le sirven para trabajar, para salir, para descansar, para todo, y por

437

eso cuando mami sale de viaje yo le doy mi lista de encarguitos, siempre más corta que la de mi hermana, que es interminable, y le recuerdo luego que le traiga a Manu unas zapatillas nuevas para que sus cansados pies pueden encontrar por fin un poquito de comodidad, pero ella, es una pena, se olvida siempre de Manu y de los demás empleados y con las justas les trae de regalo el azuquitar y las mermeladas del avión, lo que, claro, es más que suficiente para que Manu esté feliz de la vida. Porque Manu es feliz con poco, con su Tres Patines, sus frazadas, su silla coja, su lámpara sin pantalla, su Sarita Colonia justiciera que la protege de los malignos y revividos, sus retazos de alfombra y su fila de zapatos esperándola a las cuatro de la mañana, Manu es feliz con eso y con mis abrazos a las once de la noche, pero sobre todo con Tres Patines diciendo barrabasadas en «La Tremenda Corte» y ella regañándolo y aconsejándole, *¿cuándo vas a aprender a dejar los vicios y a no meterte en líos, Tres Patines?*, le dice, con la confianza que le da sentirse su amiga. Yo, entre risas, voy bostezando y me voy acurrucando en el pecho calientito de mi Manu y me voy quedando dormido, pestañean mis ojitos, peleo con el sueño, trato de mantenerlos abiertos pero se me caen del cansancio, y por fin me quedo semidormido, arrullado por las bromas del flaco descarado de Tres Patines, los llamados al orden del Tremendo Juez y las risotadas de Manu, que se tapa la boca. Entonces siento, desde el limbo vagamente consciente de aquel primer sueño, que Manu me carga con sus brazos protectores, me tapa con una frazada, me lleva cargado sin mis zapatillas, me apachurra fuerte a su pecho generoso, me canta cosas en quechua que seguramente su madre le cantó antes de venderla, me deja con toda delicadeza en mi cama y, antes de irse, me da un beso en la frente y me susurra al oído *que sueñes con los angelitos, mi Tres Patines chiquito.*

Ahora estamos en la cocina, es una tarde cualquiera, he regresado del colegio, son como las cinco pero todavía quema seco el sol allá arriba en el cerro, sigo con mi uniforme único que continúo detestando, sé que debería cambiarme antes de almorzar, eso dice mi mami pero yo nunca le hago caso, llego del colegio y, tras lavarme las manos, me siento en la mesa de la cocina muerto de hambre. Estoy comiendo carne con huevo frito y arroz con una cocacola bien helada que me sirven en un vaso de plástico morado donde, es curioso, la cocacola sabe más rica, aún cuelgan del techo las cintas con moscas adheridas, circula a alta velocidad un ventilador en forma de hélice que al echar aire hace bailar las cintas matamoscas, la casa está en silencio y uno lo agradece, pues mi papi nunca regresa del banco antes de las ocho o nueve, ya a oscuras, y mi mami está en su cuarto con la puerta cerrada haciéndose la que lee alguna revista española de modas pero seguro que durmiendo una larga siesta, y mi hermana, ¿qué será de su vida?, en el internado de monjas, y en el jardín Félix poda la hierba mala y Leo en la cochera le pasa un trapito húmedo a la camioneta para quitarle el polvo de la carretera y Nieves, la lavandera, lava la ropa sucia con unos guantes de jebe amarillos para que no se le dañen más las manos. Yo como en la quietud de esa tarde caliente. Solo Manuela me acompaña en la cocina, está de espaldas a mí en su uniforme celeste y sus zapatillas negras sin medias, y puedo ver sus anchas piernas varicosas, las venas moradas hinchándose en sus pantorrillas. *¿Cómo te fue en el colegio?*, me pregunta, siempre de espaldas, mientras bate con fuerza y en círculos el maná que mi mami le ha ordenado preparar, dulce espeso y amarillento que le saca canas a la pobre Manu porque hay que batir a mano largas horas mientras el maná se endurece y ella envejece, todo para que mi mami pueda saborear, con los ojos cerraditos por el placer, sus bolitas de maná después de la comida. *Muy bien*, respondo, y tomo mi cocacola helada que, si no me la sirven en mi vaso morado, me rehúso a tomar, *por suerte no hubo educación física*, añado, y Manu, con una voz débil, su mano izquierda sosteniendo la olla del maná que calienta a fuego lento, la derecha batiendo en círculos un cucharón de palo, sin guantes ella porque su piel es tan dura y curtida que ya es como si fuese un guante, Manu *¿vas a sacar jalados en la libreta?* y yo, que en la última libreta bimestral traje dos jalados, química y educación física, *no sé, de repente me jalan de nuevo en química, soy un burro para esas cosas científicas, Manu,* y ella se ríe apenitas y *si tú eres burro, ¿qué seré yo?* y luego *tienes que estudiar, flaquito, mucho fútbol y Tres Patines paras mirando, si traes jalados otra vez se van a molestar feo los patrones.* Yo me saco conejos de las manos, me toco entre la nariz y la boca a ver si ya me comienzan a crecer unos primeros pelitos de bigote pero no, sigo lampiño, qué ganas tengo de comenzar a afeitarme, y mientras juego con un hielo en la boca le digo *en cinco minutos comienza la novela* y ella, mirando el reloj cucú que no funciona porque un día mi papi estaba malhumorado y le dio un manazo fuerte al pajarito inoportuno que salió a gritar *¡cucú, cucú...!* ¡*cucú la concha de tu madre!*, le gritó mi papi, que al parecer había perdido plata el día anterior, y lo dejó malogrado de un manazo, estropeado quedó el pajarito que ya no sale porque el reloj no funciona, y ella *no puedo ver la novela, flaquito, tengo que batir el maná hasta las seis* y yo *¿una hora más vas a batir el maná?* y ella, de espaldas a mí, los ojos clavados en la olla, *una hora lo menos, y de solo pensarlo me da un cansancio maligno*, y yo sonrío porque a Manu le encanta usar esa palabra, *maligno.* Acabado mi almuerzo, me levanto, abro la refrigeradora, me quedo ahí parado curioseando y refrescándome con el airecillo helado que despide, meto la mano en una vasija de gelatina roja, saco un poquito y me la llevo a la boca, pues adoro la gelatina roja y el airecillo fresco de la refrigeradora en tardes calurosas como aquella, y Manu *cómo te gusta quedarte parado mirando la refrigeradora, a cada ratito la abres y miras nada más*, y yo sonrío y pienso que tiene razón, siempre que paso por la cocina abro la refrigeradora y me quedo mirando como en estado vegetal las mismas cosas ricas y no tan ricas que miré hace un ratito nomás, y todo sigue igual pero cada vez que abro la refrigeradora es como si secretamente pensara o deseara encontrarme con una sorpresa, una cosita importada, un flan de caramelo, un manjar blanco, un heladito escondido. Cierro entonces la refrigeradora mientras me chupo las manos de gelatina, me acerco a Manu y huelo la delicia del maná al que ella fatigada intenta dar cuerpo a puro batir y batir. *Ya, pues, no seas mala, vamos a tu cuarto a ver la novela*, le digo, y ella, mirándome de costado, la frente sudorosa, el lunar peludo abajito de sus labios que me parece más grande y peludo que anoche cuando vimos Tres Patines, ella *mejor no, ¿y si se despierta la patrona y me busca para probar el maná?* y yo *si se despierta, le dices que estás batiendo el maná en tu cuarto conmigo*, y ella fuerza una sonrisa y *arriba no se puede, a fuego lento hay que batirlo* y yo, cautivado por ese olorcillo embriagador, *¿me dejas probar?* y ella, picarona, *te dejo probar si me ayudas a batir* y yo *está bien, te ayudo, dame el cucharón*, y ella suspira, se lleva la mano a la frente, deja el cucharón y *voy a sentarme un cinco, será el cansancio o la calor pero estoy sin aire.* Manu jala una silla y se sienta mirándome mientras yo me llevo el cucharón de palo a la boca y pruebo el maná que está suavecito y delicioso, y meto enseguida un dedo a la olla y compruebo que el maná es una adicción de la que es difícil liberarse, y mi mami por cierto es adicta al maná, goza despertándose de su siesta y corriendo a la cocina para endulzarse la vida con incontables pelotitas de maná que Manu le deja listas, envueltas en papel de mantequilla, y al chupar otra vez la cuchara de palo descubro, sin lugar a dudas, que el maná es más rico chupado de la cuchara que metiendo el dedo a la olla, hallazgo que me apresuro en compartir con Manu, *el que se pega a la cuchara es más rico*, le digo, pero ella no me contesta, entrecierra los ojos y está como ausente la pobre, se muere de sueño, *segurito que se quedó viendo televisión hasta el amanecer*, pienso, y comienzo a batir el maná, que está más duro de lo que imaginé, y a cada vuelta que le doy, saco la cuchara y le doy una chupadita para tener fuerzas y darle una vuelta más, y ahora veo por qué Manu está tan cansada, esto de batir maná no es broma, no llevo ni dos minutos batiendo pero ya empieza a dolerme· el brazo, cada vuelta me parece más dura que la anterior, *¿por qué diablos los americanos no inventan una batidora de maná?*, pienso, y Manu sigue como dormitando, la cabeza caída hacia un lado, y ahora cambio de mano y bato con la izquierda, pero me canso enseguida y pienso con rabia *yo no soy empleado para estar batiendo el maná mientras mi mami duerme con pastillas, porque hasta para dormir su siesta toma media pastillita la tramposa, y mientras Manu duerme acá sentada frente a mí, y ahorita comienza la novela de las cinco que no me quiero perder.* Así que, los brazos adoloridos, harto de batir, sintiéndome horrible en mi odioso uniforme único que ya me provoca sacarme de encima y tirar a la canasta de la ropa sucia, pues gracias a mi mami tengo cinco uniformes únicos igualitos, *uno no puede estar repitiendo la ropa día tras día*, dice ella, y yo feliz de ponerme todas las mañanas el maldito pantalón y la maldita camisa pero al menos limpiecitos y planchaditos con la debida devoción por Nieves, la lavandera, y Tiburcia, la planchadora quemada, pobre Tiburcia, llena de cicatrices vive la pobre de lo mucho que se quema con la plancha, cansado de batir aunque no llevo más de cinco minutos batiendo y sobre todo chupando maná, le digo *Manuela, tu turno, ya me cansé*, pero ella no responde y sigue dormitando, y yo más fuerte *Manu, sigue tú*, y ella se despierta de golpe, sobresaltada, se pone de pie con dificultad, coge el cucharón, sigue batiendo con una vehemencia que deja en ridículo mis pocas e inútiles batidas y me dice *disculpa, flaquito, tiré una pestañita, no sé qué me pasa que me vence el sueño, ha de ser la calor*, y yo sonrío porque adoro cuando Manu dice *la calor* y no *el calor*, por mucho que mi mami ha tratado de corregirla ella sigue diciendo *la calor* y mi mami se pone histérica cuando la escucha y le grita *¡eres una india bruta y analfabeta, te he dicho cincuenta mil veces que no se dice «la calor», la próxima te despido!*, y después Manu se pone a llorar y se queja conmigo *la patrona me odia, tantos años trabajando para ella y no me quiere, cómo le gusta decirme analfabeta, yo sé que soy bruta pero no me gusta que me lo recuerden a cada rato*, y yo le doy palmaditas en la espalda y le digo *no eres bruta, Manu, más bruta es mi mamá que no te sabe tratar bonito*, y después en su cuarto trato de enseñarle a escribir las vocales y su nombre y a leer «mi ma-má me mi-ma», pero es en vano, ella se pone nerviosa y solo logra escribir la *a*, la *o* y la *u*, y cuando tiene que leer «mi mamá me mima», se nubla todita, mueve la cabeza derrotada y me dice, segura de su condena, *analfabeta nací, analfabeta voy a morir* y yo *no digas eso, trata de escribir tu nombre*, pero le salen unas letras inciertas, nunca puede con la *M* y la *e* de *Manuela*, cuando llega a la *e* se hace un nudo y se abandona, y yo al menos me contento con haberle enseñado a firmar, pues hace un garabato rarísimo a manera de firma la pobre Manuela, pero lo hace tan concentrada y luego me mira con tanto orgullo, que yo la celebro y le digo *perfecto, cada día te sale mejor, ya puedes abrir una libreta de ahorros en el banco*, y ella se ríe nerviosa pero sé que feliz porque analfabeta y todo ya sabe firmar. Dejo a Manu batiendo el maná, abro de nuevo la refrigeradora, meto la mano en la gelatina y, cuando estoy chupándome los dedos, escucho el ruido metálico que hace la olla al caer en el piso. Me doy vuelta enseguida y entonces veo, como si fuese todo en cámara lenta, que la olla rebota en la cerámica de la cocina y el maná salpica fuera de la olla y Manu, de espaldas a mí, levanta el cucharón y luego, cayéndose de costado, trata de agarrarse de la cocina pero sus fatigadas manos resbalan y toda ella en su uniforme celeste se viene pesadamente al suelo mientras yo, en mi uniforme único, los dedos gelatinosos en la boca, la veo estrellarse de costado contra el piso, y entonces veo paralizado, con la piel de gallina, primero el golpe seco de su cabeza, luego la silla que, empujada por Manu al caer, se voltea, y finalmente la olla que rebota una última vez, y Manu, con los ojos cerrados, queda tumbada en el suelo, no ha soltado el cucharón, del que sigue aferrada su mano derecha. *Manu, Manu, ¿qué te pasa?*, le digo, acercándome a ella, arrodillándome a su lado, pero no abre los ojos ni se mueve ni me contesta ni nada, Manu está privada y yo, aterrado, siento que tiemblo todito y que me voy a desmayar. *Manu, ¿me oyes?*, *dime algo*, le digo cerquita de su oreja, pero ella no responde, y no me atrevo a tocarle el corazón porque seguro está muerta y ha sido mi culpa por obligarla a seguir batiendo el maná cuando ella solo quería descansar un ratito más. *No te mueras por favor, Manu, no te mueras, te lo ruego, ¿ya?*, le digo, agarrando su mano izquierda, fofa y caliente, y luego salgo corriendo hacia el cuarto de mi mami y abro la puerta sin tocar y la encuentro echada boca abajo sobre su edredón guinda, una almohada en el piso, los ojos cerrados y, moviéndole fuerte un brazo, grito *¡mami, despiértate, Manu se ha caído!*, y ella abre un ojo y me pregunta *¿qué pasa?* y yo *ven, apúrate, Manu se ha caído en la*

444

cocina, no sé si está muerta. Mi mami salta de la cama en piyama, porque ella siempre duerme la siesta en piyama, con una camisa celeste que parece de mi papi y le llega hasta las rodillas, y corremos los dos a la cocina, ella sin zapatos, y mi mami, al verla en el suelo inconsciente *Diosito, no me abandones*, se apoya de rodillas en el piso y la toca en el pecho y le dice *Manuela, despierta*, pero Manu nada y mi mami le da una cachetada y le grita con autoridad *¡Manuela, escúchame, abre los ojos!*, y Manu nada y mi mami, con la voz firme, *¡Manuela, regresa, te prohíbo que te mueras en mi cocina!*, y de pronto Manu abre los ojos, mira asustada a mi mami y dice *perdóneme, patrona, me quedé dormida*, y se reincorpora lentamente. Mi mami y yo la ayudamos a levantarse, yo recojo la silla, Manu se sienta en ella y mi mami *¿te sientes mejor?* y Manu, agarrándose la cabeza con una mano, *perdóneme, patrona, ahorita termino de batirle su maná*, y yo le doy un vaso con agua del que ella apenas bebe un traguito, y mi mami *¿qué te pasó?* y Manu *no sé, se me vino la noche y me quedé privada, será por la calor, patrona* y mi mami *ya te he dicho...* pero yo la miro feo, como diciéndole *cállate, no la regañes ahora*, y por suerte ella me hace caso y, con voz más amable, le dice *te doy permiso para que te vayas a descansar a tu cuarto* y Manu *gracias, patrona*, y mi mami se agacha, recoge la olla de maná, mete un dedo bien hondo y se engríe chupeteando su dedo. Yo agarro a Manu del brazo y la ayudo a caminar y *mami, ¿puedo acompañarla un ratito a su cuarto?* y mi mami, feliz porque tiene maná en la boca, *anda, principito, pero regresa en diez minutos para que me cuentes tu día*, y es que mi mami adora que me eche en la cama con ella y le cuente con lujo de detalles cómo me fue en el colegio, *todo todito, sin esconderme nada nadita*. Y vamos caminando despacito Manuela y yo, ella sobándose la cabeza, *me está saliendo un tremendo chinchón* y yo, todavía temblando del susto, *pensé que* te habías muerto, Manu y ella, abrazándome, *hierba mala nunca muere, flaquito* y luego, acariciando mi cabeza, *yo no me muero hasta verte casado y con hijos.* Cuando llegamos a su cuarto se echa en la cama, le prendo la tele, me apachurro con ella y me dice *me haces tan feliz cuando me das tu calor, flaquito,* y al ratito se queda dormida, lo sé porque ronca fuertísimo, más que mi papi, y la tapo entonces con su frazadita, y voy al cuarto de mi mami, que de nuevo está echada boca abajo pero con los ojos abiertos, y yo me siento a su lado y le digo *se quedó dormida en cinco minutos, ¿qué tendrá?* y ella *nada, estará cansada, Manuela es más fuerte que un buey de carga* y yo *¿por qué no llamas al doctor para que la revise por si acaso?* y ella *vamos a ver cómo amanece mañana* y yo *¿no sería mejor que venga el doctor Cabieses que vive abajito del cerro y que le dé un chequeo al toque?* y ella *eres un exagerado, principito, vas a ver que mañana Manuela estará perfecta,* y luego va al baño, trae una vasija y una espátula y me dice *ahora cuéntame tu día completito mientras yo me hago la cera,* y yo, viendo cómo depila sus piernas preciosas, le voy contando, mitad verdad, mitad mentira, mi día en el colegio. Más tarde, poco antes de las once, subo en piyama y con mi linternita al cuarto de Manuela, y la encuentro roncando, y me da penita despertarla para ver Tres Patines, pienso *mejor que duerma, aunque mañana me regañe por no despertarla para reírse con su Tres Patines adorado,* y le doy entonces un besito en el cachete, cerca del lunar con pelo, y le digo, como ella me dice cuando me deja en mi cama, *que duermas con los angelitos,* y apago su televisor, que se quedó prendido desde que la dejé durmiendo en la tarde, pues a ella le gusta dormirse con la tele prendida en volumen bajito, y me voy tranquilo. A la mañana siguiente me despierto tempranito, me pongo mi odioso uniforme único, voy bien peinado a la cocina a tomar mi desayuno y me doy con la sorpresa de que no está servido mi desayuno en la mesa de la cocina. *¿Será que Manu sigue durmiendo?*, pienso, y voy caminando rápido a su cuarto y, al pasar por el jardín de la hamaca, arranco una florcita para despertarla con esa sorpresa. Entro al cuarto de Manuela y ella está ahí, echadita como la dejé ayer, en su uniforme celeste y sus zapatillas negras. *Has dormido como un angelito, bandida*, pienso, y me acerco a ella, pero no escucho sus ronquidos. Le doy un besito en el cachete y le digo *despiértate, Manu, ya es otro día*, pero siento su mejilla fría y muevo entonces su brazo rollizo y le digo *Manu, despierta*, pero su brazo está helado y le toco la frente, fría también, y no me atrevo a poner mi mano sobre su pecho. *Manu, Manu, Manu*, le digo desesperado, sin saber qué hacer, adónde ir, a quién gritarle, a quién culpar, pero ella no responde, sigue helada, inmóvil, la boca abierta y sus cachetes que eran rosados y tantas veces besé, ahora pálidos y fríos. Caigo de rodillas en un pedacito de alfombra vieja, hundo mi cara en su pecho y todo es silencio en ese corazón que tanto me amó y yo, mojando con mis lágrimas su uniforme celestito, *no te vayas, Manu, no me dejes solo, háblame un poquito, mírame aunque sea una última vez*. Ya es tarde, caen en vano mis lágrimas, de nada sirve abrazarla fuerte y decirle, lleno de lágrimas y mocos y rabia, *yo te adoro, Manu, yo te quiero más que a nadie, no me dejes solito*, igual la siento fría y ausente y sé, desolado, que yo, su flaquito, ya nunca más podré darle mi calor.

XIX
Ya no quiero ir a Disney

Despega ruidosamente el avión, un escalofrío recorre mi espalda, me persigno, cierro los ojos enrojecidos de tanto llorar y pienso en ella. Mientras el avión se eleva, observo, con el rostro pegado a la ventanilla, los tristes arenales de Lima, las casuchas que de milagro siguen en pie, el mar oscuro, amenazador. Es mi primer viaje al extranjero, mi tan soñado viaje a Disney. Mis papás han decidido llevarme por fin a Disney para que me olvide de ella. Desde que la enterramos, hace apenas dos semanas, no he querido volver al colegio, me he quedado en mi cuarto llorando con rabia, recordándola en silencio, hablándole furioso a Dios, exigiéndole una explicación, un consuelo. Ahora mi papi remoja sus labios en champán y hojea el periódico del día, mientras mi hermana revisa una vez más su lista de compras. *Sonríe, principito, no estés triste*, me susurra mi mami al oído, *Disney te va a fascinar*. No puedo sonreír, desde que ella se marchó me he quedado sin sonrisas. Jamás hubiera querido ir a Disney así, solo para tratar de olvidarla, dejándola enterrada bajo ese caos polvoriento que llamamos Lima y que ahora, desde el cielo, se ve tan distante. Cambiaría todos los viajes a Disney de mi vida por estar un momento más con ella, por

449

recostarme en su pecho y sentir su mano acariciándome. Ya no quiero ir a Disney. Ya nada es igual sin ella. Sé que todavía no he cumplido once años, pero ya no soy el mismo niño de hace dos semanas. Ahora sé que la gente que más me quiere también se va a morir y que incluso yo, el principito, terminaré metido en un cajón. Yo quería ir a Disney contigo, Manuela.

Índice

Índice

Alfaguara es un sello editorial del Grupo Santillana

www.santillana.com.co

Argentina
Avda. Leandro N. Alem, 720
C 1001 AAP Buenos Aires
Tel. (54 114) 119 50 00
Fax (54 114) 912 74 40

Bolivia
Avda. Arce, 2333
La Paz
Tel. (591 2) 44 11 22
Fax (591 2) 44 22 08

Chile
Dr. Aníbal Ariztía, 1444
Providencia
Santiago de Chile
Tel. (56 2) 384 30 00
Fax (56 2) 384 30 60

Colombia
Calle 80 No. 9-69
Bogotá
Tel. (57 1) 639 60 00

Costa Rica
La Uruca
Del Edificio de Aviación Civil 200 m al Oeste
San José de Costa Rica
Tel. (506) 220 42 42 y 220 47 70
Fax (506) 220 13 20

Ecuador
Avda. Eloy Alfaro, 33-3470 y Avda. 6
de Diciembre
Quito
Tel. (593 2) 244 66 56 y 244 21 54
Fax (593 2) 244 87 91

El Salvador
Siemens, 51
Zona Industrial Santa Elena
Antiguo Cuscatlan – La Libertad
Tel. (503) 2 505 89 y 2 289 89 20
Fax (503) 2 278 60 66

España
Torrelaguna, 60
28043 Madrid
Tel. (34 91) 744 90 60
Fax (34 91) 744 92 24

Estados Unidos
2023 N.W. 84th Avenue
Doral, F.L. 33122
Tel. (1 305) 591 95 22 y 591 22 32
Fax (1 305) 591 91 45

Guatemala
7ª Avda. 11-11
Zona 9
Guatemala C.A.
Tel. (502) 24 29 43 00
Fax (502) 24 29 43 43

Honduras
Colonia Tepeyac Contigua a Banco Cuscatlan
Boulevard Juan Pablo, frente al Templo
Adventista 7º Día, Casa 1626
Tegucigalpa
Tel. (504) 239 98 84

México
Avda. Universidad, 767
Colonia del Valle
03100 México D.F.
Tel. (52 5) 554 20 75 30
Fax (52 5) 556 01 10 67

Panamá
Avda. Juan Pablo II, nº15. Apartado Postal
863199, zona 7. Urbanización Industrial
La Locería - Ciudad de Panamá
Tel. (507) 260 09 45

Paraguay
Avda. Venezuela, 276,
entre Mariscal López y España
Asunción
Tel./fax (595 21) 213 294 y 214 983

Perú
Avda. Primavera 2160
Surco
Lima 33
Tel. (51 1) 313 4000
Fax (51 1) 313 4001

Puerto Rico
Avda. Roosevelt, 1506
Guaynabo 00968
Puerto Rico
Tel. (1 787) 781 98 00
Fax (1 787) 782 61 49

República Dominicana
Juan Sánchez Ramírez, 9
Gazcue
Santo Domingo R.D.
Tel. (1809) 682 13 82 y 221 08 70
Fax (1809) 689 10 22

Uruguay
Constitución, 1889
11800 Montevideo
Tel. (598 2) 402 73 42 y 402 72 71
Fax (598 2) 401 51 86

Venezuela
Avda. Rómulo Gallegos
Edificio Zulia, 1º – Sector Monte Cristo
Boleita Norte
Caracas
Tel. (58 212) 235 30 33
Fax (58 212) 239 10 51